迦陵书系

葉嘉瑩

说汉魏六朝诗

[加] 叶嘉莹 著

中华书局

图书在版编目(CIP)数据

叶嘉莹说汉魏六朝诗/(加)叶嘉莹著. —北京:中华书局,
2024.10. —(迦陵书系:典藏版).—ISBN 978-7-101-16811-2

Ⅰ. I207.22

中国国家版本馆 CIP 数据核字第 2024N4J748 号

书　　名	叶嘉莹说汉魏六朝诗	
著　　者	[加]叶嘉莹	
丛 书 名	迦陵书系(典藏版)	
责任编辑	傅　可	
文字编辑	徐卫东	
装帧设计	刘　丽	
责任印制	陈丽娜	
出版发行	中华书局	
	(北京市丰台区太平桥西里 38 号　100073)	
	http://www.zhbc.com.cn	
	E-mail:zhbc@zhbc.com.cn	
印　　刷	北京盛通印刷股份有限公司	
版　　次	2024 年 10 月第 1 版	
	2024 年 10 月第 1 次印刷	
规　　格	开本/880×1230 毫米　1/32	
	印张 21¼　插页 2　字数 500 千字	
印　　数	1-6000 册	
国际书号	ISBN 978-7-101-16811-2	
定　　价	92.00 元	

出版说明

2006年，叶嘉莹先生写毕"迦陵说诗"系列丛书的序言，连同书稿交给中华书局，开启了与书局的合作，至今已历一十八载。在这十数年间，书局先后出版了《叶嘉莹说汉魏六朝诗》《叶嘉莹说阮籍咏怀诗》《叶嘉莹说唐诗》《叶嘉莹说诗讲稿》《迦陵诗词稿》《迦陵讲赋》等十余部作品。这些作品不仅涵盖了先生的学术专著、教学讲义和她个人的诗词作品，也有先生专门为青少年所写的普及读物，是先生一生的学术造诣、教学生涯、人生体悟的全面展现。这些图书在上市之后行销海内外，深受读者喜爱，重印数十次，并经历数次改版升级。其中，《叶嘉莹说唐诗》后因体量较大，拆分成两部——《叶嘉莹说初盛唐诗》与《叶嘉莹说中晚唐诗》。《迦陵诗词稿》则以中华书局2019年增订版为基础，收入叶先生截至2018年的诗词作品，并经作者本人审定。

今年迎来先生百岁诞辰。在先生的期颐之年，我们特将先生在书局出版的作品汇于一系，全新修订，精益求精，采用布面精装，并将更新后的先生年谱附于《迦陵诗词稿》之后，以期为读者朋友们提供一个更加完善的版本。

《楞严经》中有鸟名为"迦陵"，其仙音可遍十方界，因与"嘉莹"音颇近，故而叶嘉莹先生取之为别号。想必此鸟之仙音在世间的投射，便是叶先生之德音。有幸，最初先生讲述"迦陵说诗"系列的录音我们依然留存，并附于书中，虽因年代久远，部分内容或有残损，且因整理与修订幅度不同，录音与文字并不完全吻合，但今天我们依然能聆听先生教学之音，本身便不失为一大乐事。愿此音永在杏坛之上，将古典诗词感发的、蓬勃的生命力，注入国人心田之中。

中华书局编辑部

2024年8月

原"迦陵说诗"系列序言

　　中华书局最近将出版我的六册讲演集,编为"迦陵说诗"系列,要我写一篇总序。这六册书如果按所讲授的诗歌之时代为顺序,则其先后次第应排列如下:

　　一、《叶嘉莹说汉魏六朝诗》

　　二、《叶嘉莹说阮籍咏怀诗》

　　三、《叶嘉莹说陶渊明饮酒及拟古诗》

　　四、《叶嘉莹说唐诗》

　　五、《好诗共欣赏》

　　六、《叶嘉莹说诗讲稿》

　　这六册书中的第二种及第五种,在1997及1998年先后出版时,我都曾为之写过《前言》,对于讲演之时间、地点与整理讲稿之人的姓名都已做过简单的说明,自然不需在此更为辞费。至于第一种《叶嘉莹说汉魏六朝诗》与第四种《叶嘉莹说唐诗》,现在虽然分别被编为两本书,但其讲演之时地则同出于一源。二者都是二十世纪八十年代中我在加拿大温哥华不列颠哥伦比亚大学讲授古典诗歌时的录音记录,只不过整理成书的年代不同,整理讲稿的人也不同。前者是九十年代中期由天津的三位友人安易、徐晓莉和杨爱娣所整理写定的，后者则是近年始由南开大学硕士班的曾庆雨同学写定的。后者还未曾出版过，而前者则在2000年初已曾由台湾之桂冠图书公司出版，收入在《叶嘉莹作品集》的第二辑《诗词讲录》中，而且是该专辑中的第一册，所以在书前曾写有一篇长序，不仅提及这一册书的成书经过，而且对这一辑内所收录的其他五册讲录也都做了简单的介绍。其中也包括了现在中华书局即将出版的《叶嘉莹说阮籍咏怀诗》和《叶嘉莹说陶渊明饮酒诗》，但却未包括现在所收录的陶渊明的《拟古》诗，那是因为"饮酒"与"拟古"两组诗讲授的时地并不相同，因而整理人及成书的时代也不相同。前者是于1984年及1993年先后在加拿大温哥华的金佛寺与美国加州的万佛城陆续所做的两次讲演，整理录音人则仍是为我整理《叶嘉莹说汉魏六朝诗》的三位友人。因此也曾被桂冠图书公司收入在他们2000年所出版的《叶嘉莹作品集》的《诗词讲录》一辑之中。至于后一种《拟古》诗，则是晚至2003年我在温哥华为岭南长者学院所做的一次系列讲演，而整理讲稿的人则是南开大学博士班的汪梦川同学，所以此一部分陶诗的讲录也未曾出版过。

回顾以上所述及的五种讲录，其时代最早的应是二十世纪六十年代中我在台湾为教育电台播讲大学国文时所讲的一组阮籍的"咏怀"诗，这册讲录也是我最早出版的一册《讲录》。至于时代最晚的则应是前所提及的2003年在温哥华所讲的陶渊明的《拟古》诗。综观这五册书所收录的讲演录音，其时间跨度盖已有四十年以上之久，而空间跨度则包括了中国台湾、美国、加拿大及中国大陆四个不同的地区和国家。不过这五册书所收录的讲演却仍都不失为一时、一地的系列讲演，凌乱中仍有一定的系统。至于第六册《叶嘉莹说诗讲稿》则是此一系列讲录中内容最为驳杂的一册书。因为这一册书所收的都是不成系列的分别在不同的时地为不同的学校所做的一次性的个别讲演，当时我大多是奔波于旅途之中，随身既未携带任何参考书籍，而且我又一向不准备讲稿，都是临时拟定一个题目，临时就上台去讲。在这种情况下就不免会出现了不少问题。其一是所讲的内容往往不免有重复之处，其二是我讲演时所引用的一些资料，既完全未经查检，但凭自己之记忆，自不免有许多失误。何况讲演之时地不定，整理讲稿之人的程度不定，而且各地听讲之人的水平也不整齐，所以其内容之驳杂凌乱，自是必然之结果。此次中华书局所拟收录的《叶嘉莹说诗讲稿》原有十三篇之多，计为：

1.《从中西诗论的结合谈中国古典诗歌的评赏》（这是我二十世纪八十年代初在四川成都所做的一次讲演，由缪元朗整理，讲稿曾被收入在河北教育出版社所出版的《古典诗词讲演集》。）

2.《从几首诗例谈中国古典诗歌中形象与情意之关系》（这是二十世纪八十年代初我在天津师范大学所做的一次讲演，由徐晓莉整理，讲稿亦曾收入在《古典诗词讲演集》。）

3.《从形象与情意之关系看三首小诗》（这是1984年在北京经济学院所做的一次讲演，由杨彬整理，讲稿亦曾被收入《古典诗词讲演集》。）

4.《旧诗的批评与欣赏》（这是我在二十世纪九十年代中在南开大学所做的一次讲演，此稿未曾被收入我的任何文集。）

5.《从比较现代的观点看几首旧诗》（这是二十世纪六十年代中我在台湾大学为"海洋诗社"的同学们所做的一次讲演，讲稿曾被收入台湾桂冠图书公司所出版的《迦陵说诗讲稿》。）

6.《漫谈中国古典诗歌中的感发作用》（这应是二十世纪八十年代末或九十年代初的一次讲演，时地已不能确记，此稿以前未曾出版。）

7.《从中西文论谈赋比兴》（这是2004年在香港城市大学的一次讲演，曾被收入香港城市大学出版之《叶嘉莹说诗谈词》。）

8.《古诗十九首的多义性》（这是2003年在香港城市大学的一次讲演，曾被收入《叶嘉莹说诗谈词》。）

9.《诗歌吟诵的古老传统》（同上。）

10.《杜甫诗在写实中的象喻性》（同上。）

11.《从西方文论看李商隐的几首诗》（这是2001年我在南开大学所做的一次讲演，未曾收入我的任何文集。）

12.《一位晚清诗人的几首落花诗》（这也是2003年在香港城市大学所做的一次讲演，曾被收入《叶嘉莹说诗谈词》。）

13.《阅读视野与诗词评赏》（这是2004年我在一次会议中的发言稿，未曾收入我的任何文集。）

以上十三篇，只从讲演之时地来看，其杂乱之情形已可概见，故其内容自不免有许多重复之处。此次重新编印，曾经做了相当的删节。即如前所列举的第一、第二、第四与第五诸篇，就已经被删定为一篇，题目也改了一个新题，题为"结合中西诗论看几首中国旧诗中的形象与情意之关系"；另外第六与第七两篇，也被删节成了一篇，题目也改成了一个新题，题为"从'赋、比、兴'谈诗歌中兴发感动之作用"。我之所以把原来十三篇的内容及出版情况详细列出，又把删节改编之情况与新定的篇题也详细列出，主要是为了向读者做个交代，以便与旧日所出版的篇目做个比对。而这些篇目之所以易于重复，主要盖由于这些讲稿都是在各地所做的一次性的讲演，每次讲演我都首先想把中国诗歌源头的"赋、比、兴"之说介绍给听众，举例时自然也不免谈到形象与情意之关系。而谈到形象与情意之关系时，又不免经常举引大家所熟悉的一些诗例，因此自然难以避免地有了许多重复之处。然而一般而言，我每次讲演都从来没有写过讲稿，所以严格说起来，我每次讲演的内容即使有相近之处，但也从来没有过两篇完全一样的内容。只是举例既有重复，自然应该删节才是。至于其他各篇，如《叶嘉莹说汉魏六朝诗》、《叶嘉莹说唐诗》、《叶嘉莹说阮籍咏怀诗》、《叶嘉莹说陶渊明饮酒及拟古诗》等，则都是自成系列的讲稿，如此当然就不会有重复之处了。

除去重复之缺点外，我在校读中还发现了其中引文往往有失误之处。这一则是因为我的讲演一向不准备讲稿，所有引文都但凭一己的背诵，而背诵有时自不免有失误，此其致误的原因之一。再则这些讲稿都是经由友人根据录音整理出来的，一切记录都依声音写成，而声音往往有时又不够清晰，此其致误的原因之二。三则一般说来，古诗之语言自然与口语有所不同，所以出版时之排印也往往有许多错字，此其致误的原因之三。此次校读中，虽然对以前的诸多错误都曾尽力做了校正，但失误也仍然不免，这是我极感愧疚的。

回首数十年来我一直站立在讲堂上讲授古典诗词，盖皆由于我自幼养成的对于诗词中之感发生命的一种不能自已的深情的共鸣。早在1996年，当河北教育出版社为我出版《迦陵文集》时，在其所收录的《我的诗词道路》一书的《前言》中，我就曾经写有一段话说："在创作的道路上，我未能成为一个很好的诗人，在研究的道路上，我也未能成为一个很好的学者，那是因为我在这两条道路上，都并未能做出全心的投入。至于在教学的道路上，则我纵然也未能成为一个很好的教师，但我却确实为教学的工作投注了我大部分的生命。"关于我一生教学的历程，以及我何以在讲课时开始了录音的记录，则我在1997年天津教育出版社为我出版《阮籍咏怀诗讲录》一书及2000年台湾桂冠图书公司为我出版《诗词讲录》一辑的首册《汉魏六朝诗讲录》一书时都曾先后写过序言，而此两册书现在也都被北京中华书局编入了我的"迦陵说诗"系列之中。序言具在，读者自可参看。回顾我自1945年开始了教书的生涯，至于今日盖已有六十一年之久。如今我已是八十三岁的老人，仍然坚持站在讲台上讲课，未曾停止下来。记得我在1979年第一次回国教书时，曾经写有"书生报国成何计，难忘诗骚李杜魂"两句诗。我现在仍愿以这两句诗作为我的"迦陵说诗"六种之序言的结尾，是诗歌中生生不已的生命使我对诗歌的讲授乐此不疲的。

是为序。

叶嘉莹

2006年12月

目　录

第一章

*

绪 论

第一节　诗歌的感发之一

本书所要讲的，主要是汉魏六朝的诗歌。不过在正式讲诗之前，我先要把中国诗歌中一些最基本的概念做一个简单的介绍，内容包括以下三个部分：诗歌的感发、诗歌中形象与情意的关系、诗体的演变。现在先讲第一部分——诗歌的感发。

我们要了解诗，就需要涉及中国古代诗歌理论中一些比较重要的著作，首先就是《诗大序》。中国古代有一部书叫作"诗经"，它收集了从西周初期到春秋中期的诗歌作品共三百零五篇，是我国最早的一部诗歌总集。后来，有齐、鲁、韩、毛四家为它作注，四家中对后世影响最大的是毛氏的注本，也就是《毛诗》。《毛诗》中每一首诗的开头都有一个序，其中第一首诗《关雎》的序较长，起着总论的作用，所以叫作"大序"。《诗大序》说：

> 诗者，志之所之也。在心为志，发言为诗。情动于中而形于言，言之不足，故嗟叹之；嗟叹之不足，故永歌之；永歌之不足，不知手之舞之，足之蹈之也。

这一段话很重要，不但阐明了什么是"诗"，而且还进一步解释了诗与歌、与舞的关系。所谓"情动于中而形于言"就是说，你的情意在你心中活动，这种活动如果通过语言表达出来，那就形成了诗。可是，你的情意又是怎样活动起来的呢？是什么东西使它活动起来的呢？这我们就要看中国古代的另一本书《礼记》了。

《礼记》中有一篇叫作"乐记"。《乐记》中说："人心之动，物使之然也。"他说是外物使人内心的情意活动起来的。那么我们就又要问了，这"物"又是指的什么？它为什么能使人内心的情意活动起来？我现在还要引中国诗歌批评史上的另一篇重要文章——钟嵘的《诗品序》。钟嵘是南北朝齐梁时期的作家，他有一部著作叫作"诗品"，其中的序文就是《诗品序》。钟嵘在《诗品序》中说：

气之动物，物之感人，故摇荡性情，形诸舞咏。

他以为，能够使外物活动起来，从而引起你内心感动的，那是"气"。古人以为，宇宙之间有阴阳二气，是它们的运行才产生了天地万物和四时晨昏。比方说，夏天阳气最旺盛，但到了夏至日，阳气盛到极点就开始衰落，阴气逐渐增生，慢慢地就天气寒冷，草木凋零。等到阴气发展到极点就是冬至，从冬至日这一天起，阳气又开始增生，于是天气又慢慢地变暖。由于四季冷暖不同，所以大自然中的各种景象和草木鸟兽的形态也各不相同，而人的内心也就随着外物的这些变化而受到感动。

受到什么样的感动呢？举个例子来说吧，晋代诗人陆机在他的《文赋》中曾说："悲落叶于劲秋，喜柔条于芳春。"为什么秋天会引起人悲伤，春天会引起人欢喜？因为，春天草木的萌发使人联想到生命的美好，秋天草木的凋零使人联想到生命的衰老和终结。这就是外物对人心的一种触动。而当你的内心被感动得无法平静时，你就要想办法把这一份感动表达出来，这就是"摇荡性情"了；至于"形诸舞咏"，我们也可以举个例子来看，据说晋朝大将军王敦每当喝完了酒就吟诵魏武帝的诗，一边吟，一边用如意敲打珊瑚唾壶，天长日久，竟把唾壶敲出了很多缺口。由此看来，《诗大序》中的那句"永歌之不足，不知手之舞之，足之蹈之也"，说得真是一点儿也不错的。

既然外物能够引起作诗的感动，那么我们就要对它进行一番讨论了。一般来说，外物可以分成两类：一类是自然界的"物象"；一类是人事界的"事象"。现在我们先来讨论自然界的"物象"。

其实，前文中提到的"悲落叶"的"劲秋"和"喜柔条"的"芳春"，就都属于自然界的物象。此外，钟嵘《诗品序》里也举了一些物象，我们来看看他所举的都是些什么：

> 若乃春风春鸟，秋月秋蝉，夏云暑雨，冬月祁寒，斯四候之感诸诗者也。

钟嵘说，春夏秋冬四季的景物，比如春天的风和鸟、秋天的月和蝉、夏天的云和雨、冬天的冰雪严寒，都能够感动诗人，从而使他们写出美好的诗。下面，我就将结合一些具体的诗例来说明诗人是如何因这些物象而引起感动的。

南唐词人李后主在他的《虞美人》小词里说："小楼昨夜又东风，故国不堪回首月明中。"又在另一首《望江南》小词里说："多少恨，昨夜梦魂中。还似旧时游上苑，车如流水马如龙，花月正春风。"这两首词里都提到了春风和明月，所引起的却是一种悲伤痛苦的感情。因为李后主破国亡家，成了俘虏，被从故国金陵带到北宋的都城汴京拘禁起来。以往每年春风吹来时，他都是以帝王的身份在御花园里看花赏月；而现在春风吹来时，他已经失去了家国，连性命都掌握在人家手里。春风明月虽然常在，但旧时那种看花赏月的自由生活永远也不会再有了。这是一种由"对比"而产生的感动。另外，我还可以举一种由"共鸣"而产生的感动，那就是屈原《离骚》的"日月忽其不淹兮，春与秋其代序。惟草木之零落兮，恐美人之迟暮"。他说，太阳和月亮每天都在匆匆运行，不会为任何人而停留，春天与秋天往来交替，草木又渐渐凋零了，而当你看到草木凋零的时候，就会联想到自身也将像这些草木一样衰老、死亡。

那么，只有今昔盛衰的对比和人生无常的感慨这种大题目才能引起诗人的感动吗？不是的，写诗也不一定非得有如此深沉强烈的感动，对于一个敏感的诗人来说，有时外界只需有一点儿小小的物象的变动，就能够引起他诗意的感受。日本诗人松尾芭蕉写过一首俳句："青蛙跳入古池中，扑通一声。"这里边哪里有今昔盛衰？哪里有人生无常？他只是写了大自然之中某种景物突然间产生了一个小小的变化，这种变化使你的心也跟着动了一动。

"心动"是什么意思？据说，有一次禅宗六祖慧能听到两个小和尚在争论一个问题：风吹幡动，到底是幡动还是风动？慧能对他们说："也不是幡动，也不是风动，是你们两人自己的心动。"佛家主张自心清净，当然是反对心动的；而诗人则相反，只有永远保持一颗活泼善感的心灵，才能够写出好诗来。唐代诗人孟浩然说："春眠不觉晓，处处闻啼鸟。夜来风雨声，花落知多少。"诗人还没有起床到外边去看，他只凭昨晚听到的风雨声和今早听到的鸟啼声，就敏感地联想到繁茂的春花现在一定纷纷零落了。宋代诗人杨万里说："雨来细细复疏疏，纵不能多不肯无。似妒诗人山入眼，千峰故隔一帘珠。"为什么春天的细雨既不肯索性下大一点儿，又老是不肯停？他说，那是它在嫉妒我窗外有如此美丽的山色，所以故意下得像珠帘似的挡住我的视线。你看，这就是诗人。他们对大家看惯了的万物总是保持着一种关怀和敏感，所以经常能够发现生活中新鲜的情趣。

春风和春鸟是春天里比较有特色的物象；而秋月和秋蝉，则是秋天里比较有特色的物象。唐代诗人李商隐有一首《咏蝉》的诗说："本以高难饱，徒劳恨费声。五更疏欲断，一树碧无情。薄宦梗犹泛，故园芜已平。烦君最相警，我亦举家清。"蝉喜欢藏在高高的树枝上，人们只能听到它叫的声音。诗人说，你栖身的地方这么高，本来就很难找到食物，只可餐风饮露，可是你饿着肚子还这么一天到晚不停地叫，有什么用处？你纵然叫得声嘶力竭，又有谁能理解你、同情你？这已经有点儿不像在说蝉了。蝉是昆虫，它叫的时候哪里有这么多想法？于是诗人接下来就联系到自己：我为了谋生糊口来做官，可是做官能实现我的政治理想吗？这些年我就像一段树枝在水里漂来漂去，不知会漂到哪里，我的故乡早已长满荒草，哪一天才能够回去？感谢你用叫声来不断地提醒我，我和你一样清贫而高洁，绝不会和那些贪赃枉法、中饱私囊的家伙们同流合污。你看，李商隐这首诗表面上写蝉，其实却是在写他自己。显然，它比杨万里《春雨》的那一首要深刻一些。因为，杨万里那一首只是写出了一种生活中的情趣，而李商隐的这一首却有抒情言志之寄托。

前文我所举的那些诗写的都是春天和秋天大自然中的物象，那么夏季和冬季又有哪些物象容易引起诗人的感受呢？那就是《诗品序》中接下来所说的"夏云暑雨"和"冬月祁寒"了。夏天天气变化特别迅速，刚刚还是晴天，突然之间升起一块乌云，马上就是一场暴雨。这是夏天的特色。杜甫写夏日大雨的一首诗，题目就叫作"大雨"，是他在四川成都时写的。它开头的一段是：

西蜀冬不雪，春农尚嗷嗷。上天回哀眷，清夏云郁陶。执热乃沸鼎，纤绤成缊袍。风雷飒万里，霈泽施蓬蒿。

杜甫写夏云暑雨却从冬雪写起，他说这一冬一直没有下雪，土地自然很干旱，到了春天又一直不下雨，农民都愁得发出嗷嗷的声音。于是上天就回心转意，在初夏的时候忽然就布满了一天浓云，大地上到处是狂风和响雷的声音，一场大雨冲刷了满地的蓬蒿。为什么满地都是蓬蒿？因为久旱不雨，庄稼都枯死了，当然就只剩下满地的野草。而经过这场大雨之后，农民就可以清除野草，在田里播种了。

杜甫还写过一首《喜雨》，结尾的四句为：

峥嵘东山云，交会未断绝。安得鞭雷公，滂沱洗吴越。

"峥嵘"是很高的样子。夏天那种带着雨的浓云厚厚地在天上，就好像山一样。显然刚才已经下过了一场雨，但诗人认为下得还不够，他说，怎样才能驱赶着雷公，使他到东南方的吴越去再下一场大雨，把那里一切龌龊肮脏的东西都冲洗干净？

以上两首诗，"清夏云郁陶"写的是夏云，"霈泽施蓬蒿"和"滂沱洗吴越"写的都是暑雨。不过，我之所以举了杜甫的两首诗例，不仅仅为了要说明"夏云暑雨"的物象引起诗人的感动，还要借此指出，杜甫这个诗人与我们前边讲到的那些诗人又有所不同。本来，诗人之所异于常人，是由于他能够把自己内心的感动传达出来，使别人甚至千百年以后的人读了他的诗也可以产生同样的感动。而且还不止于此，读者还可以从他的感动引发联想，结合自己的历史文化背景，生发新的感动。这种感动永远是生生不已的，如果给它起一个名字，可以叫作"感发的生命"。

然而，宇宙间的生命是有所不同的，有健康的生命也有病态的生命，有猫与狗的生命，也有狮与虎的生命。同样，感发的生命也有着数量与质量上的高低、优劣、深浅、厚薄之分。我们可以看到，杨万里写春雨的那首诗写得很活泼，很有情趣，但那只是一种偶然的、细微的、纤巧的感发，没有更深刻的意义。李商隐写蝉的那首诗中寄托了他自己政治理想不能实现的悲哀，当然比杨万里那首深刻，可是所写的也只是个人的悲哀。杜甫为什么被后代尊为"诗圣"？那是因为，杜诗的感发生命是深厚博大的，他所关怀的不是个人的得意与失意，而是国家和老百姓的苦难。他为什么说"安得鞭雷公，滂沱洗吴越"？因为，当时吴越一带正有叛乱，兵戈未息，老百姓都在水深火热之中。杜甫希望朝廷有人能够平息那些叛乱，解救那里的生灵。所以，他这两句诗也是有寓托的。

还有一点必须说明，我这么说并不是认为别人那些诗不好，而只是要区分各种感发生命的不同。因为，同样是花，牡丹有牡丹的美丽，草野之中的小花也有小花的美丽；同样是兽，狮子老虎有大生命的美丽，猫狗有小生命的美丽，这些都不是可以拿来互相比较的。另外，我们在读诗的时候还要注意到，物象与人心之间的感发关系也有种种不同的层次，有的由物及心，有的由心及物，有的即物即心。关于这个问题，后面我们将作专门的介绍。

至于冬季令诗人感发的物象，那就是严寒风雪了。我们还可以看一首杜甫的诗，题目叫"对雪"：

> 战哭多新鬼，愁吟独老翁。乱云低薄暮，急雪舞回风。瓢弃樽无绿，炉存火似红。数州消息断，愁坐正书空。

这首诗，是杜甫被困于沦陷的长安时所写。安史之乱时，杜甫从鄜州赴灵武投奔肃宗，途中被叛军俘虏，送到长安。过了不久，唐军大败于陈陶，死伤四万余人，杜甫写了《悲陈陶》等诗，表示哀悼。这首《对雪》，也是为陈陶之败而作。他说，官军死了那么多人，野地里到处都是鬼魂的哭声，我一个人被困长安，妻子儿女在鄜州生死未卜。黄昏的时候浓云密布，大片雪花在回旋的风中飞舞。盛酒的瓢已经被我扔掉了，因为早已无酒可饮；冰冷的火炉还在，但炉子里一点儿火也没有。长安附近已全被叛军占领，与外地隔绝了消息，我只有一个人孤独寂寞地在屋里出神发呆。"书空"，用的是晋朝殷浩的典故。殷浩被黜放后，每天一个人坐在那里用手指在空中比划，写的是"咄咄怪事"四字。这个典故用来形容当一个人心中有忧愁烦闷不能解时那种出神发呆的样子。这首诗中描写严寒风雪的"乱云低薄暮，急雪舞回风"两句，形象十分真切，对偶也非常工整，而且还不仅如此，这两句还"融情入景"，把诗人当时心里那种烦乱忧愁的感觉，都融会在"乱云"、"薄暮"、"急雪"、"回风"等形象中表现出来了。

到现在为止，我们已经讲完了春夏秋冬四季物象给诗人的感发。但是，自然界的物象并非引起感发的唯一因素。能够引起诗人感发的，除了自然界的物象以外，还有人事界的"事象"。这个问题，我们下一章节再讨论。

第二节　诗歌的感发之二

我在国内讲学时，曾经有同学问："老师，你讲的古典诗词我们很喜欢听，可是学了它有什么用处呢？"这话问得很现实。的确，学了古典诗词既不能帮助你找职业，更不能帮助你挣钱发财。那么，为什么还要学它？

我以为，学习古典诗词最大的好处就是使你的心灵不死。庄子说："哀莫大于心死，而人死亦次之。"如果你的心完全沉溺在物欲之中，对其他一切都不感兴趣，那实在是人生中第一件值得悲哀的事。上一节课我说过，诗有一种"感发的生命"，它由作者传达给读者，而且可以不断生长，生生不已地流传下去。这种感发的生命，可以使你的心活泼起来，永不衰老。这就是诗的好处。辛弃疾有两句词说："一松一竹真朋友，山鸟山花好弟兄。"（《鹧鸪天》"不向长安路上行"）前文我们提到过陆机的《文赋》说："悲落叶于劲秋，喜柔条于芳春。"倘若一个人能够把松树和竹子都当作知心朋友，听到山鸟的叫声和看到花开花落的变化都会受到感动，那么他对人间发生的事情怎么会无动于衷？孔子说："鸟兽不可与同群，吾非斯人之徒与而谁与？"（《论语·微子》）作为一个人，最关心的当然还是人世间的事情。所以杜甫才说："穷年忧黎元，叹息肠内热。"（《自京赴奉先县咏怀五百字》）"黎元"，就是老百姓的意思。在唐代天宝年间安史之乱将要爆发的时候，朝廷已腐败之极，老百姓也困苦之极，杜甫看到老百姓的苦难流离，预感到大乱将起，心里就不由得一阵阵发热，恨自己没有办法解除老百姓的痛苦。这就是一个真正伟大的诗人博大而善感的心灵。

上一节我们讨论了大自然中的"春风春鸟"、"秋月秋蝉"等物象对诗人的感发，但那并不是感发生命的唯一来源。因为人生所接触的毕竟不仅仅是草木鸟兽；人所接触最多的，还是人与人之间的关系。所以，能够引起诗人感发的，除了自然界鸟兽草木的"物象"之外，还有更大的一类就是人事界的"事象"。关于人事界的"事象"，钟嵘《诗品序》中也举了很多例证，他说：

嘉会寄诗以亲，离群托诗以怨。至于楚臣去境，汉妾辞宫，或骨横朔野，魂逐飞蓬；或负戈外戍，杀气雄边；塞客衣单，孀闺泪尽；或士有解佩出朝，一去忘返；女有扬蛾入宠，再盼倾国：凡斯种种，感荡心灵，非陈诗何以展其义？非长歌何以骋其情？

　　显然，钟嵘在这里所举的"事象"的例证，要比前一段所举的"物象"的例证多得多。由此我们也可以看出，并不是一天到晚坐在那里伤春悲秋就是诗人了。一个诗人不但对自然界的草木鸟兽有一份关怀，对人类社会中的悲欢离合也要有一份关怀，而且是更大的一份关怀才行。此外我们还要注意一点，钟嵘所举的这些人事界的例证，是有一个层次在里边的。现在我们就结合诗例来作分析。
　　"嘉会寄诗以亲，离群托诗以怨"是第一个层次，说的是人事界的聚会和离别。在人世间，聚会永远是一件令人快乐的事情，也是诗人作诗的好题目。举杜甫的一首《寄李十二白二十韵》为例，我们只看其中的一部分：

　　　白日来深殿，青云满后尘。乞归优诏许，遇我夙心亲。未负幽栖志，兼全宠辱身。剧谈怜野逸，嗜酒见天真。醉舞梁园夜，行歌泗水春。

　　近代诗人闻一多对李白与杜甫的相会做过一个比喻，他说那就像天上的太阳和月亮走到一起了，我们应该敲三通锣，打三通鼓来庆祝这两位大诗人的聚会。杜甫在这首诗里就记载了他与李白这次美好的遇合。当时李白已经名满天下，因此不用参加进士考试就直接被玄宗请入朝廷去做翰林。然而皇帝并不是真正看重他的才干，只不过是请他写些新诗拿给杨贵妃去歌唱而已。李白不乐意干，就向皇帝辞职，结果皇帝批准，赐金放还。这就是"乞归优诏许"。短短的五个字，就包含了这位天才诗人得意与失意、荣宠与挫折的整体过程，这真是一种了不起的概括能力。杜甫是在李白离开朝廷之后与他相会的，所以接下来"遇我夙心亲"五个字，就记载了当时诗人自己的感受。《红楼梦》里宝玉见到黛玉时说："这个妹妹我曾见过的。"人生能够遇到一个知己，怎么能不欢喜？杜甫说，那时候我和你刚刚相识，就觉得彼此之间那么亲近，好像前世有什么夙缘一样。有的人不喜欢李白的奇思狂想和高谈阔论，而杜甫却喜欢；有的人以为嗜酒是不好的，可是杜甫却从李白的嗜酒中看到他的天真。两个人一起喝醉了酒，夜晚有时就高歌狂舞在那美丽的梁园；有时春日就携手散步在泗水水滨。你看，假如你是一个诗人，遇到了这么好的朋友，经历了这样愉快的聚会，怎么能不用诗把你的快乐写出来？所以钟嵘才说："嘉会寄诗以亲。"

至于"离群托诗以怨"，例子就更多了。王维有一首《九月九日忆山东兄弟》，记载了他作客异乡时对家人的思念：

> 独在异乡为异客，每逢佳节倍思亲。遥知兄弟登高处，遍插茱萸少一人。

九月九日是重阳节，古人每到这一天都要佩茱萸登高饮菊花酒。王维说，我现在独自一人作客他乡，所以在重阳节这一天特别思念故乡亲人。我想，你们在故乡插茱萸登高的时候，也会因为少了我而倍加思念吧？除了这首，我们还可以看一首柳宗元的《与浩初上人同看山寄京华亲故》：

> 海畔尖山似剑铓，秋来处处割愁肠。若为化得身千亿，散上峰头望故乡。

柳宗元参与了王叔文等人的永贞革新。革新失败后，王叔文被杀，柳宗元先后被贬到永州、柳州。当时这些地方还都是蛮荒之地，柳宗元曾写下"一身去国六千里，万死投荒十二年"等悲痛欲绝的句子，后来就死在柳州。上面这首诗就是柳宗元在柳州时所写。他说，每当我站在海边思念家乡的时候，就觉得柳州海边那些尖尖的山峰像一把把剑，切割着我的肝肠，假如我的身体能化成一千个、一亿个，那么这一千个、一亿个我，都要永远站在海畔那些山峰上遥望我的故乡。所以你看，这就是"离群托诗以怨"。

以上所举的杜甫、王维和柳宗元的三首诗例，写的都是诗人自己的欢会与离别，以及诗人自己的快乐与悲伤。那么是否只有你自己的遭遇才能引起你写诗的感发呢？不尽如此。钟嵘《诗品序》认为，历史上古人的遭遇也同样能够引起你写诗的感发，这是他的第二个层次。这个层次，他举了"楚臣去境，汉妾辞宫"两个例子为证。

所谓"楚臣"，指的是屈原。屈原是战国时的楚国人，当时秦国十分强大，在楚国朝廷中有主张联秦和反对联秦的两派政治力量，屈原是反对联秦的，他主张与东方的齐国联合共同抗秦。可是后来联秦的那一派取得优势，屈原就被放逐出去。从此，楚国一天天走向灭亡。

屈原眼看着国家已经无药可救，而自己又没有办法挽回，悲愤抑郁，就写了历史上有名的长诗《离骚》。当然，《离骚》仍然属于作者个人遭遇引起的感发。不过，这篇《离骚》流传到千百年之后，却使很多人都受到了感动。比如汉代有个人叫作贾谊，被贬官到当年楚国所在的湖南，想起屈原的遭遇，就写了一篇很长的《吊屈原赋》；唐代有个人叫刘长卿，经过长沙贾谊的故宅，想起了贾谊哀悼屈原的事情，又写了一首《长沙过贾谊宅》的诗，诗中说："万古惟留楚客悲。"这"楚客"，指的也是屈原。其实还不光贾谊和刘长卿被屈原的事情所感动，大诗人杜甫也曾为此而感动。他在《咏怀古迹》的一首诗中说："摇落深知宋玉悲，风流儒雅亦吾师。怅望千秋一洒泪，萧条异代不同时。"他说，我虽然生在千百年之后，但我深深地理解当年宋玉为什么为草木的摇落而悲伤。宋玉，是屈原的弟子。屈原死后，宋玉悯其师忠而放逐，于是写了《九辩》以述其志。《九辩》的开头两句就是："悲哉秋之为气也，萧瑟兮草木摇落而变衰。"这两句的意思和屈原《离骚》的"惟草木之零落兮，恐美人之迟暮"是一样的。贾谊、刘长卿、杜甫，都不是楚臣，而且都生在屈原去国的千百年之后，却不约而同地都为屈原的遭遇所感动。这说明，古人的遭遇虽然不是你的亲身经历，但也同样能够引起你的感发。

所谓"汉妾"，指的是西汉元帝时被送到匈奴去和亲的王昭君，也称汉明妃。昭君曾被选送到宫中，但宫中美女太多了，皇帝看不过来，就让画师给这些女孩子画像，按图召幸。于是那些被选入宫的女孩子纷纷去贿赂画师，请他们把自己画得更美丽些，以求被皇帝选中。可是王昭君自恃美丽出众，不肯贿赂画师，画师就故意把她画丑，结果皇帝没有选上她。后来匈奴要求与汉朝和亲，美丽的王昭君就被嫁到匈奴，从此再也不能回到故土了。昭君的故事感动了历代很多诗人，例如杜甫的《咏怀古迹》中，有一首就是咏昭君的：

　　群山万壑赴荆门，生长明妃尚有村。一去紫台连朔漠，独留青冢向黄昏。画图省识春风面，环佩空归夜月魂。千载琵琶作胡语，分明怨恨曲中论。

昭君是今湖北宜昌人，那地方有许多高山绵延不断。所以，"群山万壑赴荆门"是写实，而且写得开阔博大，很有气魄。古人认为，高山大河是钟灵毓秀的所在，只有在这样的环境里，才能够诞生王昭君这样美丽的女子。要知道，上天降生这么美的一个女子，本来是应该得到欣赏和爱护的，可是她得到了吗？没有，她的结局是"一去紫台连朔漠，独留青冢向黄昏"。"紫台"是指朝中的宫殿，犹言"紫宫"，这里指代皇宫。昭君悲哀地离开故国皇宫，走向外族那荒凉的沙漠，从此就再也没有回来。传说塞外的草都是白色的，只有昭君冢的草是绿色的，所以叫作"青冢"。诗人说，我只是在画图中得识昭君美丽的容貌，她本人早已死去，谁也无缘得见了。现在月亮是如此明亮，说不定她的芳魂会从塞外归来，再看一看自己的故乡吧？据说昭君出塞是她自己主动请行的，如果是那样的话，她就应该无怨。可是当年昭君出塞时怀抱着琵琶，琵琶的曲子是那样哀怨，她到底是有怨还是无怨呢？

其实还不只杜甫，中国文学中写昭君的题材数不胜数，作者们纷纷对这个历史人物发表自己的见解，抒发自己所受到的感动。直到不久前曹禺先生还写了《王昭君》的剧本，说昭君是一个有理想的女子，由于她的努力，使汉朝与匈奴建立了友好的睦邻关系，这功劳是不可磨灭的。可见，昭君的身世也与屈原的身世一样，打动了千百年之后的作者和读者，使他们产生了各种各样的感发联想。

除了诗人自身的悲欢离合和古人的悲欢离合可以引起诗的感发之外，《诗品序》所举的例证中还有第三个层次，那就是即使是与你并不相干的人，他们的遭遇同样能引起你内心的感发。什么样的遭遇呢？那就是"或骨横朔野，魂逐飞蓬；或负戈外戍，杀气雄边；塞客衣单，孀闺泪尽"了。这是指那些战争中所产生的征人思妇的诗。唐代对外战争比较频繁，写征人思妇的诗很多，我们看一首晚唐诗人陈陶的《陇西行》：

> 誓扫匈奴不顾身，五千貂锦丧胡尘。可怜无定河边骨，犹是春闺梦里人。

和匈奴打仗本来是汉朝的事，而唐朝诗人写诗总是喜欢把当代的事情假托为汉朝的事。像白居易《长恨歌》写唐玄宗与杨贵妃，开头却说"汉皇重色思倾国"。这首诗也是如此，它其实是写当时发生在北方的一场对外族的战争，其结果是唐军打败了，五千将士都暴骨沙场。"无定河"是中国北方的一条河，现在已经改为"永定河"。诗人说，可怜这些勇敢的年轻人都已变成了无定河边的白骨，而他们的妻子却不知道，还在家中苦苦地盼着丈夫回来，甚至做梦时也常常梦见他们。这首诗写得很好，但作者本人并不是征人、思妇，他不是写自身的悲欢离合，也不是写历史人物的身世遭遇。他所写的，就是与他同时代的普通人的遭遇和痛苦。他被他们的遭遇和痛苦所感动，从而就写出了这首感发力量很强的好诗。

在举了这么多"事象"感发的例证之后，《诗品序》接着说："或士有解佩出朝，一去忘返；女有扬蛾入宠，再盼倾国。"这真是一个很妙的总结。中国现代的读书人有很多专业可以选择，可以做科学家，也可以做工程师。而中国古代的读书人只有一条出路，那就是"学而优则仕"。但做官的人是很难掌握自己命运的，如果你遇到一个昏君，如果你还坚持你自己的政治理想，那就很可能被贬谪、被放逐。所谓"一去忘返"，并不是真的忘返，而是你欲返却不能够返，没有希望返。像我刚才提到过的诗人柳宗元，不是就死在谪所了吗？因此，中国古人特别注重一个"遇"字。三国时代的刘备与诸葛亮，是一对君臣之间美好遇合的典型：刘备对诸葛亮是三顾茅庐，言听计从；诸葛亮对刘备是鞠躬尽瘁，死而后已。这样的遇合实在是太少了，所以后代不少读书人都羡慕他们的遇合，写了很多诗来歌颂他们的遇合。

然而对大多数读书人来说，更多的情况还是"不遇"，或者是尚未实现自己的政治理想就遭到贬谪放逐，这就是"士有解佩出朝，一去忘返"。那么，是否所有的"遇"就都是美好的呢？也不是，因为有的时候"女有扬蛾入宠，再盼倾国"。"倾国"，出于汉武帝的乐师李延年所唱的一首歌："北方有佳人，绝世而独立。一顾倾人城，再顾倾人国。宁不知倾城与倾国，佳人难再得。"（《佳人歌》）在古代，君臣间的关系与夫妻男女间的关系有某些相似之处：女子靠美貌得到男子的宠爱，臣子也能靠逢迎拍马得到皇帝的宠信。而自古以来，有多少乱臣贼子就是通过谄媚蛊惑君王，转眼之间就可以使国家从兴盛走向衰亡。

　　"士有解佩出朝，一去忘返；女有扬蛾入宠，再盼倾国"之所以很妙，还不仅仅在于它点出了读书人的"遇"与"不遇"。更重要的是，这"遇"与"不遇"所涉及的"仕"与"隐"的问题，又恰恰是中国读书人心中一个很要紧的"情意结"。近代学者朱自清先生写过一篇《唐诗三百首指导大概》，在这篇文章里他提到，中国古代知识分子只有做官一条出路，"仕"与"隐"是他们必须考虑的一个大问题，因此，它也就成了唐代诗人们写诗的一个重要题材。这个问题，我们以后讲具体作品的时候再作详细分析。

　　到现在为止，我们讨论了诗之感发的由来。我们看到，在宇宙之间，自然界和人事界都有很多事物可以使人的内心产生感发。然而，是否只要你的内心之中有了感发，就能够写出好诗来呢？这个问题下次再讲。

第三节　诗歌中形象与情意的关系之一

前面两节我们讨论了诗的感发。通过诗例我们看到，不但自然界的"物象"可以引起感发，人事界的"事象"也能引起感发；不但你自己的事情可以引起感发，别人的事情和古人的事情也可以引起感发。那么，引起感发是否就形成了诗呢？还是没有。你必须把你的感发通过文字表现出来才是诗。也就是说，作为一般人，你只要"能感之"就可以了；而作为诗人，除了"能感之"还要"能写之"。怎样写？这就涉及写作方法的问题了。

本来，我最反对谈诗的写作方法，因为那不是可以教出来的。父亲是诗人，儿子不一定也是诗人。你说我拼命教他，一定要让他也做个诗人。可是，倘若他天生下来就不是当诗人的材料，那么你再拼命也是白费力气。天底下从来不会有一个死板的规则方法，可以指导你作出一首好诗来。因为每一首诗都是一个新的生命，生命是不可以用一个模子来仿制的，就如同天下有千千万万的人，每一个人的五官面貌、脾气禀性各有不同。不过话又说回来了，这千千万万的人虽然面貌都不相同，但并不是不可以归纳出一些原则来。比如，正常的人都有两条眉毛、两个眼睛、一个鼻子、一张嘴巴；眉毛和眼睛长在鼻子的上边，嘴巴长在鼻子的下边。这就是人的五官面貌的基本原则。诗也是如此，虽然没有一个帮助你写出诗来的捷径，但却有一些基本原则是你学诗的时候所不可不知的。我们要讲的"赋、比、兴"，就是中国古人根据外物与内心相互感发的原理，总结归纳出来的一种写诗的基本原则。

"赋、比、兴"这三个名称最早见于《周礼·春官·大师》及《诗大序》。它们与"风、雅、颂"并列，被称为"六诗"或"六义"。《诗大序》是这样说的：

> 故《诗》有六义焉：一曰风，二曰赋，三曰比，四曰兴，五曰雅，六曰颂。

所谓"义"是指一些重要的道理。就是说，《诗经》里有这么六条重要的道理，是学诗的人首先要弄清楚的。在这六条里面，风、雅、颂是《诗经》中作品的分类，赋、比、兴则是写作的方法。在这一节中要讲的重点是"赋、比、兴"，但在讲"赋、比、兴"之前，我们要先来简单地弄清楚"风、雅、颂"是怎么回事。

"风"，是一般的民间歌谣。据说周朝设有专职官吏到各地去采集民间歌谣，叫作"采风"。采风的目的是根据这些民间歌谣了解下情，掌握各地风俗习惯，以利于制定政策。不过，这仅仅是历代对"风"的解释中比较简单明白的一种，此外还有很多不同的说法。比如《诗大序》说"上以风化下，下以风刺上"，故曰"风"。意思是，上面的统治者可以通过民间歌谣了解民情，领导风气；而下面的老百姓则通过歌谣对国家政策进行婉转的批评，所以这个"风"又同"讽"。这其实是对采风说法的进一步引申。在周朝的时候，有许多诸侯国，各国都有本地的民间歌谣，所以《诗经》里有十五国风。

"雅"，多数是士大夫阶层的作品，因此它对政治的反映往往比

"风"更直接。《诗经》里的"雅"分成两个部分：反映比较重大事件的是"大雅"；反映较小事件的是"小雅"。

"颂"，是朝廷举行宗庙祭祀典礼时所唱的诗歌，是一种庙堂的乐章。《诗经》里的"颂"分成周、鲁、商三颂。

古人对"风、雅、颂"有很多不同的说法。比如，有的人主张从诗歌与音乐的关系来分类，认为"风"是徒歌，即不配乐的歌曲；"雅"是可以配合着音乐来歌唱的；"颂"则不但配合音乐，而且还伴有舞蹈。不过这些问题很复杂，讲起来需要很多时间，由于我们并不是专门研究《诗经》，所以，只要简单地懂得什么是"风、雅、颂"就可以了。

历代对"赋、比、兴"也有很多种不同的说法，我这里也只取其中比较简单明白的说法加以介绍。所谓"赋"就是直言其事：你要写哪件事，就直接叙述它好了。所谓"比"就是以此例彼：用一件事情来比喻另一件事情。所谓"兴"是见物起兴：先见到一个外物，然后引起你内心的感发。我个人以为，古人所总结的这三种诗歌写作方法，其实是概括了诗歌写作中"心"与"物"——情意与形象——的三种关系。下面我们就对情意与形象的这三种不同的关系作一个讨论，先从"兴"说起。

"兴"这个字有两个读音，用作动词的时候读xīng，有"引发"、"兴起"的意思；用作名词的时候读xìng，有"兴致"、"兴趣"的意思。诗六义的"兴"所取的是"兴"字的"引发"、"兴起"的含义，本应是动词，读xīng，可是由于赋、比、兴这三个词代表诗歌的三种表现方法，已经被用作了名词，所以就按名词的声音读xìng了。其实如果仔细想来，所谓"兴趣"也是由某件事而引发起你内心的一种反应，所以"兴"字用作名词时，实在也具有"引发"和"兴起"的含义，只不过词性不同而已。

在讲"兴"之前，我还要说一说关于"象"的问题。"象"就是形象，我们习惯上总是认为只有"物"才有形象，其实不然。所谓"形象"，它不但包括自然界的"物象"，也包括人事界的"事象"，甚至还包括假想中的"喻象"。中国儒家有一部古老的经典叫"易经"，所讲的就都是关于"象"的学问。《易经》里两个基本符号"—"和"--"，前一个代表"阳"，后一个代表"阴"。如果把这两个基本符号重叠起来，形成三个一组，则有八种组合方法，那就是"八卦"；把"八卦"每两个一组重叠起来，可以有六十四种组合方法，那就是"六十四卦"。六十四卦的每一个卦本身就是一个符号形象，同时它还代表着许多自然界和人事界的物象和事象，如《乾》代表天，代表父亲；《坤》代表地，代表母亲等等。古人试图用卦象来解释宇宙万物之间那种永不停止的变化，在六十四卦的卦辞和爻辞里叙写了众多的形象：如《渐》卦"初六"爻辞的"鸿渐于干"是一种视觉的象，《中孚》卦"九二"爻辞的"鸣鹤在阴，其子和之"则是一种听觉的象；《蒙》卦"初六"爻辞的"利用刑人，用说桎梏"是现实中的事象；《坤》卦"上六"爻辞的"龙战于野，其血玄黄"则是假想中的喻象。

其实不只中国古人，印度佛教哲学对"象"也有很深刻的认识。佛教所常说的"色相"，并不单指红黄蓝白黑的颜色，也不单指视觉所看到的形象，而是有更深的含义。佛经认为，人的眼、耳、鼻、舌、身、意等六种感受器官叫作"六根"，由于有了"六根"，就产生了色、声、香、味、触、法等"六尘"，而人的种种欲望也就因之而起。"六尘"都是色相，是你的感受器官所能接受到的东西，这就与中国广义范畴的"象"很接近了。

现在我们就来看《诗经·关雎》中"兴"的例子，看一看在"兴"这种写作方法中，形象与情意之间存在着什么样的关系。

> 关关雎鸠，在河之洲。窈窕淑女，君子好逑。参差荇菜，左右流之。窈窕淑女，寤寐求之。求之不得，寤寐思服。悠哉悠哉，辗转反侧。

"雎鸠"是一种水鸟，一般总是成双成对的。"关关"，是雎鸠鸟的叫声。一对雎鸠鸟，在河水的沙洲上嬉戏，这个叫几声，那个也叫几声，好像在那里谈话一样。诗人听到它们的叫声，又看到它们那种亲密快乐的样子，就引起了内心的感发，联想到鸟都有如此美好的伴侣，人不是也应该有一个美好的伴侣吗？"窈窕"，有很多人以为是"苗条"的意思，其实不对。你看这"窈窕"两个字，都是"穴"字头，而"穴"字头的字，一般都带有一种幽深的意味。就是说，那女子不只是外表美丽，更重要的还在于内心藏有美好的品德修养。诗人认为，只有这样的女子，才是君子的好配偶。"荇菜"，是一种水中的植物。诗人说，你看水面上那些长短不齐的荇菜，随着水漂流不定。那种摇荡的样子，就很像我现在内心的感情。倘若真的有那样一个美好的淑女，那么我不管白天黑夜都要追寻她，每一时每一刻都要思念她。

　　诗人必须用文字把自己内心的感发表达出来，那才是诗。不过，如果你只是说："我现在内心十二万分感动！"那也并不是诗，因为它不能使别人了解你的感动，更不能感动别人。那么怎样才能使别人了解，进而感动别人呢？现在这首诗的作者就采取了一种方法：把他内心活动的动态过程摆到读者面前。作者先是听到了鸟叫的声音，见到沙洲上鸟的形象，由此而产生了欲寻配偶的联想；接着又看到水里漂流的荇菜，从而产生了"寤寐思服"的那种心情。这就是内心活动的一种动态过程。现在我们不妨注意一下，这首诗的叙写过程是先有了形象，然后才引起了内心的情意。从"心"与"物"的关系来看，这种表现方法是由"物"及"心"，也就是说，由形象过渡到情意。这种表现方法就叫作"兴"。下面我们再看一段《魏风·伐檀》，这也是"兴"的作品：

　　　　坎坎伐檀兮，置之河之干兮，河水清且涟猗。不稼不穑，胡取禾三百廛兮？不狩不猎，胡瞻尔庭有悬貆兮？彼君子兮，不素餐兮。

　　"坎坎"同"关关"一样，也是声音，是一种伐木的声音。作者说，我把檀木砍伐下来之后，都堆放在河水的岸边。这时我就看到，河水是如此澄清，而且上边还有美丽的波纹。在这首诗中，是"坎坎伐檀"的声音和"河水清且涟猗"的形象引起了作者内心的感发。什么感发呢？他说，你既不耕种，也不收割，为什么我们种的粮食收获了，你要拿最多的一份？从来没见过你去打猎，为什么你的院子里挂着那么多兽皮？一个做官的人，难道可以白白吃饭而不干事情吗？在古代"君子"这个词有两种含义：一种指品德美好的人；另一种指在上位的人，也就是做官的。这里的"君子"，所取含义是后者。中国的儒家并不主张每一个人都去种田，因为天下有很多需要做的事情，每个人都可以有每个人的职业和工作。只要你很好地完成了你的工作，那么你吃掉种田人种出的粮食就不算白吃；但如果你并没有把你的那一份工作做好，那你就白吃了农民种出来的粮食。在上位的人尤其如此，他们是不应该白白享受老百姓供养的。

现在，你有没有发现《伐檀》与《关雎》有什么相同和不同？它们的相同之处是：二者都是先有形象，然后引发出心中的情意。它们的不同之处是：在《关雎》中，形象与情意之间的关系很容易理解，因为从鸟的和鸣联想到人的配偶，这是很自然的；而在《伐檀》中，形象与情意之间的关系就比较难解释，那伐木的声音和河水的清涟与"君子"的"素餐"似乎并无直接关系。我之所以又举了《伐檀》这个例子，就是为了让大家了解在"兴"的方法中，形象与情意的关系相当复杂，有的作品能够看出它们之间的关系，有的就完全看不出来。然而那里边却一定存在着某种关联，只不过那关联不一定能用理性来解释而已。这么说，不是有点儿太微妙了吗？对于"兴"的方法来说，这到底是它的缺点，还是优点？我以为是它的优点。因为，这正是中国诗歌传统中一向重视感发作用的一种独有的特色。

关于"比"的例子，让我们来看《魏风·硕鼠》的第一段：

> 硕鼠硕鼠，无食我黍。三岁贯女，莫我肯顾。逝将去女，
> 适彼乐土。乐土乐土，爰得我所。

"硕"，是大的意思。"贯"，是侍奉的意思。"女"，就是"汝"。作者说，大老鼠呀大老鼠，你不要再吃我的粮食了，我侍奉了你这么多年，可是你却一点儿也不肯顾念我，所以我要离开你去找一个快乐的地方，假如天下真的有一块乐土，我就要在那里安身不再回来。他说的是真的老鼠吗？人怎么能侍奉老鼠？显然作者别有所指，他是用老鼠来比喻那些剥削者。

那么我们来看一看，这首《硕鼠》与前面讲的《关雎》、《伐檀》有什么不同？这首诗，是作者心中先有了一种由被剥削而产生的痛苦和不平，也就是说先有了内心的情意，然后想办法找一个外物来表现出自己内心的这种情意。于是他找到了专门偷粮食的大老鼠的形象，用它来比喻剥削者正好合适。作者通过对大老鼠的呵斥，指责了剥削者，发泄了自己内心的那种不平。从形象与情意的关系来看，这首诗是先有情意，后有形象，二者的关系是由"心"及"物"的。这种表现方法就叫作"比"。

在以上所讲的"兴"与"比"的两种表现方法中，不管是先有情意还是先有形象，其中形象在表达情意的过程中都占了很重要的地位。那么，是不是写诗就一定离不开外物的形象呢？并非如此。下面要讲的"赋"的方法，就用不着通过外物引发情意，也用不着

找一个外物来传达情意，而是直接就说出了内心的情意。这种表现方法效果如何？我们可以看《郑风·将仲子》里的一段：

> 将仲子兮，无逾我里，无折我树杞。岂敢爱之，畏我父母。仲可怀也，父母之言，亦可畏也。

这是一个女孩子在和她所爱的男孩子讲话。那个男孩在家里一定是行二，所以被称为"仲子"。"将"和"兮"，都是《诗经》里常用的语气词。要知道，有语气词和没有语气词所传达的口吻是不一样的。如果只说"仲子!"那就像他的爸爸在喊他。而"将仲子兮"，就显得那么委婉，那么多情，显然是他的情人在喊他。这女孩子说，仲子啊，求你不要跳过我家的里门，也不要碰断我家的杞树。什么是"里门"？所谓"里"，类似上海的弄堂或北京的胡同，里边住着十几户或几十户人家，外边有一个共同的大门，就叫"里门"。那男孩子要和这女孩幽会，攀着树就跳进了女孩家的里门，女孩则求他不要这样做。然而"无逾我里"和"无折我树杞"这接连的两个否定不是太伤感情了吗？于是这女孩接着就来挽回了——"岂敢爱之，畏我父母"。她说，我并不是舍不得这树，我只是怕我的父母知道。那么，既然怕父母知道，干脆你就拒绝他好了。可是这女孩子又把话拉回来——"仲可怀也"，你当然是我所怀念的。既然如此，为什么不让他进来呢？她接着又推出去——"父母之言，亦可畏也"。所以你看，这女孩子一会儿推出去，一会儿拉回来，在这反反复复的推拉之间，就把她对仲子的多情和对父母的畏惧，这种十分矛盾的心情表达得淋漓尽致了。

大家一定已经注意到，前面讲的那几首诗，是借助于形象来传达感发的。这一首诗却没有借助形象，而是在叙述的口吻、章法的结构之间直接就传达了感发。这就是"赋"的表现方法。从"心"与"物"的关系来看，"赋"的方法是即"物"即"心"的。就是说，他所写的那个外在事物的形象直接就是他内心的情意。

到现在为止，我们已经看了《诗经》中不少的诗例。但所举的都不是全诗，而是诗中的一段或两段。因为，重章叠句乃是《诗经》的一个特点。像这首《将仲子》，一共有三章，即三个段落。它的第二段和第三段是：

> 将仲子兮，无踰我墙，无折我树桑。岂敢爱之，畏我诸兄。仲可怀也，诸兄之言，亦可畏也。
> 将仲子兮，无踰我园，无折我树檀。岂敢爱之，畏人之多言。仲可怀也，人之多言，亦可畏也。

这两段的内容与第一段其实没有多大区别，只是所押的韵不同。对于《诗经》中的诗，有些我们现在读起来好像并不押韵，其实在古代它们是押韵的。像第二段中的"墙"、"桑"、"兄"就是押的同一个韵，然后换韵，"怀"和"畏"押的是同一个韵。第三段中"园"、"檀"、"言"押的是同一个韵，然后换韵，仍然是"怀"和"畏"押同一个韵。就在这种声音的变换与重复之中，作者把女孩子那种柔婉多情而又顾虑重重的矛盾心理全都传达出来了。

第四节　诗歌中形象与情意的关系之二

上一节，我们结合《诗经》中的诗，介绍了在"赋、比、兴"三种表现方法中形象与情意的关系。现在，还有几个问题需要加以补充说明。

首先是，《诗经》中作为"诗六义"的"赋、比、兴"，与后代常说的作为诗歌写作方法的"赋、比、兴"之间，还有一点点的区别。"诗六义"的"赋、比、兴"重在开端，也就是说，它所注重的往往是一首诗开端第一句所用的是哪一种表现方法。为什么如此？因为，"诗六义"的"赋、比、兴"所要研究的是引起你感发的方式。或者说，所要分清的是作者采用了赋、比、兴之中的哪一种方法来带领读者进入感发。可是到了后代，赋、比、兴作为一般的写作方法就不一定仅仅用在开端，有的可以用在中间，有的也可以用在结尾。像《古诗十九首》的《行行重行行》，前边都是直言其事的"赋"，中间忽然出现"胡马依北风，越鸟巢南枝"两个形象。我们把它叫作"兴象"，而它却不必在开端，也可放在诗的中间。所谓"兴象"，就是带给读者兴发感动的一种形象。唐代诗人王昌龄的《从军行》说："琵琶起舞换新声，总是关山离别情。撩乱边愁听不尽，高高秋月照长城。""琵琶"本是一种胡乐，但在边疆戍守的士兵受到胡人影响，也弹奏这种乐器。诗人说，琵琶的乐曲弹了一曲又换一曲，不管换了多少曲，总是离不开离别的内容，只能唤起征人的悲哀忧愁。可是结尾一句他忽然不再写忧愁了，一下子跳起来去写天上的秋月。这"高高秋月照长城"就是一个"兴象"。它不是理性的，因为月亮并不代表离别。是人看到了月亮，忽然引起感发，产生了怀念故乡的感情。这种感发是由物及心的，所以是"兴"的表现方法，而它却是用在诗的结尾。

第二个要补充的问题是，通过上节所举的那些诗例，我们已经看到，所谓形象与情意的关系，无非是"由物及心"、"由心及物"和"即物即心"这三种。由物及心的是兴；由心及物的是比；即物即心的是赋。看起来很是简单明白，但实际上这三种方式的区分并非如此容易。上节所举的《关雎》、《硕鼠》等都是比较单纯、比较典型的例子。

事实上，人心与外物之间的感发，其层次和性质并不都如这几首诗一样单纯而易于辨别。即以《诗经》中的诗而论，对《周南·汉广》、《曹风·下泉》、《豳风·鸱鸮》这三首诗，《毛诗》认为都是属于"兴"的作品；而朱熹的《诗集传》则认为《汉广》是"兴而比"，《下泉》是"比而兴"，《鸱鸮》则完全是"比"。总之，不但"比"和"兴"容易混淆，就是"赋"、"比"、"兴"之间，有时也容易混淆。而且，《诗经》里所写的人类生活和思想感情，相对来说还是比较简单、比较质朴的。随着人类社会的进步，人的思想感情也愈趋繁复深微，所以形象与情意的关系也就越来越繁复深微了。

还有一点需要说明的是，有人认为诗歌里只有形象是最重要的，所以老是强调比、兴。可是我认为，比和兴固然重要，赋也是不可忽视的。因为一般来说，诗歌里用得最多的还是赋。赋包括了诗歌的整个组织、章法、句法和结构。不管你用了多么美丽的形象，不管你如何情景相生，可是把你的形象和情意结合起来的，只能是赋。

另外，前文曾引了《诗大序》里的一段话："故《诗》有六义焉：一曰风，二曰赋，三曰比，四曰兴，五曰雅，六曰颂。"排列次序是风、赋、比、兴、雅、颂。这是为什么？既然风、雅、颂是《诗经》的分类，赋、比、兴是《诗经》的写作方法，这里为什么把它们混在一起？我认为，这虽然可以作为中国古代文学批评缺少科学逻辑的一个例子，但这种排列也不是完全没有道理的。因为，古人曾把《诗经》当作课本，如果按教学的一般习惯来说，应该从十五国风教起，所以"风"列为第一。在教国风民歌的时候自然要涉及诗的表达方式，而在三种表达方式中，赋最为简单直接，兴较为深隐难解，所以先讲赋，再讲比，最后讲兴。结合赋、比、兴讲完了十五国风之后，再讲二雅和三颂。至于我为什么先讲"兴"而不是先讲"赋"呢？那是因为，我们不是专门讲《诗经》，而是从诗歌理论的角度分析形象与情意的关系，所以要从由物及心的"兴"和由心及物的"比"讲起。

那么，现在"赋、比、兴"基本上就讲完了。接下来我们要讨论一个问题，那就是西方诗论中有关形象的几种说法，与中国诗论中"赋、比、兴"之说的比较。

近年来，很多人试图用西方文学理论来解说中国的旧诗，这是一种很好的探索。因为一般来说，西方文学理论比较细密，而中国古代文学理论比较简单抽象。实际上，对于文学艺术来说，其中有很多最基本的要素，本来是不分古今，也不分中外的，因此中西理论的结合确实很有必要。但我们在做这种尝试的时候一定要注意，基本要素的相同并不等于个别因素也都相同。前些年，台湾有人用西方理论来讲中国旧诗，说什么西方用蜡烛来代表男性，所以中国旧诗里的蜡烛也代表男性。这是不可以的，中国古人绝对没有这种观念。还有人说唐诗"早知潮有信，嫁与弄潮儿"（李益《江南曲》）中的"信"就是"性"，这也不可以。第一，"性"和"信"的发音本来就不一样；第二，就算两个字发音相同，中国古人所用的"性"也不同于西方的那个"性"，中国古人所用的是"人之初，性本善"的那个"性"。所以我认为，我们应该利用西方理论的明辨来补足中国旧诗的含混，而不应该只袭取西方理论表面的一些皮毛，丢掉了中国的传统。更何况，中国古人的诗论虽然概括抽象，不及西方理论细致周密，但却有自己的精华和特色，有时是西方理论所不及的。下边我就通过介绍一些西方诗论中的术语来说明这个问题。

西方理论也很注重诗歌中的形象，也有很多表现心与物之关系的术语，诸如Simile（明喻）、Metaphor（隐喻）、Metonymy（转喻）、Symbol（象征）、Personification（拟人）、Synecdoche（举隅）、Allegory（寓托）、Objective Correlative（外应物象）等。由于我们要学的是中国古典诗，所以对这些西方的术语，再各举一些中国的古典诗做例证。

所谓Simile（明喻），就是比较明显的比喻。你用一种东西来比喻另一种东西，中间一定要加上"如、似、比、像"等字样，把"比"的意思明白地说出来。李白的《长相思》诗中有一句"美人如花隔云端"，就是明喻，说我所怀念的那个美人，长得像花一样美，但却离我非常遥远，无法见面。

所谓Metaphor（隐喻），其实也是比喻，但不像明喻那样，把"比"的意思表现得那么明显，不用"如、似、比、像"等字眼作直接的说明。如杜牧《赠别》诗中有两句，"娉娉袅袅十三馀，豆蔻梢头二月初"，写了一个美丽的女孩子，用的就是"隐喻"。古代女子出嫁的年龄是十四岁，而这个女孩子才十三岁多一点儿，美丽得就像早春时节豆蔻梢头含苞待放的花朵一样。但诗人不说这女孩像花朵，而是把女孩和花朵的形象并列在一起，说这豆蔻年华的女孩子就是花朵。这就是"隐喻"。

所谓Metonymy（转喻），也可以叫"换喻"。陈子昂《感遇》诗中有一句"黄屋非尧意"，就是转喻。尧是古人认为最理想的帝王，但其实他并不想做帝王，所以后来就让位给了舜。"黄屋"是古时候天子所乘的车，但在这句话里却不完全指车，而是以天子的车来代表天子的地位。这种情形外国也有，例如他们常常用皇冠来代表国王的地位，那也是"转喻"。

说到Symbol（象征），它与"明喻"和"隐喻"有什么不同呢？一般来说，在明喻和隐喻中，比喻和被比喻的东西都比较具体。像美人和花，十三岁的女孩子和早春二月的花朵，全都是现实中实有的形象。而象征则常常是用现实中实有的形象，来表现一种抽象的情思意念或者哲理。并且这个具体的形象常常不是偶然拿来的，它一般已经在人们的脑子里形成了惯例，如一提到十字架马上就想起基督等等。

中国古诗里也有这种手法，最有名的是陶渊明。陶诗里常写的松树与菊花都有象征的意味，代表着陶渊明内心之中一种坚贞高洁的品格。比如陶诗的《和郭主簿》中有这样几句："芳菊开林耀，青松冠岩列。怀此贞秀姿，卓为霜下杰。"一般的花到秋天都零落了，只有芬芳的菊花到秋天才开放。菊不像春天的花那样万紫千红，它们大半是黄色和白色的，所以在树林中深绿色的背景下就显得分外光彩夺目。"冠"读去声，表示戴在头上的意思。就是说，有一排青翠的松树像帽子一样戴在山头上。"怀"字用得也很好，因为美有不同的类型，表面的色泽只是外表的美，很可能是用一层美丽的颜色把底下的脏东西都遮盖起来了，而"怀"是从内心之中表现出来的，是从里到外的。"秀"也是一种从里到外的美，我们说某人很秀气，那不仅仅指他的眉毛、眼睛长得好看，而且是指他还表现出一种很聪明、很有灵气的品质。"贞秀"，是说不但秀美，而且有坚贞不变的操守。"卓"是出群的样子，这里还不光是说松菊的品质卓越出群，而且是说在其他草木都零落了的背景之中，松和菊却不怕严霜的打击，仍然如此秀美，这也是很了不起的。所以，这松和菊的形象，就代表了一种哲理的概念和抽象的品质。其实，那也正是诗人自己的修养和追求。

　　Personification（拟人），是把一个本来不会有感情和思想的外物，当作有感情、有思想的人来描写。我可以举北宋词人晏几道《蝶恋花》词中的"红烛自怜无好计，夜寒空替人垂泪"为例。词人说，在夜晚的红烛前，有两个相爱的人要分离了，红烛也替他们发愁，但又没办法帮助他们，所以只有默默地为他们流泪。红烛怎么会有感情？怎么会替人流泪？作者是把无情的红烛比作了有情的人。这种方法就叫作"拟人"。

Synecdoche（举隅）译得很妙。"举隅"这个词出于《论语·述而》的"举一隅不以三隅反，则不复也"。意思是，假设老师给你指出桌子的一个角，你同时就要明白另外的那三个角。学习重在融会贯通，不能指望老师把所有的东西都详详细细、反反复复地讲给你听。所以，"举隅"这个词用在写作中，是指举出事物的某一个部分来代表事物的整体。比如晚唐词人温庭筠的《望江南》小词中有一句"过尽千帆皆不是"，说一个女子每天在楼上望着远远的江面，期望她所爱的人乘坐的那条船早日归来，可是所有的船都过去了，她所盼望的那条船却始终没来。这句里的"帆"仅仅是船上的一个局部，而词人却用它来代表整个的船，这种方法就是"举隅"。

至于Allegory（寓托），前文在讲《诗品序》时，已举过一首晚唐诗人李商隐咏蝉的诗，那首诗表面上写的是蝉，实际上写了诗人自己的理想以及失望与悲哀，那就是"寓托"。南宋词人王沂孙写过一首《齐天乐·蝉》，通篇用了很多蝉的事典，写的全是蝉，而暗中却寄托了他自己对南宋亡国的悲哀。那首词也属于"寓托"的一类。

Objective Correlative这个术语在西方出现得比较晚，台湾有人把它译为"客观投影"，我觉得不如译成"外应物象"。在形象与情意的关系中，这是比较复杂的一种。它是用一组，或者一系列的形象和事物来间接地传达你的某种情意，而这种情意永远不许直接说出来。不过这种方法在中国古典诗歌中同样有人使用过，李商隐的《燕台四首》就是明显的例证。

"燕台"，有很多种不同的解释。有人说是指战国时燕昭王修筑黄金台招贤纳士的事情；也有人说是指唐代节度使的幕府。节度使是唐代的最高地方军政长官，他的办事机构就叫幕府。李商隐在别的诗歌里也用燕台指代过幕府。但从内容上看，"燕台"这个题目仅仅起一种暗示的作用，我们不必把它过于限制落实。这一组诗共分为春、夏、秋、冬四首，每一首都写得扑朔迷离，令人难以把握。诗人始终没有说出他所要说的到底是什么，然而却能使人产生无穷的想象。我们现在来看这四首中"春"的开头部分：

> 风光冉冉东西陌，几日娇魂寻不得。蜜房羽客类芳心，冶叶倡条遍相识。暖蔼辉迟桃树西，高鬟立共桃鬟齐。雄龙雌凤杳何许？絮乱丝繁天亦迷。

"风光"，指的是大自然的景色。这本来是早已被大家用滥了的一个词，但诗人之所以为诗人，是因为他能够用自己新鲜的感觉，把本已不新鲜的事物变为新鲜的。李商隐在"风光"后边加上"冉冉"二字，这"风光"一下子就活起来了。因为，"冉冉"是一种很缓慢、很柔和的动作，显示了一种动态。要知道，大自然的风光并不是死的，它时时刻刻都在变化。范仲淹《岳阳楼记》说"朝晖夕阴，气象万千"，这是真的。如果你站在高处长时间地观察湖光山色，你会看到，在早晨太阳升起和晚上太阳落山的过程中，光影的闪动和颜色的变幻，使所有的景物都处在不停的变化之中，那种动态的美丽简直是无法形容的。"风光冉冉"，就写出了这种春日气象万千的姿态。

"陌"是人行的小路。所谓"东西陌"是一种对举的用法，实际上包括了东西南北所有的道路。就是说，到处都有这冉冉的风光，到处都是一片活泼的春意。这一句并不完全是视觉感受，其中还带有一种心灵深处的触动，所以接下来就说"几日娇魂寻不得"。什么是"娇魂"？一个娇美的灵魂吗？这真是很奇怪了。前面我曾说佛教有"六根"之说，"六根"就是人的眼、耳、鼻、舌、身、意六种官能。这六种官能可以感受到视觉的、听觉的、嗅觉的等等各种形象，而其中"意"这个官能所感受到的，其实就可能有一种想象出来的形象。这里的"娇魂"，也是李商隐心中所想象出来的一个形象。

诗歌中感发的生命是通过文字传达出来的，好诗人和坏诗人的差别就在于这种传达的能力不同。一个好的诗人，总是能够选择恰当的语汇，并将其组织得恰到好处，来表达自己内心的感受，他的每一个字往往都包含着他心中的感发。你看，这"娇"字是多么美好可爱；而"魂"字又是多么灵动自由！"娇魂"不是一个死板的肉体。她是一个美丽的、自由自在的精魂。或许，那是诗人心中某种美好的追求？或许，那是超乎宇宙物质之上的某种精神？这一切，作者都留给读者去联想，他只是说，我找她已经找了很多天，却始终没有找到。

"蜜房"，是蜜蜂储藏蜂蜜的所在。那么"蜜房羽客"呢？自然就是蜜蜂了。但中国道家把白日飞升的神仙也叫"羽客"，所以这句话就产生了拟人的效果，表现了一种飞翔和求索的神致。而且，"蜜"是多么甘美，"房"是多么深隐，这两个字也引人联想到"芳心"的美好与多情。诗人说，在花丛中飞来飞去的蜜蜂，就正像我这一片不断追求寻觅的芳心。它们为了酿出美好的蜂蜜，在花朵间来往搜寻，几乎把每一片美丽的叶子、每一条可爱的枝梢都寻遍了。"遍相识"三个字，深刻地表现了一种执着的对完美的追求。

于是，在这种苦苦的追寻之中，他就似乎真有所见了。"暖蔼"，是在春天温暖的日光下远处光影朦胧、如烟似雾的样子。"辉"，是日光。春天天长了，太阳移动得很慢，所以是"辉迟"。当太阳的光影慢转轻移到桃树之西的时候，就出现了一个迷离恍惚的情景——"高鬟立共桃鬟齐"。"高鬟"是一种女子的发式，极富于端庄成熟之美。诗人说，我好像看见一个梳着高鬟的女子站立在桃树旁边。她的高鬟几乎和桃树的桃鬟一样高。什么是桃树的桃鬟？那就是诗人创造出来的词了。因为桃树上开满了花朵，就像女子头上簪满了花一样，所以诗人故弄玄虚，给读者造成一种方见是花，又疑是人的如真似幻的感觉。然而这实在并不是一个真实的女子，因为诗人接着就笔锋一转："雄龙雌凤杳何许？絮乱丝繁天亦迷。"

古代常用龙代表男子，凤代表女子，把男女的美好姻缘比作龙凤呈祥。因为古人认为两美是应该相合的，只有"雄龙"与"雌凤"相遇相合的世界才完美无缺。然而诗人在此处说，不但没有雄龙，而且也没有雌凤，那就更不要谈雄龙与雌凤两美之必合了。在春天将尽的时候，柳树开了花，满天飞的都是柳絮。"丝"，是春天常有的那种到处飞的游丝，那也许是鸟兽或草木的一种分泌物。他说，天地之间到处都是蒙蒙的飞絮和惘惘的游丝，天若有情，也会像我现在一样，是一种迷乱和失落的感情。

总之，这四首诗用了一系列错综复杂的形象，来表现一种惆怅缠绵的感情，它的不可指说也正是它的佳处所在。此外，如李商隐的《锦瑟》诗，接连用了"锦瑟"、"弦柱"、"沧海月明"、"蓝田日暖"、"庄生晓梦"、"望帝春心"等一系列事物的形象，来传达内心中某种特殊的情意。那种方法，也是"外应物象"。

好，现在我们就要注意了，在西方理论的这么多有关形象的术语中，不管明喻、隐喻、转喻、象征，还是拟人、举隅、寓托、外应物象，全是先有了心中的情意，然后选择一种技巧，寻找一种形象来传达这种情意。也就是说，全都是有心为之的。如果探讨其中形象与情意的关系就会发现，它们所代表的全都是由心及物的那一种关系，即"比"的关系。要知道，"兴"有时候是一种直觉的联想；而"比"则都是有心为之的。当然，在西方诗歌中并不是没有近于中国"赋"或"兴"一类的作品，但在西方诗歌批评的术语中，却没有相当于中国"赋"或"兴"一类的名目。在英文中，甚至根本就找不到一个合适的词来翻译中国的这个"兴"字，以致有的学者在写论文时，对"兴"字只能用音译。同样，英文中的"叙述"一词也仅仅是与"议论"、"描写"、"说明"并列的一种散文写作方法，不同于中国诗六义中的"赋"，是专指诗歌中带有感发作用的一种写作方式而言的。

不过，在这里我并没有贬低西方诗论的意思。因为西方诗论是针对西方诗歌的理论，而西方诗歌本来就注重对各种意象模式的安排制作，并在这种安排制作之中，显示出诗歌的意义和价值。然而，如果就中国古典诗歌而言，倘若也只注意这种对外表模式技巧的区分，那就丢掉了中国诗歌以感发为主的本质。我以为，假如用一座大楼来打比方，西方理论就像大楼地上部分的宏伟结构，而中国诗论乃是大楼地下部分深奥的根基，二者各有长处和短处，但哪一个也不能缺少，只有互相结合才可以不断地发扬光大。这也正是我用了这么多篇幅来讲"赋、比、兴"的原因。

第五节　诗体的演变之一

前面我已经讲过了诗是怎样形成的，以及诗的三种基本写作方法。从这一讲开始，我们就讨论中国诗歌体式的演变了。

在讲"赋、比、兴"时，我举了不少《诗经》的例子。大家可以看到，《诗经》里的诗大部分是押韵的，而且基本上以四言为主。可是我们知道，《诗经》收集的是三千年前的作品，其中有很多来自各地的民谣。那时候并没有什么写诗的格律和规矩，没有人限制写诗一定要押韵或一定要写成四言。可是，大部分人在写诗的时候，不约而同地就写成了四个字一句并且押韵。这是为什么呢？我以为，这个现象关系到中国语言文字的特色。

中国字与西方拼音文字不同，它们是单形体、单音节。就是说，每个字都占同样大小的一个方块；每个字的发音都只有一个音节。这种单形体、单音节的文字有好处，也有坏处。好处是容易形成对偶，造成一种平衡的美，这一点我们以后要讲；坏处是比较单调，单独的一个字不能够形成音节的起伏高低。比如说"花"，它只有一个音节，读起来缺乏音乐性，不像英文的flowers，读起来可以有轻有重，形成节奏和韵律。因此，中国诗歌的语言就自然而然形成了一种趋向：特别注重把单音节结合起来，从而产生节奏、顿挫和韵律。那么，要达到这一目的，最少要用几个字一句呢？那就是四个字一句。也就是说，最少要用"二二"的停顿，才能够产生有轻有重的节奏和韵律。

中国学作旧诗的人都很注意吟诵。如"关关——雎鸠，在河——之洲"，这就是"二二"的停顿，读起来就可以有抑扬顿挫，产生一种音乐性。当然，如果再长一些，每句五个字或者七个字，它的起伏高低的变化就更多，读起来声音就更美。然而，也不是音节越多就越好，因为人被生理机能所限制，一口气念不了太长的句子，所以中国旧诗发展到后来，以五言和七言最为流行。词里边虽然有长句，但词里边的长句都有句读，并不是一口气读下来的。《诗经》是中国最早期的诗歌，因此就自然而然地形成了最简单的以四言为主的形式。

另外，中国语言发声中的韵母比较多，这也为诗歌押韵创造了条件。《诗经》里的诗绝大多数是押韵的，只不过由于古今语音的变化，有的今天读起来已经不押韵了。前文在讲《将仲子》时也曾涉及过。曾有同学问《诗经》为什么叫"经"。其实，最早它也不叫"诗经"，而叫"诗三百篇"或"诗三百"。因为《诗经》里边的诗一共有三百零五篇，古人习惯取其整数，所以叫"诗三百"。

可是到了汉朝，《诗经》日益受到尊重，人们不是仅仅把它当作文学作品来读，而是从中看到了周朝的教化、政治和风俗，认为这本书可以告诉你什么是对的、什么是错的，什么是好的、什么是坏的。后代可以从中学习怎样做人，怎样执政。所以"诗三百"就被尊称为"经"了。所谓"经"者，就是一种大家都应该遵守的道理。

在《诗经》之后，中国诗歌又有另外一个新的形式形成了，那就是《楚辞》。《诗经》中所收的诗大致以黄河流域为主，而《楚辞》则有浓厚的楚地方色彩；《诗经》中的诗大部分没有留下作者的姓名，而《楚辞》从它的第一位重要作者屈原开始，就带有很强烈的个人色彩。所谓"楚"，指战国时楚国的故地，如今主要在湖南、湖北一带。《楚辞》这部诗集是西汉刘向所编，其中以屈原、宋玉的作品为主，也收入了后代一些文人模仿屈、宋的作品。《楚辞》在形式上对后代影响最大的，一个是"骚体"，一个是"楚歌体"。

"骚体"因屈原的《离骚》而得名。我们要想了解《离骚》，首先必须了解它的作者屈原。前文讲诗的感发时，曾举过"楚臣去境"的例子，不过介绍得还不很详细。屈原生在战国时期的楚国。在春秋战国时代，人们的国家观念还不很强烈，一个有才能的人在本国得不到任用，可以到别的国家去，谁用他，他就替谁服务，连孔子、孟子也都是如此。然而屈原却与他们不同，因为他是楚王的同姓，就是说，他与楚国的国君出于同一个家族，有着血缘的关系。所以他从感情上只能忠于自己的祖国，纵然楚国不用他，他也绝不肯离开楚国去为别的国家所用。那么，他的祖国当时又处于一种什么样的环境呢？那是在战国的末期，秦国已经十分强大，准备一个个地吞并六国。楚国的处境本来已经很危险，而朝廷中又分成了政治主张不同的两派：一派主张亲秦，一派主张联齐抗秦。屈原是主张联齐抗秦的，而且他很有才能，曾经得到楚怀王的重用。

可是，人类有一种最坏的天性就是忌妒，而屈原就因此遭到了一些人的忌妒。这些人就在楚怀王面前说屈原的坏话，而且楚怀王就真的相信了这些人的话，疏远了屈原。于是，亲秦派的势力愈发强大，后来就发生了楚怀王入秦，而被秦国扣留的事。楚怀王被扣留为人质死在秦国，他的儿子顷襄王继承了王位，而顷襄王也相信了大家对屈原的谗毁，又一次放逐了屈原。这时候秦国日益壮大，楚国的灭亡只是早晚的事情了。屈原眼看着国家就要灭亡，自己却无能为力，就怀石自投于汨罗江而死。作为一个爱国诗人，屈原留下的著名长诗《离骚》，在形式和内容上对后世都有很大影响。所谓"离"，同"罹"，就是"遭遇"的意思；"骚"，是忧愁的意思。屈原在《离骚》中写了他自己遭遇忧愁之后的悲哀和忧虑，表现了他自己的性情、品格和理想，而这些又都与他的爱国之心紧密相连，所以带有强烈的个性色彩。

其实，《楚辞》的作品不但在内容风格上与《诗经》不同，形式上也有自己的特色。《楚辞》中经常使用语气词，最常用的是"兮"字。前文讲的《诗经·将仲子》里也有"兮"，但《诗经》中用的"兮"并不很多，而《楚辞》中几乎每一篇、每一句都离不开"兮"。《楚辞》的句法，一般来说是在"兮"的前后各加两个字、三个字或四个字，甚至六个字，偶然也有加五个字的。而且，"兮"

字前后的字数也不一定相同，例如可以前边三个字，后边两个字，或者前边两个字，后边三个字，交换来用。

《九歌》篇幅较短，所以句子也较短，最常见的形式是"兮"的前后各三个字；《离骚》篇幅很长，所以句子也长，大致是"兮"的前后各六个字。例如它的开头两句是："帝高阳之苗裔兮，朕皇考曰伯庸。摄提贞于孟陬兮，惟庚寅吾以降。""高阳"，指颛顼，是传说中的上古三皇五帝之一。古人家族观念很强，凡事总想到扬名声、显父母。所以屈原在《离骚》的一开头就说："我是高阳氏的后代子孙，我的父亲名叫伯庸。""朕"是古人自称；"皇考"指的是父亲。接下来第二句是自叙生辰："摄提"，指寅年；"孟陬"，指正月，正月也属寅；"庚寅"，是寅日。屈原的生日很特别，他是属虎的，生于寅年寅月寅日。后边他还叙述了自己对光阴易逝和理想落空的忧虑："日月忽其不淹兮，春与秋其代序。惟草木之零落兮，恐美人之迟暮。"你看，这里他每一句都用了"其"和"兮"两个语气词，语气词的连用可以增加句子的姿态，而句子的这种姿态也就形成了楚辞飞扬飘逸的特色。

还不只是这种形式上的特色，我们还要大致了解一下《离骚》在内容和感情上的特色。我以为，《离骚》在内容和感情上的特色主要有四个方面：第一是追寻的感情；第二是殉身无悔的态度；第三是美人香草的喻托；第四是悲秋的传统。

先讲追寻的感情。《离骚》中有这样的话："吾令羲和弭节兮，望崦嵫而勿迫。路漫漫其修远兮，吾将上下而求索。""羲和"，是给太阳驾车的神。"弭"，是停止的意思。"节"的形状有点儿像杖，古人接受使命出去办事，总是拿着节以示信用，所以后来把使者也称为"使节"。羲和是受天帝的命令驾驭日车的，因此诗人想象他的手里拿着节。"崦嵫"是西方一座山的名字，古人认为那里是日落之处。屈原说，我希望太阳慢慢地走，给我多留下一点儿时间，因为我所追求的是一种最远大、最完美的理想，必须历尽艰辛、上天入地去追寻。

这两句，曾经被鲁迅先生用作《彷徨》的题辞。可见，凡是有理想、有追求的人，哪怕生在千百年之后，也可以受到这两句诗的感动，从而引起共鸣。《离骚》中还说："朝吾将济于白水兮，登阆风而绁马。忽反顾以流涕兮，哀高丘之无女。"古人认为，昆仑山是神仙所在的地方，"白水"，是发源于昆仑山的一条河水；"阆风"，是昆仑山上最高处。屈原说，我很早很早就出发去追寻，渡过了白水，登上了阆风，当我把马在山顶上系好时，回头一看，就止不住地流下泪来。因为我经过这么艰难久远的攀登而来到山顶之后，发现这里并没有我所追寻的那个女子。这实际上是一种精神上的迷惘和失落。因为，诗人与一般人是有一点不同的，那就是一般人所追求的往往是很具体的物质利益，而诗人总是追求精神上和心目中最完美的理想。《离骚》这首长诗反复地以"求女"来暗示这种追求向往，然而"求女"所得到的结果，只是一次又一次的失望。

既然追寻不到，那么你放弃就是了，何必还这样上天入地去追求呢？从这里我们就可以引出《离骚》的第二点特色——殉身无悔的态度。《离骚》里有一句"亦余心之所善兮，虽九死其犹未悔"，诗人说，我知道我所坚持的理想是正确的，所以哪怕为它死多少次我也不后悔！这种执着的感情对后世产生了很大的影响。中国的诗人，他们在用情的态度上可以分成两大类，一类出于《庄子》，一类出于《离骚》。苏东坡的用情态度就是出于《庄子》的，例如他说"云散月明谁点缀，天容海色本澄清"（《六月二十日夜渡海》）；又说"回首向来萧瑟处，归去，也无风雨也无晴"（《定风波》）。他不是陷在苦难中无以自拔，而是自己从精神上超脱出来，达到一种通达的境界。另一类诗人则正好相反，他们在感情上十分执着，宁死也不肯放弃，如李商隐说"春蚕到死丝方尽，蜡炬成灰泪始干"（《无题》）；韦庄说"妾拟将身嫁与一生休，纵被无情弃，不能羞"（《思帝乡》）。这一类诗人的用情态度，则可以说是出于《离骚》。

美人香草的喻托也是《离骚》的一大特色。司马迁称赞《离骚》说："其志洁，故其称物芳。"在《离骚》这首长诗中，美人香草比比皆是。比如前文提到过的"日月忽其不淹兮，春与秋其代序。惟草木之零落兮，恐美人之迟暮"——天上的太阳和月亮运行得这么快，从来不为谁而停留，春夏秋冬四季也在不断地更换，现在又到了草木枯萎凋零的时候了，因此我就想到，一个美丽的女子迟早也会衰老。屈原所说的这个"美人"，真的仅仅指一个美丽的女孩子吗？显然不是。这是一个比喻和象征的说法。

因为在古代，一般人总是用容貌来衡量女子，用品德才能来衡量男子。一个美丽的女子得不到所爱之人的欣赏就衰老了，这是很可悲哀的事情；而一个才智之士，他的品德才能没有得到表现的机会，就白白度过了一生，这是更可悲哀的事情。所以，这一句中的"美人"喻指品德才能美好的人，是屈原的自喻。在《离骚》中还有许多地方提到"美人"，其中有的是自喻，有的则代表作者理想中的贤君或贤臣。所以，从《楚辞》开始的"美人香草以喻君子"这个传统大家一定要了解，因为它对中国后来的诗歌产生了十分长远的影响。我可以举个例子来做说明，晚唐诗人李商隐有一首《无题》：

> 八岁偷照镜，长眉已能画。十岁去踏青，芙蓉作裙衩。十二学弹筝，银甲不曾卸。十四藏六亲，悬知犹未嫁。十五泣春风，背面秋千下。

李商隐说，有这么一个女孩子，八岁就懂得爱美要好，自己能画出很美的长眉；十岁的时候出去春游，穿着绣满了芙蓉花的衣裙；十二岁开始勤奋地学习弹筝，弹起来就不肯停下；到了十四岁，父母就不许她出门了，因为那已经到了一个女子要出嫁的年龄；可是到了十五岁她还没找到一个理想的对象，所以当春风吹来时，她就躲在秋千下偷偷地流下泪来。这是在写一个女子吗？不是的，他是在写一个男子。这个男子就是诗人自己，他是通过这个爱美要好的女孩子的不得其人而嫁，来写自己在仕途上的不得志。这就是用美人来比喻君子的一个例子。

《离骚》中也经常用芳草来做比喻，例如：

余既滋兰之九畹兮，又树蕙之百亩。畦留夷与揭车兮，杂杜衡与芳芷。冀枝叶之峻茂兮，愿俟时乎吾将刈。虽萎绝其亦何伤兮，哀众芳之芜秽！

屈原说，我种了这么多兰花和蕙草，还有留夷、揭车、杜衡、芳芷等这么多的香草，我希望它们长得高大茂盛，到时候我就可以收获。假如它们都枯萎凋零了，那当然是很值得悲哀的事情，可是如果仅仅是我种的这些香草死了，而你们种的那些芳草还活着，我也不会如此悲伤的。现在我所悲伤的是，所有的芳草都死了，这个世界已经失去了一切芬芳美好的东西！这里的兰蕙、留夷、揭车、杜衡、芳芷等仅仅是香草吗？不是的，它们喻指为国家培养的那些美好的人才。

《诗经》里也写草木，如"桃之夭夭，灼灼其华"，就写了开得像火一样兴旺的桃花，但不同的是《诗经》的时代比较起来是写实的，美丽的桃花所比的是出嫁之时的少女，是现实生活中的一幅美好的画面。而屈原的香草不是写实的，它们所代表的是美好的才能品德这样一个抽象的概念。这是屈原留下来的一个传统，后世也有不少诗人继承了这一传统。如初唐诗人陈子昂有一首《感遇》诗说：

兰若生春夏，芊蔚何青青。幽独空林色，朱蕤冒紫茎。迟迟白日晚，袅袅秋风生。岁华尽摇落，芳意竟何成？

兰花和杜若都是香草，春夏之时长得非常茂盛。虽然它们生长在空寂的山林之中，不被人欣赏，可是仍然从暗紫色的花茎上绽出美丽的花朵，发出芬芳的香气。而"迟迟白日晚，袅袅秋风生"是什么意思？那就是《离骚》的"惟草木之零落兮，恐美人之迟暮"。如果你不是美丽的，如果上天没有赋予你那么多美好的才能品德，那么你的摇落和死亡也许不会引起人们太多的悲哀。但正由于你是一个如此美好芬芳的生命，却这么快便摇落死亡了，你的一生到底完成了些什么？你对得起上天赋予你的美好吗？古来有多少才智之士，他们有多少美好的理想，却得不到一个实现的机会，白白地度过了短暂的一生。"岁华尽摇落，芳意竟何成"，这真是人生中最可悲哀的事情。

最后要讲的一个内容上的特色，是悲秋的传统。屈原的弟子宋玉所写的《九辩》说："悲哉秋之为气也，萧瑟兮草木摇落而变衰。"这句的意思，其实也是来自屈原《离骚》的"惟草木之零落兮，恐美人之迟暮"。而到了千百年之后，唐代诗人杜甫则在他的《咏怀古迹》中说："摇落深知宋玉悲，风流儒雅亦吾师。怅望千秋一洒泪，萧条异代不同时。"时隔千载，杜甫为什么能深深体会到宋玉和屈原的悲哀？那是因为，人们对美好理想的追寻和对生命无常的遗憾永远是并存的，千百年来并无变化，所以就形成了我国古典诗歌的这一个重要主题。永嘉诗人刘琨说"朱实陨劲风，繁英落素秋"，"功业未及建，夕阳忽西流"（《重赠卢谌》）；北宋词人柳永说"归云一去无踪迹，何处是前期"（《少年游》），他们所表现的，也都是这样一份志意无成、生命落空的悲哀。

到现在为止，我已经举了《离骚》中的不少例句，大家可以看到，它们基本上是"兮"字前后各六个字的句型。这是《离骚》这首长诗中的基本句型。十二个字再加上"兮"，一共是十三个字的长句，真是太长了。这种形式适于进行长篇叙写，它能够把抒情、叙事，甚至议论都结合起来，能够表现比较复杂的内容。然而，中国古典诗歌是重视直接感发，并且以抒情为主的，正是由于这个原因，所以它后来没有继承"骚体"这个形式。那么，"骚体"被谁继承了呢？那就是后来的"赋"。这个"赋"，指的是中国文学史上的一种文学体式，与前文讲的"赋、比、兴"的"赋"，虽然在某些方面有一定的关系，但基本上是两回事。

其实，赋的发源也是很早的，战国诸子中，荀子的作品里就有《赋篇》，其中有《云赋》、《蚕赋》、《箴赋》等等。赋，都是铺陈叙述。例如，《云赋》是用很多篇幅去描写天上的云；《蚕赋》则用很多篇幅去描写吐丝的蚕。荀子说，云可以生雨，雨可以滋润草木；蚕可以吐丝，丝可以织绢。既然物都有这么多的功用，难道人可以不如物吗？显然，作者有寓托的隐意在里边。战国时屈原的弟子宋玉写过《风赋》，那是写了念给楚王听的。他说，风是不同的，有大王的雄风，有庶人的雌风。楚王听了不明白，说风哪里有什么贵贱高下之分？于是宋玉就说了一大堆大王风与庶人风的不同，说大王你在高台之上，四面有美丽的园林、芬芳的花草，你的风当然是清凉的好风；而老百姓住在肮脏的穷居陋巷，他们的风只能是给人带来疾病的坏风。所以你看，这里边都有一种寓托的含义。后来的赋是经常用骚体来写的，比如王粲的《登楼赋》，"登兹楼以四望兮，聊暇日以销忧。览斯宇之所处兮，实显敞而寡仇"，就是很典型的"骚体"句式。

那么，"赋"这种文体与前面讲过的作为诗歌表现方法之一的"赋"，有没有关联呢？有的，因为"赋"这个字本身就含有"铺陈"的意思。什么叫"铺陈"？一个东西本来乱糟糟地团在一起，你把它打开铺平，拿给大家看，这就是铺陈。"赋、比、兴"的"赋"和文体的"赋"都是很注重铺陈的，所以才叫作"赋"。其实，"赋"还有另外的一种意思，那就是吟诵。

吟诵是中国一个很古老的传统。据记载，周朝时的小孩子八岁就要开始读书，读书有几种方法，其中的一种就是吟诵。不出声音是看书；出声音是念书；不但出声音，而且有一种很像唱歌的声调，就是吟诵。过去，老先生们读书时都喜欢摇头晃脑地吟诵。吟诵并没有固定曲调，每一个人吟诵的声音都不一样，不过相互之间可以互相影响。所以，概括来说，"赋"本来是诗歌的写作方法，后来就变成了一种文章的体式，它本身有铺陈的意思，也有吟诵的意思。

为什么说"赋"的体式继承了《离骚》的"骚体"呢？前边我讲过《离骚》的开头几句，那是屈原在叙述自己的家世，我的祖先是谁、我的父亲是谁、我是哪天出生的、我的名字叫什么、我有什么个性等等。这种叙述是比较接近于散文的。因为中国的诗歌以抒情为主，一般都是把最受感动的那一点点精华写出来就可以了，而散文则不然，它可以允许有比较长的详细叙述。

我在前面还讲过，《离骚》写对理想的追求，所用的是一种比喻和象征的方法，它讲的是一个远游的故事，或者说，是一个追求美人的寓言。而这种故事性的叙述，也就带有一定的散文性质。然而，整个《离骚》所洋溢的那种浪漫的感情及其押韵的形式，却又属于诗的性质。所以，我们可以说《离骚》是结合了诗与散文两种体裁的特点。那么，赋既然继承了《离骚》的"骚体"，所以它实际上也是介于诗歌与散文之间的。汉朝的赋最初写得很长，后来也有了短的。随着其他文学体式的发展，赋的体式也在不断变化。当骈文兴起的时候，赋里边就有了"骈赋"；后来当唐宋八大家提倡散文时，就又兴起了一种散文体的赋，苏轼的《赤壁赋》就是散文体的赋。

《楚辞》的"骚体"就讲到这里。

第六节　诗体的演变之二

在上一讲我说过，《楚辞》分为"骚体"和"楚歌体"两种形式。骚体的句法太长了，所以后世诗人用骚体写诗的不多，这一形式主要被后来赋这种体裁继承了。此外，古诗的歌行体偶尔也用一些骚体句法。总而言之，《离骚》对后代诗人的影响主要在内容方面而不在体式方面。那么，后世诗歌的体式是从哪里来的？我以为，它们中的一部分是从"楚歌体"发展演变而来的。

"楚歌体"主要指《楚辞》里的《九歌》。《楚辞》里有一组诗叫"九歌"，其实是十一篇。它们是楚地祭祀鬼神时所唱的歌。楚国地处南方，气候潮热，有深山大泽和浓密的草木，所以楚地的人非常富于幻想。他们想象在那些深山密林和河流中有许多神灵，比如山有山的神、水有水的神、云有云的神、太阳有太阳的神等等。因此汉朝人说他们"其俗信鬼而好祠"（《楚辞章句·九歌序》），就是说，他们相信鬼神而且经常祭祀鬼神。《汉书》还记载说，楚地"信巫鬼，重淫祀"。为什么这样说呢？因为祭祀的时候要由巫来召唤鬼神。所谓"巫"就是跳大神的，古人相信他们能够做人与鬼神之间的媒介。而且不但如此，当他们请神降下来的时候，如果请的是一个男神，就要用女巫来唱歌；如果请的是一个女神，就要用男巫来唱歌。唱歌时用的完全是一种男女爱情的口吻，来表示邀请和期待，这就是祭祀鬼神的巫歌。《九歌》，就属于这种巫歌。

有人认为，《九歌》是经过屈原改写的，所以它们虽然是民间的巫歌，歌词却很美丽，一点儿也不鄙陋粗俗。至于《九歌》为什么有十一篇，历来有不同的看法。有人认为"九"不是实在的数，而是古人习惯用来极言其多的一个数，所以《九歌》不止九篇。也有人认为，《九歌》中的《大司命》和《少司命》两篇可以合成一篇；《湘君》和《湘夫人》两篇也可以合成一篇，所以加起来是九篇。我们现在只是通过《楚辞》介绍诗体的演变，而不是专门讲《楚辞》，因此这个问题可以不去管它。

《九歌》虽然是巫歌，但它们是用男女爱情的口吻来叙写的，写的是一种对爱情的期待和召唤，这种感情就很浪漫了。前文我介绍了《离骚》，它不是也常常写对一个美人的追求吗？然而《离骚》中的美人并不是真正的美人，而是一种品德才能或政治理想的象征。其实，不只中国人喜欢用男女爱情来做象征喻托，西方人也喜欢用男女爱情来做象征喻托。《圣经》里的《雅歌》，就都是爱情的诗歌。后来，其他西方诗人也常常用爱情的口吻来写宗教的感情。为什么东西方不约而同地都有这个传统呢？因为男女爱情是人类所共有的一种性情，所以，你对理想、对政治、对宗教的追求都可以通过爱情来表现；而当你看到诗歌中那些对爱情的热烈期待和召唤时，也往往会引发出对理想、对政治、对宗教的感情联想。下面我们就通过一些例证来看一看《九歌》是怎样写人与神之间的爱情。

　　帝子降兮北渚，目眇眇兮愁予。袅袅兮秋风，洞庭波兮木叶下。

　　这是《九歌·湘夫人》中的开头四句。所谓"湘君"和"湘夫人"，指的是湘水中的神仙，也就是帝尧的女儿娥皇和女英。这里边也有一段神话传说，据说帝尧把自己的两个女儿嫁给了舜，舜做了天子之后，有一次到南方去巡视考察，结果就死于苍梧，不但人没有回来，连尸骨都没有回来，据说是葬在苍梧的九疑山。九疑山是九座形状相似的山峰，舜到底葬在哪里，竟没有人知道。所以他的两个妃子娥皇和女英就在湘水边哭泣，泪水沾到竹子上，竹子就都变成了斑竹。由于娥皇和女英是帝尧的女儿，所以被称为"帝子"，人们相信她俩死后都做了湘水的神仙。

　　这一首诗，既然是召唤女神的，那么唱歌的就是男巫。歌者说，女神现在已经降落在洞庭湖北面的一个沙洲上，那儿真远，我费了很大劲儿也看不清楚，所以心里觉得悲伤。我现在所能看见的，只有水面上袅袅的秋风，和随风飘落在水波上的落叶。"眇眇"，是眯起眼来细看却又看不清楚的样子，表现出一种急于想看，但一时又难以看到的焦急心情。"袅袅"，是很轻柔地摆动的样子，经常用来形容春天的柳条，也用来形容身材苗条的女孩子。但"袅袅兮秋风"是什么意思？秋风在那里摆动吗？你怎么知道秋风在动？南唐冯延已有一首词："风乍起，吹皱一池春水。"（《谒金门》）他说，你怎么知道风刮起来了？因为满池的春水都起了波纹了。"洞庭波兮木叶下"也是如此，"波"字本是名词，但在这里用作动词，是湖水起了波纹的意思。而且不但湖水的波纹告诉你起了秋风，你还看到了更能说明问题的东西——树上的叶子都随风飘落下来了。

所以你看，这《九歌》确实写得很美，不但感情浪漫，还写出了人对大自然景物的一种新鲜活泼的兴发感动。不过，我们这里主要还不是讲《九歌》的内容，我们要看的是《九歌》的句型。《九歌》不但篇幅比《离骚》短，句子也比《离骚》短。《湘夫人》这开头四句的结构分别是："兮"字前边有三个字，后边有两个字；"兮"字前后各两个字；"兮"字前后各三个字。那么，《九歌》里最常用的是哪一种呢？就是"兮"字前后各三个字的那一种，也就是"洞庭波兮木叶下"这种句型，我可以再举一个例证：

入不言兮出不辞，乘回风兮载云旗。悲莫悲兮生别离，乐莫乐兮新相知。

这是《九歌·少司命》里边的几句诗。他说，那司命神进来时没有讲话，走的时候也没有告辞，飘然而来，倏忽而去，以旋风为车，车上插着彩云的旗。他说，人世间最可悲哀的是离别；而人世间最快乐的是认识一个新的好朋友。当然，故人相逢也很快乐，但那与"新相知"的感觉不同。因为，古人曾说"落日故人情"，那是一种温和恒稳的感情，不像你得到一个新知己的时候，相互之间都觉得对方有很多东西，亟待自己去发现和欣赏，从而产生一种新鲜、热烈的激情。这几句写得真是很好，但我们主要不是讲它的内容，而是讲它的形式。

　　这四句诗，每句都是七个字，每一句韵律的节奏都是"四三"的，要这样读："入不言兮——出不辞，乘回风兮——载云旗。"这种韵律节奏，和后来七言诗的韵律节奏是一致的。我还可以再举几句，比如《山鬼》的"采三秀兮于山间，石磊磊兮葛蔓蔓"、《湘夫人》的"沅有芷兮澧有兰，思公子兮未敢言"等，也都是这种"四三"节奏的基本句型。

　　我曾说过，中国诗歌体式的形成与中国文字的特色有关。中国文字都是单形体、单音节的，必须造成一种有节奏的韵律，读起来才好听。而一个字、两个字、三个字都很难造成有节奏的韵律，要想达到这个目的最少要四个字，也就是"二二"的节奏。《诗经》里的诗都是我国早期诗歌，其基本韵律就是"二二"的节奏。《楚辞》的楚歌体，它的基本韵律是"四三"的节奏，而我们以后要学到的中国诗歌中最重要的一个体式七言诗，它的基本韵律也是"四三"的节奏。所以我以为，《楚辞》里的"楚歌体"是很值得注意的一个体式，因为它可以说是后世的七言诗之滥觞。

　　战国之后，秦统一了天下。秦朝传世很短，在诗歌上也没有什么值得注意的成就。秦之后就是汉，汉朝的赋受到了骚体的影响，而汉朝的诗则受楚歌体的影响较大。汉初的诗主要有三类：一类是继承了《诗经》的四言体；一类是继承了《楚辞》的楚歌体；一类是新创的五言体。四言体主要用于庙堂祭祀的场合，比较严肃，比较公式化，但艺术价值不高，所以就不讲了。五言体是从汉朝开始兴起的一个重要诗体，下次再作专门介绍。这里我要介绍的是汉初的楚歌体。在汉朝初年，人们即兴抒情而写诗时，多半都用楚歌体。我所要讲的第一个例证，就是汉高祖刘邦的《大风歌》。

　　秦始皇焚书坑儒，对天下施行暴政，所以人们纷纷起兵反抗，汉高祖刘邦就是其中的一个。推翻了秦之后，大家都想当皇帝，于是又经过一番争夺，最后刘邦取得胜利，建立了汉朝，就是历史上的西汉。对于刘邦所写的《大风歌》，司马迁在《史记》中是这样记载的：

　　　　高祖还归，过沛，留。置酒沛宫，悉召故人父老子弟纵酒，发沛中儿得百二十人，教之歌。酒酣，高祖击筑，自为歌诗曰："大风起兮云飞扬，威加海内兮归故乡，安得猛士兮守四方！"

　　汉高祖的老家是沛县丰邑。刘邦在家排行老三，人称刘季。这个人小时候在家乡是个无赖，大家都瞧不起他，连他的父亲也不喜欢他。现在刘邦平定了天下，志得意满，所以就要回故乡给大家看一看。当然，这也是人之常情。这一次刘邦回到故乡，就把故乡的父老子弟都请来喝酒，又叫了一百多个小孩子来酒席上唱歌。

"筑"是古时候的一种乐器。当酒喝得半醉时，刘邦就击着筑唱了这首《大风歌》。我曾说汉初人们习惯用楚歌体即兴抒情，这首《大风歌》就是汉高祖即兴抒情的诗。所谓"大风起兮云飞扬"，很可能是写实，也许那天恰好是有风的天气，大风吹得白云在天上飞飘。然而这现实的景物给了作者一种兴发感动。有人也许会说，这一句不就是写了一个风、一个云吗？好在哪里？可是，诗的好坏往往不在于你写了哪一种形象，而在于你所表现出来的那种整体的感觉。风，是大风；云，是飞扬的云。它给人一种风起云涌的感觉。什么是风起云涌？你想，从秦朝末年开始，各地豪杰纷纷起兵，其间有多少战争的胜负和政局的变化！直到今天，我们还用"风云变化"这个词来代表时代的或者政治的、军事的变化。所以，"大风起兮云飞扬"这一眼前的景象，就使汉高祖的内心产生了兴发感动。他说，我在经历了这激烈的风云变化之后，现在终于"威加海内兮归故乡"了！这真是十分得意的话，一定要有前一句的风云变化，才陪衬出这一句的志得意满。

因为刘邦是创业之君，他的帝位不是父辈传给他的，而是他遭际了这种风云变化的时代，打败了所有的对手而夺取的。这两句，概括了刘邦整个的人生经历，同时也充分表现出他在取得最后胜利之后的喜悦与自得。刘邦的对手项羽也曾说过："富贵不归故乡，如衣绣夜行，谁知之者！"可见在秦汉时期，富贵而归故乡，被人们认为是人生最得意的事情。然而，创业虽然艰难，守成也不容易。秦始皇当初得了天下，自号始皇，打算子子孙孙传到千世万世。可是他传了几世？只有二世就灭亡了！所以汉高祖在志得意满之后，马上就产生了忧虑——"安得猛士兮守四方"，如何才能得到勇猛的将士，为我保住这天下的土地呢？你看，汉高祖这短短的三句诗里边包含着多少内容，可他本人并不是一个诗人！所以我在讲诗的感发那一章时曾说："情动于中而形于言。"你只要有了基本的文学修养，当哪一天你的感情真的有所激动时，自然就会写出很好的诗来。在刘邦的那个时代所流行的是楚歌体，所以他脱口而出的就是楚歌体的《大风歌》了。

其实还有一首比《大风歌》更有名的楚歌体的诗，那就是项羽的《垓下歌》，是项羽被刘邦围困在垓下时所作的。梅兰芳有一出京剧叫"霸王别姬"，演的就是这一段事情。刘邦和项羽一个是成功的帝王，一个是失败的英雄。成功的帝王得意到极点时写了一首诗；失败的英雄内心悲慨到极点时也写了一首诗。他们都不是诗人，但都在情动于中的时候写出了一首好诗，这一点是很能说明问题的。

项羽是秦末起兵诸侯的盟主，号为西楚霸王。他起兵八年，身经七十余战，所向无敌，武力本来比刘邦强大，但他性格上最大的弱点就是不能接受别人的劝告，不善于任用那些有才能的人，所以终于遭到失败。当刘邦的军队把项羽包围在垓下时，使用了心理战术。因为项羽的士兵多数是楚人，汉军就在夜里唱起楚歌，使项羽的军队军心不稳，以为汉军已经占领了他们的家乡。项羽听到汉军唱楚歌也明白自己已经完全失败了，《史记》上说，他这时就"悲歌慷慨"，作了一首诗：

> 力拔山兮气盖世，时不利兮骓不逝。骓不逝兮可奈何，虞兮虞兮奈若何！

由于这首诗是项羽在垓下作的，所以人们把它称为"垓下歌"。"力拔山兮气盖世"是极言其孔武有力。他说，我的力量可以拔起一座山来，我的勇气超过了世上所有的人。可是"时不利兮骓不逝"——我得到的机会不好，所以连我的马都不跑了。项羽是一个至死也没有觉悟的人。刘邦虽然是一个无赖，但他肯听人劝。郦食其见刘邦时，刘邦坐在那里让侍女洗脚。郦食其就指责他说，你如果想得天下，怎能用这种态度来接待长者？刘邦听了马上就停止洗脚，恭恭敬敬地接见了郦食其，而这个人后来就用自己的游说才能，说服了很多诸侯归降刘邦。

项羽手下有个范增也很有才能，可是项羽就是不听他的，气得他后来疽发背而死。项羽始终不承认是自己的性格导致失败，《史记》记载，他直到将死时还说："知天亡我，非战之罪也。"《史记》还记载，项羽有一位心爱的虞美人，还有一匹心爱的乌骓马。"骓不逝兮可奈何，虞兮虞兮奈若何"指的就是这两件心爱之物。他说，我的乌骓马再也不能像以前那样威风地驰骋疆场了，虞美人啊虞美人，我现在连自己都不能够保全了，怎样保全你呢？据说，虞姬也没有让项王为难，当场就拔剑自杀，用死来证明自己决不背叛项王。项羽也是自刎而死的，他到死也没有失去英雄气概。所以这首《垓下歌》真正是慷慨悲歌，抒发了一个失败的英雄在临死之前的悲愤之情。

汉初楚歌体的诗我们还可以看一首汉武帝的《秋风辞》。只不过，《大风歌》和《垓下歌》都是由史书记载下来的，这首《秋风辞》却不是由史籍记载，而是来源于一部《汉武帝故事》的"小说家言"，所以有人怀疑它是伪作。然而不管是伪作还是真作，它本身确实是很不错的一首诗：

秋风起兮白云飞，草木黄落兮雁南归。兰有秀兮菊有芳，怀佳人兮不能忘。泛楼船兮济汾河，横中流兮扬素波。箫鼓鸣兮发棹歌，欢乐极兮哀情多，少壮几时兮奈老何。

这首诗也是以风起兴，但不是那种风起云涌的大风，而是天高气爽的秋风。秋天的时候，草木都枯黄零落了，大雁们也都向南方温暖的地方飞去了。这个时候最容易引起人怀思的感情。北宋词人晏殊有一首《蝶恋花》说："昨夜西风凋碧树，独上高楼，望尽天涯路。"季节改变了，"气之动物，物之感人"，所以就引起了诗人对远人的思念。其实这种感情是有传统的，《诗经》里也写过这种感情，比较典型的就是《秦风·蒹葭》。我们只看它的第一段：

蒹葭苍苍，白露为霜。所谓伊人，在水一方。溯洄从之，道阻且长。溯游从之，宛在水中央。

诗人说，你看那一片灰白色的芦苇在秋风中摇动，秋天到了，草叶上的露水都变成寒霜。于是，在这气候的变化之中我就想起了我所怀念的那一个人。我如果逆着水流向上去找她，道路既艰难又遥远；如果顺着水流向下去找她，她远远地总是在水的中间。我曾经说，《诗经》中所写的美女大多是现实中的美女。然而这一首比较特殊，"宛在水中央"的那个女子若即若离，似有似无，写得超乎现实，很有象喻的意味。

汉武帝的这首《秋风辞》也是一样。他也同样因天气冷了，大自然的景物变化了，从而引起了一种怀思的感情。"兰有秀兮菊有芳，怀佳人兮不能忘"，与《九歌·湘夫人》中的"沅有芷兮澧有兰，思公子兮未敢言"是多么相似！不同的仅在于那一首是女子怀念男子，而这一首是男子怀念女子而已。至于这个"佳人"到底是谁，那是不能确指的。所谓"楼船"是上面有好几层船舱的很高的船。汉武帝说，我坐着高高的楼船渡过汾河，我的船在横过中流时激起了白色的波浪。船上奏起了箫鼓，划船的人唱起了棹歌，这情景是多么欢乐！可是，当我欢乐之极的时候忽然想到，任何欢乐都不是长久的，即使贵为天子，难道就没有衰老和死亡吗？"欢乐极兮哀情多"，这也是中国一种传统的哲学思想。老子就说过："祸兮福之所倚，福兮祸之所伏。"

另外我们还可以看儒家《易经》的八卦：六爻中用"九"的数目代表阳，用"六"的数目代表阴，《乾》卦从下到上是初九、九二、九三、九四、九五、上九，都是"九"，阳性的美好兴盛真是到达极点了。爻辞"初九"是"潜龙勿用"，意思是，龙还藏在地下；"九二"是"见龙在田"，龙慢慢从地下跑出来了；到了"九五"就是"飞龙在天"，龙已经飞到了天上。那么"上九"的位置更高，那龙岂不是更得意？然而，"上九"却是"亢龙有悔"。因为，那是一条太骄傲、太放纵的龙，一点儿节制都不懂得，那么它到了最得意的时候也就是开始倒霉的时候了。所谓"物极必反"，就是这个道理。"少壮几时兮奈老何"，这也是古代帝王们最为烦恼的一件事。因为天地之间不管高贵的人还是贫贱的人，大家的寿命都是有限的，即使贵为天子也无法抗拒。所以秦皇、汉武们都喜欢求神仙，希望能够长生不老，从而永远保持他们的帝位。

此外，《汉书·苏武传》里还记载了一首李陵所作的楚歌体的诗。苏武是汉武帝时候的人，有一次他奉命出使匈奴，正好赶上匈奴内部发生一次叛乱，他的副使张胜参与了这次叛乱，所以匈奴就以此为借口扣留了苏武。苏武被扣在匈奴十九年，受了很多苦，但一直坚持不肯投降，直到汉昭帝即位后才得到一个机会回到祖国。苏武有一个朋友叫李陵，是汉朝的将军。他在和匈奴打仗时战败投降，汉武帝一怒之下杀了他的全家，从此他就只好留在匈奴，再也不能回到祖国了。当苏武回国的时候，李陵置酒为他送行，在酒筵上感慨万分，就作了一首诗说：

径万里兮度沙幕，为君将兮奋匈奴。路穷绝兮矢刃摧，士众灭兮名已隤。老母已死，虽欲报恩将安归！

这首诗也是楚歌体，后来人们把它叫作"别歌"。所以说，古人都是先有了一份很激动的感情才作诗的，因此他们的诗都没有题目。汉高祖那首诗的第一句是"大风起兮云飞扬"，所以就叫"大风歌"；汉武帝那首诗的第一句是"秋风起兮白云飞"，所以就叫"秋风辞"；楚霸王那首诗是在垓下被围时作的，所以就叫"垓下歌"；李陵这一首是和苏武告别时所作的，所以就叫"别歌"。

不过在《昭明文选》中所选的李陵和苏武告别的诗却是另外的几首，都是五言诗。那几首诗在史书中没有记载，所以从宋朝的苏轼开始就怀疑它们是后人的伪作。近代也有不少人讨论过那些诗的真伪问题，我也认为那几首五言诗应该是伪作，因为在西汉初年，人们即兴抒情时所惯用的还大多是楚歌的体式。

第七节　诗体的演变之三

上一节我讲到，汉初的诗主要有三类：一类是继承了《诗经》的四言体；一类是继承了《楚辞》的楚歌体；一类是新创的五言体。上一节我们已经看了不少楚歌体的诗；这一节，我们要来看新创的五言体。

五言体是我国旧诗中一个重要的体式。它的产生，与汉乐府诗有重要关系。什么是"乐府"？顾名思义，是掌管音乐的官府。《汉书》上记载，汉武帝建立了乐府的官署，派人采集赵、代、秦、楚各地的歌谣，配上音乐来歌唱；此外还让文士们写诗，也配上音乐来歌唱。后来人们就把这些配上了音乐的歌诗叫作"汉乐府"。

既然是配合音乐来歌唱的，那么歌词的长短就与音乐的声音节奏有很大关系了。在汉武帝的时候，汉朝与中国西北方的外族有很多来往，有时是战争，有时是政治上、经济上的各种交往。因此，西域的音乐就传入了中国。中国传统音乐受到西域外族音乐的影响，在当时就产生了一种叫作"新变声"的音乐，而当初配合这种"新变声"的歌诗就是最初的五言诗。

可能有人会问，既然七言诗是受到楚歌体的影响，为什么五言诗却不是呢？不错，我曾经说过，七言诗的形成是受到了楚歌体的影响，其原因并不仅仅因楚歌体常用的句型是七个字一句，更重要的是它每一句韵律的节奏和后来的七言诗是一致的。例如"入不言兮——出不辞，乘回风兮——载云旗"（《九歌·少司命》）和"相见时难——别亦难，东风无力——百花残"（李商隐《无题》），它们不仅都是七个字一句，而且在读的时候都是"四三"的停顿，因此我们认为七言体，可能受到楚歌体的影响。

至于中国五言诗，基本韵律都是"二三"的停顿，如，"国破——山河在，城春——草木深"（杜甫《春望》）。但楚歌体不是这样的停顿，例如《湘夫人》的开头两句"帝子降兮——北渚，目眇眇兮——愁予"，如果不考虑语气词"兮"字，就成了五言，但读起来仍然是"帝子降——北渚，目眇眇——愁予"，这是"三二"的节奏，而不是"二三"的节奏。更何况，"目眇眇愁予"五个字，从句法上就绝不能读成"目眇——眇愁予"这样的停顿。由此可见，受楚歌体影响的只能是七言诗，而不是五言诗。

那么，为什么我认为汉朝的"新变声"就是五言体的滥觞呢？

那就要看这里所要讲的《佳人歌》了。这首歌出于《汉书·佞幸传》。所谓"佞幸"，就是靠吹牛拍马、巴结奉承等不正当的手段向上司讨好的人。不过，凡是有权力的人，都喜欢别人对他巴结奉承，所以历代有许多善于谄媚的人都得到皇帝的宠幸，于是班固就在《汉书》里为这一类人专门立了一个传。《汉书·佞幸传》里记载了一个乐师名叫李延年，说"延年善歌，为新变声"，而且后来汉武帝封他做了"协律都尉"。这个李延年精通音律，不但歌唱得好，还会跳舞，所以武帝很喜欢他。有一次他为武帝跳舞时唱了一首歌，就是我们要讲的《佳人歌》：

> 北方有佳人，绝世而独立。一顾倾人城，再顾倾人国。宁不知倾城与倾国，佳人难再得！

《汉书》记载，汉武帝听了李延年的这首歌之后就叹息说："世上难道真有这么美的人吗？"于是就有人告诉武帝，说李延年有个妹妹就是这么美。武帝把她召来一看，果然"妙丽善舞"，这就是有名的李夫人。李夫人最得武帝宠幸，但年纪轻轻就得病死去了。她得病卧床时武帝来探望她，但她每次都用被子把脸遮住，不让武帝看到。因为她知道，武帝喜欢她的美丽，所以才宠爱她而且重用她的兄弟。因此她绝不可让皇帝见到自己现在这种憔悴的样子，才能够使皇帝心中保留对自己的美好印象，将来才会顾念自己的兄弟。后来李夫人死了，武帝果然非常想念她，总是希望再见她一面。

现在我们来看李延年的这首诗，第一句是"北方有佳人"。在中国诗歌的传统中，经常有这一类句子。例如以后我们要讲的建安诗人曹植的《杂诗》中有一句"南国有佳人"，正始诗人阮籍的《咏怀》诗中也有一句"西方有佳人"。对这些看似相同的句子，我们一定要注意它们实质上的区别和细微处的不同。

李延年的这首诗是没有寄托的，因为他为汉武帝唱这首诗的目的，就是为了推荐自己的妹妹进宫去做嫔妃。曹植和阮籍的两首诗都有寄托。曹植的那首诗说，南国有一位佳人，美丽得像春日的桃李，但却漂泊无依。因为现在时俗已经不懂得欣赏真正的美貌了，没有人值得她为之露齿一笑，或者为之唱一首歌。青春年华很快就要过去了，她的理想和才华最后都要落空。阮籍的那一首说，西方有一位佳人光彩夺目，她是能够在空中自由飞翔的。当她飞过我身边的时候，转过那美丽的目光对我看了一眼，我立即就喜欢上她了。可是我们始终没有得到交谈的机会，因此使得我非常感伤。

我认为，判断一首诗有没有喻托，应该注意三个方面的因素：一个是时代的背景，一个是作者的身世，一个是本文中叙写的口吻。阮籍生活的正始时代，是一个黑暗的、篡逆的时代，他本身处在政治斗争的夹缝之中，既要保存自己的生命，又不肯完全放弃自己的理想，内心藏有太多的悲伤和痛苦，那个西方的佳人，也许就是他心里那份高远的理想。他能感觉到她的存在，却不能真的得到她。曹植有强烈的建功立业之心，却受到他的兄长曹丕的压制和打击，后半生郁郁不得志，他的那个南国佳人，也许就是他自己的一个化身。美人得不到欣赏，她的青春美貌转眼就要过去了；而一个才智之士得不到发挥才能的机会，很快也就会衰老死亡。这和屈原

《离骚》"惟草木之零落兮，恐美人之迟暮"的喻托含义是一致的。

另外我们还要注意到，一首诗叙写的口吻、所用的形象等等一切细微的结构，都要共同传达出作者的那一份感发，才是一首好诗。比如曹植那一首诗为什么说"南国有佳人"？因为中国南方气候较热，可以暗示一种活泼的、热烈的感情。曹植心里充满了对建功立业的渴望，这一番激情当然是很热烈的，所以要说"南国有佳人"。阮籍为什么说"西方有佳人"呢？这是用了一个典故。《诗经·邶风·简兮》中说："云谁之思，西方美人。彼美人兮，西方之人兮。"那个"西方美人"，是比喻一个有才能的人，所以用在这里起一种"语码"的作用。而李延年为什么说"北方有佳人"呢？因为接下来是"绝世而独立"，那是一个很崇高的、别人难以见到的女子。中国北方地势较高而且寒冷，所以他把她放在这么一个高寒的、难以接近的地方，以证明她是远离世俗的。假如只看李延年开头这两句，也含有寓托的可能。但他后边就把美色写得比较现实，不像曹、阮的诗那么有深意了。

所谓"顾"，是回眸一顾。中国诗人写美丽的女子经常抓住她回眸一顾这个镜头。例如白居易的《长恨歌》说"回眸一笑百媚生，六宫粉黛无颜色"；阮籍写他的西方佳人也是"流盼顾我傍"；连王实甫《西厢记》写张生和崔莺莺也是"怎当她临去秋波那一转"。

"回眸一顾"实际上是写美女的多情，但却写得十分含蓄，显得似有情似无情。这是很有中国特色的一种传统。李延年说，假如那位北方的佳人回眸一顾，就能使全城的人都为她倾倒；假如她再一次回眸一顾，就能使全国的人都为她倾倒。"倾倒"有佩服的意思，但佩服还不是这里这个"倾"字的全部含义。因为"倾"还有"倾覆"的意思，就是说你愿意为了她把一切都交付出去，你可以牺牲你的一个城池或者整个国家。希腊神话中有一个美人海伦，人们为她而进行了十年之久的特洛伊战争，那真正算得上是"倾国倾城"了。他说："宁不知倾城与倾国，佳人难再得。"我难道不知道会有倾城倾国的下场？可是这个机会如果放过去，今后就再也遇不到这样美丽的女子了！

李延年很可能是故意在汉武帝面前唱这首歌，为的是把他的妹妹送到宫里去。从这个背景来看，这首诗是没有什么深意的。然而就诗的本身来说，它虽然是写一个现实的美女，但写得这么崇高、这么遥远，确实是很不错的一首诗。

这首诗不同于以前的楚歌体，完全是一种新的体式。它基本上每一句都是五言，只有第五句"宁不知倾城与倾国"是八个字，但这八个字是"三五"的节奏，"宁不知"三个字在音乐里只是起一种"衬字"的作用。提到衬字，我还要稍微做一点儿解释。温庭筠有一首词，词调叫作"菩萨蛮"。全文是这样的：

　　小山重叠金明灭，鬓云欲度香腮雪。懒起画蛾眉，弄妆梳洗迟。照花前后镜，花面交相映。新帖绣罗襦，双双金鹧鸪。

而在敦煌曲子词里边，也有一首同样的词调《菩萨蛮》：

　　枕前发尽千般愿，要休且待青山烂。水面上秤锤浮，直待黄河彻底枯。 　　　白日参辰现，北斗回南面。休即未能休，且待三更见日头。

　　这两首词词调虽然相同，格式却不大一样。后面的一首《菩萨蛮》中就加了衬字。"水面上"的"上"、"直待黄河彻底枯"的"直待"、"且待三更见日头"的"且待"，都是衬字。因为在歌唱时，有些声音拖得很长，在那音乐拍板的空当之中，就可以加上衬字。衬字一般并不破坏文法的完整，如果我们把上边那首词的衬字都去掉再读一遍看，它的文法仍然是完整通顺的。凡是加衬字的现象，都发生在能够配合音乐演唱的诗歌中。元曲里的衬字就特别多，因为元曲就是能够歌唱的。李延年这首诗也是如此，"宁不知"三个字是衬字，如果去掉这三个衬字，它完全是五言。

　　《诗经》里的诗，虽然也有五个字的句子，但那只是"五言句"而不是"五言诗"，因为《诗经》里的诗大部分都是以四言句为主的。李延年这首《佳人歌》，虽然也不是完整的五言诗，但它是以五言句为主的。那么这种以五言为主的诗是怎么出现的呢？史书上记载，李延年是一个很懂得音乐和歌舞的人，同时他还在乐府的官署任"协律都尉"的职务，是负责给诗歌配音乐的官员。他创造出一种与中国传统音乐不大相同的乐曲叫"新变声"。这"新变声"是什么样子？我们看他在汉武帝面前唱的这首《佳人歌》就知道了，它是以五言为主的。由此可见，五言诗的兴起与当时流行的这种新的音乐有关。而当时之所以产生这种新的音乐，则是因为汉朝和西域国家的交往频繁，传统音乐受到外族音乐的影响所致。

前文提过，汉武帝设立了乐府，这是一个专门掌管音乐的官署，那些经乐府官署配上音乐来演唱的歌诗就是汉乐府诗。汉乐府诗有几种来源，有的是派人到全国各地去采集来的民间歌谣，有的则是当时文士们的作品。李延年的《佳人歌》是他自创的"新变声"的作品，下面我们还可以再看一首来自民间的歌谣《江南》：

> 江南可采莲，莲叶何田田。鱼戏莲叶间，鱼戏莲叶东，鱼戏莲叶西，鱼戏莲叶南，鱼戏莲叶北。

后边四句读起来像废话，但正因如此，它才是民间的歌谣。这是江南的女孩子们一边采莲一边唱的，她们看见什么就唱什么，既不像文人作诗那样雕饰语句，也不像刘邦的《大风歌》和项羽的《垓下歌》那么激动感慨。可是在这种似有心似无心、似有意似无意之间，就产生了一种质朴的美。莲，就是荷花。它是一种古老的植物，在中国最早的辞书《尔雅》里就有记载，它的花可以观赏，根、茎、叶、果实都有实用价值。所以江南种荷花和种稻谷一样，也是一种谋生营利的手段。到了采莲的时候，女孩子们就驾着小船在茂密的荷叶中穿来穿去，这时候她们就看到小鱼儿们也在荷叶间游来游去，无论把船划到哪一边都能看到这些快乐的小鱼儿。

欣赏不同的诗歌要有不同的标准，这就好比你衡量一个学者要用学者的标准，衡量一个运动员就要用运动员的标准。如果你用衡量学者的标准去衡量运动员，那是怎么也看不顺眼的。对于质朴的民歌，你就要欣赏它的质朴，这正是它的特色所在。"鱼戏莲叶东，鱼戏莲叶西，鱼戏莲叶南，鱼戏莲叶北"，它写得很笨拙，但笨拙之中却透着一种生动和真切。你想，采莲的女孩子在荷塘里转来转去，所看到的不就是这些东西吗？另外，还有一点值得注意的地方，这首诗所有的句子都是五个字一句，应该属于五言的体式。

不过汉乐府诗也不都是五言体，它还有很多杂言体。现在我们来看一看杂言体的乐府诗《东门行》：

> 出东门，不顾归。来入门，怅欲悲。盎中无斗储，还视桁上无悬衣。拔剑出门去，儿女牵衣啼。"他家但愿富贵，贱妾与君共餔糜。共餔糜，上用沧浪天故，下为黄口小儿。今时清廉，难犯教言，君复自爱莫为非。今时清廉，难犯教言，君复自爱莫为非。""行，吾去为迟。""平慎行，望君归。"

这首诗讲的是一家老百姓穷到无以为生，丈夫就从东门走出，到外地去谋生，他的妻子儿女都在家挨饿。所以他虽然下定决心要走，却还是忍不住回家来再看一眼。然而再看一眼有什么用？罐子里连一斗米的存粮都没有了，架子上连一件悬挂的衣裳都没有了，因此还是得走。于是他的儿女拉住他的衣服啼哭，他的妻子对他说，别人都愿意丈夫有钱有势，可是我宁愿与你一起喝粥。你抬头看一看，头顶上有湛蓝的天；你低头看一看，膝下有未成年的孩子。现在法令是很严的，你千万要自爱，千万不要为了取得钱财而做犯法的事情啊！丈夫说，好了，我走了，我现在走已经够晚的了！妻子说，你在路上要谨慎，我永远等着你回来啊！这首乐府诗很生动地写出了一对穷苦夫妻之间的感情，它的句子长短不一，有的三个字，有的四个字，有的五个字，有的六个字，有的甚至七个字，是一首杂言体的民间歌谣。

以上我们看了这首杂言体的汉乐府诗，只是为了增加一些对乐府诗的了解，并不是这一讲的重点。我这里所要讲的，还是五言诗的形成。李延年的《佳人歌》和民间的《江南》曲都是比较早期的、以五言为主的诗歌，但都不很成熟，就是说它们都没有比较固定的格律。到了后来，五言诗逐渐进步，就开始有了一些规矩，也就是格律。现在我们就来看一首比较成熟了的五言诗《上山采蘼芜》：

> 上山采蘼芜，下山逢故夫。长跪问故夫："新人复何如？""新人虽言好，未若故人姝。颜色类相似，手爪不相如。""新人从门入，故人从阁去。""新人工织缣，故人工织素。织缣日一匹，织素五丈馀。将缣来比素，新人不如故。"

五言诗中双数的句子一定要押韵，至于开端的一句，可以押韵也可以不押。这首诗开端的一句就押韵。从"上山采蘼芜"到"手爪不相如"这八句共有五个韵字，即"芜、夫、如、姝、如"，它们的韵母都是"u"。但接下来，从"去"开始就换韵了。乐府诗与后来的近体诗不同，中间是可以换韵的。什么叫"换韵"呢？古代汉语发音有"平、上、去、入"四声，这四声和我们今天普通话的四声有所不同。今天普通话中的一声和二声相当于古代汉语中的平声，一声叫阴平，二声叫阳平；普通话中的三声和四声，分别相当于古代汉语中的上声和去声。至于古汉语中的入声，在普通话里已经没有了，它们分别纳入了"平、上、去"三声之中。比如"叶"字，在过去就是入声字，现在普通话读成四声，也就是去声；"节"字也是入声字，现在普通话读成二声，也就是阳平声，但广东人读这两个字还保留着入声，与古音相同。

古人把"平、上、去、入"四声又分成了平声和仄声两大类：阴平和阳平都属于平声；"上、去、入"三声属于仄声。古典诗歌中的近体诗只能押平声韵，而古体诗却可以通押。不但可以通押，而且还可以换韵。就是说，在同一首诗中，第一段押平声韵，第二段押仄声韵，第三段又押平声韵，以此类推。《上山采蘼芜》这首诗前八句押的是平声韵，从第十句起就换了仄声韵，"去"和"素"都是仄声字，而且是同一个韵的字。在今天读起来，"去"的韵母是"ü"，而"素"的韵母是"u"，看起来不押韵。但在古代"ü"和"u"属于同一个韵，用古音读起来是押韵的。现在南方有些方言还把"书"读成"xu"，读的还是古音。下面"织素五丈馀"的"馀"，换了平声韵，然后接下来最后一句"新人不如故"的"故"又换了仄声韵。

《江南》那一首的开头三句"江南可采莲，莲叶何田田，鱼戏莲叶间"是连着押韵的，可是后边四句"鱼戏莲叶东，鱼戏莲叶西，鱼戏莲叶南，鱼戏莲叶北"，一句也不押韵，显得很不整齐，相比之下，《上山采蘼芜》这一首就显得整齐多了。不过，这首诗虽然双数句都押韵了，但仍不能算是很整齐的五言诗。要到什么时候才完全整齐成熟呢？那就要到《古诗十九首》了。到《古诗十九首》，五言诗就有了一个完全固定下来的形式，所以我们就叫它"古诗"，而不叫它"乐府"了。对《古诗十九首》，下文我将作为一个专题详细介绍。

这里之所以选了这首《上山采蘼芜》，除了要给大家介绍中国诗歌体式从乐府到五言的发展之外，还有一个用意是要让大家简单了解汉乐府中的叙事诗歌。中国早期的诗歌大多都是抒情言志的，叙事诗并不发达，而从汉乐府开始，叙事诗就有了发展。《上山采蘼芜》是汉乐府中比较早期的叙事诗，篇幅还比较短，后来的《焦仲卿妻》（即《孔雀东南飞》）就很长了。而且你会发现，很多叙事诗都是以女子作为主角，反映了她们不幸的命运和不平等的地位。这个传统可以一直追溯到《诗经》。《诗经》里的《氓》和《柏舟》都写了被男子抛弃的女子；而汉乐府的《焦仲卿妻》则写了一个被婆婆赶走的女子，后来她和她的丈夫都殉情自杀了。

《上山采蘼芜》写的也是一个被丈夫抛弃的妻子。所谓"上山采蘼芜"，表面上说这个女子上山去采一种香草，看起来是直陈其事的"赋"的写法，但屈原《离骚》里边不是经常用佩带香草来象征一种美好的品德吗？这里这个女子虽然被丈夫抛弃了，但她仍然自珍自爱，以采香草来象征她依然努力保持着自己的美好。如果从这一角度来看，那么这第一句就是"比兴"的写法了。而且"上山"两个字也带有一种抬头向上的努力，与"采蘼芜"那种自珍自爱的感情的指向是一致的。而当她采了蘼芜下山的时候，就遇到了她从前的那个丈夫。

"长跪"是表示很恭敬、很有礼貌的样子，她就恭恭敬敬地问他："你现在的新欢是怎样一个人呢?"她的丈夫回答："新人虽然也很不错,但却不如你。两人容貌都很美,但手工劳作的能力就大不一样了。"下面又是妻子说的话："你虽然现在这么说,可你毕竟让新人从大门进来,让故人从小门离开了!"接下来丈夫又说："新人善于织缣,故人善于织素,织缣每天只能织出一匹,织素每天可以织出五丈多。如果以手工劳作的能力来比较,那么新人是不如故人的。"但尽管事实上新人不如故人,而被抛弃的还是故人,因为在那种男女不平等的社会中,男子大多数都是三心二意、喜新厌旧的。所以你看,这一类诗写得很含蓄。诗人一点儿也没有写这个女子的哀怨和不平,但在对比之间就很明显地表现出来了。

那么现在我们就可以对汉乐府诗作一个简单的总结了。汉乐府诗都是配乐能唱的歌词,它有四言、五言、杂言、楚歌体等几种形式。至于它对后世的影响主要有两点:第一是它对五言诗的兴起产生了重要影响,而五言诗后来则成了中国旧诗中最重要的体式之一;第二是后代出现了很多模仿汉乐府的作品,主要也有两种:第一种是用乐府诗的旧题来写新诗,像李白就写了不少这样的诗;第二种是自命新题自写新诗,但却模仿汉乐府的风格,像白居易的"新乐府"就是。

前文提过,五言诗发展到《古诗十九首》就完整成熟了。那么,完整的五言诗是什么样子? 第一,它的每一句都是五个字,不准多也不准少,不再有衬字。第二,双数的句子一定要押韵,首句可押可不押,诗的中间可以换韵,换韵后仍是双数句子押韵,首句可押可不押。这就是五言诗的基本规律,它在汉朝时就已经确立了。汉朝以后，经过魏晋南北朝，五言诗又逐渐走向"律化"。五言诗的律化是分成两步走的：第一步是对偶，第二步是平仄的协调。其实，中国文字单形体、单音节，最容易形成对偶，古书中有很多对偶都不是有心安排，而是自然而然形成的，像《荀子·劝学》中说"火就燥"、"水就湿"。"火"和"水"都是名词，"燥"和"湿"都是形容词，很自然地就对起来了。

《古诗十九首》中也有一些对偶的骈句，如"胡马依北风，越鸟巢南枝"（《行行重行行》）等，也都是自然形成的。但从建安诗人曹植开始，五言诗里的对偶就多了起来，逐渐成为一种有心用意的技巧。对偶有很多规矩，如词性要相同、平仄要相反等等。至于四声的平仄，前文已经讲了一些。为什么诗歌很讲究平仄的协调呢？因为一句话如果都是平声或都是仄声，读起来很不好听。如"溪西鸡齐啼"，都是平声而且叠韵，念起来像绕口令。而如果把平声和仄声间隔交叉使用，读起来就好听多了。所以后来就逐渐形成了"仄仄平平仄，平平仄仄平"和"平平平仄仄，仄仄仄平平"两种基本的平仄格律。这两种基本形式再加以变化，就形成了平起、仄起、律诗、绝句等各种形式。

第八节　诗体的演变之四

从先秦到魏晋，诗歌的作品越来越多，因此，诗人们对诗歌作品也就有了越来越多的反省。怎样把诗作好？怎样使得它读起来更好听？他们逐渐就有了一些新的发现。首先，他们发现中国的文字独体单音，是最适合于对偶的，于是他们就渐渐有意地去追求对偶的效果。这一点，曹植和谢灵运的诗就是很好的例证。其次，诗人们也逐渐发现了语言中声调的作用。我在前文中曾经讲到，诗歌要有顿挫。例如，《诗经》中的诗多是四言，形成"二二"的停顿。后来的五言诗，如《古诗十九首》，都是"二三"的停顿。所以，我们读诗的时候一定要掌握住音节的顿挫。可是随着诗歌的发展，人们逐渐就发现诗歌之美不仅仅由于它有顿挫，还由于它有韵调，也就是韵律和声调。对于中国文字韵律声调的自觉认知，是在齐梁时期完成的。

　　谢灵运生活的时代是东晋和南朝的宋，南朝在宋之后就是齐和梁。大家知道，佛教是在东汉明帝的时候传到中国来的，后来就慢慢地在中国流行。魏晋时社会战乱频仍，朝廷政治腐败，伦理道德堕落。当人们对现实失望的时候往往就会产生避世的思想，想要寻找一种心灵的寄托和安慰。因此，从魏晋开始不但老庄的玄学盛行，佛教也开始盛行。南北朝时代的君主们有很多人信佛，最有名的是梁武帝，他好几次到同泰寺去舍身，其实也不是真的要出家做和尚，每一次都由大臣们花钱又把他赎回来。那时候，禅宗的祖师达摩也来中国传教了，还有很多人专门从事佛经的翻译工作。要知道，佛经本来都是梵文，其中有不少名词是音译的。比如，"菩萨"是"菩提萨埵"的简称，这个词就是音译。所谓音译，就是要从中国的文字中找出一个与梵文相近似的声音，因此就必须注意到语言的发音。另外，一切宗教都很注重吟唱，像西方的基督教，在做礼拜之前都要唱诗。佛教也是如此，僧人们常常配合着木鱼等法器进行梵呗的唱诵。你根本就听不懂他唱的是什么，因为都是梵文的发音。中国有些高僧都学习过梵文，像唐代有名的玄奘法师，就曾从印度取回很多经书，译成了汉文。其实，这种工作从南北朝时就已经开始了。由于这种外来语言文字的刺激，就使得人们对自己的语言文字也有了一个反省，他们就发现既然外国文字有声母，有韵母，那么汉字的发音也可以把它分成两部分。比如，"东"字的发音是"德红切，东韵"，就是说，取"德"字的声母"d"与"红"字的韵母"ong"相拼，就可以发出"东"字的声音来。这就是"反切"的拼音方法。韵母相同的字归纳到一起，就形成了一个韵部。例如，"东"、"红"、"中"等字的韵母都是"ong"，所以就归到一个韵部里，这个韵就叫作"东韵"。然而，光考虑声母、韵母还不够，同样的声母和同样的韵母拼出来的声音可以有四个不同的声调，即"平、上、去、入"四声。齐梁时代有个文学家叫沈约，他写了一本《四声谱》，就是专门研究四声的。

现代普通话也分一声、二声、三声和四声，但这四声不同于古代"平、上、去、入"的四声。现在的第一声，相当于古代平声里的阴平声；现在的第二声，相当于古代平声里的阳平声，它们都属于平声。现在的第三声，属于古代的上声；现在的第四声，属于古代的去声，它们都属于仄声。此外还有入声也属于仄声，但现代普通话里已经没有入声了，古代的入声字现在已经分别进入了平、上、去三声之中。只有广东话、闽南话等南方的方言中，还保留着古代的入声。比如我这个"叶"字，过去就是入声字，现在变成了去声，不过这个变化在诗歌的韵律方面关系不大，因为去声和入声都属于仄声。但有的字就比较麻烦，比如中秋节的"节"字，现在读作第二声，是阳平声，看来属于平声。其实它在古代是入声字，应该属于仄声。那么北方人念不出正确的入声怎么办？我告诉大家一个办法，你在读诗的时候可以把所有的入声字都读成去声，比如把"节"读成"jiè"，虽然声音仍不准确，但平仄就不会发生错误，因为去声和入声都属于仄声。但如果你把它读成平声，那声调就不对了。如果你经常像我这样念，习惯了，写诗的时候就不会把平仄搞错。

诗中的对偶，除了要考虑词性和词类之外，也要注意平仄的发声。我曾说过，对仗词语的词性要相同，声音要相反。例如人们常说的"天对地，雨对风"，"天"是平声，"地"是仄声；"雨"是仄声，"风"则是平声。以前过年时人们家门口常贴一副对联："忠厚传家久，诗书继世长。""忠厚"和"诗书"都是名词；"传"和"继"都是动词；"家"和"世"都是名词；"久"和"长"都是形容词。每一对词语基本上都是词性相同，平仄相反。中国文字对偶的发展源远流长，但总的来说可以分成两个阶段：在南北朝之前，那些对偶的文字大都是本能地自然而然形成的；自南北朝开始有了四声的反省，诗人们就产生了更自觉的追求。

由于有了以上我们所说的种种反省，在诗的做法上就逐渐形成了有关声韵的理论，最早把这种理论明白提出的，就是沈约等人的"四声八病"之说。声韵和诗有什么关系？我可以举两个例子，一个是"溪西鸡齐啼"，一个是"后牖有朽柳"。这两句意思都很明白，但读起来声音很不好听，像绕口令一样。为什么会这样？因为每一句里的五个字都是同一个韵，而且还是同样的声调。因此，写诗一定要尽量避免这种现象。所以沈约就总结出写诗的八种毛病。这八种毛病是：平头、上尾、蜂腰、鹤膝、大韵、小韵、旁纽、正纽。这些毛病都和声韵有关。比如说，"大韵"是指五言诗韵脚以外的字不得与韵脚相同或相似。像"溪西鸡齐啼"、"后牖有朽柳"，就都犯了大韵的毛病。"八病"讲起来比较复杂，大家也没有必要去记。因为这"八病"主要是告诉你，诗应该怎样写才可以避免读起来不好听。诗的格律是在魏晋南北朝之后逐渐形成的。只要懂得诗的格律，就会知道诗应该怎样写读起来才好听，那么也就没有必要去记诵沈约的"八病"了。

　　五言格律诗有两个最基本的句型，我们把它叫作"A型"和"B型"。我现在用"—"这个符号来代表平声，用"｜"这个符号来代表仄声。A型的形式是"———｜｜，｜｜｜——"，这种形式叫作"平起"，因为它第一句的第二个字是平声。为什么不说第一个字？因为第一个字的平仄有的时候是可以通融的。B型的形式是"｜｜——｜，——｜｜—"，这种形式叫作"仄起"，因为它第一句的第二个字是仄声。有了这两种基本的形式，我们就可以组合出五言诗的好几种类型。比如，平起的五言绝句就是"AB"，即"———｜｜，｜｜｜——；｜｜｜——｜，——｜｜—"。仄起的五言绝句就是"BA"，即"｜｜——｜，——｜｜—；———｜｜，｜｜｜——"。那么，写诗的时候是否每一个字都必须严格按格律去写呢？也不一定。我曾说过，五言诗是"二三"的停顿，而后边的"三"还可以进一步分成"二一"的停顿。因此，除了韵脚以外，每一句的第二个字和第四个字正赶上停顿的重点，所以是重要的，不能违反了格律。而第一个字和第三个字则处于比较次要的地位，所以就可以通融。过去常说"一三五不论"，就是由于这个原因。事实上，"一"是果然可以不论的；但"三"和"五"就不一定可以不论。以五言A型的"｜｜｜——"而言，如果把第三个字改成平，就变成"｜｜———"。在近体诗中，三个平声或三个仄声连在一起都是不理想的。

那么，五言律诗该怎么写呢？其实也很简单，把它们重复一下就可以了。例如，平起的五言律诗是"ABAB"，仄起的五言律诗就是"BABA"。至于七言的格律诗也很好办，在五个字的前边加上与五言句开端的两字平仄相反的两个字就可以了。例如，七言诗A型的平起是"——｜｜——｜，｜｜——｜｜—"；七言诗B型的仄起是"｜｜———｜｜，——｜｜｜——"。你看，只要你记住A和B两个最基本的句型，就可以运用无穷，所有五言、七言、律诗、绝句的变化都在其中了。

另外还有一点需要说明，那就是，近体诗的偶数句是押韵的，单数句不押韵，但首句可以例外。如果首句押韵，那么A型句就变成"——｜｜—，｜｜｜——"；B型句就变成"｜｜｜——，——｜｜—"。不过，一般还是以首句不押韵的为正格。

上面我已经简单介绍了近体诗的格律。所谓近体诗，是相对于古体而言的，其实就是唐代形成的格律诗。但格律诗的起源则是从南朝齐武帝永明年间所流行的新体诗开始的，这种新体诗注重声韵、格律和对偶，作者有沈约、谢朓，以及后来的徐陵等人。下面，我们就来看一首徐陵所写的五言诗《山斋》：

> 桃源惊往客，鹤峤断来宾。复有风云处，萧条无俗人。山寒微有雪，石路本无尘。竹径蒙笼巧，茅斋结构新。烧香披道记，悬镜压山神。砌水何年溜，檐桐几度春。云霞一已绝，宁辨汉将秦。

这首诗是A型平起的。如果你按照我刚才讲的格律对照一下就会发现，它与格律完全相合。也许你要说，按照格律，第四句不是该轮到"——｜｜—"吗？可是"萧条无俗人"是"———｜—"。"俗"字我们现在念成平声，但古时是入声，属于仄；而"无"字处于第三个字的位置，是可以通融的。后边的"雪"、"石"、"压"、"绝"等字也都是入声，不可以读成平声。这首诗的韵脚有"宾、人、尘、新、神、春、秦"，都是"en"的韵母，属于上平声十一真的韵部。另外，这首诗一共有十四句，而其中有十句是两两对偶的。另外有几句不完全相对的，这正是格律化在发展中还没有完全定型时的一种现象。如果把这一类的诗与谢灵运的诗相比较，我们就会发现谢诗虽然已经非常注意对偶，但却在声律方面还没有形成一定的平仄格式，因为在中国文学发展的历史中，对于中国语文之宜于对偶的特色，是很早就已经有了这种自觉的，可是对平仄声律的注意，则是齐梁间才开始有这种反省和自觉的。

（安易、杨爱娣整理）

第二章

*

古诗十九首

第一节 概 论

汉初的诗歌有几种不同的体式，有四言体、楚歌体、杂言体，还有新兴的五言体，也就是五言的乐府诗。现在我们首先要明确的是，《古诗十九首》不是乐府诗。严格地说，它是受五言乐府诗的影响而形成的我国最早的五言古诗。《昭明文选》最早把这十九首诗编辑在一起，并为它们加了一个总的题目——"古诗十九首"。

许多人认为，《古诗十九首》在中国诗歌史上是继《诗经》、《楚辞》之后的一组最重要的作品。因为，从《古诗十九首》开始，中国的诗歌就脱离了《诗经》的四言体式，脱离了《楚辞》的骚体和楚歌体，开始了沿袭两千年之久的五七言体式。在中国的旧诗里，人们写得最多的就是五言诗和七言诗。直到今天，写旧诗的人仍以五言和七言为主。而《古诗十九首》，就是五言古诗中最早期、最成熟的代表作品。它在谋篇、遣词、表情、达意等各方面，都对我国旧诗产生了极为深远的影响。然而奇怪的是，如此杰出、如此重要的一组诗，我们大家却始终不知道谁是它们的作者！

晚唐诗人李商隐曾写过一组非常美丽的诗——《燕台四首》。有一次，他的一个叔伯兄弟吟诵他写的这四首诗，被一个叫作柳枝的女孩子听到了，就十分惊奇地问："谁人有此？谁人为是？"这两句话里充满了内心受到感动之后的惊喜和爱慕，意思是什么人的内心竟有如此幽微窈眇的感情，而且竟有这么好的写作才能把它们表现出来？我之所以提到这个故事，是因为每当我读《古诗十九首》的时候，内心之中也常常萦绕着同样的感情和同样的问题。这十九首诗写得真是好，它有非常丰厚的内涵，外表却很平淡。后来的诗人也能写很好的诗，但总是不如《十九首》这样温厚缠绵。比如卢照邻有两句诗说"得成比目何辞死，愿作鸳鸯不羡仙"，写得当然也很好，可是你要知道，这两句太逞才使气。也就是说，他有意地要把话说得漂亮，说得有力量，结果在感情上反而太浅露了。诗人写诗讲究"诗眼"，就是一首诗里边写得最好的一个字。例如王安石有一句"春风又绿江南岸"，据说他在诗稿上改过好几次，写过"又到"、"又过"、"又满"，最后才改成"又绿"，这个"绿"字就是诗眼。因为江南的草都绿了，其中不但包括了"到"、"过"和"满"的意思，而且"绿"字又是那么鲜明和充满了生命力的颜色，改得确实是好。但《古诗十九首》不属于这一类，你不能从中挑出它的哪一句或哪一个字最好，因为作者的感情贯注在全诗之中，它整个是浑成的，全诗都好，根本就无法摘字摘句。更何况，这十九首诗互相比较，其水准也不相上下，全都是这么好。这就更加使人想知道它们的作者到底是什么时代的什么人，能够写出这么奇妙的一组作品来呢？

这是一个很复杂的问题。而大家探讨的结果，就有了许多不同的说法。现在，我就把其中几种最早的、最重要的说法做一个简单的介绍。

首先是刘勰的《文心雕龙·明诗》说："至成帝品录，三百馀篇，朝章国采，亦云周备；而辞人遗翰，莫见五言。"又说："古诗佳丽，或称枚叔，其《孤竹》一篇，则傅毅之词。比采而推，两汉之作乎？"刘勰说，西汉成帝时曾编选了当时流传下来的文学作品，共有三百多篇，但这些作品里并没有五言诗。可是他又说，现在传下来的这一组非常好的古诗，有人说是枚叔的作品，而其中的《孤竹》那一篇，则是傅毅的作品。枚叔即枚乘，是西汉景帝时的人，傅毅是东汉明帝、章帝时的人。现在我们先来讨论枚乘，等一下再说傅毅。大家知道，景帝的时代比成帝早得多，如果景帝时代的枚乘写出了这么多、这么好的五言诗，那么成帝时代编选作品时怎么会不选这些诗呢？这已经是一个问题。但认为这些诗里有枚乘作品的，还有徐陵。他编的《玉台新咏》中，收了九首枚乘的诗，其中有八首在《古诗十九首》之内。然而，刘勰、徐陵和昭明太子萧统都是南北朝时代的人，以《昭明文选》、《文心雕龙》和《玉台新咏》这三部书相比较，《玉台新咏》成书年代最晚。《昭明文选》选了这一组诗，标为"古诗十九首"，说明萧统当时不知道它们的作者；《文心雕龙》说"古诗佳丽，或称枚叔"，说明刘勰也不敢确指枚乘就是这些诗的作者；那么徐陵比他们的年代稍晚，怎么反而能够确定枚乘是它们的作者呢？更何况，徐陵编书的态度是比较不认真的，因此他的说法并不可信。其实，比他们年代更早的，还有陆机。陆机曾写过十四首《拟古》诗，其中有一部分所拟的就是徐陵认为是枚乘所写的那些作品。但陆机只说是拟古诗，却没有说是拟枚乘。这也可以证明，在陆机的时代，人们也不以为这些古诗是枚乘的作品。

所以，钟嵘《诗品》就又提出了另一种看法。他说："陆机所拟十四首，文温以丽，意悲而远，惊心动魄，可谓几乎一字千金。其外《去者日以疏》四十五首，虽多哀怨，颇为总杂。旧疑是建安中曹、王所制。"所谓"曹、王"，指的是建安时代的曹氏父子和王粲等人。

你们看，现在已经有了好几个可能的作者了。一个是西汉景帝时的枚乘，一个是东汉明帝、章帝时代的傅毅，一个是东汉献帝建安时代的曹、王等人。刘勰说《孤竹》一篇是傅毅所作，傅毅与《汉书》的作者班固同时，但《汉书·艺文志》里并没有记载他写过五言诗之类的作品。而且傅毅与班固齐名，《诗品序》中曾批评班固的《咏史》"质木无文"，那么傅毅似乎也不大可能写出如此谐美的五言诗作品，因此傅毅之说也是不可信的。既然如此，建安曹、王的说法是否可信呢？我以为也不可信，因为《古诗十九首》与建安曹、王作品的风格大不相同。而且曹丕在一些文章中对王粲等建安七子的诗都有所评论，却从来没有提到过他们之中有哪一个人写过这么好的十九首诗。

给《昭明文选》作注解的李善说得比较谨慎。他说："并云古诗，盖不知作者，或云枚乘，疑不能明也。诗云'驱车上东门'，又云'游戏宛与洛'，此则辞兼东都，非尽是乘，明矣。昭明以失其姓氏，故编在李陵之上。"所谓"辞兼东都"是说，这十九首诗中应该兼有东汉的作品。为什么这样说呢？因为西汉建都长安，东汉建都洛阳，"上东门"是洛阳的城门，"宛与洛"也是指洛阳一带地方。只有在东汉的时代，洛阳才这样繁华兴旺。李善并没有否定诗中有西汉枚乘的作品，但又指出诗中可能兼有东汉的作品，所以说这种说法是比较谨慎的。于是后人因此又有了"辞兼两汉"的说法，认为《古诗十九首》中既有西汉的作品，也有东汉的作品。这种说法，表面上看起来虽然很通达，其实也不能够成立。

为什么不能成立？因为从西汉景帝到东汉建安，前后相去有三百年之久，而这十九首诗所表现的风格，却绝不像是相差百年以上的作品。综观文学演进的历史，不同时代一定有不同的风格。唐朝一共不过二百八十多年，诗风已经有初、盛、中、晚的变化。就拿北宋词来说，早期的晏、欧，后来的柳永、苏轼，再后来的秦少游、周邦彦，他们的风格是多么不同！可是《古诗十九首》的风格、内容相当近似，如果说二三百年之间的作品都在里边，那是绝对不可能的事情。所以我个人以为，这十九首诗都是东汉时代的作品。由于班固的《汉书·艺文志》对这些诗没有记载，所以它们应该是在班固、傅毅之后出现的，但下限则应该在建安曹、王之前。因为，建安时代诗风有了一个很大的变化，由于时代的影响，三曹、王粲等人的诗已经写得非常发扬显露，不再有《古诗十九首》温厚含蓄的作风了。

可是实际上，《古诗十九首》全部为东汉作品的说法多年来一直不能够成为一个定论。为什么不能成为定论？因为大家都不敢断定这里边肯定就没有西汉之作。原因何在呢？就在于十九首中有这样一首诗——《明月皎夜光》：

　　明月皎夜光，促织鸣东壁。玉衡指孟冬，众星何历历。白露沾野草，时节忽复易。秋蝉鸣树间，玄鸟逝安适。昔我同门友，高举振六翮。不念携手好，弃我如遗迹。南箕北有斗，牵牛不负轭。良无磐石固，虚名复何益。

这首诗里写了"促织"，写了"白露"，写了"秋蝉"，完全是秋天的景物，时间应该是在初秋季节。但诗中却说，"玉衡指孟冬"。孟冬是初冬的季节，但为什么诗中所写的景物却都是初秋季节的景物呢？注解《昭明文选》的李善认为，这里边有一个历法问题。大家知道，汉朝自汉武帝太初元年开始使用太初历，太初历与我们今天使用的夏历基本相同。但在汉武帝之前人们使用什么历法呢？李善说："《汉书》曰：高祖十月至霸上，故以十月为岁首。汉之孟冬，今之七月矣。"他认为，汉高祖刘邦打败秦军来到长安附近的霸上时，正好是十月，于是就把十月定为一年的开始。也就是说，当时把夏历的十月叫作正月。如果依此推算一下，则夏历的七月就应该叫作十月，十月当然属于孟冬了。李善认为，这首诗的作者既然把初秋的季节称为孟冬，那么他就一定是汉武帝太初时代之前的人，那当然就是西汉初年的作品了。

　　但我以为李善的说法有错误。要想说明这个问题，涉及很多历史文化的知识，所以我只能做一个简单的说明。我以为，"玉衡指孟冬"并非说此时就是孟冬季节，而是在描写夜深之时天空的景象。古人把天空分为十二个方位，分别用子丑寅卯辰巳午未申酉戌亥十二地支的名称来命名，而这十二个方位，又分别代表一年四季的十二个月。旧时过年贴对联，有一个横联叫作"斗柄回寅"，意思是，北斗七星的斗柄现在已经转回来指到"寅"的方位上了。按夏历来说，这个时候就是正月孟春，是一年的开始。既然斗柄指到寅的方位时是正月孟春，那么以此类推，当斗柄指到卯的方位时就是二月仲春，指到辰的方位时是三月季春，指到巳的方位时是四月孟夏……不过，这只是夏历，而夏、商、周三代的历法是不同的，夏建寅，商建丑，周建子。也就是说，商历的正月是夏历的十二月，周历的正月是夏历的十一月。两千多年来，我们所一直沿用的，乃是夏历。

然而不要忘记，地球既有自转又有公转，北斗七星不但在不同季节指着不同的方位，就是在一夜之间，也同样流转指向不同方位。只不过，随着季节的不同，它指向这些方位的时间的早晚也在变化。因此，仅仅"玉衡指孟冬"并不能判断是在什么季节，要想判断季节，还必须知道玉衡是在夜晚什么时辰指向孟冬的。也就是说，这里边有一个观测时间的问题。

"玉衡"是什么意思呢？它是北斗七星中的第五颗星。"孟冬"，当然指的是天上十二方位中代表孟冬季节的那个方位——"亥"的方位。在北斗七星之中，从第一颗星到第四颗星分别叫天枢、天璇、天玑、天权，它们合起来称为"斗魁"；从第五颗星到第七颗星分别叫玉衡、开阳、招摇，它们合起来称为"斗杓"。"杓"字读作biāo，就是斗柄的意思。《史记·天官书》说："北斗七星……用昏建者杓……夜半建者衡……平旦建者魁。"所谓"建"，就是建历的依据，就是说，如果你在黄昏的时候观测北斗，则以杓——即斗柄的最后一颗星招摇——所指的方位为依据；如果你在夜半观测，则以玉衡所指的方位为依据；如果你在凌晨观测，则以魁——即斗首第一颗星天枢——所指的方向为依据。有了这个观测时间的标准，我们就可以知道，在孟秋季节的黄昏时分，招摇指在孟秋的方位——"申"的方位。这也就是《淮南子》所说的"孟秋之月，招摇指申"。但倘若你在夜半观测呢？那时指在申位的就不是招摇，而是玉衡了。如果你在平明观测，则指在申位的又不是玉衡，而变成了天枢。北斗七星是在转的，玉衡在半夜时指着申的方位，而在后半夜到黎明这一段时间，它就逐渐转向亥的方位，也就是孟冬的方位。在这同一时间里，天枢就逐渐转向申的方位，即孟秋的方位。所以如果你在凌晨时观测，就不能再以玉衡所指的方位为标准，而要以天枢所指的方位为标准了。这件事说起来好像很复杂，其实，在秋天的夜空，这景象是历历可见的。

既然如此，"玉衡指孟冬"的意思就显而易见了，它指的是时间而不是季节，是在孟秋七月的夜半以后到凌晨之前这一段时间。这时候玉衡正在慢慢地离开代表孟秋的"申"的方位，慢慢地指向代表孟冬的"亥"的方位。夜深人静，星月皎洁，再加上"促织"、"白露"、"秋蝉"等形象的描写，就烘托出一幅寒冷、静谧的秋夜景象来。所以我以为，李善的错误在于他忽略了在不同的时间观测应该以不同的星作为依据；同时又把指方位的"孟冬"解释为真的孟冬季节，这才造成了诗中所写景象与季节的矛盾。而为了解释这个矛盾，他又搬来了"汉初以十月为岁首"的说法。这个说法，其实也是不能够成立的。因为所谓"汉初以十月为岁首"只是把十月当成一年的开始，并没有改变季节和月份的名称。《史记》、《汉书》在太初之前的诸帝本纪中，每年都以冬十月为开始，虽然是一年的开始，但仍然称"冬"，仍然称"十月"。这与夏、商、周之间的改历是不同的。所以王先谦的《汉书补注》在汉高祖元年叙事到"春正月"的时候，曾加以注解说："秦二世二年，及此元年，皆先言十月，次十一月，次十二月，次正月，俱谓建寅之月为正月也，秦历以十月为岁首，汉太初历以正月为岁首，岁首虽异，而以建寅之月为正月则相同，太初元年正历，但改岁首耳，未尝改月号也。"这些话足以为证，因此，李善所谓"汉之孟冬，今之七月"的说法是完全不可信的。

　　既然主张《古诗十九首》中有西汉之作的一条最有力的证据现在也被推翻，那么就可以下一个结论了。我以为，这十九首诗无论就其风格来判断，还是就其所用的词语、地名来判断，都应当是东汉之作，而不可能是西汉之作。更何况，这十九首诗中所表现的一部分有关及时行乐的消极颓废之人生观，也很像东汉的衰世之音。因此，它们很可能是班固、傅毅之后到建安曹、王之前这一段时期的作品。

　　《古诗十九首》的文字是非常简单朴实的，然而它的含意却十分幽微，容易引人产生联想。清代学者方东树在他的《昭昧詹言》中说："十九首须识其'天衣无缝'处。"什么叫"天衣无缝"？就是说，这些诗写得自然浑成，看不到一点儿人工剪裁的痕迹。我们读不同的诗要懂得用不同的方法去欣赏。有的诗是以一字一句见长的，它的好处在于其中有某一个字或某一句写得特别好。因此，有些人就专门在字句上下功夫。在中国文学的历史上流传了很多这样的故事，前文举过王安石的"春风又绿江南岸"，就是其中的一个。另外还有一个有名的故事，说是唐代诗人贾岛在驴背上得了两句诗"鸟宿池边树，僧推月下门"，他想把"推"字改成"敲"字，自己又拿不定主意，坐在驴背上想得入神，一下子就冲进京兆尹韩愈出行的队伍，被众人拿下送到韩愈面前。韩愈也是有名的诗人，不但没怪罪他，反而帮他斟酌了半天，最后决定还是用"敲"字更好。为什么"敲"字更好？因为诗人所要表现的是深夜的寂静，推门没有声音，当然也很寂静，可是在万籁无声之中忽然响起一个敲门的声音，有时候反而更能衬托出周围的寂静。因此，后来很多学写诗的人就专门在"诗眼"和"句眼"上下功夫，费尽了"推敲"。我当然不是说修辞不重要，可是要知道，更好的诗其实是浑然天成的，根本就看不出其中哪一个字是"眼"。比如杜甫的《自京赴奉先县咏怀五百字》，每一个字都有他感发的力量。杜甫《羌村》中有一句"群鸡正乱叫"，如果单看这一句，这算什么诗？然而这是一首感情深厚的好诗。杜甫把他的妻子、家人安置在羌村，自己去投奔唐肃宗。后来他被叛军俘虏到长安，从长安逃出来又几乎死在道路上，而在这段时间，羌村一带也被叛军占领过，听人传说叛军把那个小村庄杀得鸡犬不留。在经历过这么多忧患危险之后，诗人终于得到机会回羌村去看望他的妻子、家人。试想，当他见到"群鸡正乱叫"这种战前常见的平安景象时，心中会产生多么美好和安定的感觉！如果你不读他整个的一首诗，如果你不知道那些背景，你怎能知道"群鸡正乱叫"的好处？不但杜甫如此，陶渊明也是如此。凡是最好的诗人，都不是用文字写诗，而是用自己整个的生命去写诗的。

我曾经看到一篇文章，内容是谈论近来的学术风气。文章说，中国千百年来传统的学术风气是把为人与为学结合在一起的。中国历史上那些伟大诗篇的好处都不仅在于诗歌的艺术，更在于作者光明俊伟的人格对读者的感动。那篇文章还说，现在的风气是把学问都商品化了，大家都急功近利，很多做学问的人都想用最讨巧的、最省事的、最方便的办法得到最大的成果。这是一种堕落。古人讲为学、为师，是要把整个一生都投入进去结合在一起的，而现在讲诗的人讲得很好，理论很多，分析得很细腻，为什么没有培养出伟大的诗人？就因为没有这个结合。诗人如此，诗也是如此。真正的好诗是浑然一体的诗。对这样的诗，你要掌握它真正的精神、感情和生命之所在，而不要摘取一字一句去分析它的好处。

除了浑成之外，《古诗十九首》另一个特点是引人产生自由联想。我实在要说，《古诗十九首》在这一点上与《红楼梦》颇有相似之处。第一，它们对读者的感动都是事实，而且是多方面的；第二，《红楼梦》后四十回究竟是谁所作？同样一直成为一个疑问，因而使人们难以确定它的主题。它果然是写宝玉和黛玉的恋爱故事吗？还是如王国维所说的，要写人生痛苦悲哀的一种哲理？抑或如大陆批评家们所说的，是要写封建社会官僚贵族阶级的腐败堕落？它到底要说些什么？要写怎样一个主题？每个人都可以有很多联想，每个人都可以看出不同的道理来。如果我们讲杜甫的诗，我们可以用唐朝那一段历史和杜甫的生平来做印证，多半就能知道他写的是什么事情。但这个办法对《古诗十九首》不行，我们只能感觉出他有深微的意思，但究竟寓托的是什么？我们无法通过考证来确定，原因就在于我们不知道确切的作者。然而，这是一件坏事吗？我说也不一定。

中国古人批评诗的时候有个习惯，总是要想方设法确定诗的作者和诗的本意。对有些诗来说这种办法是必要的，如杜甫诗就是如此，他有不少诗反映了唐代某些历史事件，写诗的时候确有所指。对这一类诗当然应该尽可能确定作者的原意。但《十九首》之所以妙就妙在不知作者——连作者是谁都不知道，你怎样去确定作者的原意？因此，对这十九首诗，每一个读者都可以有自己的理解、自己的联想。正由于《古诗十九首》有这样的特色，所以它特别适合于现代西方"接受美学"的理论。西方在二十世纪五十年代后期和六十年代初期曾流行一种叫作"新批评"的理论。这种理论主张文学批评应该以作品为主。他们认为，作品里的形象、声音、韵律，都关系到作品的好坏，唯独作者却是不重要的。而后来流行的"接受美学"的理论，则是一种更新的文学理论，它进一步把重点转移到读者身上来了。接受美学认为，一篇作品是不能够由作者单独完成的，在读者读到它之前，它只是一个艺术的成品，没有生命，没有意义，也没有价值；只有读者才能使它得到完成，只有读者通过阅读给它注入生命的力量，它才成为一个美学欣赏的对象，才有了意义和价值。然而，不同的读者有不同的经历和阅读背景，因此对同一首诗可以有不同的理解和解释。《古诗十九首》为什么好？就是因为它能够使千百年来各种不同的读者读过之后都有所感动，有所发现，有所共鸣。

但《古诗十九首》为什么能达到这样的效果呢？这就涉及它所写感情的主题了。《古诗十九首》所写的感情基本上有三类：离别的感情、失意的感情、忧虑人生无常的感情。我以为，这三类感情都是人生最基本的感情，或者也可以叫作人类感情的"基型"或

"共相"。因为，古往今来每一个人在一生中都会有生离或死别的经历；每一个人都会因物质或精神上的不满足而感到失意；每一个人都对人生的无常怀有恐惧和忧虑之心。而《古诗十九首》就正是围绕着这三种基本的感情转圈子，有的时候单写一种，有的时候把两种结合起来写，而且它写这些感情都不是直接说出来的，而是含意幽微，委婉多姿。例如，我们下文所要讲的《今日良宴会》里有这样两句："何不策高足，先据要路津？"——你为什么不鞭策你的快马，抢先去占领那个重要的路口？其实，所谓"要路津"，所代表的乃是一个重要的官职，说得通俗些，这是对争名夺利的一种委婉的说法。还有一首《青青河畔草》也是我们所要讲的，它写了一个孤独而又不甘寂寞的女子，最末两句是："荡子行不归，空床难独守。"王国维在《人间词话》里曾说这几句"可谓淫鄙之尤"，然而它们之所以不被人们视为"淫词"或"鄙词"，那就是由于其感情的真挚了。其实，我说这两首诗真正的好处不仅仅在于感情的真挚，它们真正的好处在于提出了人生中一个严肃的问题：当你处于某种人生的困惑中时，你该怎么办？每个人都难免会有软弱的时候或绝望的时候，每个人在这种时候内心都会产生很多困惑和挣扎。而《古诗十九首》就提出来很多这样的问题，这是它很了不起的地方。而且，这些问题都不是直接写出来的，而是用很委婉的姿态、很幽微的笔法来引起你的感动和联想。晚清有一位诗学批评家叫陈祚明，在他的《采菽堂古诗选》里有一段话对《古诗十九首》评论得非常好。现在我把这段话抄下来：

《十九首》所以为千古至文者，以能言人同有之情也。人情莫不思得志，而得志者有几？虽处富贵，慊慊犹有不足，况贫贱乎？志不可得而年命如流，谁不感慨？人情于所爱，莫不欲终身相守，然谁不有别离？以我之怀思，猜彼之见弃，亦其常也。夫终身相守者，不知有愁，亦复不知其乐，乍一别离，则此愁难已。逐臣弃妻与朋友阔绝，皆同此旨。故《十九首》唯此二意，而低回反复，人人读之皆若伤我心者，此诗所以为性情之物，而同有之情，人人各具，则人人本自有诗也。但人有情而不能言，即能言而言不能尽，故特推《十九首》，以为至极。言情能尽者，非尽言之之为尽也。尽言之则一览无遗，惟含蓄不尽，故反言之，乃使人足思。盖人情本曲，思心至不能自已之处，徘徊度量，常作万万不然之想。今若决绝，一言则已矣，不必再思矣。故彼弃予矣，必曰亮不弃也；见无期矣，必曰终相见也。有此不自决绝之念，所以有思，所以不能已于言也。《十九首》善言情，惟是不使情为径直之物，而必取其宛曲者以写之，故言不尽而情则无不尽。后人不知，但谓《十九首》以自然为贵，乃其经营惨淡，则莫能寻之矣。

《古诗十九首》说出了我们人类感情的一些"基型"和"共相"。比如，每个人都希望满足自己的一切理想和愿望，但真正能够满足的又有几个人？就算他在物质生活上满足了，在精神生活上也都能满足吗？有的人已经得到高官厚禄，但仍然有不满足的地方，何况那些贫贱之人呢？如果你拥有充足的时间去追求，也许最终会有满足的那一天，然而人的生命又是多么短暂，时间并不等待任何人，你的一生很快就会过去！又比如，谁不愿意和自己所爱的人永远相守在一起？但天下又有谁没经历过生离或死别？当你们相聚的时候，并不能体会到离别的悲哀，因而也就不懂得这聚会的难得和可贵，可是当你失去的时候，你懂得了它的珍贵，却又不得不承受失去它的悲哀！

　　人都是有感情的。所以自然界的四时变化、人世间的生死离别，所有这些物象和事象就会摇荡人的心灵和性情，从而产生诗的感发。可是，既然每个人都能产生诗的感发，为什么还有诗人和一般人的区别呢？那是因为，一般人只是"能感之"，只有诗人不但"能感之"而且"能写之"。也就是说，写诗不仅需要有感受的能力，还需要有表达的能力。我在UBC教书已经快二十年了，我常常为我的一些学生而感慨，他们有很敏锐的感受能力和很深厚的感情，但却因写作的能力差而不能够把自己感受到的东西写出来。特别是我们中国血统的同学，他们在台湾或香港念了小学，中文的基础还没有打好就来到了加拿大，但他们英文的表达能力也不是很好，因为他们毕竟是从小念的中文。我以前教过一个学生，在美学和文学上都有很高的天分，他告诉我，他有许多很好的想法。我说，你为什么不把它们写出来呢？他说："老师，我写不出来。我的中文不成，英文也不成！"这真是人生最可惋惜的一件事，每个人生活在这个世界上，都应该有表达自己的能力，可是有的人却把它失落了！陆机在《文赋》的序里说："恒患意不称物，文不逮意。"所谓"意不称物"就是说，你内心的感情与要写的对象并不相合。还有一个可忧虑的问题是"文不逮意"——你用来表达的言辞赶不上你的意思和感情，你无法把你内心产生的那种美好的情意完全表达出来。这当然是很遗憾的一件事情。

但什么是"完全表达出来"？你说你现在内心之中有十二万分的悲哀或一百二十万分的悲哀，这就叫完全表达出来了吗？不行。因为你虽然把话说到极点，可是人家看了并不感动。就以爱情而言吧，每一个人爱情的品质和用情的态度都是不同的。最近我看到报纸上说，有一个男子追求一个女子，后来那女子不跟他好了，他一怒之下杀了这个女子和她的全家。这或许就是现代人的感情。而中国古人用情的态度是不同的，古人所追求的标准乃是"温柔敦厚"。《古诗十九首》的感情就是如此，它是温厚缠绵而且含蓄不尽的。我们常说，某人的感情是"百转柔肠"，这种人他不能够把感情一下子切断。因为有的时候，他的理性明明知道这件事不会成功，应该放弃了，他的感情却没有办法放弃。一个人被他所爱的人抛弃了，如果干脆从此断绝关系，那么就不会再有相思怀念了，但他偏偏不肯，心里总是在猜想，对方一定不会如此绝情吧？我们最终还是要相见的吧？因此才会产生相思怀念，才不由自主地要用诗歌把这些感情表现出来。《古诗十九首》用情的态度是如此温厚缠绵，所以它表现的姿态也十分委婉曲折。它的语言表面上含蓄不尽，实际上却把人的内心之中这些复杂的感情全都表达出来了。

前文我引过刘勰《文心雕龙·明诗》的"古诗佳丽，或称枚叔"一段，其实那一段接下来还有几句："观其结体散文，直而不野，婉转附物，怊怅切情，实五言之冠冕也。"在美国西部转印的香港《大公报》上曾刊载一篇文章，把刘勰这句话中"结体散文"的"散文"两个字解释为文学体裁中的"散文"。我以为这是不对的，古人没有这种用法。事实上，"结体"和"散文"是两个对称的动宾结构。"结体"，是说它构成的体式；"散文"是说它分布的文辞。刘勰的意思是说，如果我们看一看《古诗十九首》体裁的结构和对文辞的使用，我们就会发现，它的特色是"直而不野"。也就是说，它写得很朴实，但不浅薄。我们大家都读过李白和杜甫的诗，在读过李杜的诗之后再返回来看《古诗十九首》，你就会发现，当你第一眼看上去的时候，《古诗十九首》并不像李白的诗那样给你一个很鲜明的印象和感动，也不像杜甫的诗那样使你感到他真是在用力量。你会觉得，《古诗十九首》所说的都是极为普通、寻常的话，可是如果反复吟诵，就越来越觉得它有深厚的味道。而且，你年轻时读它们有一种感受；等你年岁大了再读它们，又会有不同的感受。所谓"婉转附物"的"物"，指的是物象。作者把他内心那些千回百转的感情借外在的物象表达出来，就是婉转附物。在我们中国诗歌的传统里，这属于"比"和"兴"的方法。《古诗十九首》善用比兴，这个特点等我们看具体作品时将做更详细的介绍。什么叫"怊怅切情"呢？"怊怅"与我们现在所说"惆怅"的意思差不多，那是一种若有所失、若有所求，却又难以明白地表达出来的一种感情，也是诗人们常常具有的一种感情。因为，凡是真正的诗人都有一颗非常敏感的心灵，常常有一种对于高远和完美的追求，这种追求不是后天学习所得，而是他天生下来就有的。一首好诗，往往能很好地表现出诗人的这种感情。"切"是切合，就是说能够表现得深刻而真切。我们都说杜甫的诗好，为什么好？就是因为他能够把他的感情恰到好处地表现出来。假如你把你内心的感情表达得不够，那当然是失败的，可是你把你的感情夸大了，超出了实际情况，那也不是好诗。把内心的情意直接而且深刻地表达出来，这在中国诗歌传统中属于"赋"的方法。所以，《古诗十九首》可以说是很成功地结合了中国最传统的赋、比、兴的写作方法，因而形成了我国早期五言诗最好的代表作。

与此看法类似的还有明代学者胡应麟。他在《诗薮》中曾评论这些诗，说它们"兴象玲珑，意致深婉，真可以泣鬼神，动天地"。"兴象"两个字很简单，但却代表了心与物之间的很复杂的关系，既包括由心及物的"比"，也包括由物及心的"兴"。"玲珑"在这里有空明、贯通的意思，就是说，它的感发灵动无滞、浑然天成，毫无痕迹可寻。"意致深婉"的意思是说，那种感情的姿态，在诗中表现得不但很深厚，而且很婉转。因此胡应麟说，像《古诗十九首》这样的诗，不但人会被它感动，连天地和鬼神也会被它所感动。另外，前文我还引过钟嵘《诗品》中的一段话，其中也给了这些诗很高的评价，说它们"文温以丽，意悲而远，惊心动魄，可谓几乎一字千金"。"温"，温柔敦厚的感情；"丽"，是说它们写得也很美；"悲"，是指诗中所写的那些不得意的悲慨；"远"，是说它们给读者的回味是无穷无尽的。因此，每个人看了这些诗内心都会发生震动，认为它们真是"一字千金"的好诗。

最后，我还要强调一个问题，在一般选本中，对《古诗十九首》往往只选其中的几首，但如果你要想真正了解《古诗十九首》，真正得到诗中那种温厚缠绵的感受，只读几首是不够的，必须把它们全部读下来。因为这十九首诗在风格和内容上虽然有一致性，实际上又各有各的特点。如果你会吟诵的方法，那就更好。吟诵，是中国旧诗传统中的一个特色。我以为，它是深入了解旧诗语言的一个很好的方法，因为它能够培养出在感发和联想中辨析精微的能力。当你用吟诵的调子来反复读这十九首诗的时候，你就会"涵泳其间"，也就是说，你会像鱼游在水里一样，被它的那种情调气氛整个儿地包围起来，从而就会有更深的理解和体会。

对《古诗十九首》整体的介绍就到此为止，下一节我们将选一些篇章做具体的赏析。

第二节 《行行重行行》

首先我们一起欣赏《古诗十九首》的第一首《行行重行行》：

> 行行重行行，与君生别离。相去万馀里，各在天一涯。道路阻且长，会面安可知。胡马依北风，越鸟巢南枝。相去日已远，衣带日已缓。浮云蔽白日，游子不顾反。思君令人老，岁月忽已晚。弃捐勿复道，努力加餐饭。

这首诗从开头到"越鸟巢南枝"的"枝"，押的是平声支韵，接下来从"相去日已远，衣带日已缓"到结尾就换了仄声韵。其中

"远、缓、反、晚"四个韵脚都是上声，而"饭"是去声。这是因为，古代没有上声和去声的区别，"饭"也可以读成fǎn。我曾说，《古诗十九首》所写的都是人类感情的"基型"和"共相"。"行行重行行，与君生别离"是一个男子的口吻，还是一个女子的口吻？是一个行者的口吻，还是一个留者的口吻？中国古代传统的习惯总是喜欢先把它确定下来，所以才有很多人总是想方设法给这十九首诗确定作者。前文我说过，有人认为其中的好几首都是枚乘写的。那么枚乘既然是个男子，就可以确定这几首诗都是有寓托的，都是表示某种对国家忠爱之类的意思。可是现在我们最好先把这些都放下，只看诗的本身，我们就会发现，正是由于我们不知道这首诗所写的是男子说的话，还是女子说的话，是行者说的话，还是留者说的话，结果反而给这首诗增加了许多的"潜能"。"潜能"是西方接受美学中的一个词语，意思是作品中有一种潜存的能力，或者说，它潜藏有很多使读者产生联想的可能性。

另外，从《行行重行行》我们还可以看到《古诗十九首》那种质朴的特色。它没有很多花样，走了就是走了，不管是送行者说的也好，还是远行者说的也好，总而言之是两个人分离了。"行行重行行"，行人走啊走啊，越走越远。中国的旧诗有古体和近体之分。近体是从南北朝以后才逐渐形成的，规定有比较严格的格律，如，"平平平仄仄，仄仄仄平平"等。因为中国文字是独体单音，读起来缺乏韵律，所以必须写成平仄间隔的形式，读起来才好听。不过，在古诗里没有这种法则。而且，如果你的内容果然很好，你的声音果然能配合你的感情，那么即使没有这些法则也一样能写出好诗。"行行重行行"，就完全不符合格律诗的法则。首先，这五个字里有四个字是重复的；其次，这五个字全是阳平声，一点儿也没有声音的起伏和间隔。然而我说，正是如此，这五个字读起来才形成一种往而不返的声音——这话真是很难讲清楚。那远行的人往前走，再往前走，前边的道路是无穷无尽的，而后边留下的那个人和他之间的距离却越来越远了。这就是往而不返，从这里边就使你感受到一种把两个人越拉越远的力量。

如果说，"行行重行行"写出了两个人分离的一个基本的现象，那么"与君生别离"就是写由这种现象所产生的痛苦了。所谓"生别离"，可以有两种讲法，现在我们先说第一种。人世间的别离有生离，也有死别，二者哪一个更令人悲哀呢？大家一定会说，当然是死别，因为生别还有希望再见，而死者是再也不能够复返了。但现在我要举《红楼梦》中的一个例子来做相反的证明。《红楼梦》中的林黛玉死了，贾宝玉糊里糊涂地和薛宝钗结婚了，但他心里老想着黛玉，所以他的病总是不好，神志总是不清楚。于是有一天薛宝钗就痛痛快快地告诉宝玉说："你不要再想你的林妹妹了，你的林妹妹早就死了！"宝玉当时就昏过去了。大家都责备宝钗不应该故意给宝玉这样大的打击，宝钗却说："倘若总是不敢对他说明真相，那么他心里就永远不能安定，病也就永远不能好。今天我告诉了他，他虽然如此痛苦，可是从此以后他这种思念就断了，他的心也就安定下来了。"你看，宝钗这个人是很有办法，也很有道理的。后来，宝玉的病果然就好了。所以，死别往往是一恸而绝，而生离则是在你的有生之年永远要悬念，要悲哀。哪一个更痛苦呢？

"生别离"的"生"还有另外的一种讲法，就是"硬生生"——硬生生地被分开了。如果我打开我手中的书本，这不叫"硬生生"地分开，因为这两页本来就不是黏结在一起的，不用费力就把它们分开了。但我如果把一根粉笔掰开，这就叫"硬生生"地分开，因为它本来紧密地连接为一体，我是用力量硬把它分开的。这对于物体来说当然无所谓，但对于两个亲密无间的人来说，就是很大的痛苦了。那么"与君生别离"的这个"生别离"到底用哪一种讲法更好呢？我以为两种都可以。因为这首诗的特点就是在语言上给读者提供了多方面理解的可能性，你只需用你的直觉读下去就行了，也许这两种感受同时都存在。

　　接下来"相去万馀里，各在天一涯"说的是已经走了一段时间之后的事情。你看，这就是《十九首》之往复缠绵了，他在叙述了离别和离别的痛苦之后，又停下来进行一个反思。这个"涯"字读yí，在这里是押的"支"韵。他说，现在我们之间的距离已经有万里之遥，我在天的这一头，而你在天的那一头，那么今后还有再见面的可能性吗？他经过反思所得出的判断是"道路阻且长，会面安可知"——道路如此艰险而且遥远，要想再见面是很难的了。要知道，假如仅仅是道路遥远，那么只要你有决心走下去，也许还能有一半的希望，然而现在存在了双重的困难，不但道路如此遥远，而且充满了艰难险阻——所谓"阻"，既可能是高山大河的自然界的险阻，也可能是战乱流离的人世间的险阻。人的能力是多么有限，怎能敌得过这些无穷无尽的险阻呢！说到这里，可以说已经不存在什么见面的希望了，就如陈祚明所说的"今若决绝，一言则已矣，不必再思矣"。然而诗人却不肯放下，他忽然从直接叙事之中跳了出来，用两个形象的比喻来表现他的无法决绝——"胡马依北风，越鸟巢南枝"。这是"比兴"的方法，"胡马"和"越鸟"两个形象用得真是很有姿态。在古诗和汉魏乐府中，经常运用这样的方法，在绝望的悲哀之中突然宕开笔墨，插入两句从表现上看上去与上下文都不甚连贯的比喻。例如《饮马长城窟行》，在一路叙写离别相思之苦以后，突然接上去"枯桑知天风，海水知天寒"两句，似乎与上下文全不衔接，也未做任何指实的说明。可是，这两句能够使读者产生多方面的联想，做多方面的解释，因此，就使前边所写的现实的情事蓦然之间都有了一种回旋起舞的空灵之态。这其实是一种很高明的艺术手法，也是古诗和汉魏乐府的一个特色。而且，在古诗和乐府中，这类比喻多半取材于自然现象。例如，"枯桑知天风，海水知天寒"、"胡马依北风，越鸟巢南枝"，都是自然界中司空见惯的现象，是向来如此、难以改变的事情，用这些形象来做比喻，且不论其喻意何在，只是在直觉上就已经给读者一种仿佛是命里注定一样的无可奈何之感了。所以，古诗和汉乐府中的这一类比喻，往往既自然质朴，又深刻丰美。

对"胡马依北风，越鸟巢南枝"两句，古人有不同的讲法。李善的《文选注》引《韩诗外传》说："诗云'代马依北风，飞鸟栖故巢'，皆不忘本之谓也。"但这"不忘本"又可以从两个角度来看：从远行者的角度来看，当然是从正面写他的思乡念旧之情；从留居者的角度来看，则是说胡马尚且依恋故乡的北风，越鸟尚且选择遥望故乡的南枝，你作为一个游子，怎么能忘记了故乡和故乡的亲人呢？这是从反面来做比喻的。第二种说法认为，它来源于《吴越春秋》的"胡马依北风而立，越燕望海日而熙"。这是取同类相求的意思。就是说，"云从龙，风从虎"，所有的东西都有它相依相恋、不忍离去之处，而我和你本来也是相亲相爱的一对，怎么竟然会分离这么久而不能再结合到一起呢？还有一种说法，是隋树森引纪昀所说的"此以一南一北申足'各在天一涯'意，以起下相去之远"。这种说法是把出处和取意都抛开不论，只从字面上看，胡马和越鸟一南一北，在直觉上就使读者产生一种南北暌违的隔绝之感。

有这么多不同意见并不是坏的，它说明，正是由于这两句的比喻给予读者十分简明真切的意象，所以才会产生这么多的联想。在这些联想中，既有行者对居者的怀念，也有居者对行者的埋怨；既有相爱之人不能相依的哀愁，也有南北暌违永难见面的悲慨。此外，由于前面说到"会面安可知"，似乎已经绝望，所以这两句放在这里还给人一种重新点燃希望的感觉，鸟兽尚且如此，我们有情的人难道还不如鸟兽吗？而且我们还要注意，这两句虽然用了《韩诗外传》和《吴越春秋》的古典，但它同时也是民间流传的比喻，不用考证古典也一样可以明白。对这两句，如果你想向深处追求，它可以有深的东西供给你；如果你不想向深处追求，也一样可以得到一种直接的感动。它把古、今、雅、俗这么多联想的可能性都混合在一起了，这是它的微妙之处。我以为，《古诗十九首》本来是民间流传的诗歌，但后来经过了文士的改写和润色。就像屈原改写《九歌》一样，那并不是有意的造作，而是这些诗的感情很能感动人，当文士吟诵这些民间诗歌时，内心中也油然兴感——即所谓"人人读之皆若伤我心者"——因此产生了共鸣，从而才亲自动手来加以修改和润色。我想，这也正是《古诗十九首》既可以深求也可以浅解的一个重要原因吧。

从"行行重行行"到"越鸟巢南枝"是一个段落，前边都是平声韵，接下来从"相去日已远，衣带日已缓"就换了仄声韵。从内容上来说，经过"胡马依北风，越鸟巢南枝"这么一个想象的飞扬回荡之后，现在他又回到了无法改变的现实之中，因此就产生了更深的悲慨。词人冯正中有一句词说"天教心愿与身违"（《浣溪沙》"转烛飘蓬一梦归"），事实与你的盼望往往是不相符合的。日子正在一天一天地过去，尽管你不放弃希望，尽管你打算等到海枯石烂的那一天，可是人生有限，你能够等得到那一天吗？在这里，"相去日已远"和前边的"相去万馀里"似乎是一个重复，但实际上并不是简单重复。因为"万馀里"虽然很远，但毕竟还是一个有限的数字，而且它所代表的只是空间，并没有时间的含义，而"日已远"三个字则进一步用时间去乘空间，所得数字就更是无穷无尽了。而且更妙的是，这"日已远"三个字又带出了下一句的"日已缓"，从而使人感到，离人的相思与憔悴也是一样无穷无尽。柳永的"衣带渐宽终不悔，为伊消得人憔悴"，也许就是从此句变化出来的。但柳永的那两句却未免带有一些着力刻画的痕迹。而且那个"悔"字还隐隐含有一些计较之念，不像"相去日已远，衣带日已缓"，在外表上所写的只是衣带日缓的一件事实，内中却含有一种尽管消瘦也毫无反省、毫无回顾的意念。倾吐如此深刻坚毅的感情，却出以如此温柔平易的表现，这就更加令人感动。

如果说前边的"胡马依北风，越鸟巢南枝"两句之中含有一种希望的想象，是向上飞的；那么接下来的"浮云蔽白日，游子不顾反"两句之中就含有一种失望的想象，是向下沉的了。我以为，这两句是这首诗中最令人伤心的地方。因为，前边所写的离别只是时间与空间的隔绝，两个相爱的人在情意上并没有阻隔，所以虽然离别，却也还有着一份聊以自慰的力量，而现在连这种自慰的力量也蒙上了一层阴影。他说，天上太阳的光芒那么强烈，但也有被浮云遮住的时候；那么，美好亲密的感情就没有被蒙蔽的时候吗？而且那远行的游子不是果然就不回来了吗？这个"游子不顾反"的"顾"字，有的版本作"愿"，但我以为应该是"顾"。因为，"不顾反"和"不愿反"的意思是不同的。例如汉乐府《东门行》，"出东门，不顾归。来入门，怅欲悲"，说的是一个贫苦人家，丈夫不得已而出外谋生，但他惦记着家中的妻子儿女，刚出东门又走了回来，可是回来看一看，家中实在无法生活，最后还是得走。所以这是"不顾"——不是不愿回来，而是不能回来，暂时顾不上回来。当然，这里的"游子不顾反"其实很可能就是因不愿返所以才不回来。但思念的这一方不埋怨他"不愿反"，却替他着想，说他是"不顾反"，这就是《古诗十九首》在感情上的温柔敦厚之处了。

那么"浮云蔽白日"所比喻的是什么呢？有的人把这首诗看作思妇之辞，比如张玉穀《古诗十九首赏析》就说："浮云蔽日，喻有所惑，游不顾反，点出负心。"那么，"白日"就指的是游子；"浮云"则指的是游子在外边所遇到的诱惑。《西厢记》里的崔莺莺送张生时说"若见了那异乡花草，再休像此处栖迟"，就是这个意思。可是，西方的符号学理论认为，当一个符号在它的传统文化中使用了很久的时候，它就形成了一个Code——语码，使你一看到它就会产生某些固定的联想。"浮云蔽白日"就是这样一个语码。从《易经》开始，"日"这个符号就是国君的象征。所以饶学斌的《月午楼古诗十九首详解》说："夫日者，君象也，浮云蔽日所谓公正之不容也，邪曲之害正也，谗毁之蔽明也。"这是以"白日"比喻国君；以"浮云"比喻谗间的小人。可是还有一种说法认为"白日"是比喻被放逐的贤臣，如李善《文选注》引陆贾《新语》说："邪臣之蔽贤，犹浮云之彰日月。"然而实际上，游子、国君、逐臣三者本来是可以相通的。因为在中国的伦理关系中，君臣关系与夫妻关系很为相似。如果那个行者是游子，则可能是说他在外另有遇合，不再想念家中的思妇了；如果那个行者是逐臣，则可能是说国君听信谗言放逐了他，使得他再也不能回到朝廷中了。杜甫的诗说"每依北斗望京华"（《秋兴八首》之二），又说"此生那老蜀，不死会归秦"（《奉送严公入朝十韵》），那种对朝廷和君主的思念，实在并不亚于思妇对远行游子的思念。

前文我引过钟嵘《诗品》的话，说《十九首》是"惊心动魄"、"一字千金"。所谓"惊心动魄"，不一定非得是豪言壮语或者光怪陆离。这首诗中接下来的"思君令人老，岁月忽已晚"两句，就真正是惊心动魄的——纵使你不甘心放弃，纵使你决心等到底，可是你有多少时间用来等待呢？时间在不停地消失，一年很快就到了岁暮，而人生很快也就到了迟暮。一旦无常到来，一切都归于寂灭，所有相思期待的苦心都将落空，这是多么令人恐惧而又不甘心的一件事！事实上，这又是人世间绝对不可避免的一件事。"思君令人老，岁月忽已晚"，这是多么平常而且朴实的语言，然而却带有如此强烈的震动人心的力量！

但这首诗还没有就此打住，接下来的结尾两句"弃捐勿复道，努力加餐饭"，令人看了更是伤心。这两句也有多种可能的解释，我们先看"弃捐"这个词。汉乐府有一首《怨歌行》说："新裂齐纨素，皎洁如霜雪。裁成合欢扇，团团似明月。出入君怀袖，动摇微风发。常恐秋节至，凉飚夺炎热。弃捐箧笥中，恩情中道绝。"这首诗相传是班婕妤所作。汉成帝宠爱赵飞燕，不再喜欢班婕妤，于是班婕妤主动要求到长信宫去侍奉太后，并写了这首诗。诗中说，当初我们俩的情意像白团扇这么圆满，这么纯洁，然而我经常恐惧的是，到了秋天，天气凉了，你就把扇子扔到盒子里不再使用了。"弃捐"，就是被抛弃的意思。显然，这是弃妇之辞。所以"弃捐勿复道"的意思是说，你抛弃了我，使我如此伤心，从此我再也不提这件事了。可是，如果我们不从弃妇的角度来看，则还有另外一个可能的解释，即"弃捐"的本身就是"勿复道"。意思是，我们把这种不愉快的话题扔到一边，再也不要提它了。这样解释也是可以的。但为什么要"弃捐勿复道"呢？因为，说了不但没有任何用处，反而会增加自己的悲伤，而且，对于那种无可挽回的事，也只能自己默默承受，一切唠叨和埋怨都是多余的。这里，也是表现了古诗感情之温柔敦厚的地方。

"努力加餐饭"也有两种可能的解释，一种是自劝，一种是劝人。汉乐府《饮马长城窟行》结尾的几句是"长跪读素书，书中竟何如。上言加餐饭，下言长相忆"。因此张玉毂《古诗十九首赏析》就说："以不恨己之弃捐，惟愿彼之强饭收住，何等忠厚。"这显然是解释为劝对方加餐的意思，这样解释也未始不可。而姜任脩《古诗十九首释》则说："惟努力加餐保此身以待君子。"又引谭友夏的话说："人知以此劝人并以之自劝。"另外张庚《古诗十九首解》也说："且努力加餐，庶几留得颜色以冀他日会面也，其孤忠拳拳如此。"我比较同意自劝的说法，因为这样可以较自然地承接上面的"思君令人老，岁月忽已晚"两句——如果你在人之老和岁月之晚的双重恐惧之下还不肯放弃重逢的希望，那么唯一的一线指望就是努力保重自己的身体，尽量使自己多活一些岁月以延长等待的时间了。然而对于一个相思憔悴的人来说，要想加餐何尝容易！因此，就需要"努力"。所以这平平常常的"努力"两个字之中，充满了对绝望的不甘心和在绝望中强自挣扎支撑的苦心。如果把这一句解释为劝人，只是表现了一种忠厚之心；而把这一句解释为自劝，则用情更苦，立志更坚。要知道，一个人为了坚持某种希望而在无限的苦难之中强自支持，甚至想要用人力的加餐去战胜天命的无常，这已经不仅仅是一种男女之间的相思之情，而是一种极高贵、极坚贞的德操了。每个人在一生中都有可能遇到悲哀和挫伤，如果你丝毫不做挣扎努力便自己倒下去，虽然你的遭遇令人同情，可是你的态度并不引起人们尊敬；但如果你在最大限度地尽了人力与命运争斗之后，即使你倒下去，也给人类做出了一个榜样。何况，万一真的由于你的努力而实现了那个本来好像不可能实现的愿望，岂不更是一件意外的喜事！"弃捐勿复道，努力加餐饭"就隐然流露出这么一种可贵的德操。我以为，对于具有这种德操的人，无论是逐臣还是弃妇，是居者还是行者，抑或是任何一个经历过这样的离别却仍然一心抱着重逢的希望不肯放弃的人，这首诗所写的情意都有它永恒的真实性。上文我讲过，《古诗十九首》写出了人类感情的"基型"与"共相"，《行行重行行》这首诗就可以作为第一个典型的例子。

另外，在赏析这首诗的过程中，大家一定已经体会到，这首诗在语意和语法上具有含混模棱的特点。比如"胡马"两句、"浮云"两句、"弃捐"两句等，都可以有多种不同的解释。但这并不是这首诗的坏处，反而正是它的好处。因为这种含混模棱的现象，造成了这首诗对读者多种感受与解说的高度适应性，因此具有更多的西方理论所说的那种"潜能"，从而能引起更多的丰富联想。对这样的诗，我们一方面要掌握它情感的基型，另一方面则要从多种不同的看法与感受来加以探讨和解说。

第三节　《青青河畔草》《今日良宴会》

在《古诗十九首》中，有些诗长期以来被认为是表达了一种不十分正当的感情。然而我以为，看一首诗，切忌只看它的表面。杜甫写过《曲江二首》，那是在安史之乱还没有平息、肃宗刚刚回到长安时写的，诗中说："朝回日日典春衣，每向江头尽醉归。"许多人对此很不以为然，杜甫怀有"致君尧舜"和"窃比稷契"的理想抱负，何以竟在朝廷百废待兴之时写出这种及时行乐的话来？然而如果你根据这两首诗就说杜甫把理想抱负都放弃了，想要及时行乐了，这是你不了解杜甫！因为人性本来就有软弱的一面，你说你从来就没有过任何软弱或失望的时候，你说你自己永远是一个高大完美的形象，那是骗人！如果你总是说这种虚伪的话，形成了骗人的习惯，那么你就堕落了。如果整个社会都染上这种虚伪和说谎的风气，那么整个社会也就都堕落了。真正伟大的诗人从不避讳说出自己的软弱与失意。比如杜甫，他眼看着肃宗朝廷的腐败和唐朝国力的衰落，自己不但无可奈何而且不久也就被贬出京，他怎能不产生失望的情绪？《曲江二首》实在是表现了诗人那时心中十分复杂的感情。

《古诗十九首》中有的诗也是如此。现在我们就来看《昭明文选》中排在第二首的《青青河畔草》。我曾说过，《古诗十九首》善用比兴，这首诗就是比较典型的例子：

> 青青河畔草，郁郁园中柳。盈盈楼上女，皎皎当窗牖。娥娥红粉妆，纤纤出素手。昔为倡家女，今为荡子妇。荡子行不归，空床难独守。

"青青河畔草，郁郁园中柳"写的是春天到来时的景色。"青青"，是草木的颜色；"郁郁"，是草木盛多的样子。这两句是感发的起兴，就如同《诗经·关雎》的"关关雎鸠，在河之洲。窈窕淑女，君子好逑"一样，也是由大自然中的生命与人类生命间相近似之处引起共鸣，因而产生了由物及心的联想。春天，是花草树木一生中最美好的季节，当你看到这些美好的生命如此欣欣向荣，就会在内心之中也产生一种对美好事物的追求与向往之情。我可以再举另外的一个例子。唐朝的王昌龄有一首《闺怨》说："闺中少妇不知愁，春日凝妆上翠楼。忽见陌头杨柳色，悔教夫婿觅封侯。"诗中这个年轻女子本来不懂人世间的忧愁，可是当她春日登楼远望，看到路边杨柳那青青的颜色，忽然就思念起外出求官的丈夫，心里就产生了忧愁。这种忧愁，是由春意的感发而引起的。"青青河畔草，郁郁园中柳"也是如此，这两句写的是楼外的景色。接下来就引出了楼里的人——"盈盈楼上女，皎皎当窗牖"。"盈盈"是形容这个女子的仪态之美，而"皎皎"则是形容这个女子的光彩照人。另外你还要注意这"窗牖"两个字：楼外景色如此美好，楼上女子也是如此美好，而当他写到"当窗牖"的时候，这两种生命的美好蓦然之间就打成了一片。这就是《古诗十九首》之善用比兴——把感发一点一点地引出来，然后再一下子使它们结合。下面他说："娥娥红粉妆，纤纤出素手。"这个女子不但长得美，梳妆打扮也很美。"娥娥"，也是美丽的样子；"纤纤"，是说她的手指细长而洁白。而且你看，他所用的形容词"娥娥"、"纤纤"和前两句的"盈盈"、"皎皎"，都是叠字，因此进一步增强了那种美丽的姿态。同时你要知道，"娥娥红粉妆，纤纤出素手"还不仅仅是写美丽的姿态，还有很多暗示在里边。中国古代有一句成语叫作"士为知己者死，女为悦己者容"。一个人的一生，总要实现自己生命的意义和价值。在中国的传统中，男子生命的价值就是得到别人的知赏和任用，很多人终生都在追求这个理想，包括像李太白那样不羁的天才。而女子一生一世的意义和价值在哪里？就在于得到一个男子的赏爱，所以女子的化妆修饰都是为赏爱自己的人而做的。"娥娥红粉妆，纤纤出素手"，这个女子把自己打扮得如此美丽，而这种做法也就暗示了她的心中有一种对感情的追求。

应该指出的是，诗里边有感发的生命，但这种生命有品质和数量上的种种不同。下一讲我要讲《十九首》中的另一首《西北有高楼》，那首诗所写的也是一个楼上女子，也是写她有一种对于知己的向往与追求，但这两个人物在品质上就有很大的不同。《西北有高楼》的那个女子是矜持的、高洁的，她所追求的乃是一种理想；而这首诗中的女子是炫耀的、世俗的，她所追求的仅仅是一种感情。在这个世界上，有的人只追求感情上的满足，而有的人宁可忍受感情上的孤独寂寞，所要追求的乃是理想上的满足。这话很难讲，可事实上确实有这两种不同类型的人。现在我们看诗中的这个女子，从她一出场，诗中就用了"盈盈"、"皎皎"、"娥娥"等词语，这些词语所表现的都是一种向外散发的、被大家看到的美丽和光彩。尤其是"纤纤出素手"的"出"字，更是隐约含有一种不甘寂寞的暗示。对于一个有才能的男子或者美丽的女子来说，当得不到别人赏识时，总会产生一种寂寞的感情，而这时候往往也是对品格操守的一个重要考验的时刻。李白被请到翰林院去做待诏，那是一个很高贵的地位，但李白认为这不合乎自己的理想，因此辞官而去。杜甫在华州做司功参军，他觉得这违背了自己的理想，因此也弃官而去。一个有才能的人必须耐得住寂寞，不能够接受那些不正当的或不够资格的赏爱，这在人生中是很重要的考验。以后我们会讲到陶渊明，那也是一个耐得住寂寞的伟大诗人。他之所以耐得住寂寞，是因为内心之中有自己真正的持守。他知道自己所需要的是什么，所以不在乎那些世俗的名誉地位，不在乎别人对他说些什么，甚至也不在乎生活的贫穷潦倒。而现在我们所讲的这首诗，在描写这个楼中女子时用了很多美丽的、外向的词语，所有这些词语中都含有一种不甘寂寞和自我炫耀的暗示。为什么会这样？原来这个女子"昔为倡家女，今为荡子妇"。所谓"倡家女"就是歌妓舞女，这样的女子平生过惯了灯红酒绿的生活，往往是忍受不了寂寞的，更何况她现在又嫁给了一个"荡子"。所谓"荡子"，不一定是现在所说的浪荡之人，而是指那种经常在外漫游，很少回归故乡的人，这种人一出去就再也想不起回来，把妻子一个人孤零零地抛在家里，所以是"荡子行不归，空床难独守"。所谓"难独守"，是说这个女子现在还是在"守"，只不过她内心之中正在进行着"守"与"不守"的矛盾挣扎。

你们看，《古诗十九首》实在是很微妙的。这首诗仅仅是写一个倡家女心中的矛盾挣扎吗？不是的，这"难独守"三个字，实在是写尽了千古以来人性的软弱！写尽了千古以来人生所需要经受的考验！仅仅是女子要经受这个考验吗？也不是的，任何人生活在人类社会中都面临这样的考验。在人生的道路上，不管是干事业还是做学问，都需要有一种勤勤恳恳和甘于寂寞的精神。但有些人是耐不住寂寞的，为了早日取得名利地位，往往不择手段地去表现自己，所谓"尽快打出一个知名度来"，而这种急功近利的行为有时候就会造成"一失足成千古恨"的结局。所以，这一首诗所写的乃是人生失意对你的考验，当然这也属于人生之中的一个基本问题。很多人认为这首诗不好，或者根本就不选也不讲这首诗，我以为那是不对的。

前文我曾讲到，与"荡子行不归，空床难独守"相类似的被视为不正当感情的还有"何不策高足，先据要路津"。这是《今日良宴会》中的两句，现在我们也简单地把这首诗看一下：

> 今日良宴会，欢乐难具陈。弹筝奋逸响，新声妙入神。令德唱高言，识曲听其真。齐心同所愿，含意俱未申。人生寄一世，奄忽若飙尘。何不策高足，先据要路津？无为守贫贱，轗轲长苦辛。

这首诗本来是写一种人生经验与失意不得志的哀伤，但开端几句却写得意气发扬。先写"宴会"是"良宴会"，"欢乐"是"难具陈"。又写"弹筝"的音乐演奏，而奏出的乐曲是"逸响"和"新声"。"逸响"二字既表现了发扬之意；而所谓"新声"者，则是还没有在大众之间流行，还没有被世俗所接受的曲子。所以你看，它表面上是写宴会上的弹筝，但实际上并非只写弹筝，甚至也不是只写音乐，它还含有一种很幽微的意思在里边。然而，它又不是以一字一句争奇斗胜的，它的每一个形象、每一个词语和整个一首诗结合起来形成一种感发的力量。什么是"新声妙入神"？杜甫曾说

"笔落惊风雨，诗成泣鬼神"，又说"读书破万卷，下笔如有神"。那个"神"，是写一种造诣的境界。有的人写诗非常死板，一个字一个字摆在那里都是死的。但有的人就不同，他写的每一个字都是可以跳起来的，都像生龙活虎一样。你读他的诗，就觉得自己的心灵好像跟整个茫茫宇宙都结合起来了。有这种感发力量的，才是真正达到了那种"神"的境界的好诗。音乐也是一样，好的音乐也可以有这样的造诣，达到这样的境界。

下面的"令德唱高言，识曲听其真"，也是用音乐来做比喻的。"令德"这两个字，在过去的注解中有很多种不同的说法。在《五臣注文选》中吕延济的注解说："令德谓妙歌者。"他的意思是，"令德"指的是那个唱歌的人。但是还有人认为，"令德"指的是人生的富贵显达，就是说，这些人在这个宴会上所歌唱的内容乃是追求人生的富贵显达。具体讲就是指后边的"何不策高足，先据要路津"。我个人以为，吕延济的注解是按一般的文法来做解释，即动词"唱"的前边是施事的主语，后边是受事的宾语。这在文章中一般是对的，但在诗歌里就不一定如此。因为诗歌里可以有倒装的句法，可以把受事的宾语放到动词前边去。那么，这个"令德"就不是歌唱者而是歌唱的内容了。在这一点上，我同意后一种解释方法。然而后一种解释认为"令德"的内容就是指人生的富贵显达，这我就不同意了。我以为，这个"令德"不是反话，而是正面的意思，它直接指的就是人生中一种美好的理想和德行。因为，这首诗整个所表达的是一个完整的意思，这两句是与前边几句接下来的。"今日良宴会，欢乐难具陈。弹筝奋逸响，新声妙入神"，写的一直是意气发扬,而且既然说是宴会,就一定不只是两个人,一定有许多性情、理想都比较相近的朋友聚集在一起,所以才这么开心,这么欢乐。我们可以设想,这是一群有抱负、有理想的年轻人,他们聚会在一起高谈阔论,意气风发,弹奏的是"新声",歌唱的是"令德"。"令",是美好的意思。"令德唱高言"是说,我们把我们美好的德行和理想都通过歌曲唱出来。"识曲听其真"是说,你就会听得出我们弹奏这音乐、歌唱这曲子时内心真正的感受。大家都知道俞伯牙和钟子期的故事,俞伯牙弹琴的时候志在高山,钟子期听了就说:"善哉,峨峨兮若泰山。"俞伯牙弹琴的时候志在流水,钟子期听了就说:"善哉,洋洋兮若江河。"这就叫作"知音",他听音乐时不是只听那外表声音的美妙,而是能够听出弹奏者内心志意之所在。

那么,假如真的有一个人能够"识曲听其真",能够听懂这些年轻人在弹奏和歌唱时心中所存的志意,则他所听到的是什么呢?是——"齐心同所愿,含意俱未申"。这句写得真好!不过,你一定要把"令德"两个字按我所讲的这样理解,才能够贯通下来,才能够看出这两句的感发。否则,全首诗就是支离破碎的了。这些人,他们的弹筝"奋逸响";他们的新声"妙入神";他们在曲子里所表现的是"令德"和"高言"的美好理想;他们说真正理解我们的人能懂得我们的追求。所以,从"今日良宴会"到"识曲听其真",这首诗一直是飞扬的、追求的。可是现在,他们失望了,因为他们这一群人虽然有着共同的美好愿望和理想,可是却没有一个人能够完成这种理想。这真是一种典型的"衰世之音"——战乱还没有兴起，生活还相对安宁，所以这些读书人还可以有自己的理想，还可以追求自己的理想；但社会正一天天走向下坡，任何美好的理想都无法实现。而且，不是你一个人没有实现，也不是我一个人没有实现，而是我们这些"弹筝奋逸响，新声妙入神"的人都没有办法实现那些理想。那么，这就是一个社会问题了！所以，你不要看到他写的都是宴会、弹筝、唱歌等，就以为这首诗只写及时行乐。其实，他写到了社会，也写到了人生。

前文我说过，《古诗十九首》所写的感情基本上有三类：离别、失意、人生的无常。这也可以说是它的三个主题，而实际上，在一首诗里往往是结合两个或三个主题一起来写的。在这里，从"齐心同所愿，含意俱未申"起，就转入了人生无常的悲哀。其实，我上一讲讲的《行行重行行》虽然是离别的主题，但也不是单纯写离别，也是结合了人生无常一起来写的。"思君令人老，岁月忽已晚"，就是写人生无常的悲哀。然而那一首诗所写的心理状态却与这一首不同。那一首说，我虽然得不到我所期待的东西，我虽然受到人生无常的威胁恐惧，可是我不放弃，也不改变。而现在这首诗所写的则是另外一种心理状态，他说："人生寄一世，奄忽若飙尘。"人生世间就如同一个过客在旅店里住一晚一样，一夜的时间是如此短暂，到明天你就该离开了。"奄忽"是非常快的样子；"飙"是疾风。你就像一粒小小的尘土一样，被那强劲的风一下子就吹走了。很多古人都说过类似的话。相传李陵对苏武说："人生如朝露，何久自苦如此？"曹孟德说："对酒当歌，人生几何！"既然人生这么短暂，是否还需要如此认真对待呢？你的那些"令德"、

"高言"之类，难道就不可以改变吗？于是他就产生了一个疑问："何不策高足，先据要路津？"要不要赶着你的快马，抢先去占据一个高官厚禄的地位？需要注意的是，这乃是一个疑问，并不是一个行动。不是说他现在就去走那条路了，而是他在人生的三岔路口上产生了困惑和犹豫。人非圣贤，每个人在人生选择的紧要关头都难免产生困惑和犹豫。当然，有的人就走上了富贵显达的那一条路，为了享受人生的快乐而牺牲了原来的理想，出卖了自己的人格。而如果坚持走你原来所选择的那一条路呢？说不定你就会遇到很多忧患和不幸。"无为守贫贱，辗轲长苦辛"——为什么你不去享受人生的快乐反而要自找痛苦！不过，你们一定要注意他这几句的口气，"何不"是为什么不那样做，之所以这样说，是因为你还没有那样做；"无为"是不要这样做，而这也恰好证明你现在还正在这样做。

所以，这首诗的结尾和《青青河畔草》那一首的结尾一样，都不是表现真正的堕落，而是表现一种在人生歧路上的徘徊。这两首诗好就好在它们提出了人生中十分重要的一个问题：在失意的情况下，面对短暂的人生，还要不要坚持你的理想？这个问题实在是古往今来一切人都很难回避的。然而作者又没有直截了当地把这个问题说出来，他所含蓄的这种幽深委婉的情意，读者必须很仔细地去体会才可以得到。

《古诗十九首》写得实在很妙。有的时候，你可以对两首诗里边所写的情意进行比较，它们往往有相同的地方，也有不同的地方。《青青河畔草》和《今日良宴会》所写的主人翁截然不同，却同样面临着在人生失意的情况下内心所产生的矛盾；而《行行重行行》与《今日良宴会》虽然一个是写离别，一个是写失意，但也同时引发出在短暂的人生中是坚持理想，还是放弃理想去追求富贵与享乐的问题。前者表现出一种坚贞的德操，而后者则表现出一种迟疑和困惑。下一讲我还要讲一首《西北有高楼》，这首诗也可以和已经讲过的几首诗做一个比较。《西北有高楼》写了一个始终没有出现的、寂寞孤独的女子，她和《青青河畔草》中那个急于表现自己的女子形成了一个对照，从而表现出两种不同的品格和境界。在表现手法上，《青青河畔草》是直述的，《西北有高楼》是象喻的。而《西北有高楼》的象喻，又可以和《行行重行行》的那种在语意和语法上含混模棱的特色形成另一种对比。我曾经讲到，《行行重行行》在语意和语法上有很多地方是多义的，因此造成了后人很多不同的解释。但比较而言，《行行重行行》的多义终归能够把握，你可以从文字或语言上去推求，或者引出一些古书来印证你的解释。而《西北有高楼》则不同，它所给予读者的乃是一种象喻的联想，这种联想可以是多方面的，它的好处完全在神不在貌，你根本就无法从表面的语言文字去推求。

第四节 《西北有高楼》

这里我们一起欣赏《古诗十九首》中的《西北有高楼》。这首诗在艺术上比前边那几首更富于曲折变化，而且带有一种象喻的意味：

　　西北有高楼，上与浮云齐。交疏结绮窗，阿阁三重阶。上有弦歌声，音响一何悲！谁能为此曲？无乃杞梁妻。清商随风发，中曲正徘徊。一弹再三叹，慷慨有馀哀。不惜歌者苦，但伤知音稀。愿为双鸿鹄，奋翅起高飞。

　　中国旧诗有一个传统，它的文字本身往往就能引起人向某一个方面的联想。上一讲我说过，《青青河畔草》那一首中所用的"青青"、"盈盈"、"皎皎"、"娥娥"等词语，在诗中培养出一种外露的、不甘寂寞的气氛。而这首诗与那一首不同，它的开头第一句"西北有高楼"，就把人引向一种脱离世俗的高寒境界。因为，中国在地理形势上是西北高东南低，西北是寒冷的，东南是温暖的。所以在中国的旧诗里，一提到北方或西北，就给人一种高峻、寒冷的感觉。同时，高楼形象的本身，也往往代表着一种孤高并与世隔绝的环境。李商隐有一首诗说："初闻征雁已无蝉，百尺楼高水接天。青女素娥俱耐冷，月中霜里斗婵娟。"（《霜月》）当秋雁开始从北向南飞的时候，叫了一夏天的蝉也就停止了喧哗。诗人也许是真的听到了雁声，从而内心就产生了一种从喧哗到凄清，从炎热到寒冷的感受，而这同时也就意味着一种摆脱了世俗喧嚣的境界。高楼浸在如水的月光之中，不但高寒，而且晶莹皎洁。"青女"是霜神，"素娥"即嫦娥，都是居住在高寒境界里的人物。她们不但能够耐得住寒冷、孤独和寂寞，而且越是寒冷、孤独、寂寞，越是能够显示出她们的美丽。

尽管我们已经有了这么多联想，但"西北有高楼"这几个字毕竟还只是一个理性的说明，这是不够的，他还要给你一个更具体的形象，那就是"上与浮云齐"。"齐"是平的意思，那西北的高楼和天上的浮云一样高！这真是一开口就把人的目光引向半天的高处。这里这种境界，与《青青河畔草》的那种气氛显然不同。古人写诗的时候，如果是写一个女子，往往先写她出现的背景和气氛，而这些是和人物的品格结合在一起的。李商隐写一个女孩子说"碧城十二曲栏杆"，你想一想，居住在这样美丽环境之中的女孩子，她的内心应该有多么美丽、委婉！而现在我们这首诗中还未露面的女子，她所居住的环境不仅有"西北有高楼，上与浮云齐"的高寒，而且也有"交疏结绮窗，阿阁三重阶"的美丽。"疏"，有"通"的意思，是怎样的"通"呢？就是"刻穿之"。中国旧式房屋的窗户都是木头的，上边有窗格子。讲究的木窗，上面的窗格子往往雕刻出弯弯曲曲的花纹。这花纹当然是刻通的，而且互相交叉，所以叫作"交疏"。"绮"是"文缯也"。古代的丝织品，没有花纹的是素绢，有花纹的就叫文缯。那么"结绮"是什么意思呢？李善的注解说是"刻镂以像之"，就是说，那木窗棂上刻出来的花纹就像丝织品上织出来的花纹一样美丽精致。但也有人认为，这个"结绮"是指用有花纹的丝绸制作窗帏系在窗前。诗歌可以有多义，这样讲也是可以的。总而言之，"交疏结绮窗"这五个字给人一种精致、美丽的印象，而这里边实际上也就包含了对人物形象品格的暗示。

"阿阁三重阶"的注解比较复杂，李善引了《尚书中候》里的一句话"凤凰巢阿阁"，又引了《周书》里的一句话"明堂咸有四阿"。明堂是一种很高大的建筑，古代各种重大的典礼活动都在明堂中举行，而明堂一般都是有"四阿"的。郑玄《周礼注》说，"四阿"就是后来的"四注"。其实，我们也可以不必做这么详细的考证，总之凡是能够称为"阿阁"的，必然是那种很高大的建筑，而且不会只有一层。那么什么是"三重阶"呢？中国古代建筑是很讲究的，它不让你笔直地一口气走上去，而是走上一些台阶之后就有一个平台，你可以休息一下再向上走。而且，古人说到三和九这两个数字的时候常常不是确指，而是极言其多。"阿阁三重阶"，并不一定只有三层，它可以有很多层平台，所以这五个字给人的印象是极其高大雄伟、富丽堂皇。现在你看，楼中女子还没有出现，她所居住的环境已经渲染出一种背景和气氛了。

"上有弦歌声，音响一何悲"，写得非常好。那悦耳的声音是从"上与浮云齐"的高楼上飘洒下来的，你要知道，越是那种高远渺茫、难以得到的东西，才越容易引起人们的追求与向往。音乐，本来就是一种内心感情的真实流露。古人常说"闻弦歌而知雅意"，所以才有"知音"的说法。"音响一何悲"，说明楼下的听者已经受到"弦歌声"的感染，和楼上的歌者产生了共鸣，在心境上打成了一片。下边他说："谁能为此曲？无乃杞梁妻。"你要注意，这《古诗十九首》有时候写得实在很妙，像这个地方，就发挥了一种不受拘束的想象。因为，这首诗里一共写了两个人物：一个歌者和一个听者。但是——真的有这个歌者吗？其实她完全是由听者自己想象出来的，她的孤独寂寞也完全是听者自己想象出来的。事实上，是由于听者自己感到孤独寂寞，所以才想象高楼之上的弦歌者也是一个和他自己一样孤独寂寞的女子。其实他是把自己一分为二了。

这个"杞梁妻"是什么意思？古代有一本书叫作"琴操"，相传是东汉蔡邕所作，书中说，在琴曲里有一首曲子叫作"杞梁妻叹"，是齐邑杞梁殖之妻所作。殖死，妻叹曰："上则无父，中则无夫，下则无子，将何以立吾节？亦死而已！"援琴而鼓之，曲终，遂自投淄水而死。崔豹《古今注》也记载了这件事，说法稍有不同，说是杞梁战死，其妻曰："上则无父，中则无夫，下则无子，人生之苦至矣！"乃亢声而哭，杞都城感之而崩，遂投水死，其妹悲姊之贞操，乃作歌，名曰《杞梁妻》。后来，这件事又演化成了孟姜女哭倒长城的民间故事。总之，这里之所以用"杞梁妻"这个典故，是着重在"上则无父，中则无夫，下则无子"这几句话。古代女子没有独立生活的能力，总是在家从父，出嫁从夫，夫死从子。倘若既无父，又无夫，又无子，那就处于极端的孤独寂寞之中了。这首诗是说，听者以为一定是这样一个人，才可以弹出如此悲哀的曲子来。

"清商随风发，中曲正徘徊"两句写得也非常美。古代的音乐叫"雅乐"，南北朝时流行的音乐叫"清乐"，也叫"清商乐"，所以"清商"指的是一种曲调。但古诗中的"清商"却不是指"清商乐"，而是泛指那种给人一种凄清哀伤之感的曲子。为什么呢？因为五音之"商"在四时里边代表秋，而秋在中国传统的"五行"里边属于"金"。"金"是兵象，刀枪剑戟等武器都属于"金"，所以说，秋有一种肃杀之气，到了秋天，葱茏的草木遇到这种肃杀之气就都摧败凋零了。因此欧阳修《秋声赋》说："商，伤也。物既老而悲伤。""清商"之曲是悲哀的，而"清商随风发"之所以写得好，还不仅因为它写出了那种凄清和悲哀，与此同时还写出了一种美丽的姿态。难道声音还有"姿态"吗？这真的很难解释清楚。大家都知道，听音乐是不宜坐在喇叭跟前的，一定要有一个空间传送的距离，经过一种空气的振荡，那声音才美。唐人说："姑苏城外寒山寺，夜半钟声到客船。"那是一种远远地传过来的声音，因而显得悠扬好听。而且还不只如此，越是从很高很远的地方传下来的声音，越是你不能够看见，不能够接触，就越能够激发你的想象。王国维写过一首很好的小词《浣溪沙》，上阕是："山寺微茫背夕曛，鸟飞不到半山昏，上方孤磬定行云。"他说，天已黑下来了，山顶上有一个寺庙在落日的一点点余辉之中看得不很清楚。那地方那么高，高得鸟儿都飞不上去，而且半山之下已经昏暗了，你已经没有办法上去了。可是从那个地方远远地传来了孤独的磬声——磬是用玉石或金属做的，声音可以传得很远——那声音不但对人是个诱惑，连天上的云彩都被它感动，经过那里的时候都停下来不走了。当然，王国维这首词接下来讲的是哲理，我们且不去管它，我的意思是说，从高远之处飘洒下来的那种声音，总是具有一种对人诱惑和吸引的能力，它促使你想象，促使你追求。而且，"清商随风发"就更妙。因为如果没有风，声音的振动就不发生变化。如果有风呢？顺风的时候声音就大，背风的时候声音就小，你所听到的那个声音，随着风的变化时远时近、时大时小，是捉摸不定的，这就更增加了声音的美感和对你的吸引。

"中曲正徘徊"，"徘徊"者，是指曲调那种低回婉转、抑扬顿挫的声音在徘徊；"中曲"，就是曲子的中间，或者说中间那一段曲子。前边我说"清商"给人一种凄清悲哀之感，而现在所说的"低回婉转"，就不仅是简单的凄清悲哀，而是在凄清悲哀之中还有一种缠绵婉曲的姿态。而且，人的内心与音乐有很密切的关系，这一段曲子的徘徊，同时也就是人的内心的徘徊。所以下面他说"一弹再三叹，慷慨有馀哀"。楼中那个女子，她每弹一个音符的声音都传达了那么多的哀叹。我们常说"馀音绕梁三日不绝"，孔子在齐国听到韶乐，三个月不知肉味，脑子里总是回想着那美妙的声音。这里所谓"馀哀"也是说，在音乐的声音结束之后，仿佛还留下说不尽的悲哀，使你继续感到激动。我们今天使用"慷慨"这个词，一般是说某人在金钱方面很大方，但古人所说的"慷慨"不是这种意思，而是内心感发激动的一种感觉。《史记·项羽本纪》写到项羽在垓下和虞姬告别时说，"于是项王乃悲歌慷慨"，这里的"慷慨"，就是指一种悲哀之中的感发激动。

"不惜歌者苦，但伤知音稀"是说，歌者如此投入地歌唱当然很辛苦——不但有歌唱的劳苦，而且有感情的悲苦——但那种苦算不了什么，如果听歌的人真能够欣赏她的歌，那么即使再辛苦也值得。但作者说，我所感到悲伤的不是她的辛苦，而是真正能够听懂她的歌、体会她的感情的人实在太少了。一个人生命的价值在哪里？在于有人真正认识你的价值。《水浒传》里吴用到石碣村去找阮氏三兄弟，让他们入伙同劫生辰纲，阮小五和阮小七听吴用一讲，就用手拍着脖子说："这腔热血，只要卖与识货的！"不要以为只有当强盗的这么说，孔子不是也说"沽之哉，沽之哉，我待贾者也"（《论语·子罕》）吗？人们常说"人生得一知己死而无憾"，由此可见，活在世上却没有人理解，没有人欣赏，那才是最悲苦的事情。

结尾两句"愿为双鸿鹄，奋翅起高飞"，有的本子不是"鸿鹄"，而是"鸣鹤"。要想分辨这两个词用哪一个更好，你就必须熟悉中国文化的传统。在中国文化传统中，"鸣鹤"和"鸿鹄"这两种鸟的形象含有不同的寓意，因而可以产生不同的意境。我们先说"鸣鹤"的含义，《易经·中孚》的爻词说："鸣鹤在阴，其子和之。我有好爵，吾与尔靡之。"是说有一只鹤在山阴的地方鸣叫，而它的一个孩子就在旁边和它互相应答，这是一个大自然外在形象的比喻，代表了一种和谐的欢聚，所以下边就联想到，假如我有一杯好酒，我当然也要和你一同享用。因此，如果是"愿为双鸣鹤"，其含义就是我愿意和你做一对可以互相应答的知音伴侣。联系前边的内容，这个意思是可以讲得通的。"鸿鹄"也有出处，《史记》记载，汉高祖刘邦宠爱戚夫人，想要废掉太子改立戚夫人的儿子赵王，张良给吕后出主意请来了商山四皓辅佐太子，刘邦看到德高望重的商山四皓不肯辅佐自己却肯辅佐太子，就打消了废太子的念头。他在同戚夫人饮酒的时候作了一首《鸿鹄歌》说："鸿鹄高飞，一举千里。羽翮已就，横绝四海。横绝四海，当可奈何！虽有矰缴，尚安所施！"意思是，太子的翅膀已经长成，他已经像一只高飞的鸿鹄跨越四海，我们虽然想害他，但他已经不是弓箭所能够伤害的了。那么，这里如果是"愿为双鸿鹄"，则除了成双成对的含义之外，还含有高举远骛，不再受尘世伤害的意思。古代诗人经常做这种高飞远走的想象，李白有一篇《大鹏赋》，想象他自己变成一只大鹏，遇到了一只"稀有鸟"，于是就"我呼尔游，尔同我翔"，两个人有共同的理想境界，一起飞向辽阔高远的天空，把那些尘世之间的龌龊卑鄙都抛得远远的。其实杜甫也有这种想法，他的《奉赠韦左丞丈二十二韵》在述说了那些"骑驴十三载，旅食京华春。朝扣富儿门，暮随肥马尘。残杯与冷炙，到处潜悲辛"的落魄失意之后，在结尾时说："白鸥没浩荡，万里谁能驯。"意思是，我要变成一只白鸥，消失在那烟波浩荡的大海上，离开这个使我失意和痛苦的尘世。杜甫是一个人飞走，李白是找一个知音两个人飞走。总之，远走高飞，离开这个龌龊的、勾心斗角的尘世，这是千古以来很多读书人共同的向往，或者说是一种共同的心态。当然，也有人认为这是一种自命清高、自视不凡的心理。其实，人在心灵和品格上是有区别的，不能一概而论。我以为，具有这种心理的人起码有三种类型：第一种是，不管别人还辗转在泥土之中，我只管自顾自地飞去；第二种是，尽管他会飞，但能抱着深厚的爱心降落下来与泥土之中那些凡俗的人们共处，而且不会沾染上那些污秽；第三种人是最了不起的，他不但自己能够高飞，而且要教会那些辗转在泥土中的人们，带着他们一起飞。然而，我们怎么可能要求每一个人都这么崇高呢？一个人如果在心灵上能有一种向高处飞去的向往，那已经是很好的了。实际上，这种想法还不仅仅存在于诗人、士大夫之中，我还可以举出另外的例子来说明这是古往今来很多人共同的想法。中国大陆作家浩然是农民出身，只受过三年小学教育，从小就参加了游击队，后来又参加过土改。他写过一部小说《艳阳天》，男主角叫萧长春，书中还有一个女孩子叫焦淑红，她对萧长春发生了爱慕的感情，却又不能够确知对方是不是也爱她。在一个有月光的夜晚，两个人在路上一边走一边谈话，焦淑红就说，看到月光这么好，我真想变成一个什么飞到月亮里边去。所以你们看，不只是诗人、士大夫，即使是从事革命工作的人，当他们在工作中遇到很多挫折和烦恼的时候，也会产生失望的情绪，也会产生这种高飞远走的想法。所以，这实在也是人类一种基本的心态，我们不宜对这种心态做过分求全的责备。

因此，"鸣鹤"的重点在于成双成对，以此比喻人世间的幸福生活；而"鸿鹄"，则包含有一种高举远骛的理想境界。再者，"双"字已经包含了成双成对的意思，"愿为双鸿鹄"则不但是愿结成伴侣，而且这一对伴侣还有着共同的高远理想。所以我个人以为，"鸿鹄"比"鸣鹤"更好。

明朝有一位学者叫陆时雍，他说这首诗所写的感情是"抚中徘徊，四顾无侣"。"抚"，是用手接触的意思；"中"是内心；"抚中"，就是你自己反省回顾，亲自领会你内心深处的那种感觉。"四顾无侣"是说，当你向四方观望的时候，才发现自己原来是那么孤独。陆时雍对这首诗还有几句评论说："空中送情，知向谁是，言之令人悱恻。"就是说，如果你要传达你的感情，就必须有一个对象，但这首诗里边的对象完全是假想的，实际上并没有这样一个可以把感情投注进去的知音女子，可是，作者却把这种内心中最难传达的感情通过一个假想的歌者和一个假想的听者传达出来了，写得真是令人十分感动。所以，我以为这是《古诗十九首》里写得很好的一首诗，它的好处在两个方面，一个是情意方面，另一个是表现方面。

现在我先谈它在情意方面的好处。这首诗的主旨是对于一个知音的向往，这是千百年来人类共有的一种感情。因为人生在世总是想要追求一些完美的、能够使自己真正满足的东西。我的一个学生对佛学有些研究，她认识一位女法师，这位法师很年轻，还在美国念了PhD的学位，可是有一天她遇到一位佛教法师，仅仅通过很简单的几句问答她就觉悟了，后来就剃度皈依了佛法。我的学生和她很熟，有时候两个人谈起来，这位法师就讲，她从很早的时候就总觉得自己内心在追求向往一种什么东西，她在香港工作了很久，也在美国读过书，那时候她的生活是浪漫多彩的，然而总觉得没有得到一个真正的满足，内心总在渴望寻找一种真正完美的东西。其实，还不仅仅是信仰宗教如此，自古以来，凡是有理想的人心中都有这种感情，就好像一种本能一样，也许他自己并不十分清楚到底要追求什么，但总是觉得宇宙之间应该有这种最完美的东西，并且把满腔的热情都投注到对完美的追寻之中。从《离骚》开始，在中国的诗词里抒写得最多的，就是这种向往和追寻的感情。我以前写过一本《王国维及其文学批评》，王国维这个人在性格上有很多特色，其中有一个特色就是对完美理想的追求。什么叫作理想？有些人认为，一个年轻人努力完成他的学业，然后有了自己的事业，将来在事业上有所成就，这就是他的理想了。我以为，这个不是真正的理想。中国古代的儒家，教训年轻人要"扬名声，显父母"，主张"太上立德，其次立功，其次立言"，这个是不是理想？我以为这也不是真正的理想。凡是你要追求一种名利上的成功或是一种现实的收获，凡是你一开始就存有一种利害比较的念头，那都不是真正的理想。真正的理想既不为功名利禄，也不为扬名声，显父母，也不为立德、立功、立言，而是属于你的一种本能，是你自己都拿它无可奈何的。例如陶渊明就说过"性刚才拙，与世多忤"、"饥冻虽切，违己交病"之类的话，那并不是为了某种道德的教条，而是他本身对某些邪恶的、污秽的、不完美的事情就有一种本能的排斥。还不是说为了某种利害的计较或为了维持一个清白的名声，而是一旦违背了内心这种本能，就会感到比挨冻受饿的滋味还要痛苦。一个人可以从很年轻的时候就有这种本能，就看你将来把它投注到哪里去了。它可以成为一种宗教的信仰，可以成为一种政治的理想，也可以成为一种学术的事业。而且，同样是追求理想，又有不同的两种类型：第一种人一定要追求完美，如果追求不到，他情愿以身殉之，即如屈原《离骚》所说的"亦余心之所善兮，虽九死其犹未悔"。这种人热情而且固执，往往成为伟大的文学家；第二种人其实也可以成为伟大的文学家，那就是像苏东坡那样的人。这种人对世界有一个通达的看法，知道从来就没有所谓真正的完美无缺，任何人和事总是有美的一面也有丑的一面，有善的一面也有恶的一面。问题在于，你要多看人家好的那一面，鼓励人家向好的那一面发展；对于现实中的不完美，你要"自其变者而观之"，树立一种通达的、洒脱的人生观。有人认为，中国文学里一直存在这样两种类型，在早期文学作者里，屈原可以代表热情执着的那一类型，庄周则可以代表通达洒脱的这一类型。

现在就要说回来了——如果你把你那种本能的追求和向往的感情投注给宗教、哲学或者政治，那当然很好，但这种投注是单方面的。因为你作为人是有知有情的，而对方作为一种信仰、一种哲理、一种主义，是无知无情的，你的感情不能马上得到回应和共鸣。天下最美好的事情，就是你把你的感情投注给另一个与你有相同理想的知音，你马上就可以得到回应，感受到一种温暖。所以古人说人生如果能得一知己，那真是死而无憾了。所以，"愿为双鸿鹄，奋翅起高飞"这种对知音、知己渴盼追求的感情，其实也是人类所共有的一种感情的基型。这也就是《西北有高楼》这首诗之所以在情意上写得十分动人的缘故。

这首诗之写得好还在于它的表现方法。从表面上看，这首诗的句法很简单，叙述也很直接，外表是很朴实的，但实际上它有好几种表现方法用得非常好，例如背景的形象、感受和气氛、象喻的联想、若隐若现的人物等等。从"西北有高楼"到"阿阁三重阶"这四句，没有一个人物出现，整个是写背景，但从这些背景的形象中就渲染出一种气氛，给你一种感受。这是很重要的，好诗和坏诗的区别往往就在这里。有的诗里所提出来的形象没有完整统一的气氛，因此也不能给人以深刻的感受。为什么会这样？因为有些人他自己都不知道要说些什么，写诗的时候心里并没有什么想说的东西，只不过是拿一些漂亮的文字在那里拼拼凑凑而已。作者自己本来就没有什么感受，又怎么能够给读者以气氛和感受？一个好的诗人，他不但自己确实有深刻真切的感受，而且还能够找到恰当的形象把他的感受传达出来。《西北有高楼》开头四句的背景形象所提供给我们的气氛和感受是什么？前文我说过，一个是高寒，一个是美丽，这是建筑物的形象。接下来他还有声音的形象，从"上有弦歌声"到"慷慨有馀哀"是声音的形象，它起了一种交往和传达的作用。这曲调为什么如此悲哀？因为弹唱它的人是一个无依无靠的、孤独寂寞的女子。这个女子与《青青河畔草》中那个女子显然不同，那个女子是"皎皎当窗牖"，从一开始就是很鲜明地站在那里让大家观看的，而现在所写的这个女子根本就没有出现，只是听到了她弹奏音乐的声音。事实上，不管建筑的形象也好，声音的形象也好，都未必是现实的，作者只不过是用这些形象来传达他的感受和气氛，从而提供给你一种追求向往的象喻的联想。而且他没有到此为止，"不惜歌者苦"两句是写听者与歌者的共鸣，"愿为双鸿鹄"两句是把听者与歌者合一。这真是很妙的一件事，因为楼上那个女子只是诗人的想象，而所有那些建筑的美好、声音的美好、中曲的徘徊，都是诗人自己的描写，写的是他自己内心之中的境界。过去有人给《古诗十九首》作注解，考证《西北有高楼》可能是指洛阳城里的哪个楼，这实在是把这首诗讲得死于句下了。作者制造的完全是一种气氛和感受，他所写的楼上那个女子好像是一个"对方"，其实就是他自己。建安诗人曹子建写过一篇《洛神赋》，形容洛水中的那位女神"神光离合，乍阴乍阳"，说她身上有一种光彩，一下子你就看见了，一下子又隐没看不见。而这首诗的妙处，也完全可以用这两句来形容，在叙述的主体和被叙述的客体之间就是这种"神光离合，乍阴乍阳"的关系。在一开始它们是分开的，到最后它们就合起来了，而实际上这种分与合是在若有若无之间，因为他在说对方那个女子的时候，其实也是在说他自己。这真是很微妙的一件事。以前我们讲过的《行行重行行》、《青青河畔草》、《今日良宴会》虽然也很好，不过比较起来，这首诗的变化显得更丰富些。

下一讲我们要讲另一首变化很丰富的诗《东城高且长》。

第五节　《东城高且长》

这一讲要讲的《东城高且长》也是一首能够给读者提供丰富联想的好诗。不过在讲之前我先要说明一个问题，虽然这首诗能够给我们很多象喻的联想，但它的作者在写这首诗的时候，果然就一定有如我所说的这些意思吗？不一定的。文学作品，特别是中国文学作品，往往能够给读者很多联想的可能性。由于读者的性格不同、造诣不同、学问不同、修养不同，读诗时所得的感受也不同，仁者见仁，智者见智。我常常讲，凡是真正的好诗，都有一种感发的作用，富有一种感发的力量，因此这种诗都是含蕴丰美的，具有多种联想的可能。然而作者在创作时却不一定曾经想到把这些内容都放进去，至少在他的显意识中不一定想得到。这么说好像很奇怪，其实这正是中国文学作品与西方文学作品的不同之处。曾有中国的几位作家到温哥华来，我们这里搞当代小说研究的学生就向中国作家谌容提了一个问题说，你的短篇小说《周末》里写几个人在一起打扑克，最后一个人出的牌是一张红心的"K"，为什么你要讲那张牌是红心？谌容女士回答说，我也不知道，我当时只觉得出个红心才好——这就是一种类型的中国作家，他们在写作的时候，就是凭一种感发力量作用的本能。当然，中国现在也有了受到西方影响的新派作家，像台湾的白先勇就是。白先勇是研究西洋文学的，他的脑子里有一大套西方的文学理论，所以在他的小说中，每一个景象都有他的含义，比如他写今天下雨，那下雨是有含义的；他书中主人翁的门前种了一棵松树，那松树也是有含义的。在西方，很多小说家和诗人在写作时，都很明确地意识到他要用哪一个形象进行一种什么样的象征。但中国的传统不同，像李后主的词"林花谢了春红"，我说他是用落花的形象来表现有生之物对无常和苦难的共同悲哀，可是李后主当年是这样想的吗？完全没有，他就是以自己内心那种深挚的感受能力凭直觉写出来的。中国的小说也是一样。可西方人在分析这些东西的时候常常不能理解，总是想给它加上一点儿什么。这样做对白先勇那一类作家是可以的，对中国旧传统中成长起来的那一类作家则不行。我说这些是为了说明《古诗十九首》的作者未必意识到那么多象征的或暗示的含义，但这些诗本身的感发力量却产生了这种潜力。这是读中国诗歌必须注意到的一点。下面我就来分析这一首《东城高且长》：

东城高且长，逶迤自相属。回风动地起，秋草萋已绿。四时更变化，岁暮一何速！晨风怀苦心，蟋蟀伤局促。荡涤放情志，何为自结束？燕赵多佳人，美者颜如玉。被服罗裳衣，当户理清曲。音响一何悲，弦急知柱促。驰情整巾带，沉吟聊踯躅。思为双飞燕，衔泥巢君屋。

关于这首诗，有不同的说法。有的人认为从"东城高且长"到"何为自结束"是一首诗，从"燕赵多佳人"到"衔泥巢君屋"是另外的一首诗，一共是两首诗。我不赞成这种说法。因为他们只看到这首诗的前半首和后半首写的是两件事情，就以为是两首诗，却没有看到，这首诗的好处，也正在于它的转折变化。前边讲过的《行行重行行》，感情的发展是连续的、一直向前走的；而这一首的感情一直在跳动变化，前一句和后一句的关系经常难以确指。"东城高且长，逶迤自相属"，这"东城"在哪里？有人说是洛阳的东城。其实你先不用去考证，作者只是提供给你一个形象，从而使你产生一种感受。"东城高且长，逶迤自相属"，是从远处看到整个一片城墙的远镜头的全景。城墙的形象给人一种什么感受？是阻碍隔绝的感受。一片墙，如果不高，你可以跳过去；如果不长，你可以绕过去。可是你远远地就看到东城的城墙是那么高，那么长，哪里存在一个可以让你走进去的缺口？卡夫卡有一篇小说叫"城堡"，写一个人要进入一个城堡，但却始终没有能够进去。当然，卡夫卡是有意要用城堡来表现现代人内心之中的隔绝感和孤独感，而《古诗十九首》的作者则不见得是有意识地这样做，他只是提供了这么一个形象，而这个形象就制造出这么一种气氛。"逶迤"，是连绵不断的样子。"属"字有两个读音，一个是归属的意思，读作shǔ；一个是连接的意思，读作zhǔ。在这里，主要是连接的意思，但也隐含有"归属"的言外之意。因为，《十九首》里边的句子，有时候可以互相印证，《青青陵上柏》那一首中说"驱车策驽马，游戏宛与洛。洛中何郁郁，冠带自相索"。他说，洛阳城里虽然那么繁华热闹，虽然有那么多达官贵人，可是他们自相往来，结成了一个仕宦的群体，或者说一个官场的大网，你并不归属于他们那个圈子，作为一个外来的读书人，是无法打进去的，那个圈子里的人不接受你。你看，一个是"冠带自相索"，一个是"逶迤自相属"，这口气和句法多么相像！倘若这城墙有一个缺口，也许还可以挤进去，可是你看不到任何缺口，它不但又高又长，而且连绵不断，连一个缝隙也找不到，城市，代表着繁华和名利的所在；连绵不断的城墙，对你来说就是一种隔绝和排斥。在《古诗十九首》中，类似这种可以互相印证的句子很多，例如"东城高且长"和"道路阻且长"这两句的句法也是一样的，其感情和口吻也十分相似。

"回风动地起，秋草萋已绿"是这首诗中的第一个跳动变化。"回风"，就是旋风。在我小的时候，北京大多还是土路，每到春天就刮大风。由于风卷起了土，你可以很清楚地看到风的形状，看到它是怎样旋转着刮过来的。前几年有一个电影叫作"阿拉伯的劳伦斯"，其中有沙漠上刮大风的场面，那风真的是动地而起，挟着黄沙远远地席卷而来。所以，这"回风动地起"的形象真是既刚健又萧条。那风挟带有十分强大的摧伤力量，整个大地顿时就都被笼罩在它的摧伤范围之中了。当然，这景象的视角仍然在城外，城里不会有这么大的风，但你进不去，你现在所处的地位就是这样四无遮蔽、空旷悲凉。诗人的感觉有时候会有相似之处，柳永《少年游》

说："长安古道马迟迟，高柳乱蝉嘶。夕阳岛外，秋风原上，目断四天垂。"他所感受到的，也是这么一种空旷、悲凉的感觉。

"秋草萋已绿"似乎有些难解。因为在一般人的印象里，秋天草就黄了，为什么还说"绿"？杜牧之有两句诗说"青山隐隐水迢迢，秋尽江南草未凋"，有人就认为"未"是错字，应该是"草木凋"，因为"秋尽"是秋天已经过完了，草木当然就都凋谢了。不过，这仅属于一般的常识，而杜牧之要写的是什么？是那种凄凉背景下的美丽！秋天已经过去了，江南的草却还保持着绿颜色，在这种凄凉美丽的环境之下，才有接下来的两句"二十四桥明月夜，玉人何处教吹箫"。"秋草萋已绿"也是如此。"萋"，是草木繁茂的意思，但在古代，这个字有时候也可以和"凄"字通用；"已"字在这里并不是"已经"的意思，而是和"以"字通用，含有"而且"之意；"萋已绿"，是凄凉和绿色两种情调的结合。这种结合未免有点儿奇怪，和凄凉情调结合的一般应该是代表生命衰老的枯黄，为什么现在却是代表生命繁茂的绿色呢？其实，这种因绿色而产生的悲哀我们早就举过不少例子，比如《诗经·小雅·苕之华》的"苕之华，其叶青青。知我如此，不如无生"；李商隐《咏蝉》诗的"五更疏欲断，一树碧无情"；韦庄《谒金门》的"断肠芳草碧"等。那都是一种对比或者反衬，通过无情草木的碧绿美丽，更衬托出有情之人的憔悴悲伤。有的时候，那悲哀之中也带有一种对未来的推想。如杜甫有一首《秋雨叹》，写了一株决明草在秋雨之中保持着美丽而饱满的绿叶黄花，但接下来敏感的诗人说："凉风萧萧吹汝急，恐汝后时难独立。堂上书生空白头，临风三嗅馨香泣。"因为，这株美好的生命在秋风的摧伤中绝不能坚持多久，很快也就要枯萎凋零了。不过，以上我所说的都出于一种理性的解释，其实它还可以有另外一种更简单的解释，那就是：它纯属一种直感——碧绿的草在强大的秋风之中摇动，那形象就给了你一种直接的感发。陶渊明说"有风自南，翼彼新苗"，你说他是什么意思？那不过就是大自然中的一种动态给予诗人内心的感发，即《文心雕龙·物色》所说的"物色之动，心亦摇焉"。诗人和一般人的不同就在于他比一般人感情敏锐。冯延巳说"风乍起，吹皱一池春水"（《谒金门》），吹皱一池春水与他冯延巳何干？杜甫说"凉风起天末，君子意如何"（《天末怀李白》），凉风起天末又与他杜甫何干？但那一阵风吹过，就忽然引起了诗人内心的一阵动荡，这种动荡通过诗的感发又传达给了读者，这就是感发生命生生不息的传播。所以我们在欣赏诗的时候，必须把它看作一个活泼的生命，绝不能把它搞成僵死的教条，就好像分析一个活生生的人，你千万不要把它搞成一具尸体解剖的标本，那样一定会使人们望而生畏。

下边接下来说："四时更变化，岁暮一何速！""四时"，就是春夏秋冬四季；"更"，是更迭转换的意思。春夏秋冬一个季节接着一个季节更换得如此迅速，一年的光阴马上就要过完了。"一何速"，同《西北有高楼》中的"一何悲"一样，都带有一种加重语气的含意。古人一提到光阴的消逝，很快就联想到人生的短暂。屈原《离骚》说"日月忽其不淹兮，春与秋其代序"，底下马上就接着"惟草木之零落兮，恐美人之迟暮"。所以你看，《东城高且长》这首诗虽然跳宕，其实很有层次。诗人的感发从城墙、回风、秋草、大自然的四时变化，一步步地就引到了人生的短暂无常。但他接下来仍没有直接说到自己的感发。"晨风怀苦心，蟋蟀伤局促"两句，可以有深浅两个层次的理解。从表面看起来这两句很容易懂，由于秋天到了，早晨的风很凉，所以使人的内心也产生一种光阴易逝、生命短暂的悲苦；秋天的蟋蟀叫不了多久就要死了，这也能使人感受到生命所受的局限。这种理解与诗的主题是相合的，而且也能够给你一种打动。但在中国古诗中有一件事情是很奇妙的，那就是有一些语句的符号能够引起你向某一个固定方向的联想，西方语言学的符号学把这种符号叫作"语码"（Code）。"晨风"和"蟋蟀"正好是《诗经》中两首诗的篇名。"晨风"是一种鹯鹰类的猛禽，出于《秦风·晨风》的"鴥彼晨风，郁彼北林。未见君子，忧心钦钦"。说是晨风张开它的大翅膀，一下子就飞到北边的一片树林中去了，这是由鸟起兴，由此而想到了心中所思念的那个"君子"。这"君子"是谁？当然，我们可以不管汉代经学家的说法，可以把这个思念对象解释为一种理想或一种追求。不过从作者的角度着想，中国读书人从小念《诗经》读的都是《毛传》。《毛诗序》说这是秦国人讽刺秦康公不能继承秦穆公的事业，不能任用贤臣的一首诗。秦穆公是春秋五霸之一，穆公时代是秦国最美好、最兴旺的时代，后来到了康公时期，政治十分败坏，于是人们就怀念起秦穆公来。所以，"未见君子"的"君子"指的乃是秦穆公那样的贤明君主。联系这个背景，"晨风怀苦心"就含有一种对国家政治的感慨了，为什么我所生活的时代如此黑暗？为什么我就没赶上那种君圣臣贤的好政治？"蟋蟀"出于《唐风·蟋蟀》的"蟋蟀在堂，岁聿其莫。

今我不乐，日月其除"。意思是，蟋蟀已经躲进屋子里来叫了，说明时间已经到了九月暮秋，一年很快就要结束了，如果你还不及时行乐，你的一辈子很快也就这样白白过去了。《毛诗序》说，这是讽刺秦僖公"俭不中礼"，认为应该"及时以礼自虞乐"的一首诗。联系这个背景，则"蟋蟀伤局促"除了感叹生命的短暂之外，还包含一层何必如此自苦、不妨及时行乐的意思在内。这种含义，我们也可以用《十九首》中其他的句子来加以印证，如《生年不满百》中即有"生年不满百，常怀千岁忧。昼短苦夜长，何不秉烛游"。其实，这和前边讲过的"何不策高足，先据要路津"以及"荡子行不归，空床难独守"一样，也是表现了一种挣扎和矛盾的心情。既然你不幸生活在这样的时代，无法实现你的理想，而人生又是那么短暂，为什么不可以及时行乐呢？所以自然就有了接下来的两句"荡涤放情志，何为自结束"？从这里念头一转，又是一个感情上的跳动变化。"荡"是放荡；"涤"是冲洗，冲洗什么？冲洗那一切加在你身上的拘束和限制！人生如此短暂，你何苦给自己加上这么多约束？你何苦总是要说的不敢说，要做的不敢做，要追求的不敢追求？确实有这样的人，他总是在想，我要是这样做人家会说我什么？我要是那样做人家又会说我什么？做起事来畏首畏尾。可是，你自己跑到哪里去了？别人的意见虽然也应该考虑，但更重要的是要找到你自己——你自己真正的感情，你自己真正的意愿，你自己真正要做的事情。如果你实现了这样一种觉悟，也可算是达到了人生的一种境界。

　　我们这首诗的作者，他决心要放任自己的情志去大胆地追求。

追求什么呢？追求的是一个美丽女子，所谓"燕赵多佳人，美者颜如玉。被服罗裳衣，当户理清曲"。中国的古人常用"燕姬赵女"来泛指美丽女子，如太史公司马迁的外孙杨恽在《报孙会宗书》中说"妇赵女也，雅善鼓瑟"；又如王国维在他的小词《蝶恋花》中说"窈窕燕姬年十五，惯曳长裾，不作纤纤步"，这乃是传统上的一种习惯说法。此外，中国的古人还有一个习惯，就是当人生失意的时候，往往去向醇酒和美人之中求得安慰。辛弃疾，一个英雄豪杰的词人，当在事业上失意的时候他说什么？他说："可惜流年，忧愁风雨，树犹如此。倩何人唤取、红巾翠袖，搵英雄泪。"（《水龙吟·登建康赏心亭》）而我们的诗人现在所要追求的是一个什么样的女子？所谓"颜如玉"是一种本质上的洁白温润；所谓"罗裳衣"是用美丽的丝织品织成的衣服，而我在以前讲过，用服饰之美象征品德之美也是我国古代诗歌传统中的一个特色。而且这个女子还不止是本质美、服饰美、品德美，她还有才技之美。"理"是弹奏调理的意思，"当户理清曲"，她正在弹奏一支很好听的歌曲。"音响一何悲，弦急知柱促"，她所弹奏出来的声音为什么如此悲哀？因为她内心有非常深刻真挚的情意。你看，这里又写出了她的情意之美——就像《西北有高楼》中的那个女子，"上有弦歌声，音响一何悲"。这几句，是一层又一层地加深写她的美好，从本质、服饰、品德，写到才技和情意。什么是"弦急知柱促"？大家知道，琴或者瑟这一类乐器，它们的弦都绷在支柱上，靠边的地方绷得紧，发出声音就很高亢急促。不过这仅仅是物理学上的解释，而不是这一句所含的本质内容。这一句的本质内容是什么？我以为，它所传达的是感发力量之强大和紧张的程度。因为，"急"和"促"两个字表现出一种紧张激烈和力量的强大，而这同时也就暗示了弹者和听者之间在心灵上所产生的那种相互感应有多么紧张强烈。

"驰情整巾带"，有的本子作"驰情整中带"，但一般以为"巾带"较胜。马不停地跑叫"驰"，那么心不停地思量也可以叫"驰"，即所谓"心动神驰"。思量什么呢？这里他写得很妙，"整巾带"是一个动作，你们有没有注意到京剧里边的人物，一出场都要把帽子正一正，把腰带端一端？那是表示一种严肃而郑重的态度。当他的心在"驰"的时候，手却在下意识地把头巾和衣带整理好，这是什么意思？这说明此时此地他心里所产生的是一种尊敬和严肃的感情，这里边含有一种对操守的坚持和对对方的珍重。文人有时候很不严肃，龚定庵写过一首小诗："偶赋凌云偶倦飞，偶然闲慕遂初衣。偶逢锦瑟佳人问，便道寻春为汝归。"（《己亥杂诗》之一）王国维对这首诗很不满意，认为他这种感情过于轻佻。而在这里，作者的感情不是随随便便的，他虽然对那个女子产生了强烈的感情，但行动上仍没有冒昧向前，而是"沉吟聊踯躅"。"沉吟"者，乃是沉思吟想的意思。什么叫吟想？就是心问口，口问心：我到底该不该这样做？而这沉吟的结果终于还是在行动上自我节制，没有冒昧向前。这是对自己的珍重爱惜，也是对对方的珍重爱惜。

结尾两句更妙——"思为双飞燕，衔泥巢君屋"。仔细想来这两句有点儿语病，双飞燕已经是成双成对了，为什么还"衔泥巢君屋"？这个"君"是双飞燕里的一个还是另外的一个人？我以为，在这里他是一种直觉的感动。因为他的情一直在"驰"，没有一个停下来的反省，所以他那种直觉的感动也就不很科学、不很理性。其实他是要说两个愿望：第一个是，让我们两个变为一对燕子，永远双飞双栖；第二个是，如果我变成了一只燕子，而你还是你的话，那我就要筑巢在你的屋檐下，永远陪伴着你。这两个愿望未假思索奔驰而出，就变成了"思为双飞燕，衔泥巢君屋"。说到这里，我想起宋代有一个女子写了一首《踏莎行》："随水落花，离弦飞箭，今生无计能相见。长江纵使向西流，也应不尽千年怨。　　盟誓无凭，情缘有限，此身愿化衔泥燕。一年一度一归来，孤雌独入郎庭院。"这首词是说，这个女子和一个男子感情很好，可是终于未能结合，所以她说愿意化作一只燕子，每年独自飞入那个男子的庭院之中。这首词的想象在逻辑上是合理的，叙述得也很清楚，因为那是经过反省之后的一种感情，所以就比较深刻。而现在这首诗虽然话说得不很理性，但那种直觉的感动则是它的好处之所在。

（安易、杨爱娣整理）

第三章

*

建安诗歌

第一节　概　论

　　现在，我们已经来到诗歌史上一个新的时代——建安时代。建安，是东汉最后一个皇帝汉献帝的年号。献帝的皇位并非正式继承而来，而是董卓趁朝廷大乱之际擅行废立而致，所以汉献帝从当皇帝的第一天起就是个傀儡。董卓挟天子以令诸侯，有做皇帝的野心，于是各地方的军政长官就纷纷起来讨伐董卓。董卓失败之后，献帝又落在曹操的控制之下。曹操同样挟天子以令诸侯，他先自封为魏公，又自封为魏王，但却始终没做天子，是他的儿子曹丕篡汉之后才追尊他为魏武帝的。曹操在世时，天下已形成三分的局面。据说当时人人都认为他有当皇帝的野心，可是曹操说，我是绝不会篡位的，倘若"天命在孤，吾其为周文王乎！"周文王本来是商朝纣王手下的一个诸侯，他的儿子周武王打败纣王，自己做了天子，追尊父亲为文王，而曹操的儿子曹丕后来果然也就做了皇帝。这就是建安前后政治上的情形。

　　由于大动乱的现实给了诗人们以强大的刺激和感动，因此建安诗歌在风格和内容上都明显地具有不同于以往的特色。在风格上，我们可以和《古诗十九首》相比较来看。我曾经说《古诗十九首》一定是建安以前的作品，其原因之一就是风格问题。《古诗十九首》写得含蓄温厚，像上节讲过的"驰情整巾带，沉吟聊踯躅"，深情之中带有一种收敛之意。可是建安诗歌就不同。建安诗歌都带有一种激昂和发扬的精神。而这种激昂发扬的精神又有着三个不同层次的发展，这三个层次在曹氏父子身上表现得相当清楚。曹操的诗是古诗向建安诗风转变较早的一个层次，表现为激昂发扬而又十分古朴；曹丕的诗介于文质之间，一方面保持着古代的质朴，一方面开始有一些文采；曹植的诗就整个儿是文采华丽了。产生这些不同并没有什么奇怪之处，因为诗歌本身是有生命的，这些不同的发展层次正好说明诗歌是处于不停顿的演进与生长之中。

在内容上，建安诗歌的特点是写实色彩非常浓厚，这一点也可以同《古诗十九首》做一比较。《古诗十九首》的作者们所生活的东汉社会虽然也黑暗，诗人们虽然也失望，也不得意，也有悲慨，但他们毕竟没有亲身经历过建安诗人所经历的那些变乱，所以也就不可能像建安诗人那样普遍地具有如此浓厚的写实色彩。建安时代社会动乱达到什么样的程度？王粲的《七哀诗》、蔡琰的《悲愤诗》都有很真实的叙写，但这两首诗我们留到后面再讲。现在我们看曹植的一首《送应氏》——这首诗只是作为建安诗歌反映现实民生疾苦的一个简单介绍的实例，至于曹植其他的诗，后面将有专题介绍。

> 步登北邙阪，遥望洛阳山。洛阳何寂寞，宫室尽烧焚。垣墙皆顿擗，荆棘上参天。不见旧耆老，但睹新少年。侧足无行径，荒畴不复田。游子久不归，不识陌与阡。中野何萧条，千里无人烟。念我平常居，气结不能言。

这是建安十六年曹植在洛阳送别应场、应璩兄弟所写的诗，一共有两首，这是第一首。洛阳本是东汉首都。董卓欲行篡逆，引起了各地方军政官员的反抗，袁绍、曹操等人起兵讨伐董卓。董卓害怕了，于是就胁迫汉献帝从洛阳搬到长安。临走时他做了一件大失民心的坏事——把洛阳整个焚毁了。那是在汉献帝的初平元年，距离曹植写诗的时候已超过二十年，而过了这么多年以后洛阳还是这副荒凉的样子，由此也可以看出老百姓在战乱中是怎样地流离失所了。北邙山，就在洛阳的北边，那儿有洛阳贵族的墓地。作者说，我登上北邙山，遥望着洛阳周围的山峰，这一带是多么荒凉！当年那些富丽堂皇的宫殿早就都被烧毁了。

这里，我们也可以和《古诗十九首》结合起来看。《古诗十九首》的《青青陵上柏》说："两宫遥相望，双阙百馀尺。"说是洛阳城内南北两宫遥遥相对，宫门楼高耸入云。那是洛阳没被焚烧前的壮丽景象。而如今呢？曹植说是"垣墙皆顿擗，荆棘上参天"，房屋经过大火都倒塌了，野生植物肆无忌惮地长得到处都是。当年的住户有的死了，有的逃走了，现在所能见到的都是些新来的年轻人。田园都已荒芜，遍地杂草叫人找不到一个立脚的地方。当你从远方回来的时候，你根本就认不出家乡的路了。想起当年居住在洛阳时的往事，使人觉得胸中郁塞，气闷得连话都说不出来！东汉的都城尚且如此，其他地方也就可想而知了。你看，这就是东汉末年那个动乱时代的社会现实，建安诗人都把它们记录下来了。

建安时代的大诗人主要有"三祖"、"陈王"和"建安七子"。"三祖"指的是魏武帝曹操、魏文帝曹丕和曹丕的儿子魏明帝曹叡。"陈王"指曹植，因为他的封地在陈，死后谥思，也称陈思王。"建安七子"是当时七位有名的作者：孔融、陈琳、王粲、徐幹、阮瑀、应玚、刘桢。在这些诗人中，曹氏父子对建安诗歌的繁荣所起的推动作用是不可忽视的。钟嵘《诗品序》中有一段话就谈到了当时文坛的这种局势。他说："降及建安，曹公父子，笃好斯文；平原兄弟，郁为文栋；刘桢、王粲，为其羽翼。次有攀龙托凤，自致于属车者，盖将百计。彬彬之盛，大备于时矣！"这里面"曹公父子"和"平原兄弟"两句略有重复。因为曹植曾被封为平原侯，所以"平原兄弟"其实也就是指的曹植和他的哥哥曹丕。钟嵘说，他们都是文坛的栋梁。在建安七子中，刘桢和王粲是依附和追随在曹氏父子左右的人物，所以钟嵘说他们"为其羽翼"。

此外还有希望攀附有权有势者的那些人，由于曹氏父子喜爱诗文，所以大家也都喜爱诗文，他们追随在曹氏父子的车后，希望得到知赏。可见，当时的文风之盛和曹氏父子的爱好与提倡是分不开的。提起曹氏父子，那也真是了不起，他们有多方面的才能。曹操是一位杰出的政治家、军事家，同时又很有诗人气质。因此，他的诗有一种慷慨激昂的雄杰之气。他写的诗，多半是乐府诗，"被之管弦，皆能歌咏"。曹丕虽然也是政治家，但这个人的感觉非常敏锐，此外还具有一种反省思考的能力。所以他是感性和理性结合的，不但是诗人，而且是第一流的批评家。他写的《典论·论文》是我国现在流传下来的最早的一篇文学批评的论文。

说到文学批评，需要特别加以注意的是建安时代的诗歌观念，这是中国诗歌发展转变中一个非常重要的枢纽。也就是说，建安时代是一个文学开始自觉和反省的时代，从建安时代起，文学就有了自己独立的价值。

我们知道，儒家的五经《诗》、《书》、《易》、《礼》、《春秋》都不是专门的文学作品。《书经》里保存的是古代政策文件；《易经》是一本用于占卜的书；《周礼》记载了周朝的政治组织，《仪礼》讲人伦之间的礼法，《礼记》则是讲礼法的哲理层次；《春秋》实在是一部史书。这些经典著作，都是为了实用而写作而流传的。那么《诗经》难道不是一部专门的文学作品吗？你要注意，在《诗经》里，作者署名的作品只有很少几篇。朱自清先生曾考察过，在三百多首诗中我们能确确实实知道作者的不到十篇。这说明了当时的一般情况：诗并没有独立的价值，在社会上并没有专门的作家和诗人，即使那些署了名的作者，他也是为了达到某种实用目的，即反映朝廷政治的情况而写作的。这与后人写诗只为抒情完全不一样。比较起来，中国最早的一个真正了不起的诗人是屈原，但屈原与建安时代的诗人有很大差别，这一点我们下文再讲。

魏文帝曹丕写过一本书叫"典论"，这本书现在已经不存在了，但这本书里有一篇文章叫"论文"，我们现在还可以看到。曹丕在《典论·论文》里说："盖文章，经国之大业，不朽之盛事。年寿有时而尽，荣乐止乎其身，二者必至之常期，未若文章之无穷。"他说，你的生命和你在这个世界上的荣华快乐都有一定期限，而一个真正了不起的作家，他的诗歌中所包含的那种感发的生命是在千载之后都能使别人感动不已的。例如，南宋的辛弃疾曾赞美东晋的陶渊明说："须信此翁未死，到如今凛然生气。"（《水龙吟》"老来曾识渊明"）可见作品中的感发生命是可以千载犹生的。

《典论·论文》还说，古代的作者"不假良史之辞，不托飞驰之势，而声名自传于后"。有的人之所以不朽，是因为史家给他写了传，后人读了史传才知道他的事迹。然而有很多文学家，特别是有些词家、曲家，正史上根本没有传记，可是他们的名字也传了下来。我们今天读他们的作品，仍然能够感受到他们心中的感动。"飞驰"，是指有地位的达官显宦，他们如果帮谁一把，谁就可以飞黄腾达，得到名誉或地位，但文学家却根本用不着这个。你要知道，这就是建安时代对文学的一种认识。他们认为，文学自有独立的价值，诗人和作家凭借文学是可以不朽的。

那么现在我们就要说到屈原。屈原为什么写了《离骚》？他是为了留下一部漂漂亮亮的作品以传不朽之名吗？完全不是。《史记·屈原列传》说屈原"信而见疑，忠而被谤"，所以才写了《离骚》，那是一种情之所不得已而写出来的作品。楚怀王听信小人的谗毁，放逐了屈原。而在屈原那个时候，中国有许多诸侯国，楚国只是其中的一个。楚国不用，他本来可以跑到齐国去，或者跑到秦国去，苏秦不是就佩了六国的相印吗？但屈原不肯那样做，因为他是楚国王族的同姓，他注定要忠于楚国，他整个的生命和感情都寄托在他父母之邦了。

《史记》说屈原被放逐之后，"被发行吟泽畔"，颜色憔悴，形容枯槁。因为他知道，楚国不用他的计谋而去和秦国联好，最后一定会被秦国吞并。眼看着国破家亡的灾难就要到来，他所悲哀的并不是自己。他说："余既滋兰之九畹兮，又树蕙之百亩。畦留夷与揭车兮，杂杜衡与芳芷。冀枝叶之峻茂兮，愿俟时乎吾将刈。虽萎绝其亦何伤兮，哀众芳之芜秽。"这是用种花来做象征。他说，如果只是我一个人种的花死了，而你们大家种的花都活着，那我也很高兴；但现在天下所有的花都枯萎死亡了，这才是最可悲哀的事情。屈原绝不是为他自己被放逐而伤心，他伤心的是眼看着自己的国家在走下坡路却没有一点儿办法挽救。所以，《离骚》是屈原这种内心痛苦情不自已的自然流露。

而现在，到了建安时期，文学开始有了独立的价值和地位。这对文学来说当然是一件好事情。可是我实在要说，诗人有诗人的好处，也有诗人的坏处。舞文弄墨、咬文嚼字，这就是诗人的坏处。有的时候，他的感情并不充足，却也能写一篇漂漂亮亮的诗，这就是舞文弄墨。这种舞文弄墨也是从建安时代才开始的。从建安时代，就开始有酬赠的诗。大家你送给我一首，我送给你一首，《赠徐幹》、《赠王粲》什么的。当然，酬赠的诗也有好诗，像杜甫的《寄李十二白二十韵》"昔年有狂客，号尔谪仙人。笔落惊风雨，诗成泣鬼神"、"乞归优诏许，遇我夙心亲"、"剧谈怜野逸，嗜酒见天真"，写得有多么好！碰到这么好的朋友，引起你心中这么冲动的感情，你当然应该写一首诗，甚至写一首都不够。可是后来那些文人，他们根本就没有这么深的感情，写酬赠诗只是一种虚伪的应酬，这种诗就难免令人反感了，所以王国维在《人间词话》里说："人能于诗词中不为美刺投赠之篇，不使隶事之句，不用粉饰之字，则于此道已过半矣。"

既然建安时期文学开始有了独立的价值，那么对这个价值就要有一种自觉的反省和衡量，在这方面，当时最好的一篇作品就是刚才提到过的魏文帝曹丕的《典论·论文》。这是中国文学史上最早的一篇独立的、完整的文学批评论文。以前的作品，像《诗大序》，当然也讲到很多文学上的问题，但它对文学的衡量都是依附在道德的价值上面，而不是单纯只考虑文学的价值。《论语》里也有很多地方谈到文学，但那只是单独的一个章节或者单独的几句话，并非一篇独立完整的作品，所以都不能算是严格意义上的文学批评作品。曹丕在《典论·论文》里提出了有关文学的好几个重要论点。例如他说"文以气为主，气之清浊有体，不可力强而致……虽在父兄，不能以移子弟"，这属于文学内部的质素；又说"奏议宜雅，书论宜理，铭诔尚实，诗赋欲丽"，这属于文学外表的形式。从本质到体式，这完全是从文学本身来衡量的，不再依附于道德的价值。这在文学的发展史上是一大进步。

文学有了独立的价值和意义，还表现在对文字作用的注意上。中国文字是独体单音，英语说"flower"，我们说"花"。"花"只有一个音节，只是一个文字。因此，中国文字的这个特色就特别容易形成对偶的美。比如"红花"就可以对"绿叶"，词性相同，声音的平仄相反，形成一种形式美和声调美。对偶的发展也有几个层次，建安时代还只是一个开始。就是说，诗人们已经开始注重对偶，但还不普遍，也还没有建立一个很严密、很具体的对偶规则。建安诗人注重对偶，最好的例证就是曹植。

曹植在文学史上属于开新的一派人物，在三曹之中，他是对后世诗人影响最大的一个人。他的诗，是很注意雕琢与修饰的。我们且看他的《美女篇》中的句子："美女妖且闲，采桑歧路间。柔条纷冉冉，叶落何翩翩！攘袖见素手，皓腕约金环。头上金爵钗，腰佩翠琅玕。明珠交玉体，珊瑚间木难。"你看他用的"素手"、"金环"、"金爵钗"、"翠琅玕"、"明珠"、"珊瑚"，都是多么漂亮的词！他的对偶不是很平衡的，因为这时候对偶还是一种开新的尝试，还不像后来要求得那么工整，那么死板。他只是掌握一种大体上的词性相称。如后边的"行徒用息驾，休者以忘餐"、"青楼临大路，高门结重关"，还有《白马篇》中的"仰手接飞猱，俯身散马蹄。狡捷过猴猿，勇剽若豹螭"、"长驱蹈匈奴，左顾凌鲜卑"等等，都是如此。而且，还不仅是对偶。你看他的铺排、他的雕饰，虽然还不是很仔细、很着意的，但他显然是注意到了，是开了这样一个头。这种倾向，不管它对后代的影响是好是坏，总之都是文学有了独立的价值、有了反省和自觉之后的必然结果，是中国诗歌文学的一个发展。

也许有人会问，诗不是很早就有对偶了吗？《古诗十九首》"青青陵上柏，磊磊涧中石"不就是对偶吗？一点儿也不错。其实，还可以推到更早，《诗经·小雅·采薇》的"昔我往矣，杨柳依依。今我来思，雨雪霏霏"也是对偶呀。而且《易经·乾·文言》的"水流湿，火就燥。云从龙，风从虎"不也是对偶吗？在中国最早的古书里边，就已经有了对偶的现象，这正好证明了中国文字本身的特色就容易形成对偶。

可是你要注意，古代那些作者，他们使用对偶都是自然的、无意的。他们只是觉得这样说比较方便顺口，就这样说了，并没有考虑到这个地方我一定要用对偶，或者是用了对偶就会怎么样。曹子建就不同了，他整个一首诗用了很多对偶，用了很多漂亮的词语，他是有心那样用的。虽然他的对偶严格说起来还不是完全相对，只是大体上的相称，但他已经注意到这个了。这就是诗在形式上的一个发展的开端。后来到晋宋之间又出了一个谢灵运，谢诗里用的对偶就更多，形式上也更加严密。所以，注重对偶是中国文字特色所造成的必然结果，也是中国诗歌发展的必然趋势。

但是从曹子建到谢灵运，他们的对偶还只是注重词性的相称。就是说，名词要对名词，动词要对动词，或者是使两句之间的分量差不多，大体上可以相称。可是到了齐梁时代，对偶就又有了新的发展，因为那时候佛教传入了中国。词的发展与佛教有很密切的关系，而中国近体诗的形成，与佛教也有密切的关系。佛教其实在东汉就已传入我国，但那时候并没有十分盛行。到了魏晋以后，有很多印度佛教的大师到中国来传法，于是中国信佛教的人越来越多。齐梁之间，佛教非常兴盛，杜牧之曾说"南朝四百八十寺"（《江南春》），可见那时到处都是佛教的寺院。佛经不仅要讲，还要用梵语来唱诵，于是就要学习外来的梵文。由于学习外来的梵文，就注意到了字的发音问题，注意到每一个字都是由声母和韵母结合而成的，同时还注意到汉字有平、上、去、入的四种声调。因此，就产生了所谓"四声八病"之说，在诗的格律上就有了更严格的要求。对偶时，词性一定要相同，平仄一定要相反。由此发展下去，最后才产生了唐代的格律诗。

第二节　曹操之一

自从建安时代起，中国的诗就开始有了独立的地位和价值，所以，诗人文士也开始有了自己独立的地位和价值。因此，建安诗歌标志着中国的诗走上了一个新的发展阶段。对建安时代诗人的批评，有一本较早的书就是钟嵘的《诗品》。钟嵘，是齐梁之间的一个作者。他把从汉魏到齐梁之间的诗人分为上、中、下三品，然后对每一个人都做出评论。从他的分法和评论中，我们也就可以看出当时那个时代对诗歌文学的看法和诗歌文学的发展趋势。

在钟嵘《诗品》中，曹操是被分在下品。曹丕在中品，曹植在上品。从他这个分法之中，我们可以看出一些问题来吗？上节我说过，在曹氏父子中，曹植是一个开新的人物。也就是说，后来诗歌潮流的发展是从曹植这里开始的，因此他代表着诗歌发展的新趋势。那么放在下品的呢？自然是比较一般的作者。钟嵘把曹操放在下品，那真是一件没有办法的事。因为历史的潮流就是这样发展的，当时的人就是这么看的。现在由我们来看，钟嵘对曹操的品第确实不大公平。然而我们也应该注意到，他对曹操的那句评语"曹公古直，甚有悲凉之句"，却是深有体会之言，说明他确实掌握了曹操风格上的特色，只不过这种特色不合乎当时的潮流而已。

我们已经讲过《古诗十九首》。《古诗十九首》好在哪里？我认为可以用孔子的那句"文质彬彬"来形容，就是说它的内容和表现形式结合得恰到好处，既不是虽有内容却表现得不好，也不是词采太华丽却内容不够。然而，自从建安的曹子建开始，那词采雕饰的比重就一天比一天多起来了。曹操写了很多古风，他的风格质朴，气象悲壮，不符合当时潮流的口味，所以钟嵘才把他列为下品。

曹操是一个文学家，但又不同于后来那些吟风弄月、咬文嚼字的文学家。很多人说他是奸雄，戏剧里也把他扮作大白脸，但他其实要算一位真正的英雄豪杰。他生当乱世，有着自己的一份理想和政治抱负，同时也有实现这份抱负的勇气和谋略。曹操的父亲本来叫夏侯嵩，但是他给当时很有权柄的一个宦官曹腾做了养子，所以就以曹为姓了。在旧日的宗法社会之中，仕宦人家肯把儿子送给宦官去做养子吗？那是不可能的。因为宦官无论多么有权有势，在人们心目中也总是处在十分低贱的地位。历史记载说不知道曹嵩的出身本末，但仅凭他给宦官做养子这一点，就可以知道他一定不是仕宦人家的子弟。所以如果按现代心理学来分析，可能曹操心理上也有这么一种状态，那就是他要努力建功立业，以改变他在社会上的地位，使人们能够尊重他和他的家族。东汉末年实在乱得很。汉献帝之前有少帝、灵帝、桓帝、质帝、冲帝、顺帝、安帝等，这些皇帝都十分年幼，即位时最大的只有十五岁，所以常常是太后专权。但太后毕竟是女子，有很多外边的事情不能直接管理，于是就要依靠自己娘家的亲戚，就是外戚。而宫里呢，也有一群宦官可以左右年幼的小皇帝，因此宦官和外戚也产生很多斗争。后来，又连续发生宦官打击读书人的"党锢之祸"。这还只是朝廷之内的事情。而在外边，有很多地方就发生了反叛，或者叫起义。最大的一次就是黄巾起义。曹操，就是在这样的乱世之中慢慢地建立起他的功业来的。这一段历史，大家其实可以去看《三国演义》，看正史当然就更好了。

董卓废少帝立献帝，自己有篡位的野心，所以天下英雄和那些地方军阀的势力，就集合在一起准备讨伐董卓，他们的首领就是袁绍。曹操也参加到这些军队之中。可是这些人里有许多人为了保存自己的实力，观望不前，不肯真的去和董卓作战。曹操是很有胆识和魄力的一个人，他曾劝告大家说，董卓的罪恶天下皆知，我们起义兵同心协力去攻打他，一定能取得胜利，你们为什么却观望不前，迟疑不进？可是大家不听他的，于是曹操自己单独出兵，结果因兵少打了败仗。这件事，在他的诗歌《蒿里行》中有反映。后来曹操做了兖州牧，打败了一批黄巾起义军，扩大了自己的势力。那时候董卓已被杀，军阀们互相争斗，天下处于大乱之中。曹操趁机把献帝接到许昌，从此就挟天子以令诸侯。这一年，正是建安元年。曹操后来做官做到丞相，让献帝封他为魏公，后来又封为魏王，但却始终没有做皇帝。他有一篇文章写得非常好，叫作"让县自明本志令"，也有人简称为"述志令"。就是说，朝廷给了曹操几个县的封地，他推辞不要，而且自明本志说，我是一个没有野心的人。这篇文章其实真是写得很好，很能代表曹操的为人和性情。

我在讲《古诗十九首》的时候，因为我们不知道它的作者是谁，所以只能够从诗的表现方法和内容两方面来欣赏。可是当我们知道一首诗的作者是谁的时候，我们就应该对这个作者有所了解。西方过去曾流行一种"新批评"的文学理论，认为作品的好坏与作者人品的好坏是没有关系的。这话我完全同意，一个好人确实未必就一定能写出好诗来。可是我一定要说，诗的风格与作者的性情才气之间，必然有着密切的关系。曹操这个人是好是坏是忠是奸，这是另外一件事，但他的性情确实都反映在他的作品里，这也是事实。《让县自明本志令》这篇文章所表现的风格，就与他的性情有密切的联系。曹操这个人，确实是一个有勇气直接写自己的人。现在我们可以简单看一下这篇文章，以便对这个人有进一步的了解。

他说"孤始举孝廉，年少，自以本非岩穴知名之士"，这时候曹操已经是魏王了，所以自称"孤"。"孝廉"是东汉时的一个出身，那时还没有科举考试，选拔人才是靠乡里推荐，被推荐的人都要具备很好的品行，如孝顺、廉正等，所以叫孝廉。"岩穴知名之士"是指那些清高的、隐逸的、为天下人所尊仰的人士。曹操的父亲是宦官的养子，大家认为那种出身很卑贱，所以他说"恐为海内人之所见凡愚"，深恐大家不知道我有才干，把我看成一个平凡庸碌的人。因此"欲为一郡守，好作政教以建立名誉，使世士明知之"。他说，我当时的希望只是想做一个郡的地方长官，好好地管理我的地方，以此来建立起我的名誉，使天下的人能够认识我的才能，那么我也就满足了。可是后来呢？他就做了洛阳北部尉，还做过济南相。

在他执行任务的时候，如果谁触犯了法律，不管是多么有权有势的达官贵人，他也一样惩罚，教令真的是非常严明，所以就得罪了不少人，于是有一段时间他就称病还乡了。他说，我当时还很年轻，就算隐居二十年，等天下太平后再出来也不晚。他说，那一段时间他在家乡"筑精舍，欲秋夏读书，冬春射猎"。他是准备在文武两个方面都下功夫。而且据历史记载，曹操后来在出来做官之后，也是"昼则讲武事，夜则论经书"。他还注解过《孙子兵法》十三篇，另外他自己也写过数种兵书的著作。历史上还记载，说曹操这个人"登高必赋"，而且每有歌咏，都可以"被之管弦，皆成乐章"。

曹操的文章留下来的有一百五十多篇，诗留下来的有二十余首。这二十多首诗都是乐府诗，在当时是真的能够配合音乐来歌唱的，所以这个人确实称得起文武全才。后来，因为国家的变故，他又出来带兵打仗。他说，希望能够封侯做征西将军，将来死了以后坟墓的墓碑题上"汉故征西将军曹侯之墓"，也就满足了。可是后来曹操的军政权力越来越大。他说，我本来没想到会做宰相，现在我做了宰相，人臣之贵已到极点，这已经超过了我的希望。底下他说："今孤言此，若为自大，欲人言尽，故无讳耳。"意思是说，我平定了天下，有这么大的功劳，别人听起来好像是在自夸。可是一个人说话就要说得痛快，我既然确实有这么大的功劳，我就应该诚实地说出来。接着曹操就说了十分精彩的一句话："设使国家无有孤，不知当几人称帝，几人称王。"这句话听起来很狂妄，其实很坦诚。这样的话只有他配说，也只有他敢说。所以钟嵘说"曹公古直"。他的"直"，在诗里边也能够看出来，但在文章里面表现更明显。下面我们来看他的"古"。

建安时代实在也是乐府诗开始文士化的一个时代。我们是从《古诗十九首》开始讲起来的，没有详细讲过乐府诗。乐府，本是汉朝建立的一个官府，负责搜集天下的诗和歌谣来配乐。凡是乐府搜集来配合音乐的诗歌就叫乐府诗。汉乐府诗有几种体裁：有的是四言体，是继承《诗经》的；有的是楚歌体，是继承《楚辞》的；有的是杂言体，是民间的歌谣；还有五言体，那在当时是一种新兴的体式。在这里边，民间歌谣的杂言体一般都是非常质朴的，像《孤儿行》、《妇病行》等等，都不以文采见长。在建安时代的三曹之中，曹操的诗全是乐府，曹丕和曹植的诗有一部分是乐府。而且曹操的乐府诗里很多是杂言的乐府，曹丕和曹植的乐府诗里则很少用这种古朴的杂言体裁。

上一节我曾提到曹植的《美女篇》和《白马篇》，那都是乐府诗，但都是很整齐的五言，而且他用了很多辞藻和对偶，因而表现出很明显的文士化的趋势。曹丕的《燕歌行》也是乐府诗，整首诗都是七言。在那个时候，七言是一种比五言更新的体式，还没有流行开来，所以曹丕的《燕歌行》也属于开新的一派。然而，曹操的乐府诗却更多地保存了杂言体的古朴作风。除了杂言体以外，他还写四言体，四言体是继承了《诗经》的形式，也属于古朴作风的一种。而且还不只是体裁上的古朴，他的语言、他的句子实在都是非常古朴的。比如他的《度关山》说"天地间，人为贵。立君牧民，为之轨则。车辙马迹，经纬四极"；又比如他的《对酒》说"对酒歌，太平时，吏不呼门。王者贤且明，宰相股肱皆忠良，咸礼让。民无所争讼"。

这两首都是杂言的乐府诗。除了形式的古朴之外，我们还可以看到他在诗里边流露出来的那种仁爱的理想。对曹操这个人，你不要只看他"举不仁不孝"的那一面——曹操在他的一篇诏令里曾说，他要举用那些"负污辱之名、见笑之行，或不仁不孝，而有治国用兵之术"的人。古人以仁孝治天下，曹操却敢说这种话，其实这正是他的胆识和魄力的所在。因为天下已经大乱，治国安天下需要大量人才。他举用这些人的目的就是要使天下安定，使人们脱离战争的苦难。我们的国家和社会，长期以来都是以人治为主的。所以，无论是国家领袖还是地方长官，都必须是好的人才才可以使老百姓真正受惠。曹操举用不仁不孝的人才，并不是让大家都不仁不孝，而是利用他们平定天下，使老百姓都享受到太平的生活。所谓"天地间，人为贵"，他不是说说而已的。曹操的文集里有一篇《存恤令》曾经说：

> 自顷以来，军数征行，或遇疫气，吏士死亡不归，家室怨旷，百姓流离，而仁者岂乐之哉？不得已也。其令死者家无基业不能自存者，县官勿绝廪，长吏存恤抚循，以称吾意。

什么是疫气？就是流行的传染病。古代医药还不是很发达，在建安时代，由于死伤遍野的战乱，发生过很多次流行的传染病，每一次都要死很多人。建安七子里边有好几个人都死于建安二十二年，那是为什么？正是死于那一年流行的传染病。所以，军队里的将士，除了会死于战场，还会死于疫气。他们死了之后，抛下妻子儿女，无以为生。曹操说，眼看着战争给人们带来这么大的灾难，难道我真的就那么喜欢打仗吗？我是不得已而为之啊！所以他命令各地的县官和长吏，对那些死亡将士的家属不要断绝粮食供应，要常常去抚慰和周济。他说，这样才能稍微使我安心。

正是由于"天地间，人为贵"，所以才需要有一个好的君主来管理天下的事情，给天下建立好的制度法则。而为了这个目的，就必须南征北战，首先使天下四方能够安定下来。那么，什么时候才可以称作真正的太平呢？曹操说，"吏不呼门"——不会有官吏天天来砸你的门，今天要收租税，明天要拉你去当兵，而且"王者贤且明，宰相股肱皆忠良"，帝王是仁慈英明的，手下所用的官吏也都不敢胡作非为。你看曹操所写的这两首诗，真的是非常朴实。他把他的志意都说出来了，文辞上一点儿也不追求华美，句子并不漂亮，声音也不美丽。还不要说后来那种平仄的讲究，他甚至都不讲究韵字的呼应。曹操用韵很宽，他根本就不管声调是否和谐优美，也从来不作文字上的雕琢和修饰，完全以自己的本来面目与世人相见，这才叫作"惟大英雄能本色"，只有曹操才能有这种作风。

我认为，形成一首诗歌的要素很多，其中有一种是情，有一种是气。情，是你内心的真正情意。气，是你说话的气势。一般说起来，在曹操的诗里，往往表现出一种悲哀的情怀。要知道，凡是英雄豪杰之士，当他们衰老的时候，都有一种对人生无常的恐惧和悲慨。因为，凡属英雄豪杰，都希望留下一番丰功伟绩，他总觉得他所要做的事情还没有完成，他的理想还没有实现，所以对人生的短暂感到悲哀。曹操很诚实，很坦率，把这种恐惧和悲慨都写到作品里面了。下一节我就要讲曹操的《短歌行》，那首诗就是正面写他这种恐惧与悲慨。此外，曹操还有一组诗叫作"碣石篇"，又叫"步出夏门行"，也表现了这种才人志士、英雄豪杰对生命无常的悲慨。

第三节　曹操之二

　　曹操的诗，我们主要看他的《短歌行》。可是在介绍《短歌行》之前，我还有一些话要说。晚唐五代小词，在文字表面上很容易懂，像李后主的"林花谢了春红"，像韦庄的"四月十七，正是去年今日"之类，外表文字都没有什么需要多讲的，我所注重的主要在它的本质。而诗这个东西则不然，往往关联着很多资料、很多典故。因为在中国古代，诗一向更为传统化，更被尊重，大家写诗时的态度也更为严肃，人们把思想意志主要是放在诗里边表达，而不是放在词里边。所以讲词时，我们可以直接去探讨词所表达的那些感情的本质，而讲诗时我们就要先掌握有关的知识和资料。

　　首先，《短歌行》这个题目就需要解释一下。《短歌行》属于乐府诗题。从汉代开始，经过魏晋南北朝，一直到唐宋，有很多人写乐府诗，但后来的人所写的乐府诗就跟汉朝的乐府诗不完全一样了。汉乐府都是配乐演唱的，可是到后来那些音乐就逐渐失传。到了唐代，诗人们写乐府诗就只是沿用前人写过的题目，不一定配合音乐了。如李太白的《行路难》、《远别离》，所用都是乐府旧题，但都不是用来配乐歌唱的。另外还有一些诗人，他们模仿乐府诗的风格，却不用乐府旧题而自创新题，称为新乐府。乐府诗的风格是什么呢？其实也有多种不同，比如汉代有一些模仿《诗经》的四言乐府诗，写得比较典雅，常常是用在宗庙或朝堂之中的很正式的音乐。而还有一些杂言的、比较通俗的乐府诗，是来自民间的，所反映的常常是民间的疾苦。我所说的那些诗人，他们所模仿的乐府诗的风格便是这后一种，比如像白居易的《新丰折臂翁》、《卖炭翁》，就属于这一类。那么，曹操这首《短歌行》属于哪一种呢？《短歌行》是乐府旧题。就是说，在汉乐府里边，早就有《短歌行》这个题目了，而且除了《短歌行》，还有《长歌行》。宋人郭茂倩编了一部书叫"乐府诗集"，他分题编选了从汉朝一直到唐宋之间的乐府诗，当每一个乐府诗题第一次出现时他都有一个解释，说明这个古题是什么意思或所写的是什么内容。而对于《短歌行》和《长歌行》，《乐府诗集》就引了崔豹《古今注》的说法。崔豹是晋朝人，他在《古今注》中说："长歌、短歌，言人寿命长短，各有定分，不可妄求。"也就是说，《短歌行》这个题目，是慨叹人生寿命的短促。如果从曹操这首《短歌行》来看，崔豹这个说法是对的。因为这首诗一开始就说："对酒当歌，人生几何。譬如朝露，去日苦多。"的确是在慨叹人生之短暂，可是郭茂倩在引了崔豹的《古今注》之后，他自己又发表意见说，所谓短歌和长歌，是指歌声的长短，非言寿命也。并且举了曹丕《燕歌行》的"短歌微吟不能长"等诗句做例子。我以为，郭茂倩的说法是对的。最早的短歌、长歌，就只是表示歌声的长短，与寿命并没有关系。但曹操的这首《短歌行》慨叹了人生寿命的短促，所以后世的仿作就都受到曹操这一首诗的影响，都来表现这种慨叹了。

曹操的这首《短歌行》，曾经被三种不同的书载录：一个是《宋书》的《乐志》——这个"宋"不是唐宋的宋，是南朝宋、齐、梁、陈中的那个刘宋的宋；一个是梁昭明太子编的《昭明文选》；再一个就是《乐府诗集》。可是这三种书里所载的《短歌行》，有层次顺序的不同。乐府诗的层次顺序，不仅是章节的层次顺序，也意味着音乐段落的层次顺序。汉乐府有时候分"乐解"，所谓"乐解"，就是音乐的章节。每一个音乐的段落叫作"解"。拿曹操这首《短歌行》来说，是四句为一解，所以他每四句就是一个音乐的章节，就换一次韵：

> 对酒当歌，人生几何？譬如朝露，去日苦多。慨当以慷，忧思难忘。何以解忧，惟有杜康。青青子衿，悠悠我心。但为君故，沉吟至今。呦呦鹿鸣，食野之苹。我有嘉宾，鼓瑟吹笙。明明如月，何时可掇？忧从中来，不可断绝。越陌度阡，枉用相存。契阔谈䜩，心念旧恩。月明星稀，乌鹊南飞。绕树三匝，何枝可依。山不厌高，海不厌深。周公吐哺，天下归心。

在郭茂倩的《乐府诗集》里，这首诗就有两种不同的排列层次。第一种他说是"晋乐所奏"。就是说，晋朝的音乐所演奏的《短歌行》就是这种样子——由此我们也可以看出，曹操的乐府确实是能够被之管弦来歌唱的，直到晋朝还在演奏。那么，晋乐所奏的《短歌行》与前文所引的《短歌行》有哪些不同呢？《短歌行》四句一节，前文所引的一共有八节。而晋乐所奏的《短歌行》只有六节，其中"越陌度阡"的一节和"月明星稀"的一节都没有。《乐府诗集》里的第二个《短歌行》，他说是"本辞"。就是说，这一种是曹操本来所写的辞。这个"本辞"与前文所引的排列层次是一样的，中间只少"但为君故，沉吟至今"两句。这是版本的不同所致。可是，《宋书》的《乐志》所载文字与前文所引的也有不同，它把"明明如月"这一节放在了"呦呦鹿鸣"这一节的前边，与《乐府诗集》所载"晋乐所奏"基本相同。而前文所引，与《昭明文选》所载的《短歌行》是一致的，与《乐府诗集》所载"本辞"也基本相同。为什么会有这个次序的颠倒呢？那是由于一般人以为，"青青子衿"四句和"明明如月"四句都是怀思，应该放在一起。"呦呦鹿鸣"四句是聚会，当然要先有怀思然后才是聚会啊，所以放在后边。但我以为，昭明太子是对的。主张颠倒次序的人，他们只知其一，不知其二。因为在文学史上，很多人曾采取颠倒反复的方法来抒写追求怀思的情意，例如《楚辞》的《离骚》就是如此，还有我们后边要讲的阮籍的《咏怀》诗，一共写了八十多首，其中一会儿写失望，一会儿写追求，反复零乱，没有固定的次序。这仅仅是从文学史上一般的情况来说。而就曹操这首诗的特殊情况来看，他这两段怀思应该是有不同的对象，所以更不能排列在一起，这个等讲到这两段时再做说明。

以上介绍了《短歌行》在题目和排列层次等方面需要掌握的一些情况，下面我简单介绍《短歌行》写作时的一些历史背景。上一讲提到过曹操的《述志令》，曹操在那篇文章里说："设使国家无有孤，不知当几人称帝，几人称王。"这不是虚伪，也不是夸口，而是事实。汉献帝是一个愚弱的天子，他做皇帝完全靠曹操维持，倘若不是曹操而是董卓之辈，恐怕早就把他废掉或杀掉了。曹操不仅维持了汉献帝的朝廷，而且他还消灭了各地想割据自立的地方军政长官，如袁绍、刘表等。建安十三年，曹操破荆州，下江陵，顺流而东，准备扫平江南，结果却在赤壁败于孙权和刘备的联军，从此形成了天下三分的局面。这在《三国演义》里有很精彩的描写。《三国演义》中说，曹操在赤壁大战前夕，在战船上大宴百官，踌躇满志，横槊赋诗，所赋的就是这一首《短歌行》。当然，这是小说家言。可是，苏东坡的《前赤壁赋》也说了，他说："苏子与客泛舟，游于赤壁之下。"于是客人就说："月明星稀，乌鹊南飞，此非曹孟德之诗乎？"又说："方其破荆州，下江陵，顺流而东也，舳舻千里，旌旗蔽空，酾酒临江，横槊赋诗，固一世之雄也，而今安在哉！"也就是说，苏子与客都认为这首诗是曹操在赤壁大战前夕所写的。而且，这首诗最后有一句话很重要，曹操说："周公吐哺，天下归心。"这是以周公自比。周公辅佐成王时招贤纳士，一饭三吐哺，一沐三握发，绝不肯慢待了那些前来投奔的贤士。曹操自命王者之师，也以周公自比，希望孙权、刘备都主动来归顺他。所以你看，曹操这个人实在很妙，他既有才气，也有谋略；既肯谦卑下士，有时又用很残忍的办法来对付不肯依附自己的人。他把自己的得失利害看得很重，甚至说："宁使我负天下人，不使天下人负我。"这种作风反映在诗里，就表现出一种"以我为主"的专擅"霸气"。我以为，曹操把他英雄的志意、诗人的才情和霸主的野心都集中表现在他的诗里了。这首《短歌行》，就是很有代表性的一首。

好，现在我们已经了解了与这首诗有关的一些知识和背景，下面我们就来欣赏这首诗。开头两句"对酒当歌，人生几何"，表现了诗人对于生命短暂和人生无常的哀感。其中，"对酒当歌"有两种不同的解释。一种认为，"对"和"当"意义相同，都是"面对"或者"正当"的意思。北宋晏殊有一首《浣溪沙》，那首词的开头"一曲新词酒一杯，去年天气旧亭台，夕阳西下几时回"，和这里的"对酒当歌"非常相似。因为，酒使人的感情容易激动，容易流露。平常你不喝酒的时候理智很清醒，能够控制自己，可是你一喝酒就把这种控制放松了。听歌也是一样，也很容易引起你感情的激动。面前又有酒又有歌，你的感情就激动起来，就会想到这"对酒当歌"的美好快乐的日子能有多少？所以，眼前这暂短的快乐更能反衬出人生无常的哀感，于是就发出"人生几何"的慨叹。"对酒当歌"的另一种解释认为，这个"当"，不是"正当"或"面对"，而是"应当"的意思。就是说，人生这种美好聚会的机会是不会太多的，在你面对酒杯的时候，你就应该尽情地欢乐，否则还要等到什么时候？人生一世不过百年，你还有多少这样的日子好过？而"人生几何"这四个字也很妙，因为它并不是曹操自己的话。曹操在这首诗里用了很多人家说过的话，像"人生几何"见于《左传》，"青青子衿，悠悠我心"见于《诗经》，"呦呦鹿鸣"整个一节也都见于《诗经》。所以你看，曹操这个人很有意思，他把古人说过的话拿过来就用，不像现在有些人总是偷偷摸摸的。在上世纪六十年代末七十年代初大陆和台湾隔绝不通的时候，台湾完全看不到大陆的书。那时候台湾有一位学者把大陆的一本书整个抄过来，作为自己的研究成果。那真是一种偷窃的行为！但人家曹操不是。为什么说不是呢？有两个原因。第一个原因我在开始介绍建安诗歌时曾经说过，在建安时代以前，中国的文学和诗歌并没有独立价值的观念。说我的诗叫别人偷走了版权？古人那时根本就不会有这种想法。我们讲《古诗十九首》时，有一句"音响一何悲"，《西北有高楼》中用了这句话，《东城高且长》中也用了这句话。还有一句"人生不满百"，《古诗十九首》里有这句话，长短句的汉乐府诗里也有这句话。所以古人经常把别人的句子拿来用，并不认为这有什么不好。这是一个原因。第二个原因我刚才也说过，曹操这个人有一种霸气——我拿过来就是我的。他并不是像偷人家的东西那样偷偷摸摸怕人知道。要知道，旧时教小孩子念书，在读过"四书"之后就要读"五经"。而《诗经》是五经里边最早要读的，可以说是每一个读书人开蒙时就读的书，很多人从七八岁或九十岁就背下来了。这是每个人都知道的句子，曹操拿过来就用了。更何况，并不是无论谁拿了人家的东西来用，这东西就属于谁了，如果你用得不好，和你自己的句子不配合，它永远也不属于你。可是人家曹孟德用得好，所以他拿过来也就真的属于他了。这是第二个原因。除了这两个原因之外，我还要说，倘若你知道"人生几何"这句话是出于《左传》的，你就更能体会到曹操这两句诗写得确实是好了。《左传》上的原文是："俟河之清，人寿几何？"河，是指黄河。黄河的澄清，就代表着天下太平。可是你一个人的寿命有多久？你什么时候才能等来那天下完全太平安乐的日子？所以，我说曹操这两句诗和晏殊的"一曲新词酒一杯"相似，那只是一种表面意思上的相似，可实际上并不相同。晏殊所抒发的只是一个诗人对无常的哀感，而曹操则在诗人的哀感里还结合有英雄的志意，有一种唯恐这志意落空的忧愁。曹操还写过有名的《龟虽寿》："神龟虽寿，犹有竟时。腾蛇乘雾，终为土灰。老骥伏枥，志在千里。烈士暮年，壮心不已。"也是表达了这种英雄的哀感和忧愁。所以，你要想了解曹操的诗，就必须从多方面了解他这个人。曹操说自己不做皇帝，可是他却要完成统一天下的大业，他并不讳言自己有这个野心。如果，这首诗是在赤壁大战之前写的，那一年曹操多大年岁？是五十四岁，已经年过半百了。所以他有一种来日无多的紧迫感，渴望能早一天完成他的志意。

接下来他说："譬如朝露，去日苦多。"人生就像早晨的露水，太阳一出就晒干了。一个人，当你逝去的日子一天比一天多的时候，你未来的日子自然也就一天比一天少了。汉乐府诗有《薤露歌》，说是："薤上露，何易晞。露晞明朝更复落，人死一去何时归。"薤是一种草的叶子。你看那草叶上的露水，怎么那么容易就干了？可是草叶上的露水干了，明天早晨还会落上新的露水，而人死了以后就再也不会回来了。一个人，不管你多么有才智，有理想，当你死去的时候，你的一切才智和理想随即也就都落空了，还不如那薤上的露。这也是对无常的哀感，而且是千古以来诗人们常写的一种共同的哀感。

"慨当以慷，忧思难忘。何以解忧，惟有杜康。"什么是"慨当以慷"？《诗经》里常有类似的句子，比如《曹风》的《下泉》："冽彼下泉，浸彼苞稂。忾我寤叹，念彼周京。"所谓"忾我寤叹"，本来就是"忾叹"。但《诗经》是四个字一句，常常要把两个字变成四个字。所以"慨当以慷"，其实就是"慨慷"。而"慨慷"和

"慷慨"是同样的意思，为了读起来比较顺口，就颠倒来用了。关于"慷慨"，我在讲《古诗十九首》"一弹再三叹，慷慨有馀哀"的时候讲过。现在我们认为用钱大方就是慷慨，古时候不是的。古时候用"慷慨"这个词是形容一种感情激动的样子，比如《史记》里讲到项羽被包围在垓下的时候就说："于是项王乃悲歌慷慨。"下面"忧思难忘"的"忧"，有的版本作"幽"。"幽"有幽深的意思，"幽思"就是内心深处的一种情思；"忧思"则是指那种人生苦短的哀愁。两个字都可以讲得通。那么，用什么东西来消除这种忧愁呢——"惟有杜康"。杜康是最早造酒的人，所以后来人们就把酒也叫作杜康。在中国古代，人们都认为酒是可以消愁的。中国最有名的喜欢喝酒的诗人就是李白，"李白斗酒诗百篇"（杜甫《饮中八仙歌》）嘛！可是你到李白的诗里去找一找看，他凡是说酒的时候都是在说愁。"五花马，千金裘，呼儿将出换美酒，与尔同销万古愁"（《将进酒》）；"抽刀断水水更流，举杯消愁愁更愁"（《宣州谢朓楼饯别校书叔云》），都是酒与愁。那是一种天才的寂寞和天才的失意。李白是一个天才，但他不是一个有排解办法的天才。陶渊明是一个有排解办法的天才，苏东坡和欧阳修也是，就连王安石在晚年都有自己排解的办法。但李白没有，所以他唯一的办法就只是喝酒。

"青青子衿，悠悠我心。但为君故，沉吟至今"——这真是一份诗人的才情！因为，最能够引起诗人感发的，就是那种怀思向往之情。那是最有诗意的一种感情。王国维在《人间词话》中说："《诗·蒹葭》一篇最得风人深致。""风人"，就是诗人。《蒹葭》

是《诗经·秦风》里的一篇："蒹葭苍苍，白露为霜。所谓伊人，在水一方。溯洄从之，道阻且长。溯游从之，宛在水中央。"琼瑶写过一篇小说，不是就叫"在水一方"吗？所谓"蒹葭"，就是水里边生长的那一大片芦苇。小时候在北京，院子里和门前是不许种芦苇的，认为它不吉祥。秋天看芦苇哪里是最好的地方？是陶然亭。那里非常荒凉，到处长满芦苇，还有一大片无主的坟墓。记得那儿有一块墓碑，上面刻了非常好的一首短诗："浩浩愁，茫茫夜。短歌终，明月缺。郁郁佳城，中有碧血。碧亦有时尽，血亦有时灭，一缕香魂无断绝。是邪非邪，化为蝴蝶。"写得真是非常之好！他说，我们的人生，有说不尽的忧愁；我们的世界，有说不尽的苦难。越是你喜欢的东西越是短暂的，所有美好的东西都是残缺的。这里有一个人，当年有过这样的才智和热血，有过这样的感情，却抱着这样的人生长恨而死去，埋在这个坟墓里边。古代有一个传说，说人死之后，倘若他有一种希望和理想没有完成，那么他的血几年之后就会化作一块碧——像玉一样的东西。可是，就算你化成碧了，它也会有消失的一天，你的血不用说，更是早就消失了。然而，你既然有过这样的聪明才智和美好的理想，你的精神就不应该消灭。那么你的香魂到哪里去了？"是邪非邪，化为蝴蝶。"这首诗，始终不知道谁是作者；这坟墓，也始终不知道是谁的坟墓。好，现在我们把感发拉回来，还是看这一片芦苇。《诗经》的《蒹葭》说，当秋天凉风起天末的时候，我所要追寻的一个人，就在水的那一边。我想要逆流而上去找她，那道路真是既难走又漫长；我想要顺流而下去找她，却看见她远远的好像就在我眼前的水中央。

我要追随她，但是却永远追不到她。诗人所要追求的是什么？他并不只是思念一个人，而是表现了一种怀思和向往的感情。他之所以说"所谓伊人"，那只是因为诗歌的表现要形象化，需要有一个具体的形象而已。而这里，"青青子衿"也是一个形象，他说那青青颜色的，就是你的衣衿。衿，是指衣服上的领和衿，古人的领和衿不像现在分开，而是一起连下来的。青，是一种很美丽的颜色，是"青青河畔草"的"青"。他说，因为我永远想念着你，所以也就永远记得你身上那青青的衣衿。你现在虽然离我那么远，但我的心已经一直追随你到那遥远的地方去了。《花间集》里牛希济有两句词，"记得绿罗裙，处处怜芳草"（《生查子》"春山烟欲收"），和这里有一些相似。这两句词说，我记得分别时你穿了一条绿色的罗裙，所以我无论走到什么地方，看到绿色的芳草，就引起一种怜爱的感情，因为那是你所穿的罗裙的颜色。这种感情，只能说和"青青子衿，悠悠我心"的感情有些相似，实际上却并不相同。为什么呢？因为牛希济这首词是写男女爱情的，写一个男子怀念一个和他离别的女子。他前边写了离别时的情景和这女子在离别时所叮咛的话，写得很具体、很现实。可是曹操这两句不然，他并没有把当时的情景写得这么具体，他也不是写男女的爱情。他说："但为君故，沉吟至今。""沉吟"，我们在讲《古诗十九首》"沉吟聊踯躅"的时候曾经讲过，即是沉思吟想的意思。当你凝聚起你的精神去想一个人的时候，你就把外界都忘记了，有时口中就念念有词，这就叫沉吟。那么曹孟德沉思吟想的对象是谁？你要知道，这就是他的诗很妙的所在了。因为"青青子衿，悠悠我心"两句也是从《诗经》里拿来的，它出于《郑风》的《子衿》。汉朝为《诗经》作传的本来有好几家，但是到了曹操所在的东汉末年，最流行的就只有《毛传》了。《毛传》在每首诗的前边都有一个序，是对诗的一个简单的解释。其中只有第一首《关雎》前边的序很长，叫作"大序"，后边每首诗的序就都很短，叫作"小序"。这首《子衿》前边的小序说："子衿，刺学校废也。乱世则学校不修焉。"就是说，这首诗所讽刺的是在乱世之中学校都荒废了，学生都不来念书了。"子衿"是指古代学生的制服，一般都是青色的，所以说"青青子衿"。那么我们现在就可以知道，"青青子衿"指的是男子不是女子，而且是尚在学生年龄的青年男子，这个青年男子是谁？那就要联系当时的历史背景了。当时是在赤壁之战的前夕，曹操在赤壁是要与孙权、刘备作战。所以有人就说，这"青青子衿"指的是孙权，还有一个人就是刘琦。刘琦是荆州牧刘表的儿子。刘表死后，刘琦的弟弟刘琮以荆州降曹，刘琦不肯投降，就投靠了刘备，联合孙权一起抵抗曹兵。曹操在这首诗中，表示了希望招此二人归附的意思。"青青子衿，悠悠我心。但为君故，沉吟至今"——我是如此真心实意地盼望你来归附于我，你们为什么迟迟不来呢？

而且曹操接下来又说："呦呦鹿鸣，食野之苹。我有嘉宾，鼓瑟吹笙。"这四句又是出于《诗经》，是《小雅》第一篇《鹿鸣》的开头四句。你要知道，《诗经》里边虽然也有感慨时代变乱或生活困苦的诗篇，可是无论《国风》还是《大雅》、《小雅》，它们开头的第一篇，都是写美好而不是写离乱的。《国风》的第一篇《关雎》是写夫妻间应该有和乐美好的生活，《小雅》的第一篇《鹿鸣》则是写君臣间也应该有和乐美好的生活。《鹿鸣》，是写君臣燕飨的诗篇，以鹿鸣起兴。"呦呦"是鹿的叫声，说是鹿发现山野之间有它喜欢吃的苹草，就发出快乐的叫声，招呼同伴们都来享用。而君臣之间呢，也不能整天只是搞政治，有时候也需要有一个宴会来放松一下。"我有嘉宾，鼓瑟吹笙"，这是国君的口吻。他说，我今天要宴请你们大家，不但为你们准备了美好的宴席，还准备了美好的音乐。而曹操引用这几句的意思是说，如果你们来归附我，我也要为你们准备这样美好的宴席，好好地招待你们，共享君臣之乐。你看，曹操这两处引用《诗经》用得都十分恰当。《郑风·子衿》说的是青年学子，而当时孙权和刘琦都在二十七八岁左右，曹操那一年是五十四岁，他是可以对年轻人这样说话的。至于《小雅·鹿鸣》，那是国君设宴招待群臣，在盼望和召唤之中隐然就定下了君臣的名分。

下边一章是："明明如月，何时可掇？忧从中来，不可断绝。"我前文曾提到，这首《短歌行》在不同的选本中，每段之间排列的次序有所不同，我们现在用的是《昭明文选》的排列次序。而《宋书》的《乐志》里边也记载了这篇《短歌行》。大家知道，曹操是东汉献帝时代的人。曹操死了以后，曹丕篡汉做了皇帝，就是曹魏。后来司马氏又篡了魏，就是晋。然后刘裕又篡了晋，就是刘宋。从这里你也可以看到，曹操这首《短歌行》流传了多么久！不但晋乐演奏它，刘宋时还在演奏它。而在演奏的时候，唱歌的人就把原诗的次序颠倒了，所以就产生了这些不同。"青青子衿"一段写的是怀思，"呦呦鹿鸣"一段写的是聚会。而现在"明明如月"

这一段，写的又是怀思。所以那些唱歌演奏的人就把两段怀思放在一起，认为先是怀思，然后是聚会，这样才通顺。但他们是不对的，不能这样放。因为，"青青子衿"所可能怀思的对象是孙权和刘琦；而"明明如月"所可能怀思的对象则是刘备。何以知道是刘备呢？因为紧接着这一段下边的"越陌度阡"一段，写的是刘备与曹操的关系。

前文曾提到，"青青子衿"所写的感情与晚唐五代牛希济所写的两句小词的感情有些相近，但又不像牛的小词那样写得那么具体，那么现实。可是，如果拿"青青子衿"和"明明如月"相比，那么"青青予衿"就又显得比较具体，比较现实了。因为，"青青子衿"所写的确实是人；而"明明如月"只是说天上的月亮。曹操说，你是这么光明皎洁，这么美好，就像天上的明月一样，何时可掇？"掇"是拾取的意思。他说，你明月那么高，我什么时候才能把你摘下来拿在我的手中？你看，这真是有些霸气。其实这都是他政治上对人才的招揽，可是他写得多么有诗情！刚才的"青青子衿"使我们联想到晚唐五代牛希济的小词，这"明明如月"也可以使人们联想到晚唐五代的另一句小词，就是温庭筠《菩萨蛮》的"玉楼明月长相忆"。他说是玉楼中的一个女子，每当看到天上的明月，就会引起她对所爱之人的怀想。看见明月就怀想所爱之人，这传统其实很久远。唐朝李白的《玉阶怨》也曾说："却下水晶帘，玲珑望秋月。"所谓"玉阶"，是指那女子所住的地方。李白这首诗也是写女子对所爱之人的盼望，因为这个人没有来，所以就产生了怨情。诗中对秋月的望，也就是对所爱之人的望，写得真是很好。

把所爱的对象比作明月，如此光明，如此皎洁，于是这种思念的感情也就产生了一种升华，显得如此高远。从这里，我们也可以看到曹操这个人真是一个有诗情的人，他不只是喜欢运用《诗经》，而且他的感情与五代小词的感情、与唐代诗人的感情，都有一些暗合之处。然而，这还只是表面一层的意思。事实上，这一段是写了他和刘备的关系。如果大家看过《三国演义》或《三国志》就会知道，刘备当年是卖草鞋的，很不得志，是曹操欣赏、认识了刘备的才干。《三国演义》上说，刘备被吕布打败，连两个夫人都被吕布俘虏走了，他无路可走，就投奔了曹操。曹操对他非常好，有一次两人青梅煮酒谈论英雄，曹操对刘备说："天下英雄，惟使君与操耳。"他说，普天之下，只有你和我两个人才称得起英雄。曹操当时身为汉相，很有权势，他说什么就是什么，汉献帝不敢不听。于是他就表奏刘备为豫州牧，并且亲自为刘备出兵，打败了吕布。曹操不惜代价，用心拉拢刘备，甚至对刘备的手下关羽也非常好，就是因为他非常欣赏刘备这个人才。曹操这个人是很不简单的，从建安元年他一掌权，就极力要收服天下的豪杰，使天下的人才为他所用。可是他对刘备白费了心思，有一次，他派刘备带兵出去打仗，刘备带着兵一出去就再也不回来了。当曹操放刘备出去的时候，他手下的谋士就对他说："丞相你做错了，刘备虽然在落魄失意时来投奔你，但这个人不是甘居人下的人，他一定会背叛你。"不过这时曹操后悔也来不及了，刘备一出去果然就建立起自己的势力和地位，成了曹操的一个重要对手。现在，刘备又与孙权联合起来抵抗曹操。可是曹操还是说："明明如月，何时可掇？忧从中来，不可断绝。"你是这么好的一个人才，什么时候才可以为我所用？每当我一想到你不属于我，我的内心就生出一种忧伤之情。

接下来仍然是叙述对刘备的这种怀思之情："越陌度阡，枉用相存。契阔谈讌，心念旧恩。""阡"和"陌"都是小路。有人说东西是阡，南北是陌，有人说南北是阡，东西是陌，这个我们不去管它。总之，阡陌就是泛指东西南北的道路。"存"，是关怀、慰问的意思。当初刘备打了败仗孤身去投曹操，是曹操不辞劳苦地出兵为他打败了吕布，为他接回了两位夫人。曹操说，难道我对你的一片关怀都枉费了心机吗？难道你就是这样来报答我吗？"契阔"两个字也是出于《诗经》，《诗经·邶风》的《击鼓》有一句"死生契阔"。这是一首写战争的诗，说是出征的士兵死生不保，和他的家人永远地离别了。《毛传》的注解说，"契阔"就是"勤苦"的意思，出兵打仗是在生死的危险之中辛勤劳苦地生活。宋朝朱熹的《诗集传》则认为，"契阔"是离别的意思，是说当兵的人这一走，也许生离就变成死别了。清朝有位学者王先谦写了《诗三家义集疏》，他说这"契阔"是一个约结。就是说，当兵的人虽然走了，可是他和他所爱的人订下了一个生死都不违背的约结。所以"契阔"有这三种不同的解释。至于曹操这个"契阔"，我以为可能有"离别"的意思，因为接下来的"谈讌"是说聚会。曹操和刘备不是有过青梅煮酒论英雄的聚会吗？现在他说，过去我和你有过离别，也有过聚会，我们彼此都应该珍惜旧日的那一份感情。所谓"心念旧恩"是从两方面来说的，是说你虽然曾背叛我，但我对你仍然有旧日那一份感情，而你也不应该忘记我从前对你的帮助和恩惠。

所以，按章法来说，"青青子衿"和"呦呦鹿鸣"这两章是一个段落；"明明如月"和"越陌度阡"这两章是另一个段落。两段都是怀思，但怀思的对象不同。前一段的怀思比较单纯，说年轻人你们就来归降好了，我要设一个盛大的宴会来招待你们。而后一段的怀思就比较复杂一些，叙及当年的交往和情谊，希望对方珍惜这一份旧日的情谊。这是我个人的看法。

曹操接着又说："月明星稀，乌鹊南飞。绕树三匝，何枝可依。"当时正是赤壁之战的时候，曹操在一个月明的夜晚在长江之上饮酒赋诗。月明的夜晚星星一定是稀的，这可能就是写眼前的实景。"乌鹊"，也是泛指天上飞的鸟。赤壁之战发生在秋冬的时候，而且这时又已经入夜。鸟本应早已栖宿归巢，找到自己夜间栖息的托身之所了，可是这些鸟还在飞。所谓"南飞"，是因为南方是温暖的，它们要找一个温暖的托身之所。"匝"是围。他说，这些鸟绕着树飞了一圈又一圈，但是"何枝可依"——有哪一棵树是可以托身的所在？中国古人常说："良禽择木而栖，良臣择主而事。"说一只好的鸟不会随便栖落在一个污秽肮脏的地方，它一定要选择一棵好的树作为栖息之所。传说中的凤凰就是非梧桐不栖，而这个鸟的形象所象征的就是，一个好的人才也不会随随便便去投靠什么人，他一定要选择一个贤明的君主来事奉。所以你看，曹操这几句虽然是写眼前的实景，其中却有深意。他的意思是说，你们这些有才干的人还在犹豫什么呢？你们要找一个贤明的主人，为什么不投奔到我曹孟德这儿来呢？只有我这里才是你们最好的归宿！

于是，直到最后一段，他才说出了自己的主旨："山不厌高，海不厌深。周公吐哺，天下归心。"这几句真是画龙点睛，读到这里你才知道，他前边所说的那些都是有用意的。只不过那时你看不出来，所以把那些慨叹人生短暂啦，写对于所爱之人的怀思啦，都看作一般诗人常有的感慨。可现在你才知道，他和一般的诗人是不一样的，而且我们还要注意，这"山不厌高，海不厌深"也有出处，它出于《管子·形势解》："海不辞水，故能成其大；山不辞土石，故能成其高；明主不厌人，故能成其众。"意思是说，海从来不拒绝水，所有的水都流到海里，所以海才会这么大；山从来不拒绝土石，所有的土石都可以落在山上，所以山才会这么高；明主也从不拒绝归附他的人，所有的人都来投奔他，所以他才拥有很大的力量。这里边，已经隐隐有一种实现霸业的雄才大志了。下边，"周公吐哺"又是一个典故。周公是周武王的弟弟，周成王的叔叔。武王死后成王年幼，周公辅政，平息了武庚的叛乱，并且制礼作乐，使天下大治，后代称为圣贤的典范。周公的儿子名叫伯禽，受封于鲁。《史记·鲁周公世家》记载说，当伯禽要到鲁地去的时候，"周公戒伯禽曰：'我文王之子，武王之弟，成王之叔父，我于天下亦不贱矣。然我一沐三捉发，一饭三吐哺，起以待士，犹恐失天下之贤人。子之鲁，慎无以国骄人。'"周公说，他在辅政的时候，从来不敢怠慢前来求见的贤士。如果在洗头发的时候有人来见他，他来不及把头发梳好，握着湿头发就出来见客。如果在吃饭的时候有人来见他，他来不及嚼完口中的食物，就把它吐出来出去见客。就这样，他还唯恐疏漏了国中的贤人。曹操在这里以周公自比，说我也像周公一样贤明，一样礼贤下士，因此所有的人都应该归心于我。

这就是曹操的《短歌行》，它在古今众多的诗歌中是很有特色的。因为，一般有诗人才情的人不一定有曹操这种雄图霸业的抱负；而有雄图霸业之抱负的人又不一定有诗人的才情。只有曹操具备了这双重的感情，所以他才能够写出这么好的一首诗来。

第四节　乐府叙事诗、悲愤诗、四愁诗

上一节，我们看了曹操的《短歌行》。钟嵘评价曹操的诗说："曹公古直，甚有悲凉之句。""古直"是指，曹操的诗是古朴的、不加雕饰的。那么什么是"悲凉之句"呢？那是一种气魄很大的悲慨，使人产生近于苍凉的感觉。比如《步出夏门行》的"东临碣石，以观沧海"、"秋风萧瑟，洪波涌起"，就含有一种包含宇宙的悲慨。这种悲慨，有他开阔博大的志意在里边。曹操的乐府诗写得很好，我们再看他的一首《苦寒行》，这首诗不做详讲，只是为了再体会一下他的那种古直和悲慨：

北上太行山，艰哉何巍巍！羊肠坂诘屈，车轮为之摧。树木何萧瑟，北风声正悲。熊罴对我蹲，虎豹夹路啼。谿谷少人民，雪落何霏霏！延颈长叹息，远行多所怀。我心何怫郁，思欲一东归。水深桥梁绝，中路正徘徊。迷惑失故路，薄暮无

宿栖。行行日已远，人马同时饥。担囊行取薪，斧冰持作糜。悲彼东山诗，悠悠使我哀。

这首诗，是建安十一年曹操北征高干时所写。开头两句"北上太行山，艰哉何巍巍"，没有任何雕琢修饰，一上来就直接说行军的艰苦。可是，他在直言之中就带有一种感动读者的力量，这么巍峨雄伟的大山，要付出什么样的代价才能够爬过去？接下来他说，那羊肠一样狭窄弯曲的山路，把战车的车轮都磨损了。而且北风怒吼着席卷过来，吹光了树上的叶子；山上到处都是野兽的叫声，吃人的大熊甚至就蹲坐在对面，瞪着我们这支行军的队伍。在这深山幽谷之中，你能找到一个居住的人家吗？根本就没有！只能看到漫天的大雪。"延颈"，是伸长了脖子向远处张望的样子。"怫郁"，是心中悲哀、不愉快的样子。他说，在这个时候，我就特别思念我的故乡和我的家人，这漫长的战争什么时候才能结束？我什么时候才能够休息，才能够回到东方我的故乡和我的家人身边呢？而这时候我们又遇到山中一条涧水，桥梁已经断了，大家站在山路上徘徊，不知道该怎么办。回去的路也找不到了，天已经黑下来，附近没有一个可以过夜的地方——说到这里我联想到，中国当代出了很多小说家，特别是上山下乡的知识青年小说家，他们写了很多小说，所写的内容大都是他们自身经历过的事情，是中国古人从来没有写过的。其中有一篇写大森林的，题目我记不得了，写的就是在山林之中迷路的事情，写得真是非常好。曹操在这里所写的艰苦行军生活，也是他自身真实的经历，所以才能写得如此动人。他说，我的心里虽然思念着家乡，可是我的马却向着和家乡相反的方向越走越远。天已经这么黑了，我们还没有找到一个可以休息的地方，不但人饿了，马也都饿得走不动了！下面他写士兵在深山冰雪之中埋锅造饭，说他们背着口袋去寻找干柴来烧火，没有水，就用斧子砍下冰块放在锅里融化，煮一些稀粥来吃。他说，他看到这些不由得就想起了《东山》诗，心中生出无限的感慨。《东山》是《诗经·豳风》里的一篇，内容是写远征的军人凯旋还乡，旧日传说是周公所写。所以"悲彼东山诗，悠悠使我哀"这两句暗含着两层意思。第一层意思是说，我什么时候才能够打赢这场战争凯旋？第二层意思是说，我什么时候才能像周公那样平定天下？什么时候才能建立周公那样的功业？这曹操真是处处以周公自比！可是，建安时期，天下大乱，群雄并起，哪里是一个人的力量可以平定的？一直到曹操死去，天下也没有平定下来。所以这也就是他产生悲慨的真正原因。他悲的是，这行军的道路如此艰苦漫长，而我的人生道路也是一样艰苦漫长，扫平天下的理想不能实现，这艰苦的战争生活也就永远没有一个终止的日子！所以你看，这真是英雄的诗。他的悲慨和一般诗人的悲慨是不一样的。

曹操的诗我们就讲到这里。下边在讲曹丕的诗之前，为了给大家一个诗歌历史发展的概念，我还要介绍另外的一些诗，这些诗都不做精讲，只是略读。首先我要提到的，是乐府叙事诗。我们不是提到过汉朝有乐府诗吗？乐府诗里边，有一部分本来是民间的歌谣，后来被乐府官署里的官吏配合了音乐来歌唱，就成了乐府诗。这些乐府诗，往往反映了社会生活的各个方面。比如乐府诗里有一首《西门行》，是反映人生短暂的；还有像《战城南》，是反映战争痛苦的；另外还有反映社会上所发生的各种情事的，如《孤儿行》、《妇病行》等。《妇病行》写一个母亲生病了，临死时跟她丈夫说，我死了以后你一定要好好对待我的小孩子。"属累君两三孤子，莫我儿饥且寒，有过慎莫笪笞，行当折摇，思复念之"，写得真是凄惨。另外还有一种，是写社会间男女情爱的。而这一类，有时候就有一个故事了。有的时候，民间发生了一个故事很感动人，于是大家就歌唱这个故事，就成了叙事的诗歌。所以说，叙事诗其实也来自乐府。前文曾提到，建安时期有一位女作家蔡琰写了一首很长的《悲愤诗》，把她自己的生平都写进去了。那不是一件偶然的事情，是因为当时已经有了可以产生这种长篇叙事诗的背景。一般说起来，中国古代的诗歌都是以抒情言志为主，比较缺乏长篇的叙事诗。不像西方，西方早期的诗歌是史诗，都是很长很长的故事。但是，中国虽然缺少长篇叙事诗，却也不是绝对没有。而这些长篇的叙事诗，往往都是来源于乐府诗的。我们先看这首《陌上桑》：

日出东南隅，照我秦氏楼。秦氏有好女，自名为罗敷。罗敷善蚕桑，采桑城南隅。青丝为笼系，桂枝为笼钩。头上倭堕髻，耳中明月珠。缃绮为下裙，紫绮为上襦。行者见罗敷，下担捋髭须。少年见罗敷，脱帽著帩头。耕者忘其犁，锄者忘其锄。来归相怨怒，但坐观罗敷。使君从南来，五马立踟蹰。使君遣吏往，问是谁家姝。"秦氏有好女，自名为罗敷。""罗敷年几何?""二十尚不足,十五颇有馀。"使君谢罗敷:"宁可共载不?"罗敷前置辞:"使君一何愚!使君自有妇,罗敷自有夫。东方千馀骑,夫婿居上头。何用识夫婿,白马从骊驹。青丝系马尾,黄金络马头。腰中鹿卢剑,可值千万馀。十五府小史,二十朝大夫。三十侍中郎,四十专城居。为人洁白皙,鬑鬑颇有须。盈盈公府步,冉冉府中趋。坐中数千人,皆言夫婿殊。"

他说,太阳从东南角出来了,就照在一家姓秦的楼上。这秦家有一个非常美丽的女子叫作罗敷。罗敷这个女子能够养蚕,每天要到城南的地方去采桑。诗中形容这个女子的美好,写得很妙。他并不去直接描写这个女子的眉毛、皮肤或眼睛有多么好看,而是描写她带着的一个采桑用的竹篮子,说那篮子上边系着青色的丝绳,而笼钩则是用桂树的树枝做的。这个女子,她用的东西都这么美好,人的美好就更不用说了。下面"头上倭堕髻,耳中明月珠",仍是从侧面写她的美。什么是"倭堕髻"?你看古代的女子,有的梳的是高髻,把头发高高地盘在头顶上,显得很庄严;而倭堕髻是梳得比较低的斜垂下来的一种发髻,与高髻不同,显得很浪漫、很有姿态。"明月珠"是一种宝珠,她的耳环上镶着很美丽的宝珠。"缃绮为下裙,紫绮为上襦",缃是杏黄的颜色,襦是上身穿的短袄,这女子穿着杏黄色的裙子,紫色的短袄。这是写她的服饰,仍不是写她的容貌。下面他说,走路的人看见了罗敷,放下担子就不走了,都站在那里捋着胡须望着她出神;少年人看见了罗敷,就摘下帽子来,把头巾重新整一整,尽量使自己显得整齐些;耕田的人看见罗敷就忘记了手中的犁，锄地的人看见罗敷就忘记了手中的锄，等到回来之后大家就彼此抱怨，说怎么今天什么工作都没做呢？那是因为只顾观看罗敷这个美女了。这几句写得真是很俏皮、很传神。

这些平民老百姓，虽然都觉得罗敷很美，但他们知道自己没有资格，也没有权力得到她，只能是远远地欣赏一下而已。可是现在就有一个"使君"出来了。"使君"，是东汉以来对州郡太守、刺史的称呼，是很有权势的地方长官。"使君从南来，五马立踟蹰"，他看到罗敷也停下车来不走了，这个使君，就不仅是远远地欣赏了。他觉得自己有权力得到这个女子，就派了一个手下人，说："过去问一问，这是谁家的女子长得这么漂亮？"下面就都是问答——问答，也是乐府诗的一个特色，它可以使诗显得很生动。于是旁边就有人回答了："秦氏有好女，自名为罗敷。"问："罗敷年几何？"回答说："二十尚不足，十五颇有馀。"大约是十六七岁的样子。"使君谢罗敷，宁可共载不？"这个"不"不能读bù，要读上声，念fǒu。"谢"就是问的意思，就好像我们要问别人什么事情，先说"excuse me"。这使君就派人去问罗敷说："我问你，你可以跟我一起上我的车吗？"下边罗敷就出来说话了："罗敷前置辞：'使君一何愚！'""置辞"，就如同我们现在所说的"致词"，就是表达你的意思，也就是说话。罗敷说，你这个做官的讲这种话就很不合理了，你有你的妻子，我有我的丈夫，你怎么能对我说这种话！底下一大段更妙，都是罗敷夸她的丈夫怎么好。她说，我的丈夫也是了不起的人物。如果你看见东边来了一大群人，那我的丈夫就是其中地位最高的一个，他骑的是白马，后边跟随的人骑的都是黑马。他的马尾上系着青丝，马头上套着黄金做的笼头，他的腰间挂着非常贵重的宝剑。"鹿卢剑"的"鹿卢"，通"辘轳"，是井上汲水用的滑轮。剑柄上缠绕着带子，形状很像井上的辘轳，所以就叫鹿卢剑。接下来她就开始背她丈夫的履历："十五府小史，二十朝大夫。三十侍中郎，四十专城居。""专城居"，那就是做了一个地方的领导了。下边更有意思，她说，我的丈夫皮肤还很洁白，长着疏薄的胡须，他不但容貌好，举止动作也好。每当上班的时候，他总是迈着轻盈舒缓的脚步到自己的办公室去。然后她说："坐中数千人，皆言夫婿殊。"在座的好几千人，都说我的丈夫是杰出的人才。这首诗到此戛然而止。夸了一大段她自己的丈夫，当然也就是拒绝了太守。很天真也很生动，这是乐府叙事诗的手法。

还有一首乐府叙事诗，辛延年的《羽林郎》，是写一个贵家豪奴调笑酒家女子，也遭到了这个女子的拒绝。书上的注解说，这一篇从风格及服装上考察，可能是东汉的作品，应该是反映当时社会现实的。东汉和帝的时候，窦宪做大将军，他的弟弟窦景做执金吾——执金吾是官名，大约相当于警察局长之类。这个人骄纵不法，他手下的人常常掠夺民间财物，强占民间妇女，官吏都不敢干涉，商人也很惧怕他们。这首诗，可能就是为控诉这个窦景而作的。但诗中说"霍家奴"，没有提姓窦的，这是因为作诗的人不敢明说，只好假托西汉的霍家。这种讽古刺今的方式，也是乐府诗里常用的。此外还有一首流传众口的最长的乐府叙事诗，那就是《焦仲卿妻》。这首诗写了一对夫妻，男的叫仲卿，女的叫兰芝，兰芝的婆婆不喜欢兰芝，逼迫她儿子把兰芝休弃掉。可是这夫妻二人感情实在很好，仲卿就对兰芝说，你暂时回娘家，我再慢慢想办法把你接回来。于是妻子就回到娘家。没想到回家后有很多人来给她提亲，兰芝是不想改嫁的，可是她哥哥逼着她改嫁，结果这个女子在结婚的当天晚上就跳水自杀了。她的丈夫仲卿得到消息后也在一棵树上上了吊。诗中说，这两个人死后被合葬，他们的坟上长出两棵树成为连理枝，有一对鸟常常在上边飞，每天都从夜晚一直叫到天亮。"行人驻足听，寡妇起彷徨。多谢后世人，戒之慎勿忘。"他说，人们对这件事都非常感动，希望后代的人再也不要犯同样的错误了。这首诗，反映的是中国古代婚姻不自由所造成的一个悲剧。

前文提到的《陌上桑》和《羽林郎》，是东汉时期的作品；而《焦仲卿妻》就比较晚，可能已经是魏晋时期的作品了。总而言之，在这一段历史时期中，流行的乐府歌谣中已经有了这一类叙事的诗歌，在这个背景下，就产生了蔡琰的《悲愤诗》。蔡琰的《悲愤诗》也是叙事诗，但与我们前边讲的那几首不同。前边那几首叙事诗都是用旁观者的口吻写的，蔡琰的这首诗用的是第一人称的口吻。这首诗写得真是非常好，不但很有气魄，而且把叙事、言情，还有说理，都结合在一起了。现在我们就把它看一遍。

"汉季失权柄，董卓乱天常。志欲图篡逆，先害诸贤良"，真是发大议论！一开头就写得很有魄力。汉末天下大乱，这一段历史我前文已经简单介绍过。那什么是"乱天常"呢？在人与人的关系之中，有一些是不可以改变的，比如君臣、父子、夫妇。这个叫"伦常"。由于这些关系永远不能改变，所以也叫"天常"。董卓想要篡位，这就是一种乱天常的行为。因此，他先要陷害朝廷里那些正直的大臣，以巩固自己的势力。"逼迫迁旧邦，拥主以自强"——这是指董卓逼迫汉献帝从洛阳迁都到长安那件事，我们已经讲过了。于是，关东诸侯就联合起来讨伐董卓："海内兴义师，欲共讨不祥。""不祥"，是"不善"的意思，指的就是董卓。"卓众来东下，金甲耀日光。平土人脆弱，来兵皆胡羌。"董卓的军队里边有许多羌、胡之人，这些西北游牧民族都是勇猛强悍的。"猎野围城邑，所向悉破亡"，那真是像打猎一样扫荡下来，没有攻不破的城池。"斩截无孑遗，尸骸相撑拒"，他们见人就杀，不留一个活下来的，地面上堆满了死尸。"撑拒"，是形容死尸一个压着一个的样子。"马边悬男头，马后载妇女。长驱西入关，迥路险且阻。"这些军队，见到男的就杀死，见到妇女就掳走，他们在中原杀掠之后，就经过函谷关向西而去。"还顾邈冥冥，肝脾为烂腐。"你们要注意这一句。人们常说杜甫的诗不避丑拙，经常写一些惨厉的现实，如"朱门酒肉臭，路有冻死骨"等。其实，杜甫是继承了传统的、从建安时代就有了的这种作风。"肝脾为烂腐"就是非常朴实的、不避丑拙的句子。"所略有万计，不得令屯聚。或有骨肉俱，欲言不敢语。失意几微间，辄言'毙降虏！要当以亭刃，我曹不活汝'"，是说所有这些被俘虏的人是不可以聚集在一起的，即使是和父母妻子儿女也不敢说一句话，假如你不能投合那些兵卒的心意，他们动不动就威胁说要杀死你。"岂敢惜性命，不堪其詈骂。或便加棰杖，毒痛参并下。旦则号泣行，夜则悲吟坐。欲死不能得，欲生无一可。"这都是蔡琰自己的经历，她和这些被俘虏的人白天流着泪被军队押着走，夜晚彻夜哭泣，不能安眠，一路上受尽了虐待，既没有生的乐趣，也没有死的自由。"彼苍者何辜，乃遭此厄祸？"她说，上天哪，我们犯了什么罪过，竟遭遇到这样的灾难？这是这首诗的第一段。

第二段她说："边荒与华异，人俗少义理。处所多霜雪，胡风春夏起。翩翩吹我衣，肃肃入我耳。感时念父母，哀叹无终已。"这是已经到了北方的胡地了。蔡琰落到匈奴人之手，被迫嫁给了匈奴的左贤王。可是胡地与中华风俗道德不一样，他们是不讲礼法的，而且胡地常年是寒风大雪的天气，这些都使作者更怀念自己的父母家人，终日伤心忧愁。"有客从外来，闻之常欢喜。迎问其消息，辄复非乡里。"有的时候从外地来了客人，这些被迫留在匈奴的人就赶快去打听消息，但客人并不是从自己家乡来的，根本就不知道家乡亲人的消息。下面她说："邂逅徼时愿，骨肉来迎己。己得自解免，当复弃儿子。"蔡琰在胡中十二年，嫁给了左贤王，生了两个儿子，这一段经历她都跳过去没有讲。她只是说，我很幸运地碰到一个偶然的机会，我故乡的亲人终于来接我。这是指曹操派人到匈奴来赎她的事情。曹操和蔡琰的父亲蔡邕是好朋友，蔡邕已死，曹操痛其无嗣，才派使者赎回蔡琰，让她嫁给董祀。那么蔡琰现在本可以结束在胡地所受的苦难返回故乡了，可是匈奴又不允许她把自己的儿子带回去，这又给她造成新的痛苦："天属缀人心，念别无会期。存亡永乖隔，不忍与之辞。"什么是"天属"？儒家是注重伦理的，伦理的关系有所谓"天伦"，有所谓"人伦"。像父子啦，兄弟啦，这种你天生来就有的关系是天伦。像夫妻啦，朋友啦，这种你后天才有的关系是人伦。"天属"就是天伦，这里指的是母子关系。母亲对儿子的关怀，那是心连心的，但从此一别之后，就再也没有见面的机会，恐怕连彼此的生死存亡都不知道了，我怎么能忍心就此离别呢？"儿前抱我颈，问'母欲何之？人言母当去，岂复有还时？阿母常仁恻，今何更不慈？我尚未成人，奈何不顾思！'"这是她儿子抱着她的脖子所说的话，而她则是"见此崩五内，恍惚生狂痴。号泣手抚摩，当发复回疑"，听到这些话，觉得五脏都崩裂了，几乎要发狂发痴，已经到了出发的时候，却又怀疑自己到底该不该离开儿子回老家去。而且还不止如此："兼有同时辈，相送告离别。慕我独得归，哀叫声摧裂。"真是一片号泣之声，以致"马为立踟蹰，车为不转辙。观者皆歔欷，行路亦呜咽"，连马都被感动了，连车轮都不肯转动了，连旁边的胡人也忍不住为之流泪！到这里，是诗的第二段。

　　"去去割情恋，遄征日遐迈。悠悠三千里，何时复交会？念我出腹子，胸臆为摧败。"尽管如此悲伤，毕竟不能不走。她说，我割断了这母子之情，一天比一天走得更远，胡地和中原相隔数千里，我和我的儿子后会无期，但这是我亲生的儿子啊，想起他们我的心肝都摧裂了！离开了儿子，本来是想回到家乡能和父母兄弟姐妹见面，可是"既至家人尽，又复无中外。城郭为山林，庭宇生荆艾。白骨不知谁，纵横莫覆盖"。在战乱之中，父母兄弟姐妹都死了，姑表的亲戚也都找不到了；过去住的城市现在都成了郊野；过去住的房子，里边都长满了荆棘野草；地上到处是无主的尸骨，就那样东一个西一个地躺在地上，没有人把它们掩埋起来。"出门无人声，豺狼号且吠。茕茕对孤景，怛咤糜肝肺。""茕茕"，是孤独的样子；"景"，读如"影"；"怛咤"，是叹息的声音；"糜"，是碎烂的样子。故乡还是自己的故乡，可是一个亲人都没有了，我孤身一人，形只影单，那种悲痛使肝肺都要碎烂了！"登高远眺望，神魂忽飞逝"，因此我登高远望，想念留在胡地的儿子，我的精神和魂魄好像一下子就飞回到那边。"奄若寿命尽，旁人相宽大。为复强视息，虽生何聊赖？""奄"，是指气息微弱的样子。旁人纷纷来宽慰她。"视息"，视是说眼睛还能够看，息是说还能够呼吸。她说，我就是这么勉强地留着一口气在，可是这么活着又有什么意味呢？"托命于新人，竭心自勖励"，这是指曹操安排她改嫁给董祀。她说，我只好把生命托付给这个人，我希望尽我的心，努力做得更好一些。可是，"流离成鄙贱，常恐复捐废"。她说，由于我经历了这样的流离，结过两次婚，也许人们就很看不起我，我常常怕我新的丈夫再抛弃了我。所以，"人生几何时，怀忧终年岁"——人的一生本来就很短，而我却经历了这么多痛苦，而且今后一直到死也休想摆脱这些忧愁痛苦！

这就是《悲愤诗》。作者虽然是个女子，但这首诗放在激昂发扬的建安诗歌中是毫无愧色的。蔡琰流传下来的作品并不多，所以大家常常忽略这个作者。很多人知道李清照，却不知道蔡琰。然而我觉得，她实在是很有深度的一个杰出的作者。

下一讲我将介绍曹丕的《燕歌行》。一般认为，那是中国最早的七言诗。七言诗的形成，是有一个过程的。《诗经》里边的诗以四言为主，虽然也有七言句，但不是七言诗。《楚辞》有"骚体"，一般是六个字，结尾加个"兮"字，然后再六个字；还有"楚歌体"，一般是三个字，中间加个"兮"字，然后再三个字。这样看起来，"楚歌体"基本上就是七个字的句子，然而它也不是完整的七言，因为这七个字里边有一个语助词"兮"字。汉乐府里有很多五言的句子，影响了后来的五言诗。五言诗一般是二、三的停顿。如《悲愤诗》的"汉季——失权柄，董卓——乱天常，志欲——图篡逆，先害——诸贤良"，每一句都是二、三的停顿。所以说，五言诗已经形成了一个"二、三"的节奏。而在前边再加上两个字，变成二、二、三的节奏，就是七言的句子了。因此，七言实际上是把楚歌体七个字的体裁和五言二、三的节奏结合起来形成的，可是真正的七言诗却出现得很晚。汉武帝《柏梁台联句》是七言，但后世已有人考证出它是伪作。汉朝写七言的人很少，有一个人写过，那就是张衡。张衡的《四愁诗》也不能算真正的七言诗，然而倘若我们要了解七言诗发展和形成的经过，张衡的《四愁诗》却是一个最好的例证。从《四愁诗》里边，我们可以清楚地看到他把楚歌体七个字的体裁和五言诗二、三的节奏结合起来形成七言的过程。因此我认为，张衡对中国诗歌的发展实在是做出了很大的贡献，他的《四愁诗》正是从"楚歌体"、五言诗发展到七言诗的过渡作品。所以，在中国诗歌的发展史上，《四愁诗》是非常值得注意的四首诗。

张衡在文学上和在科学上都是一个了不起的天才，他的赋最有名，写过很长的《二京赋》，然而更值得注意的是他的短赋。本来，两汉的作者很多人都写长篇的大赋，像班固写过《两都赋》，也是描写都城的，写了都城的物产、形势、山川等等，用的都是铺陈的方法。然而，运用赋的体裁来抒情，写成短篇的小赋，这是从张衡开始的。张衡写过《归田赋》等短赋，后来就有很多人也写这种短篇的抒情小赋了，像王粲的《登楼赋》等，都是受了张衡的影响。这说明，这个人确实是一位有创造性的作者。张衡不但是赋写得好，诗也写得好。他写过《同声歌》，是一首非常好的五言诗，再有就是《四愁诗》了。《四愁诗》不但写得好，而且同样富有创造性，它是七言诗的滥觞。在科学上，张衡的创造发明大家都知道，那就是浑天仪和地动仪。在两千多年前有这样的科学发明，那真是非常了不起的。你要知道，有第一流的科学家，也有二三流的科学家。只知道A+B＝C，总是跟在人家后边走，那是三流的科学家。而一流的科学家都是富于创造性的天才，他们往往兼有一种文学家的敏锐的直感，或者说，是一种联想和感发的能力，所以他们才能够创造出别人想不到的东西。据说牛顿看见苹果掉在地上就联想到地心有吸引力；瓦特看到开水壶的盖子就发明出蒸汽机，别人怎么就想不到呢？这里边都包含有一种直感的能力。张衡作为一个科学家，他有文学家的直感；作为一个文学家，他又有科学家的反省和理性。所以他能给自己找到一条正确的道路，他知道哪条路前人已经走过了，哪条路自己还可以走。这种天才，是感性与理性兼长并美的天才。中国文学史上有几个这样的天才，张衡是一个，我们下讲要讲的曹丕是一个，清末民初的王国维也是一个。现在，我们就来看一看张衡的《四愁诗》：

　　　　我所思兮在太山，欲往从之梁父艰。侧身东望涕沾翰。美人赠我金错刀，何以报之英琼瑶。路远莫致倚逍遥，何为怀忧心烦劳？

我所思兮在桂林，欲往从之湘水深。侧身南望涕沾襟。美人赠我金琅玕，何以报之双玉盘。路远莫致倚惆怅，何为怀忧心烦伤？

我所思兮在汉阳，欲往从之陇阪长。侧身西望涕沾裳。美人赠我貂襜褕，何以报之明月珠。路远莫致倚踟蹰，何为怀忧心烦纡？

我所思兮在雁门，欲往从之雪纷纷。侧身北望涕沾巾。美人赠我锦绣段，何以报之青玉案。路远莫致倚增叹，何为怀忧心烦惋？

在张衡的时代，"楚歌体"是前代流传下来的旧的体裁，五言诗是当时流行的新体裁。而在这四首诗里，每首的第一句都是楚歌式的句子；后边那些句子，则隐然含有五言诗"二、三"的节奏。他把当时旧的东西和新的东西都结合起来了，从而形成了七言诗的初步轮廓。而且，我说这四首诗好，还不仅仅在于他这种新的创造。这四首诗，确实有一份感发的生命在里边，因为这四首诗表现了一种追寻的感情。在讲《短歌行》的时候我曾说过，那是一种最有诗意的感情。另外，大家一定已经注意到了，他的每一首意思都差不多，只是中间换了几个字。这是《诗经》的办法，《诗经》里就经常使用重章叠句。重复，有时是不好的，但有时又是好的。因为重复往往能够很好地表现那种千回百转、反复思量的情意。他说

"侧身东望"、"侧身南望"、"侧身西望"、"侧身北望"，那东南西北并不是确指哪一个方向，而是表现他那种不肯放弃、不辞辛苦的追寻，大致就如同屈原《离骚》中"路漫漫其修远兮，吾将上下而求索"的那种追寻的感情。"我所思兮在太山，欲往从之梁父艰"，第一句说的是追寻，第二句说的是追寻的艰难。下边几首的开头两句也是一样。要知道，所谓"太山"、"桂林"、"汉阳"、"雁门"，以及"梁父艰"、"湘水深"、"陇阪长"、"雪纷纷"等，所表现的都不是事实，而是一种象喻。有人问"梁父"是什么意思。"梁父"是山名，是泰山前边的一座山。你要去泰山，必须先越过梁父。所以它在这里所象喻的是在我和我的追寻目标之间的阻隔和艰难。唐朝李白写过一首《梁甫吟》："长啸梁甫吟，何时见阳春？"他说，我高声歌咏我的《梁甫吟》，在我的生命中，什么时候才能够见到那阳光美好的春天？据说，诸葛亮也好为《梁甫吟》。有人认为，《梁甫吟》是慨叹人生的短暂无常。可是从张衡的诗和李白的诗来看，他们都是写在追寻之中的阻隔和艰难。既然这追寻是如此艰难，那么接下来呢？就是他求而不得的悲哀了——"侧身东望涕沾翰"。"翰"，在这里指的是笔。他说，当我侧身东望泰山的时候，我的眼泪就流下来沾湿了我手中的笔。"美人赠我金错刀，何以报之英琼瑶。"这"金错刀"啦，"英琼瑶"啦，还有后边的"金琅玕"啦，"双玉盘"啦，也都不是写实而是象喻。说是我和我的追寻目标之间，彼此都有一种默契的反应，有一种相互的酬答。她把最好的东西送给我，我也把最好的东西回报给她。然而，虽然双方都有这种好意，可是"路远莫致倚逍遥，何为怀忧心烦劳"？这个"倚"字是语助词，通"猗"，相当于"啊"；"逍遥"，现在我们一般认为是自由自在，可是古人所说"逍遥"，是一种徘徊游荡、无所归依的样子。我希望和我追求的人在一起，可是实际上我们之间离得这么远，我不能够真的和她在一起。这首诗写的就是这种追寻而又不能够得到的感情。所以你们看，这美人的象喻、这追寻的主题，绝对是受《楚辞》的影响。而那种感情与句法的重复，则是《诗经》的特色。而且前文我也讲了，这四首诗结合了楚歌体的形式和五言诗的节奏，所以正是从楚歌体过渡到七言诗的一个桥梁。这就是《四愁诗》在文学发展史上价值和意义的所在。

张衡的诗流传下来的不多，但他在中国文学发展史上的地位是很重要的，而且他是一个理性和感性兼长并美的天才。从宏观角度来看中国文学发展的历史，你会发现，有一些文学体式是大众化的，是在民间不知不觉地形成的。五言诗就是如此。可是还有一些文学体式，像七言诗，则是由文学的天才创造出来的。也就是说，时势造英雄，英雄也造时势。一个天才，他能在大众的潮流中看出一条更新、更广的道路。这种眼光，是一般人没有的。而且，在这条新的道路上，一般人也往往需要经过一段时间才能够跟上来。所以，尽管在东汉时代张衡的尝试已经使诗歌有了向七言诗发展的可能，可是和张衡同时代的人都没有这种作品。那么下一个跟上来的人是谁呢？就是下节要讲的曹丕了。

第五节　曹丕之一

讲到魏文帝曹丕，我想请大家看一些参考资料，首先是钟嵘《诗品》中对曹丕的批评和对曹植的批评，其次是刘勰《文心雕龙》的《明诗》和《才略》中所提到的关于曹丕和曹植的话，还有就是王夫之《薑斋诗话》里对曹丕和曹植两个人的比较。

在钟嵘的《诗品》里，曹丕的诗排在中品。《诗品》卷中的前两个人是秦嘉、徐淑夫妇，第三个人就是魏文帝。而他的弟弟曹植呢？却排在上品。《诗品》卷上的第一个是《古诗十九首》，第二个是李陵，第三个是班婕妤，第四个就是曹植。可是你要知道，《古诗十九首》的作者是不知姓名的，李陵诗有人认为是伪托之作，班婕妤的诗也有人认为不见得是她本人所作。那么，曹植就成了上品中第一个真正可信的作者。而且，《诗品》对曹植的那种赞美，真可以说是推崇备至。在整个《诗品》里边，得到赞美的话最多的一个诗人就是曹植。所以很显然，《诗品》认为曹丕不如曹植。而另外那两家的评语呢？刘勰的《文心雕龙》认为这两个人各有长短；王夫之的《薑斋诗话》则认为，曹丕比曹植好得多。

在中国的诗歌里面，有一类是属于纯情诗人的作品，有一类是属于理性诗人的作品。在词人中，李后主的作品属于前者，晏殊的作品属于后者。那么巧得很，我们现在要开始讲的曹丕和接下来要讲的曹植，也恰好是这么两种不同的类型。曹丕比较接近理性诗人的类型，曹植比较接近纯情诗人的类型。这两个人的风格是不一样的。所以，我在讲《诗品》、《文心雕龙》和《薑斋诗话》对曹丕的批评之前，先要对曹丕这个人做一些简单的介绍。

曹操做到魏王，他宫中的姬妾自然是很多的，他的儿子也不少。而曹丕和曹植乃是同母兄弟，他们的母亲是卞夫人，也就是卞皇后。后来曹丕做了皇帝，她就称为太后了。卞夫人有四个儿子，最大的一个是曹丕，下面依次是曹彰、曹植、曹熊。在我们中国历史上，经常可以看到一门父子都是出名的人物，比如宋朝的"三苏"，父亲苏洵、哥哥苏轼、弟弟苏辙，父子三人都以文学著名，这可能与遗传有关，同时也与家庭教育有关。这些家庭的母亲，往往都是很了不起的。像苏东坡，他的父亲喜欢到外边去访友求学，经常不在家中。所以苏东坡小时候就跟他母亲念书，有一次就读到《后汉书》的《范滂传》。这范滂是东汉很有名的人物，因反对宦官而被杀。《范滂传》中说，当范滂被逮捕时，他对他的母亲说："我是不怕死的，但我死之后，丢下母亲在堂不能奉养，心里觉得很不安。"他的母亲就说："一个人怎么能够既得到令名又得到富贵寿考呢？你能够这样去死，死有何憾！"读到这里，苏东坡就问他的母亲："将来我如果做范滂，你能够做范滂的母亲吗？"苏东坡的母亲说："你要是真能做范滂，我当然能做范滂的母亲！"所以你看，母亲的教育，对一个人实在有很大的影响。那么曹丕的母亲卞夫人是怎样一个人呢？她本来是一个倡家女子。曹操这个人，年轻的时候行为是不很检点的，他喜欢音乐，喜欢歌诗，也常常和倡家女子来往。他娶了卞夫人只是做一个姬妾，并不是他的正室夫人。可是当董卓作乱的时候，曹操起兵讨伐董卓，由于势力孤单而失败了，只好隐姓埋名逃跑，因而与家中消息隔绝，于是就有人造谣说曹操已经死了。他手下的那些人信以为真，就要四散离去。这时卞夫人就站出来说："曹君虽然踪迹不明，但生死未可知。假如你们现在散去，万一有一天他回来的话，大家有什么面目和他相见呢？即使真的不幸，我们不过是一起死而已，有什么了不起的！"因此大家就没有散去，而曹操果然也就回来了，而且成就了大事。所以曹操非常看重卞夫人，认为她是一个有见识的女子，在建安初年立卞夫人为继室，并且把已故姬妾所生的儿子也都交给她去教养。曹操这个人本来是文武双全的，所以曹丕兄弟都从小就受到了很好的教育和训练，这在曹丕自己的文章中也有记叙。曹丕的作品散失得很厉害，《新唐书·艺文志》记载说有十卷，但到《宋史·艺文志》的记载就只有一卷了。清代严可均编了一部《全上古三代秦汉三国六朝文》，其中收集了曹丕的文章四卷。曹丕曾写过很多篇《典论》，到现在留传下来的最有名的是《论文》和《自叙》两篇。他在《自叙》中说，汉末天下大乱，那时他只有五岁，父亲就教他射箭，六岁就教他骑马，八岁时他就精通骑射了，经常跟着他的父亲到各地去征战。而且历史记载，魏文帝八岁时就能够写文章，后来又博通经史诸子百家之书。顺便说一句，曹丕这个人确实是多才多艺，三国时代流行一种游戏叫弹棋，据说曹丕可以用手巾的角来弹，弹无不中。后来，在建安十六年，曹丕就以五官中郎将兼副丞相，那一年他只有二十五岁。建安二十二年他被立为魏太子。曹操死于建安二十五年，而在曹操死后不久，曹丕就篡汉做了皇帝。

现在我们后人讲曹魏之代汉，用了一个"篡"字，但在当时不叫篡，叫作禅让。因为据说尧曾让位给舜，舜又让位给禹。所以，禅让乃是三代的盛事。可是自从汉魏以来，历代就有不少人假禅让之名，行篡夺之实。但你要知道，这里边其实是有一点点分别的。后人在篡夺的时候，一定要把被迫禅位的那个皇帝置于死地，比如晋恭帝禅位给刘裕之后，他们拿毒酒给恭帝喝。恭帝不肯喝，他们就用一个土囊把他的头按住，闷死了他。南唐的李后主已经投降做了俘虏，后来还赐了牵机药把他毒死。如果这样比较起来，你就可以看出，魏文帝在所有那些篡夺天下的人之中，还要算是一个不失仁厚的人。魏文帝把汉献帝废了之后封他做山阳公，给他一万户人家的封地，准许他行汉正朔，以天子之礼郊祭，上书不称臣。汉献帝是得到善终的，他禅位后又活了十四年之久，一直到魏明帝的时候才病死。当曹丕的新朝建立起来之后，很多汉廷的旧臣都归向新朝，但有一个老臣叫作杨彪，坚决不肯做曹魏的官。一般的篡位者，对不肯归附自己的人是一定要杀死的，可是曹丕没有杀杨彪，而且始终以礼相待。所以，明末张溥在《汉魏六朝百三家集题辞》中评论曹丕说："至待山阳公以不死，礼遇汉老臣杨彪，不夺其志，盛德之事，非孟德可及。"还评论他的篡汉说，"当日符命献谀，玺绶被躬，群众推奉"，那是因为"时与势迫"，不能完全归罪于他本人。

魏文帝在即位后，曾下了《息兵诏》，下了《薄税诏》，下了《轻刑诏》。他实在是一个很有理想的皇帝，希望能够把天下治理得更好。但是很可惜，他只做了七年的皇帝就死了，死的时候只有四十岁。

虽然我在后边将对曹植做专章的介绍，可是在讲魏文帝的时候，我们也必须把他和曹植做一个比较，才能够更好地理解魏文帝和他的作品。曹丕和曹植虽然是亲兄弟，但两人的才性并不相同。曹丕是一个有反省、有节制的人，而曹植却是一个任性纵情的人。一般人认为曹植的文学成就比曹丕高。据说曹操建筑了铜雀台，让大家作赋歌颂，这曹子建所写的《铜雀台赋》当场就压倒了所有的人。有一段时间，曹操几乎考虑要不要让曹植做他的继承人了。可是，曹植做了几件事情使曹操很失望。有一次，他"乘车行驰道中，开司马门出"。这司马门是皇宫的外门，平时是不可以开的。但曹植是魏王的儿子，他一定要开，人家不敢不开。曹操知道了十分震怒，杀死了负责看守司马门的官员。当然，这个人是该当倒霉，替曹植顶了罪了。还有一次，前方打仗失利，曹操想派曹植去救援，但曹植喝酒喝得大醉，曹操只好作罢。曹植做事是没有反省，没有节制的，所以他作为诗人也是属于纯情的一类，有点儿像李后主。纯情的诗人大半都是心随物转，被外界的环境所左右。就是说，这一类人在顺利的环境中，生活上和感情上就很放纵；可是一旦遇到挫折，他就沉溺在深深的哀伤里边。李后主是如此，曹子建也是如此。曹植的诗分成前、后两期，早期写得任纵飞扬；而当他的哥哥曹丕做了皇帝以后，他被封在外边做一个王，平时不许到首都来，还受到很多严格的限制，这时他所写的诗就非常哀怨。他的诗以才与情取胜。所谓情，就是他那种不加反省和节制的、真率的感情；所谓才，就是他驱使辞藻的能力。

可是曹丕完全不是这样的，曹丕的诗是以感取胜。什么叫以感取胜？这话很难说清。可是我认为，这"以感取胜"，才真正是第一流诗人所应该具有的品质。所谓"感"，指的是一种十分敏锐的诗人的感觉。就是说，你不一定需要遭受什么重大的挫伤或悲欢离合，仅仅是平时一些很随便的小事，都能够给你带来敏锐的感受，也就是诗意。这是一种十分难得的诗人的品质。而曹丕显然就具有这一种品质。读曹植的诗可以发现，他的好处能够被人清清楚楚地看到。他那美丽的辞藻、他那飞扬的或者哀怨的情意，都是具体可见的。而曹丕诗中的好处，却是一种很难说清楚的好处，所以王夫之说曹丕和曹植相比有"仙凡之隔"。因为"凡"是一般人可以学习达到的，而"仙"就不是一般人所能及的。《诗品》之所以抬高曹植，也正是因为他的风格适合了文学演变的潮流和后人学习的需要。

曹丕写过一篇文章叫"与吴质书"。吴质是曹丕一个要好的朋友，这个人《三国演义》上也提到过。说是曹丕和曹植争夺地位的时候，曹丕想找吴质帮他出主意，又不能让曹操知道，就让人把吴质藏在一个大篓子里抬进宫去，假说篓子里装的是丝绢。曹植手下的人知道了这件事，就到曹操面前去打报告。曹丕的消息也很灵通，他知道曹操晓得了这件事，第二天就又抬了一个篓子进宫。曹操派人检查，这一回篓子里真的都是丝绢，于是曹操就认为曹植那些人是故意陷害曹丕。但我这里还不是要说他们兄弟之间争夺地位的事，我是要说，曹丕写给吴质的这封书信，真是一篇很漂亮的好文章。其中有一段是这样的：

浮甘瓜于清泉，沉朱李于寒水。白日既匿，继以朗月。同乘并载，以游后园。舆轮徐动，参从无声。清风夜起，悲笳微吟。乐往哀来，怆然伤怀。

这是回忆他和朋友们过去的一段生活。古时候还没有冰箱，古人在炎热的夏天就把水果浸在清凉的水里。他说，白天的饮宴很快就过去了，但太阳沉下去还有月亮，于是我们几个人就一起坐车到后园去游览，当车轮慢慢转动的时候，随从的侍卫都小心翼翼，不弄出一点儿声音来，就这样静静地在花园里走。可是，一阵夜风吹来，带来远处低低的吹笛声，他说这时候我的内心之中忽然就产生一种说不出来的哀伤。这种感情，真是很难讲！有的感情是比较容易说出来的，如曹子建被封到外边做王之后，他希望回到朝廷里来，可是他的哥哥和侄子都不准许他回来，所以他就悲慨；他和白马王彪不能同行，必须分离，所以他就哀伤。这都可以理解。可是曹子桓现在写的是这么美好的事情，是他和朋友们愉快的游乐，他为什么悲哀呢？这就是很难讲清的一种诗人的感受了。曹丕还有几句诗也表现出这种敏锐的感受："高山有崖，林木有枝。忧来无方，人莫之知。"（《善哉行》）他说，高山之上一定有高起的山头，林木之中一定有林木的树枝，可是我的忧愁袭来的时候从来就没有一个方向，我根本就说不清它们是怎么来的！

对于曹植来说，当发生什么不幸的时候，他可以有非常强烈的反应。而曹丕却是在那些人人都不留意的细微的小事之中，能够有非常敏锐的感受。而且，他有反省，有节制，不是像曹植那样完全发泄出来，因此就能够引起读者的寻思和回味，于是就产生了"韵"。所以说，曹丕的诗，是以"感"与"韵"取胜的。

钟嵘《诗品》把曹丕排在中品，并批评说，曹丕的诗"率皆鄙直如偶语。惟'西北有浮云'十馀首，殊美瞻可玩"。"偶语"，就是两个人相对讲话。他说，这些诗都太俗、太朴实，就像人们平常相对讲话一样，只有那十几首《杂诗》写得还算可以。那么钟嵘又是怎样批评曹植的呢？他说曹植是：

> 骨气奇高，词彩华茂。情兼雅怨，体被文质，粲溢今古，卓尔不群。嗟乎！陈思之于文章也，譬人伦之有周、孔，鳞羽之有龙凤，音乐之有琴笙，女工之有黼黻。俾尔怀铅吮墨者，抱篇章而景慕，映徐辉以自烛。故孔氏之门如用诗，则公干升堂，思王入室，景阳、潘、陆，自可坐于廊庑之间矣。

这是《诗品》批评文字中最长的一段了！什么是"骨气奇高"？所谓骨者，是叙述的口吻和结构，也就是说把内容的情意与表现的文字结合到一起，使它能够站得住。所谓气者，是指作品中表现出来的一种气势的力量。这气和骨是结合在一起的。唐朝韩愈曾经把气比作水，把言比作水中的浮物。他说，如果你的气盛，那么你的言之短长与声之高下皆宜。在讲完曹丕之后，我将讲曹植的一组诗《赠白马王彪》，那时我们会看到，他的每一首诗之间，在口吻和结构上都有呼应，都是连贯的，从而产生了一种很强的气势。而且，曹植的文字很美，有很多漂亮的对偶的词句，这是"词彩华茂"。什么叫"情兼雅怨"呢？司马迁曾经说过一句话："《国风》好色而不淫，《小雅》怨诽而不乱。"（《史记·屈原贾生列传》）因为《诗经》的《国风》有很多是从各地采集的民歌，其中就有不少是写男女爱情的内容；《诗经》的《小雅》有很多首诗反映了时代政治上的弊病与民生的不幸，里边自然有一种不满意的哀怨。可是《国风》尽管写男女爱情，却不至于发展到放纵淫乱的地步；《小雅》虽然写不满意的情绪，却也是有节制的。这就叫作"好色而不淫"和"怨诽而不乱"，这是中国古人所提倡的一种"温柔敦厚"的诗教。曹子建抑郁不得志，内心当然有很多哀怨。可是在中国的封建社会里，你要是对天子不满意，是不能直接写在书里的。曹植的诗里边有一组《七哀诗》，他把这些哀怨都借女子为喻托表现出来，虽然是写哀怨，但写得都很美丽、很含蓄、很有文采，所以钟嵘说他"情兼雅怨，体被文质，粲溢今古，卓尔不群"。"陈思"就是指曹植。曹植被封为陈王，死后谥为思，所以后世称他为陈思王。说到陈思王在文学上的地位，钟嵘用了一连串的比喻，说他像人中的周公、孔圣，像飞禽走兽中的龙和凤凰，像音乐中最美好的琴与笙，像女工中最精美的刺绣。他说，曹子建使得后来那些做文章的人仰慕得不得了，都要借他的一点儿光亮，意思是说都要学习他的字句和文采。钟嵘还说，假如孔老夫子用诗歌作标准来衡量他的学生，那么公幹，就是刘桢，刚刚登上外边的大堂，而陈思王已经进入内室了。至于张协、潘岳、陆机等——这是西晋太康时代最出名的几个诗人——都可以坐到两廊去。好，这就是齐梁时代钟嵘的看法。

　　人们常常说这样两句话："不怕不识货，只怕货比货。"所以你买东西不要完全相信广告上的说法，一定要多看几家的货用来比较。现在我们欣赏诗歌也是如此，只看一首诗怎能知道他的好坏？你一定要比较，而且一定要找时代相近的、作用差不多的或作风截然不同的诗人来对比。只有经常做这样的比较，才能够培养我们欣赏判断的能力。现在我们恰好就可以用曹植来和曹丕做一个比较。钟嵘《诗品》是把曹植抬得很高，把曹丕贬得很低的，其主要原因在于钟嵘所生活的齐梁时代重视词采。那么我们再来看，同是生活于齐梁时代的刘勰在《文心雕龙》的《才略》里是怎样说的：

> 魏文之才，洋洋清绮，旧谈抑之，谓去植千里，然子建思捷而才俊，诗丽而表逸；子桓虑详而力缓，故不竟于先鸣。而乐府清越，《典论》辩要，迭用短长，亦无懵焉。但俗情抑扬，雷同一响，遂令文帝以位尊减才，思王以势窘益价，未为笃论也。

前文我说过，曹植的诗是以才与情胜，曹丕的诗是以感与韵胜。那么为什么刘勰现在所称赞的是"魏文之才"呢？要知道，一般人所说的"才"是一种泛论，所指的就是一个人写作的能力。而我把情与感分开来说，是做了一个更仔细的分辨。我所说的"才"，是偏重于曹植的那种才气和技巧，是和"感"对比来说的。而刘勰现在所说的这个"才"，从下文来看，指的也正是魏文帝的那种感与韵。他说，魏文之才，其实盛大而清新，过去人们贬低他，说他比曹植差得远。但曹植靠着思路敏捷、才情杰出，把诗写得很美，显得超出了别人；而曹丕是一个有反省、有节制的人，他的诗中感染力量的传达是缓慢的，所以不能够以此论高下。顺便说一句，西方人读中国的书总是弄不明白，为什么同一个人有很多不同的称呼。像刘勰在这短短的几句话中，前边称魏文，后边称子桓、文帝；前边称曹植，后边称子建、陈思。他们不知道，中国人写文章是很注重文章之美的，由于对偶或平仄声调的需要，有时要用一个字，有时要用两个字，有时称名，有时称字，有时称封爵，在骈偶的文章中尤其如此。刘勰这段话用了这么多称呼，其实就是说的曹丕与曹植两个人。诗人有两种不同类型，有的人下笔千言，倚马可待；有的人写起东西来就比较慢。诗也有两种不同的类型，有的诗给人直接的感发，一句就把你打动了；有的诗必须仔细吟味，才能品出它的好处。李后主说"林花谢了春红，太匆匆"（《相见欢》），那真是一开口就能打动你。可是晏殊说"一曲新词酒一杯，去年天气旧亭台"（《浣溪沙》），就须要细细地体会，才能感受到那里面所包含的感发的力量。曹丕的诗就属于这后一种。另外，刘勰还说，曹丕的乐府诗写得很好，他的《典论》说理也很清楚。这话说得很对。曹丕的乐府诗写得清新超逸，而他写的《典论》，虽然现在已不完整，但从剩下的这两三篇文章中也可以看出，他是一个有眼光有见识的、富于理性的作者。自古以来，秦皇汉武都迷信方术，连魏武帝曹操都不免写几首游仙诗，而曹丕的《典论》中有一篇论方术的文章，表现出可贵的反对迷信的倾向。另外他的《典论·论文》是中国文学批评史上一篇很重要的理论文章，这是大家都知道的。所以刘勰就指出，曹丕和曹植各有短长，这是必须辨别清楚的一件事情。可是一般人他们不肯用心思，也不肯用脑筋，总是跟在别人后边嚷嚷，人家说曹植好他也说好，人家说曹丕不好他也说不好。于是，就因为曹丕篡位做了天子而贬低了他的诗，因曹植在政治竞争上的失意而抬高了他的诗。这种做法，实在是不正确的。中国人常说"愁苦之言易工";又说"诗穷而后工"。一个人越是遭到不幸的打击,他的诗越是容易写得好。为什么呢?因为诗是一种感发的生命,这种感发的生命有两个来源,一个是自然界给你的感动,一个是人事界给你带来的喜怒哀乐和悲欢离合。你要是没有这些遭遇,就难以引起内心的感动,也就难以写出能够感动别人的好诗来。可是,偏偏就有一些人虽没有碰到过很大的挫折失意,生活上比较顺利,却也能够写出好诗来,这样的人,必然是具有更好的诗人禀赋的人。词人中的晏殊、诗人中的魏文帝,就都属于这一类人。好,以上我所讲的,是刘勰《文心雕龙》的看法。下面我们再来看王夫之的《薑斋诗话》是怎样说的。

王夫之是明末清初的一位大儒,学者们称他船山先生。明朝灭亡之后他就不出仕,是一个很有品节的人。因为他的品德、学问都非常好,所以跟随他学习的人很多。而且我还要说,明末清初的几位大儒,像王夫之、黄宗羲、顾炎武,他们都不是只谈文学,而是要讲经邦济世之学。经世致用,这是中国古代读书人最主要的理想,并被认为是一个人最高的成就。王夫之曾写过《读通鉴论》,还有《宋论》。我建议看一看王夫之的《宋论》,那是王夫之对宋代盛衰治乱的形成和结果的看法。看了他的文章,你就会对宋代的历史背景有更清楚的了解,从而对宋词也就有了更深入的了解。王夫之对历朝政治的盛衰、得失,有很深刻的见解,他真的是一个很有眼光的人。正因为他有眼光,所以当他批评诗的时候,也不随波逐流,常常能够看到一些别人所没有看到的东西。王夫之的《薑斋诗话》说:

曹子建铺排整饰，立阶级以赚人升堂，用此致诸趋赴之客，容易成名，伸纸挥毫，雷同一律。子桓精思逸韵，以绝人攀跻，故人不乐从，反为所掩。子建以是压倒阿兄，夺其名誉。实则子桓天才骏发，岂子建所能压倒耶？

还有一段说：

　　曹子建之于子桓，有仙凡之隔，而人称子建，不知有子桓，俗论大抵如此。

　　王夫之说曹植"铺排整饰"，说得很对。曹子建写诗用对偶，用词采，往往一点点意思写了一大串相似的句子，这是铺排。他还要把外表搞得精彩、漂亮，这是整饰。而这种对偶和词采，你可以一点点地用功去修饰，它是人力可以达到的。就好像他一步步上台阶，他的每一步的痕迹你都可以看到，可以效仿，所以很容易就能跟着他上去。其实王夫之这一句和钟嵘《诗品》赞美曹植的"抱篇章而景慕，映馀辉以自烛"，都是指曹植的诗可以被后人学习而言，但却有贬与褒、抑与扬的不同。钟嵘赞美曹植，就因为曹植的诗可以给后人做一个学习的阶梯；而王夫之不喜欢曹植也是为此，他说曹子建的诗招引来一些喜欢辞藻的人跟着他学，大家写出来差不多全是一个样子。这话说得不错，我们看一看宋、齐、梁、陈的诗坛就可以知道，曹子建那种重视词采和雕饰的趋势已经被发展成一种普遍的风气了。可是曹丕呢？王夫之说他是"精思逸韵"。他的诗不只是一个感情的直接反射，而是有一种思索的意味在里边，这是精思；他那种敏锐的感受是一般人所没有的，而且他也不在文字上进行雕琢，如果你没有他那种感受，你就没有办法，也没有途径去学他的诗，这是逸韵。这种诗，它的境界较高，很少有人能够攀登到这种高度，所以大家就不愿意追随曹丕而宁愿追随曹植，曹子建也就是凭着这一点压倒了他的哥哥，这话也是事实。你看人们讲诗都讲曹子建，说他有八斗之才；而提到曹子桓，有的人甚至都不知道他是谁！可是王夫之说，曹子桓和曹子建相比，那简直一个是神仙，一个是凡人。但人们为什么只知有曹子建呢？那是由于世俗的人不肯用自己的眼睛去看，不肯用自己的心灵去感受，不肯用自己的头脑去思索，而只知道人云亦云的缘故。

　　要想全面地了解曹丕，就应该看他多方面的作品。曹丕留下来的作品有诗，有文章，还有赋。他写过《感物赋》、《感离赋》、《悼夭赋》、《寡妇赋》、《愁霖赋》、《喜霁赋》，还有的赋现在只留下序文，原文却没有留传下来。建安十三年，曹操带兵去攻打刘表，曹丕也跟随曹操到了荆州。当战争结束他回去的时候，路过故乡谯郡——就是现在的安徽亳县——写了一篇《感物赋》。我们且看他这篇赋的序：

　　　　丧乱以来，天下城郭丘墟，惟从太仆君宅尚在。南征荆州，还过乡里，舍焉。乃种诸蔗于中庭，涉夏历秋，先盛后衰。悟兴废之无常，慨然咏叹，乃作斯赋。

他说，自从国家发生战乱，也就是黄巾起义和董卓之乱以来，天下各地很多城市都变成了一片废墟，在故乡也只剩下一所老房子没有被毁坏，当我从荆州回来的时候，就住在这所老房子里，并在院子里种了很多甘蔗。过了夏天，又过了秋天，我亲眼看到了它们从茂盛生长到衰落凋零的过程，于是就觉悟到"兴废之无常"的道理，所以就写了这篇赋。你们看，这曹丕是多么善感！而且，他的善感之中还含有一种哲理的思致。曹丕还写过一篇《感离赋》：

> 建安十六年，上西征，余居守，老母诸弟皆从，不胜思慕，乃作赋曰：秋风动兮天气凉，居常不快兮中心伤。出北园兮彷徨，望众慕兮成行。柯条惨兮无色，绿草变兮萎黄。脱微霜兮零落，随风雨兮飞扬。日薄暮兮无悰，思不衰兮愈多。招延伫兮良久，忽踟蹰兮忘家。

这是曹操出兵打仗，曹丕独自留守时所写的思念父母兄弟的作品。从中可以看出，他对自己的父母兄弟家人是非常有感情的。曹操死了以后，曹丕写过《短歌行》来哀悼他的父亲，写得也非常好。在他的赋里有一篇《悼夭赋》，是哀悼他的一个十一岁死去的族弟；他还有一篇诔文，是哀悼他的小弟弟曹苍舒，写得都很感人。建安七子里边不是有一个阮瑀吗？他死得很早，留下了妻子儿女生活很苦，于是曹丕就经常去看望和周济，并且写了《寡妇赋》以表示对孤儿寡妇的同情。同时，作为天子，当他看到霖雨伤稼的时候就写了《愁霖赋》；当他看到雨过天晴，就写了《喜霁赋》。

从这些作品中你可以看到，曹丕实在是个感情丰富的人，是个很有人情味的人。

曹丕的文章也写得很好。我前文曾引了他的《与吴质书》中的一段，是为了说明他有敏锐的感觉。这段文字骈中有散，散中有骈，本身也非常漂亮。还有他的《典论·论文》，不但有见解，持论公正，而且文字上也是骈散结合，摇曳生姿。他不是那种偶然写出一篇好文章的作者，而是一个能够保持一贯水平的人。他对父母、妻子、朋友都很有感情，这种感情不是虚假的，因为他那些文章里真的带有一种感发的力量。倘若内心没有这种感发，是写不出那种文句来的。曹丕是一个感性和理性兼长并美的人，他的很多诏命就充分表现了他理性的这一面，例如他有《禁复私仇诏》，要求人们互相亲爱，严禁为复仇而相杀戮的行为。这是非常有道理的。因为汉末天下大乱，群雄并起，你杀我，我杀你，倘若每一个人都要报复的话，冤冤相报就没完没了，社会就永远不会安定。所以他下令禁止报复，倡导和解，要使天下养成一种祥和的气氛。曹丕还有一篇《营寿陵诏》，思想也很通达。古代皇帝都是在没有死的时候就开始营造坟墓。曹丕做了天子，所以也有人给他营造坟墓。可是你看曹丕是怎么说的？他说：

夫葬也者，藏也。欲人之不得见也。骨无痛痒之知，冢非栖神之宅。礼不墓祭，欲存亡之不黩也。为棺椁足以朽骨，衣衾足以朽肉而已。故吾营此丘墟不食之地，欲使易代之后，不知其处。无施苇炭，无藏金银铜铁，一以瓦器，合古涂车刍灵之义。棺但漆际会三过，饭含无以珠玉，无施珠襦玉匣，诸愚俗所为也。

他说，葬本来就是藏的意思，人死了，不能眼看着他腐烂，所以要把尸体装进棺材埋葬起来。而且他还说："欲使易代之后，不知其处。"这真是有反省！秦始皇自称始皇帝，他的儿子称二世，打算以后子子孙孙传之无穷，可事实上又有哪家王朝可以传之无穷？你看人家曹丕对历史的盛衰兴亡就有一种觉悟和反省，他知道曹魏早晚也是必然会灭亡的，所以他不主张厚葬。他说，我的棺材里不要放苇炭，不要放金玉宝物，也不要仿效那些愚蠢的世俗之所为，因为保持尸体不朽是没有用处的。另外曹丕还写过论方术的文章，不相信那些迷信的方术。总之，你读了曹丕的作品就会感到，他的立论、他所持守的礼法，都是平正通达，很合乎人情事理的。另外，我还要补充一句，曹丕的文章能够把骈散结合得这样好，把抑扬的节奏配合得这样好，这一点，没有感性和理性的结合，也是很难做到的。

第六节　曹丕之二

这一节我将讲曹丕的《燕歌行》。这首诗很多选本都选了。它虽然也是一首乐府诗，但又是最早的一首七言诗。上节我曾提到，刘勰《文心雕龙》的《才略》曾特别指出曹丕的乐府诗写得清新超逸。为了对曹丕的诗有更全面的了解，在讲《燕歌行》之前，我们先简单看他两首四言的乐府诗，这两首诗的题目是《善哉行》。

> 上山采薇，薄暮苦饥。溪谷多风，霜露沾衣。野雉群雊，猴猿相追。还望故乡，郁何垒垒。高山有崖，林木有枝。忧来无方，人莫之知。人生如寄，多忧何为。今我不乐，岁月其驰。汤汤川流，中有行舟。随波转薄，有似客游。策我良马，被我轻裘。载驰载驱，聊以忘忧。
>
> 有美一人，婉如清扬。妍姿巧笑，和媚心肠。知音识曲，善为乐方。哀弦微妙，清气含芳。流郑激楚，度宫中商。感心动耳，绮丽难忘。离鸟夕宿，在彼中洲。延颈鼓翼，悲鸣相求。眷然顾之，使我心愁。嗟尔昔人，何以忘忧。

这真是很好的两首四言诗，第一首是写行旅途中的艰辛。大家知道，曹丕从很小就学会骑马射箭，经常跟着他的父亲出去打仗，所以这一首写的应该是军旅之中的生活。他说，在军队中当粮食没有了的时候，我们就上山去采野菜，那当然吃不饱，所以到了黄昏时每个人都很饥饿。深山溪谷中风很大，寒霜冷露打湿了衣服。山中的野鸡互相追逐，猿猴也都紧随着它们的伴侣。可是，我的故乡和家人在哪里？故乡那么遥远，所以我心里总是在悲愁。每一座高山都有山崖，每一棵树木都有树枝，可是我内心的忧愁涌上来了，都不知它们是从哪里涌来的，谁能理解我并听我述说呢？我曾说过，曹丕是一个理性的诗人，理性的诗人是有办法排遣忧愁的。我们读过晏殊的"无可奈何花落去，似曾相识燕归来"（《浣溪沙》"一曲新词酒一杯"），还有"满目山河空念远，落花风雨更伤春，不如怜取眼前人"（《浣溪沙》"一向年光有限身"），那是晏殊的排遣方法。那么曹丕怎样排遣？他说："人生如寄，多忧何为。"人生本来就短暂得像一个旅客暂住在旅店里一样，如此忧愁有什么好处？为什么要让岁月在忧愁之中度过呢？而且他说，我在外边漂泊，就像河里的一只小舟，随着水波流转，不知道该停在哪里。所以，我就要骑上我的马，穿上我的皮裘，去尽情地奔驰，以此来忘掉我的忧愁。你看，他是有办法的，绝不会像李后主那一类纯情的词人那样无可救药地陷入深深的悲愁之中（"自是人生长恨水长东"）。

第二首写一个美丽的女子，说她看起来温柔和婉，而且眉目秀美。这"清扬"二字是指女子眉目的美丽，出于《诗经·郑风》的《野有蔓草》"有美一人，清扬婉兮"。而且，这个女子还不仅仅是容貌的美，她还有才能的美。"善为乐方"，是说她很懂得弹奏音乐的方法和道理。她弹出什么样的音乐？是"哀弦微妙，清气含芳。流郑激楚，度宫中商"，能够弹非常流利的那种郑国的音乐，也能够弹非常激动的那种楚国的音乐，而且都合于音乐的乐律，所以就感动了听的人，引起了一种联想。下边就是作者的想象了。他说，有一只孤独的鸟，黄昏投宿在水中的沙洲。你看它伸长了它的头颈，扇动着它的翅膀，在那里悲哀地鸣叫，希望找到一个伴侣。"眷然顾之"的"眷然"，是一种很多情的被感动的样子。他说，我看到这只鸟的样子，就使我的内心也产生了和它同样的一种孤独的悲哀。下面他说："嗟尔昔人，何以忘忧。"像这种孤独寂寞，像这种对美好东西向往而不可得，难道只有我一个人遭遇到这种忧愁吗？你们古人如果遇到这种情形，你们是怎样解脱的？这首诗也确实不错，无论是感觉、感情，还是韵味，都写得很好。

王夫之对这两首诗说了很多赞美的话。对"上山采薇"的那一篇，他说是"微风远韵，映带人心于哀乐，非子桓其孰得哉"（《古诗评选》）。在诗歌中，所谓风，是一种感动人心的力量；所谓韵，是能引起读者寻思回味的一种情韵。魏文帝的诗所表现的，是"微风"和"远韵"。它们都不是强烈的刺激，而是一种缓慢的感染。他说，现实之中那一点点并不很强烈的刺激，就能够引发内心之中哀乐的感情，这种境界，除了曹子桓还有谁能达到呢？王夫之还赞美了"有美一人"的那一篇，说它的结尾"嗟尔昔人，何以忘忧"写得非常好，是"古来有之，嗟我何言。如此胸中，乃许言情"（《古诗评选》）。确实，这首诗中间的转折写得很好。他从这个女子容貌的美丽，以及她的音乐所代表的感情的美好，写到大自然景物中一只"离鸟"的形象。他不直接写自己的感情，而是假借这鸟的形象把自己的感情和大自然的景物融合在一起，这是情景交融的写法。而他在结尾也并没有怎么写自己的哀伤，只是说古人也有过这样的哀伤。这样一来，就把他自己的哀伤融会到千古以来所有的人都感到孤独寂寞，都追求向往美好这样一个主题中去了。所以王夫之说，一个人胸中要有这样的感受，才能够写好感情。有的人心中并没有多少感动，却说我十二万分高兴或者我十二万分悲伤，那样写感情是永远不能感动别人的。王夫之还称赞这首诗说："排比句一入其腕，俱成飞动。"（《古诗评选》）这是指的"流郑激楚，度宫中商"这一类句子。这类句子结构相同，本来很容易显得死板，可是一到了曹丕的笔下就产生了一种飞动的气象，不但不死板，而且显得流利婉转，十分动人。

这两首《善哉行》，当然是很不错的诗，但它们都是四言体，四言体的诗古已有之。而曹丕的《燕歌行》，很多人认为是七言诗之始。那么，我们讲过楚歌的"入不言兮出不辞，乘回风兮载云旗。悲莫悲兮生别离，乐莫乐兮新相知"（屈原《九歌·少司命》），难道不是七言诗吗？不是的，它们虽然是七个字，但其节奏并不同于七言诗的节奏。而且楚歌也并非通篇都是七个字的句子。我们还看过张衡的《四愁诗》。我说过，那也不是真正的七言诗，只是七言诗的滥觞，因为它是从"楚歌体"变化而来的。还有汉武帝和群臣联句的《柏梁诗》也是七言，但后人已考证出它是伪作。因此，曹丕的《燕歌行》就成了古代流传下来的最早的七言诗了。曹丕的《燕歌行》一共有两首，我们要讲的这一首是大家常选的：

秋风萧瑟天气凉，草木摇落露为霜，群燕辞归雁南翔。念君客游思断肠，慊慊思归恋故乡，何为淹留寄他方？贱妾茕茕守空房，忧来思君不敢忘，不觉泪下沾衣裳。援琴鸣弦发清商，短歌微吟不能长。明月皎皎照我床，星汉西流夜未央。牵牛织女遥相望，尔独何辜限河梁？

这首诗读起来声音很好听。我常说，诗歌传达一种感发的生命。而在这传达过程中起作用的，除了所用的形象、叙述的口吻之外，还有一个很重要的因素就是声音。所以，首先你一定要注意魏文帝这首诗声调的谐婉，它里边包含着一种可以感动你的力量。其次，我还要先解释一下诗的题目。《燕歌行》的题目古人有说法，有两本解释乐府诗题的书，一本叫"乐府广题"，一本叫"乐府诗题"。《乐府广题》解释《燕歌行》说，燕是地名，这个题目是说良人从役于燕，而为此曲。"良人"，就是丈夫的意思，是有一个男子到燕地当兵，他的妻子写了这个曲子。照这样讲，《燕歌行》就是思妇之词了。但实际上不尽如此。唐代高适也写过一首《燕歌行》，其中有"相看白刃血纷纷，死节从来岂顾勋"之类的话，写的都是战场上的情形，那当然是征夫之词。所以《乐府诗题》就有另外一个说法，它说在歌行的上边加上一个地名，比如《燕歌行》、《陇西行》等，都是以各地声音为主。就是说，是当地流行的曲子。可是后世声音失传，作者就但以之歌咏各地风土了。燕这个地方，从东汉末到曹魏征戍不绝，常常打仗。所以凡是写《燕歌行》这个题目者往往作离别之语。即是说，不管是思妇还是征夫，总而言之是写战争所带来的离别的悲哀。不过，曹丕的这首《燕歌行》比较明显，写的是思妇离别的悲哀。

《燕歌行》用的是七阳的韵，但实际上，曹丕那时还没有这种韵部的名称。所以我们应该说，他用的是"ang"的这种语尾的声音。而你要注意到，凡是ang的语尾都是鼻音，它有一种回响——一种共鸣的回音，是不是？因此这首诗的声调之所以使人觉得很美，其中一个原因就是因为它语尾押的韵是ang的声音，它本身就造成一种和谐的感觉。而且，这是一首很完整的七言诗，所以它在中国的诗歌史上是一篇很重要的著作，是对一个新诗体的开创。我曾写过一篇文章叫"论杜甫七律之演进及其承先启后之成就"，其中曾谈及七言诗的起源。我以为，中国五言诗的兴起乃是时势所趋，是大众化的事情；而七言诗的兴起，则似乎与一些天才诗人的创造与尝试有密切关系。为什么说五言诗是大众化呢？因为汉朝跟西域往来，于是就有一种新的音乐传到中国来了。这种音乐最容易配合的歌词是五个字一句的歌词，而且这种音乐又流行一时，所以大家就都写五言，这种风气就使得五言诗流行起来。可是七言诗，你不要看它只多了两个字，对古代作诗的人来说，多了两个字就得在音节和句法上费一点功夫了，所以七言诗作起来就比较困难，就不是大众化而是个人化了，是一些杰出的天才，而且是那种理性和感性兼长并美的天才，带领和推动了七言诗的演进。因为，只有这样的天才能够从感性上把握七言诗的特色，而且能够用理性对章节句法做适当的安排。第一个这样的天才是张衡，他把楚歌体变化成了七言，可是张衡的《四愁诗》中还有残留的楚歌体句法。而接下来的另外一个天才就是魏文帝曹丕，他消除了楚歌体残留的痕迹，写出了成功的七言诗。这是很值得注意的。

"秋风萧瑟天气凉，草木摇落露为霜，群燕辞归雁南翔"，这开头三句完全写的是景物，并没有直接写感情。清朝有一个文学批评家沈德潜批评这首诗说："和柔巽顺之意，读之油然相感。节奏之妙，不可思议。句句用韵，掩抑徘徊。"（《古诗源》）他这"油然"两个字用得非常好，自然而然地发生。那我现在就要说，文学作品有很多种不同的感动人的方法。清末民初的学者梁启超先生曾写过一篇《论小说与群治之关系》，他说小说对人的感染有四种方式，即"熏、浸、刺、提"。熏就好比烧香的时候，那烟慢慢慢慢地向你笼罩过来。浸是浸泡，煮红豆汤时红豆不容易烂，你要是头一天把它泡在水里，让那水分慢慢地浸入，明天再煮就烂了。所以熏和浸的感染是慢慢地、不知不觉地。刺和提就不同，刺，就像针扎了一下；提，是一下子就把你提起来了。所以刺和提的感染都是比较强烈的。李后主说："林花谢了春红，太匆匆。"（《相见欢》）他一下子就给你一种很强烈的刺激。而晏殊则说："小径红稀，芳郊绿遍，高台树色阴阴见。"（《踏莎行》）小路上的红花慢慢地就稀少了，郊外的青草不知不觉地就绿遍了。这，就是一种慢慢的感染了。其实李后主和晏殊的对比与曹植和曹丕的对比很相似。曹丕的诗给人的感染就是慢慢地、不知不觉地。他总是先培养出一种感受和气氛，把你慢慢地引到里边去。"秋风萧瑟天气凉"，是很平常的句子，而且并没有说出怀念的意思，但怀念却是从这里引起来的。李商隐说："远书归梦两悠悠，只有空床敌素秋。"（《端居》）所谓素秋者，是那万物凋零净尽的秋天。那种寒冷，那种肃杀，就很容易引起离人的思念。所以，这"秋风萧瑟天气凉"的寒冷之中，已经酝酿有相思怀念和孤独寂寞的感情了。而下一句"草木摇落露为霜"，就比第一句的力量更大了一些。"草木摇落"是很平淡的四个字，但它出于《楚辞》。宋玉的《九辩》说："悲哉秋之为气也，萧瑟兮草木摇落而变衰。"所以，中国文学从此就有了一个"悲秋"的传统。其实，人们真正所悲的并不是秋天的季节，也不是草木的摇落变衰，而是由草木摇落变衰联想到人的生命的无常。那是眼看着大自然中的生命被摧伤而联想到自身的一种感受。什么是"露为霜"？露和霜虽然都是水汽凝结而成，但二者的作用却完全不同。露使草木滋生，而霜给草木以摧残。从滋生到摧残——这真是慢慢地把你带进这种气氛中来。《古诗十九首》中的"思君令人老，岁月忽已晚"两句，也许可以用作这一句的注解。他是说，倘若人的生命长存，那么只要我们都保持感情不变，就可以一直期待下去，总有希望等到见面的那一天。可是人的生命是多么短暂！就算我愿意等待，我又有多少生命可以等待呢？"草木摇落露为霜"其中就暗含有这样的意思。可是你看，无论是李商隐的"远书归梦两悠悠，只有空床敌素秋"，还是《古诗十九首》的"思君令人老，岁月忽已晚"，说得都比较明白，表现得都比较有力量。而你看人家曹丕，人家就只是写景！而且下一句还是写景，"群燕辞归雁南翔"——那些候鸟，不管是小的燕子，还是大的鸿雁，天气冷了都要飞回南方。可是我所怀念的征夫，他为什么就不跟那些大雁、小燕一同飞回来呢？你看，他那种相思怀念的感情是一步步逗引出来的，到了这一句才比较清晰起来。这三句看起来都很寻常："秋风萧瑟"是古人常用的句子，像曹操的《碣石篇》里不是就有"秋风萧瑟，洪波涌起"吗？"天气凉"更不用说，正是钟嵘批评他"鄙直如偶语"的那种地方；"草木摇落"是宋玉用过的；"露为霜"是《诗经》里用过的，《诗经·秦风·蒹葭》里有"蒹葭苍苍，白露为霜"，而且白露和霜降都是中国的节气；大雁和小燕也都是人们常见的寻常景物。曹丕就是用这些寻常的语言、寻常的景物来渐渐引出感情。

然后接下来他才说："念君客游思断肠，慊慊思归恋故乡，何为淹留寄他方？"这个"慊"字有两个不同的读音，有的时候读qiè，是心里边满足的样子；有的时候读qiàn，是有遗憾、不得满足的样子。这在训诂学里叫作反义。类似的字还有"面"，本来是"面对"的意思，可是有的时候却又是"背对"的意思。比如《史记·项羽本纪》里写到项羽兵败乌江，遇到吕马童，说"马童面之"。这吕马童本来是认识项羽的，这时就背朝项羽，暗地里指给别人看，说这个人就是项王。所以你看，这个"面"就当"背"讲。而曹丕用的这个"慊"不是满足，是有遗憾、不得满足的意思，读qiàn。你要注意这两句，"念君客游思断肠"是说思妇思念征人，那么为什么"慊慊思归恋故乡"说的又是征夫了呢？其实他这两句的意思要连下来读，他是说，因为我想念你，所以我就想到你一定也想念我，也想回到家里来看我。杜甫有一首诗说"今夜鄜州月，闺中只独看"（《月夜》），苏东坡有一句词说"我思君处君思我"（《蝶恋花》"暮春别李公择"），也是同样的意思。下面的"淹留"，指长久地停留。他说，可是你为什么就长久地寄居在那么远的地方不肯回来呢？

"贱妾茕茕守空房"，"贱妾"是女子的自称；"茕茕"是孤独的样子；这"空房"二字则使人联想到李商隐的诗"远书归梦两悠悠，只有空床敌素秋"中的"空床"。底下他说"忧来思君不敢忘"。"忧来思君"是说，我的内心常常涌上一种忧伤的感情，那时候我就非常思念你。可是什么叫"不敢忘"？为什么不说"不能忘"？这就是沈德潜所说的"和柔巽顺之意，读之油然相感"了。我已经讲过"油然"，就是慢慢慢慢地把你带进这种感情的气氛里来。这当然也可以说是一种柔婉的方式，但实际上"和柔巽顺"几个字还不是如此简单。要知道，这四个字本来是形容"妇德"的。"巽"是八卦中的一个卦名。《易经》中的八卦都有象征的性质，既象征大自然中的一切，也象征人间伦理的一切。而《巽》卦所象征的是一个家庭中的长女，是女性的卦。这首诗所写的是思妇，也就是说，是一个征人的妻子。中国传统的"妇德"主张，作为妻子，无论丈夫怎样，你都永远不能背弃他的。现在中国说妇女是"半边天"，那与古人的主张不同。古人说"妻以夫为天"。丈夫在上边，是天；妻子在底下，是地。你要变成半边天，那怎么得了！如果说"忧来思君不能忘"，那就是单纯讲感情，或者说叫爱情，而"忧来思君不敢忘"，里边就多了一层尊敬的意思，是爱情再加上尊敬。中国古人常常用夫妻男女的关系来比君臣的关系，所以这里边还有着忠诚的含义。因此，这"不敢"二字正表现了沈德潜所赞美的"和柔巽顺之意"，用得很好。下面"不觉泪下沾衣裳"的"不觉"两字也用得很好，那是说你内心之中生出感情，不知不觉就流出了眼泪。这也是一种"油然相感"的感受。

"援琴鸣弦发清商"写得更好，你一定要仔细地读才能感觉到。要知道，当你内心有一种感情在动荡的时候，你必须找到一种安排的方法和寄托的所在。如果你懂得音乐，你就把你的感情用音乐表达出来。我们讲完建安诗就要讲阮籍的诗，阮籍《咏怀》诗的第一句就是"夜中不能寐，起坐弹鸣琴"。我当年在大学念书的时候写过这样几句诗："惊涛难化心成石，闭户真堪隐作名。收拾闲愁应未尽，坐调弦柱到三更。"（《晚秋杂诗五首》之三）因为我上大学时，正是北京沦陷在日本手中的时候。我一生经历过很多灾难，有国家的灾难，也有我自己家庭的灾难。人生在这种患难之中难道心里就没有什么感动吗？当然有的，然而我无可奈何，所以我说"惊涛难化心成石，闭户真堪隐作名"，我只有关起门来念书。可是我内心之中有很多感情不能够安排，而这些感情必须加以收拾整理，所以就"坐调弦柱到三更"。当然，阮籍可能真的是起来弹琴，而我并不会弹琴，我只是用一个典故。就是说，当你有很多忧伤或感动以致夜深不能成眠时，你的内心就有一种需要安排整理的感受。所以你看，他是怎样从"忧来思君不敢忘，不觉泪下沾衣裳"转到"援琴鸣弦发清商"的？那是说，这个女子内心有这样的感动没有办法安排寄托，所以就借着琴的音乐来安排寄托。"援"，就是把琴取过来。所谓"清商"，是一种忧伤的曲调。中国古代常用宫、商、角、徵、羽的"商"来代表秋天的季节，而秋天的季节是肃杀哀伤的，所以欧阳修《秋声赋》才说："商者伤也。""短歌微吟不能长"，为什么不能长？当然你可以说因为歌词和曲调本来就是短的，这是最简单的解释。但人在哀伤的时候要借弹琴来排遣哀伤，可是弹起来反而更加哀伤，觉得不能够再弹下去。这也是"不能长"的一个原因。欧阳修有一首《玉楼春》的小词说，"离歌且莫翻新阕"，因为"一曲能教肠寸结"。所以，当这个女子越弹越悲哀的时候，她就不能够再弹下去了。

"明月皎皎照我床"也写得很好。一个人在半夜不能成眠时，就会觉得月光特别明亮，特别寒冷。我曾经写过一首题目叫"咏怀"的五言古诗，其中有两句说："空床竹影多，更深翻历历。"那是在抗战时期，我的母亲在北京去世，我父亲远在后方，家中只有我和我的两个弟弟。我家住的是北京的那种四合院，我住在西厢房，那时候我们睡的是炕，晚上躺在炕上可以看到月亮从东边升上来。母亲在时，我和母亲一起睡在炕上，可是母亲去世了，我觉得那炕忽然间就空出来一大片。我小的时候曾在窗前种了很多竹子，当月亮升上来时，就把竹影都投射到炕上，到了夜静更深时，那些竹影显得特别清楚。所以，"明月皎皎照我床"的那种空寂和悲伤的感觉，我是曾经有过感受的。另外我们还要注意，魏文帝这首诗是从自然景物写起，慢慢过渡到离别的哀伤。而"明月皎皎照我床，星汉西流夜未央"这两句，是从离别的哀伤又回到自然景物，他过渡得很自然。什么叫"星汉西流"？这要通过观察才能知道。我家院子很大，夏天屋子里闷热，小时候一到天黑我就搬个小板凳坐在院子里看天上的星星。我认识很多星，什么大熊星座，什么牵牛星、织女星我都认识，而且那时候北京天上的星星特别清楚。我觉得现在没有以前清楚了，可能是由于空气污染的缘故吧？你要知道，银河在一年四季方向是不同的。北方有句俗话说："银河掉角，要穿棉袄。"所谓"银河掉角"，就是说银河的方向改变了，变成东西的方向了，这就到了深秋的季节。"汉"是水名，古人把银河想象成一条河。"星汉西流"就是说，银河向西方流下去了。"夜未央"的"央"是终尽、终了的意思，"夜未央"是说长夜无尽。人们常说"欢娱嫌夜短，寂寞恨更长"，当一个人寂寞孤独时，就觉得天总是不亮，夜简直没有尽头。而且这也不仅仅是感觉，因为到了秋天，夜晚果然也就长了。然而你们也要注意到，这里虽然过渡到大自然的景物，可是其中却也仍然结合着离别的哀伤。"牵牛织女遥相望"，你在夜空可以看到，牵牛星是一颗较亮的星，两旁有两颗小星；织女星是三角形的，隔着银河与牛郎星遥遥相对。所以你再看曹丕这首诗结尾的一句，真是画龙点睛之笔："尔独何辜限河梁？"你们本来是相爱的一对，可是你们到底犯了什么过错而被阻隔在银河的两边呢？作者本来是写自己的离别忧伤，可是现在他忽然把笔锋一转说，我们人间有离别忧伤，你们天上难道也有离别忧伤吗？这一句，实在是无理之词，然而又是至情之笔。就像李商隐也写过两句："人间从到海，天上莫为河。"（《西溪》）人间的苦难已经是注定了，只好任凭它去，可是你们天上就不要再有这样的苦难了，否则这个世界还有什么希望呢！"尔独何辜限河梁"，他把自己的悲哀结合了天上的悲哀，写得如此广远，茫茫一片。这一句，使得全篇都振作起来了。

下面，我们再看曹丕的一首《杂诗》：

漫漫秋夜长，烈烈北风凉。展转不能寐，披衣起彷徨。彷徨忽已久，白露沾我裳。俯视清水波，仰看明月光。天汉回西流，三五正纵横。草虫鸣何悲，孤雁独南翔。郁郁多悲思，绵绵思故乡。愿飞安得翼，欲济河无梁。向风长叹息，断绝我中肠。

魏文帝在《典论》的《自叙》中说过，他从少年时就常常跟随曹操到各地去征战，经常处在军旅途中。这首诗，也是他在行军征战途中思念故乡的诗。从这一点上看，它和曹操的《苦寒行》有某些相似之处。然而同样写思念故乡的诗，你看曹操写得多么有气魄，而曹丕的诗就不以气魄见长。这首诗颇有点儿像《古诗十九首》，而且它很明显是以感与韵取胜的，是属于"熏"和"浸"的那一类。魏文帝的《杂诗》有两首，另一首是"西北有浮云"。这两首诗都以感与韵取胜，但"西北有浮云"比较短，熏的力量不太够，所以比较起来，还是这一首写得更好。

　　"漫漫秋夜长，烈烈北风凉"，这首诗的起句和《燕歌行》一样，都是从大自然的景物写起的。到了秋天，白日就越来越短，夜晚就越来越长了。"烈烈"，是形容北风很强劲、很寒冷的样子。魏文帝是一个有锐感的诗人，他的诗写得都很平淡，都不表现强烈的感情。他自己在那种平淡而又平凡的景物中是能够有所感受的，所以我们读的时候就也要运用我们的感觉，从平淡和平凡之中去体会他的感受。"展转不能寐，披衣起彷徨"，"彷徨"就是"徘徊"，是一种走来走去、无所依托的样子。他说，我躺在床上翻来覆去睡不着觉，就披上衣服出来徘徊。清人黄仲则说："为谁风露立中宵？"（《绮怀》之一）为什么夜中不能成眠？为什么出来徘徊？他们都没有说。五代冯正中有一首很有名的小词《谒金门》说："风乍起，吹皱一池春水。"风和月都是大自然之间的景物，和诗人有什么相干？这件事很难说清楚。但北宋欧阳修说得好："人生自是有情痴，此恨不关风与月。"（《玉楼春》"尊前拟把归期说"）那是你诗人心中自有一段忧愁哀伤，和外边的景物有什么相干！佛教的禅宗语录里讲了一个故事，说有一位高僧住在一个庙里，晚上出来散步，见两个小和尚在那里争论。因为庙里的杆上有幡，风一吹幡就飘动起来。一个小和尚说，这是风在动。另一个小和尚，说风哪里看得见？这是幡在动。他们见高僧出来了，就一起向他请教。这位高僧说："也不是风动，也不是幡动，是你们自己的心在动！"人和自然景物本来没有什么相干，可是当风突然在水面上吹起了一片涟漪的时候，诗人那敏感的心就动了。谢灵运的《岁暮》诗说："明月照积雪，朔风劲且哀。"明月、积雪、朔风都是大自然景物；哀，却是诗人的内心感觉。至于这景物为什么会引起这感觉，并不是都能够说得清楚。

"彷徨忽已久，白露沾我裳"，"忽已久"是说，在不知不觉之间就已经徘徊了很长时间了，重复使用"彷徨"，是为了加强和上一句在语气上的连接。而这句本身又与下一句"白露沾我裳"有因果关系的连接。李白《玉阶怨》的"玉阶生白露，夜久侵罗袜"，就与这两句十分类似。说到这里我想起一件事情，有一位中国当代诗人到温哥华来访问，我和他谈起了中国的旧诗，他说他当初写诗就是由读中国的旧诗而引起的兴趣。我说，那为什么你没有写旧诗而只写现代的新诗呢？他说，中国的旧诗看起来差不多都一样，没有多少新鲜味道。他的这种看法很有代表性，不但写现代诗的中国人有这种感觉，研究我们中国诗的西方人也有这种感觉。尤其是西方人，他们特别注重个体的独创，追求说别人没说过的话，使用别人没有用过的形象。而中国的旧诗有固定的形式，如五言诗、七言

第三章·建安诗歌　　**239**

诗、律诗、绝句，都有固定的字数和句数，声音的平仄也有很严格的规定。而且还不仅如此，中国古诗注重吟诵和直接感发，那吟诵的调子也大同小异，当你吟熟了之后就形成一种固定的形式，"仄仄平平仄，平平仄仄平"，你这样吟熟了就出口成章，说出话来自然就带有这种声律节奏。我的小侄孙女从一周岁起就开始背诗，现在背得多了，说出话来就有了平仄。有的时候她把诗背错了，但却是合乎平仄的。李商隐《登乐游原》中有两句："夕阳无限好，只是近黄昏。"贺知章《回乡偶书》中有两句："少小离家老大回，乡音无改鬓毛衰。"我的小侄孙女就背错了，她说："夕阳无限好，只是鬓毛衰。"这"近黄昏"和"鬓毛衰"，平仄是相同的。"近"和"鬓"都是去声，"黄"和"毛"都是阳平，"昏"和"衰"都是阴平，而且它们的意思也有一点儿相近之处。所以，这是一种传统的习惯性，出口就是如此了。西方注重思索安排的技术，从他们的眼光看起来，中国的旧诗读起来都差不多，形式也一样，平仄也一样，连常用的那些形象如明月啊，清风啊，也都差不多。所以他们就认为中国的旧诗没有新鲜感。可是你要知道，中国旧诗的特色在哪里？就在于从传统的相同之中写出了不同。这是非常值得注意的。我讲过中国的词，它们大多都是写男女的相思离别，那些作风相差很大的作者，如苏东坡和柳永，风格绝对不同；而五代的冯延巳和北宋的晏殊、欧阳修，这三个人作风十分相似，以致他们集子中的作品也常常相混，可是仔细研究起来，他们词的风格也有很大不同。从这些不同之中可以看出，他们的性格、思想方式和对人生的态度也是完全不一样的。所以，欣赏中国的旧诗一定要注意这一点——分析它们在相似之中的不同。

好，现在我们返回来再看曹丕的"彷徨忽已久，白露沾我裳"。它和李太白的"玉阶生白露，夜久侵罗袜"一样，都是说在外边徘徊得太久，以致衣袜都被露水打湿了。所以你要注意中国的旧诗，它一方面带有个人的感发，一方面还带有一个历史的传统。而这历史的传统实际上就是千百年来无数作者的共同的感发。有的人就认为，这历史的传统是一个限制。其实，正是由于中国诗里带有这种历史的传统，所以它就把个人的感发扩展得更大，不但有普遍性，而且有历史性。这是中国诗的一个特色。另外我们还应该注意到，这"沾我裳"三个字实在用得很好，一个"我"字，就使那寒冷的白露一下子贴近了你的身体，使人产生一直冷到心里的感觉。我的老师顾随先生曾写过一首词说："自添沉水烧新篆，一任罗衣贴体寒。"（《鹧鸪天》"不是新来怯凭栏"）冯正中的词也曾说："波摇梅蕊当心白，风入罗衣贴体寒。"（《抛球乐》"酒罢歌馀兴未阑"）写的就是这种毫无抵挡地被寒风冷露侵入的感觉。这也是诗人一种敏锐的感受。

"俯视清水波，仰看明月光"两句也很难讲。因为，一首诗如果有很强烈的感情或很深奥的词句，你就可以从这些地方下手去讲它。可是像"俯视清水波，仰看明月光"这样的句子，却让你根本就没有下手之处。但它真正是好诗，说出了一种诗人的感觉。李白《静夜思》说："床前明月光，疑是地上霜。举头望明月，低头思故乡。""举头望明月"，不就是"仰看明月光"吗？他为什么就"低头思故乡"了呢？抬头看见明月可以产生很多不同的触动，你必须设身处地进入他所写的那个环境，才能够有所感触。我们可以想象：天上既有明月，那么在清水波上也一定有一轮月影在荡漾。此时此地，你会产生一种什么感觉呢？

"天汉回西流，三五正纵横"，这是写秋天的夜空。银河到了秋天就接近东西的方向。"三五"指星星，这个词最早出于《诗经·召南·小星》"嘒彼小星，三五在东"。"纵横"，是指天上的星星排列不整齐的样子。"草虫鸣何悲，孤雁独南翔"——秋天听到蟋蟀等草虫的叫声，总会使人产生一种岁月如梭的悲哀；而在那疏星点缀的夜空之中，忽然就看见有一只孤雁向南方飞去了。你看，对于相似的景物，不同的诗人总是有不同的联想。曹操《短歌行》说："月明星稀，乌鹊南飞。绕树三匝，何枝可依。"他对那只夜飞的鸟所产生的联想，是贤臣要寻找一位明主。曹丕现在也写了一只夜飞的鸟，他的联想却是对故乡的思念，孤雁都飞回故乡去了，远征的人何时才能回去呢？于是，在描写了这么一大堆自然的景物之后他终于写到了感情："郁郁多悲思，绵绵思故乡。"古诗有"青青河畔草，绵绵思远道"，这"绵绵"既可以指空间距离的遥远，也可以指时间距离的久长。他说，我愿意飞回故乡去，可是我没有翅膀；我想跨过隔断归路的河流，可是河上边根本就没有桥梁。这一句，有的版本是"何无梁"。那就是一种问话的口气，也是可以的。于是，诗人就向着那烈烈的北风发出长叹，因为对故乡的思念使他的肝肠都要寸断了！

这首诗，我说它是魏文帝年轻时跟随他父亲在行军征战途中所写的思乡之作，这只是讲法的一种，这种讲法有些过于落实。其实，本来也可以不这样讲的。你就把它看成是表现心灵中的一种追求好了：诗人想要寻找一个人生的归宿之所，可是却没有找到，所以就感到苦闷彷徨。抬头看，天上的星辰是那么高远；低头听，地下草虫的鸣叫是那么凄凉。在这茫茫的宇宙之中，你是无能为力的，"愿飞安得翼，欲济河无梁"，你的精神没有办法飞起来，你追求的东西没有办法得到。他所要写的，就是这么一种在寂寞孤独之中的追求和怀思的感情。

魏文帝，确实是一个感情很丰富的人，他的诗风和他父亲是完全不同的。曹操的诗是以其雄伟的气魄打动人，而曹丕却是用一种非常柔顺的力量去慢慢地感染人。下一节，我们将讲他的弟弟曹植，曹植的诗又是另外一种风格了。

第七节　曹植之一

在曹氏父子三人里对后世影响最大的，说实在既不是曹操也不是曹丕，而是曹植。因为，曹操处于建安诗歌的初期阶段，他的诗比较古朴、直率，而在魏晋南北朝以后，诗歌的发展趋向于骈偶与华丽，曹操的诗风与当时时代的潮流相违背，所以对后来影响不大。曹丕的诗也讲过了，我曾引了王夫之《薑斋诗话》对曹丕的批评。王夫之说，由于曹丕是一个天才，有"精思逸韵"，因而就"绝人攀跻"。意思是说，曹丕是凭他诗人的感觉取胜的，你要是天生没有这种诗人的感觉，你就很难学曹丕的诗。而曹子建的诗呢？

王夫之也说了，说他是"立阶级以赚人升堂"。他给你一个台阶，你可以跟着他走上来。正是由于曹植的诗可以供后人学习，所以他对后世的影响也最大。

魏晋的时代，乃是中国文学觉醒的时代，这种觉醒表现在各个不同的方面。魏文帝曹丕是一个有反省的、理性的诗人，所以他在文学觉醒的大背景之下走了一条批评、衡量的道路。他写了《典论·论文》，论述了文学具有独立的价值。这些我已经讲过了。那么，在同样的大背景之下，曹植觉醒到哪里去了呢？曹植的觉醒，表现在他对中国语言文字特色的反省和把握上。也就是说，从曹植起，诗人们就开始自觉地注重诗歌的对偶、铺排和雕饰。这一点，虽然导致齐梁诗歌的雕琢，但从整个诗歌发展的历史来看，却不能不说是一个进步。这些，我在讲建安诗歌的《概论》时也已经讲过了，这里就不再重复。其实，曹丕也不是没有这种反省和把握，只不过他是表现在文章中，而不是表现在诗里边。例如他的《典论·论文》中论述文学独立价值的那一段就写得极有特色：

> 盖文章，经国之大业，不朽之盛事。年寿有时而尽，荣乐止乎其身，二者必至之常期，未若文章之无穷。是以古之作者，寄身于翰墨，见意于篇籍，不假良史之辞，不托飞驰之势，而声名自传于后……而人多不强力，贫贱则慑于饥寒，富贵则流于逸乐，遂营目前之务，而遗千载之功。日月逝于上，体貌衰于下，忽然与万物迁化，斯志士之大痛也。

几个骈偶的句子并列，然后来一个叙述和感叹；又是几个骈偶的句子并列，然后又是一个叙述和感叹。因为倘若光是骈偶的句子，就显得过于整齐密集，而加入散文的句子，可以起一种疏散的作用。骈散结合，使曹丕的文章具有一种独特的姿态。

在讲曹丕的时候我也曾引过刘勰《文心雕龙·才略》对曹丕与曹植的批评。他说："文帝以位尊减才，思王以势窘益价。"为什么产生这种现象？这要从作者和读者两方面去看。对作者而言，当你受到挫折的时候，你的才能无法从别的方面表现出来，就只能通过文学创作来表现；但如果你有许多政治上的功业需要建立的话，那么你就没有更多的精力来从事写作了。所以欧阳修说"诗穷而后工"（《梅圣俞诗集序》）；司马迁也曾说，古来那些伟大的作品"大抵贤圣发愤之所为作也"（《史记·太史公自序》）。而对于读者来说，他们对这类作者则往往有一种同情、怜悯的心理。西方亚里士多德的《诗学》提到悲剧，说悲剧在精神上可以起冲洗的作用，所以能够使观众得到精神的愉悦和满足。因此，对于那些不走运的诗人，人们反而容易觉得他们的诗写得好；而对于那些一生富贵显达的诗人，由于他们的诗里缺少对那种强烈悲苦事件的反映，一般人就不太容易欣赏他们的诗。例如晏殊的词虽然写得很好，但很多人不懂得他的好处何在；至于李后主，如果他没有亡国，只写那些"划袜步香阶"之类的词，人们也不会觉得他有什么好。曹植后来大半生的经历都是从事于写作的，因为他受到他的哥哥和侄子的压制，根本就没有什么国家的正事给他干，只能够把一腔的感慨和愤激都表现在诗里边。所以他就更容易得到大家的同情，他的诗也就更容易被大家欣赏。而且，正由于他有更多的时间从事写作，所以他的诗和父兄相比，数量更大，范围更广，风格的变化也更多。

史书上说，曹操一共有二十五个儿子。他最喜欢的本来是他的一个小儿子，叫作曹冲，但曹冲十三岁就死了。剩下这些儿子里比较有才华的，就是卞夫人所生的曹丕、曹彰和曹植了。曹彰是曹丕的弟弟、曹植的哥哥，他武功很好，打仗很勇敢。这个人可能是色素比较低，须发都是黄色的。据说曹操在战场上失利时就大呼"黄须儿何在"，叫曹彰来保护他。曹操迟迟不立太子，于是他这些儿子之间就竞争得很厉害。其中竞争最厉害的两个人就是曹丕和曹植。一般按中国的伦理习惯是应该立长子的，但曹操一直不立曹丕，就是因为他心里在考虑要立曹植。可见曹植对曹丕确实曾形成过很大的威胁。可是后来由于发生了私开司马门和因醉酒不能受命领兵两件事，使得曹操对曹植改变了看法，认为他不是能够托付大事的人，最后终于决定立了曹丕。因此，曹丕对于他的兄弟们是有戒心的，尤其对曹植。《世说新语》上记载了曹植七步成诗的故事，说是曹丕做了皇帝以后曾经命令曹植在七步之内写成一首诗，不成则行大法——就是把他杀死。我以为这个传闻并不可靠。因为以魏文帝这个人，从他的文章来看，从他的作风来看，他不会做这样的事。这还不是说他仁慈不仁慈，而是说以他的智慧才略，就是要杀死曹植，也有别的办法，绝不会用这种笨办法。即使真的有这件事，我以为那不过是他和弟弟开玩笑，想试一试弟弟的才学而已。那么，什么事情是他真正做得出来的呢？那就是分封诸王各令就国——把他的那些兄弟们都赶走，不许留在首都。因为你想，曹植饮酒放纵，在他父亲活着的时候都敢私开司马门，父亲死了他还有什么不敢做？若是留在首都，说不定会再做出一些狂妄的事情来！曹丕这个人虽然有诗人的素质，但他是一个理性的人。他既然做了皇帝，就一定有他的一套办法来巩固自己的地位。他不但把他的兄弟们都分封出去，而且在每一个人那里都派有"监国谒者"，负责监视他们。而曹植是一个任性纵情的人，不能够服从监国谒者的管教。派到他那里的监国使者叫灌均，这个灌均就屡次给文帝打报告，说曹植又做了什么事情不对了，还说曹植"醉酒悖慢，劫胁使者"，结果就使他不断遭到贬爵徙封。后来曹丕死了，曹叡即位做了皇帝，但情况并没有什么变化，仍然对曹植保持有相当的防范，轻易不准他到首都来。所以，曹植在他生活的后期很不得意，始终处在他的哥哥和侄子的压制之下，心情是极抑郁的。

我曾说过，纯情的诗人和理性的诗人有所不同。理性的诗人总是有他的节制和反省，无论外边发生什么事情，他都要经过自我的思考和消化。在这思考和消化过程中，他有他自己的一个标准在，或者说，他内心有他自己的一个主宰。所以，理性的诗人往往有比较固定的风格，纵有变化，也不会很大，很明显。纯情的诗人则不同，他们对外界的反应是直接的，比较缺乏节制和反省。事情怎样来了，他就怎样直接地反射回去。曹植本来就是一个很狂傲、很任纵的人。他对自己的感情并不加反省，很直接地就表现出来了。而这样的诗人，他的作品的风格也就很容易随外界环境的改变而改变。李后主在亡国之前和亡国之后的作品风格有很明显的不同。曹子建的诗，也可以分成前期和后期。他少年时才思敏捷，又受到父亲的宠爱和欣赏，所以前期的诗写得任纵发扬。到后期，环境起了变化，他受到自己的哥哥和侄子的管制，心情抑郁不平，风格也就起了变化，写了很多感慨和牢骚之辞。实际上，这些感慨牢骚之辞仍可分成前后两个阶段。第一个阶段是刚刚受到压制的时候，他感到无法忍受，因此其感慨牢骚表现为激奋和直接，像我们下面要讲的《赠白马王彪》，就属于后期第一个阶段的作品。可是等到他的哥哥曹丕死了，他的侄子曹叡即位，仍然对他采取防范的态度，使他感到再也没有出头之日，所以他在晚年更加抑郁苦闷，而他的感慨牢骚也就从直接的激奋逐渐转变为间接的喻托，像他的《七哀诗》，就属于后期第二个阶段的作品了。

从总体上看，曹植的诗不管从内容上，还是从体裁上都是多姿多彩的。他有很多写实的诗，像《送应氏》；他还有模拟的乐府诗；此外他的赋也写得很好，其中最有名的一篇就是《洛神赋》了。有人问，曹子建和他的哥哥除了政治上的斗争之外，是否还有爱情上的竞争？这事说来话长。当初在董卓叛乱的时候，曹操和袁绍都曾起兵反抗董卓。可是董卓被消灭以后，袁、曹两家又有了矛盾，最后曹操终于打败了袁绍。当曹操的军队攻下邺城时，第一个带兵进入袁绍家中的是曹丕。他在袁绍家中就看见了袁绍第二个儿子袁熙的妻子甄氏。按年龄推算起来，当时曹丕是十八岁，曹植只有十三岁，而甄氏已经二十多岁。可是历史上说，甄氏特别美丽，曹丕一看见她就非常喜欢。曹操知道曹丕喜欢甄氏，就把她给曹丕做了妻子。一开始，曹丕是非常宠爱甄氏的。历史上还记载了这样一个故事，说有一次曹丕宴请众文臣，饮酒之间把甄氏叫出来和大家见面。甄氏出来的时候，大家都俯首不敢仰视，可是当时座中就有一位狂放的才子刘桢——建安七子之一，他就抬起头来平视甄氏——眼睛直盯着她看。曹操听说之后很生气，本要判刘桢死刑，后来减死一等，罚他去劳动改造。可见，甄氏当年确实是非常美丽的。可是，以色事人者色衰则爱弛，曹丕后来做了天子，有了很多嫔妃，对甄氏的爱情就改变了。而甄氏本来一直受到宠爱，忽然之间遭到这种挫折，难免就有怨言。曹丕大怒，于是就将甄氏赐死。历史上还说，甄氏被赐死时，她的儿子明帝曹叡还是个小孩子。有一次跟随文帝出去打猎，遇见母子二鹿，曹丕一箭就把母鹿射死了，让曹叡射那只小鹿，曹叡不肯射，说："陛下已杀其母，臣不忍复杀其子。"——这个小孩子实在是很聪明，不但保全了自己，后来还继承了帝位。

可是怎么就有了一段关于曹子建的爱情传说呢？那就是因为他写了一篇《洛神赋》的缘故。《洛神赋》前边有一段序文。曹植在序文里说，黄初三年，他到京师朝见天子，回去的时候经过洛水，想起了古人传说的洛水女神宓妃，并有感于宋玉所说的巫山神女之事，所以就写了这篇赋。曹丕也写赋，在曹丕的赋里，你可以看到他那种敏锐的感受，比如他的《感物赋》。可是曹丕的赋和曹植的赋不能相比，因为曹丕的赋都很简短。倘若说到辞藻的华美、叙写的铺陈，那一定要数曹植。曹植的《洛神赋》写了一个想象之中的美女，说她"翩若惊鸿，婉若游龙"，说她"凌波微步，罗袜生尘"，还说她对他"指潜渊而为期"，写得那真是迷离恍惚，神光离合。一般来说，真实的东西也可以很美，但那种美是有限制的，它的尺寸、大小、颜色都摆在那儿，你不能随意想象。最美的是什么？是你想象之中的美。人的想象是不受限制的，你可以把世界上一切的美都加给你所想象的那个对象。中国文学中写这种想象之中的美女是有传统的，最早的当然是宋玉所写的那个巫山神女，后来连陶渊明老先生都写过一篇罗曼蒂克的《闲情赋》。然而，这些对美女的描写并不见得都有一个爱情的故事。它们在读者心中所引起的，往往是一种追求向往的诗意。人生常常是这个样子，已经得到了的就不觉得宝贵了，觉得宝贵的总是那些可望而不可即的东西。因此人总是怀有那么一种很有诗意的、无穷无尽的追求向往之情。这也正是这些赋千百年来流传众口的主要原因。

那么甄氏又是怎么牵连进来的呢？这个责任就在于给《洛神赋》作注解的人了。《昭明文选》选了曹植这篇《洛神赋》，给它作注的人很多，其中最流行的就是李善的注。李善是唐朝人，他在注解中引了一段话，说是记曰——意思是古时候有这样的记载。到底是哪里的记载，他没有说。这真是很不负责任的做法。下边他就讲了一段故事，说是汉朝甄逸的女儿很美，曹植当初也很欣赏这个女孩子，可是她最后被曹操给了曹丕，从此两人就不能见面，后来甄氏被郭后谗毁而死。有一次，曹植入朝来见曹丕，曹丕就把甄后的玉缕金带枕给了他。曹植回去的路上经过洛水，忽然看见甄后来和他告别，还告诉他说，那个枕头是她特意送给他的，于是曹植就写了一篇《感甄赋》。后来曹丕的儿子魏明帝做了皇帝，觉得这个名字不好听，就改成了《洛神赋》。这个故事实在有点儿匪夷所思，且不说曹植比甄氏小着十好几岁，而且——这曹丕怎么能够把皇后的枕头送给他的弟弟!《昭明文选》还有一个"五臣注"的注本,那个注本上就没有引这一段话。可见,这个故事是不可信的。不过这件事在唐朝似乎流传很广,李商隐在他的一首《无题》诗中还说过:"贾氏窥帘韩掾少,宓妃留枕魏王才。"总而言之,美丽的甄氏不幸而死,这很令人同情。曹植是个浪漫多情的才子,也许在他的心中也隐约怀有这种同情之感,所以才写了《洛神赋》,这倒是很可能的。

下面我们再来看一首曹植在前期所写的诗《白马篇》。这首诗写得很有气势,属于任纵发扬的那一类作品:

白马饰金羁,连翩西北驰。借问谁家子?幽并游侠儿。少小去乡邑,扬声沙漠垂。宿昔秉良弓,楛矢何参差。控弦破左的,右发摧月支。仰手接飞猱,俯身散马蹄。狡捷过猴猿,勇剽若豹螭。边城多警急,虏骑数迁移。羽檄从北来,厉马登高堤。长驱蹈匈奴,左顾凌鲜卑。弃身锋刃端,性命安可怀?父母且不顾,何言子与妻?名编壮士籍,不得中顾私。捐躯赴国难,视死忽如归。

《白马篇》是乐府诗,这个诗题是赞颂一些英武豪侠的年轻人,他们渴望到边塞去,为国家建功立业。"白马饰金羁,连翩西北驰",开头这几句是说,那白马配有黄金制作的马笼头,飞一样地向西北边塞的方向奔驰。请问这是哪一家的年轻人?他说那是幽、并一带的游侠少年。"幽"是幽州,在今河北省东部;"并"是并州，在今山西省北部。他说，这些年轻人从很小就离开了自己的故乡河北、山西，奔向更远的大西北沙漠地区，希望在那里打击敌人，开拓边疆，建功立业。"宿昔"在这里有"一向"或"向来"的意思。你看古代的武士，身上总是佩带着武器。这些年轻人也是一样，手里从来没有离开过弓箭。"楛矢"，是用一种叫作"楛"的木材制作的箭；"参差"是不整齐的样子。在他们的箭筒里，高高低低、长长短短地插满了一大把箭。下边几句，"控弦破左的，右发摧月支。仰手接飞猱，俯身散马蹄。狡捷过猴猿，勇剽若豹螭"——这完全是意气！你要知道，有的时候一首诗写得好并不一定是因为诗人的感情深挚或思想超越，而是由于诗人的"气"。这种"气"使他的诗具有一种能够震慑读者的气势。就像那些竞选演说的人，有的人讲得很好，真的是有内容，有思想，有见解；可是也有一些人的演说并不一定有很充实的内容，但他讲演的时候大呼小叫，又拍桌子又比手势，那种声势一下子就把你给震慑住了，至于他说的话有道理没道理，你连想都来不及想。写诗也是如此，像曹植这种有才气的诗人，写诗时往往就逞才使气。"控弦"，是拉开弓弦；"的"是射箭的靶子。他说，我一拉开弓弦，就把左边的靶子射穿了。"右发"呢？我们常说"左右开弓"，那是指一个人的武艺很好，可以从这边射，也可以从那边射。"月支"，也是一种箭靶。他说，我向右边发箭，也是一下子就射中靶心。"仰手接飞猱"是说，我向上一举手就抓住了正在飞跃的猴子；"俯身散马蹄"是说，我向下一俯身就使我的马跑得飞快。他还说，我可以像猴子一样敏捷，也可以像虎豹一样凶猛。在这里边，"俯、仰"和"左、右"都是对举的。所谓"对举",常常是两个相反的极端,或者是一南一北,或者是一上一下,或者是一朝一夕,两者之间可以包容一个极大的空间,从而形成一种"张力"。比如南唐李后主有一首小词说:"林花谢了春红,太匆匆,无奈朝来寒雨晚来风。"(《相见欢》)那就是一种对举。"朝来寒雨晚来风",并不是说早晨有雨无风,晚上有风无雨,而是说从早到晚这一天的时间内,无时无刻不是雨雨风风。所以这里的"控弦破左的,右发摧月支",实际上是说,这个少年箭无虚发,四面八方无所不中;"仰手接飞猱,俯身散马蹄",实际上是说,这少年身手矫捷,马上的功夫无一样不精。这就是对举的"张力"所做成的"气势"。

中国的文学批评常常使用一些比较抽象的词语,"气势"就是其中之一。我个人以为,所谓"气势"者,就是你的语气口吻所形成的一种力量,它和句法结构有很密切的关系。一般来说,有力量就一定会有感发,曹植上了战场并不一定真的就能左右开弓,箭无虚发,但是他叙写的那种语气口吻却产生一种力量,从精神上就把你震住了,使你不敢不相信他有这种能力。我在对曹植、曹丕加以比较的时候曾经说,曹丕的诗是以感与韵取胜,曹植的诗是以才与情取胜。但现在我要换一个字,曹植的诗实际上是以才与气取胜。他的辞藻很华丽,这是才;他写诗的口吻带有一种强大的感发力量,这是气。诗的感发力量有多种不同,我曾提到梁启超在《论小说与群治之关系》一文中论及小说感动人的力量,说是有熏、浸、刺、提四种的不同。曹丕诗中的感发力量类似熏和浸的力量;而曹植这种以气势取胜的作品,其感发力量就属于刺和提的力量。那么曹植这种诗的感发力量，或者说他的"气"，是从哪里来的呢？孟子说过，人有一种浩然之气，这种浩然之气是要靠你的正直来培养的。我以为，孟子说的这种"气"和我这里所要说明的"气"之间，稍微有一点点关系。至少，它们都是指一种精神上的作用。孟子说，如果你有正直的浩然之气，你就能够做到富贵不能淫，威武不能屈，贫贱不能移。这是真的。一个人倘若能对自己充满自信，他就真的能够勇敢而无所畏惧。可是，这自信里边也还是有一点点差别的，那就是儒家所说的"仁者必有勇，而勇者不必有仁"了。有的人确实已经"闻道"，对是非的道理和宇宙间的一切都看得非常透彻，所以他有自信的勇气。可是有的人并没有"闻道"，只是盲目地认为自己就是对，一点儿道理都不讲，这种人也有自信的勇气。一般来说，这后一种人就包括才子类型的诗人。才子类型的诗人，性格上往往放纵不受约束，所以也能充满自信的勇气。这种自信的勇气，也就正是他诗中那种"气"的来源。读中国的诗你会发现，曹子建、李太白，都是这种才子类型的诗人。所谓"天生我材必有用，千金散尽还复来"（李白《将进酒》），千金散尽还能不能复来是另一个问题，但他写诗的时候完全怀有这种自信。曹子建也是这样，"控弦破左的，右发摧月支"，还有后边的"长驱蹈匈奴，左顾凌鲜卑"，话很冲就说出来了，由于他从精神上就有这种自信，所以他的话说出来也就带有一种感发的力量。

下面他说："边城多警急，房骑数迁移。羽檄从北来，厉马登高堤。"从大西北的边界地方传来了警报，敌人已屡次有向我们进攻的迹象。既然国家有了战争，那么我就要骑着我的马奔赴前线。

"长驱蹈匈奴，左顾凌鲜卑。弃身锋刃端，性命安可怀？父母且不顾，何言子与妻"——我将长驱直入踏平匈奴，然后再回过头来制服入侵的鲜卑人。我置身在万马军中，根本就不在乎自己的性命，也毫不念及自己的父母妻儿。"名编壮士籍，不得中顾私。捐躯赴国难，视死忽如归"——既然来到前线参加战斗，我就完全不牵挂自己的私事。我愿意为国家献出我的生命，我把死看得就像回去一样容易！

总而言之，这首诗在造作气势上下了很大力量，而且在使用辞藻和骈偶方面也下了很大功夫。这就是曹子建的逞才使气。在这一点上他和李后主不大一样，李后主比他更真纯，也从不逞才使气。李后主的词气势也很盛，比如"问君能有几多愁，恰似一江春水向东流"，但那种气势是一种自然真率的涌现和流露。这是李后主和曹植这两位纯情诗人的不同之处。《白马篇》是曹植前期的作品，这时候他年少多才，正得到父亲的宠爱。可是到了后来，由于环境的变化，他的诗风也有了变化。下一节，我们将看他另一种风格的作品《赠白马王彪》。

第八节　曹植之二

上一节我曾说，曹植的诗分前后两个时期。前期的诗意气风发，词采飞扬；后期的诗多感慨牢骚。而后期的诗又分为两个阶段，第一阶段是激奋和直接的，第二个阶段就走向含蓄和喻托了。

现在我们要看的《赠白马王彪》，就是他后期第一阶段的作品。这一组诗写得特别激奋、直接。我们先看这组诗前边的序文：

> 黄初四年五月，白马王、任城王与余俱朝京师，会节气。到洛阳，任城王薨。至七月，与白马王还国。后有司以二王归藩，道路宜异宿止，意毒恨之。盖以大别在数日，是用自剖，与王辞焉，愤而成篇。

"黄初四年五月"，那就是曹丕做了皇帝之后的第四年了。"白马王"的名字叫曹彪，是曹操的另外一个妻子孙姬所生。"任城王"就是我说过的那个"黄须儿"曹彰，是曹植同母的哥哥。什么是"会节气"呢？会节气是当时一种朝廷的大典。《后汉书·礼仪志》记载说："先立秋十八日，郊黄帝。是日夜漏未尽五刻，京都百官皆衣黄。至立秋，迎气于黄郊。"黄初四年的立秋是哪一天？据考证是六月二十四日。那么立秋前十八日就是六月六日，而诸王可能提前几天来，那就是五月份了。任城王曹彰，历史上说他是在洛阳暴疾而卒。曹彰这个人与曹植不同，曹植虽然狂傲任纵，总是做一些莫名其妙的事情，可是他不见得真能成什么大事。而曹彰骁勇善战，如果他的兄弟之中有哪个人和他联合起来，对曹丕将是一个很大的威胁，所以关于曹彰之死，就又有一个传说的故事。这是《世说新语》上记载的，说是魏文帝和曹彰一起吃着枣子下棋，文帝在一些枣子里放了毒药，他自己有记号，只挑没毒的吃，曹彰不知道，把有毒的也吃了，所以就被毒死了。我以为这个故事也不大可信。因为，曹彰他们到京师是在五月，五月份枣子根本还没有熟。再说魏文帝要想约束诸王不生变乱自有很多办法，不大可能采取这样的方式。曹彰得了暴疾，这是事实。五月份洛阳天气很热，他得的也许是急性传染病。总之，同母兄长的死，对曹植的打击是很大的，而他在会节气之后返回封地的时候，想和异母兄弟白马王曹彪同行一段路，也遭到了监国谒者等官吏的禁止。监国谒者等官吏当然是秉承了曹丕的意思，因为曹丕时刻防范着他的弟弟们，深恐他们私自勾结起来反对他。对这件事，曹植说是"意毒恨之"，后面又说"盖以大别在数日，是用自剖，与王辞焉，愤而成篇"。你看他所用的"毒恨"、"自剖"，都是多么强烈的字眼！他把他的激愤都不加掩饰地直接表现出来了：

谒帝承明庐，逝将归旧疆。清晨发皇邑，日夕过首阳。伊洛广且深，欲济川无梁。泛舟越洪涛，怨彼东路长。顾瞻恋城阙，引领情内伤。

太谷何寥廓，山树郁苍苍。霖雨泥我途，流潦浩纵横。中逵绝无轨，改辙登高冈。修坂造云日，我马玄以黄。

玄黄犹能进，我思郁以纡。郁纡将何念？亲爱在离居。本图相与偕，中更不克俱。鸱枭鸣衡轭，豺狼当路衢。苍蝇间白黑，谗巧反亲疏。欲还绝无蹊，揽辔止踟蹰。

踟蹰亦何留？相思无终极。秋风发微凉，寒蝉鸣我侧。原野何萧条，白日忽西匿。归鸟赴乔林，翩翩厉羽翼。孤兽走索群，衔草不遑食。感物伤我怀，抚心长太息。

太息将何为？天命与我违。奈何念同生，一往形不归。孤魂翔故域，灵柩寄京师。存者忽复过，亡没身自衰。人生处一世，去若朝露晞。年在桑榆间，影响不能追。自顾非金石，咄唶令心悲。

心悲动我神，弃置莫复陈。丈夫志四海，万里犹比邻。恩爱苟不亏，在远分日亲。何必同衾帱，然后展殷勤。忧思成疾疢，无乃儿女仁。仓卒骨肉情，能不怀苦辛？

苦辛何虑思？天命信可疑。虚无求列仙，松子久吾欺。变故在斯须，百年谁能持？离别永无会，执手将何时？王其爱玉体，俱享黄发期。收泪即长路，援笔从此辞。

读曹子建的诗你会发现，他一首一首地写下来，那才情气势，真是了不起。而且这组诗，每一章的末句和下一章的首句都是承接和呼应的。这种写法其实有例可循，《诗经·大雅》的《文王》就是用的这种写法。但这组诗的第一章和第二章之间似乎没有这种"顶针"的承接关系。因此，有的本子就把这两章连起来成为一章。其实，第一章和第二章虽然在文字上不衔接，但两章的用韵是相同的，所以读起来气势不断。我之所以要重点讲曹植的这一组诗，是因为这组诗的感情非常激动，也非常真挚，充分反映出曹子建诗的气势和他那种纯情诗人的特色。纯情的诗人往往是没有节制的。李后主身为亡国之君、阶下之囚，还要写什么"故国不堪回首月明中"。他从来也不想一想，他这样念念不忘故国，人家宋朝的皇帝对他会有什么想法，以致终于招来了杀身之祸。曹植也是这样，在发生了任城王暴薨和不准他与白马王同行的事情之后，他内心非常激愤，就是这样一口气把自己的感情写下来了，并不理会他的哥哥魏文帝看了会有什么感想。说起来，曹丕和曹植这兄弟俩真是很奇怪的：曹丕贵为天子，却口口声声说什么"盖文章，经国之大业，不朽之盛事"；曹植才真正是一个专门写作诗文的人，可他却口口声声说什么"辞赋小道"，说什么要"建永世之业，流金石之功"（曹植《与杨德祖书》）。这真是个很奇妙的对比。总之，曹植是有雄心的，他希望在政治上有所建树。这也正是他的哥哥和侄子始终对他加以防范，他自己也总是焦急痛苦的主要原因。

"谒帝承明庐，逝将归旧疆。""承明庐"是什么地方？那本来是汉朝宫殿的名字。可是《文选》李善注说，陆机在《洛阳记》里曾提到，他向张华请教过这个问题，以博学知名的张华告诉他，魏明帝在建始殿朝会，到建始殿去要经过承明门，所以这是魏宫中一个宫门的名字。至于"庐"，当然是"值庐"了，就是朝臣们当班值日临时住宿的地方，在承明门侧。"逝"，可以是"往"的意思，也可以看作语气词。"旧疆"，指原来的封国。曹植先是被封为鄄城王，黄初四年徙封雍丘王，但此时他的驻所还没有迁移，还在鄄城。所以他此行是返回鄄城去。"清晨发皇邑，日夕过首阳"，"皇邑"指洛阳，曹丕代汉后定都洛阳；"首阳"是首阳山，在洛阳城东北二十里的地方。"伊洛广且深，欲济川无梁"，"伊洛"是指伊水和洛水，洛阳古称"三川之地"，因为它是黄河与洛水、伊水相汇合的所在。曹植离开洛阳东去就要经过伊水和洛水。这个"广且深"，是《古诗十九首》的句法，像我们讲过的《行行重行行》里边就有一句"道路阻且长"，这是一种对前途的险阻加重的说法，强调它的难以逾越。曹子建这几首诗写得果然是好，他把"赋、比、兴"三种作诗的方法都结合起来了。"谒帝承明庐，逝将归旧疆"直陈起始，当然是赋；"伊洛广且深，欲济河无梁"则既是写实，又结合了比兴。据史书的记载，黄初四年六月洛阳下了大雨，伊水和洛水都涨了水，所以"伊洛广且深"的确是写实，写他前途的道路阻隔难行。然而这句还有第二层的意思，那就不是现实的道路而是他整个人生的道路，是他所遭遇的艰险和他所受到的迫害。底下他说："泛舟越洪涛，怨彼东路长。"曹子建的诗气势盛，说话非常有力量。读的时候你可以感觉到，这两句他几乎是咬牙切齿说出来的。"泛舟越洪涛"的"洪涛"，就代表着他生活的不安定和遭受的迫害。"怨彼"，也是很重的口气，他说我就怨恨向东去的那一条路，那条路是如此孤独，如此遥远，而且充满了危险。他并不愿意回他自己的封地，而希望留在首都洛阳，可是他又没有办法留下来。现在，他已经登上了返回封地的路途，但他的心还在洛阳，所以就"顾瞻恋城阙，引领情内伤"。"领"是脖子，"引领"就是伸长了脖子回头望。他清晨离开洛阳，黄昏到达首阳，这里离洛阳已经很远了，可是他还回头向着洛阳的方向遥望。你要知道，曹植被遣出洛阳后，他写过《求通亲亲表》，写过《求自试表》。因为他的母亲卞太后在洛阳，当时的政治中心也在洛阳，他希望留在母亲身边，更希望在政治上得到建功立业的机会。他曾写过许多表章，但魏文帝不理他，魏明帝也不理他。所以，他满心都是怨愤。中国有不少诗人写过离开首都时对首都的留恋，例如杜甫被贬官到华州时写了一首题目很长的诗，叫作"至德二载甫自京金光门出间道归凤翔乾元初从左拾遗移华州掾与亲故别因出此门有悲往事"，结尾两句说："无才日衰老，驻马望千门。"杜甫也希望留在首都，因为他的愿望是"致君尧舜上，再使风俗淳"。可是现在他被贬出京师了。他说，倘若我有才干，那么我也许有一天被召回长安；倘若我还年轻，那么我也总有一天能回到长安。可是我既年老又无才干，看来是永远也不能回来了。所以临走时我要停下马来，回头再望一眼长安城。杜甫只是感伤自己不被任用，而曹植的怨愤之情比杜甫更甚。因为，他不是一个普普通通的臣子，他是魏武帝曹操的儿子，是当年几乎被立为太子的人。而且，他的母亲、他的哥哥，都在洛阳城里，他却被赶出这个政治中心，不得不回到遥远的鄄城去！到这里为止，是这组诗的第一个段落。

"太谷何寥廓，山树郁苍苍"，"太谷"就是大谷，即一大片的山谷。首阳山的山谷深远辽阔，山上长满了茂密的树木。有的时候，草木茂密代表着欢喜快乐，但在这里却代表着一路上的险阻。"霖雨泥我途，流潦浩纵横"，这个"泥"读去声nì，是个动词，有阻滞的意思；"流潦"是泛滥的雨水；"纵横"是水乱流的样子，这个"横"字押韵读huáng。你看他用的这些字，他的气势都从这里边传达出来了。"中逵绝无轨，改辙登高冈"，"逵"是道路，他说我们本来应该走大路，可是大路被泥水断绝了无路可通，我们只好改变方向登上山坡。然而山路更不好走，"修坂造云日，我马玄以黄"。"修"是长的意思；"坂"是坡路。那山坡的斜路很长很长，好像要一直通往天上，所以不但人疲倦了，连马也疲倦了。这后一句出于《诗经·周南·卷耳》的"我马玄黄"。《毛传》注解很妙，说"玄马病则黄"，黑颜色的马在疲倦衰病的时候那毛就发黄。你看有些人家养的狗，喂得很好，那毛就乌黑发亮，街上有些野狗很瘦弱，它们的毛也没有光彩，没有光彩就显得发黄。这一段是说，前途的道路如此遥远难行，以至于马都疲倦衰病了。

可是"玄黄犹能进，我思郁以纡"，一个转折就把路途上的苦恼又加深了一层。有的人写诗是一口气投注到底的，像李后主的"自是人生长恨水长东"、"恰似一江春水向东流"，中间没有表现强烈挣扎的顿挫，完全是一往情深的奔泄。这当然有它的好处。可是，还有另外一种美，它不是一下子整个投入的，而是表现出一种挣扎的力量，竭力要从痛苦中挣扎出来，然而这挣扎并不成功，最后还是沉下去了，于是这种悲痛就显得更深、更重。冯正中的"谁道闲情抛掷久，每到春来、惆怅还依旧"（《蝶恋花》），用的就是这种办法。曹子建这一组诗里也有很多这样的转折，这里就是其中一处。他说，马虽然是病了，可是还能勉强前进，最难受的是我内心。"郁"是沉重深厚的样子；"纡"是纡曲，指心里边的感情千回百转，不能断绝。"郁纡将何念，亲爱在离居"，这种沉重的、不能解脱的感情是为了什么而起的？那是因为马上就要和我亲爱的兄弟被迫分别了。"本图相与偕，中更不克俱。""本图"，是本来的打算，他和白马王本来打算同行一段路然后再分开的，可是忽然之间就起了变化，"鸱枭鸣衡轭，豺狼当路衢。苍蝇间白黑，谗巧反亲疏"。这真是曹子建！他的激愤都直接表现出来了。"鸱枭"就是北方说的"夜猫子"，是最坏的恶鸟。他说，鸱枭就飞到我车前的横木上朝我大叫，豺狼就蛮横地挡在我的面前。走山路，当然可能会遇到鸱枭和豺狼。可是他这几句在写实的同时，又有象喻的含义，矛头所向乃是迫害他的"有司"。"苍蝇间黑白"，出于《诗经·小雅·青蝇》"营营青蝇止于樊"。《诗经》的注解说，苍蝇这种昆虫，它可以"污白使黑，污黑使白"。如果你穿的是白衣服，苍蝇落上去就留下些黑色的污点；如果你穿的是黑衣服，苍蝇落上去就会留下些白色的污点。你要注意这个"间"字，它是去声，读jiàn，意思是疏隔，使两个东西分开。两个人本来关系很好，但是受到第三个人的疏隔，那就是谗毁的作用了，"谗巧反亲疏"。孔子说过："巧言令色，鲜矣仁。"（《论语·学而》）那些喜欢说人家坏话的人，用各种花言巧语来挑拨，能够使本应很亲近的人变得疏远。这话可以理解为两种意思：一个是指他和白马王的分别；一个是指他和曹丕的关系。古人是不肯直接指责天子的，不管曹丕对他怎样迫害，但他认为——至少表面上认为——这要归罪于有司的谗毁。"欲还绝无蹊，揽辔止踟蹰"，"蹊"是很窄的小路，他说我要回洛阳去，可是就连一条窄窄的小路也没有了。他说，我就只好拉住马缰停在这里徘徊不前，因为我向前看是"修坂造云日"，是"怨彼东路长"；向后看是"欲还绝无蹊"。那么我该怎么办呢？

"踟蹰亦何留？相思无终极"，这里和上一段呼应，又是一个顿挫。他说，我怎么能在这里徘徊呢？我总是要走的。在我们分别之后，我会永远思念你。在这次分别之后，曹植和曹彪果然就再也没有见面，曹彪后来是被司马懿害死了。下边几句，又是山野间大自然景色的写实，但也可以说是象喻："秋风发微凉，寒蝉鸣我侧。

原野何萧条，白日忽西匿。归鸟赴乔林，翩翩厉羽翼。孤兽走索群，衔草不遑食。"秋风和寒蝉都给人以凄凉的感觉，因为它们使人感觉到岁月的变化和生命的短促。这些意象都是旧诗里常用的。比如秋风，我们前边讲过的曹丕《燕歌行》里就有"秋风萧瑟天气凉"，这里又说"秋风发微凉"，都是说秋风，都是说凉，岂不有点儿太相似了吗？可是王国维在《人间词话》里说得好："'西风吹渭水，落日满长安'，美成以之入词，白仁甫以之入曲，此借古人之境界为我之境界者也。然非自有境界，古人亦不为我所用。""秋风吹渭水，落叶满长安"是唐朝贾岛的两句诗，然而北宋的周邦彦在他的词里也写了西风，写了落叶；元朝的白朴在他的曲里也写了西风，写了落叶。句子都差不多，但他们所要表达的感情不同，是借用了古人的境界却又有自己的境界。这是中国诗歌的特色：既重视对传统的继承，也不能没有个人天才的创造。王国维在《人间词话》里还说："故能写真景物真感情者，谓之有境界。"什么叫真景物？你说，我也到过渭水了，我也看见西风落叶了，我写的难道不是真景物吗？不一定。因为那西风落叶必须是你带着自己的感受写出来的，才叫真景物，才有自己的境界。而面对相同的景物，每个人的感受是会有差异的。曹丕的"秋风萧瑟天气凉"是"思妇"的感受，曹植的"秋风发微凉，寒蝉鸣我侧"是"逐臣"的感受；曹丕那首诗的风格是和柔巽顺，油然感人，曹植这首诗整个是激愤的感情。这是不同的，从环境到个性都完全不同。

另外你看，"秋风萧瑟天气凉"和这里的"原野何萧条"相比，后者的力量是多么强大！而且是"白日忽西匿"，太阳一下子就隐匿不见了。"原野何萧条，白日忽西匿"是对句，其中，"原野"是名词，"萧条"是述语，"何"是副词；"白日"是名词，"西匿"是述语，"忽"字也是一个副词。所以在平衡上说起来，曹子建的气势就是因为他叙述的口吻而形成的。以空间来说，原野是这么空旷，这么寂寞；以时间来说，白天是这么短暂，这么仓促，而且对偶句中"何"字、"忽"字都起了加重语气的作用。这一章，三、四两句相对，五、六两句相对，然后是七、八和九、十两两相对，假如画成图示，就是这样的：

秋风发微凉　原野何萧条　归鸟赴乔林　翩翩厉羽翼
　　　　　　　→　　　　　→

寒蝉鸣我侧　白日忽西匿　孤兽走索群　衔草不遑食

这种进行式的对偶，很容易形成气势。所以，有时你读一个诗人的诗觉得感觉不同，风格不同，为什么不同？一定要能说出一个道理来才行。

曹子建喜欢用对偶，但他的对偶并不是很死板。中国的诗用更严格的对偶，那是从南北朝的时候开始的。南北朝时的对句和曹植的对句不一样，像"归鸟"两句和"孤兽"两句，分量上是相对的，一个说鸟，一个说兽，可是前两句里有"翩翩"，是叠字，后两句里就没有叠字，这在后来的诗里是不行的。"归鸟赴乔林，翩翩厉羽翼"是说，那有家可归的鸟，正张开翅膀飞回巢里去。"乔林"，是高大的树林，那是鸟的家，是如此美好的一个地方，所以它们是快乐的。可是，像白马王和曹植，虽然在洛阳有许多亲朋，曹植的母亲卞太后这时也还活着，可是他们不能留下来。于是这时他又看到："孤兽走索群，衔草不遑食。""孤兽"，是一个离群的、孤独的兽；"走"，在古代是跑的意思；"索"，是求。他说，兽在这种孤独的情况下，你就是有食物给它，它都没有心情吃。"不遑"，是不暇，没有时间，然而有的时候却不一定是时间上的不暇，而是心情上的不暇。人在心情不好时，就常常吃不下饭去。所以这也是象喻，野兽尚且有家，尚且要找到同伴，我们兄弟们为什么就一定要分开呢？以上他写了秋风、寒蝉、原野、白日、归鸟、孤兽，都是大自然景物。"感物伤我怀，抚心长太息"，作者他看到这么多大自然的景物，就引起了内心的悲伤。"抚心长太息"是用手捶着胸口发出叹息，那是一种悲伤已极的样子。

"太息将何为？天命与我违"，这又是一个转折。前边第三首的"玄黄犹能进，我思郁以纡"也是一个转折，但那是扬上去再跌下来；而这里这个转折是更深一层地跌下去。因为，太息已经是无可奈何，连太息都否定了，那就更加无法排解。西方小说常常说某某是一个被神诅咒过的人，那就是一种"天命"。"天命与我违"就是说，一切都没有希望了，所有的幸福都与我无缘了。既然写到这一步，他就想起了自己刚刚死去的兄长曹彰："奈何念同生，一往形不归。孤魂翔故域，灵柩寄京师。"曹彰死在洛阳，但妻子儿女都在任城。他说，他的孤魂一定会飞回任城去，而他的尸骨却还寄放在京师洛阳！由此他就想到："人生处一世，去若朝露晞。年在桑榆间，影响不能追。自顾非金石，咄唶令心悲。"人生真像一个旅途的过客，死了之后身体就腐烂消失了。这人生一世，和早晨的露水又有什么两样呢？"桑榆"有两种讲法，一个是天上两颗星星的名字，位置都在西方；另一个就是指树，说是太阳西斜，晚景照到了桑榆的树上。"影"是光影，"响"是声响，都是刹那间便会消失的东西。他说，人过中年也是这个样子，生命就像光影和音响一样迅速地消失。就像佛经上说的，"如露亦如电"，"如梦幻泡影"，那是永远也追不回来的。"自顾非金石，咄唶令心悲"，"咄唶"是叹息的声音，人都是血肉之躯，谁都不会长久，最后不是都会腐烂消失吗？

"心悲动我神。"据说那时候有一个人叫荀奉倩，他的妻子死了，他不在人前流泪，但是却"神伤……痛悼不能已，岁余亦亡"。总是想着悲伤的事一定会使精神受到伤害，应该把它忘掉才好。这又是一个转折，当悲伤达到极点之后，不能再继续下去了，所以他要转回来说一些安慰的话。你要注意，"弃置莫复陈"，用的又是《古诗十九首》的句法。《行行重行行》中有"弃捐勿复道"。虽然《古诗十九首》的风格是温柔敦厚的，与曹子建的作风并不相同，但曹子建很多句法确实是受到了《古诗十九首》的影响。底下他就开始说安慰的话了："丈夫志四海，万里犹比邻。恩爱苟不亏，在远分日亲。何必同衾帱，然后展殷勤。忧思成疾疢，无乃儿女仁。"初唐王勃写过很有名的两句诗"海内存知己，天涯若比邻"（《送杜少府之任蜀州》），显然就是从曹子建这里变化而来的。曹子建说，男子汉大丈夫就要以四海为家，只要我们兄弟的友爱之心不变，那么纵然身隔万里，情分只能一天比一天更亲密，何必非得住在一起呢？"同衾帱"，用的是后汉姜肱的典故，姜肱兄弟十分友爱，经常同被而眠。而曹植说，我们男子汉的感情不是用这种方式来表达的。倘若因思念而成病，那岂不是和妇孺一样了？以上这些都是挣扎，他是想对自己说一些安慰的话，从悲痛里边挣扎出去，可是"仓卒骨肉情，能不怀苦辛"，一下子就跌下来了。中国有句俗语叫作"看得破，忍不过"，人往往从理性上完全知道该怎样做才是明智，但在感情上却无论如何也接受不了。曹彰的死是"暴卒"，和白马王立刻就要分别事先也没想到，也是很仓促的。骨肉至亲的兄弟们生离死别却是来得这么快，又有谁能够不悲苦呢？

"苦辛何虑思？天命信可疑。"在悲苦酸辛之中他就反省了，人生到底是怎么回事？真有所谓"天命"吗？中国古代有很多人在极度悲伤的打击之下就开始怀疑是否有"天命"，最早是屈原的《天问》，然后是太史公司马迁。屈原很忠心，后来遭遇到放逐；司马迁很忠心，可是受到腐刑。一个人悲苦到极点，就会发出对天命的疑问。司马迁在《伯夷列传》里就说："傥所谓天道，是邪非邪？"曹植说"天命信可疑"，这个"信"字，用白话来翻译就是"实在"。人们都说天道是最公平的，可是现在看起来这话实在有点儿可疑。那么神仙呢？有的人对人失望了，就寄希望于神。基督教说，你这一辈子不快乐，但你死后可以上天堂，得到永存的生命；佛教说，你这辈子做了好事，下辈子就可以有福气；道教说，你好好地修炼就可以长生。然而，"虚无求列仙，松子久吾欺"。"松子"是赤松子，相传是古代一位神仙。他说，神仙本来就是虚幻的，赤松子的传说其实也是对我们的一种欺骗。既然天命也不可信，神仙也不可信，那么"变故在斯须，百年谁能持"？"斯须"，就是顷刻。仅这么几天以来就发生了这么多生离死别的变故，你对哪一件也无法把握、无法预料，又有谁能够把握自己的一辈子呢？"离别永无会，执手将何时"，我们知道，我们今后永远不会再见面了。果然，曹植和曹彪以后就真的再也没有见过面。话说到这里，已经再没有什么好讲，只能勉强说些祝福的话了："王其爱玉体，俱享黄发期。"据说，人老了头发就由黑变白，到更老的时候头发又由白变黄。所以"黄发"是指高寿。他说，我们就只有各自保重身体，多活一些岁月吧。"收泪即长路，援笔从此辞"，"即长路"就是登程上路的意思，他说在上路之时，我就拿起我的笔来，写了这些首诗——此次分别之后，这兄弟两人就再也没有见面，后来曹植死了，曹彪则在嘉平年间因造反的罪名被杀。这是曹魏的一段历史。

第九节　曹植之三

在讲曹植后期第二个阶段的作品之前，我还要对上一节的内容作一点儿补充，那就是曹植在《赠白马王彪》最后那一章里对人生的反省。古代有很多人在极度悲伤的打击之下就开始怀疑是否有天命，即司马迁在《史记·伯夷列传》里所说的"傥所谓天道，是邪非邪"。可是，曹植这首诗只不过是发泄他的激愤，而谈到对人生的反省，司马迁实在要比他深刻得多。关于善恶是否都有报应的问题，是世上很多人都很关心而又不得其解的问题。因为现实世界是不公平的，为善的人常常得不到善报。那么，人还要不要为善呢？当人们对此产生怀疑的时候，宗教就试图给人们一种精神上的安慰。所以基督教就说，你在这个世界上虽然受苦，但只要你坚信上帝，死后就能升到天堂；佛教就说，只要你好好修行，那么你今生虽然不幸，来世一定会得到报偿。人，都是软弱的。尤其当一个人遭到不幸的时候，很容易产生精神上的危机，因此就需要得到安慰和鼓励，而宗教就起着这种安慰和鼓励的作用。可是也有那么一些人，尽管遭到不幸，却不需要借助宗教的力量，因为他有自己的持守和寄托。我们应该认真读一读司马迁的《伯夷列传》，那真是一篇好文章。司马迁是历史学家，历史上那些盛衰兴亡，他比一般人看得更清楚。在历史上，有几个善人得到善报？又有几个恶人得到恶报？颜渊好学却贫穷而早夭，盗跖每天吃人肝却得到寿终！所以司马迁就提出疑问："傥所谓天道，是邪非邪？"可是，司马迁并没有停在这里。因为倘若停在这里，那么他得出的结论必然是：既然为恶并无恶报，那么奈何不可为恶？然而司马迁的结论不是如此的。他接下来就说："孔子曰'道不同不相为谋'，亦各从其志也。"贪夫殉财，烈士殉名，每个人都有自己追求的理想。如果用正当的办法可以得到富贵那当然很好，可是如果只有走邪恶的道路才能得到富贵，那么就宁可不求富贵，仍要坚持走自己的路。古人对此是身体力行的，历代都有人做出这种选择。陶渊明，宁可去乞食也不肯为官。他说："饥冻虽切，违己交病。"（《归去来兮辞序》）可是尽管如此，难道在饥冻之中他就不需要安慰和鼓励吗？陶渊明是有他自己的安慰和鼓励的，那就是古人的榜样。陶诗常常写到古人，像"遥遥望白云，怀古一何深"（《和郭主簿》）；像"何以慰吾怀，赖古多此贤"（《咏贫士》之二）。陶渊明写过七首《咏贫士》的诗，他认为，在当世虽然没有一个人了解他，可是他并不孤独，古人中有他的知音。在中国古代，确实有一些看起来很"傻"的读书人，他们坚持自己的理想，其品格、德行、操守形成了一个历史传统，给后代读书人留下了一种光照。所以中国的读书人往往并不需要仰赖宗教信仰的寄托，他们读书时，在古人的光照里就能够得到自己的快乐，得到力量的源泉。而曹子建，是没有达到这个境界的。

曹植早期的《名都篇》、《美女篇》、《白马篇》，写得真是意气风发，那是他没有经受过人生挫折以前的作品。上节所讲的《赠白马王彪》，是他遭受挫折之初所写的作品，所以有那么多激愤、那么多不平。后来他的哥哥曹丕也死了，他的侄子明帝曹叡即位。曹植认为侄子还比较年轻，也许自己还有机会，于是就上了好几篇表文。像《求自试表》，是恳求给他一个被用的机会；《求通亲亲表》，是希望能和母亲、兄弟等亲人自由来往。可是曹叡——这个人真是有乃父之风——都是"优礼答之"，回答得非常客气，但就是始终不给他任何机会，所以后来曹植只能在抑郁中死去。在这段时期中，他写了一些诗，这就是他后期第二阶段的作品了。这些诗在中国诗歌的演进中，所占的位置也是不可忽视的。

曹植和王粲都写过《七哀诗》。什么叫"七哀"呢？《文选》六臣注吕向说"谓痛而哀，义而哀，感而哀，怨而哀，耳目闻见而哀，口叹而哀，鼻酸而哀"，所以叫七哀。这种解释是很勉强的。比如人家会问，所谓"耳目闻见而哀"与"感而哀"哪里有什么区别？清朝有位学者何义门，他解释说，人有七情，这七情都被悲哀的感情占有了，所以就叫七哀。这种解释也不是无懈可击。比如人家会问，乐也是七情之一，乐又怎样被悲哀占有呢？所以，我们不一定要拘限于古人的解释，总之，"七"是表示多数，"七哀"就是要写你内心中最感动、最深刻的一种感情。现在我们就来看曹植的《七哀诗》：

> 明月照高楼，流光正徘徊。上有愁思妇，悲叹有馀哀。借问叹者谁？言是宕子妻。君行逾十年，孤妾常独栖。君若清路尘，妾若浊水泥。浮沉各异势，会合何时谐？愿为西南风，长逝入君怀。君怀良不开，贱妾当何依？

在讲这首诗之前，我们先来了解一下中国诗歌中"弃妇"形象的发展过程。《诗经》中所写的女子，多是现实中的女子，如"出其东门，有女如云。虽则如云，匪我思存"（《郑风·出其东门》），他说出了东门看到许多漂亮的女孩子，但却都不是我所爱的那一个。这当然是现实中的女子。还有《卫风·硕人》中所描写的"硕人"："手如柔荑，肤如凝脂，领如蝤蛴，齿如瓠犀，螓首蛾眉。"说她的手很柔嫩，像初生的茅草；她的皮肤很白，像凝结的脂肪；她的颈像天牛的幼虫一样又白又长；她的牙齿像瓠瓜子一样洁白整齐；她的额像螓额一样方正；她的眉毛像蚕蛾一样细长。你看，连《诗经》中的比喻也是这么淳朴、现实。这个女子更是现实中的女子，她有名有姓，是卫庄公的夫人庄姜。除了美女之外，《诗经》中还有一类女子就是"弃妇"。其中写得最好的一首是《卫风·氓》："氓之蚩蚩，抱布贸丝。匪来贸丝，来即我谋。"诗中这个男子一开始表现出很淳朴的样子，来做丝、布生意。其实他并不是来做生意，而是来和这个女子订约会。后来，这个女子就跟着他走了。在旧日中国，男女是不平等的。《氓》中这个女子嫁过来三年，辛劳地为男子操持家务，而这男子由于已经获得了对她的占有权和使用权，就开始虐待她了，而且最后抛弃了她。《氓》里边有一段说："桑之未落，其叶沃若。于嗟鸠兮，无食桑椹。于嗟女兮，无与士耽。士之耽兮，犹可说也；女之耽兮，不可说也。"说，同"脱"，解脱或摆脱的意思。桑树茂盛的时候桑叶都很肥大，但是那些鸠鸟啊，你们不要随便去吃桑葚。这是"兴"的写法，因为据说鸠鸟吃了桑葚就会醉倒。女子也是一样，千万不要随便就爱上一个男子。因为男子沉溺于爱情是不要紧的，而女子沉溺于爱情就会犯下无可挽回的错误。这首诗，是用被弃女子自己的口吻来述说她的悲哀。所以总的来说，《诗经》中所写的女子主要有两种形象，一种是现实中的美女，一种就是现实中的弃妇。

后来到了《楚辞》，屈原《离骚》中的美女都不是现实的，而是一种美好的象喻，有时候喻指君王、贤士，有时候也喻指自己，当然这些美女也都不是"弃妇"。前文还讲过《古诗十九首》中的《行行重行行》和《青青河畔草》，那里边的两个女子也不能算"弃妇"，只能说是"思妇"。因为不但我们不可以确定她们是否被弃，而且她们自己也不肯承认被弃。"思君令人老，岁月忽已晚"，那女子还在等待，还没有放弃希望。

到了建安时代，有些诗人就又开始写弃妇了。这时的弃妇就有了两种类型：写实的和象喻的。曹植这首《七哀诗》中的弃妇，就是象喻的。但我们在讲象喻的弃妇之前，还要把写实的弃妇也简单介绍一下。我们看繁钦的《定情诗》，这个"繁"字，作为姓的时候要读作pó。繁钦的诗传下来不多，这首《定情诗》是很有名的，因为它把女子从期待盼望到相信被抛弃，写得很有层次，也很有感情。所谓"定情"，本来是指男女之间爱情的信约，但这首诗的"定情"却不是讲信约，而是讲女子被弃之后设法安定自己的感情。就像陶渊明《闲情赋》的那个"闲情"，有的人解释为一种不严肃的、浪漫的想法，但也有人解释为"防闲"。就是说，我虽然有这种浪漫的想法，但是我要用礼法把它防守住。繁钦《定情诗》说："我出东门游，邂逅承清尘。思君即幽房，侍寝执衣巾。时无桑中契，迫此路侧人。"第一句"我出东门游"是有出处的，就是前文所说《诗经·郑风》中的《出其东门》。诗中这个女子，又是"与士耽"的一个例子。她到东门外去游玩，偶然遇到了这个男子，很快就和他发生了密切的关系。"桑中契"出于《诗经·鄘风·桑中》的"期我乎桑中"。她说，当时我并没有和其他男子约会过，所以很快就和他好起来。她说，我们互相爱慕，于是就定情了："何以致拳拳，绾臂双金环；何以致殷勤，约指一双银；何以致区区，耳中双明珠；何以致叩叩，香囊系肘后……"后边还有许多，总之是他们互相之间赠送的定情之物。后来他们分别了："何以慰别离，耳后玳瑁钗……"分别以后，女子还想和那男子见面，可是那男子已经抛弃了她："与我期何所，乃期东山隅。日旰兮不来，谷风吹我襦。远望无所见，涕泣起踟蹰。"底下又说："与我期何所，乃期南山阳。日中兮不来，飘风吹我裳……"；"与我期何所，乃期西山侧。日夕兮不来，踟蹰长叹息……"；"与我期何所，乃期北山岑。日暮兮不来，凄风吹我襟……"这是乐府诗常用的手法，她说，我和他相约在东山脚下相会，可是他没来，相约在南山、西山、北山，他都没有来；我从日出一直等到日中、日暮，他还是没有来。这东、南、西、北的空间和从日出到日暮一整天的时间，就代表了一个完整的、从始至终的期待。那男子始终没有来，于是女子终于明白，自己是被抛弃了。"爱身以何为，惜我华色时。中情既款款，然后克密期。褰衣蹑茂草，谓君不我欺。厕此丑陋质，徙倚无所之。自伤失所欲，泪下如连丝。"她说，我为什么爱惜自己？那是因为女子的美丽为时不多。我是觉得你对我很好，所以才跟你订了约会。我以为你不会欺骗我，可是你竟然欺骗了我！我真是觉得自己是最鄙陋的人，心中往复徘徊，不知该到什么地方去。我已经不再期待，泪水接连不断地流下来。繁钦所写的，是现实生活中一个被男子抛弃的女子。

曹植《七哀诗》中的女子，不是现实中的弃妇，他是用弃妇来做象喻。开头两句"明月照高楼，流光正徘徊"，是见物起兴。在中国诗歌传统中，"明月"总是引起人的相思怀念，如"但愿人长久，千里共蝉娟"（苏轼《水调歌头》）；"却下水晶帘，玲珑望秋月"（李白《玉阶怨》）。"高楼"是登高望远的，亦使人联想到对远人的期待，如"昨夜西风凋碧树，独上高楼，望尽天涯路"（晏殊《蝶恋花》）。所以他这"明月照高楼"什么都还没有说，只标举了"明月"、"高楼"两个形象，就已经蕴含着很深的情意了。他的下一句"流光正徘徊"，写得更好。"徘徊"本来是说人来回行走，这里说流动的月光也像人一样在那里徘徊。我们常说"天光云影"，在天上有云有月的时候，一片流动的云彩遮住月亮，地下的月光就暗了；这片云彩离开月亮，地下也亮起来。这种月亮与云彩的流移转动和地上光影的明暗变化，就成了引发你内心相思怀念的一个因素。这就是"物色之动，心亦摇焉"（刘勰《文心雕龙·明诗》）。

"上有愁思妇，悲叹有馀哀"，在这月影流移的高楼之上，就正有一个忧愁悲哀的女子，在思念她所爱的对象。"借问叹者谁？言是宕子妻"，这是乐府常用的问答手法。"宕子"，是指远行的人。有的版本作"客子"。"君行逾十年，孤妾常独栖"，这个女子说，她所爱的男子已经走了十年之久，她一直孤独地自己住在这里。中国古代常常有这样的故事：一个男子在贫贱之时娶了妻子，等他一取得高官厚禄，马上就抛弃了糟糠之妻，另娶名门之女。所以，"君若清路尘，妾若浊水泥"，男子就好像路上的尘土，风一吹就可以飞起很高，飞黄腾达；而女子就像水底的沉泥，如果被抛弃了那是一点儿办法都没有的。为什么呢？因为"浮沉各异势，会合何时谐"，两个人的情势不同了，所以就没有再团圆的可能。

然而，中国的女子却一向是比较专一的："愿为西南风，长逝入君怀。君怀良不开，贱妾当何依？"在中国，春天刮东风，秋天刮西风，冬天刮北风，夏天刮南风。"西南风"是夏天的风，而夏天的风都是受人欢迎的好风。"逝",是往。这女子说,我愿意化作一阵好风从离你这么远的地方飞向你,吹开你的衣襟,吹入你的怀抱。可是,你的怀抱已经不会为我而开,那时叫我一个卑贱的女子依靠谁呢?前文讲《古诗十九首》的时候曾讲到过杞梁妻,她的丈夫死了,她说:"上则无父,中则无夫,下则无子,人生之苦至矣!"于是也投水而死。在中国古代,女子一般是不能够独立生活的,必须依托于男子。现在诗中这个女子被遗弃,失去了男子的依托,所以她如此悲哀凄苦。然而,这首诗并非写实而是象喻,那"清路尘"的男子当然是指君王,过去是曹丕,现在是曹叡;"浊水泥"的女子则是曹子建自喻。一个臣子,如果不能得到君王的任用就没有机会实现自己的价值。臣子依附君王和女子依附男子的性质是差不多的,所以曹子建才写了这种喻托的诗来表现自己的怨情。

在遭受多年的压抑之后仍然看不到出头的希望,曹植过去那种发扬的意气受到了更多的挫伤,所以他不再有写《赠白马王彪》时那样的愤慨和激动,而转为用比喻和寄托来表现他的悲哀。现在我们再看他的两首《杂诗》,先看短的一首:

> 南国有佳人,容华若桃李。朝游江北岸,夕宿潇湘沚。时俗薄朱颜,谁为发皓齿?俯仰岁将暮,荣耀难久恃。

美人香草的比喻在中国由来已久。他说,在南方有一个美丽女子,容颜像桃花和李花一样娇艳。她早晨在江北岸徘徊,黄昏就住宿在潇湘的水边。潇湘,一个多么容易使人产生浪漫联想的地方!

这女子既美丽又多情，她希望她的感情能够有所投注，有所奉献。可是，时人并不欣赏真正的美貌，他们只需要那些工于谗巧、善于吹牛拍马的人。那么，她还能为谁开口歌唱呢？更何况，人生不过俯仰之间就到了迟暮岁月，青春美貌又怎能够长久存在！这首诗，伤心功名之无望，叹息生命之无常，喻托的含义十分明显。下边我们再看他的另外一首《杂诗》，比较起来，这一首就不是那么容易懂了：

　　　　高台多悲风，朝日照北林。之子在万里，江湖迥且深。方舟安可极，离思故难任。孤雁飞南游，过庭长哀吟。翘思慕远人，愿欲托遗音。形景忽不见，翩翩伤我心。

“高台多悲风，朝日照北林”两句是“兴”。这两句比较难讲，但那种感发实在写得很好。“高台多悲风”，字面上很好懂，高的地方风自然就比较大。你要是躲在下边，风当然吹不着你，可你要是站到高台上，风就都吹到你的身上，因为你的目标显著。所以“高台多悲风”给人的感觉是高绝的、孤单的，甚至是受到摧伤的。可是为什么又说“朝日照北林”呢？朝阳照到北边的树林中，不是给人一种温暖的感觉吗？它与高台悲风的孤独与摧伤又有什么关系？然而你要知道，按中国的习惯，北方是寒冷的，凡是北门、北林，都是背阳向阴，属于阴寒之地。所以“朝日照北林”，也许就有这样的暗示：像北林那种阴寒的地方都能得到朝日的温暖，为什么就没有温暖降到我的身上呢？其实，这么一讲就太落实了，这真是很笨的办法。人家这两句的妙处就妙在不可说，仅这两组相对的形象就能引起你各种的感发和联想。

"之子在万里，江湖迥且深。方舟安可极，离思故难任。"有这么一个人，他离开故国到了万里之外，他和所思念的人之间也被既深又远的江湖水所隔绝。"方舟"是两只船并在一起，其实就是指一条大船。有的船很小，一叶扁舟，那是不能经受大风大浪的。可是他说，就是我坐上方舟大船，也难以越过江湖的险阻，这种离别的思念，真是令我难以承受。"孤雁飞南游，过庭长哀吟"，有一只孤独的鸿雁正向南方温暖的地方飞去，当它经过我的庭院时，发出长长一阵哀鸣。"翘思慕远人，愿欲托遗音。形景忽不见，翩翩伤我心。"他说，我抬头看见这南飞的孤雁，就想起了远方那个人，我希望这只雁能够替我传个音信，可是它飞得那么快，一转眼就飞过去了，它那种自由轻快的样子，更增加了我心中的悲苦。"形景"，同"形影"，指那只孤雁的形影。孤雁虽然孤独，行动却不受限制，到了寒冷的时候可以自由地飞向南方，而曹植是受到管束的，他要想回洛阳去更是千难万难。这首诗，我们不必拘限于他怀念的是谁，那也许是一个朋友，也许是朝廷所在的洛阳，也许是他自己的某种理想，甚至我们说他是在思念一个女子，这是一首写男女之情的诗，也未尝不可。

有人说，《短歌行》中的"青青子衿，悠悠我心"、"明明如月，何时可掇"，你说那是曹操在召唤孙权、刘琦、刘备等人来归附他。可是如果不这样讲，就只说他是在怀念一个人，甚至可能是个女子，可以吗？如果你一定要这样说，当然也没有什么不可以。因为曹操那首诗的妙处，就在于从表面看并没有限定怀念的对象，你可以说他是怀念一个朋友，也可以说他在思念一个女子。可是，你一定要注意曹操的《短歌行》是一个整体，他最后的一章是："山不厌高，海不厌深。周公吐哺，天下归心。"读到这最后几句你就会知道，他不是随便思念哪一个朋友或相爱的女子，他是要让"天下归心"。当然你可以说，天下归心的对象不一定只限于孙权、刘琦和刘备，但他当时作战的对手是孙权、刘琦和刘备。所以，曹操所写的并非一般的相思怀念，这一点是可以确定的。另外我还要说，曹操的诗里几乎就没有真正写男女之情的作品。他虽然有那么多姬妾，但他不是那种才子多情类型的人。而曹植这一组《杂诗》，则比兴意味很浓，他所寄托的含义有相当多的可能性，所以给读者提供的联想范围也就比曹操的那首《短歌行》更为广泛。

第十节　王　粲

建安文学最主要的人物当然是曹氏父子，追随曹氏父子的人很多，其中最重要的就是建安七子了。"建安七子"得名于曹丕的《典论·论文》。在这篇文章里，曹丕把与他同时代的七个作者提了出来，并一一加以评论，称之为"七子"。这七个人是：孔融、陈琳、王粲、徐干、阮瑀、应玚、刘桢。其实，七子的诗也不是都好，《诗品》里评价最高的是刘桢和王粲。从这些人的诗里可以看到，建安时代的诗有三个特色：第一是文士诗与乐府诗的合流，第二是反映现实，第三是多酬应之作。建安七子常常模拟乐府诗。乐府诗的起源我讲过，有很多是从民间采集来的歌谣。可是现在文人们也都模拟乐府诗，于是乐府诗就开始文士化了。文士们使乐府诗变得典雅，但与此同时也继承了乐府诗反映现实的传统。这就使得建安诗歌中的感发力量与后来正始、太康的诗歌有所不同。钟嵘《诗品序》曾简述中国诗歌发展的历史，其中有一段说：

> 降及建安，曹公父子，笃好斯文；平原兄弟，郁为文栋；刘桢、王粲，为其羽翼。次有攀龙托凤，自致于属车者，盖将百计。彬彬之盛，大备于时矣！尔后陵迟衰微，迄于有晋。太康中，三张、二陆、两潘、一左，勃尔复兴，踵武前王，风流未沫，亦文章之中兴也。永嘉时，贵黄、老，稍尚虚谈，于时篇什，理过其辞，淡乎寡味。爰及江表，微波尚传，孙绰、许询、桓、庾诸公诗，皆平典似《道德论》，建安风力尽矣。

他在这里指出，自晋以后，诗歌中的"建安风力"就渐渐消失了。我认为，"风力"是指一种由诗人心灵中感发而生的力量，这种力量是通过诗人叙述的口吻和语气表达出来的。建安的诗歌为什么与正始、太康的诗歌不同？时代的变化是一个重要因素。"正始"，是魏明帝曹叡的儿子齐王芳的年号。为什么齐王芳有年号却没有帝号？因为他被司马师废掉了，后来曾受封为"邵陵县公"，死后谥为"厉公"。曹芳以后还有高贵乡公曹髦和陈留王曹奂，他们也完全受制于司马氏，后来曹髦被杀，曹奂被废。接下来的太康，就是晋武帝司马炎的年号了。从建安到正始，从正始到太康，其间年代虽不久远，政治上的变化却很多。建安诗歌是反映现实的，而且建安诗人一般都是把自己的感动很直接地写出来，像曹操、曹植都是如此，连曹丕诗中那种感发的力量，也是直接表现出来的。到了正始诗人就有一个转变，他们就从向外的探寻转变为向内的探寻。下一讲我将讲正始诗人阮籍，阮籍这个诗人和建安诗人截然不同的一个特色，就是他的隐晦难解。他所写的都是他自己内心意念的流转，他的心思、感情从来不在诗里明白地说出来。为什么如此呢？这个等讲到阮籍的时候再说。

那么太康诗人呢？太康诗人有"三张、二陆、两潘、一左"。"三张"有不同说法，有人说是张载、张协和张亢，有人说是张华、张载和张协；"二陆"是陆机、陆云；"两潘"是潘岳、潘尼；"一左"是左思。这些人里，除了左思还比较有一点儿"风力"之外，那"三张"、"二陆"和"两潘"所重视的都是对偶和辞藻、雕琢和修饰。因此，诗歌中那种直接感发的力量就逐渐消失了。太康以后的诗人更是不行。所以钟嵘说，经过了整个晋代，就"建安风力尽矣"。

建安诗人反映战乱现实和民间疾苦的诗我们已经读过一些，这里，我们要看王粲的《七哀诗》。在讲诗之前，我们先要简单了解一下他写作的背景。王粲字仲宣，是山阳高平人。董卓作乱时胁迫汉献帝从洛阳迁都长安，那时候，王粲也跟着迁到了长安。可是长安也不平安，也发生了战乱，于是王粲就离开长安到荆州去依附刘表。后来刘表的势力败亡，他又归附了曹操，做过曹操的丞相掾、军谋祭酒和侍中，最后死于建安二十二年。顺便说一下，建安二十二年发生过一次疾疫，就是流行性传染病，"建安七子"中的陈琳、刘桢、徐幹、应场也是在那一年死去的。总之，王粲的一生主要是生活在战乱之中，他目睹了董卓之乱和李傕、郭汜之乱，他的《七哀诗》就是写在这个时候。《七哀诗》是当时流行的一种诗题，这个题目的诗他一共写有三首。我先讲第一首：

> 西京乱无象，豺虎方遘患。复弃中国去，委身适荆蛮。亲戚对我悲，朋友相追攀。出门无所见，白骨蔽平原。路有饥妇人，抱子弃草间。顾闻号泣声，挥涕独不还。未知身死处，何能两相完？驱马弃之去，不忍听此言。南登霸陵岸，回首望长安。悟彼下泉人，喟然伤心肝。

"西京"就是指长安，东汉定都洛阳，长安在洛阳的西边，所以称"西京"。所谓"无象"，是说所有的规模、法则都被破坏了，长安乱得已经不成样子了。汉末这一段历史，我在前边已经讲过。关于这一段战乱给人们带来的苦难，蔡琰的《悲愤诗》作过最充分的反映。王国维《人间词话》曾引过德国哲学家尼采的一句话："一切文学，余爱以血书者。"蔡琰的《悲愤诗》，就真正是用血写出来的伟大文学作品。"西京乱无象，豺虎方遘患"，他并没有讲具体乱到什么程度，而你要想知道究竟，最好是去参考一下蔡琰的那首长诗。底下他说："复弃中国去，委身适荆蛮。""中国"并不是今天我们所说的国家的概念，古人说"中国"是指洛阳、长安这一带中原地区。什么是"荆蛮"呢？你要知道，夏、商、周三代的文化都是以黄河流域为中心发展起来的，因此南方荆楚一带就被视为南蛮。所谓"南蛮鴃舌之人"，是孟子说的。他说，南蛮之人怪腔怪调，说话像鸟叫一样。那并不是指现在广东、福建等地的南方话，而是指楚地方言。广东有"客家人"，其实他们所说的话反倒真正是古代中原地区的话，因为客家人的祖先本是西晋末年中原战乱时逃难渡江的中原人，所以直到现在，他们的话里还保留了许多古音。这一点，是要分清楚的。总之，古代楚地的语言文化和中原不同，居住在中原的人视荆楚为蛮夷之地，带有轻视的意思。

"亲戚对我悲，朋友相追攀"，战乱之中一旦分离就不知道以后还能不能相见。我自己对此是有切身体会的。我小时候家住在北平，我父亲在上海一个航空公司里做事。卢沟桥事变时，父亲跟着公司转移到后方去了，我母亲带着我和两个弟弟留在沦陷的北平。一开始我们还能接到父亲寄来的信，可是后来汉口陷落、长沙陷落，国民政府一步步撤退，我们就再也接不到父亲的信了。在北平沦陷的第四年，我母亲去世了，而父亲直到抗战胜利回到北平才知道这个消息。在这八年里，我们也完全不知道父亲的生死存亡。我的老师顾随先生那时候因家小之累没有离开沦陷的北平，但他有一个很要好的朋友离开北平去了后方，我不知道他姓什么，老师称他"伯屏兄"。两人在分别时都没有想到今后不能见面，可是别后八年不通音信，后来消息传来，说这个朋友已经死在后方了。我的老师曾写了一首词怀念他，我记得其中有这么几句："不道生离，竟成长往，犹自盼归来。"在战乱之中，生离往往就成了死别。所以战乱中离别的场面总是很悲惨的。

"出门无所见，白骨蔽平原"，这种情景蔡琰的《悲愤诗》也曾写到，说是"斩截无孑遗，尸骸相撑拒"，"白骨不知谁，纵横莫覆盖"。遍地都是死人，有乱兵杀死的，有饿死的，但也有还没死的："路有饥妇人，抱子弃草间。顾闻号泣声，挥涕独不还。未知身死处，何能两相完？"他说，路上见到一个饥饿的女子，把自己的孩子抛弃在荆棘野草之中。这个母亲是流着泪离开的，虽然听到小孩子的哭声，却硬着心肠不再回来。她对责问她的人回答说，我都不知道我自己还能走多远就会倒毙，又怎么能保全我的小孩子？"驱马弃之去，不忍听此言"，王粲对这种悲惨的事毫无办法，既然无法帮助她，只能赶快走开，免得再听这些悲惨的话。

"南登霸陵岸，回首望长安。"霸陵，是汉文帝的陵墓，在长安城东不远处。王粲去荆州，出了城先要经过霸陵，所以这两句本来是写实的。然而，王粲在写实中却有他的感慨在。汉文帝的谥号之所以为"文"，是因为他在位的时候天下和平安乐，没有战争。汉朝文帝、景帝的时代，是有名的安定、富裕的时代。王粲说，我现在登上霸陵的高坡，回头看一看长安城内，还是汉文帝的那个安定繁荣的都城吗？汉室天下怎么会衰败成这个样子！"悟彼下泉人，喟然伤心肝。""下泉"是《诗经·曹风》中的一首诗："冽彼下泉，浸彼苞稂。忾我寤叹，念彼周京。"《下泉》的作者说，很冷很冷的是那种向下流动的泉水，它伤害了苞稂之类的植物；我在清醒的时候就不断地叹息，并且想，周天子为什么不派一个好的国王来治理我们这个地方呢？《毛诗序》解释说，这首诗是"思治也。曹人疾共公侵刻下民，不得其所，忧而思明王贤伯也"。当时曹国的君主对他的老百姓很不好，所以曹国的老百姓渴望得到一个贤明的君主。因此王粲说，过去我以为《诗经》上所叙写的不过是千百年前的事情，跟我们现在的人没什么关系。可是我现在亲眼看见了平原上这些惨景，我才真正体会到当时那些曹国人民是遭受到何等的灾难才说出那些话来！

这首诗所写的，是王粲刚刚离开长安时在长安附近看到的战乱之后悲惨的景象。在三首《七哀诗》之中，这一首实在是内容最深刻，也最有感发力量的一首。尤其是结尾的感慨，含义十分深刻。《七哀诗》的第二首，是王粲已经到了荆州，写的是他在那里所见的南方山水，以及他怀念故乡的悲哀：

　　荆蛮非吾乡，何为久滞淫？方舟溯大江，日暮愁我心。山冈有馀映，岩阿增重阴。狐狸驰赴穴，飞鸟翔故林。流波激清响，猴猿临岸吟。迅风拂裳袂，白露沾衣襟。独夜不能寐，摄衣起抚琴。丝桐感人情，为我发悲音。羁旅无终极，忧思壮难任。

"荆蛮非吾乡，何为久滞淫？"这两句，其实我们应该结合他的《登楼赋》来看。"王粲长于辞赋"，这是曹丕《典论·论文》里说的。《登楼赋》就是王粲在荆州时所写，里边有很有名的两句："虽信美而非吾土兮，曾何足以少留！"王粲到荆州依附刘表，刘表并不很重视他，他在荆州也不得意。南方的山水虽美，可是他心里并不快乐，所以总是思念北方故乡。赋这种体裁由来已久，战国时的荀子就曾把他的一些韵文称为赋。一般说起来，赋是结合了散文和诗歌两种体式，既有散文的自由，又有诗歌的修辞和押韵，后来又受到楚骚的影响。这个我以前讲过了。汉赋一开始篇幅都很长，很重视夸张和铺陈，因此其形容描写的成分较多，而抒情的成分就很少。到汉朝末期，赋的体裁就有了一种转变，出现了篇幅短小的以抒情为主的赋，王粲的《登楼赋》就属于这种抒情的短赋。所以，我们可以把王粲的这首诗和这篇赋结合起来，互为参考。这里，"荆蛮非吾乡，何为久滞淫"和"虽信美而非吾土兮，曾何足以少留"意思是一样的，都是说，荆州这个地方虽然很好，但它不是我的故乡，我怎么能长久地滞留在这里呢？

"方舟溯大江，日暮愁我心。""方舟"，是两船相并，其实就是指比较大的船。"溯"，其实也不一定是溯流而上，他的意思就是指乘坐大船行走在江面上。古人说"大江"，一般就是指长江。他说，当我乘坐大船在长江中行驶时，江面上那种落日黄昏的景色就更增加了我思乡的忧愁。

现在，我要请大家注意另外一种现象。王粲的第一首《七哀诗》反映的是建安诗歌写实和表现民间疾苦的诗风，而这第二首就不是了，它反映了曹子建开始的注重对偶的风气。第一首诗主要是叙事，所以对偶的句子几乎没有；但这第二首诗要写南方的景物，而景物描写则最适合用对偶。从"山冈有馀映"到"白露沾衣襟"这一大段景物描写基本上都是对偶。诗中的对偶有发展层次的不同，最工整的对偶要到唐代近体诗形成之后才大量出现。如李白的"青山横北郭，白水绕东城"（《送友人》）："青"和"白"都是颜色；"山"和"水"都是大自然景物；"横"是动词，"绕"也是动词；"北"、"东"都是方向；"郭"是外城，"城"是内城。又如杜甫祖父杜审言的"淑气催黄鸟，晴光转绿蘋"（《和晋陵陆丞相早春游望》）："淑气"是温暖的气候，"晴光"是晴明的日光；"催"和"转"都是动词；"黄"和"绿"都是颜色；"鸟"是动物，"蘋"是植物，都是名词，对得非常工整。但建安时代只是对偶的开始，并不像唐诗这么工整。这从王粲的这一大段对偶的句子中就可以看出来。

这一大段，都是写在船上所看到的落日黄昏的景色。"山冈有馀映，岩阿增重阴"是说太阳虽然西斜了，可是日光还反射在山顶上，而山岩深曲的地方则更加阴暗。这两句对偶看起来很工整："山"和"岩"是同样的性质；"冈"是高起的地方，"阿"是弯曲进去的地方；"有"和"增"都是动词；"馀映"的"映"是光影，"重阴"的"阴"是阴影，两个也是相对的。然而你要注意，"岩阿增重阴"这五个字都是平声，就律体而言，这是不行的。他在字面上对偶虽很工整，但却不合乎近体诗的声律。近体诗的声律应该是："淑气催黄鸟"——仄仄平平仄，"晴光转绿蘋"——平平仄仄平；"青山横北郭"——平平平仄仄，"白水绕东城"——仄仄仄平平。所以这就是古体诗和近体诗的区别。王粲这首诗虽然有很多对偶，但它仍然是古体诗，不是近体诗。

另外，一个人在心情好的时候，落日余晖是很美丽的景色。范仲淹《岳阳楼记》说："朝晖夕阴，气象万千。"王勃《滕王阁序》

说:"落霞与孤鹜齐飞,秋水共长天一色。"那都是赞美日落时景色变化的美丽。可是你看这"山冈有馀映,岩阿增重阴",也是日落时景色的变化,王粲的心情却不同。当他看落日余晖时所注意到的是什么?是"狐狸驰赴穴,飞鸟翔故林"。这是一个对比:日落西山,鸟兽都急急忙忙奔回自己的巢穴,可王粲现在流落异乡依附别人,还不如鸟兽自由自在。这是思乡之情引起的悲哀。下面他说:"流波激清响,猴猿临岸吟。"船在行走的时候,船旁的水流就发出清越的响声,而岸边山上的猿猴也在一声声啼叫。《水经注》说"猿鸣三声"就"泪沾裳"。不管是好听的流水声,还是悲哀的猿鸣,对于思乡的人来说,都只能加深他的忧伤之情。更何况还有那"迅风拂裳袂,白露沾衣襟"。古人说上衣下裳,衣和裳有分开的,有连着的。这里的"裳"应该是指长衣的下摆。"袂"是衣袖。古人的袖子都很肥大,衣服很长,江面上风一吹,就使它们飘舞起来。这时的天气已开始冷了,傍晚的露水沾湿了他的衣襟。这几句,都是写景物,但景物之中却含有暗喻。其中所透露出来的,都是他思乡和漂泊的悲哀。

不过,我们现在还是看他的对句。"山冈有馀映"两句虽然声音上不对,字面上还是很工整的。而"狐狸驰赴穴,飞鸟翔故林"两句就不很工整了。"狐狸"是兽,"飞鸟"是鸟,这两个勉强可以相对;"驰"是跑,"翔"是飞,也可以相对。但"赴穴"是往洞穴去,"故林"是旧日的树林,它们的结构是不相同的。下边的"流波激清响,猴猿临岸吟"对偶也不工整。因为"流波"和"猴猿"虽然都可以算作名词性质的主语,但"流"是形容"波"的;"猴"

和"猿"却都是名词，结构并不相同，只能说是大体相对。"激清响"和"临岸吟"更是不对。"清"是个形容词，是形容"响"的；"岸"却是个名词，是"临"的对象。"响"和"吟"虽然都有声音，但一个是名词的性质，一个是动词的性质，是不能相对的。然而你要知道，这两句虽然对得并不工整，但"流波激清响"是一个主词发出了一种声音；"猴猿临岸吟"也是一个主词发出了一种声音。这两句，在整体的分量上是相对的。下面"迅风拂裳袂，白露沾衣襟"二句，也是相对的，写疾风吹拂着衣袖，白露沾湿了衣襟。这首诗的偶句到此结束，下面就用直承的方式来叙写了。"独夜"二句写一个孤独的客子，在夜间不能成眠，就整理衣着起来弹琴。"丝桐"二句写桐琴上的绿弦也为人的情思所感动，为我发出了悲哀的琴音。"羁旅"二句写羁留异乡，旅泊的生活不知何时方能结束。末句"忧思壮难任"的"壮"字是益发、更加的意思，是说我的忧伤的情思，更加使我难以承受了。

（安易、杨爱娣整理）

第四章

*

正始诗歌

第一节　概　论

从本节开始我们要讲正始时代的诗人。正始是魏齐王曹芳用过的一个年号。从正始时代开始，中国历史上发生了一系列政治斗争，正始文学所介绍的就是这一特定的政治背景之下一群士人的作品，这些人中较著名的就是被当时称为"竹林七贤"的七个人。他们都很有才华，其中最有声望的领袖和代表一是阮籍，另一个是嵇康。嵇字有人念jī，有人念xī，一般译成英文时都读xī。其实他家本姓奚，后因避怨而改姓嵇。七贤中除阮籍、嵇康外，还有山涛、王戎、向秀、刘伶，还有比较小的一个人，就是阮籍的侄子阮咸。你要知道，当早年政治斗争较为缓和时，他们在一起聚会、清谈、饮酒、赋诗，这时看不出每个人的操守品性如何，但真正等到有一个重大考验来临，需要你做出重大选择的时候，每个人操守品行的不同就完全分别出来了。这七个人所形成的文化圈在后来政治斗争日益尖锐之际逐渐分化，并各自表现出截然不同的态度和作风。

从东汉到魏，从魏到晋的政治更替，一般说起来是假禅让之名而行篡逆之实。传说上古的时候，统治者年老德衰时选择一个贤德的人将帝位让给他就叫禅让。我们以前讲过，像魏文帝曹丕之得天下是汉献帝让位给他的；晋之得天下，表面上也说是魏禅让给他的，其实那都是假借禅让的美名，实行的是篡逆的事实。中国的正统观念认为，不管你是多么好的人，只要你把前面那个朝代推翻了，你自己做起皇帝来了就都算篡逆。当年商纣王无道，周武王起兵讨伐纣王，这本来是对的。《孟子》也认为"汤放桀，武王伐纣"

是正义的，当有人问孟子："臣弑其君，可乎？"以臣子的身份来讨伐君主这岂不就是不忠了吗？可孟子却回答说："闻诛一夫纣矣，未闻弑君也。"他说，我所听说的历史是武王兴起了正义的军队，把一夫纣给杀死了。孟子已不再承认纣是天子了，而称他是"一夫"，"一夫"者，就是独夫，失去了天下所有人的信任和拥护的孤立的人。可是当武王起兵之时，就有伯夷、叔齐出来反对。伯夷、叔齐是商时孤竹国君的长子和三子。按照宗法传统，中国的王位是应传给长子的，伯夷是长子，本应继承王位，可他得知父亲喜欢自己的小弟弟叔齐，就想成全父亲的意愿，尽孝顺之心，所以就逃走了，他以为自己离开了孤竹国，父亲就可以把王位传给叔齐了。可是叔齐也想，我不能做一个不义的人，如果我做了国王，我就不守礼法了，于是叔齐也逃走了。幸亏他们中间还有一个兄弟，后来就把王位传给老二了。在伯夷、叔齐看来，无论别人如何，我自己终身的品行不能有一点点不合乎道德。所以当武王伐纣时，伯夷、叔齐就"叩马而谏"（《史记》），跪在马前劝告武王说，你不可以臣子的身份去攻打天子。武王虽然没有接受他们的劝告，可也没有惩罚他们。后来武王伐纣成功了，但伯夷、叔齐仍然认为武王的天下是以不忠不义的非法手段获得的，所以"耻食周粟"，不肯为周朝做事。"粟"就是粮食，这里指周朝的俸禄。由于"耻食周粟"，他们无以为生，最后宁可用自己生命来保全自己的理想和操守，从而双双饿死在首阳山上！这就是伯夷、叔齐的道德。所以孟子曾经把古代的圣人分了许多种，他说像伯夷、叔齐这样的人是"圣之清者"，只是要保持自己的清白，决不能让自己的品行有一点点的污秒。另外还有一类人是"圣之任者"，如伊尹。伊尹是夏商之际的人，夏朝的最后一个国君是夏桀，夏桀也是暴虐无道的，成汤（商朝的第一个国君）要起来革命，伊尹就辅佐成汤推翻了夏桀。据《孟子》说，伊尹曾经"五就汤，五就桀"，他曾经五次去找成汤，希望成汤任用他，他也曾五次去找夏桀，希望夏桀任用他。孟子所以说他是"圣之任者"，是说他是以拯救人民为己任的，无论谁任用我，只要能实现拯救人民的理想，我都要尽责尽职。可见这些圣贤们也是有他们各自不同的理想标准的。以曹丕得汉之天下而论，若以伯夷、叔齐的观念来看，不管你是多么好的人，是成汤也好，武王也好，只要你把以前的国君推翻了，你自己做起皇帝来了，你就是篡逆。中国的封建制度就是要培养人们都具有这种思想观念，任凭统治者再坏，你也不能够对他怎么样。不管如何，总之曹丕之得天下还是相当和平的，而且允许汉献帝始终保持着天子的礼法，封他为山阳公，直到十几年之后的魏明帝时，他才因病善终。可是晋之取得魏的天下却并非以这种和平之手段，《三国志》与《资治通鉴》上均有记载。

曹丕死后，儿子曹叡（魏明帝）继位。魏明帝没有儿子，其实在曹操的子孙中不乏贤能之士，可是他有私心，他不肯在武帝的子孙中找近人来立，他就另外立了一个养子，就是齐王曹芳。

当魏明帝病重临终时，齐王芳只有八岁，明帝就又找了两个辅佐幼主的人，这就是魏明帝做的一件非常不聪明的事情。立齐王芳本身就是一个错误，本来你兄弟之中有年长的，为什么非要立个八岁的小孩子做继承人呢？随后他又在确定辅佐儿皇帝的人选时找错了人：一个是司马懿，一个是曹爽。司马懿当时带兵在外边作战，魏明帝临终前要托孤给司马懿，就急诏把司马懿叫回朝来。当司马懿到病榻前来见他时，明帝就把他的养子、继承人曹芳也叫到面前对司马懿说，天下的事都可以忍耐，唯有死不可以忍耐，而我却"忍死待君"，极力地坚持着不肯死去，就是为了见你一面，把曹魏的这个继承人托付给你，说着就让齐王芳走上前来双手搂住司马懿的脖子表示亲近，于是司马懿声泪俱下，表示要尽心辅佐幼主，魏明帝这才瞑目而去。可是如果他只托付一个人还好，然而他同时托付了两个人，这两个人当然就要争权了。司马懿是靠打仗得来的权位，而曹爽呢？他是曹操的养子曹真的儿子。曹操并非没有儿子，我们知道曹丕、曹植、白马王曹彪等都是他亲生的。可是他还有许多养子，这就是曹操这个人，也可以说他很有人情味，也可以说他很有权术。曹真很小时他父母即死于战乱，曹操就把曹真收养了，而且据说曹操对曹真"待同诸子"。曹爽就是曹真的儿子，曹爽一见齐王芳那么小，就萌发了野心，史书上说他"车服拟于乘舆"，是说他穿的衣服、乘的车马可以比拟天子的规格，其野心可以想见。当曹爽这样做时，司马懿就"称病家居"。司马懿是一个深谋远虑的人，他不像曹爽那么浮浅、显露，而是暗中慢慢地策划，待到计划与时机成熟时，他就灭了曹爽，自己专权了。司马懿有两个很能干，而且很有野心的儿子，一个是司马师，另一个是司马昭。当司马懿去世，司马师上台后就把齐王芳废掉，另立了曹家的宗室曹髦。曹髦随着年龄的增长逐渐看出了司马一家的野心，就立志要消除司马氏一家的权势，他曾对左右亲近说："司马昭之心路人皆知。"后来司马师死了，司马昭当权，有一天曹髦对左右说，我不能忍受司马氏对我的控制了，我现在要亲自带兵去消灭司马一家。当时有些人因害怕司马氏的权势而犹豫，可曹髦的决心已定，他带上宫中的一部分军队果然就去消灭司马昭了。司马昭在皇宫中的耳目立刻向他报告了这个消息，司马昭就派了军队来抵抗曹髦。当时一些人心里还有顾虑，因为曹髦毕竟是天子，天子亲自带兵来，他们就不敢打了。这时，其中有个叫成济的就问司马昭的亲信该怎么办。那些人回答说，司马家养你们就是为了在这种情况下用的！成济一听这个话，上前一戈就把曹髦杀死了。司马昭一听这消息，就假装痛哭流涕，随后把成济也杀死了。后来就又立了另外一个人，即曹奂。不久司马昭的野心就越来越明显，他自称为晋公，要加九锡。加九锡是对当时做臣子的最高封赏，"锡"本来是一种赏赐，"九"者，极言其多，极言其高，就是给他最最高的封赏，让他在大臣里居最高的地位。历史上凡是篡逆的人常常都是在他做到加九锡的地位后不久就行篡逆的。果然司马昭死后，司马炎当权，司马炎就将曹奂废了，自己做起皇帝来了，这就是晋武帝。

我为什么要讲这些历史背景呢？因为这与我们要讲的诗人及作品有非常密切的关系。我们知道魏晋时喜欢品评人物，崇尚清谈，因为当时社会道德的价值观念完全崩溃了，政治上假禅让之名而行篡逆之实就是利用道德的美名来掩饰极不道德的丑行。这就使社会心理出现了两极的倾斜，一方面是在上位的标榜道德，实际是假借和利用道德；另一方面是士人们的反对名教，反对这种虚伪的道德。与此同时，政治斗争里也出现了两歧的分化，有些看重眼前权力禄位的，都归向了司马氏；另外一些固守正统观念的仍然效忠于曹魏。前文我们说的"竹林七贤"在这时就有了各种不同的表现。这七个人之中，反对司马氏最明显的，表现得最强烈的就是嵇康。嵇康是与魏宗室结为婚姻的，所以对曹魏最忠心，他是以反对名教礼法来表示自己的态度。我们知道魏之得天下是篡夺来的，司马炎之得天下当然也是篡夺，可就正是这些不讲道德礼法的人，反而更要标榜儒家的尧舜，因为尧舜是禅让的。禅让是主动让位给有贤德的人，篡夺是以武力夺取帝位，这本来是截然不同的两件事，可如果是假借禅让而实行篡夺，就同时把那个禅让的美名也破坏了。而且从汉朝以来，社会上表面都很重视"孝道"，你看汉朝的皇帝都加个"孝"字，孝武帝、孝文帝，都是在标榜忠孝的，总之道德礼法的美名都被那些有权势的人假借去利用了。中国的儒家本来有许多伦理道德是很美好的，如"君君、臣臣、父父、子子"是说父亲要做父亲的样子，儿子要有做儿子的样子，国君要尽国君的本分和职守，臣子要有臣子的责任和职守，总之社会各等级都应受到礼法的约束和规范，并且要通过礼法来建立一个制度……但后来这些礼法道德以及制度逐渐被那些有权位的人所假借利用了，结果那些身居下位、对上不能施行任何约束作用的臣子最后就只剩下尽忠的义务了，而做君主的就因为他有权位，他可以不遵守任何礼法，不尽应尽的本分，因此中国的君臣、父子、夫妻之间的礼法就逐渐变成片面的了，这已不是儒家的本意了。儒家是说每个人都应有每个人所持守的道德和分寸，可到后来都变成有权位者的片面控制了，结果君就可以什么道德都不讲，而臣却一切都要遵守；父子之间，则天下无有不是的父母，父亲什么都是对的，儿子什么都要遵守；夫妻间，丈夫什么都可以不守，妻子却什么都要遵守，这就形成了礼法的缺陷。何况中国的法治也是有缺陷的，如果那些执法者利用法来谋私利同样也是不公平的，所以不管礼治，还是法治，一定都要对那种不守礼与不守法的人真正"治办"才可以。而中国一向缺乏这样一种严格的、健全的体制，这是一个最大的缺陷。魏晋之间，就因为这些礼法、道德的美名被有权势者利用了，所以社会上就出现了一种风气，就是名士们，特别是阮籍、嵇康等人之反对名教、嘲讽礼法。在这方面，关于嵇康曾有很多的记述。

在司马氏专权的情形还不十分明显的时候，嵇康曾做过中散大夫，人称他嵇中散。后来当司马氏的权势日益强大时，嵇康就不做官了。历史上记载说嵇康"好锻"（打铁），他的住宅前边有一个水池，水池周围种有柳树，据说嵇康就常常在柳树下的水池旁锻铁，"竹林七贤"中的向秀也曾跟嵇康在一起学过打铁。你要知道，一个政治集团想要夺权的时候，总要笼络当时的社会名流来培养、扩大自己的势力和影响，而"竹林七贤"都是当时很有文采、很有声望的人，于是司马氏手下有一个很有权势的人叫钟会，就替司马家人来试探"竹林七贤"的态度。有一天，钟会带手下一些人来访嵇康，嵇康正在树下锻铁，钟会以当时的权位，还带了许多人，在嵇康身边站了许久，嵇康却依然打铁，不理睬钟会，钟会自觉尴尬，于是就要走。这时嵇康就问他："何所闻而来，何所见而去？"钟会心里很不舒服，便答："闻所闻而来，见所见而去。"此后钟会就很记恨嵇康。嵇康之所以不理钟会，是由于钟会苟且逢迎司马氏，使嵇康看不起他们这类人。这就轻易地得罪了司马氏手下一个最有权势的人，从而种下了祸患。后来有一个叫吕巽的人（是钟会的好朋友），道德品行很不好，居然强奸了其弟吕安（嵇康的好朋友）的妻子，当时吕安很生气，就想告发吕巽。嵇康就劝诫吕安说，这样事情还是不要宣扬更好，随后嵇康就为兄弟二人调解，后来吕巽也答应要改过，这件事就算了结了。但后来吕巽竟然恶人先告状，告吕安不孝，其实那个时代社会上都是不忠不孝的，可就是那些真正不忠不孝的人，他们反倒故意夸张忠孝。所以吕巽就借此把吕安捉去下狱了。而嵇康的性格"峻切"，就是说他激切、刚强、正直、不含蓄，当他知道吕安下狱了，就出来为吕安做证，于是司马氏又趁机把嵇康也下到狱里。其实根本没嵇康什么事，可他们设法编织一个罪名来陷害嵇康。加个什么罪名呢？"竹林七贤"里的山涛（字巨源）原先与嵇康是好朋友，可后来山涛依附了司马氏，在司马氏的手下做到大将军从事中郎。山涛想为司马家笼络人才，就想让嵇康也出来做官，但嵇康不做，不想做不做就是了，可嵇康非但不去做官，还写了一封《与山巨源绝交书》，里面说了许多激切刻薄的话。他说山涛，你就好像厨房里的屠夫，自己沾上一身血腥污秽还不够，还要将别人也拉过来沾得满身污秽吗？他说，我天生来就不是个做官的材料，我有"必不堪者七"、"甚不可者二"。"不堪"是不能忍受。他说，我喜欢晚起，如果做官就要起早，这个我不能忍受；又说我头面不经常梳洗，里面长了许多虱子，需要不断地把捉，如果当官在那里危坐不动，我也不能够忍受；还说我喜欢钓鱼、饮酒，如果做起官来，身后总跟着一大群人，我会感到极不自由的，所以这也使我不能忍受……而最重要的是后面所说的"甚不可者二"中的一件事，就是他每每喜欢"非汤、武而薄周、孔"，这是司马氏最反感的，也是最敏感的一句话。我们知道，商汤把夏桀推翻了，周武把商纣推翻了，先不论汤放桀与武王伐纣这件事本身的对错，总之他们都是属于篡逆的行为，嵇康此处说这些话显然是暗指司马家族的野心。"非"是批评。他认为，汤、武是错误的，"薄周孔"是鄙薄周公和孔子，因为当时的礼法被坏人利用了，那些满口道德礼法的人干的都是篡逆、不正当的事情，因此他才"非汤、武而薄周、孔"。这本来是嵇康写给山涛信中的话，可如今他下到狱里，那些欲加之罪、何患无辞的人当然要借此发挥了。于是钟会就谗毁他，说这些议论不合道德礼法，是扰乱人心，这样的罪名就是欲置嵇康于死地了。嵇康这个人平时很有声名，他又是曹魏的姻亲，而且他的诗文写得很出色，他的清谈在社会上又很有影响，所以听说要把嵇康杀死，当时的太学生三千人都来请愿，要求"请以为师"。你要知道，这太学生不请愿，他也许还死得晚一点，而太学生这一请愿，司马氏愈发感到嵇康的作用太大了，非杀不可，所以很快就把嵇康杀掉了。据说嵇康临死之前，他们问他死前还有什么要做的，嵇康说他要再弹一曲《广陵散》。我们知道嵇康是很富文采的，不但如此，《世说新语》记载当时很多人对他的品评，说他长得很高，容貌俊伟，极有神采，当他站起来时如同"孤松特立"，当他醉了要倒下去的时候如同"玉山之将颓"，而且他声名也很好，还是出色的音乐家，他弹得最好的曲子就是《广陵散》。要知道一个人对自己的才能是很珍惜的，不甘放弃的，天下除非不生才，如果天生下一个绝世之才，这个人就一定会视自己的才能如生命的！嵇康临终前要求再弹一曲《广陵散》，一曲终了，他无限惋惜地慨叹："《广陵散》于今绝矣！"然后就被杀死了。

以上可以看出在"竹林七贤"里，坚定不移地拥护曹魏，反对司马氏的，态度最坚定的就是嵇康。而山涛和王戎，后来都依附了司马氏，这两个人官都做得非常高。

向秀呢？他本来与嵇康在一起学打铁，还曾经向吕安学灌园（种菜）。当嵇康被杀死之后，向秀就来到洛阳表示也愿意做官。司马昭就嘲讽他说，以前我以为足下有箕山之志（古代有一贤士叫许由，曾隐居箕山，当时尧想让天下给许由，许由拒不接受），你又学打铁，又学种菜，怎么今天要来做官了？于是向秀就说，我常常说那些隐居箕山的人是"不达尧意"（他们不了解尧治理天下的好意），所以那些人"本非所慕也"。向秀说"尧意"，意在吹捧司马家的人，从此向秀就转变了。在当年时代转变之际，每个人的立场都可能随着政治风云的骤变而动摇和改变。虽然向秀本来不一定真的喜欢禄位，可当嵇康被杀，他内心之中深感恐惧，不过即使他转变了态度之后，他的内心也并未得到安宁，后来他写了一篇很好的文章叫"思旧赋"，就是思念嵇康和吕安的，他当年学锻于嵇康，学灌园于吕安，那么好的朋友，而今双双被害！这篇赋妙就妙在他欲言又止，有人批评这篇文章说许多话刚要说，还没说就完了，这不是向秀因没有文辞而说不出，而是他不能说下去，只能以这种微妙的方法表现他的怀思，要知道只有像魏晋这种微妙的政治环境才会制造出这么多微妙的作品。

"七贤"中还剩下刘伶与阮咸。刘伶这个人也不满时世，可是他不像嵇康那样"峻切"地表示反对，他也不愿像山涛、王戎那样追求利禄功名。刘伶最大的嗜好就是饮酒。传说他出去喝酒时，常唤一童子背着一把锹，并嘱咐童子说"死便埋我"，我在哪里醉死，就在那里随便挖个坑把我埋掉。他还留下一篇作品叫"酒德颂"。《世说新语》载，由于他酒喝得太凶，有一次他的妻子就劝他戒酒。他说，我没有办法控制自己，需要借助神力帮我戒酒，请你备下祭神用的酒菜，我要祈祷神灵的帮助。他妻子就"供酒肉于神前"，刘伶于是就"跪而祝曰：'天生刘伶，以酒为名。一饮一斛，五斗解酲。妇人之言，慎不可听。'"说着便拿过酒肉吃喝起来，不一会儿又醉倒了。

阮咸是阮籍的侄子，这个人也是鄙薄利禄，轻视功名和外表的礼法的。《世说新语》记载着这样一件事，当时的人们都喜欢造作虚荣，每年七月七日各家都要把贵重的衣物拿出来晒一晒，有些人便借机炫耀自家的富贵。阮咸家里比较贫穷，这一年夏天，他看到很多人都把华贵的纱罗锦绮晾了出来，他也找了一根很高很高的竹竿，挑出一个犊鼻裈（粗布制的短裤，形如牛鼻）晒在院子里。许多人对他的举动感到奇怪，他却说，我不能免俗，姑且也应应景！从这里可以看出他对当时那种虚伪浮夸之人的嘲讽。不但如此，他还做了一件违背礼法的事情，他姑母有一个婢女，大概长得很美，当他姑母回来住娘家时，阮咸就与这个女子发生了爱情的故事。后来阮咸的母亲死了，待他母亲的丧事办完，他姑母临走要把她的婢女带走时，阮咸听说后，身上穿着重孝就骑着一头驴去追她们，而且把这个使女抢了回来。按照当时的礼法，在母亲的丧事期间与姑母的使女发生关系就已经不对了，更何况他还戴着重孝出来追抢一个婢女！这当然被那些讲求道德的人所不齿，所以阮咸在仕宦上一直不得意，而且当时的许多人对他的行为都不能谅解。

至此我们已经把"竹林七贤"里的六个人都介绍过了，嵇康因反对司马氏而被杀；山涛与王戎依附司马家族，后来都得到很高的禄位；向秀出于恐惧而转变了态度，也因此步入了仕途；刘伶、阮咸没有做官，却都做了一些放浪形骸、不守礼法的事情。现在只剩下阮籍没讲了，我们本来是要先讲阮籍的，可只有了解了这一时代的背景与他的朋友们在当时那种复杂的政治环境中的不同表现和反应，我们才能更深刻地了解阮籍的作品。阮籍的一些诗是非常难以理解的，之所以会如此，就因为在"竹林七贤"这七个人中，阮籍的内心是最为复杂、最为矛盾的。他同时具有两方面的心理，一方面反对司马氏不择手段的篡权，另一方面又害怕遭到生命的威胁，因而他在当时的政治环境下，只有采取委曲求全的态度了。历史上记载的阮籍，就具有两种极端不同的表现，一方面说阮籍狂放，不守礼法，另一方面说阮籍非常谨慎，"口不臧否人物"，"臧"是善，"否"是恶，这里当褒贬讲，就是说他从不肯随意褒贬别人的善恶。

第二节　阮籍之一

我们前边说过阮籍在"竹林七贤"里是内心最为复杂、最为矛盾的一个人，他外表上具有两种不同的作风，《晋书》本传上记载阮籍的几件事情是很值得注意的——

阮籍本来是"志气宏放"，具有"济世"之志的，少年时曾经有一次登上广武山（当年项羽与刘邦作战的地方），看到楚汉战争的战场遗址，不胜感叹道："时无英雄，使竖子成名！""竖"（豎）是短小的意思，短字从豆，竖字也从豆，"竖子"并非指这个人身材短小，而是表示对某个人轻视的意思，他的口气是从没把项羽、刘邦放在眼里，意谓，我阮籍的雄才大志是不次于项羽和刘邦的。还有一次登武牢山，他也写过一首《豪杰》诗。这些都说明阮籍这个人本来是有一番英雄豪杰的志意的，但他不幸生活在魏晋之交的特殊时代，因而无法施展自己的志意和怀抱。当然这也要看你怎么来说了，曹操就正是在社会政治的动乱中，凭借自己的能力成为一世之雄。当然每个人的情况是不同的，阮籍不是一个能够独立开创的人，他需要有一个用他的机遇，而不善于自己出来开创一番事业，建立一个规模。所以他虽然有志，但却不得志，因此在行为上就表现得狂放而不守礼法。历史上记载说他家邻居有一个卖酒人的妻子非常美貌，阮籍曾经去那里喝酒，喝醉了就倒在那个女子的身旁，而女子的丈夫却一点也不介意，因为他了解阮籍只是外表上不守礼法，实际上一点邪恶的意念也没有。又说有一个美丽有才的兵家之女不幸短命而亡，阮籍与人家父兄根本不认识，竟跑到人家家里大哭一场。还说他的嫂子要回娘家去，古代叔嫂的界限是极严格的，而阮籍却跑去与他嫂子告别。总之他做了许多在当时被认为是极不正当的事情。此外还传说他有许多狂放的表现，比如他常常随意驾车出游，从不走大路，因而等到"车迹所穷"（没路可走了），"辄恸哭而反"。其实使他"痛哭穷途"的还不是说现实中的无路可走，而是他在人生之路上走不通了！历史上还记载说阮籍喜欢弹琴、下棋和吟啸。弹琴、下棋大家都知道。那什么叫吟啸呢？啸就是撮口出声，不像吟诗。如果要吟诵，一定是有字的，吟啸是没有字的，只有声调，这实在是一件很妙的事情。你内心有一种感情，你要做一首诗当然很好了，像杜甫所写的"诗罢能吟"，把自己心中的情怀都抒发出来。可有时你内心的情怀还没有形成字、词和诗句的时候，你就可以不要有字，直接发出一种声音来把你的情怀表达出来，当然会音乐的人可以用音符，可你不会，就撮口出声，这就是吟啸的啸。魏晋之间有许多对现实生活感到压抑不平的才智之士，他们都很善于吟啸。传说当时有个隐士叫孙登的就很善吟啸，他住在苏门山上，嵇康和阮籍都曾拜访过他。孙登说嵇康是"才多识寡"，你的天赋很高，但对人间的认识不足，"难乎免于今之世矣"。阮籍听说孙登善啸就也去见孙登，与孙登讨论往古之事以及凝神导气之术，孙登不理他，阮籍自觉没趣，长啸而回。等阮籍走到半山的时候，忽然山上传来一阵啸声，如同"鸾凤之音"，这就是孙登在啸了。当时这些名士都很有意思，阮籍当面请教，他不理人家，等人家走了，他反倒啸了起来。又传说阮籍喜欢下棋，当他母亲死的时候，他正与一个朋友下棋，有人来报告说你母亲去世了，他的朋友就要停止下不了，可阮籍却坚持要"请终此局"，一定要下完这盘棋。终局之后他就"饮酒二斗，举声一号，吐血数升"。他外表上虽然不守礼法，可他的天性是很淳厚的，当时有很多人外表很讲究礼法，对父母好像是很孝顺，可内心并没有孝敬的感情，只是外表做给别人看的。阮籍是不要外表，不要做给别人看，你们说我是好是坏，是孝与不孝都没有关系，重要的是他自己有一种天性的至情，他只是不愿意被礼法所拘束。古人的规矩是父母死后不可以喝酒吃肉，阮籍却照常吃肉，照常喝酒，可他的内心确是很悲哀的，由于悲哀的缘故，致使"毁瘠骨立"，身体憔悴虚弱得需拄着手杖才能站起来走路。当时有另外一个名士裴楷来给他母亲吊丧，当时阮籍喝了酒，披散着头发坐在原地"醉而直视"，不哭，而裴楷却依礼而哭，"唁毕便去"。有人问裴楷说，阮籍作为丧主，连哭都不哭，你为什么还要行祭拜的礼节呢？裴楷说，阮籍是礼法之外的人，他可以不守礼法，我是"俗中之士，故以轨仪自居"，意思是说，我们是礼法之内的人，还应该按照规矩来要求自己。

阮籍虽然表面上不守礼法，但却言论谨慎，在那个品评人物、崇尚清谈的社会风气里，他竟然能够做到"口不臧否人物"。那个曾经陷害过嵇康的钟会，几次去探测他对政治时局的态度和看法，"欲因其可否而致之罪"，结果都因阮籍的酣醉不语而未能得逞。那么阮籍对于做官又是什么态度呢？阮籍本来是不想做官的，最初有一个人叫蒋济，是当朝的太尉，他要聘阮籍出来做官。阮籍就奏记恳辞，蒋济不甘心，就派人到阮籍住的地方来请他，不想阮籍竟不辞而走了，蒋济非常生气。阮籍的亲戚朋友们就敦劝他最好不要得罪这些权要之人，于是阮籍就回来在蒋济手下做了官。可没过多久，他就托病辞职了。阮籍平生做了很多次官，都跟这种情形相似，这就可以看出阮籍这个人一方面不满意当时政治上的当权派，可他另一方面又不愿因明显表示反对而招来杀身之祸。当司马氏当权的时候，司马父子都对阮籍非常优厚，这是因为一方面阮籍是当时很有声望的名士，另一方面他非但没有明确表示过反对司马氏，还一向对司马家族保持敷衍的态度，因此司马家就很愿意宽容他、拉拢他，所以不论司马懿的时代、司马师的时代，还是司马昭的时代，他都做过官，后来还封了他一个关内侯的爵位。他不但在司马氏执政以后做官，而且在此之前，即司马昭有篡位野心，自封晋公，加九锡，要下面的臣子写一篇劝进的表文——这就是古人的造作，他们自己要加封，却还要假意推辞，让别人来屡次地劝他接受封赏，然后才接受，而这篇劝司马昭接受加九锡的表文就正是阮籍代司空郑冲写的，所以阮籍与司马氏的关系才会一直维持得那么好。不过阮籍的做官从来都不是认真的，你让我做，我就去做，有时他还自己提议要到某地去做官。有一次他与司马昭说，我"平生曾游东平，乐其风土"，希望能到那里去工作。司马一家很优待他，因为拉拢嵇康没成功，就总想把阮籍拉过来，听说他想到东平去，司马昭就立刻任命他做东平相。阮籍骑着驴来到任所的第一件事就是把他办公室内外的门户都打通了，为的是从里一眼就可以看见四面的景色，其实他在这里只住了很短的十几天就走掉了。又有一次他听说步兵的伙房里有人善酿酒，于是"乃求为步兵校尉"，司马昭就答应让他去任步兵校尉了（"阮步兵"的称谓正是由此而来的），可没做多久，他又借口生病而辞职不干了。刚才不是说到要让他写劝进的表文吗？本来人家与他约定了若干天之后来要这篇文章，等到约定的这天，人家来取时，阮籍又喝醉了，可人家急于拿走，于是阮籍就立即铺纸拿笔，写了一篇很妙的表文。文中先以伊、周等人为例说明"襃德赏功，有自来矣"。接着把司马昭捧了一番，说他的功业远超桓、文，因此不必一味谦让。桓是齐桓公，文是晋文公；在春秋时代，当时各个诸侯国也都是很有野心的，齐桓公与晋文公都是能够以他们的武功联络各诸侯国来共同尊奉周朝王室的。前边他对司马昭大大地歌颂赞美了一番之后，最后他文笔一转，这就是文人会做文章的地方了，他说，以你这么高的功德，那么如果你功成之后，也就可以"临沧洲而谢支伯，登箕山以揖许由，岂不盛乎"！"谢"是问候的意思。"支伯"见于《庄子》，据说尧在让位给许由之前曾经让位给支伯，而支伯不受。许由隐居在箕山，尧又让位给许由，许由也不接受。阮籍最后举出两位不接受让位的隐士来是别有用心的：如果你司马昭有了这么高的功业之后，还能像《庄子》上所说的支伯与许由一样不接受天下，那你才真是了不起的！言外之意是说，你最好不要有篡位的野心。可这种话他又不敢明说，只能以这种微妙曲折的方式来表达。关于这方面历史上还记载着一个故事，说有一次司马昭为其子司马炎求婚于阮籍，让阮籍把女儿嫁给他的儿子。如果当时阮籍答应了，那么他的女儿以后就成为晋朝的皇后了。可阮籍既不愿与司马家有那么亲近的关系，又不敢明确拒绝司马家的人，所以当求婚的人来时，阮籍竟一连醉了六十日，令其"不得言而止"。中国古代有许多诗人都喝酒，陶渊明的饮酒，是为了寄托他内心之中的一份幽微、隐约的心意，因为他喝酒的时候，内心中有一种感觉可以在酒醉之中体会得更加深刻和真切，从中可以获得一种自得自寄的享受。阮籍不是，他的醉酒具有一种全身远祸的作用，他是借醉酒来逃避现实中的灾祸的。所以他才会"口不臧否人物"，而把他内心那一份委婉曲折的复杂情意都微妙地表现到他的诗文里面去了，这就使他的诗很难读懂了。下面我们就来看看历代对他诗的批评——

我们开始讲六朝诗的时候就曾说过《诗品》是非常重要的，因为它对此一时期的诗人都有着较为详细的品评。对于阮籍，钟嵘的《诗品》说：

> 晋步兵阮籍诗，其源出于《小雅》，无雕虫之功，而《咏怀》之作，可以陶性灵，发幽思。言在耳目之内，情寄八荒之表。洋洋乎会于《风》、《雅》，使人忘其鄙近，自致远大，颇多感慨之词。厥旨渊放，归趣难求。颜延注解，怯言其志。

"竹林七贤"里面，阮籍的诗写得最好，用非常隐藏、幽微的方式表达内心无法明说的情意，虽不能说他是开端的一个作者，因为曹子建的《杂诗》里感情也是十分幽微曲折的，但在这一类诗里，最复杂、最幽隐、最难懂的，阮籍要算是早期的一位重要作者了，他对后世的影响是非常重大的。我们看《诗品》是怎样评他的："晋步兵阮籍诗，其源出于《小雅》。"《诗品》的特色就是推溯源流，对每一个诗人，特别是重要的诗人，他一定说这个诗人的源头是从哪里来的。写文学批评的人，除了要对个别的作家与作品有独到的批评外，还要养成一种通观的，可以超然在上，能够对这一滔滔滚滚的诗之长流的渊源与趋向了然如指掌的博大的眼光，这是更高的文学批评。一般的文学批评能够把一个作者或一首诗说得很具有自己真正的感受和见解就已经很不错了，但是更高一层的批评还应看到整体的源流与趋势，而《诗品》是很注意这一点的。此外在分析文学源流时要具有一个能够笼罩古今的非常通达的看法，因为古人读的书很多，什么典故都可以用，你不能因为他偶然用了这个人一句话或一句诗，就说他出自这个人，这就过于狭窄片面了，要看那超出乎表面以外的，那骨子里面最重要的影响是从哪里来的，这一点钟嵘对阮籍的批评很不错。从外表来看，阮籍诗与《小雅》一点也不像，《小雅》至少是四个字一句，阮籍的诗五个字一句；阮籍诗里常用的大都是《诗经》以后的典故，这怎么能说他是出自《小雅》呢？其实钟嵘是就他们最基本的内容而言的，《诗经·小雅》中有一部分叫变雅，写的都是当时才人志士对于乱世的悲慨忧愤之辞，这与阮籍诗所表现的情怀似乎是同出一辙的。所以钟嵘说他的诗"其源出于《小雅》"。什么是"无雕虫之功"呢？按中国诗歌的演进，正始之后太康的诗就注重文字的雕琢，正始以前的曹子建也比较注重文字的雕饰，而阮籍的诗是不在文字的雕琢上下功夫的，因此是"无雕虫之功"。下面说到他的《咏怀》之作，根据史料记载，阮籍共留下来八十七首诗，其中八十五首题名叫作"咏怀"，另外两首叫作"短歌"。《咏怀》这题目就很好，英文翻成Poems From My Heart（我心里怎么想就怎么说），钟嵘说他的"《咏怀》之作，可以陶性灵，发幽思"，是说一个人的性情有些急躁了或是不平了，读了他的诗，便可有一种性灵上的修养，同时如果你内心之中也有一种复杂、矛盾、深隐幽微的感情的话，也可借着他的诗而得以宣泄。"言在耳目之内，情寄八荒之表。"我们看他所写的：天上的月亮、山间的清风、田中的野草……好像言语都在耳目之内，而这其中却都有另外更深的意思，他的情意的寄托是非常遥远的，远在"八荒之表"，我们说东、西、南、北，东北、西北、东南、西南，共八个方向，四个正的方向，四个斜的方向，八个方向的最荒远的地方叫作八荒。"洋洋乎会于《风》、《雅》"，"洋洋"本指水之浩大，这里是说他内容与情思的丰富，此句意思是说，阮籍的诗不仅有《小雅》的写乱世的忧愤，而且还有《国风》中比兴的意思，所以他能够会合"风"、"雅"的两种特色之美。这后面的一句很妙："使人忘其鄙近。"钟嵘怎么会说他"鄙近"呢？我们在讲建安诗时说过，《诗品》评曹操的诗是"古直"，曹丕的诗是"鄙直如偶语"，因为钟嵘的时代是重视"雕虫之功"的，如果你文字不美，他就说你"鄙近"。阮籍诗表面看是不漂亮的，可你不得不承认阮嗣宗所表现的内容情意是丰富的，这一点就足以使人忘掉他文字的不美了。"自致远大"，是说他能够达到那种内容上高远的、"情寄八荒之表"的成就。"颇多感慨之词"，是说他诗里写的都是内心的感慨。"厥旨渊放，归趣难求"，说他内容的意旨是很深远的，最终的意趣目的很难确指它究竟是什么，所以刘宋时代有一个与谢灵运同时的诗人颜延年在给阮籍诗做注解的时候，就"怯言其志"，心里很拿不准，猜不透他究竟说的是什么意思，表达的是什么情志。这是钟嵘对阮籍的批评。

下面还有《昭明文选》中李善注解阮籍《咏怀》诗中的一段话：

> 嗣宗身仕乱朝，常恐罹谤遇祸，因兹发咏，故每有忧生之嗟。虽志在刺讥，而文多隐避。百代之下，难以情测。

阮籍在魏晋那个争权夺位的时代做官，他常常害怕会遭到毁谤，像钟会这些人不是就因为嵇康给山巨源的信而把嵇康抓去杀掉的吗？因此他也时常担心恐怕遭此祸患，所以就"因兹发咏"，因为这样的缘故，所以他所抒发的内心咏叹就"每有忧生之嗟"。虽然他内心的志愿可能也有讥刺当时政治和朝廷的意思，但"文多隐避"，从不明白地说出，所以才使"百代之下，难以情测"。这是《文选》中李善对阮籍的批评。

清代陈沆《诗比兴笺》批评阮籍说："阮公凭临广武，啸傲苏门。远迹曹爽，洁身懿、师。其诗愤怀禅代，凭吊古今。盖仁人志士之发愤焉，岂直忧生之嗟而已哉。"这段话是说阮籍登上广武山叹息"时无英雄，使竖子成名"，到苏门山上对着孙登吟啸。他在政治上的态度是"远迹曹爽"。魏明帝死时将幼主齐王芳托孤给曹爽和司马懿，曹爽有一段时间曾经"居服车马比拟天子"，就在这个时候，曹爽请过阮籍，可是因为曹爽这个人的野心表现得太明白，所以阮籍拒绝了他，没有接受曹爽的聘请。"洁身懿、师"，是说阮籍在对待司马懿和司马师的态度上就又不同了，他表面上跟司马氏妥协，委曲求全，但却没有真正卷到司马家族谋篡的计划里去。他的诗所写的都是对这个以禅让之名而行篡逆之实的政治现实的愤慨不平，因此他登广武山凭吊古今与他登苏门山吟啸山林，都是"仁人志士之发愤焉"，决不只是像前面李善那段话里所说的"忧生之嗟"而已。

除此而外，清代沈德潜的《古诗源》还有一段话很值得注意：

> 阮公《咏怀》，反覆零乱，兴寄无端，和愉哀怨，杂集于中，令读者莫求归趣，此其为阮公之诗也。必求时事以实之，则凿矣。

这是说阮籍的《咏怀》诗常常是同样一个意思，他前面说了，后面又说，有时前后说法还不一致。由于他内心充满复杂的矛盾，所以他写出的诗也显得"反覆零乱"，而且他诗里的比兴与寄托也常常使你不知从何而起，找不出明晰的头绪来，他内心的悲哀与他外在表现出来的和平安宁等各种感情杂集在心中，这就使我们读他诗的人不能够弄清楚他最后的意趣是什么。可如果你一定要用一个具体可见的时事来证实，非说这首诗是指曹爽，那首诗是指司马懿……那未免就太过于穿凿拘束了。

历代对阮籍的批评，归纳起来，大致有以上几段重要的评论。总之阮嗣宗的诗是很好的，但也是很难讲的，下面我们就该开始来看他的诗了。阮籍《咏怀》诗里，五言的一共有八十二首，《昭明文选》中所选共十七首，不管他怎样选，总是以"夜中不能寐"一诗作为开端的第一首。"组诗"有几种不同的类型，一类是一组诗的若干首诗在排列上有固定的次序，如杜甫的《秋兴八首》，以及曹植的《赠白马王彪》等，这类诗从文字的叙述、层次的转折、口吻的呼应等方面都有固定的关联关系。另一类是看起来它是完整的一组诗，但它们各自之间没有必然的关联关系，也没有一定的次序，像温庭筠的《菩萨蛮十四首》。还有一种类型的组诗，开端与结尾是固定的，而中间的若干首就没有一定的排列次序了，像陶渊明的《饮酒二十首》就是如此的。我们这里要讲的这组诗，就属于刚才所说的第三种情况，它只有开端的第一首是固定的，其他的八十一首都没有固定的顺序了，从《昭明文选》所选的十七首《咏怀》诗里就可以看出，除了开端的一首写他感发的兴起以外，他中间所写的都是反覆零乱，没有一个特定的次序的。

第三节　阮籍之二

　　前边我们介绍了阮籍所处的时代环境，他的生平、性情以及后人对他《咏怀》诗的评价，现在我们或许已经找到了欣赏阮籍诗的门路，这就像我们裁判篮球与裁判足球的标准不同一样，对不同的作者、不同类型的作品，要用不同的欣赏角度，否则就会不得其门而入。下面我们先来看他的第一首诗：

夜中不能寐，起坐弹鸣琴。薄帷鉴明月，清风吹我襟。孤鸿号外野，朔鸟鸣北林。徘徊将何见，忧思独伤心。

上节我说过，阮籍这八十二首五言《咏怀》诗，不是同一时间、同一地点、同一内容的，是"反覆零乱，兴寄无端"的，但虽然如此，可他开端的第一首却是固定的。这里我还要补充一点，就是你判定这一组诗哪一首是开端，哪一首是结尾，也有两种情形，一种是根据内容的叙述层次来判定，比如陶渊明《读〈山海经〉》第一首说"泛览周王传，流观山海图"，就是在交代他写这一组诗的缘由和起因，这就从内容的叙述层次上使人一目了然地看出它是这组诗的开端了。另一种情形就像我们说阮籍的这首诗是这八十二首诗的第一首，就不是根据内容叙述的层次，而是由他诗中所传达出的感发之情的由来与缘起而判定的。一个人内心感情的生发触动是怎样形成的，又是怎样发生的，有时连自己都说不清楚，过去我在台湾讲阮籍诗时曾经用过一个比喻，我说阮籍这八十二首诗中第一首诗的作用，就像是你蒸的一笼馒头，本来这一笼馒头之间是没有一定的次序和差别的，可当你吃馒头的时候，你最先拿起来的那一个与你后来所吃到的那些就有了不同，这种差别就在于你打开锅盖后拿出的第一个，总是膨胀松软、热气暄腾的，等你吃下这个之后，再看其他的，就会发现它们已经冷却了，不再具有你刚一揭锅时所感受到的那种鲜活蒸腾的气势了。阮籍的这首诗，你只从文字内容的叙述层次上看不出它像第一首，可如果从它的感情生发触引的缘起上看，它使你感到有一种强烈的感发之源正在这里酝酿发生，这种感觉是很难讲的，我们要慢慢来看——

"夜中不能寐，起坐弹鸣琴。"后人说阮籍诗是"反覆零乱，兴寄无端"，是"言在耳目之内，情寄八荒之表"，这话对于欣赏阮籍诗确实是很重要的，这首诗所具有的悲哀感慨的原始感动，从这头两句里就开始酝酿发生了。先看"夜中"两个字，要知道，好的诗，每一个字都有它独到的作用，都传达着一种感动的兴发。这"夜中"指的是子夜、午夜、深夜，"寐"是眠，如果刚入夜，才八点钟你就上床了，躺着睡不着，那谁叫你那么早就去睡呢？可他已经是深夜之时了还未能入睡，而且不是不想寐，而是"不能寐"。《孟子》有"不为者与不能者之形，何以异"的话，你自己不去睡与你去睡而不能成眠是不同的。你如果慢慢地去体会，就会发现诗人满怀的烦闷与哀伤就在这"不能寐"三个字中传达出来了，虽然他表面上并没有直说，可他的确是如此的。后面他接得更好："起坐弹鸣琴。"我既然不能成眠，就干脆起来，弹奏自己那个能发出美丽声音的琴，这也是"言在耳目之内"。读阮籍的诗确实是很难的，这么简单的五个字里究竟包含了多少意思，他没有直说，但你一定要把他的深意读出来。我前文引了《孟子》的"不能"与"不为"是有区别的，《论语》上也有两句话说："可与言而不与之言，失人；不可与言而与之言，失言。知者不失人，亦不失言。"这是中国古圣先贤的智慧修养和人生体会，他是说如果这个人的思想品格、学识修养本来是可以与你有共通之处，你们可以交流沟通，而你却错过了机会没有与他沟通交谈，这就谓之"失人"，是你把这个人给错过了；如果这个人品格修养、学识情意一切都很卑下，不值得你跟他谈话，而你却把自己最宝贵的、最崇高的理想志意都袒露在这样一个根本不了解你、与你没有任何共同之处的人面前，那就是你的失言。所以真正有智慧的人是能够做到"不失人"，也"不失言"的。读诗也是如此，如果这首诗里有深意，你读不出来，那你就对不起作品和诗人；如果这首诗里没有深意，你牵强比附，给它乱加一些东西，那是你胡思乱想，是不正确的。所以我常常说读者要"具眼"，要真正有眼光，能够把他诗中的深浅、优劣一眼就看出来，这就是我们读诗、讲诗所要逐渐培养的一种能力。我以为"夜中不能寐，起坐弹鸣琴"两句是很有深意的。中国对琴这种乐器是非常看重的，认为琴声是一个人品德、思想，甚至是吉凶祸福的流露，琴声里不仅可以听出你禀赋的高低优劣，甚至你命运的凶吉祸福也能从中显示出来。这方面中国古代有许多记载。我曾讲过蔡邕的故事，他从人家的琴声里听出了"杀伐之音"；《红楼梦》里写妙玉听黛玉弹琴后说这琴声调太高是不好的，果然一下子，琴弦就断了，这就预示着林黛玉的悲剧命运。所以琴是一种很微妙的东西，它可以传达出人的心声，你内心最深处的思想活动。再看阮籍这句中的"起坐"二字，岳飞有一首《小重山》词说："昨夜寒蛩不住鸣。惊回千里梦，已三更。起来独自绕阶行。"又说："欲将心事付瑶琴。知音少，弦断有谁听？"看来岳飞也是"夜中不能寐"的，因为他那一份报国的志意非但没能实现，反而遭到朝廷之中的种种猜疑和嫉恨，所以他才"起来独自绕阶行"的，这"起来"两个字与阮嗣宗的"起坐弹鸣琴"同出一辙。在这夜半不能成眠的"起坐"或"起来"里，饱含了他们无限的忧伤、烦乱和悲慨。陶渊明诗里也曾有过类似的感情，陶渊明也是个很复杂的人，在他平静悠闲的外表里面也饱含了许多复杂不平的感情。我曾在一篇论陶渊明的文章里说他是"日光七彩融于一白"，他的《饮酒》诗说："少年罕人事，游好在六经。行行向不惑，淹留遂无成。"他本来也是有着一份修身、齐家、治国、平天下的理想和抱负的，可无奈"日月掷人去，有志不获骋"（《杂诗》），现实中找不到一个可以施展理想抱负的机会，所以他的内心也积郁了无限的忧愤哀伤，这份感情是无人能够理解的，我刚才说"不可与言而与之言"就谓之"失言"，因此作为"智者"的陶渊明只有"欲言无余和，挥杯劝孤影"，"念此怀悲凄，终晓不能静"了。既然无人理解，无人应和我，我只有高举酒杯，与我那孤单的身影一起唱和，每想到这些，我的内心就充满了凄凉悲慨，这使得我彻夜难以平静。我现在要说的是，岳飞的"起来独自绕阶行"，陶渊明的"念此怀悲凄，终晓不能静"中都有内心的忧伤烦乱、愤懑不平之情的流露，而且他们说得都比较明白，而阮籍之所以更难读懂，就在于他只说了"起坐"二字，而将他为什么"起坐"，为什么"不寐"，为什么"弹鸣琴"的原因都隐藏了起来。我常常说人毕竟是软弱的，没有什么人敢说，我自己能够独立地把一切都负担起来。所以每一个人当他内心有悲哀，有痛苦的时候，他常常要寻求一个寄托，寻找一个容他发泄、给他安慰的对象。如果这种对象是一个"人"那当然很好，你不但能够倾诉给他，使他能够真正完全地感受到你的心意，而且他还能用他的感情来回应你，这样即使是在痛苦当中，你也会觉得幸福和美好。然而这样的人却是很难找到的，而且像阮籍这种内心的忧伤痛苦，完全是由于当时那种特殊的政治环境造成的。而这一切，对于"口不臧否人物"的阮籍说来，更是无人可与之言，也是无法言说的。所以他只好把这份感慨寄托在"弹鸣琴"之中，他所传达出的"心声"虽然我们无法用准确的语言来表述，但我们可以肯定这里面确实有一份极其强烈的、激愤难平的感慨在！我之所以说这是他《咏怀》诗的第一首，是他兴发感动的缘起，原因正在于此。

接下来的两句写得更好："薄帷鉴明月，清风吹我襟。"其实很难说它哪一句更好，我说它好，是因为这些句子结合起来才好的，这两句与前后上下之间相互映衬、相互生发、相互照顾，产生了一个整体效果。我们在讲晏小山的词时说过，"落花人独立，微雨燕双飞"用的是晚唐五代翁宏《春残》中的诗句，在翁宏的诗里，这两句并未显出好来，可到了晏小山的词里却显得十分好，这是因为它与全词产生了一种相映衬、相生发、相照顾的作用。阮嗣宗这首诗的前四句就恰好也产生了这种相得益彰的作用。当他"夜中不能寐，起坐弹鸣琴"，以抒发内心不平之情时，他眼睛看到的是"薄帷鉴明月"，所感到的是"清风吹我襟"。"帷"是一种帘帷，这里所指的是窗前的帘帷。薄薄的一层窗帷，被月光照透了。"鉴"是照明的意思，你如果有百叶窗或很厚的窗帘，那外边再有明亮的月光你也看不到；如果你没有窗帘，那么月光就会一泻无余地直接射进来；可现在是有一个薄薄的窗帘，那月光就透过薄帷而照过来。这是很难讲的一种感觉，窗上有一个薄的窗帘与没有窗帘是不同的，甚至假如窗帘之上还有些隐约的花纹，你再看那射进来的月光，就更会有一种朦胧、隐约，使你平添幽微窈眇之想的感觉。况且"明月"又是极妙的，李白说"举头望明月，低头思故乡"（《静夜思》），欧阳修写过两句词"寂寞起来赛绣幌，月明正在梨花上"（《蝶恋花》"面旋落花风荡漾"），他没有说他是否思故乡，他只是把他所看到的景象呈现在你的面前。我小时候也写过一首《浣溪沙》词，当然写得很不好，不过我从小喜欢说真实的话，我的诗词也一定要写我所观察到的事物和我所体会到的感受，我在词里写了这样几句："翠袖单寒人倚竹，碧天沉静月窥墙，此时心绪最茫茫。""翠袖单寒"是用杜甫的诗"天寒翠袖薄，日暮倚修竹"之意。杜甫的诗题叫"佳人"，他所写的这两句不是"佳人"的外表，而是要表现一个女子的品格，她虽然穿的衣服是"翠"色，比较寒冷的颜色，比较薄的单衣，然而寒冷之中却反衬出一种坚贞、直立的品格，即"日暮倚修竹"。我幼年读诗词时常见其中对竹子的赞美，于是我就到同学家特别移了一丛竹子来，每天给它浇水，后来竟长出许多竹子来。所以我早年写的诗词里，有时写到竹子，那都是现实所实有的景象。"翠袖单寒人倚竹"是沿用杜甫的诗意，当然它代表一种品格，但同时也是写实的，因为晚上是寒冷的，而且我们家中确实有竹子在那里，有时夜晚的天空万里无云，碧蓝一片，很沉静。在那样一片清冷沉静之中，你就看到月光从东墙上升起来了，这时仿佛有一种情景，就是"碧天沉静月窥墙"的情景给我心里带来一种感动，这种感动我很难说出来，总之不是"思故乡"，因为我就在我的故乡；也不是要怀什么人，所以我说是"此时心绪最茫茫"。所谓"茫茫"，就是连自己都说不出来是一种什么样子的感触。可见明月是很奇妙的，虽然有人上了月球，看到月球上并不美丽，不过在读文学作品时你应当把那个科学的、真实的月球的样子忘掉，而只欣赏直接感受的月光之美。"薄帷鉴明月"好像并没说出什么感受来，其实这之中的感觉也是很微妙的，与苏东坡"转朱阁，低绮户，照无眠"（《水调歌头》"明月几时有"）的感受十分相近。"清风吹我襟"是说寒风吹进我的衣襟吗？决不止如此！句中"我襟"两字用得非常好，冯正中词"波摇梅蕊当心白，风入罗衣贴体寒"（《抛球乐》"酒罢歌馀兴未阑"）中的"当心"与"贴体"就用得非常好，"当心"二字不只写出"蕊"在花心中的含蓄，影在波心中的摇动，还写出当你看到白色花影在水中荡漾时你内心之中所触引起的一种摇荡的感觉。而"贴体"则写出了"风入罗衣"时所真切感受到的那一种寒冷的侵袭和摧伤的力量。同样，阮嗣宗写"清风吹我襟"，也不只是说寒风吹在我外面的衣襟上。这个"襟"，也暗示着襟怀，也是指内心。寒风带给诗人的不只是身体上的寒冷，而是他内心深处的一种寒冷，这恰好证明了阮籍诗"言在耳目之内，情寄八荒之表"的特点，他所写的"薄帷"、"明月"、"清风"都是耳目之内的景色，但他内心之中由这些景色所引起的感发却是非常遥远而深重的。

如果说"薄帷鉴明月"是阮籍的目之所见，"清风吹我襟"是他的身之所感，那么后面两句"孤鸿号外野，朔鸟鸣北林"则是他的耳之所闻。"孤鸿"是失群的鸿雁。雁不仅是候鸟，而且是成行结队地飞翔，有时排成"一"字，有时排成"人"字。而阮籍此诗所写的是一只失群的孤雁，陶渊明的《饮酒》诗中有一首写的也是失群之鸟："栖栖失群鸟，日暮犹独飞。""栖栖"二字出于《论语》，曾经有人问孔子："丘何为是栖栖者与？"是说你孔丘为何缘故总是如此栖栖惶惶，各处奔走，徘徊不安定呢？可见"栖栖"是犹豫徘徊不安定的样子。这只"失群鸟"之所以"栖栖"，是因为它一时找不到栖止和归宿，找不到一个可以托身栖落的地方，所以它"日暮犹独飞"，而且在"徘徊无定止"中，它"夜夜声转悲"，它鸣叫的声音一天比一天更悲哀，一夜比一夜更凄厉。那么这又到底是一只什么鸟呢？是雁，是雀，还是鹏？或鹄？陶渊明没有告诉我们，这就是陶渊明最妙的一点，阮嗣宗还说明了他所写的是一只"孤鸿"，而陶渊明的作品一向都是写他概念中的形象，并非现实中所实有。这只"栖栖失群鸟"是陶渊明的一种自喻。陶渊明出身于士大夫家庭，他的祖父陶侃当年曾封长沙郡公，以他的阶级出身而论，陶渊明本该走仕宦的道路，可他后来却辞官不做了，而且立志终生不仕，归隐躬耕。这是他整个生活方式的一个彻底改变，也是对他所归属的那个群体的彻底离弃，因为他不喜欢仕宦的黑暗与堕落的生活。前边我们提到他的《杂诗》中说"日月掷人去，有志不获骋。念此怀悲凄，终晓不能静"，他曾有过拯救人民国家于危乱的理想和抱负，但没有机会，没有地方去施展，因为他不能与这样的官僚们同流合污，所以只好脱离了他的归属，宁愿成为一只孤独的"失群鸟"。不过陶渊明并没有停留在这里，他之所以了不起，就在于他在徘徊不安、矛盾痛苦之后终于找到了自己的依托和归宿："因值孤生松，敛翮遥来归！""失群鸟"是个象喻，"孤生松"同样也是一个象征的比喻，松树是坚贞、刚强，在风雪中不凋伤，不变色的，我陶渊明同样也具有这样的品格，而且我不需要别人的支持，难道我要有很多松树与我一起站，我才能挺立起来吗？不是的，我就是一个人，一棵松，也要独自挺拔地站立起来，这样的一种品格和境界不是外在的，是我内心中、精神上的止泊和选择！这就是陶渊明与阮嗣宗的不同，因为阮嗣宗没有找到这样的归宿，所以他的诗"反覆零乱"；而陶渊明无论他前面怎样矛盾痛苦、孤独寂寞，他最终能够找到一个解决的办法，他不只找到了一个解决的办法，而且找到了自己可以立足的一方天地，这正是陶渊明所以了不起的缘故。不过阮嗣宗当年矛盾痛苦、孤独寂寞的情形与陶渊明是相同的。前边我们讲过正始时的时代背景和政治环境，并且知道阮嗣宗是"竹林七贤"中最为矛盾复杂的一个人，因为他既不敢违背司马氏，怕招来杀身之祸，又不甘依附司马氏与他们同流合污，所以他是极其孤独痛苦的。"竹林七贤"里没有一个人与他是相同的，所以他满怀的忧伤无人理解、无处倾诉，于是他用一只孤独的、离群的鸿雁来做代表。唐人也有一首写孤鸿的诗："几行归塞尽，念尔独何之。暮雨相呼失，寒塘欲下迟。"（崔涂《孤雁》）写一只孤鸿向着关塞飞，不知为什么它就失群了，人家都成群结队地飞尽了，只有它是孤零零地茫然不知所归，在黄昏的冷雨之中，它希望能够唤来一个伴侣，可是"相呼失"，没有谁来回应它；它飞得很累，呼唤得也很累了，它想寻找一个可以饮水休息的地方，可却"寒塘欲下迟"，那凄凉寒冷的池塘使它迟疑不敢落下去，它也"徘徊无定止"，它怕自己形单影孤一飞下来马上就会受到外界的伤害。这种"暮雨相呼失，寒塘欲下迟"的心态，这种"徘徊无定止，夜夜声转悲"的境况，与阮嗣宗"身仕乱朝，常恐罹谤遇祸"的心境是极其相近的。所以阮籍诗中这只"孤鸿"只有"号外野"了，"外野"就是野外，"号"是一种悲哀的叫声，也就是陶诗中那只"夜夜声转悲"的失群之鸟的哀鸣，也正是"暮雨相呼失"的那种孤寂凄厉的呼唤之声。下面的"朔鸟鸣北林"也是同样的意思。"朔"代表寒冷的北方，"朔鸟"就是寒鸟。寒冷的鸟岂不是要找一个温暖的地方休息，可这只寒冷的鸟飞翔悲鸣在北方的树林中，而北方又是寒冷、寂寞、孤独的象征，《古诗十九首》上说"西北有高楼，上与浮云齐"，"上有弦歌声，音响一何悲"。北方本来就是寒冷的，而这只寒鸟因找不到一个温暖的、可以休息的地方，无奈在那寒冷的树林中徒然悲鸣，这就更进一步增加孤寂凄寒的感觉。诗写到这里已将阮嗣宗的目之所见、身之所感、耳之所闻全部传达出来了。

如果从这首诗的叙写层次上看，头两句"夜中不能寐，起坐弹鸣琴"是全诗的感情基调，就像你画一张图画一样，总要先确定一个底色，作为整个画幅的主调。阮籍这组《咏怀》诗的主调从头两句就定下来了。"夜中不能寐"，多么简单的五个字，我们却由此想到了陶渊明的"念此怀悲凄，终晓不能静"；想到了岳飞的"起来独自绕阶行"。紧接着这种激愤不平的内心折射，他写出了目之所见："薄帷鉴明月"；身之所感："清风吹我襟"；耳之所闻："孤鸿号外野，朔鸟鸣北林"。最后他无限悲慨地感叹道："徘徊将何见，忧思独伤心。"我还要说，凡是好的诗，一定要每一个字、每一个句子都发生作用才可以。"徘徊"是往来不安定中的寻找觅求。"徘徊将何见"，你在往来不安的寻觅中将会看到什么？获致什么呢？宋人李清照词说："寻寻觅觅，冷冷清清，凄凄惨惨戚戚。"（《声声慢》）她在孤独寂寞惆怅悲哀之中想寻觅到一个可以得到安慰，可以得到满足的东西，那么她能不能找到那个可以代表光明，代表希望，给人以宽慰和解脱的东西呢？李清照最终未能寻到，她所找到的只是"冷冷清清，凄凄惨惨戚戚"。阮嗣宗也是这样的，他"夜中不能寐"，也徘徊寻觅，也希望寻找到可以给他抚慰和温暖的东西，可他又"徘徊将何见"呢？我们刚才说"薄帷鉴明月"就是他的眼中所见，可他现在所要寻见的已经不再是现实眼前可以看到的一切了，而是他内心与精神的寄托和归宿，是这个黑暗世界上所能残存着的一点光明、希望和温暖！然而他也最终未能找到，所以最后只剩下"忧思独伤心"了！这个世界给予他的只有这满怀的，无可言说、也无可解脱的忧愁与哀思。这里他没有具体写出到底是哪件事情使他哀伤的，他整首诗都是写内心中孤独寂寞、凌乱哀伤之感发的，可最终也没明说这份感发的缘由究竟是什么，他只是把这种情绪在他内心之中的活动状况呈现出来，所以这是很妙的一首诗。他后面那些首，就真的是"反覆零乱，兴寄无端"了，同样的意思，这一首诗说过了，下一首诗还说；有时这一首正面说，下一首又从反面说，而且诗中似乎也都隐然有所指了，就是他写的故事好像是在影射什么，可又说得不很明白。

第四节　阮籍之三

现在我们要看阮籍《咏怀》诗的第二首。与前面第一首相比较，你就会看出它们之间的区别和不同来的：

> 二妃游江滨，逍遥顺风翔。交甫怀环佩，婉娈有芬芳。猗靡情欢爱，千载不相忘。倾城迷下蔡，容好结中肠。感激生忧思，萱草树兰房。膏沐为谁施，其雨怨朝阳。如何金石交，一旦更离伤。

前一首诗只是写内心的感受，没有具体写某一件事情，而以下的几首诗则往往都是具体地写一件事情，这种事情并不一定是现实中真正有的，有的是历史上的，有的是神话传说中的。对第一首诗，因其只写内心中直接的感发，我们像前面那样讲就可以了，我们知道他"夜中不能寐"是因为他有许多"起坐不能平"的忧思繁乱的感情就是了。可是以后的这些诗里既然都有一个具体确指的事件，而且大家都以为这些具体的事件是有托意的，是与当时的政治有关系的，那么他所喻托的是什么呢？这就有了两个层次上的意义：首先是表层的故事本身的含意，再就是隐含在故事深层里的对于现实政治的讽刺喻托的意义。中国过去给诗歌做注解的人喜欢完全从政治的角度来解说，可是我向来主张先看诗人第一层次上的表意是什么，而且是用文学的眼光来寻找他第一层的好处在哪里，然后再看他是不是可能有政治的托意，如果有，应该是什么。好，现在我们来看这首诗表面所写的，那是历史传说中的一个神话故事。《列仙传》上记载："江妃二女者，不知何所人也。出游于江汉之湄，逢郑交甫，见而悦之，不知其神人也。谓其仆曰：'我欲下请其佩。'……遂手解佩与交甫。交甫悦，受而怀之，中当心，趋去数十步，视佩，空怀无佩。顾二女，忽然不见。"《韩诗外传》也有类似的记载："郑交甫将南适楚，遵彼汉皋台下，乃遇二女佩两珠，大如荆鸡之卵。"这故事说的是有两个女神仙出游江滨遇到了一个叫作郑交甫的男子，他们相互之间非常钟情，于是二女就解下身上佩带的饰物（有的说是玉，有的说是珠），如果根据《韩诗外传》的记载，她们解下来的是大如鸡卵的明珠，郑交甫就接受了这颗明珠，与这两个女子告别了。当郑交甫告别二女，走了十几步之后，忽然发现身上的明珠不见了，再回头看那二女，这二女也不见了。这是神话传说中男女遇合的一段故事，现在我们可以确指这首诗表面的第一层意思是在写一个男女欢爱、由遇合到离别的神话故事，而这个故事在中国文学里是很流行的，许多人在讲到男女间的遇合离别时都用郑交甫与江妃二女的典故。那么我们看阮嗣宗是怎么样来写，为什么来写这个故事的。

"二妃游江滨，逍遥顺风翔。"这首诗的前面几句都是写男女之遇合的，而且他把这种遇合写得非常美丽。"逍遥顺风翔"，因为是神仙，她们没有人间的一切拘束，所以是很逍遥的，不像我们一步一步地行走，而是被风一吹，就像在天上飞翔。"交甫怀环佩"，这是诗歌用典可以通融的地方，《韩诗外传》说二妃解下的是大如鸡卵的明珠，这里阮籍说的是"交甫怀环佩"，本来环佩与明珠是不同的东西，环是玉环，凡是圆圈形的都叫环；如果圆饼形的就是璧，璧中心有圆孔；至于璧间有一个缺口的就叫玦。可见玉佩的各种形状是不相同的。"佩"是动词，而这个"珮"是专指佩在身上的玉饰，不过现在这两个字通用了，这里的"环珮"是说身上所佩戴的玉环、玉玦之类的装饰。可是根据《韩诗外传》的记载，二妃赠给郑交甫的并不是玉环这类东西，而是明珠。不过无论它是珠还是玉，总之是这女子身上所佩带着的最美好的饰物。接下来我们看什么叫"怀环珮"呢？"怀"是怀藏的意思，古人穿的衣服都是宽袍大袖，当有什么东西要收起来时他就或者从斜领子里塞进去，或是藏在袖子里。《古诗十九首》曾有这样的句子："置书怀袖中，三岁字不灭"，写的是他所怀念的那个远方之人给他寄一封信，他对这封信很珍重，于是就"置之怀袖中"，把它郑重地保藏起来了，而且一直珍藏了三年，那上面海誓山盟、依依眷恋的字句依然没有一丝一毫的磨损。所以当这个女子解下身上的佩饰送给郑交甫以后，郑交甫也把它珍重地置于怀袖中。这点又与神话的记载不大相合了，神话所写的是女子把佩饰给他之后，他没有走几步佩饰就不见了。这又是古人用典善于变通的地方，典故的运用并不是死板地、一成不变地生搬硬套，而是可以变通的。但我们要注意的是这种变通里面，诗人所要突出的重点是什么，他改变原典故的用意在哪里。比如李商隐有名的《锦瑟》诗句"庄生晓梦迷蝴蝶，望帝春心托杜鹃"就用了《庄子·齐物论》里庄子梦蝴蝶的典故，这故事的本意在于说明世间万物的一切都无区别，都可齐一，都应等量齐观的一种哲学思想。可李商隐却在庄生梦蝴蝶的典故中间加了一个"晓"字和一个"迷"字，而这种变通和改变正是李商隐诗的重点所在。为什么要加这个"晓"字？因为破晓之前的梦是相当短暂的。长夜漫漫，夜长梦多，你尽管去梦好了，可他加这一"晓"字，这就极言其短促。而"迷"字的作用则在于，虽然是晓梦难长，可我还是沉醉迷恋其中了，所以"庄生晓梦迷蝴蝶"不仅写出了梦迷蝴蝶之美好，与晓梦难长之悲哀，而且还写出了李商隐那一份明知美梦难长，也要全身心投注的一份既热烈执着又悲哀怅惘的感情，这正是李商隐所要表现的重点。现在阮嗣宗改变古籍上的典故，也有他变通的重点，这就是说，"环佩"无论是玉，是珠，总之都是女子贴身的、心爱的饰物。中国古代的时候，一个女子肯把自己贴身的饰物赠给别人，这是非同一般的事情，所谓"定情之物"指的就是这样一种信物。而"交甫怀环佩"的"怀"字则表现出他对这一定情之信物的珍重和宝爱。他所宝爱与珍重的还不在于这块玉、这颗珠值多少钱，而是这女子对他那份钟情信赖的感情。接下去的"婉娈有芬芳"进一层写了这份感情的美好珍贵。"婉""娈"两字中都有一"女"字，所以是特指女子的温柔美好的样子。当时郑交甫与这女子之间的感情不但是这样温柔美好，而且是这样芬芳。芬芳不要以为是鼻子闻到的气味，要知道真正的芬芳不是外表涂上去的香水的芬芳，而是你内在感情、品格所渗透出来的馨香，其中包含了女性所特有的温柔、美好的种种情意。"猗靡情欢爱"中的"猗靡"都是上声，同样也是温柔的意思，有时我们说"柔靡"。猗是一种温柔有姿态的样子，这个女子对他有这样温柔、亲密的感情，他们两个人就非常地欢心爱悦。现在又出来一个问题，一般人都认为感情是应该专一的，可是他前边所说的是"二妃"，是两个女子。这又是阮籍灵活用典的地方，他虽然泛称"二妃"，可事实上他所指的只是一个女子。宋词里写一个女子送给一个男子一首词说："此身愿做衔泥燕，一年一度一归来，孤雌独入郎庭院。"这个女子说得很清楚，是一只燕子飞到你的院里。可是我们在讲《古诗十九首》时也讲过这样两句："思为双飞燕，衔泥巢君屋。"这看来不是很矛盾的吗？你变成"双飞燕"，那让"君"爱哪一只呢，又让哪一只去跟他"衔泥巢君屋"呢？其实他这是两个愿望，"思为双飞燕"是他第一个愿望，是愿意跟"君"双双化作一对飞燕；然后又从燕子有了第二重联想，如果我要是燕子的话，我就衔泥筑巢在你的屋上。由此看来这江妃二女也可不必认真。当然古人也常有姐妹二人同时嫁给一个丈夫的情形，传说尧的两个女儿，娥皇和女英不就同时嫁给舜了吗？只是我们在讲诗的时候不必刻舟求剑，死于句下，总而言之他是写男女的遇合，是写感情的欢爱，"猗靡情欢爱，千载不相忘"是说我们之间的这种感情是千年万世，永远不会背弃的。看来这个女子与神话传说的故事不同，传说郑交甫接受了她的饰物后转眼她就消逝了，而阮籍诗里所写是他们在一起生活得很美好，是"猗靡情欢爱"，是"千载不相忘"。而且写这个女子的容貌美好是"倾城迷下蔡"。"倾城"是一个典故，"迷下蔡"又是一个典故。"倾城"见于李延年的《佳人歌》，而"迷下蔡"则是典出宋玉的《登徒子好色赋》。宋玉因为写了《登徒子好色赋》，所以人们就把宋玉与好色连在一起了，其实《登徒子好色赋》里所写的是宋玉不好色。因有一个小人谗毁陷害他，说宋玉容貌俊美，体态闲雅，生来好色，而且还告到了楚王那里。楚王就问宋玉，人家说你好色，让我疏远你，你到底是不是好色呢？宋玉说，我是不好色的。楚王问，你用什么可以证明你不好色呢？于是宋玉就写了《登徒子好色赋》，以证明他不好色，是登徒子才好色呢。他说："天下之佳人莫若楚国，楚国之丽者莫若臣里，臣里之美者莫若臣东家之子。东家之子，增之一分则太长，减之一分则太短。著粉则太白，施朱则太赤。眉如翠羽，肌如白雪，腰如束素，齿如含贝。"他说，这女子的身材恰到好处，增一分就多了，减一分就少了，擦上白粉就太白了，擦上红粉就太红了，一切都恰到好处。而且她"嫣然一笑，惑阳城，迷下蔡"，"阳城"与"下蔡"都是地名，这个女子若嫣然一笑，足可以使整个阳城和下蔡的人都为之而迷惑。接着宋玉又说，就是这样美丽的女子"登墙窥臣三年"，而他居然"至今未许也"。他说，她爬我家的墙偷看我已有三年之久了，而我却从来没有答应过她。然后宋玉又拿登徒子来与自己做比较。他说，这登徒子的妻子是如何如何丑陋，而登徒子对她又是如何如何多情，他们有多少多少的小孩……最后他问楚王，你看究竟是我好色，还是登徒子好色呢？楚王认为他说得很好，所以就没有疏远宋玉。现在阮籍是断章取义地用了宋玉这篇赋里的典故，就是极言这女子有"倾城"的美貌和"迷下蔡"的魅力。下一句的"容好结中肠"是说容颜的美好使这个郑交甫对她有很深的感情，"结"是系结、捆绑的意思。这是从女子的角度来说的，这个女子想以自己容颜的美好得到男子的宠爱。古时候的女子没有别的能力和才华，只是以容颜色相来侍奉别人的，所以这个女子便以出色的美貌征服了她所爱的男子，并在他们的内心之中系结了这份美好感情。到此为止的这一大段都是在写当年男女相见时的欢爱美好以及希望能够永久保持这种感情的愿望。可是从下一句开始，这种感情就起了变化。

"感激生忧思，萱草树兰房。膏沐为谁施，其雨怨朝阳。如何金石交，一旦更离伤。"当年他们自以为双方的感情是很好的，可谁知"感激生忧思"。赵岐的《孟子章句》说："千载闻之犹有感激。"这里"感激"就是感动的意思，赵岐说的是古人那些美好的、使我们奋发激励的话，千载之下我们读了都会在内心之中有一种感动。那既然郑交甫他们有如此美好的"猗靡情欢爱"、"容好结中肠"的感情与感动，又怎么会"生忧思"呢？你知道天下的事情物极必反，爱到了极点，不幸的离别就会加倍地使你感到忧思，所以就"萱草树兰房"。"萱"有的版本作"谖"，是指一种野生植物，《诗经》有"焉得谖草，言树之背"句。古人传说萱草的别名又叫"忘忧草"，它能使人忘掉忧愁。因此当人们有了忧愁时，《毛诗》就说"焉得萱草，言树之背"。"焉"是如何，我如何才能得到那种使我忘忧的萱草，如果我能够得到它的话，我就"言树之背"。"言"是语助词。"树"是动词，当种植讲。"背"有两种说法，一是说北堂，另一种说法是指房子的后面。总之是说把这种能够使你忘忧的萱草种植在你居室的附近，为的是借助它来帮助你忘记忧愁。不过阮嗣宗说的是"萱草树兰房"，而不是"言树之背"，这又是把典故变通了。"兰房"是女子的闺房。古来有过多少痴情的女子、负心的郎，这个女子也是因为男子将她抛弃了，她在忧思之中独守闺房，所以她说我要找到忘忧的"萱草"种在她的闺房附近。"膏沐为谁施，其雨怨朝阳"，"膏"是油膏，"沐"是汤沐，膏与沐都是施在头发上的，头发脏了，用汤沐来洗发，用油膏来润发，可是现在那个欣赏我的人走了，纵然有膏与沐，可我又为谁施用呢！这就是中国古人说的"士为知己者死，女为悦己者容"的意思。《诗经·卫风·伯兮》里说："自伯之东，首如飞蓬。岂无膏沐，谁适为容?""适"在这里读"dì"（地），是"目的"的意思。"伯"是她丈夫的名字。她说自从她丈夫到东方去了，这个女子就不再洗头发，也不擦油膏了，所以就"首如飞蓬"。难道她是因为没有"膏沐"吗？不是的，是因为没有欣赏她的人了，她已经失去了以膏沐来化妆的目的与意义。现在阮嗣宗就用《诗经》中的这个意思，当年这个女子与郑交甫一见倾心，竟解下身上的饰物，希望能够与他"容好结中肠"，可如今这个男子却弃她而走，所以她才会有"膏沐为谁施"的忧伤和"其雨怨朝阳"的哀怨。"其雨怨朝阳"用的也是《诗经·卫风·伯兮》中的典故，诗曰"其雨其雨，杲杲出日"，"其"是预测、将然的意思，是说我预测大概将要有雨。这首诗前面是说丈夫走了，没有人欣赏她的美丽了，所以她就不化妆了。后面写的是她渴望丈夫回来，而她丈夫却没有回来这种希望落空的悲哀，"其雨其雨，杲杲出日"是一个比喻，"杲"是一个象形字，上面是太阳，下面是一棵树，代表太阳高照的样子。这个女子感情上很寂寞，她渴望自己的丈夫能回心转意回到自己的身边来，就像干旱的土地在渴望雨露一般，所以她总期待着下雨："其雨其雨。"可是结果呢？非但雨没下成，太阳反倒高高地升起来了，因此她才抱怨"其雨怨朝阳"，她的丈夫终于没有回来。所以最后阮嗣宗悲哀地感慨道："如何金石交，一旦更离伤。""金石"是金属与石块，古人说的"金石之交"是喻指一种非常坚固稳定、永远也不改变的感情，为何你们当年"猗靡情欢爱"、"容好结中肠"、"千载不相忘"的感情，居然"一旦"之间就变成了不幸的离别和哀伤的下场？！这就是阮籍这首诗第一层的意思，表面是写了一个神话传说中的故事，虽然他只是袭用这个故事的影子，较之其原始形貌有了很多改变，但他的第一层用意就在于写感情的不稳定、不坚固，而且一旦之间就彼此互相背弃的感慨。那么他这首诗第二层的意思又是什么？如果说他有寄托的话，那么他的托意又是什么呢？我们先来看历代评说者对这个问题的回答——

古直在《阮嗣宗诗笺》中引清朝学者何焯的话，说：

> 此盖托朋友以喻君臣……结谓一与之齐，终身不易，臣无贰心，奈何改操乎？

近代学者黄节的《阮步兵咏怀诗注》引刘履的话说：

> 初司马昭以魏氏托任之重，亦自谓能尽忠于国。至是专权僭窃，欲行篡逆。故嗣宗婉其词以讽刺之。言交甫能念二妃解佩于一遇之顷，犹且情爱猗靡，久而不忘；佳人以容好结欢，犹能感激思望，专心靡他，甚而至于忧且怨。如何股肱大臣视同腹心者，一旦更变而有乖背之伤也。君臣朋友皆以义合，故

借金石之交为喻。

黄节又引王夫之的说法：

> 未尝非两折作，而冥合于出入之间，妙乃至此。

诗中的托喻原本就很含蓄隐讳，难以理解，而托喻所涉及的时代背景往往就更难于确指了。阮籍的作品都是产生在当时司马家族要谋篡曹魏政权的历史背景下，所以要想读懂它，至少会有三重困难：第一是诗歌外表文字典故上的障碍；第二是表意之外所具有的托喻上的困难；第三是在讲它这些托意时所涉及的暗指当时时代社会背景上的困难，所以阮籍诗是非常难讲的。从前面援引的几段文字来看，阮嗣宗这首诗确乎是与当时的历史背景有关系。刘履就认为"金石之交"指的就是"初司马昭以魏室托任之重，亦自谓能尽忠于国"，其实曹魏对司马家族的托任还不是从司马昭开始的，我们前文曾经讲过当魏明帝快要病死的时候，他特意把司马懿从前线诏回，将他的继承人齐王芳托付给司马懿，还对司马懿讲了"忍死待君"等极为沉痛和信赖的话。所以从司马懿开始到后来他的两个儿子司马师、司马昭，都曾在曹魏坐享最高的权位，而且司马昭后来被封为晋公的爵位，这一切都可见整个司马家族都是得到过曹魏的重托。所以刘履的《选诗补注》说，当初司马昭以曹魏家族两代人对他们的托重，"亦自谓能尽忠于国"，就是说从前，最初的时候表现得还不错，还有要尽忠于国的信用，而现如今居然"专权僭窃，欲行篡逆"了，所以阮籍就以这首诗来"婉其词以讽刺之"，意思是说，这首诗所讽刺的就是司马氏不信守曹魏的重托，欲行篡逆这件事情。刘履认为，阮籍是托言郑交甫与二妃的相遇合的故事来讽刺司马家族的专权行为，那么是怎么讽刺的呢？刘履后面更加详细地解释，首先从男子郑交甫这一方面而言，"言交甫能念二妃解佩于一遇之顷，犹且情爱猗靡，久而不忘"。一般人都认为男子应有大志向、大作为，不应株守家园作儿女态，因此男子可以不必在两性感情上过分认真，所以自古才出了那么多的"负心汉"。可郑交甫以一个可以不必拘执"一遇"之顷的男子尚且能够念在一见钟情、解佩相赠的这份交托信重的情义上对二妃"情爱猗靡，久而不忘"，这正是他作为男子所具有的道德信义的观念。人与人之间，如果他把真诚的感情交托给你，那么彼此之间就应该有一种信赖的情义，这是从男子一方面来说的。那么就女子这一方而言，"佳人以容好结欢，犹能感激思望，专心靡他，甚而至于忧且怨"，这是中国古人轻视女子的观念流露。他们认为女子本来不用讲什么道德、品格、信义、修养，她们只是以自己容颜的美好与所爱的男子结成欢爱的关系，可这里刘履的意思是，就算是个女子，她只是以容颜的美好结成了欢爱之情，她尚且还能够"感激思望，专心靡他"，"靡他"，是说没有任何其他二心的改变。也就是说，纵然男女之间的感情，即使她们没有所谓男子的那些品格、信义等道德观念的操守，只是以容颜的美好结欢都不应该改变。接下去他的讽喻意味就显示出来了，既然男女之间的感情尚且能够如此，为什么那些"股肱大臣视同腹心者"却竟然"一旦更变而有乖背之伤"

呢？！中国古代凡是帝王左右辅助得力的大臣都称之为"股肱"，即指他们之间具有手足相依、股肱相连的重要关系。当年魏明帝曾把司马家的人当作自己最亲近的人来信赖，并且把心腹的事情都托付给了他们，可万没想到司马氏"一旦更变而有乖背之伤也"。"乖"字中间是被分隔开的"北"字，一半向左，一半向右，是分开的意思。没想到魏明帝以如此重托信赖之的司马氏，有一天竟然背弃了当初的交托，所以刘履接着又说，"君臣朋友皆以义合"，本来君臣朋友之间都应注重品节信义，即"金石之交"的，所以刘履认为这首诗是"借金石之交为喻"，讽刺司马氏背信弃义的行为。本来"金石之交"是指朋友间的深厚情谊，据《汉书·韩信传》记载说，楚汉之争时有一个淮阴人叫韩信，他曾经投奔汉王（即刘邦），但刘邦最初没有任用韩信，韩信以为不得志，就逃走了。刘邦手下有一个谋臣叫萧何，他了解韩信的才能，当他听说韩信出走了，就连夜去追回韩信，并向刘邦建议说，韩信是大将之才，你对韩信这样轻视是不对的。萧何还给刘邦出主意，让他筑一个高高的拜将台，在隆重的仪式中拜韩信为将。而韩信果然是善于用兵，在群雄并起、相互竞逐的情况下，韩信曾经平定了很多地方，后来被封作齐王。那个时期曾经有人来劝韩信说，以你现在的才能和权势已经是"威名震主"了，而"威名震主则身危"，所以你不如及早反了，自立天下。可韩信却不肯，他不能够忘记和辜负当年贫贱时刘邦对自己"登台拜将"的恩义，他说，我与汉王是有着"金石之交"的，怎么能够背弃这一份君臣的信义呢！所以后来这"金石之交"除了作为一般朋友之交的通用意义之外，还包含有君臣之交的意思在里面。不过后来当刘邦得到天下之后，果然就把他手下包括韩信在内的许多有功之臣都杀死了，这真是"高鸟尽良弓藏，狡兔死走狗烹"！现在你就会发现这种诗是很难讲的，特别是在用典故的时候，诗人所用的往往并不十分符合历史的记载，比如"金石之交"这个典故，它首先第一层的意思是指朋友的情义，其次又引申指君臣的信义，因为当时韩信说的那个"金石之交"是指的君臣。不过刘邦与韩信之间违背"金石之交"的是君，不是臣，而这里阮籍所说的背弃者是臣，不是君，是司马氏违背了魏明帝的重托，篡夺了曹魏的政权，这一点一定要分辨清楚。总之关于这首"言在耳目之内，情寄八荒之表"，"百代之下，难以情测"的诗，还有别人的种种猜法，我认为不太妥当的就没再多引，因为那样一来就太复杂了。我所引的是我认为在内容托喻上比较有可能的说法，这是从这首诗的内容以及阮籍所生活的时代背景上看有可能蕴含着的一种托意。

后面我又引了王夫之的一段话："未尝非两折作，而冥合于出入之间，妙乃至此。"前边刘履的那段话是从内容托喻上来说的，而这里王夫之所讲的则是文学艺术的一种表现形式和技巧，或者可以说是一种艺术效果，这一点也是非常难讲的，但它却是中国诗歌中非常之微妙的地方。中国旧诗里有些意义上的转折是分几个层次的，而这些层次转折之间的联系也有时是很微妙的。他说，这首诗"未尝非两折作"，"未尝非"是双重否定，即肯定它是两折之作，而且这"两折"之间的联系是"冥合于出入之间"的。中国有一些很好的诗文，不是说所有的最好的诗文都是如此，是说有相当一些优秀的诗词、散文都达到这样一种表现上的层次。这一点真的是非常难讲，所以下面我们举几个例子来加以解释说明。

　　我在与缪钺先生合著的一本《灵谿词说》里曾经用一首绝句来概括温庭筠词的一个特色，我说："金缕翠翘娇旖旎，藕丝秋色韵参差。人天绝色凭谁识，离合神光写妙辞。"我现在是从"冥合于出入之间"这里讲开的，等一会还要把话题拉回到这里来，而且我们不仅可以举诗词的例证，还可以举散文的例证来说明。我曾经说过，温飞卿词的结构与柳永的词相比是有着明显的不同的。柳永的词是一步步按照时间、空间的顺序清清楚楚地写下去的；可是温飞卿的词则不然，他东边说一句，西边说一句，中间看不出他是如何连起来的，而你又不能说他中间不连贯，因为他在内容意象上是连贯的，这就是"冥合于出入之间"的一种连贯。"冥"是暗中的意思，看起来这两句好像都不相干，其实它们的相"合"不是像柳永词那样一目了然的联系，是暗中相合，"出"是显示，是说有时它表现出来，"入"是隐含，是说它有时又隐藏起来。温飞卿有些词就是这种"冥合于出入之间"的，如"翠翘金缕双鸂鶒，水纹细起春池碧"（《菩萨蛮》），"鸂鶒"是鸟，"翠翘"是女子头上的装饰。白居易的《长恨歌》有"云鬓花颜金步摇"、"翠翘金雀玉搔头"句，可见"翠翘金缕"是一种用金线缠绕着插在头上，并且上边镶嵌着翠玉的装饰。"双"是说这种装饰物的形状是一对水鸟，不是说有凤凰、孔雀形状的金钗吗？总之"翠翘金缕双鸂鶒"写的是头上的装饰，可下边一句他忽然又说"水纹细起春池碧"，他说那水上细细的波纹被风吹起来了，在春天碧绿的池塘中荡漾。他前一句写女子头上的饰物，后一句又跑到闺房外面的景色上去，所以有人批评温庭筠的词"不通"（李冰若《栩庄漫记》），说这两句之间不连贯。此外温飞卿还有两句"藕丝秋色浅，人胜参差剪"（《菩萨蛮》"水精帘里颇黎枕"）也属于这类情形，"藕丝"在这里不是藕断丝连的丝，而是指一种细软的丝织品。什么是"秋色"呢？我以为大概是介于黄绿之间的一种颜色，那么这究竟是一种什么东西，他没有说，这就是温飞卿的特色，他从来不明白告诉你，他只告诉你一个形象"翠翘金缕双鸂鶒"，再一个形象"水纹细起春池碧"；或是形象的某一特征"藕丝秋色浅"。至于这个形象是什么，他没说，接下去他又说："人胜参差剪。""人胜"是人日时女子头上所戴的幡胜。"人日"是阴历正月初七，中国传统中这也是一个节日，这一日天气的好坏预示着人们运气的好坏，通常在这天里女子们都用五彩缤纷的丝绸剪成各式美丽的花样戴在头上，这些花样统称为"幡"，各种幡式争奇斗胜，因而称之为"胜"，所以后来就把人日插在头上的幡胜叫作"人胜"了。"人胜参差剪"是说这个女子剪出的人日戴在头上的幡胜是参差不齐的。从"藕丝秋色浅"这不知道是什么的形象，突然跳到"人胜参差剪"，从"翠翘金缕双鸂鶒"的头饰忽然间又跳到"水纹细起春池碧"的景色，这看起来似乎是极不相干的，所以《栩庄漫记》说他"扞格不通"，就是有阻挡，不通畅的意思，可是他其实有暗中相通的地方。虽然"翠翘金缕双鸂鶒"是说女子头上的装饰，可是当他说到水鸟的时候，他就开始转折了，所以接下来他就说那"翠翘金缕"的"双鸂鶒"是这样美丽，就好像真的在那"水纹细起春池碧"中游动一样。"藕丝秋色浅"，虽然他没说明是什么东西，可它与"人胜参差剪"连接起来，你就能悟出它们之间的联系。还不仅如此，"秋色浅"、"参差剪"都是舌前音，在声音上有一种呼应。所以温飞卿词的这种暗中相合有的时候表现为形象上的联想，如"翠翘金缕双𪆟𪄳"到"水纹细起春池碧"；还有的时候则表现为一种声音上的呼应，如"藕丝秋色浅"与"人胜参差剪"。那么温飞卿在这种呼应与联系之间所要写的是什么呢？是那女子的寂寞与孤独。六朝诗人薛道衡写过一首《人日思归》诗，诗中有"人归落雁后，思发在花前"，是写人日怀人的。既然是人日，自然就会触发怀人的情感，杜甫的朋友高适就写过《人日寄杜二拾遗》的诗。薛道衡的《人日思归》诗是说，早该回来的人竟落在鸿雁归来之后，虽然人没能及时归来，可我对于这个人的思念却早在花开之前就发生了。许多人等万紫千红盛开之后，面对如此良辰美景，才发现没有人与他共同赏花饮酒，因而才会想到他所怀念的人来。可是薛道衡说，我对于所怀想之人的思念早在正月初七花还未曾开时就已经开始了。温飞卿这首词在前边也写了"雁飞残月天"的"雁"，也写了"人胜参差剪"的"人日"，他也有人日怀人的情意，也有寂寞孤独的哀伤。可是假如你对中国诗词所涉及的有关中国历史文化、传统风俗的背景不熟悉，你就很难从他这短短几个字、几个形象中引起这么多的联想，体会出这么丰富的含义来，所以我说像温飞卿这种意象丰美的词是"人天绝色"。中国不是常常将美好的东西比作美女吗？因而我也说他的词之美如同人间天上的绝色佳人。可是谁真正懂得他的这份美好呢？《栩庄漫记》不是就说他"不通"吗！其实不是人家不通，而是他自己没看懂。所以我说"人天绝色凭谁识，离合神光写妙词"。"离合神光"出于曹子建的《洛神赋》，他在形容洛神这位仙女的美丽时说她是"神光离合，乍阴乍阳"。凡是天下最美好的东西，都不只是外表的颜色和形状美，有人说温飞卿的词只是词句上漂亮，是"句秀"（王国维《人间词话》），像"藕丝秋色浅，人胜参差剪"、"翠翘金缕双㶉鶒，水纹细起春池碧"，这声音、这颜色、这形状真的美，所以是句秀；而韦庄的词是"骨秀"，骨指的是结构，韦庄词感动人的是他"未老莫还乡，还乡须断肠"、"如今却忆江南乐，当时年少春衫薄"（《菩萨蛮》）之间的结构、口吻、层次的转折等等；至于李后主，王国维说他是"神秀也"，是他词中所传达出来的那种精神的光彩，是他外表的语言、文字、结构之外的那一份精神气象的感发。这一点真的是很难说，有时一个最美丽的女子，她不仅是外表形象的美丽，她真的是具有精神、品格、心灵上的美好，我们常常说有的女子光彩照人，说她有一种神光。曹子建所写的洛水上的神仙是有一种神光的，因为他所写的不是一个人间的女子，是洛水之上的仙女，水本来给人的感觉就是柔美的，而洛水之上的仙女可以想象是更应具有旖旎神妙的光彩，而且这种光彩是闪烁迷离的。不论是人，是物，还是诗歌，如果你一眼就看透了，这就没有什么意思和趣味了，神光离合是说这种美妙随时随地都在变化着，像范仲淹写外面的风景"朝晖夕阴，气象万千"（《岳阳楼记》），无论你从哪一方面看她，无论在何时何地看她，都能看出她的好处来。凡是第一流的、最好的诗歌，或是一个最好的人物，都应该是如此令人赏玩不尽的。所以我说温飞卿是"离合神光写妙词"。

不但诗词如此，散文里也能表现这种境界，而我认为散文里边表现这种离合神光最有代表性的一篇文章，就是《史记·伯夷列传》，这是一篇非常好的、具有非常独到之境界的文章。对一部书，我们不能死板地去读，要真正在读的过程中去体会作者那一份最深刻、最精微的用心，如果忽略这一点，实在是很可惜的，像孔子说的"可与言而未与之言"就谓之"失人"了，这样你就对不起那书的作者了。关于《史记》，本来司马迁是有一定的写作体例的，比如"列传"，前面都是对所传之人生平事迹的叙述介绍，如"韩信者，淮阴人也"……而在每一篇传记的最后都要加上一个"太史公曰"，因为司马迁在汉朝的官职是太史令，所以人称太史公。"太史公曰"就是他对这个人整体印象的概括品评。司马迁的《史记》里共有"列传"七十篇，这七十篇"列传"也像一组诗一样，我说过，凡是组诗，哪一首是第一首，哪是最后一首，有时是非常重要的，因为作者的用心和主旨常常表现在其中。不但诗歌如此，司马迁这七十篇"列传"也是如此，别的"列传"都是叙述传记之后，后边加个"太史公曰"，可他的第一篇列传——《伯夷列传》就完全是例外，前边既不是单纯地铺叙介绍伯夷的传记，最后也没有"太史公曰"，这正是司马迁的妙处。你要知道，今天我们来看中国的这二十五史，大家都是沿用"本纪"、"列传"、"书"、"表"等传统体例来写，好像千古以来都是如此，其实这是后来人在模仿司马迁。而人家司马迁在上起黄帝轩辕，下至他自己所生活的汉武帝时期这茫茫一片的历史中，很不容易才找到了史料，而且这些史料大都是没有经过人们好好整理的，他不但把它收集了，整理了，而且用他的理性安排出一个体例，这里面有他的理想，有他的志意，司马迁说他的这些作品可以"究天人之际"，可以"通古今之变"，可以"成一家之言"，人家真正是做到这一点了。别人的成就，文学就是文学，史学就是史学，政治就是政治，可司马迁真正具有一种通观古今的眼光，他对于兴衰治乱、天人感应都有一种通观的认识，而且他在"八书"里面，讲到了政治、经济、地理、历法、平准等，所以司马迁是一个有多方面才能的、非常了不起的人。在《史记》里边，从《伯夷列传》到《太史公自序》这七十篇"列传"，这里不仅有司马迁的理想、志意，还有他的感慨和悲哀，其实还不只是悲哀，应该说是悲愤！你如果读到《史记》的深处，就会发现，他虽然表面上都是记载历史上的古人古事，但其中却包含着他内心潜在的一种愤慨不平之气，这还不只是他个人的愤慨与不平，而是人间的不平。为什么有些行仁义道德的人终身贫贱不得志？！为什么有些倒行逆施、胡作非为者，却一生逍遥逸乐，竟以寿终？！大家都知道司马迁因为替李陵辩解，触怒了汉武帝而被处以宫刑，而宫刑对一个男子来说是奇耻大辱。受到宫刑的人还要被关在"蚕室"之中，"蚕室"相当于养蚕用的房子，里面黑暗而不透空气。对此司马迁说，作为一个男子受到这样的耻辱，本来是应该自杀的，而我之所以没有去死，是由于我所写的《史记》未能完成，为此我要忍辱偷生，坚持活下去将这部书完成。可见他在写《史记》的过程中，内心是怀有怎样深切的愤慨与不平，同时更可以想见他的这份感慨不平会是何等强烈地贯注其中的！所以《史记》的突出成就正在于它既是历史，同时又是文学，他把每一个人的传记，都作为一部文学作品来写，他把自己的思想重心和总体意旨巧妙而恰当地分布在每一篇文章中，你看《史记》要真的看出这一点来，才算对得起司马迁。我现在要说的是这七十篇"列传"里，《伯夷列传》是其中写得最好的一篇，是最具有"离合神光"之妙的一篇，因为他写所有"列传"的用心都在这一篇里体现出来了。这一篇不像其他"列传"把传记与"太史公曰"分开来写的写法，篇中他叙述伯夷、叔齐生平经历时，就夹杂了司马迁自己的许多议论感慨。读这篇《列传》你最要注意的是他文中提出了许多该用"？！"这种标点符号的疑问感叹句，比如在叙述了伯夷、叔齐耻食周粟，饿死在首阳山上之后慨然而叹："由是观之，怨邪非邪？"又如在列举了古之贤良与盗寇的不同品行与结局之后对"天道"提出质疑："傥所谓天道，是邪非邪？"他通篇文章中曾多次用这种口气来暗示、抒发内心的愤慨不平，正有如神龙见首不见尾，虽然里面没有明白地说出，可从这神光离合的一鳞半爪之间，就可以想象整条蟠龙吞云吐雾、变幻莫测的精神气势。

以上我们用温庭筠的词与司马迁的散文来说明文学作品中所具有的"神光离合"的艺术境界。这并不是说所有的作品都应该这样写，像杜甫的《北征》、《赴奉先县咏怀五百字》等诗，一句一句地读下来，有非常明显的层次，那也同样不失为伟大的诗篇。我只是说有这样一类作品是人家不容易看懂，不容易体会出作者用意来的，像温飞卿，人家就说他"不通"，《伯夷列传》也有很多人认为它很难讲，因为你不知道该从哪里讲起。同样，阮嗣宗的这组《咏怀》也是如此，他也是吐吐吞吞、若隐若现的，所以王夫之这个人很了不起，他不但在哲学、史学、文学各方面都很有成就，而且在欣赏阮嗣宗这组诗上也很有眼光，他看到了这首诗的特色，他说："未尝非两折作。"可是为什么他不直接说此诗是两折之作，而偏要说"未尝非两折作"呢？就因为一般人不以为它是两折之作，中国读书人的一般习惯是讲究一气呵成地读下来，而不习惯阮嗣宗这种含混不明的诗，认为这很难讲通。所谓"两折"是说诗的中间有一个断折的所在，他前面说的是一个正面的东西，后边说的是一个反面的东西，前后两者中间是断折的，而一般人看不出这点来就要一直讲下去，所以就讲不通了。王夫之看出了这一特点，所以认为这首诗"未尝非两折作"，而且这两折之间的联系是"冥合于出入之间"，即它暗中是相合的，是一出一入、一明一暗、一正一反，相互陪衬的，所以接着赞美它是"妙乃至此"。这个"妙"字还不仅指诗的内容，而且还指它艺术表现的手法。那么哪些地方表现出"冥合于出入之间"的手法呢？我们不妨再回顾一下全诗：从"二妃游江滨"到"膏沐为谁施，其雨怨朝阳"，前边这一大段都是正面描写男女欢爱相思的感情的，而最后的"如何金石交，一旦更离伤"是一个反转断折的地方，使前面所说的男女欢爱相思的故事成为一个反面的陪衬——男女的欢爱，只是顷刻之间的一面之缘，还会"千载不相忘"，何况有"金石"之交情的朋友、君臣，怎么竟"一旦"之间就相互背弃了呢？！

好，以上我们从内容托喻和艺术手法两方面印证了前人对阮嗣宗这首诗的看法。最后我还要再补充一点，按照前边所引的刘履

《选诗补注》的说法，"如何金石交，一旦更离伤"两句指的就是司马家族与曹魏之间的这种君臣关系，其中违背这一"金石之交"的是作为臣的司马氏一家。他这样讲是有可能的，因为当时确实有这一解说的特定背景在。可是我讲诗常常注重的是这首诗本身所蕴含着的感发之力量。不错，这首诗是在前一大段男女欢爱之情与后两句"金石之交"的背信弃义中间有一个反衬的对比，而且按照历史来说，很可能就是讽刺司马家族的。可是我认为，这首诗歌本身的感发力量也就是在其前面的欢爱相思跟后面的背信弃义的对比中表现出来的，而我所说的感发的力量和作用也不一定只拘限于指司马家族与曹魏的关系上，而是天下世上、人类中、宇宙间所发生的种种事件都让你有可能引起这样一种感触和兴发：为什么人世之间本来应该有的"金石之交"的情谊，而竟然背弃了呢？"如何金石交，一旦更离伤。"这即便在阮籍的时代，也决不只是因司马家族与曹魏的关系才引起他这份慨叹，在他们"竹林七贤"之中，开始我们说过，在政治斗争没有明显激化起来之前，"七贤"在一起饮酒赋诗，也算得上是有"金石之交"的好朋友，可等到政治斗争愈来愈激烈时，作为好朋友的"七贤"不是也"一旦更离伤"，而分裂成几种不同情形了吗？有明显反对司马氏的；有公开依附司马氏的；还有心里虽然反对，可后来又不得不依附司马氏的；而阮嗣宗是其中一个相当特别的人，他对司马氏的态度始终处在依、违两者之间，既不依附，又不违背，显得非常莫测高深。所以有人因此批评阮籍在品格上不如嵇康，因为嵇康在品行上是忠于曹魏，反对司马氏，人家的立场是坚定的，态度是明朗的；而阮籍所表现出的实在是人的性格之中的软弱的一面，虽然他也有自己的理想和志意，也应该说他有自己的操守，可他没有勇气明白地表现出来，所以就不得不采取一种依违两可的态度。我在一篇论南宋吴文英词的文章里曾经说过，吴文英这个人在品格上也有污点，他曾与两个人都有作品酬赠，一个是吴潜，一个是贾似道，后来贾似道因政见不合而害死了吴潜。吴文英同时与这两个人都有交往，他留下许多词是分别送给吴潜和贾似道的，而且在吴潜被贾似道毒死之后，他还写词给贾似道，后人之所以不满意吴文英，不仅由于他的词晦涩不通，难以看懂，还因为他品格这一方面的缺陷。我在评说吴文英词之后，讲到对他为人的看法时曾经也提到了阮籍，我说天下有一些人，不是他们的内心没有美好、光明的一面，他们也有趋向光明正义的向往，但他们生性软弱，在强权威胁之下不能勇敢地站出来反抗，所以只好表现出依违两可的态度，在这一点上，吴文英与阮籍是很相似的。对此一点，我以为是应该给予同情的，因为那个时代是动辄有杀身之灾祸的，阮籍的好朋友嵇康不是被杀死了吗？所以这正是阮嗣宗的《咏怀》诗为什么具有"百代之下，难以情测"，"反覆零乱，兴寄无端"之特点的原因所在。当年的"竹林七贤"整天在一起饮酒赋诗，后来竟然也发生了分裂离伤的情况，这难道不也是很值得感慨的吗！所以"如何金石交，一旦更离伤"两句除了可能感慨司马家族与曹魏之间的关系外，还可能具有更深远的悲慨。在千古之下的我们看起来，这"如何金石交，一旦更离伤"两句包含了千古以来人类的悲哀，有多少类似魏晋时代的政治环境，有多少残酷激烈的矛盾斗争铸成了类似阮籍这样的悲哀和不幸，所以这"如

何金石交，一旦更离伤"本身所具有的感发作用要远比前人指出的
更加深广。

第五节　阮籍之四

　　前边两首诗我们是接连讲下来的，所以下面一首我们还是按
照这组诗的顺序接下来讲，第三首是比较容易懂的，而且从这一首
诗我们可以证实阮嗣宗的这组《咏怀》确实是有讽刺当时政治的意
思。好，现在我们看这组诗的第三首：

　　　　嘉树下成蹊，东园桃与李。秋风吹飞藿，零落从此始。繁
　　华有憔悴，堂上生荆杞。驱马舍之去，去上西山趾。一身不自
　　保，何况恋妻子。凝霜披野草，岁暮亦云已。

　　前面我们不是说阮籍诗难懂是因为它有典故吗，所以我们先来
看这头两句的出处和典故。"嘉树下成蹊，东园桃与李。"李善《文
选》的注解里引颜延年的说法："《左传》，季孙氏有嘉树。"季孙氏
是鲁国的一个大夫，《左传》上记载说在季孙氏的家里有很好的树
木。"嘉"，是美好的意思，嘉树就是美好的树，一般人们说花的美
好常用"佳"，而形容树的美好则用"嘉"，本来这两个字的意思
是一样的，就因为"嘉树"两个字是有出处的，所以说树之美时就
不再用这个"佳"字了，这是中国传统诗人的一种习惯，他们认为

所用的词语最好要有一个出处才更有意思。不过出处与典故是不一样的；出处只是说某个词语曾经被人用过，与它本身的内容不一定有什么关系；而典故则是指这一词语本身是有一段故事的。"嘉树"二字在《左传》上被人用过，这说明它是有出处的，而"嘉树下成蹊"一句就是典故了。《汉书·李广传》上记载说，李陵和他的祖父李广，他们祖孙两代都是品格、武艺出色的好人，可他们的结局却不幸，一个自杀在匈奴，一个投降在匈奴。据说李广带兵时对于他的士卒们是非常爱护的，他总是身先士卒，置生死于度外。历史上还记载说，他"讷于言"，即不善言谈，但他是用自己的行为和情义来感动、鼓舞别人的，所以士兵们都甘愿听从他的指挥，乐意为他去效死。所以《汉书·李广传》后面就赞美他说，像李广这样的人就如同是"桃李不言，下自成蹊"一样。桃树与李树本身是不会讲话的，虽然它们不会为自己美丽的花朵和甜美的果实做宣传，可人们自然还是会被它们的花美果甜所吸引，主动汇聚到它们的树下，这样桃李的树下渐渐被来往的人们走出一条蹊径来。"嘉树下成蹊"就正是源自"桃李不言，下自成蹊"的典故。

我曾经说过，阮籍的诗要分几层来讲，刚才讲的只是字面的典故，至于他这两句暗指的是什么，与当时的时代背景有什么关系，这些我们以后再讲，现在先来看他这首诗表面要说的是什么意思。他说，像这样具有美丽的花朵、甘甜的果实的树下，自然就形成了路，可什么样的"嘉树"才能使人们自然地归向它，产生"下自成蹊"的吸引力和凝聚力呢？那是"东园桃与李"。我在讲诗的时候说到，有时候诗人说的"西园"与"东园"是写实的，但有时除了写实之外，还能引起人们不同的联想。中国古代人认为东、南、西、北、中这五个方位，是分别代表季节和颜色的，东方代表春天，是青绿色的，具有生机勃勃的生发之意。阮籍这首诗里的"东园"句有可能是真正指的东面园子里的桃树和李树，但也有可能只是他对一般宇宙自然中的一个印象。这话很难讲，就是说诗人所用的形象有时是眼前实有的，有时只是他对大自然中某一物象所原有的一个积存的概念，他是把这种积存的概念化为形象用在诗里边了，因为他接下去一下子就跳到"秋风吹飞藿，零落从此始"了。如果眼前是真正的"东园桃与李"的话，怎么能忽然间就"秋风吹飞藿"了呢？所以说诗人是把他对人生宇宙的许多认识和经验结合在一起写出世间两种截然不同的现象：前两句是写春天的美好生机，接下去两句便是写秋天的衰败凋零。"秋风"所引起的联想是与"东园"恰恰相反的，而"秋风吹飞藿"的"吹"字更使人感受到有一种涤荡、摧残的力量。还不只如此，那"秋风吹"什么？是"吹飞藿"，这样"飞藿"又与"桃李"形成一个对举。什么是"飞藿"？李善引《说文》曰："藿，豆之叶也。"这里你要注意，秋风吹什么不可以，前面曾说到桃李，你秋风也可以吹桃李呀，李善的注解里还引了沈约的话："风吹飞藿之时，盖桃李零落之日，华实既尽，柯叶又凋。"桃李的叶子到秋天也要被秋风吹落的，但他为什么不说秋风吹桃李，而要说"秋风吹飞藿"呢？要知道这里面也是有一个差别的，桃李虽然也经秋凋零，可是它们的根株尚在，它的根本不死，只要来年春风再吹回来，它们又会生出新的枝叶，结出新的果实。而"藿"是一种豆类，这种东西，你今年撒种，给它搭了一个瓜棚豆架，它就爬蔓结豆子，秋天当你把豆架一拆，它就连株带叶零落殆尽了，即使春天再来，这里也不会再长出豆子来了，所以"飞藿"较之于"桃李"，它是一种根株无存的，是真正彻底的摧残与凋落！诗的前四句是两两的对举："嘉树下成蹊，东园桃与李。"这是兴盛，是美好，是有人归附的，可是等到凋零的时候，就像秋风吹豆叶那样完全衰亡断送了，所以就"零落从此始"，万物的衰落就从此开始了，严酷寒冷的季节即将到来了。

《易经》上有这么一句话："履霜坚冰至。"是说当你行进中发现脚下有霜了，你就会意识到天冷了，那个坚硬的冰天雪地的季节就要到来了，因此"履霜"是你看到的一个预兆，而"坚冰至"则是你能测知未来将会出现的结果。宋朝苏洵的《辨奸论》里也说过："月晕而风，础润而雨。"你看到月亮的周围有了一个彩色的光环，你就可以测知天要刮风了；你看到房基的石头有潮湿的迹象，就会预感到天要下雨了。同样当"秋风吹飞藿"的预兆出现时，你就会意识到"零落从此始"了。这里诗人表面上是写了一个春天的生发和一个秋天的零落，其实他真正的用意是在写人间的形势，世间朝代的盛衰兴亡。前面他所写的两种植物一个是兴盛的，一个是衰败的，不但是植物有这种兴亡盛衰的不同，接下来他便写到了人间的盛衰："繁华有憔悴。"这就是人世了，一切的繁华富贵都会有它憔悴凋零的时候，这就是我们所说的无常的变化。《圣经·以赛亚书》说："草必枯干，花必凋残。"一切有生之物尽皆如此。有盛就有衰，有繁华就有憔悴。花总是要落的，总有一天你会看到那"堂上生荆杞"的景象。"堂"是厅堂、大堂。一所住宅里，最繁华、最壮美、最可观的就是厅堂，它是一座建筑物的重点和中心的所在，通常人们把最繁华的、最贵重的东西都装点在厅堂里。可是有一天你就会发现，这宾朋聚会、热闹繁华的大堂之上竟然也荒凉地长出荆杞来了。"荆杞"是两种野生植物，荆是荆树，杞是杞树。荆树的枝条上带有荆棘（很尖利的刺）。杞树，有人说是枸杞，不过对此有过许多种说法，《孟子》上说"性犹杞柳也"，他是把杞与柳合起来用，这说的是一种柔软而不坚强的植物。总之这个"荆杞"在此诗里指的都是没有大用的野生植物。这两句是泛言一般的人世盛衰，世代繁盛、热闹非凡的厅堂之上，一旦衰败凋敝，无人关顾，便荒芜满目、荆杞丛生了。我在台湾时参观过一个林家花园，林家是台湾最大的家族之一，当年他们家的建筑就是非常精美豪华的，如今家道败落了，当年的繁华之地只剩下一片残砖断瓦。我认识一个美国密西根大学教授的太太，她也是美国人，她曾随夫到台湾大学去教书，有一次她来给我看一个木头的雕刻，她说这是从林家花园用五块钱买来的。这是我亲眼看到的人间之盛衰。杜甫的诗里也写过"江上小堂巢翡翠，苑边高冢卧麒麟"（《曲江》），他说当年曲江的江边上那些精美的厅堂现在都变成水鸟筑巢的地方了，遍地都是凌乱的鸟屎。由此可知，这"堂上生荆杞"是泛言人间的这种盛衰之变。

接下来他又说"驱马舍之去，去上西山趾"，这里已不再是泛指人世间的盛衰之变了，而是具体地就一个人而言了。读阮嗣宗的这首诗，我们一定要注意他其中组织结构的进行。前面是泛指，是总言人间的现象是如此的；这里是写当他对于人间有了这样的认识之后，当他已经知道了有繁华就有衰败，特别是当他看到"秋风吹飞藿"的现象，预感到那最可怕的"零落"立刻就要出现在眼前的时候，他作为个人的一种反应和决定，所以他说"驱马舍之去"，我要避开这个可怕、严酷的"零落"之季，在衰败、毁灭到来之前"驱马（骑着马）舍之去"，离开这繁华不久长之地。那么去到哪里呢？"去上西山趾。""趾"就是足趾，即我们所说的脚下，他要到西山的山脚下去。为什么他要到西山脚下去？上一节我们不是讲过《史记·伯夷列传》吗？我们已经知道了伯夷和叔齐为了在品格上保持一种完美的操守，为了避免去做不孝、不义、不仁的事情而双双逃到西山去隐居，由于他们耻食周粟，不愿接受新朝的俸禄，就靠采薇为生，而且他们还写了一首诗："登彼西山兮，采其薇矣。以暴易暴兮，不知其非矣。神农、虞、夏忽焉没兮，我安适归矣？于嗟徂兮，命之衰矣！"最后他们竟饿死在西山上了。那么阮籍在这首诗里想要说的是什么呢？你要知道，伯夷、叔齐这两个形象所代表的是在易代之际，宁肯饿死，也不肯背弃故君旧主的美好节操与忠贞持守，这样的形象在《孟子》里被赞美为"圣之清者"，认为他们是圣人里面品格上最清白、最高尚，决不允许在自己身上留下任何污点的人。而现在阮籍所面对的是从曹魏到司马氏的魏晋之间的更朝易代。在这种"堂上"即将生出"荆杞"，"零落"与衰败马上就要开始的时候，诗人表示要"驱马舍之去，去上西山趾"，去效法"圣之清者"的行为，到当年伯夷、叔齐隐居的西山去。至此你可以看出阮籍这首诗的意思所在了，他是要隐避、逃脱，远离这个篡乱衰败的时代。

接下去他又说:"一身不自保,何况恋妻子。"这是阮籍感慨很深的两句话:像这样衰亡零乱之世,我自己的身体能否得以保全尚且不知,何况还要留恋妻子及整个家庭!这正是阮嗣宗的忧惧之词和忧惧之心。过去我在台湾的一个《大学国文》的广播节目里讲过阮籍的《咏怀》诗,那时有一本《大学国文》广播教材,是台湾《国语日报》社编的。在这个教材的后边,附录有阮籍的生平资料,其中有两句话,说他是:"夜阑酒醒,难去忧畏,逶迤伴食,内怍神明。""逶迤"就是委曲,是说你自己不敢直接坚强地表现你自己,只能找寻适当的空隙求得生存。"伴食"是指他尊奉着司马家族,人家叫他出来做官,他不敢说不做,而司马氏也要迁就纵容他,因为阮籍是当时学问最高、最好的名士,司马氏要培养、笼络这么一个人物来增加他们的声势。据历史上记载,司马家有宴会的时候,常常是把阮籍喊去的,所以说他是"逶迤伴食"。其实阮籍的内心是很痛苦的,他是不赞成司马家的种种作为的。我前文曾说王夫之这个人在哲学、文学、史学等方面都很有成就,他的《读通鉴论》里曾说过,汉魏之间的篡夺与魏晋之间的篡夺是不能等同而论的。因为曹魏之篡汉是在东汉皇帝大权旁落的情况下发生的,正像曹操自己所说:"设使天下无有孤,不知几人称帝,几人称王。"曹操非但没有灭亡汉朝,还把汉朝多延长了二十几年,建安的二十多年那是曹操的功劳,没有曹操,说不定汉献帝早就被人推翻并杀死了,就因为他被曹操所扶持,才得以保全性命,多做了许多年的皇帝。况且曹操他自己并没有做过皇帝,篡汉称帝的是曹丕。不过即使曹丕篡位之后也没把汉献帝杀死,而是送他去做山阳公,一直到魏明帝时才以病死而善终的。可是曹魏的天下则是被司马氏用阴谋和暴力篡夺的。历史记载当时是司马昭手下的成济当众杀死了高贵乡公曹髦，当时曹髦带兵出来本想消灭司马家的势力，但中间发生了事变，自己反倒被杀死了。从表面上看来魏篡汉、晋篡魏都是篡夺，其实它们之间在善恶的层次上是很不相同的，这种差别阮籍是十分清楚的，所以他才不满意司马家族的做法，但因软弱害怕，他只好"逶迤伴食，内怍神明"了。这种内心之中的矛盾痛苦，正是阮籍诗中"反覆零乱"的原因所在。因此他才要逃避这一切，"驱马舍之去，去上西山趾"的。但事实上他却不能真正离去，因为司马氏是不容许他做出这样的选择的。司马家族需要留下他为自己造声势，因此他才无可奈何地感叹"一身不自保，何况恋妻子"。他说，我连自己的性命都不知道哪一天因说错一句话而丢掉，何况我还要保全妻子儿女呢？到这里，他内心的感慨已经非常深沉，但他无法挽回，所以最后说："凝霜披野草，岁暮亦云已。"他说，我现在已经可以清楚地看到那凝结着的寒霜和被寒霜覆盖着的整个郊野和所有的草木，面对这种严酷的现实，他又能如何呢？只有无奈他慨叹"岁暮亦云已"，这一年马上又要过去了，"岁暮"是一年的终了，它代表一个时代的将要终结，他深感那已是凝霜覆盖的岁暮已经无可挽回，只得"亦云已"，只好说算了，没有办法了。

前面我们把这首诗的表面意思讲完了，那么它其中的深层意义又是什么呢？相对来说，这首诗是比较明白的，我们刚才已经看到他在这里所写的盛衰的感慨，是生命难以保全的忧伤与恐惧。这里我还想顺便说一说前人对他这首诗的看法。黄节的《阮步兵咏怀诗注》中引用前人的说法比较多，其中有刘履的一段话："此言魏室全盛之时，则贤才皆愿禄仕其朝，譬犹东园桃李。春玩其华，夏取其实，而往来者众，其下自成蹊也。及乎权奸僭窃，则贤者退散，亦犹秋风一起，而草木零落。繁华者于是而憔悴矣，甚至荆杞生于堂上，则朝廷所用之人从可知焉。当是时惟脱身远遁，去从夷齐于西山，尚恐不能自保，何况恋妻子乎？篇末复谓严霜被草，岁暮云已者，盖见阴凝愈盛，世运垂穷，朝廷终将变革，无复可延之理。是以情促词绝，不自知其叹息之深也。"刘履认为，这首诗是当曹魏的朝廷处于全盛的时候，贤才皆入仕其朝，有能力的人都想在朝为官，就如同东园的桃李，往来者众，其下成蹊一样。但等到那个司马家族"僭窃"（即自己不应该得到而偷窃获取的，这里是说司马家族凭不正当的手段而得到的权力高位），于是那些贤良的大臣就不愿再依附他了，就好像秋风一起而草木零落，繁华者因之而憔悴，甚至于荆杞就生在堂上一般。这里荆杞还不只是憔悴衰败的形象，他认为荆杞指的是恶人，是说朝廷里贤人都走了，恶人都来了。这是刘履的意思。接下去他又说，当这种时候，阮籍是想脱身远遁，去追寻伯夷、叔齐这样的人到西山上去，但"尚恐不能自保"，何况他还要留恋妻子儿女呢！最后两句诗刘履认为有对"世运垂穷"的深沉感慨。中国常讲阴阳二气，阴气凝结的更加强盛了，这个时代的"运数"，就是命运的计算，"垂"就是将要的意思，是说曹魏的运命将要终了，"穷"就是要断绝了。这是说司马氏取代曹魏的事情将要发生了，将要到来的变革已无法改变了，因而曹魏已不会再有可以延长的道理和办法了。所以当诗人看到了这一切的预兆，就"情促词绝"，感情显得这么激动，言词写得这么决绝，最后两句"凝霜披野草，岁暮亦云已"就是非常沉痛的决绝之词，是没有任何希望的无可奈何之语。所以刘履说他"不自知其叹息之深也"，即连他自己都不知道为什么会发出这么深的叹息来。其实阮嗣宗当然知道他为什么会有如此之深的叹息了，只是诗人的这种感情完全是在不知不觉中就流露出来了，他内心是绝望的，所以他文字上就表现了绝望和叹息，这就是怀诸内而形于外的道理。

第六节　阮籍之五

我们前面说阮嗣宗的诗是有寄托的："言在耳目之内，情寄八荒之表。"可是他寄托的层次是有所不同的，有的是泛慨时世。泛慨就是一般的、总体上的慨叹，并不特指某一具体历史事件。而另一种则是特别讽刺当时政治上的某一事件的。这是就其内容方面而说的。另外从作风方面来看，他的寄托层次也是有所区别的，有的出于直接的感发，有的运用了理性的安排和托喻。总起来说，阮嗣宗的诗都是有比兴寄托的，只是引起感发与联想的层次、范围方式有所不同罢了，有泛慨时事的，有专指一事的，有直接感发的，有理性安排的。其实像这种写作的方法，也并不只是阮嗣宗一人如此。在中国的诗里，一般说来，只要它不是停留在一个表面的层面，凡有两个层次的都可能有这样的表现。比如李商隐，一般都知道，他的诗里是含有比兴寄托的，而且他的诗很难讲，我这里不想讲他的诗，只想举两首诗为例。比如《燕台》诗里"风光冉冉东西陌，几日娇魂寻不得"就有比兴喻托，可他的托喻是由感发而生的，他写春天里风光移转、光影闪烁的样子在东西的小路上随处可见，他说就在这春光明媚的时刻，我要寻找一个最娇娆、最美丽的魂灵，这就是"娇魂"。这里的"娇魂"绝不是写实，而是一个寄托，是他理想之中的最崇高、最美好的属于精神心灵之中的某一种境界。这里他用"娇魂"来托喻自己所要追求的一种精神境界，给予读者的完全是感动，是直接的感发。而另一首《海上谣》中"刘郎旧香炷，立见茂陵树"诸句则完全是从思想出发找一个典故用理性安排来表达他的用意的。我们看他用了什么典故，"刘郎"这里指汉武帝刘彻。汉朝是姓刘的，那为什么偏说他指的是武帝刘彻呢？因为下面一句有"茂陵树"三字，而茂陵就是汉武帝的陵墓。大家知道秦皇、汉武在中国的历史上是有名的几个求神仙的帝王，在他们已经功业盖世之后，其野心和奢望就更大了，他们希望自己能够长生不死，要求长生就得成仙，就要燃香炷，以求神灵帮助。所以"旧香炷"指的正是汉武帝焚香炷以待神仙的事。然而他最终求来的是什么呢？是"立见茂陵树"。"立见"，是立刻就见到的意思，长生非但没能求得，反而加速了自己的死亡，不但死了，而且死后坟陵中的树木都将成林了。由此可知这两句所叙写的表面意思好像是说，对于虚幻的理想境界的追求寻觅最终将会落得破灭成空的悲惨下场。但李义山真正用意还不只于此，他更深的用意在于讽刺和影射当时的政治斗争。"刘郎"虽指汉武帝，但暗示的则是唐武宗，这两句诗所影射的是唐武宗之崩、宣宗继位之后的一段史实。你要学中国的诗歌一定要了解中国的历史，在唐朝的历史上武宗之死与宣宗继位是一件值得人注意的重大事件，因为这是两个政党竞争中的大变故。唐武宗生前用的宰相是李德裕，历史上一般都认为唐朝的宰相里边比较有理想、有作为的，李德裕算是一个。李德裕的理想就是要削弱宦官的权力与藩镇军队的势力。当时武宗是很信任李德裕的，他们君臣本来是可以有一番作为的，可惜唐武宗与汉武帝一样不但有野心（他们死后的谥号都叫"武"），而且还都酷好神仙方术，结果唐武宗吃金丹中毒，在位仅仅六年就死了。武宗一死，李德裕马上就被贬出去了，而这个时候，正是宦官掌权，他们想按照自己的意愿立宣宗，宣宗不是武宗的儿子，武宗有一大帮儿子都因为宦官在其中弄权而没能继承皇位。武宗死后，他们不对外宣布，就暗中密谋安排宣宗继位了，这当然与反对宦官的李德裕形成了对立，所以李德裕很快就被贬逐出朝，致使朝廷内政局大变。这件事对李商隐来说无异是一件大可悲慨的事，可他又不能直言抒写，只好用典故和理性的安排来托喻了。所以对于不同的内容，李义山运用了两种不同的写法，写自己悲慨可以用直接的感发，但要讽刺当时的某一政治事件就不成了，就需暗中喻托，所以对这些有寄托的诗我们应分别来看。另外一个大诗人陶渊明也是如此，我们都知道"渊明不为诗，写其胸中之妙耳"（陈师道《后山诗话》）。他的诗都是他自己心中的感情意念的流动，是非常富有直接的感发的，这是陶诗的一贯特色。但陶渊明只有一首诗是要从另外一个角度来看的，就是《述酒》。《述酒》诗写的是晋朝最后两个皇帝被刘裕所迫害的事。刘裕不但把晋朝的皇位篡夺了，而且还

以极其残忍的手段害死了晋朝的两个皇帝，其中一个皇帝不肯喝他
送去的毒酒，于是他手下的人就用土囊把这位皇帝的嘴、鼻都蒙住
活活地憋死了。陶渊明对此的感慨是极其沉痛的，但却不能公开直
写，于是就在《述酒》一诗中运用了许多典故和理性的安排来曲折
地表现，因此《述酒》诗是很难讲的。当然陶渊明其他诗里也有感
叹时事的，如他的《杂诗》、《拟古》等等，可那些都是直接写他
的感发和感慨，而且是一种泛慨。只有《述酒》一诗是例外，因为
其中所写的内容与当时的政治时局关系太密切了，若直接抒写恐招
杀身之祸，这与李商隐的《海上谣》用典故和理性安排的用意是相
同的。

以上我用李义山和陶渊明诗为例想要说明的是，阮籍诗中的比
兴寄托也有不同的内容层次、不同的写作方式及不同的风格特色。
这首"徘徊蓬池上，还顾望大梁"一诗正是阮籍《咏怀》里最难讲
的，是最能体现阮嗣宗用典故和用理性安排来托喻某一特指事件的
一首诗。下面我们就来看这首诗：

> 徘徊蓬池上，还顾望大梁。绿水扬洪波，旷野莽茫茫。走
> 兽交横驰，飞鸟相随翔。是时鹑火中，日月正相望。朔风厉严
> 寒，阴气下微霜。羁旅无畴匹，俯仰怀哀伤。小人计其功，君
> 子道其常。岂惜终憔悴，咏言著斯章。

这首诗所特指的是发生在魏晋交替中间的一件事。"徘徊蓬池
上，还顾望大梁"这开头两句就有出处、典故和喻托。李善在注解

"蓬池"时引了《汉书·地理志》上的话:"河南开封县东北有蓬池。或曰:即宋蓬泽也。又陈留郡有浚仪县,故大梁也。"这里从地理位置上说蓬池,是大梁的所在。可是阮嗣宗这里写的"蓬池"与"大梁"还不是指地理上的位置所在,他有一个借喻的寄托在里面。现在你要注意到蓬池是在河南开封的附近,而"大梁"在哪里,李善没有详细地注明,而这"大梁"二字才是他这一首诗的关键所在。现在我们说"大梁"除了它在地理上位于河南省的浚仪县以外,更重要的是它在历史上曾经是战国时魏国的城都,而战国时齐、楚、燕、韩、赵、魏、秦的"魏"与阮籍所处的曹魏的"魏"恰好是同一个字,阮嗣宗正是利用了这一奇妙的巧合把自己的用意安排进去的。也就是说,他要用"大梁"来暗示曹魏的朝廷。蓬池在河南开封的附近,你要知道,战国时候魏国的都城大梁就是后来北宋的国都汴梁,即现在的开封。而蓬池是河南大梁(开封)城外的一处名胜,阮嗣宗为什么要徘徊在魏国都城附近的蓬池,回头顾望呢?这就又要说到中国旧诗的一个传统。当诗人对一个时代、一个朝廷表示慨叹的时候,他常常都是要以都城的名称来指代这一朝廷或朝代的,如辛弃疾词中的"西北望长安"的"长安"就是故国、故都、朝廷的代表,所以古人说:"总为浮云能蔽日,长安不见使人愁。"(李白《登金陵凤凰台》)不但如此,中国诗里还有一个习惯,就是常常以对都城的顾望写对于时代、朝廷的感念、思恋及悲慨。我们前面讲过建安时代的诗有"西京乱无象,豺虎方遘患"(《七哀诗》),写当年董卓把汉献帝挟迫到长安;王粲在临走的时候说我"南登霸陵岸,回首望长安"(《七哀诗》)。杜甫当年离开长安时也说:"无才日衰老,驻马望千门。"(《至德二载甫自京金光门出间道归凤翔乾元初从左拾遗移华州掾与亲故别因出此门有悲往事》)"千门"指城里的宫殿。后来长安被安禄山占领了,唐肃宗到了凤翔,当杜甫又一次要离开凤翔时也说:"回首凤翔县,旌旗晚明灭。"(《北征》)这里"凤翔"是肃宗的行在,是皇帝临时办公的地方。可见很多诗人都是以对都城的顾望来写他们的悲慨的,还不仅是诗人们如此,《战国策》上记载说有一次齐王来到他所在的都城外登上一个山坡,回头看到他自己的国都树木蓊郁,竟禁不住流下泪来说,想到我百年之后怎么肯舍得离开这样美的城市呢!你看连齐王在环顾自己的都城时也都发生了悲慨,所以这里阮嗣宗"徘徊蓬池上,还顾望大梁"所表示的是对曹魏这个朝代的忧患的悲慨。"徘徊"两字表面上指不停地走来走去,但你要知道身体的徘徊不定正说明他内心的彷徨不安。陶渊明《饮酒》诗里写了一只"徘徊无定止,夜夜声转悲"的失群鸟,它就是因内心孤独无依才徘徊无定的。

那么阮嗣宗"徘徊蓬池上,还顾望大梁",他究竟望见了什么呢?他望见的是"绿水扬洪波,旷野莽茫茫",是"走兽交横驰,飞鸟相随翔"。这四句表面看起来都是景物的描写,但其中有许多理性的安排和喻托。"绿水扬洪波"是一种形象的喻托,喻指的是时代的动荡不安。这个我们可以举古人的诗做例证,杜甫《秋兴八首》第一首里就有"江间波浪兼天涌,塞上风云接地阴"的诗句。《秋兴》是杜甫在四川的夔州写的,夔州在长江的三峡附近,杜甫所写的是他眼前的实景。他说,三峡处的江水波涛汹涌,浪头一直打到天上去，而山上边城关塞之上都是阴云密布，而且阴云低垂一直接到地面。我曾写过一本叫作"杜甫秋兴八首集说"的书，其中我把清代以前所有对这八首的注解都收了进去，从中你可以看出杜甫诗内容含蕴的丰美。他的诗里常常有多层意思，这两句虽然是在写实景，但他能从大自然的景物中引发出许多感动，而这种感动与触发里还具有很深的托兴，历代注杜的人从他这两句诗里讲出了多少重的感动与悲慨。那"江间波浪兼天涌，塞上风云接地阴"写的远不只是巫山、巫峡和长江水，更重要的是写出了唐朝整个时代的动荡不安。此外《秋兴》第七首里还有一句"石鲸鳞甲动秋风"的诗，表面上看是在怀念唐朝的长安，因为长安城里有一个昆明池，池水中有一条石头刻成的大鲸鱼。这个昆明池不是唐朝人开辟的，而是汉武帝开凿的，当时汉武帝要跟云南昆明一带的外族打仗，他深知在云南昆明滇池边生活的外族军队善于水战，所以为了要训练自己的军队也能在水中、船上作战，就开凿了昆明池以象征云南的滇池。池中还用石头修造了一条大鲸鱼，神话传说每当秋天一刮风，昆明池水一摇荡，你就会觉得这条鱼像活的一样在水面游动。杜甫在远离长安的夔州如此细腻地追忆长安昆明池中那想象中的"石鲸鳞甲动秋风"的景象，他所寄托的是对首都、对朝廷的深切怀念。前人注解这句诗时认为它还不止于对长安故都的怀念，其中也象喻了时代朝政的动荡不安。这正是杜甫了不起的地方，别的诗人一用象喻就不写实了，像李商隐的"娇魂"、"冤魄"等都不是现实中的实有之物。而杜甫是能把写实与象喻结合得很好的，这是因为杜甫是带着强大的感发力量来写的，这种感发的力量使你有可能产生那么多的联想。

　　总之，我的意思是说池水的摇荡、波浪的起伏象征着时代的不安、朝政的不稳，现在许多人还习惯用"政海波澜"来喻指政治斗争的险恶。所以阮嗣宗这句"绿水扬洪波"是极写当时社会的不安定。"扬洪波"三个字非常有力量，大有洪峰到来，浊浪翻卷之势。接下去他又说："旷野莽茫茫。""莽"是草莽，野草丛生叫作莽。他说，大梁城郊外的旷野上到处是一望无际的野草，一派荒凉的景象。这里我们会奇怪了，既然大梁城是一个都城，那城市周围本应是车马繁华，可他为什么却说得如此荒凉无人呢？其实这正是他对人世的悲慨。古人所说的无人还不是说真的没有一个活着的人，是说没有一个真的配称其为人的人。韩退之曾写过一篇很短的文章，其中有"伯乐一过冀北之野，而马群遂空"的话，韩愈自己注解说，"非无马也"，是"无良马也"。伯乐是古时候善于相马的人，冀北是产马的地方，伯乐从冀北经过后真的没有一匹马了吗？不是，是没有好马了，因为好马都让伯乐选走了。所以阮籍说的"旷野莽茫茫"不是说没有人，而是没有一个像屈原诗中所说的那种如兰花蕙草一样的正人君子，朝野内外到处是"莽茫茫"的恶草荆棘，是"走兽交横驰，飞鸟相随翔"！阮籍的悲慨真的是非常沉痛，他说他所看到的大梁国都里没有能够坚持品格、理想的贤人君子，没有真正人的气息，只看到草莽荆棘中互相竞逐、相互残杀的禽兽！"走兽"的"走"是奔跑的意思。《圣经》上说旷野之中有狮子在那里来往奔跑，它时刻在寻觅着可食的猎物，一旦发现目标就会不顾一切地将它吞掉。阮籍的用意也是说而今大梁都城里来回奔跑着的也是这些禽兽，它们之中的强者，那些怀有野心的人都变成野兽一样了为了权力禄位彼此残杀。而那些弱者呢？就像"飞鸟"一样地跟着风头、势头盲目地随翔，人家往东飞，他们就跟向东，人家往西飞，他们又向西追。陶渊明也写过鸟，他写的是一只"栖栖失群鸟"，陶渊明之所以了不起，就因为他不是一只"相随翔"的飞鸟，他是"栖栖失群鸟，日暮犹独飞"（《饮酒》之四）。你要知道，一般的鸟都是相随翔的，你这里撒一把米，那鸟群就会落在这里，你那里撒一把米，这群鸟又扑向那里去了，正如杜甫诗里说的："君看随阳雁，各有稻粱谋。"（《同诸公登慈恩寺塔》）杜甫是用雁鸟来讽刺那些攀权附势、望风追随的小人物，这些人就像秋天的大雁，南方暖和了就向南飞去，北方春天来了又飞到北方来，总是追着太阳，他们内心没有什么理想，他们所打算的就是稻粱，即食物和实惠。只有陶渊明这样真正有品格、有操守的人能坚持自己的理想和选择，不为五斗米折腰。这里阮籍在"还顾望大梁"时没有看见像陶渊明这样真正配称为人的人，看见的只是一些"走兽交横驰，飞鸟相随翔"一样的衣冠禽兽。阮嗣宗这几句写得很好，他的用字非常有力量。"走兽交横驰，飞鸟相随翔"，"走"字、"交横"两个字、"驰"字、"飞鸟"、"相随"等字都用得很恰当、很有力，虽然用了安排和托喻，但他里边仍然是有强烈的感发的。

再接下去的两句就是我们应该特别注意到的了。前面他给我们勾勒出一幅禽兽当道、人迹荒凉、皇都内外动荡不安的历史背景图，可这幅图景展现的是什么时候呢？是"是时鹑火中，日月正相望"！他真的是说得很严肃确凿的。"是时"就是"此时"，此时是什么时候？他说就是"鹑火中"的时候。"鹑火中"是最值得注意的地方。前文我曾说阮籍这组诗有泛慨时世的，也有特指一事的。如果单就这首诗的前六句来看，那都是泛慨，是普遍地、一般性地感慨当时的不安定。可到了"是时鹑火中，日月正相望"两句，就突然使这一首诗的重点转移了，变成对某一具体事件的特指了。这里是阮嗣宗有心安排的托喻。首先"鹑火中"就是一个精心安排的典故。

我们先看李善对这句的注解：《左氏传》曰："晋侯伐虢，公问卜偃曰：'吾其济乎？'对曰：'克之。其九月、十月之交乎。鹑火中，必是时也。'"我们先来解释一下这段话。《左传》是左丘明解释《春秋》的一本书。中国的五经《诗》、《书》、《易》、《礼》、《春秋》由于记载的内容太古老、太简单了，后来的人看不懂，所以就有解释经书的书，即"传"。后来"传"也变得古老难懂了，于是就又有了专门解释"传"文的"疏"。所以你看中国的经书里，往往在大字的经文后不知有几千几百个小字的"传"（后多作"注"）与"疏"。《春秋》这部经典，据说是孔子记载鲁国历史的史书；给《春秋》做注解不同于解释别的经书，别的经书只要你把字面意思说清楚就可以了，而注释《春秋》则有两点要注意，一是对具体历史事件要真实详尽，二是要注明作者对历史事件的褒贬态度。《春秋》一书里是包含着孔子的褒贬意思的，有人说他是"一字之褒荣于华衮，一字之贬严于斧钺"，如果他给你下了一个字的贬语，那么这一个字的严厉程度比砍你一刀还厉害呢。这里我随便举一句为例，如《春秋》第一篇第一段所记载的鲁隐公元年发生的一件事情，只有六个字："郑伯克段于鄢"。《春秋》之所以要有人来注释，实在是因为它太简要了，像这六个字到底是什么意思呢？通过注释我们知道了，"郑伯"是郑国的一位国君，即郑庄公；"段"是庄公的弟弟；"克"是攻克、征服的意思；"鄢"是地名。这句话的字面意思是说，郑庄公在鄢这个地方打败了他的弟弟共叔段。我要说的是，这里面重要的在于那个"克"字，就是这一个字，它具有严于斧钺的力量。"克"是击败，凡用"克"字为动词，它的动作对象一定是敌国，如我们常说的"克敌制胜"；又如《文选》李善注引用《左氏传》所云"晋侯伐虢……克之"，这个"克"字就是用在敌对两国的交战上的。可这里郑伯把他的弟弟打败了，孔子也用了一个"克"，这其中就含有责备庄公不应采取这种不仁不义的对待敌人的手段来对待自己弟弟的用意，虽然孔老夫子的意思没有明说，但做传注的人却将这一"克"字里的微言大义说明了。好，以上我是顺便介绍一下有关《春秋》、《左传》的知识。关于"是时鹬火中"的这段故事，《左传》上说是发生在僖公五年，晋国想要向虞国借一条路，以便去攻打虢国。你如果看《古文观止》，那里面有一篇《宫之奇谏假道》，就是从《左传》上这段故事里选的。这个故事已是第二次借道；早在僖公二年，晋国第一次向虞国借道伐虢，在《春秋》上只记了七个字："虞师晋师灭下阳"。"下阳"是虢国的城邑。这里又发生了一个问题，主动攻打虢国下阳的是晋国，虞国只不过是借了一条路给晋国，自己并没有参与去攻打虢国，但这正是孔老夫子一字之贬严于斧钺的地方。在孔子看来，虞国就不应该借这条路给晋国，它借出这条路就是为晋国灭虢大开了方便之门，这就等于虞国参与攻打虢国的事情了，所以孔子在记载这件事时甚至把虞国放在晋国之前说"虞师、晋师灭下阳"。我们现在的成语"唇亡齿寒"就是当时虞国的国君要再次借路给晋国伐虢时，虞国的大臣宫之奇劝谏国君时所做的比喻。他说，虢国与我们虞国同属小国，我们本应相互联合，共同抵御大国的侵略，就像唇齿相依、互相保卫那样才对。可如今你要让出一条路让晋国把虢国灭了，就像我们的嘴唇没有了，牙齿裸露出来一样，那么暴露在外面的虞国马上就会成为晋国的下一个讨伐目标了。果然不出宫之奇的预料，晋国在灭了虢国之后返回的路上顺便就又把虞国消灭了。当然我现在还不是要讲这段故事，而是在讲这个典故与我们这首诗的关系。《左传》上记载说，晋侯再次伐虢的时候曾经求教于当时的一个有名的占卜师卜偃。中国古代凡是占卜的人都不说其全名，只说他名字中的一个字，并在这个字的前面加上他的职业，卜者名偃，就叫卜偃。如果你看《春秋》、《左传》就会发现，卜偃是晋国非常有名的占卜的人，晋国每有军政大事都要交给卜偃占卜之后才做决断，所以晋侯这次攻打虢国想要知道成败如何，就又去问卜偃："吾其济乎？"我能成功吗？卜偃说："克之。"能打败虢国。晋侯又问："何时？"卜偃答道："童谣云：'丙之晨，龙尾伏辰，均服振振，取虢之旂（xīn）。鹑之贲贲，天策焞焞，火中成军，虢公其奔。'其九月、十月之交乎……鹑火中，必是时也。"卜偃认为，晋灭虢的时间应该是在鹑火星当空的夏历九月、十月之间的时候。那么卜偃怎么知道晋侯能在这时取得灭虢的成功呢？原来中国古人除了用龟甲来占卜之外，他们还认为人间的盛衰兴亡常常事先会有征兆的，而有时候这种预兆是借着小孩子口中的童谣暗示出来的。中国古代书籍里有很多这方面的记载。刚才我们所说的卜偃的预言就是依据当时童谣里的几句话，现在我来解释一下，"丙"是一个日子，中国古代用甲乙丙丁来记时日，他说在丙的那一天，"龙尾"是天上的一颗叫天龙星的尾巴，"龙尾伏辰"是说天上的天龙星的尾巴正伏在辰的方位上的时候；"均服"是指统一的制服，即军队的制服，"振振"是振奋、威武、严整的意思。他说，在这时正是军威振奋昂扬的时机，你可以"取虢之旂"了。"旂"就是旗子，这里读作xīn（为了押韵）。后面"鹑之贲贲，天策焞焞"，"焞火"与"天策"也是天上的两颗星名，"贲贲"是闪闪的、不安定的样子，"焞焞"是红亮的样子。他说，等到你看到鹑火星在天中一闪一闪的样子时，你的军队就成立了，即"火中成军"，那时就会发生"虢公其奔"，虢国的君主奔逃，虢国灭亡的事情。以上是卜偃所引的童谣的意思。那么卜偃为什么说是九月、十月之交呢？因为按照中国的历法算起来，九月、十月相交的时候正是鹑火星行于中天的时候。阮籍所以要用"是时鹑火中"的典故，他的安排、他的托喻就在这"九月、十月之交"中。那么他的托喻是什么呢？杜预在注释《左传》的"其九月、十月之交乎"这一句时特别指出："知九月、十月之交，谓夏之九月、十月也。"什么是"夏之九月、十月之交"呢？这就又牵涉到中国古代的历法问题。原来中国古代的夏、商、周三代有不同的历法。我们在讲《古诗十九首》时说过，夏朝是以寅月为岁首，商朝是以丑月，周朝是以子月为岁首的。而春秋时代是周朝的时代，所以用的周历，可是占卜所用的却始终是夏历，这也是中国的一个传统，算卦人所用的历法直到现在还是夏历，即我们所说的阴历，或农历。所以杜预注释《左传》时特别注明是夏历的九月、十月。为什么我要把这点也说得如此详细呢？因为阮籍这首诗的用意与这些历法有很密切的关系。要知道，在阮籍所处的曹魏的时代曾经改过两次历法。本来自汉武帝的太初年间改用夏历以来，一直到东汉都没有变化，可是到了曹魏时的明帝景初年间又改用周历了。魏明帝死后，七八岁的齐王芳继位后，又改回来用夏历了。而就在齐王芳改用夏历不久就发生了废帝这件大事，齐王芳后来被废了，所以他没有一个皇帝的称号。那么他当时是怎样被废的呢？当时司马懿死了，他的两个儿子司马师、司马昭还在。这个时候，齐王芳已经渐渐长大了，他已觉察出司马兄弟的野心了。有一次司马昭带兵回来要拜见齐王曹芳（当时还是皇帝），齐王芳左右的亲信大臣们就给他献策，让他趁机把司马昭拿下来，可齐王芳胆子小，他因司马昭握有兵权而犹疑，不敢做这件事情。但后来这件事被传出去，于是司马兄弟就策划废掉齐王芳。他们就假借郭太后的口吻散布舆论，说这个儿子不是她的亲生子，是过继的一个养子，对太后如何如何不好，所以要假借郭太后下诏令把他废掉。可当时郭太后并无废帝之意，于是司马氏又找到了郭太后的叔叔，让他以长辈的身份说服郭太后废帝，郭太后的叔叔是依附司马家族的，所以就听从了司马氏的安排，去逼迫齐王芳退位。这件事在司马光的《资治通鉴》里有详细的记载。据说郭太后的叔叔进来的时候，太后与齐王芳母子俩正在下棋，他们母子二人其实相处得还不错。当郭太后的叔叔进来说明来意后，太后当时并不同意，她说，你把司马昭请进来，我要跟他讨论一下。她的叔叔说，这没什么可讨论的了，人家已经决定了，你们只有服从的份，而没有任何可以讨论的余地了。于是郭太后与齐王芳被逼无奈答应退位了。要知道这件事就发生在那一年的九月十九日。废掉齐王芳后，司马氏要立一个新的君主，这个人比齐王芳年长一辈，是太后的同辈人，对此郭太后当然不愿意，这让当太后的如何处理呢？所以太后坚持要立一个晚辈，就是高贵乡公曹髦。曹髦是魏明帝弟弟的儿子，与齐王芳是同辈人，齐王芳是魏明帝的养子，曹髦是魏明帝的侄子，郭太后还可以在上面做太后。齐王芳被废是在九月十九日，而高贵乡公曹髦的继位是在十月初六，当时所用的是夏历，由此可见出，阮籍包含在"是时鹑火中"这一时间范围里的原来是他对司马氏废立之变故的深沉感慨！他的典故安排果然精当，每一个典故所暗示的内容都是准确切实的：地点是"大梁"，曹魏国都的所在地；时间是"鹑火"星行于中天的"九月、十月之交"；事件是深受曹魏信任和重用的司马家族怀着野心策划了一场阴谋篡夺的大变故。可见阮籍这首诗是特指司马氏阴谋废立这一事件的，尤其"是时鹑火中，日月正相望"两句的指向是非常明确的。那么既然"是时鹑火中"已经暗示出变故的时间是九月、十月之交了，为什么他又说"日月正相望"呢？所谓"望日"就是月圆之日，每逢十五太阳与月球相对相望，太阳的影子全部投射到月球上，这就形成了我们所看到的圆月，这一日就叫作望日。如果太阳与月球之间有个地球挡在中间，那么太阳的光芒只有一部分投射到月球上，这时我们所看到的只能是半月或弯月，中国古代所说的朔日就是每月的初一，晦日就是每月的三十，而望日就是十五。这里阮籍所说的司马氏正式进宫逼迫齐王芳退位是在九月十九日，而他们密谋策划此事件是在九月的中旬，就是九月十五"日月正相望"的时候。你看阮嗣宗这首诗中的每一句都是有根据的影射和暗示。

要知道帝王的废立对一个国家来说无异是一场大动荡，而它就发生在"是时鹑火中，日月正相望"的日子，发生在"走兽交横驰，飞鸟相随翔"的时代，这与"绿水扬洪波，旷野莽茫茫"的政治背景结合起来，不由地使阮嗣宗更加深切地感到了"朔风厉严寒，阴气下微霜"的阴森可怕！"朔风厉严寒，阴气下微霜"两句运用了暗喻象征的手法。《诗经》上说过"如彼雨雪，先集维霰"，是说你在看到下雪之前，先会看到冰霜集结的雪霰。也就是说，霜霰是降雪的信号和征兆。阮嗣宗这两句暗示出当时政治斗争的冷峻和严酷，司马兄弟的野心如此显著，居然到了连皇帝都敢废立的程度了，这正如霜为雪兆一样，离着篡位夺权、颠覆曹魏江山的日子不远了。所以接下去阮籍直抒悲慨："羁旅无畴匹，俯仰怀哀伤。""羁旅"是说羁留、行旅在外，这个外是指朝廷之外的"羁旅之臣"，即不属于中央政治斗争圈子之内的人。我在开始的时候讲过，在"竹林七贤"里面，在魏晋政治斗争的险风恶浪中，阮嗣宗的身份是最为微妙和特殊的，阮嗣宗跟司马氏的关系始终处于依违离合之间，表面上他也不敢得罪司马家的人，但内心却不是真正归属于司马氏的，所以他说自己是游离于魏晋朝廷权势竞争圈子之外的"羁旅"之人。此外"羁旅"还表示他自己是无所归属的，是孤独寂寞的，没有可以与之同行的伴侣，所以是"无畴匹"。"畴"是同类的意思，"匹"就是可以与之匹配的伴侣。人是需要有一个归属、有一个群体的，可是阮籍当时的处境却是"羁旅无畴匹"，这怎能不让他"俯仰怀哀伤"呢？"俯仰"从字面看是指俯首和抬头，但这里指代一言一行、一举一动的所有时间、所有行动。就是说他无论是俯、是仰，无论在任何时候，任何行为中，他的内心总是充满着孤寂凄凉的哀伤之感。对此他是怎样看待和平衡这种心态的呢？他最后说："小人计其功，君子道其常。岂惜终憔悴，咏言著斯章。"他认为，在魏晋易代这种特殊的政治环境和时代背景的考验中，人们所取的态度是截然不同的，这就是"小人"与"君子"的区别。

　　一般我们中国所说的小人与君子有两种意思，有时它指的是地位的上下高低，如"君子之德风，小人之德草"、"上有好者，下必有甚焉者矣"，这都是指上行下效的，上边掌权的人推行什么样的政策，做出什么样的榜样，下边的老百姓就跟着你的风气像草一样被风支配着，这里的"君子"、"小人"是指政治地位的高低。但有的时候"君子"、"小人"，是指品德上的高低、优劣，如"宁为君子儒，不为小人儒"，同样为儒家弟子，却有品德上的高低不同，这里的"君子"、"小人"是指品德上的区别。阮籍这里所说的正是后者。"小人计其功"，他是说那种品格低下的人，他们所计较、所盘算的只是私人的利害得失，这个"计"字很准确，写出了"小人"们心胸狭隘、患得患失、斤斤计较的本性。而"君子"却不同，"君子道其常"。"道"是人应遵循的一条堂堂正正的、普天之下的大道，有品格操守的人不但遵循此"道"，而且还"道其常"，"常"是不斜、不变、稳固的意思，不管世界发生了什么样的变化，他永远都不会改变和放弃他所遵循的大"道"，而且越是在激烈严峻的考验面前，就越能坚定地持守住自己的选择，即使他明知道会为此付出"羁旅无畴匹，俯仰怀哀伤"、"斯人独憔悴"的种种代价也在所不辞。所以他在最后就说："岂惜终憔悴，咏言著斯章。""惜"是顾惜、舍不得的意思。这句是说，真正的君子哪能顾惜和计较因遵循"正道"而遭受的自身之迫害与憔悴呢？为了表明自己这一份心意和思想，他才写下这首诗，即"咏言著斯章"。"著"是撰写的意思，"斯章"即指我们讲的这首诗。"咏言著斯章"就是我一边吟咏一边把我内心的志意和感慨写成这首诗。当然，其实他写得并不明白。总之，这首诗我们一定要弄明白它，因为这实在是阮嗣宗诗里最明显地表现出他的喻托，而且他所托喻的是对魏晋之间司马家族篡立这一重大事件的深痛感慨的一首典型之作。

第七节　阮籍之六

阮籍的《咏怀》里还有一首"西方有佳人"写得也很好，但在一般的选本中都没有选，《昭明文选》里就没选，这是什么原因呢？方东树先生所评的《昭昧詹言》里说："此亦屈子《九歌》之意，然屈子指君，此不知其何指。若为怀古圣贤，则为泛言，然不可确知矣。诗可不选。"由此可知自古选诗者各有其标准和态度。

大多数的选本都不选它，是因为中国过去一直有个传统，即把文学与政治教化扯到一起去。他们常常把政治教化的价值附加在文学的价值之上，凡是政治教化上没有可取之处的诗，他们就不选。这是中国过去的文学批评中的一个偏狭之处。阮籍这首诗不被选的缘故，就在于它里面找不到什么政治上的指向。前面我们讲过的"徘徊蓬池上"一诗虽然很难讲，可是许多选本都选了，就因为它反映出阮籍在魏晋之交"走兽交横驰，飞鸟相随翔"、"朔风厉严寒，阴气下微霜"的残酷政治环境中所表现出的"小人计其功，君子道其常。岂惜终憔悴，咏言著斯章"的一种品格上的操守，这就是此诗在政治及教化上的意义与价值。而"西方有佳人"一诗表面上是写对于一个"佳人"（美女）的追求、想望之情的。而中国传统观念认为，如果这其中没有托喻，只是写男女之间的感情，里面找不出一个可以比附政治教化的内容来，当然就不值得一选了。所以方东树说，它虽有屈原《九歌》的意思，但指向却不明确。谈到《九歌》，我还要先介绍一下与它有关的一些知识。

《楚辞》里有一组叫"九歌"的诗，虽然称作"九"歌，其实是十一首歌。这其间有许多说法，有的认为中国古代所说的九是数字之中最大的一位数，因而它常有指代或象喻各种事物的总体或极言其多、其高的意思，所以"九歌"就是"许多歌"的意思。还有人认为这十一首歌里面《湘君》与《湘夫人》可以合算为一首，《大司命》与《少司命》也可以合算为一首，这样就正好符合"九歌"的意思了。另外还有一种看法说，这十一首歌中，开头是一个总序，结尾是一个总结，不算开头、结尾的两首，剩下的正好是"九歌"了。那么究竟《九歌》所歌的是什么内容呢？表面看起来都是祀神之歌，因为中国古代的楚地一向是以神奇浪漫而著称的。楚国这个地方的人民"信鬼而好巫"，因此对于神仙鬼怪比较迷信和崇拜。《九歌》就正是他们表达、抒发对各种鬼神敬仰、祭祀之情的巫歌，如歌颂日神的《东皇太一》，歌颂云神的《云中君》，歌颂湘水之神的《湘君》、《湘夫人》，歌颂山神的《山鬼》，歌颂河神的《河伯》，以及赞颂主宰人类命运之神的《大司命》、《少司命》等等。那么这些歌曲的作者是谁呢？一般来说，也有几种不同的看法：一种认为它是楚国当地流传已久的地方巫歌；另一种认为它是屈原创作的；还有一种意见调和了前面两种说法，认为它原本是楚地的民间巫歌，后来经过屈原的修改及再创造而形成了今天这个样子的。总之，在这些祀神的巫歌里确实有很多表现君子美人、男女思慕的内容，很像是出于屈原之手笔。以前我曾说过中国古代诗歌中关于"香草美人"的象喻传统是源于屈子的《离骚》的。而《九歌》因为它是巫歌，"巫"是沟通神鬼与人间信息的特殊之人，这些人中也有男巫、女巫的性别不同，同时他们所祭祀的对象也有男神、女神、男鬼、女鬼的不同性别。一般说来，男性的神、鬼都由女巫来祭祀，而女性的神、鬼则由男巫来祭祀。这样《九歌》中就自然有了表示男女思盼、爱慕的内容，他们表示爱慕就是希望这个神早日降临。如《少司命》里的"入不言兮出不辞，乘回风兮载云旗。悲莫悲兮生别离，乐莫乐兮新相知"，是说那位神仙像乘着旋风，撑着云做的旗子飘然而来，倏忽而去，来去无言，行色匆匆。他说，当神未降临时，我就开始怀念你了，"悲莫悲兮生别离"；而当神仙降临了，我就非常愉快，"乐莫乐兮新相知"。这两句的思慕之词所表现的正是对神灵早些降临的企盼渴慕之情。此外，在《湘夫人》中还有这样两句"沅有芷兮澧有兰，思公子兮未敢言"，这里写的完全是香草、美人、男女思念。他说，沅水上边有芬芳的芷草，澧水边上有美丽的兰花，我就在这美丽芳香的花草之间思念着君子你的到来，但我却不好意思将这种思念之情说出来。由上面的例子可以看出，像这类表示男女爱悦的内容在《九歌》中是非常多的，但中国诗歌传统中并不认为它是淫靡、低俗的，可像北宋柳永所写的那些单纯表现男女爱情的词却被斥之为市井俗词，一无可取之处。所以方东树才说阮籍的这首诗，如果你认为它是具有屈原《九歌》的意思（其实《九歌》是否屈原之作，尚未有定论），但它又找不出像《离骚》、《九歌》中那么明确的指君、指神的根据来；如果就算诗中所说的"佳人"不是指曹魏的君主，而是"怀古圣贤"的，则又不免太过于浮泛不实了，所以这首诗"可不选"。

我要说"西方有佳人"这是一首很美的诗。我常说，一首好诗的标准，不全在于它里面有多少道德、伦理、政治、教化的暗示和托喻，而在于它能否传达出，或能传达多少感发的力量，是否能够引起你心灵、精神、品格上的触动，使你由此生出一种向上、向高、向远、向美的追求向往之情。王国维《人间词话》里曾赞美《诗经·蒹葭》一诗"最有风人之致"，所谓"风人"就是诗人，是能够用诗来打动你的人。"风"在中国文学里常代表一种感发的力量，自然界的风可以吹动你的鬓发，撩动你的衣衫，而文学作品中的"风"则可以触动你的心灵，打动你的情感，鼓动你的精神。《蒹葭》一诗就具有这种使你为其所动的力量，他说："蒹葭苍苍，白露为霜。所谓伊人，在水一方。溯洄从之，道阻且长。溯游从之，宛在水中央。"这真是很美的一首诗。"蒹葭"就是我们所说的芦苇，它长在水中，每到秋天就开出那种像棉花绒毛一般的花来。他说，你看那一湖秋水之中的蒹葭，苍苍茫茫，浑然一片，清晨的露水因气候的寒冷而凝为白霜，远远看去更是一派如雾、如烟、似梦、似幻的凄迷景象，就在这样一个空旷、寂寥、茫然、凄清的时节，我怀念起那位心中的"伊人"（多半指女子），她似乎就出现在水的那一边。我逆流而上将她追寻，然而"道阻且长"，忽然觉得路遥且多艰，反而离她更远；于是我换转方向，顺流而下去与她接近的时候，我明明看到她好似就在水的中央，却怎么也不能靠近她。诗中那种对于这位美丽之"伊人"所表现出的一种求之难得，弃之难舍，可望而不可即的企盼、追寻、渴求、想望之感，正是王国维所说的所谓"最有风人之致"的地方。其实，我们不要管这"伊人"是谁，是男，或女，是真有，还是本无，重要的是她激活了你心灵中的一份美好的追寻求索的情怀，这才是诗歌中最宝贵、最重要的价值所在。阮籍的这首咏怀诗虽然不能够用魏晋之间的某些政治事件或教化道理来比附，但他所写的却是这样一种对于美好、高远境界的追寻、向往的感情，下面我们来看看这首诗：

西方有佳人，皎若白日光。被服纤罗衣，左右佩双璜。修容耀姿美，顺风振微芳。登高眺所思，举袂当朝阳。寄颜云霄间，挥袖凌虚翔。飘飘恍惚中，流盼顾我傍。悦怿未交接，晤言用感伤。

　　古直的《阮嗣宗诗笺》在注释"西方有佳人"这一句时曾举出了许多出处。他首先引了《诗经·邶风·简兮》中的"云谁之思，西方美人"句。这首诗的开头是这样的："简兮简兮，方将万舞。""万舞"是当时周朝的一种舞会的仪式，一个大的典礼活动就要有一个万舞的仪式。"简"是选择的意思。这首诗表面的意思是说，我们要简选那最美的舞者，来举行一个大型的歌舞的仪式。诗的最后几句话就是："云谁之思，西方美人。彼美人兮，西方之人兮！"中国文学自《离骚》以来就有了一个"香草美人"的传统，但《离骚》里所说的"美人"可以指君主，可以指贤人，也可以用来自比。而《诗经》里的美女大半是写实的，像《硕人》中那位"硕人"有名、有姓、有身份、有地位，连与皇亲国戚之间的亲属关系都写得十分落实。再如《有女同车》中写的"有女同车，颜如舜华"，写一个女子与我同坐一辆车，她的容貌跟早上的木槿树上的花朵一样美丽。像这些都是很实在的一个人或事，但唯独《简兮》这首诗，有人认为"云谁之思，西方美人"是赞美当时周朝的祖先西伯美德的，西伯就是周文王，他是在商纣时被封为西伯的。但也有人持不同看法，他们认为《简兮》这首诗写的就是当时为了"万舞"而要选择一个真正的美人，而这美人是在西方的，并没有任何托喻的意思。总之，阮籍这首"西方有佳人"是有出处的，而"西方"二字是出于《诗经》的，那么"有佳人"这三个字又出于何处呢？古直的注释里又引了《汉书·外戚传》里的记载，李延年善歌舞，他曾作有一首《佳人歌》："北方有佳人，绝世而独立。一顾倾人城，再顾倾人国。宁不知倾城与倾国，佳人难再得。"此外在曹子建的《杂诗》里有一首"南国有佳人，容华若桃李"的诗。可见，佳人是各方都有的："南国有佳人"，"北方有佳人"，"西方"也"有佳人"。不过在这些"佳人"中，有的是指现实中的真正美丽的女子，像李延年《佳人歌》里所咏唱的那位"佳人"就是他的妹妹李夫人。而另外的，如曹植《杂诗》中"南国"的那位"佳人"却是含有喻托的，她是作者自喻其才德之美的。那么阮嗣宗的"西方佳人"说的又是什么呢？

他说，这位"西方佳人"是非常美丽而有光彩的。我曾屡次讲过，凡是真正的美，不是外表涂上去的颜色，而是从里面放射出来的光彩。我们赞美一个女子的美丽时经常说她是光彩照人，就是这个意思。阮嗣宗说这个"西方佳人"的光彩亮丽"皎若白日光"，就如同白天的日光那样明媚夺目。这里他用白日的阳光来做比喻，也是有其出处的。宋玉《神女赋》中说楚襄王在高阳台上睡觉时梦到一个神女，当这个女子到来的时候，"其始来也，耀乎若白日初出照屋梁"，宋玉说这个女子是带着一片光影出现的，好像早晨的太阳刚出来，一道明媚的金光就射到了你房间的屋梁上一样，阮籍用的就是这个典故。下面他接着说这个女子不仅容貌光彩照人，而且她的衣饰也很美，她"被服纤罗衣，左右佩双璜"。"被服"就是披戴或穿着的意思。他说，这个女子身上穿的是用那种最细、最薄的纤罗织成的最美丽的衣服，身体的左右还佩带着一双璜状的美玉。"璜"是什么形状的呢？"半璧曰璜"，是说璜的形状就好像是半个璧的样子。你要知道，古人选择佩饰还不光是为了美观，他还有一种更深的寓意在里边。"环"，从声音上就给人一种圆满、全面、环绕的感觉；而"玦"字的发音就有分裂、诀别的感觉；至于"璜"，从这个字的构造上看，它是个形声字，右边从"黄"，你知道"横"字的右边也从"黄"，因此"璜"字无论从声音，还是形状构造上都具有一种平稳均衡的感觉，所以"左右佩双璜"这句诗中还蕴含着品德操守上持恒、完美的意思。接下去他又说这个女子"修容耀姿美，顺风振微芳"。"修容"出自屈原《离骚》的"余独好修以为常"一句，"修"当矫正、调理、修饰讲。屈原的意思是说，我是以经常保持清洁美好的形象作为自己一贯的人生态度和习惯的。而这清洁美好的所指即是他的品格修养。总括前四句的意思，他是说那个美丽的"佳人"即使有了"皎若白日光"的美丽容貌、"被服纤罗衣"的美妙服饰、"左右佩双璜"的美好品德，也仍不以为满足。她还要不断地修饰完善自己："修容耀姿美，顺风振微芳。""姿"是说她的风姿、姿质。姿是一种态度，一种风度，是一种活动着的美好姿质。不但如此，甚至当一阵风从她身边吹过时，都能将她身体内放射、闪耀着的美好而芬芳的温馨发散开来，传播出去。假如真有这样一位"佳人"，这样一个美好的理想之对象的话，你怎么能不对"她"产生爱慕、想望和追寻的感情呢？！

　　所以接下的"登高眺所思，举袂当朝阳"两句便写出了这位佳人对她心目中所追寻、所怀念的美好目标的一份渴求思慕之情。这里你要注意了，前六句是以第三人称的口吻写作者眼中的"佳人"形象，后八句仍然是以作者的口吻来写这位"佳人"的内心情感，而不是明写作者自己的情感。当然作者的理想追求及感情寄托在对"佳人"的心理描叙中也充分地表现了出来，这一点是显而易见的。他说，这个女子登上高处，眺望她思念、追寻着的一位令她倾心仰慕的人，而这个人在哪里呢？阮嗣宗以为，如果真有一个值得"佳人"渴慕、怀念的人的话，那么这个人一定比这"佳人"更富光彩、更具魅力，那么这个人一定来自东方日出的方向，因为只有那里的人才会"皎若白日光"，"光耀照屋梁"，所以她就举起衣袖（袂）拢住分散的精神和目光，全神贯注地眺望那朝阳升起的地方。我很多年前曾写过一首《踏莎行》的小词，是表达我对故乡故园的怀念之情的，我说："黄菊凋残，素霜飘降，他乡不尽凄凉况。丹枫落后远山寒，暮烟合处空惆怅。　　雁作人书，云裁罗样。相思试把高楼上，只缘明月在东天，从今惟向天东望。"上阕我写的是身处异国他乡，天涯漂泊的内心孤独与凄凉；下阕写我对故乡家园的思念之情时我说："相思试把高楼上，只缘明月在东天，从今惟向天东望。"这几句所表达的情意与阮嗣宗的"登高眺所思，举袂当朝阳"是一样的，所不同的只是，我登高楼所望的是玲珑秋月，阮嗣宗笔下这位"佳人"登高所眺的是明媚的朝阳。但无论是"明月"，还是"朝阳"，它们所象喻的都是光明、理想和希望。接下来"寄颜云霄间，挥袖凌虚翔"写出这位"佳人"品格追求的高远与辽阔。她把自己的美好容颜寄托于高深莫测的云天之上，而不是降落在卑污龌龊的尘世之间。不但如此，当她行动起来时就"挥袖凌虚翔"，古人穿的衣服都是宽袍大袖的，袖子一举起来，就像两只翅膀一样宛若凌空而上，随风而翔。她在追寻中期待着与她心中的偶像相遇，可那理想中人在哪里呢？"飘飘恍惚中，流盼顾我傍"这两句已不只是借写"佳人"之情而发挥了，而是直接写出阮嗣宗内心中的一份如梦如幻的期待渴盼之情。人们常常会有这样的感受，当你对热烈向往、殷切希望的人或事思之既久，求之过切，并将全部精神都投注进去的时候，你有时会进入一种如真如幻的境界，在这种状态中，似乎你所希望得到的东西就在你的眼前，只消举手之劳就能如愿以偿了。可就在你为这渴望已久，并且近在眼前的所得而激动、惊喜的时候，你再定睛来看，那刚才分明所见的一切竟都化为乌有了！这首诗的最后四句所写的正是这样一种境界。你在"登高眺所思，举袂当朝阳"的殷殷企盼之中，忽然眼前一亮，你梦寐以求、朝思暮想的那位理想的"偶像"出现了，她像云霞一样飘忽不定、模糊不清，"飘飘恍惚中，流盼顾我傍"，你分明感觉到，她在从你身边经过时曾回眸一顾，那脉脉含情的目光与你相遇了。你仰慕已久、渴求已久的心终于与你所期待的人相遇合、相沟通了。这就像宋代词人周邦彦词中所说的"一笑相逢蓬海路，人间风月如尘土"（《蝶恋花》"鱼尾霞生明远树"）。周清真是说他在通往蓬莱仙境的路途上曾遇到了一位女子，二人相遇合后不用说一句话，只是微微一笑，其相互了解、相互倾慕的程度就已胜过与世上任何人的交往了。这也就是屈原所说的"目成心许"的境界（"满堂兮美人，忽独与余兮目成。"），你要知道世上有些人间的交往，就算你和他相识多年，彼此在意识和心灵上都是陌生而有距离的。相比之下，周邦彦词所写的那种"一笑相逢蓬海路"的佳会，的确会使那尘世一切美好的东西都变得如尘土一样不值得一提了。

这里值得注意的是，这"一笑"是在"蓬海路"上，那是在追求神山仙境，追求美好理想的征途上的相逢，是"登高眺所思，举袂当朝阳"之殷切期待中的相遇，是志同道合、向往光明、追寻理想的共同愿望与努力才使他们一见如故，目成心许的。由此看来，阮嗣宗内心中那一份向往光明理想的殷切希望与他诗中"西方佳人"那"登高眺所思，举袂当朝阳"的企盼之情也在寻求理想的"蓬海路"上偶然相遇了，然而这种遇合来得太突然、太短暂、太迅速了，飘飘恍惚中他还未来得及把握住，她便又飘然而去，最终只落得"悦怿未交接，晤言用感伤"的终生抱憾。"悦怿"是形容他们相互爱悦欢喜的心情。"交接"是交往接触。"晤"是相见、会晤的意思。"言"在这里是表示语气的虚词，不当"说话"讲，如《诗经·卫风·伯兮》"愿言思伯"中"愿言"即"眷然"的意思，"言"在其中只是个语助词，没有实在意义。阮嗣宗这两句是说，我们向往光明、追寻美好理想的共同心愿在不期而遇的恍然一顾中感到了无限的愉悦和欣喜，但未等我们说一句话，有一个交接的机会，就又匆匆离去了，因此反而使我陷入了这种相见不如不见的感伤之中。司马光写过一首词，其中有一句说"相见争如不见"（《西江月》"宝髻松松挽就"）。人间有这样一种情形，假如大家都在尘世之间生活，大家都争逐于世俗利禄之中，如果你没有什么更高远的追求、更深刻的觉悟，你就会像"入鲍鱼之肆久而不闻其臭"一样习以为常地适应、习惯这一切。但假如你不甘心过这样的生活，你有更高、更远、更美好的追求，而且你曾经看到了一线光明和希望，看到过那恍然洞开的天窗外稍纵即逝的迷人色彩，可你却只能望而兴叹，无法企及，这确是人生的一件很可悲哀的事。对于这种见而欲求、求而不得的情感境界，清末词人王国维表现得最好。以王国维的品格、理想而言，他确是追求高远、完美的，而且他真的是探触到了社会、道德、宗教、哲学以及人生的许多真谛的，然而他所处的时代和现实与他所追求向往的理想实在是相去太遥远了，因此他常生活在矛盾、痛苦和悲哀之中，他的许多词就表现了这种心态和感情。如《蝶恋花》一词中曾写道："忆挂孤帆东海畔，咫尺神山，海上年年见。一霎天风吹棹转，望中楼阁阴晴变。"又如另一首《浣溪沙》词说："山寺微茫背夕曛，鸟飞不到半山昏，上方孤磬定行云。试上高峰窥皓月，偶开天眼觑红尘，可怜身是眼中人。"读了上面这两首小词，你若以为王国维真的曾经挂帆东海去寻求神山楼阁，或真的登山寺窥皓月，沉迷于天外孤磬的玄妙之音，那就错了，其实这两首词都不是写实的，而是用象征主义的手法表现心灵境界的。"忆挂孤帆东海畔"写出他早年曾志意不凡，敢于独自一人撑起理想的风帆去追求那最美好、最高远的仙境。中国古代传说，东海上有三座仙山蓬莱、方丈、瀛洲，是仙人居住的地方。或许是他昼思夜想、梦寐以求的缘故，他分明觉得那海上的仙山琼阁就在咫尺眼前，而且不是阮嗣宗说的"飘飘恍惚中"，而是"海上年年见"！可是当他满怀对"神山楼阁"之亲见，对"上方孤磬"之亲闻，"挂孤帆"出海，"试上高峰"的时候，突然一切都发生了变化："一霎天风吹棹转"，"偶开天眼觑红尘"。"棹"是船桨；"觑"就是看；"天风"是那种无法抵抗的天外来风；"天眼"是能透视万物的天神之眼。那曾经是望中的"神山楼阁"，那曾是耳畔的

"上方孤磬"，都被无情之"天风"吹得无踪无影，借助天神之眼，回顾自己所走过的艰险求索之路，结果才发现自己依然还是滚滚红尘中人！这种情况下，你内心的失望和悲慨是可想而知、不言而喻的，这就是阮嗣宗所说的"悦怿未交接，晤言用感伤"的境界。所不同的是，阮嗣宗只写了一种追寻，单纯的追寻和寻而不得的遗憾；而王国维却表现出一种哲理的反省、思索和觉悟，这与他深受西方哲学的影响有关。但无论怎样，不管阮嗣宗的"佳人"是指君，还是指古圣贤，也不管王国维的"楼阁神山"、"上方孤磬"是指宗教哲学的灵光，还是社会人生的真谛，总之他们所共同表现出来的是千古才人志士所共有的一份基本心态：他们永远处在不甘的追求之中，也永远处在求不得的悲哀之中。这种永恒的矛盾痛苦、感伤悲慨之情正是这首诗之所以会兴发感动我们的力量所在。这也是我以为这首诗应该选、应该讲的原因所在。

第八节　嵇康之一

接下来我们就要介绍嵇康的诗了。关于嵇康，我们在讲阮籍诗的时代背景时已经做过介绍了，这里我再把他说得更详尽一点。我曾经谈到嵇康的姓氏问题，"嵇"字，有人念 jī，有人念 xī，还有人说嵇康本姓"奚"，后来他为了逃避冤仇而改姓"嵇"了。总之关于这一问题，历代的考证学家有不同的说法。中国有一位叫侯外庐的学者，他在一本《中国思想史》中谈到魏晋时代的思想时特别提出了嵇康这个作者，他认为如果以诗歌创作而论，阮籍的诗比嵇康写得好，而如果就其作品的思想性而言，应该说嵇康比阮籍更深刻、更具思辨性。嵇康写过许多篇论文，最有名的有《养生论》、《声无哀乐论》等，此外还写过《难宅无吉凶摄生论》、《难自然好学论》等。他讨论了许多天人之间的问题。他认为，人若是顺乎自然，依其天性就可以延长生命，反之你若做了许多损害自然天性的行动，你的生命就会受到斫丧；他认为音乐是没有哀乐之别的，是由于听音乐的人有哀乐不同的感受，所以才说音乐是有哀乐的；他认为宅是有吉凶的，可是宅自身不能单独有吉凶，要与人配合起来才有吉凶的作用。无论他的这些论点是否可靠，总之嵇康确是一个有思想性的人。侯外庐在谈到他的姓氏问题时认为他们自称本姓"奚"，后为避冤仇而改姓"嵇"的说法不完全可靠，因为假如为"避冤仇"就应该逃离本地之后，然后改姓，可据历史上的考证，嵇康他们根本不曾离开过本地，因此改姓一说是不可信的。那么侯先生的看法是如何的呢？他以为嵇康是谯郡人，曹魏的曹操也是沛国谯郡人，他们是同乡，而从谯这个地方出来的人，有许多都存在着家世出身的疑问。我在讲曹操诗的时候讲过，曹操的家庭是起于微贱之中的。在他的《让县自明本志令》中自己就说他出身微贱，唯恐当时的人们不能认识到他自己的才能和价值，所以才渴望建功立业。后来当他们曹氏家族得意之后，他们就任用了许多故乡的人，这些人也同样都是出身微贱的。根据侯外庐《中国思想史》的考证，我们只知道嵇康的父亲叫嵇昭，当曹操起兵之后，嵇昭曾经协助督运军粮，并以此得到了仕宦地位的。至于嵇昭以前的祖辈，历史上就没有什么记载了。所以侯外庐的意思是，嵇康与曹操一样都是家世出身背景不详的微贱门第中人。在当时谯郡，"奚"姓是一个有名望的家族大姓，所以嵇康他们就借此自称本来姓"奚"，只是后来才改姓"嵇"的，其实"嵇"正是他的本姓。以上所说都是根据侯外庐先生的考证，对这个问题我并没有做过考证，我只是把前人的看法介绍给大家。关于嵇康与曹操家族的关系，我前文也讲过，他所娶的长乐亭主是曹操一个孙子的女儿，这就是说嵇康与曹氏家族有姻亲关系。

至于说到嵇康的为人，其实毋需我来介绍，他的许多文章都是对自己的详细介绍，他的《与山巨源绝交书》就是他为人的自白书。山巨源就是山涛。山涛到后来依附了司马氏，在司马氏的手下做了尚书吏部郎，后来又升为大将军从事中郎，这时他想要"举康自代"，想推举嵇康来接替自己的吏部郎之职。如果按照当时这几个诗人的年龄来看，山涛应该是年龄最大的，我推测很可能山涛是以长者的身份劝荐嵇康来接受这个官职。但以嵇康与曹魏家的关系而论，他显然是反对司马氏的，如果接受了山涛的举荐，那无异于也投靠、依附了司马氏，所以他当然不会接受的。不但不肯接受，他还写了一封言辞激烈的与山涛断绝往的信，即《与山巨源绝交书》。嵇康虽然写过关于养生的文章，也知道人应该泯除喜、怒、哀、乐的感情，因为这些情感是足以斫丧你身体、生命的根源。他虽然能知，且说得很有道理，可他这个人能知不能行。他是个性情刚直的人，这点不论从他的文章，还是他的诗歌里我们都能看到，他的诗文的好处与缺憾都正在于此。他文章写得刚直峻切，喷薄而

出，具有一股气性。世上有些人不管受到怎样的委屈、羞辱也不轻
易发火。而另一些人气性很强，他们一点屈辱、污秽都不能包容
和忍受，嵇康正是这样的人，从历史上记载的与他同时代的几个人
对他的评论中我们就可以看出来。我在讲阮籍时说过，魏晋之间的
名士在当时错综复杂、风云变幻的政治斗争中大多不能按照自己的
理想志意在仕途上发挥才能、施展抱负，所以他们就把自己的才能
寄托在饮酒、服药、弹琴、吟啸之上。鲁迅先生曾写过一篇《魏
晋风度及文章与药及酒之关系》，其中就讲到魏晋名士们饮酒与服
药的事。据说那时的文人名士们所服的丹药有很多种类，最有名
的一种药叫"五石散"，说是取许多矿物质，什么"紫石英"、什
么"白石英"等多种矿物质混合在一起熔炼，待炼成粥状之后就可
以服食。服用之后就需有许多要注意的事情，比如衣服不可穿得
太紧了，因为药效一旦发作起来，皮肤就会变得很敏感，很容易因
摩擦刺激而产生痛痒的症状，所以你看魏晋时那些名士的衣服都是
宽袍、缓带、大袖的样子，那正是因为有这样一个生活上的背景。
《晋书·嵇康传》上记载说，当时还有一个服药的人叫王烈，有一
次他在山上得到一种"石髓如饴"的东西，我想一定是某种岩石的
浆乳，他们认为吃了这个东西可以长生，就把这东西视为宝贵之
物，王烈他就自己吃了一半，剩下的另一半准备留给嵇康吃，没想
到留下来的那一半很快就凝固成石头了。又有一次，在石室中看到
一卷素书，王烈马上叫嵇康去拿，很快就不见了。王烈感叹说，嵇
康虽然志趣跟常人不一样，却运气不好，这都是命啊。《晋书》上
还记载了当时一些文人名士们弹琴、吟啸的故事。阮籍不是说他

"夜中不能寐，起坐弹鸣琴"吗？而且阮籍的侄子阮咸就是中国古乐器"阮咸"琴的发明者，这种乐器名称的来历显然是依据创制者的名字而命名的。嵇康也是一个擅长弹琴的音乐家。历史上记载说嵇康临死前，人家问他有什么话要说。他说请把我的琴拿来，我要最后弹一支琴曲，并说从前有一个叫袁孝尼的年轻人要跟我学这支曲子，我不肯教他，可现在我要死了，这支曲子从今以后再没有人会弹奏了。这就是被称之为他临终绝唱的《广陵散》。而关于这曲《广陵散》，历史上也流传着一段故事。据说有一次嵇康出游到外地，一天夜里他在野外的一个叫作"华阳亭"的地方留宿，夜深不眠，他就取琴来弹。忽然他发现附近有一人影在听他弹琴，后来这人渐渐与他接近，并与他共谈音律，还要过琴来弹了这曲声调绝伦的《广陵散》，并且还把这支曲子教给了嵇康。不过他嘱咐嵇康说，这支曲子你可以学，却千万不能再教给别人了。说完，那人就不见了。这当然只是传说，我讲这些是为说明嵇康与当时那些文人名士们在寄情酒、药、琴、啸中所表现出来的个性，以及他们对嵇康为人的评论。现在我要特别提出那个擅长吟啸的孙登对嵇康的评价。在讲阮籍时我曾提到有一次阮籍登上苏门山去拜访孙登的故事，要知道孙登才是一个真正的高隐之士，阮、嵇两人都无法与他相比，因为他们都不能做到既洁身又自保的程度：阮籍为了苟且全身，内心充满了那么多抑郁痛苦却不能抒发；而嵇康呢，为了洁身全节轻易地得罪了司马氏，最后惨遭杀身之祸。由此可见，真正能够洁身远祸、保全身心的人是孙登。历史上记载嵇康也去拜访过孙登，而孙登的表现依然是不理他。最后嵇康临走时，孙登才开口跟嵇康说了一段话，你这个人"才多识寡，难乎免于今之世矣"。意思是说，你虽然很有才气，但你的"识见"缺乏。所谓"识"者，就是"知几"的能力，中国古人说"知几其神乎"，是说在一个人的修养上，你不但要读书、明理，还要知几，"几"是微弱细小的意思，是事件将发之前的细微征兆。比如古语有"月晕而风，础润而雨"，这里的"月晕"与"础润"就分别是"风"与"雨"的征兆。所以"知几"是一个人洞察、预料事物发展趋势的一种见识。孙登这位高隐之士认为，像嵇康这种"才多识寡"的人生当"今之世"这样激烈复杂的政治斗争中是很难幸免于难的。这种征兆，不但像孙登这样的人一望即知，就连嵇康的很多朋友和家人也都看到了。后面我们要讲他的《赠秀才入军》一诗。有人说这里的"秀才"就是他的哥哥嵇喜，从诗中我们能看出他与他哥哥嵇喜在出处的态度上是很不相同的。何谓"出处"？"出"是出仕。"处"是隐居独处，不去做官。根据侯外庐先生的考证，嵇康以前做过中散大夫的原因，是由于他与长乐亭主结婚之后，作为曹魏姻亲、皇亲国戚，当然得有一个官职了，所以就给了他一个中散大夫之职。不过这种官职是比较闲散的，对政治也起不了什么作用和影响。等到司马氏势力逐渐强大起来之后，嵇康便连这个闲官也不再做了。所以山涛才推荐他出来接任自己的吏部郎，但他没有接受。这时他哥哥嵇喜却出仕了，一会儿我们可以从他与嵇喜兄弟二人互相赠答的诗作中了解到他们各自所持的态度。此外他还写过一些答赠朋友的诗，其中较有代表性的是《答二郭》诗，"二郭"是嵇康的两个姓郭的朋友。在他们的赠答诗中，我们也看到了这两位朋友对嵇康的忠谏和规劝，这些话与嵇喜和孙登的看法很相似，都是奉劝他不能如此讦直地得罪这许多人，要知道保全自己，尽力与世俗"和其光，同其尘"（《老子》五十六章）。老子所说的"和光同尘"就是说要涵蓄光芒，混同尘垢，与世俗做一些妥协，这样才能免除身家性命的危险。通过我们刚才所说的，与他同时代高人孙登、他的哥哥嵇喜以及他的朋友二郭等人对他的评论与劝说中，我们都可以看出嵇康的为人是如何的。除此以外，更能表明他为人处世态度的，还是他的那篇《与山巨源绝交书》。

在文章的开头他说："足下昔称吾于颍川，吾常谓之知言。然经怪此意，尚未熟悉于足下，何从便得之也？"意思是说，我们最初刚刚在颍川相遇的时候，你就称赞我，那时我常常认为你是我的知己，不过我也很感奇怪，因为我们以前并不熟悉，怎么会刚一见面你就能认识我呢？接下去他又说："前年从河东还，显宗、阿都说足下议以吾自代，事虽不行，知足下故不知之。"这句是说，前年我就听我的朋友说你要推荐我接替你的职务，这个事情虽然没有成，但我由此知道了你原本是并不了解我的。后面的话就越加激切了："足下傍通，多可而少怪。吾直性狭中，多所不堪，偶与足下相知耳，间闻足下迁，惕然不喜，恐足下羞庖人之独割，引尸祝以自助，手荐鸾刀，漫之膻腥。"他说，你这个人是四面傍通的，你认为什么都可以，很少有什么事情是认为奇怪而不可为的；而我则是个"直性狭中，多所不堪"的人。他这几个字很准确地概括出自己性情，"直性狭中"是说自己性情耿直，气量狭窄，对一些不合于自己心意的事情无法容忍，所以"多所不堪"。由此可见我们彼此性情不合，不可能真正了解、认识对方，只是偶然与你相识罢了。近闻您又仕途迁升了，我深为忧虑不快，你推荐我来代替你空下来的职位，恐怕就像是"羞庖人之独割，引尸祝以自助，手荐鸾刀，漫之膻腥"一样。"庖人"是厨师，这里指那些宰杀猪羊的屠夫。"割"即宰杀。他的意思是说，我恐怕你是不愿意一个人动手弄得满手鲜血，于是才"引尸祝以自助"。"尸祝"是古代行祭祀之礼时那个扮演神灵的人，这个人是保持清白、冷静，决不参加杀猪宰羊的工作的。嵇康认为，山涛做了官，还要拉嵇康也出来做官，就像那屠宰牲畜的厨夫，不好意思看到自己一人双手沾满淋漓的鲜血，于是就要把那清白的尸祝也拉出来，"手荐鸾刀，漫之膻腥"。"荐"是用手托着，"鸾"是宝刀上的装饰。他说，你一人操刀还不算，还要把刀也传递给我，满不在乎，随随便便地也引我走到那个鲜血淋淋、膻腥污秽的场合去，这样的事情我是绝对不能去做的。你看，在这封信的开头一段，嵇康就把山涛讽刺了一顿。后来他又说："吾昔读书，得并介之人，或谓无之，今乃信其真有耳。"他说，我从前读书时，常从书中看到有一种耿介正直，不随俗沉浮、苟且迎合的人，那时我不相信天下真会有那种宁可冒着犯上杀头的危险，也要坚持自己耿介孤直本性的傻瓜。而现在我才相信世上果真是有这样的人的，因为"性有所不堪，真不可强"，如果你天性中有不能容忍的事情，那真是不能勉强去做的。就像陶渊明，他宁肯去躬耕南亩，忍受饥寒交迫的痛苦，也不能忍受"口腹自役，违己交病"的仕途生活。如果违背了自己的本性去做他不喜欢的事情，那他就会觉得满身是"病"。"交"者，极言其多。"交病"，是各种各样的不舒服交织在一起的痛感。嵇康说，他现在才终于发现自己之所以在众人的劝告之下（他哥哥的劝说、他朋友二郭的劝告、隐士孙登的劝诫……）不能改变的原因是，他天性中具有许多"不堪"与"不可强"的事情。那么，哪些是他所"不堪"与"不可强"的天性呢？他又是怎样形成了这样一种天性的呢？在后面的一段话中他做了清楚明确的回答。他说："少加孤露，母兄见骄，不涉经学，性复疏懒……"他认为自己形成这样一种性情是由于他本身就是一个"疏懒"散漫的人，再加上少时"孤露"。无父曰孤，他的父亲很早就去世了，故曰孤；"露"是裸露，没有上面的荫蔽和保护的意思。正因为"少加孤露"，所以致使"母兄见骄"，被母亲和长兄所宠爱、娇惯、任纵。现在还有一个问题，既然我讲到这里，就顺便谈一下。这里说的"母兄见骄"的兄，有人说就是他《赠秀才入军》诗里的嵇喜。可是根据侯外庐与《嵇康集校注》的作者戴明扬先生的考证，这个骄纵他的兄长不可能是嵇喜，证据有两点。一是嵇康曾经写过怀念家里亲人的《思亲诗》，在这些诗里有"思报德兮邈已绝"、"嗟母兄兮永潜藏"的句子。他说，我想要去报答家里亲人对我养育的恩德，可是我所应该报答的这些亲人却都已去世，离开我那么久远了，我只有对"永潜藏"，永远深埋在地下的母亲和长兄表示我深切的悲悼之情了。从这诗里可以看出嵇康的那位宠爱、骄纵他的兄长早已先他而逝了。而且根据历史上的记载，当嵇康临死前要求取琴来弹时，那个把琴拿给他的人就是嵇喜，这说明嵇喜是死在嵇康之后的，这是一个证明。此外还有一点也可证明他的那个有恩德于他的哥哥应该是比他年长得多的，而从他给嵇喜的赠诗中所记载的他们同辈兄弟之间的嬉戏游玩的事情中看，这个嵇喜不像是那个比他年长很多的长兄。以上这些都是后来学者们的考证，我这里顺便提一下。无论嵇喜是不是曾经娇宠过嵇康的哥哥，总之他确实有一个从小对他倍加宠爱的哥哥，所以他说"少加孤露，母兄见骄，不涉经学"。他自云"不涉经学"，没读过古代圣贤的经典著作，这实在是嵇康的客气，其实他不是没读过这些经学，而是不受这些儒家礼法观念的束缚罢了。后面他又说自己"性复疏懒"，"疏"是马马虎虎，粗心大意，又很懒惰；"筋驽肉缓"，我身上的肉与筋都是松弛的。这还不算，"头面常一月十五日不洗，不大闷痒，不能沐也"，我的头发跟我的脸常常一月之中有十五日不梳洗，不到闷痒得难以忍耐时，我都不洗头。后面他说得就更妙了："每常小便而忍不起，令胞中略转，乃起耳。"他说，我连上厕所都懒得去，直到实在忍不住了，才往厕所跑。你看他什么话都说出来了，嵇康就是这个样子，一方面他天性中就有这种耿介、孤傲、率直的本色，另一方面他是要故意说这些不登大雅、不合礼法的话给山涛听。你山涛不是那么正经、那么严肃地跟我大谈规矩礼法吗？我偏要说这些难堪的话给你听，让你明白我对你那套规矩礼法根本就不屑一顾！非但如此，下边他又进一步历数了他天性中的"必不堪者七"，一定不能忍受的七件事，和"甚不可者二"，别人认为我一定不可以这样做的两件事。他说："卧喜晚起，而当关呼之不置，一不堪也。"我喜睡懒觉，早上起得很晚，我若接受你的推荐去做官，那看门的人就要一直催我起床，这是我首先不能忍受的。"抱琴行吟，弋钓草野，而吏卒守之，不得妄动，二不堪也。"我喜欢抱着琴随便走到哪里吟诗歌唱，我还喜欢到草野之间去游玩钓鱼，要是做了官，平时身边跟着大群随从，我就不能随心所欲地自由活动了，这是第二件不能忍受的事。"危坐一时，痹不得摇，性复多虱，把搔无已，而当裹以章服，揖拜上官，三不堪也。"让我直呆呆地正襟危坐，身不得动，腿不能摇，我受不了，因为我不喜欢洗头，也不喜欢洗澡，身上长了许多虱子，一痒起来就要抓个不停，可一旦做了官，身上就要穿起礼服，头上也得戴上礼帽，还要给长官作揖叩拜，这是我无法忍受的第三件事。"素不便书，又不喜作书，而人间多事，堆案盈几，不相酬答，则犯教伤义，欲自勉强，则不能久，四不堪也。"我平时就不喜欢写信，而人间的繁杂之事如此之多，如果做了官，桌子上堆满让我应付处理的公文，我若不去应酬，就不合乎规矩职责，若勉强应付，又不能坚持很久，所以这是我不能忍受的第四件事。"不喜吊丧，而人道以此为重，已为未见恕者所怨，至欲见中伤者，虽瞿然自责，然性不可化，欲降心顺俗，则诡故不情，亦终不能获无咎无誉，如此五不堪也。"世俗之上有许多需要礼尚往来的应酬，如吊丧等等都是我不喜欢的，但人情世俗对此却很看重，我如果不去，就会遭人责备，而且我已经因为这些事情招致了许多人的怨恨，甚至有人要借此中伤我，我虽然有所意识，可本性终不能改，总之我无论怎样做，都不会有好结果的，因而这是我不能忍受的第五件事。"不喜俗人，而当与之共事，或宾客盈坐，鸣声聒耳，嚣尘臭处，千变百伎，在人目前，六不堪也。"我不喜欢那些俗不可耐的人，可我一旦做了官就要与这些人一起共事，有时满座都是宾客，他不说人家讲话，而说人家是"鸣声聒耳"，在我耳边吵闹。后边的两句就是骂人的话了："千变百伎，在人目前。"我们都知道魏晋时的政治斗争非常激烈，仕宦途中险恶丛生，那些做官之人要想仕途平稳，有所升迁，就得学会八面逢迎，机巧伪饰，所以官场上到处都是尔虞我诈，勾心斗角。那些表面看上去正襟危坐、道貌岸然的满座"宾客"，背地里什么营私舞弊的花招和伎俩都使得出来，所以他说这是我第六件不能忍受的事。"心不耐烦，而官事鞅掌，机务缠其心，世故繁其虑，七不堪也。"我本来就没有耐心，如果做起官来，有那么多公事要处理，那些事务的繁琐乏味与世故人情混杂在一起要费去我的许多思虑与精神，这也是我不能够忍受的第七件事。至于说到在别人看来是绝对不可以做的两件事，他也十分清楚："每非汤、武而薄周、孔，在人间不止，此事会显，世教所不容，此甚不可一也。"其实这才是他后来得罪司马氏，遭致杀身之祸的原因。"每非"就是常常非议、批评的意思。"商武"指商汤与周武王。他说，我平常总爱批评、非议像商汤放桀、武王伐纣那样的帝王，而且我还鄙薄、轻视像周公、孔子这些极力推行、维护礼法的人。这在当时那些世俗的、讲究礼法和教化的人们眼里是绝对不能够容忍的，所以他说是"甚不可"，最危险、最不应该做的事了。事实上嵇康所非议、指责和鄙视的真正对象是司马家族，因为你知道在魏晋之交的时代，司马氏他们是假借着商汤、周、孔等儒家禅让的美名来做暗中篡逆夺权的事情，所以儒家的那一切礼法美名都被司马氏利用了作为篡夺的手段。嵇康之所以说不赞成商汤、周武王，还不是说不赞成革命，而是不赞成司马氏的这种篡夺的手段。而"薄周、孔"，是因司马氏把孔、周变成了一个虚伪的外表，变成控制人民的工具。而且后来的专制君主也都假借一些名教礼法来控制人民。这当然不能说是儒家本身的错误，儒家的主张和理论有许多都是好的，只是后来被统治阶级利用了、败坏了。你若仔细考察魏晋之间的时代，就会发现司马家族在此期间是言孝不言忠的。在他们所标榜的儒家礼法中，他们特别推崇孝道。以前我讲过，司马集团在为别人罗织罪名时就常常以"不孝"为口实，像嵇康后来被下狱不就是由于他为无辜背上"不孝"之名的朋友吕安说了几句公道话而受到牵累的吗？嵇康因为"刚肠疾恶"，得罪了许多司马氏集团的人，包括司马家族的心腹钟会。就在这种情况下，嵇康来给吕安做证，当然像钟会这些人是不会听信嵇康的话的，所以嵇康非但没把吕安洗刷出来，反而给人家提供了机会，把自己也送了进去。可总不能平白无故地制裁他呀，于是钟会他们就摘取了嵇康给山涛信里的这句"每非汤、武而薄周、孔"的话为罪证，告他"破坏礼法"，就这样嵇康也被关进了监狱。上次我还曾经讲过，嵇康被关之后，当时的太学生有三千人公开请愿，要求释放嵇康，而朝廷不但不答应，反而更加快了嵇康的死亡，他们惧怕嵇康在学生中的影响，于是就急忙把他斩首了，因此有许多人都说，天下最大的冤案莫过于吕安和嵇康二人的死了。有人说这可能是山涛故意诬陷嵇康，置他于死地的，因为"每非汤、武而薄周、孔"的话本来是写给山涛的，如果山涛不对别人讲，别的人，如像钟会这些人怎么会知道的呢？可见山涛是落井下石、蓄意报复嵇康的。对此，我倒觉得山涛还不至于这样坏。我以为很可能是山涛看嵇康这封信后非常生气，这是很自然的，你在信里劈头就把人家讥讽谩骂了一顿，人家能不生气吗？于是山涛当时就拿给别人看了，并且为自己辩白，我推荐你去做官，你不去也就算了，何必要写出这样伤人的话来呢？这种辩白确实是很容易唤起别人的同情，当然也会更损害嵇康的形象和声誉。所以当嵇康后来下狱了，那些有影响的人非但没有为他说情，反而觉得借此机会杀了他，也算是他咎由自取、罪有应得。

好，我们还接着看他这封信，刚才我讲了"非汤、武而薄周、孔"是他所说的"甚不可者二"其中的一个，那另一个呢？他说："刚肠疾恶，轻肆直言，遇事便发，此甚不可二也。"你看，嵇康其实是很有自知之明的。他说，我的心肠，即心胸是刚强、正直的，我对于那些邪恶不公正的事情是深恶痛绝的。这就是他前面说的，从前我读书时，以为只有书里有耿介之人，"今乃信其真有耳"，而且深知这种人是因为"性有所不堪，真不可强"所致，比如我就正是这种性情刚直，遇事就忍不住一定要说、一定要发作的人。这种人的做法是世上所有人都认为不应该、不可以的，而我偏偏具有这种天性，这就像这封信中另外一段话所言："此犹禽鹿，少见驯育，则服从教制；长而见羁，则狂顾顿缨，赴汤蹈火；虽饰以金镳，飨以嘉肴，逾思长林而志在丰草也。"这段话意思是说，我的天性固执就好比是动物，你要从小就驯练它，它才会听话、温顺。若等到它长大了，野生的天性已形成了的时候再把它约束起来，那就好比原野上的一匹野马，即使你用珍贵的金笼头把它装饰起来，用精美的饲料喂养它，它也不会领会你那一番好意，而照样狂跳挣脱奔腾，即使前途有刀山、火海，它也在所不顾，因为它忘不了它所生活惯了的长林丰草、千里原野。嵇康这段话所用的比喻实在是再清楚不过地表明了他自己的天性和为人。以上我们简单地介绍了嵇康的生平和性情为人，接下来我们就开始来看他的诗了。

第九节　嵇康之二

上一节提到关于《广陵散》这支曲子的一些事，我想在此再做些补充。在《晋书》嵇康的本传里只记载说这支曲子是得之于"古人"，却没说是怎么得来的，而据《太平御览·灵异志》中记载，那是在一天夜里嵇康因不能成眠取琴来弹，将近一更之时，只听空中有一个声音说"善"，是赞美嵇康琴弹得好，但却看不清说话的人。嵇康就问，既然你说我弹得好，为什么却不出来跟我见面呢？那人回答说，因为我已是作古的死人了，而且我的身体是残损的，不便出来与你相见。于是他们两人就以音乐相沟通。差不多等到午夜的时候，空中就有一个人的影像慢慢地清晰起来，这个人是没有头的，他是用手提着头出现在嵇康面前的。他说，我也会弹一些曲子，说完就弹给嵇康听，其中有一首就是《广陵散》。嵇康认为这支曲子很好，就学会了，并遵照那人的嘱咐，没再传给别的人，所以嵇康临死前的唯一遗憾就是"《广陵散》从此绝矣"！由此我们可以看出，在对待生命价值的问题上，有些人所看重的并不是生命时间的长与短，而是生命意义价值的轻与重，他们更珍重的是自己的才能，无论弹琴的才能，还是写文章的才能。总之他们对自己所执着投注、全心追求的事情是死也不忍放弃的，就像嵇康和那个传说中被斩首的无头人之于《广陵散》一样。说到这里，我想起曾经看过的一部反映二战时期生活的电影。它写的是一个法国女人在一个餐馆里主厨，她的法国菜做得十分有名，当世界大战开始后，她被迫逃到挪威乡下去给两个家庭主妇做管家兼女佣。那两位主妇以为她什么也不会，就用自己所会的最简单的饭菜的做法来每天教她。后来战争结束了，她可以回国去，并且还将继承一笔遗产，就在临走的时候，她请求两位女主人允许自己用真正的法国大菜来请一次客。这个故事也同样说明一个真正有才能的人，他们对自己的才能是十分珍重的。有一本书我还要提一下，就是戴明扬在1962年写的由人民文学出版社出的《嵇康集校注》。这本书收集的资料很全，而且对其中所收集的资料还附有自己的考证。我要说有些人著书立说，在某一特定的时代环境和历史背景下是具有特殊的寓意的。阮籍在魏晋之交将自己内心隐藏的万端感慨借诗歌加以表达，而有的人不用诗，而是用编书来表达。魏晋之交时正直的知识分子嵇康被无端地杀死了，而到了二十世纪六十年代"反右"之后，"文革"之前将这本表达清白正直知识分子内心感慨的诗文集整理得这么好，这实在是一件很微妙的事。当然我不能说其中一定有什么意思，但我深信有许多学术著作之中是有着编著者的理想和志意的。我要说的主要意思还不是这个，而是戴明扬对《广陵散》这支曲子做了详细考证，从中我们可以看出戴先生他是懂音乐的。他认识一个朋友，应该是他的前辈，也是懂音乐的。他曾问朋友，你以为《广陵散》是什么样的曲调？从他们的谈话我们了解到，根据现在音乐书籍的记载，《广陵散》事实上是传下来了，乐曲所表现的都是"杀伐之音"。若将这所有的记载与传闻都集中起来看，那个被斩首的"古人"夜晚提着头与嵇康相见并传授了表现"杀伐之音"的《广陵散》，而且当时有人就说，当司马家族势力慢慢强大起来的时候，是有一些人，像毌丘俭、诸葛诞等是起兵反叛了司马氏的，但这些人后来都失败了，而惨败的地点就在广陵附近，因此有人认为此曲是哀悼因起兵反叛司马氏而失败的英雄们的，而另有一些人却以起义军失败之地并非就是广陵本地而怀疑、否定这种看法。对此我个人以为，广陵是个大城，而且是名城，即使是广陵的附近，也是可以假托广陵的。总之嵇康是否同情当时起兵的毌丘俭与夏侯玄，这在历史上没有明白的记载，但以他的性格和为人处事的一贯作风而言，他公开反对司马氏是毫无疑问的，因此而同情、支持起兵反叛司马氏的人也是极有可能的。而且他当时打铁的地方，确实留下了一个"淬剑池"，他那时是不是也打制一些刀剑兵器等等，也确实是个疑问，要不然怎么会仅凭他给山涛信中的几句话就把他杀死了呢？

以上我是对嵇康的性情行为又做了些补充的说明。作为一个诗人，我们既要了解他的诗，又要了解他的人，因为人的性情、品格与他的作品风格一定是互为表里的。《文心雕龙》中有一篇"体性"，就是专门讨论诗人性格与作品风格关系问题的。不仅我们中国如此，德国的叔本华是个很重视天才的哲学家，他也曾说，作品的风格是作家心灵的相貌。作者有什么样的兴趣，他喜欢用什么样的字和词，他习惯用什么样的结构、形式，这些一定与作者的个性有关系。这就是我们之所以花这么多的时间讲嵇康生平、性格的缘故。有许多研究嵇康的人就根据他的性格特点来评论他的诗歌，这里我要特别提出对魏晋时代作者的研究，有两本书一定要注意，就是齐梁时刘勰的《文心雕龙》和钟嵘的《诗品》。齐、梁是继魏晋之后南北朝时的两个朝代，此时期的人对魏晋的作者有许多评语，刚才我提到的《文心雕龙》中专论作家与创作风格的《体性》篇在说明这个问题时曾列举了许多例证，如"贾生俊发，故文洁而体清；长卿傲诞，故理侈而辞溢……"他说，像贾谊这样性情俊杰英发的人，他的文章写得非常爽洁，文体格调是清新而壮丽的。而长卿（即司马相如），他这个人很狂傲夸饰，你看他写的长篇大赋都是非常铺张的。后面他也提到了嵇康，他说："叔夜俊侠，故兴高而采烈。"你知道，中国在齐梁时期的文学观念中，常常把文学批评也视为一种文学创作，因此十分讲究用字、用笔、结构、音韵等形式，甚至常常由于追求形式的对称美丽而有失明白与准确。如这里说嵇康的"俊侠"，是俊杰、挺拔、伟岸的意思，我们知道嵇康不管他的才华或是他的仪表都是俊杰的，人家说他"美辞气，有风仪"，其身高七尺八寸，站立时"岩岩若孤松之独立，其醉也，巍峨若玉山之将崩"，因此有人以为他是比较注意外表的。其实不然，虽然历史上记载说嵇康是"龙章凤姿"，即外表上有龙的神采，内在有凤的本质，但实际上他却是"土木形骸，不自藻饰"，他视自己的形体与土木一样轻贱，绝不像历史上传说的有人喜欢在衣服上喷香，"桥南荀令过，十里送衣香"（李商隐《韩翃舍人即事》），或是"傅粉何郎"之类的。你看他一月十五日不洗脸、不梳头，可见他并不注意自己外表的修饰，不过他在本质上是一个很"俊杰"的人，无论其才华或风貌，都是如此，而且他还是刚肠疾恶，很有侠义之气的人，所以刘勰说他"故兴高而采烈"。"兴高采烈"这个词，我们现在看，似乎觉得不大合适，还不是说刘勰用得不合适，而是我们后来把这个词用得与它的本义不相合了。这就跟"风流"这个词一样，现在说到"风流"总以为贬义的成分更多一些，而古人，像苏东坡所写的"大江东去，浪淘尽、千古风流人物"里说的"风流人物"却是诸葛亮、周公瑾这类英雄俊杰。"兴高采烈"也同样，现在大家都用它来表示很高兴的意思，其实这个"兴"，是感兴，一种感发的力量，宋朝的文学批评家严羽的《沧浪诗话》曾标举"盛唐诗歌惟在兴趣"，这个"兴趣"也不是你对打球有兴趣的兴趣，而是因兴象高远而唤起的一种内心感应，由此可知所谓"兴高"就是说嵇康的诗有很高、很强大的感发力量；而"采烈"是说他的文辞强烈，极富感情色彩。这是由嵇康的性情所决定的，惟其"俊"，所以才文采浓烈；惟其"侠"，故文辞刚直，感发的力量就直率和强大。

此外还有一段对嵇康的批评文字也很精当准确，那是陈祚明《采菽堂古诗选》里的话："叔夜婞直，所触即形，集中诸篇，多抒感愤，召祸之故，乃亦缘兹。"又说："叔夜衷怀既然，文笔亦尔，径遂直陈，有言必尽，无复含吐之致，故知诗诚关乎性情，婞直之人必不能为婉转之调，审矣。"这里说的"婞直"是指因性直而得罪人、伤害人。你知道，有的人虽性直却不伤人，如陶渊明，欲仕则仕，欲隐则隐，通篇诗文说的都是真心话、诚实话，但都于人无伤。而有的人，因性直而足以伤害了别人的时候，就称之为"婞直"。嵇康真正是"婞直"，所以他无论碰到什么不满意的事一定要"形"，即表现出来，因此，他的诗文集中的许多篇章都是感慨激愤的。其中最能代表他"抒感愤"的一首诗就是他在狱中所写的《幽愤诗》，这是非常直率的一首诗，一般的选本没有选。既然他内心有这么多幽愤，所以其"文笔亦尔"，文如其人，婞直之人，写出诗文来也一定是婞直直陈，一点也不掩饰，一点也不含蓄和保留，所以说他是"有言必尽，无复吞吐之致"，不给人留下比较多的反思，缺少回味的余地。人家阮嗣宗是什么也不直说，所以阮籍诗就有许多可讲的言外之意。而嵇康诗则很难讲，因为你一念就把他想说的话都弄明白了，这还有什么可讲的呢？所以陈祚明最后说："故知诗诚关乎性情，婞直之人必不能为婉转之调，审矣。"你看，他也承认诗歌的创作与作者的性格之间的关系是多么密切了。我们一定要承认这一点，尽管西方的新批评一派反对用作者的生平来讲诗，但我们不是用作者的生平来衡量他作品的价值，我们不是说他人好，诗就好，而是说一个人的性情、经历一定影响他的作品，就如嵇康这样的"婞直之人必不能为婉转之调"，一个说话带有这样刺激性的人，一定不会写出那种含蓄婉转的作品来。

一般的选本在选到嵇康诗时，常爱选《赠秀才入军》这组诗中的篇章。有的选本还在题目中加上一个"兄"字，即《赠兄秀才入军》。关于这组诗的篇数，有的说有十九首，有的说只有十七首，其实这种情况我在讲曹植的《赠白马王彪》诗时也已曾说过，由于古人所作的组诗是连在一起的，所以在分章的时候就出现了不同意见。另外这组诗里大多数都是四言的，其中只有一首是五言的，这种情形在讲阮籍《咏怀》时也说过，《咏怀》八十五首中有八十二首是五言诗，另有三首是四言的，这一点我们也要知道。还有一个问题前面也提到了，就是他诗题上说"赠兄秀才入军"的那个兄，就是他的哥哥嵇喜。嵇喜曾经举秀才，魏晋时期是通过选举而进入仕途的，如举孝廉、举秀才等等，后来被举进仕途的秀才哥哥从军了，所以就题名为"赠兄秀才入军"。由于我们所见的选本一般只选这组诗中的一两首，因此整组诗中所反映出的问题不容易看出来，比如诗里有些称呼不像是给他哥哥的，如"思我良朋"的"良朋"、"佳人不存"的"佳人"等，但也有人辩解说他哥哥从小与他一起玩耍长大，所以也可以用朋友相称；至于"佳人"与"香草"、"美人"一样，是什么人都可以指称的。总之关于这组诗里的口吻问题，大家知道曾经有过这些不同看法就可以了。其实更值得注意的是这十九首组诗里所表现出的一种态度。由于一般选本常常选不全，所以整组诗的态度表现得不明确。这里我要说第一首的五言诗，这是全组诗里唯一的一首五言诗，而且这首诗一定是送给他哥哥的，这首诗中所说的话是应该特别值得注意的。其中有这样几句我以为可以看出他对嵇喜出仕所持的态度，如"鸟尽良弓藏，谋极身必危。吉凶虽在己，世路多崎岖。安得反初服，抱玉宝六奇"。这首诗很长，这只是其中的几句，你看他哥哥要出去入军仕宦的时候，他对他哥哥说的是什么？"鸟尽良弓藏"见于《史记·淮阴侯列传》。韩信曾辅佐汉高祖夺取了汉朝的天下，可最后却被高祖杀了。还有一个叫彭越的，也是为汉高祖打江山立了功的，结果也被杀死了。这就像是猎人手中的武器，当他的猎物尚未获得时，他需要良弓宝箭作为捕获猎物的工具，但当他的猎物一旦到手，天下既得，江山坐稳了，那些帮他打天下、夺政权的贤人才士就没用了，所以像韩信、彭越这些人就只剩下死路一条了。这就是"鸟尽良弓藏"的意思。"谋极身必危"是说有些计谋是为躲避祸患灾难而设计的，而结果却必然陷入了危及其人之身的险境。虽说一个人的凶吉主要取决于你做人的态度，但有时吉凶祸福却不是你自己所能掌握的。因为世间处处布满了艰难险阻，就算没有走错路，也难免落入陷阱，所以你不如"反初服"。"初服"是用《离骚》的典故。屈原说，我要想到朝廷上为国君尽忠进谏，可是国君不但不接受，反而还疏远我，所以我就不做这个官了，而回来重新修整我原来的服饰。屈原所说的"初服"，是指他所修养成的美好品德。"反初服"就是归隐江湖，修养自身的品性。"抱玉宝六奇"说的是战国时楚国的卞和得到一块非常好的玉石，他将之献给了楚厉王，楚厉王叫人鉴别后的结论是"石也"，厉王以为卞和欺骗他，就使人砍掉了他的左脚。等到厉王死了，武王继位，卞和又捧着这块玉石献给楚武王，相玉的人又说是石头，结果又砍去了卞和的右脚。卞和为了要把一块玉石献给君王，结果失去两只脚，而后来文王继位把这块玉石雕琢之后，果然得到了一块美玉，后来用它做成传国的玉玺。这句诗是说，你何必非要将自己所宝有的珍奇之物献给君王呢？为此你将会付出惨痛之代价的，所以你不如"抱玉宝六奇"。"六奇"原指汉时陈平为汉高祖刘邦所谋划的六奇计，这里指很高明的计谋。你有好的计谋不一定非要用在这样的世道、这样的社会之上，因为"世路多崄巇"，不知何时就会一失足成千古恨。从这些诗句就可看出嵇康对他这个要去出仕的哥哥的态度了。前文我们说过，那位小时候对嵇康十分娇宠的哥哥已经死了，而对这个想要出仕的哥哥他是常以"白眼"相加的。从嵇康的诗里，我们可以看出他对自己的家人、母亲、兄长都是很重感情的，可是他们兄弟在对待出仕这件事情上的意见是很不相同的。由于选本选篇的局限，这样一份思想情绪却没有能够体现出来，这就是我之所以在讲他诗之前特别加以说明的缘故。

一般的选本大都是以文学艺术的观点和标准来选嵇康的诗，那么这些入选的诗里代表了嵇康诗的哪些方面的艺术成就呢？我以为嵇康诗的成就突出体现在他的赠答诗里，这其中又因所赠对象与所答内容的不同而呈现为两方面的特色：一种是较为直言峻切，许直露才的；而另外一种则是那些不能直言的，如他的某些赠兄诗，因为兄弟毕竟不同于朋友，可以说我们从此分道扬镳，各走各的路，兄弟是同胞骨肉，因此在这些赠兄诗中，除了有一部分是直言的而外，还有一部分是表现一种友谊之情、兄弟之谊的。而就表达感情这一方面而言，嵇康诗具有两种不同的成就，一个是他的气势，再一个就是他的风神。以前我似乎也讲过，所谓的好诗，是各有各的好处的，有的以情胜，有的以感胜，有的以思胜，有的以气胜。以情胜者，如"故国不堪回首月明中"（李煜《虞美人》"春花秋月何时了"）、"自是人生常恨水常东"（李煜《相见欢》"林花谢了春红"），真可谓使天下有情人都为之感动；以感胜者，如"紫薇朱槿初残，斜阳却照栏干。双燕欲归时节，银屏昨夜微寒"（晏殊《清平乐》"金风细细"），既没有什么喜怒哀乐的情感，更谈不到深广博大的思想，它传达的只是诗人的一种纤细、敏锐、微妙的兴发和感触；而以思胜者，像陶渊明的"结庐在人境，而无车马喧。问君何能尔，心远地自偏"（《饮酒》之五），通篇涵蕴着一种超越的思致与哲理；再一种以气胜的诗，如我们讲建安诗人曹植《白马篇》时曾说过的那种无所谓感，无所谓情，只是表现了说话时的一种口吻和气势的一类诗。至于这种气势是如何形成的，等一下我们从"良马既闲，丽服有晖"这首赠兄诗中即可看到。相对气势而言，嵇康抒情诗中表现风神的一类诗就更难讲了，这部分我们将留待最后来看。现在我们先来看他赠答诗中直言峻切的特色，这方面比较有代表性的是他写给朋友《答二郭》的一组诗。

我们先要弄清楚这"二郭"是谁？诗后注释说，二郭是指嵇康的两个朋友郭遐周与郭遐叔。前面我们说当时嵇喜出去仕宦了，嵇康对此表示不同的态度。他对哥哥说，你应该回来追求自己的"初服"，而不应在仕宦中追求功名，因为仕途是极危险的。那么他哥哥做何反应，我们不得而知。其实如果你看《全三国汉魏六朝诗》，就有他哥哥给他的答诗，诗中是劝他出仕的。他与他哥哥之间是他先赠，他哥哥后答。那么现在这《答二郭》则是二郭先赠，然后他再回答给二郭。二郭也是劝他不应该如此激烈刚直，应该比较温和地接受仕宦，所以嵇康在这首《答二郭》里表现出了与他们不同的态度：

详观凌世务，屯险多忧虞。施报更相市，大道匿不舒。夷路殖枳棘，安步将焉如？权智相倾夺，名位不可居。鸾凤避罻罗，远托昆仑墟。庄周悼灵龟，越搜畏王舆。至人存诸己，隐璞乐玄虚。功名何足殉，乃欲列简书。所好亮若兹，杨氏叹交衢。去去从所志，敢谢道不俱。

稽康认为仕宦是一条险途，他说我曾"详观凌世务"，仔细观察过世上的一切事务，发现到处都是"屯险多忧虞"。"凌"是在上，凡是高高在上的，我们就叫"凌驾"，"凌世"就是在世上。"虞"与"忧"同义，都是忧虑的意思。"屯险"就是险厄、艰危之意。稽康是生活在魏晋的时代，我们早已知道，他所生活的时代里，政治斗争是非常残酷激烈的，许多人，像孔融、弥衡以及当时起兵的毌丘俭、诸葛诞等都是这一时期被杀死的。其实谈到杀戮，魏晋之间被杀的人还不太多，等后来的晋宋之间，即晋朝得国之后那才叫惨不忍睹呢。你知道社会风气与朝廷政治斗争的关系是非常密切的，正因为魏晋以来都是靠篡夺得来的天下，所以养成了非常恶劣的社会风气，到处都是斤斤计较，都是个人权势与功利的角逐。而且晋篡魏的手段是极残酷的，当他们得权之后就把齐王芳废掉，把曹髦杀死，逼迫曹奂退位，他们就靠这种手段建立了晋朝。可当第一个篡位做到晋武帝的司马炎刚刚一死，晋国朝内就发生了大内乱，即八王之乱。他们司马氏家族的兄弟、叔侄之间相互残杀，这期间被杀死的人不计其数，而且当时被诛戮的还都不是一人，而是一个家族、一个家族地被杀。所以从魏晋以来，社会上你夺我争、勾心斗角、唯利是图就逐渐形成了风气。这就是何以当时阮籍、嵇康等佯狂避世、饮酒吟啸的原因。所以现在嵇康才说"详观凌世务，屯险多忧虞"啊！"施报更相市，大道匿不舒。"由于一切人都是唯利是图，所以人们彼此之间的往来不是因为真正感情上的投合，而成了施与报的关系。他对你亲近、施恩惠是因为将有求于你，希望从你那里得到回报，这一切都是利害的平衡、计较，根本谈不上感情上的给予。"更相"就是互相。"市"是交易。整个社会人间都像是在市场上做交易，绝无任何真正的感情可言，所以嵇康痛惜"大道匿不舒"！"大道"是真正做人、做事的道德原则和章法规矩。"匿"是潜藏，被埋没、被忽视的意思。他说，真正好的道理由于人们都不再相信而被潜没、隐匿起来，没有一个人再去追求理想，没有一个人再肯相信理想了。讲到晋朝初年的情况，有干宝写的一篇《晋纪》，前面有一段批评他们那些在上的统治者。清朝的纪晓岚曾说，天下风气的转变正是从那些在上的统治者开始的，是他们首先败坏了，于是整个社会的风气也就随之败坏起来。司马氏得国就靠篡夺杀戮，所以整个晋朝的风气都是野蛮、恶劣的拼杀和争夺，所以说"大道匿不舒"。

"夷路殖枳棘，安步将焉如？""夷"是平的意思，"殖"是繁殖，"枳棘"指那些带刺的恶木。他说，本来我们每个人生活在世上就像走平路一样，只要你按照正确的方法和路线就能达到你的目的地，可是等到这个社会变态了，堕落了，风气败坏了之后，你再按照原来正确的办法反而行不通了，你非要走后门，走旁门左道不可，非要用一种不正当、不合理的手段才能达到目的，所以他说这就像是本来很平坦的一条大道如今居然会走不通了，途中到处都是带刺的恶木阻碍着你，请问你"安步将焉如"？"安步"是泰然自若、从容不迫的走路方法。你以这样的走法，还能走到哪里去呢？你无路可走，你无事能成，你无法在这样的社会里正常生活。所以下面他又进一步劝道："权智相倾夺，名位不可居。"社会上的一切都是竞争，都是巧取豪夺，那些"智巧"之人，这个"智"不是智慧，而是计谋机巧，是所谓聪明巧妙的办法。"倾"是倾覆，是以倾覆别人来夺取自己想要获取的利益。所以他说，在这样一个社会，你不要仕宦，你不要去追求功名和高位，因为"名位"正是争夺的一个目标，而且是一个十分危险的目标。所以你要学习"鸾凤避罻罗，远托昆仑墟"。"罻"字上有一个"罒"表示网罗。他说，真正好的鸟，如鸾凤等是不随俗的，它们本能地具备一种防范意识，它们要躲避危险的罗网，于是就寄托自己的身体在远离罻罗的昆仑墟。"墟"是山丘。"昆仑"是中国很有名的一座大山，而且是神话传说中的一座可以与神人相交通往来的高远之地。

"庄周悼灵龟，越搜畏王舆"，这里他用了两个典故。《庄子》上说，有一次庄子在濮水上钓鱼，楚王派了两个大夫去看他，并对庄子说，楚王愿意把他国内的一切事情麻烦你来料理，意思是要请庄子去做官。而庄子却"持竿不顾"，只对他们说了下面的话："吾闻楚有神龟，死已三千岁矣，王巾笥而藏之庙堂之上。此龟者，宁其死为留骨而贵乎？宁其生而曳尾于涂中乎？"他说，我听说楚国有一个能通神灵的大龟，死了已有三千年了，楚王很看重这个龟，把它包裹在丝巾里，装进一个匣子保藏在宗庙朝堂之上。然而就这龟本身而言,你们看它是宁可死了留下一堆骨头让国王这么宝贵呢,还是宁可保全生命拖着尾巴在泥土地里游来游去呢?两位大夫说:"宁生而曳尾涂中。"我们觉得还是宁愿活着拖尾游于泥土之中。庄子于是就说,好吧,那你们就回去吧,我也将"曳尾于涂中",即不想失去自己的一切而到朝廷里做官。这就是"庄周悼灵龟"的典故。这句是借庄子为那个被珍藏在朝堂之上,而事实上却已失去了生命而号称神龟的一堆白骨的哀悼来表示对于二郭即将出仕的痛惜。"越搜畏王舆"说的还是《庄子》上的故事。中国的哲学与西方不同,西方哲学讲的是一套一套的理论,而中国的哲学讲了一个一个的故事。中国人重视直觉的感受,而缺乏系统而逻辑的理论说明,哲学也是如此。在《庄子·让王》篇中还讲了这样一个故事,越国已经连续三代发生了把国君杀死而传位的事件了,因此王子们中有一个叫搜的,他将要做国王的继承人了,很害怕日后他的继承者会把他也杀死,就逃到山洞里去了。越国人到处找他,最后就找到了这个山洞,但王子搜不肯出来,越人就用艾草熏洞,逼他出来。王子搜被烟熏出洞后,越国人就准备了一辆精美华贵的车子来迎接他回去继位。被逼无奈的王子搜只好手持缰繰,登车仰天而叹:"君乎君乎,独不可以舍我乎!"做君主,做君主,为什么偏偏不肯把我从这条死路上放过去呢!所以下面就说:"至人存诸己,隐璞乐玄虚。""至人"是指那些做人境界最高的人,世上一般的人都追求身外的名利、禄位,然而一个人的真正价值、意义和快乐却是你自己找到了一个安身立命的所在。那么什么是这种安身立命的所在呢?《庄子》上还讲了一个故事。他说列子乘风而行,乘着风在空中飞行，这应该是很潇洒自在了，可是庄子却说他还是"犹有所待者也"，还是要凭借着风的力量来飞行，还是有待于外的，还不能算是最高明的"至人"。真正最高的"至人"是能"存诸己，而无待于外"的，是他内心之中有了一种自得、自持、自由的境界，他不再依赖或指望任何外力便能进入逍遥自在的精神天地，这就是下一句所说的"隐璞乐玄虚"。上次我们讲过卞和献璞玉的故事，卞献的结果是两条腿都被砍断了，所以这里就说，你没有必要去献玉，你要将璞玉珍藏起来，去享受你自己的快乐。

在这逍遥自得的境界之中，"功名何足殉，乃欲列简书"。他说，世上的人们不惜牺牲自己的身体生命去追求功名，可功名哪里值得你去殉身以求呢？《史记·伯夷列传》引贾谊的话说："贪夫徇财，烈士徇名，夸者死权，众庶冯生。""众庶"是一般的人。我们这些普通的庶民所欲求取的不就是自由、安定、逍遥自在的生活吗？许多人活着总想要建功立业，死后使自己的姓名列入"简书"（史书）流传千古，可你连自己的身体生命都牺牲了，还想什么名垂千古呢！"所好亮若兹，杨氏叹交衢。"这个"亮"是诚然、信然的意思。"若兹"，就是如此。他说，我所喜好的就是如此，是"至人存诸己，隐璞乐玄虚"，是"功名何足殉"，而你们非要去追求那些身外的功名，所以我们只有"杨氏叹交衢"了。"杨氏叹交衢"是《列子》上讲的一个故事。我上面说了中国战国时期的哲学书上都是通过讲故事来喻示其思想的，这个故事说的是杨朱的邻居弄丢了一只羊，杨朱就问，为什么派这么多人去追这只羊？对方说，因为岔路太多了，只好多派些人分头在各条岔路去寻找。等到追羊的人都回来了，杨子就问，你们找到了吗？众人说没找到。杨子很奇怪，你们这么多人怎么还把羊追丢了呢？对方曰："歧路之中又有歧焉，吾不知所之。"说岔道之中又出了岔道，我们不知该往哪一条岔道上去追了。这时有一个叫心都子（这是一个假托的人名，是说以自己内心为持守的人）的就说了："大道以多歧亡羊，学者以多方丧身。"他说，就像歧路太多追不到羊一样，学者若想追求的东西太多了，也会把生命也赔上去的，而且即使赔上性命，结果也会因为"多歧"而一无所获，只会落得个"不知所之"的困惑，正如王国维说的"欲寻大道况多歧"。现在嵇康用这个典故，还不是说你们追求的时候歧路太多，不知何往，他的重点是在"交衢"二字上。"衢"是大路；"交"是分歧、交叉的意思，凡是大路都有交叉，一交叉就会有分歧。他的用意在于说明你们是要追求仕宦的，而我是不肯同行的，所以我们现在只好在大道的岔路交叉处叹息了："去去从所志，敢谢道不俱。"你们按照你们的志意去走吧。这里他用的是《论语》里的话："道不同，不相为谋。"你们的理想与我不一样，我们只有各走自己的路了，所以我大胆地对你们说：实在对不起，我们既然不是同路人，只好在岔路上分道扬镳、各奔前程了。

第十节　嵇康之三

上一讲里我们说过，嵇康的赠答诗中除了《答二郭》诗那样直言的一类而外，还有一些是不能直言的，这部分作品里体现出嵇康诗的两种成就，第一是他的气势，第二是他的风神。我们讲诗，讲到诗人的内容，思想、章句、辞藻等都比较容易讲，而讲气势、风神却不容易，尤其是风神更是不容易讲。下面就来看嵇康以气势胜的这一方面。

赠秀才入军（之九）

良马既闲，丽服有晖。左揽繁弱，右接忘归。风驰电逝，蹑景追飞。凌厉中原，顾盼生姿。

我们看他这首诗中所表现的是什么呢？无所谓情，无所谓感，无所谓思，但你读着它的时候只感到他字句、口吻之间带着一股气势。他所写的这些句子都是对称的，正因为都是两两相对的对称的缘故，所以才形成了这种气势。唐代的韩愈在谈到文气的时候说："气盛则言之短长与声之高下者皆宜。"（《答李翊书》）其实正是因为他的言之长短高下的对应相称才形成了他的那一股气的。不仅如此，这两两相应的对称之中还产生了一种张力。张力本来是物理学上的名词，它是指物体受到拉力作用时，存在于其内部而垂直于两邻部分之间的相互牵引的力量，但是并非所有对偶的、两两相对的句子都有张力。说到这里，我们还要追溯一下文学发展的历史。从魏晋以来到南北朝的齐梁之间是我们中国文学，特别是诗歌艺术开始有了反省和自觉的时代。这种进展和演变是分为两个步骤来进行的，一是因为我们的文字是独体单音的缘故，所以比较容易形成对偶，因此魏晋以来是比较重视对偶的，但对偶并不一定都有张力。要想有张力就不只是一个对偶，而是要有对举。像以前我们讲的曹子建的"控弦破左的，右发摧月支。仰手接飞猱，俯身散马蹄"（《白马篇》），一个左，一个右，一个是仰，一个是俯，这种左右、俯仰的相互对举才会产生张力。如果只是一般的对偶，如"鱼跃练川抛玉尺，莺穿丝柳织金梭"就没有这种左右、上下相反相成的张力。你看嵇康的这种诗就是跟曹植一样是因对举造成了张力和气势的。"良马既闲，丽服有晖。""有"在这里是又的意思。这两句虽然不是对举，但也造成他口吻上的一种气势和张力：既如此，又如彼，既这样，又那样，这就在"既"与"又"两者的口吻之间加强了力量。我说过像这样的诗无所谓感情和思想，他表现的就只是一个气势。他说他哥哥去从军了，他骑的这马是这样"闲"。闲是娴熟、熟练的意思。你的马被训练得这样娴熟，骑马的技术也训练得这样娴熟，而且你的军服更是如此"有晖"：光彩照人。"良马"、"丽服"合起来是那样英姿飒爽，威武矫健。不但如此，你看他还"左揽繁弱，右接忘归"。"繁弱"与"忘归"是古代良弓名箭的名字，古籍上记载说："楚王载繁弱之弓，忘归之矢，以射兕于云梦。"（刘向《新序》）是说楚王用最名贵的弓箭在云梦一带射猎虎豹野兽。像这样的诗句确实并没有什么深意，他只是表现一种气势，你以娴熟的骑术乘着训练有素的好马，身着丽服，英姿勃勃，光彩照人；你左手拿着名贵的弓，右手拿着名贵的箭。这就是张力，一左一右又是对举。"风驰电逝，蹑景追飞"，你的良马跑起来像风电一样地驰骋，其速度之快可以追上光的影子。"景"通影，这里指光影。"蹑"就是追踪。"追飞"是说你可以追上飞鸟。这也是两两相对，"风驰电逝，蹑景追飞"，它不仅对偶，而且还是重复：如风之骋，如电之逝，蹑光之影，追鸟之飞，这都是重复，他是在重复之中表示一种加强的力量，形成一种张力。"凌厉中原，顾盼生姿。""凌"是加在上面，"厉"是渡过，"凌厉"就是驰骋其上。在什么之上？在中原之上驰骋，你乘着"良马"，身着"丽服"，"左揽繁弱，右接忘归"，在中原上奔腾驰骋，你左顾右盼，在骏马之上耀武扬威，尽展英姿。你看他的口气是那样劲健有力，真是"气盛则言之短长与声之高下者皆宜"。凡是像这样以气取胜的诗人，无论他们的语句、声调有怎样高下、长短的不同，都能产生极强烈的效果，因为他们的口吻、气息运行之间形成了一股力量，这就是气势。所以前文我说了，像这样的诗其实讲起来实在没什么好讲的，但你念起来，就能显出一种很了不起的样子，像嵇康这组诗其中还有许多表现这种成就的句子，如"南凌长阜，北厉清渠。仰落惊鸿，俯引游鱼……"等等。下面我们要讲他另外的一个成就，即他的"风神"。

什么叫"风神"呢？上面我说了，中国诗歌的理论中常使用一种非常形象化、概念化的术语，比如说汉魏的诗是有气骨，说盛唐的诗是有兴象，现在又说嵇康的一部分诗是有风神，这些概念都很抽象，也很难解说清楚。其实我以为这些抽象的字眼都代表了不同类型诗歌的不同特质。诗有许多不同类型，有好坏、优劣之分，那么如何来判断诗的优劣，在古今中外都有许多不同的法则。我自己尝试着把中国传统的旧诗归纳起来，于是就发现它们有一个基本的特色，是重视一种感发的力量，这在中国的诗论里叫作"兴"。当然"兴"有许多不同的意思：有时指一种作诗的方法，如赋、比、兴的兴，这个兴是就作者而言的，是作者创作时见物起兴，看见外物而兴发感动的意思；它有时也指读者而言，这见于《论语》中孔子说的"《诗》可以兴"，是引起读者兴发感动的意思；此外它还有一种意思，即《诗品》里"气之动物，物之感人，故摇荡性情，形诸舞咏"中所说的作诗的孕育过程而言的。但无论就作者而言，还是就读者而言，或就诗歌创作孕育的过程而言，总之诗之所以为好诗，一定是它本身具有一种感发的力量，即你作者本身先有一种感发的力量，正是靠了这种力量与外界自然万物的孕育作用才产生了诗，通过诗义将你的那一份感动兴发传达出来，并且使读者得到了感发，这才是好诗。但诗歌靠什么来传导这种感发的力量呢？我要说不同性质的感动，要用不同性质的表达手法，因而也造成不同性质的感发效果。这是我们从诗歌创作表达原理上来说的。那么我们刚才所举的风神、气骨、兴象，这都是不同表达方式所产生的不同艺术效果。这里我们本来是要讲嵇康诗的"风神"，但风神这个概念是不大好讲的，所以我想先从气骨和兴象这两个比较容易讲，也比较容易理解的概念讲起。我以为这些概念里面的"风"字、"气"字、"兴"字都表示一种流动、变化的状态，这就是一种感发的力量。可是怎么样使它有了这种感发的力量的呢？这就有不同的来源，有从"骨"里来的，有从"象"中生的。我们一般说汉魏诗的好处是有"气骨"，就是说它的感动来自于"骨"；而盛唐诗的好处在于"兴象"，是说它的感发源于"象"；当然这都是相对而言的，并不是说汉魏的诗就只有"骨"，而没有"象"；而盛唐诗也只有"象"，没有"骨"。那么什么是"骨"呢？"骨"主要是指它的骨架，用现代科技术语说它是诗歌的"硬件"，它是整个篇章的结构框架，它包括篇章的句法、篇章、叙述的口吻等因素。汉魏时候曹子建的《杂诗》、王粲的《七哀》等等都是凭"气骨"，即叙述的口吻、字句、章法、句法等表现方式传达出它们的感发力量的。至于盛唐诗也传达了一种感发的力量，但它不是从篇章、句法、叙述口吻上传达的，因为盛唐诗不同于汉魏诗歌以叙述为主的特点，而是以写景抒情为主，所以盛唐诗是以形"象"来传达它们的感动的，如"黄河远上白云间，一片孤城万仞山。羌笛何须怨杨柳，春风不度玉门关"（王之涣《凉州词》），像李太白的"峨眉山月半轮秋，影入平羌江水流。夜发清溪向三峡，思君不见下渝州"（《峨眉山月歌》）。就连杜甫这个深受汉魏诗影响，一向以篇章、句法取胜的人也说："玉露凋伤枫树林，巫山巫峡气萧森。江间波浪兼天涌，塞上风云接地阴。"（《秋兴》）它的感发都是通过大自然的景象而带出来的，而且盛唐诗所写的景象都是博大高远的，像"江间波浪"、"塞上风云"、"峨眉山月"、"平羌江水"等，它们传达出的感发的力量也是博大、开阔、广远的。好，那么我们说的"风神"是从哪里给你的感动？它是从"神"里传达出来的？那么什么是"神"呢？这个就很难说了，它不像结构、形象那么容易举出来，所以只好用嵇康的一首诗来具体看一看诗歌是如何以风神取胜的，当然有风神的诗也不是说它通篇都以风神取胜，有时只一两句就风神毕现了。我们看下面这首诗：

赠秀才入军（之十四）

　　息徒兰圃，秣马华山。流磻平皋，垂纶长川。目送归鸿，手挥五弦。俯仰自得，游心太玄。嘉彼钓叟，得鱼忘筌。郢人逝矣，谁与尽言？

　　我们先从前面看他说的是什么。"息徒兰圃，秣马华山"，他说我们一群人出去游山玩水。"徒"是说我等，我们这一群，这一类人。"息"就是休息。我们在哪里休息？在有兰花花圃的地方休息。这里兰圃的"兰"字与华山的"华"字都是美好的意思，华山这里不是指陕西境内的华山。这两句意思是说，我们在长满兰花的花圃里休息，我们在美丽的开满山花的山角下秣马（喂马），让马休息。我们以怎样的方式休息："流磻平皋，垂纶长川。""平皋"是平坦的草野。"磻"是石弹上系着绳子，"流磻"是指把石弹投出后在空中形成的一个流线形的痕迹。"纶"是垂钓的丝线。这两句写他们有时在平坦的草野之中以石弹击鸟，有时也在长长的流水的水边上钓鱼。

　　这本来写得已是很自在逍遥了，但最好的最飘逸逍遥、自得自在的是后面的二句："目送归鸿，手挥五弦。"这两句极有"风神"，这个"神"真的很难讲。我们知道嵇康是会弹琴的，琴有七弦的，有五弦的，古朴的琴是只有五根弦的。你注意看他的用字，他说是"手挥五弦"，如果你说"手弹五弦"当然也不是不可以，可是"弹"字比较有心，比较用意，而"挥"却显得随心所欲，自然无迹，你随便一挥手，那琴曲就被弹了出来，而且当他"手挥五弦"的时候，眼睛竟没在琴上，而是在"目送归鸿"。"归鸿"是归飞的鸿雁。那么这鸿雁要归到哪里去呢？如果我们以一年为单位来看，鸿雁是候鸟，春天由南向北飞，秋天由北往南飞；可是如果就一天的光景而言，这"归"鸿是在向巢穴的方向飞，这是它归巢的时候了。陶渊明诗中说："结庐在人境，而无车马喧。问君何能尔，心远地自偏。采菊东篱下，悠然见南山。山气日夕佳，飞鸟相与还。此中有真意，欲辨已忘言。"（《饮酒》之五）陶渊明还写过一组诗，名字就叫"归鸟"。这话真的很难讲，他的感动是精神上达到了一种境界，这不是"骨"的句法结构，也不是"象"的景物形象，是整个精神、心灵的世界升华到了一种新的境地中去，这种体会非常有中国的特色。中国古人讲"独与天地精神往来"的精神境界，李太白说的"永结无情游，相期邈云汉"（《月下独酌》），这就是中国跟西方的绝大不同。李白说，我对人间的一切都失望了，我要跟一个人结成永远的交游。跟谁游？跟谁结？跟那个无穷的宇宙结为交游，我所期待的理解和共鸣不是在人间，而是在那个遥远的星云、天汉之间。而且李白又说了："相看两不厌，惟有敬亭山。"（《独坐敬亭山》）嵇康在《与山巨源绝交书》中不是说跟那些个世俗中的官僚政客们来往，看他们那"千变百伎，在人目前"的样子感到极为厌倦不堪吗，而李白这里说的让我不感到厌倦的有谁？"惟有敬亭山。"外国人所讲的精神境界常常是征服自然的乐趣，而中国人所讲的则是没入自然，独与天地精神相往来的精神境界。这种意思的确极难讲清楚，你说"归鸟"与你何干？"飞鸟"与你何干？陶渊明为什么看到了"飞鸟相与还"就体会到了一份

"真意"？陶渊明还把"真意"点明了出来，说我看到了飞鸟就体会到一份"真意"。而人家嵇康就连这份真意也没说，我就是"目送归鸿"，眼神目光随着那只归鸿越飞越高远，觉得那飞鸿一定是有一个高远无上的方向或目的，你的心灵、精神也会随着它升入到一种高远美妙的境界中去。当你"目送归鸿"的时候，你无意之中就把你此时目送归鸿的精神活动和心灵境界"手挥五弦"地弹了出来，你看这是多么妙的一种事情！以前我讲过，中国人认为琴是可以传达一个人的心灵、理想、志意的，如李商隐所说的"锦瑟无端五十弦，一弦一柱思华年"（《锦瑟》）。有人评论嵇康这两句的好处是"妙在象外"（清·王士禛《古夫于亭杂录》），意思是说，他的妙处是超出语言文字之外的，无法用语言解说，只能靠自己去心领神会了。还有陈祚明也说这两句是"高致超超，顾盼自得"（《采菽堂古诗选》）。总之这种以风神取胜的诗，它的好处是你很难掌握得住的，它既不像风骨所表现的章法、结构那样历历在目，又不像兴象所标举的景物、气象那么显而易见，具体可感，它是靠一种精神的作用来传达他的兴发感动的，这真是只能意会，不可言传。你一定要想象，你弹琴时的娴熟与自得，手挥五弦，挥洒自如，同时又目送归鸿，心不在焉，眼睛带着精神一起随着归鸿而没入广袤的苍穹，与天地、宇宙、自然融为一体，这样一种由精神状态所传达出的感发确实是很难再具体说明白了。可见王士禛所说的"妙在象外"的这个"象"，是指一切的外表，在诗歌里是指文字，就是说这两句诗的妙处是超乎诗歌外表的文字语言之外的，无法靠语言文字这些外表的、有形的东西来解释清楚的。现在既然提到王士禛，我还要再多说一些。中国诗就因为有了这么多种类型的好处，所以后来研究、评论诗歌的人便各自从不同的好处中根据自己的好恶来谈自己独特的心得与体会，比如王士禛独有专好，特别赞美的就是这种"妙在象外"的，非语言文字、章法、结构能够说明得了的好处。以前评诗的人们讲到文学诗歌的评论，有的就标榜"兴趣"，如宋代的严羽，有的则推崇"神韵"，如清代的王士禛。到了清末时，王国维比较了严羽的"兴趣"与王士禛的"神韵"，从而又提出了"境界"一说，并以为"境界"是"探其本"的一种说法，严羽的"兴趣"说与王士禛的"神韵"说都没能探触到这个根本，因为"兴趣"与"神韵"都太抽象了，无形无迹，不知所云。"境界"虽然比较实在一些，但王国维还是没有对它做出理论性的解说，所以我就在《王国维及其文学批评》一书中尝试要给中国的诗歌探求一个真正理论性的衡量标准，于是我就提出了诗歌的好处在于它能传达出一种感发的力量，诗歌的意义和价值就在于它有一个感发的生命，它生命的强与弱就在于这种感发力量的大与小。王国维在解释自己的"境界"时说："能写真景物、真感情者谓之有境界。"（《人间词话》）他说，这个真景物不是外在景物的真，而是你内心有一份被外在景物唤起的真感动。古人都爱说"山青水碧"，你提起笔来也写"山青水碧"，但一点也不真，因为那不是你真正的感受。关于这种真感情，我把它分为三个层次：第一是感受，是感官，如耳目口鼻这些感觉器官上的感触；第二是感动，是外界的情事、景物作用于你的感官的程度不断深刻，以致使得你不禁为之动情了，这就是感动；第三个层次就是感发，是耳目的见闻引起你内心的感动，而你除了这种感动之外，忽然之间好像精神上获得了一种超出你所为之感动的情事之外的启发和觉悟，这就叫作感发。以上我把"能感之"简单地分成三个层次，即感受、感动、感发。而所谓的真景物、真感情一定是属于这三者之中的一种。哪怕你不是感动和感发，而只是耳目之间的真感受，那也算是"真"了，不然你总是抄别人的"山青水碧"、"草绿花红"，怎么能有自己的真感受呢？宋朝杨万里有一首小诗说："雨来细细复疏疏，纵不能多不肯无。似妒诗人山入眼，千峰故隔一帘珠。"（《小雨》）这虽说不上是顶好的诗，但却很有诗人的真感受，而且从他所见闻的感受中能产生一种属于他自己的、非常新鲜的情趣，这是关于感受层次上的一个典型的例证。说到感动，像杜甫开元、天宝写的战乱流离的现实，以及像陆游与他前妻离婚后所写的那些诗句都情真意切，感人肺腑。如陆放翁的《菊枕》诗："采得黄花作枕囊，曲屏深幌闷幽香。唤回四十三年梦，灯暗无人说断肠。"这是在怀念他与前妻在一起生活时的往事。他说，我清楚地记得四十三年前，前妻唐婉曾将采来的片片菊花的花瓣晾干为我制成松软芬芳的枕囊放在卧室之中，所以至今我们共同住过的闺房帐幕之中还依然封存着菊花的缕缕馨香。当年在那曲折的屏风与深垂的帷幌之间有过我们的多少欢乐，所以当我闻到那阵阵菊香时，不由得又沉浸在对四十三年前那一幕幕美梦的追忆之中，而今面对这渐渐暗淡下去的灯光，我内心这一份断肠般的往事和衷情向谁去诉说呢！你看这才是发自内心的真感情、真景物，而且还不只是有真感情、真景物，更是能写出这些真景物和真感情。至于再深一层的感发的一类，是很难举例证的，我们看王国维自己是怎么体会的。他说，"古今之成大事业、大学问者，必经过三种之境界"，"昨夜西风凋碧树，独上高楼，望尽天涯路"，这是第一种境界，他后面还举了宋代的其他词句来说明第二、第三种境界。这第一种境界所举的词例是北宋晏殊《蝶恋花》词的两句。词意是说，昨天晚上吹的这一整夜的秋风，把我窗前原来枝繁叶茂、浓阴障目的碧树的叶子都吹得凋落了，就在这肃杀、凄凉、零落的情景之中，我于第二天早上独自一人登上那最高的层楼，由于没有了往日遮蔽视野的密叶繁枝，所以我一下子就望到了那天涯的尽头了。这本来是叙写景物、情事的句子，而王国维却认为它是成大事业、大学问的第一种境界，这不是感官的感受，也不是感情的感动，是整个词句中的情景使你恍然得到了一种启发、联想和体悟。这种兴发和感动的内容已不再限于字面所写的语言、文字及情事之内了，它具有使读者产生更多的超乎词句文字外表以外的兴发的强大的力量，这就是我说的诗歌中最高层次上的好诗所应具备的那种感发的生命力。当然，并不是每一个诗人或词人的作品都能够给人以这样的感发，所以王国维在举出这三种境界之后又说，只有大诗人才能写出带有这种感发力量的诗来。不知你是否有过这种体验，你曾被世上名利、得失、人我、利害等许多事情缠绕，被许多繁杂的现象所蒙蔽，说不清是什么原因，也许因为某一个人或某一件事，甚至是某一本书或某一句话，你忽然一下子觉得那些东西是不足道的了，你忽然经过一种肃杀，经过一种凄凉，经过一种零落，把所有的这些繁华都摆脱了，你一个人的精神境界忽然升华了，于是你忽然觉得你对这个世界有了一种更超脱、更高远的看法了，不再被这些世俗的困扰所束缚了，这就是"昨夜西风凋碧树，独上高楼，望尽天涯路"的感发的境界。但是只有最好的诗人、最好的作品才能够写出这种境界，这也就是王国维说"词以境界为最上"（《人间词话》）的那个境界。用我们的话来解释，境界就是带有感发的世界，或者也可以倒过来说，带有感发的作品中的世界。不是作品中的故事，不是作品中的情感，是这整个作品所表现出的一个综合的、整体的世界带给你的一种感发，这才是我所理会的"境界"。那严羽所说的"兴趣"与王士禛所说的"神韵"又是什么呢？严羽所说的"兴"，如果按照我的理论来讲，就是感发，因为"兴"本来就是兴发感动的意思；这个"趣"就像我们所讲的杨万里"雨来细细复疏疏"那首小诗一样，其中有一种独特的趣味，你读后不免会为他那清新俊爽的独特情趣而感到心旷神怡。而王士禛的"神韵"其实也是一种感发的力量。我之所以提出"感发"一说，是由于中国诗歌的理论家们其实都认识了这一点，但是他们没有把它很具体、很清楚、很明白地说出来，所以用了一些很抽象的话，什么兴趣啦，神韵啦，风骨啦等等。我认为"神韵"也是指一种感发的力量，只不过它的理论更注重言外的余味，即"妙在象外"。有的诗你念完就完了，而有些诗，你念了之后却不能放下，它让你反思、回味，但你却很难具体地说出来，因为它是意在言外，妙在象外的，不像刚才我们所举的风骨、气象那么好解释。

好了，以上我用了这么多题外的话就是为了说明"目送归鸿，手挥五弦"的风神与境界。这的确是一种很难讲清，但却是很妙的一种境界，所以陈祚明赞美他是"高致超超"，有一种非常超然高远的、与天地精神往来的境界。一般人认为这是道学家们在谈玄，其实如果你真的超脱了世俗的拘束，真的达到了这样一种最自然，没有虚假、没有造作的潇洒自得的状态，你就能体会到"目送归鸿，手挥五弦"的悠然自得之境界。有的人一辈子老是向外求，求外在的名誉、利益，求外在的情爱，由于他永远无止境地追求，所以永远也不能满足。可有些人不是如此，他们是有诸中而无待于外，是你自己内心之中真正得到了一个属于你自己的满足了，与外界的一切没有关系了，尽管有得有失、有善有恶、有喜有悲，可是你内心之中有一种自得的、与天地精神往来的境界。这说起来好像很玄妙，但这却是中国的儒家与道家结合以后的一种很高的境界，要知道能表现出这样一种境界的诗是不多见的。我本来还想举王士禛的两句诗，可我要说王士禛的这两句诗实在是不高明的，因为这种自得的境界，一定是你真正有诸中的自得，而不是外表装出来的自得的样子，而王士禛这个人的缺点是认识了这种"妙在象外"的好处，而又装出来一副"妙在象外"的样子，这就不是真正的"妙在象外"了。他在论述"神韵"时曾举出自己写的两句诗来："吴楚青苍分极浦，江山平远入新秋。"（《晓雨复登燕子矶绝顶》）他认为这是有"神韵"的句子，他是主张不着一字尽得风流的，他什么都不说，自以为很风流自得，其实这只是摆出一副风流自得的样子，其意境是无法与嵇康的"目送归鸿，手挥五弦"相比的。

好，接下去我们继续把嵇康这首诗看完。"俯仰自得，游心太玄"说的正是那种无待于外，独与天地精神往来的精神境界。"俯仰"，我在讲张力的时候说过，凡是你把正反两个相反或相对的东西相互对举之后，形成的效果就是概括、周遍的意思。这两句中，俯是低头，仰是抬头，意思是说无论你是俯，是仰，你都是逍遥自得的，你无论处在什么环境中，无论是处在什么行为状态里，你都是悠然自得的。这时候你内心的活动已不是在世俗上人我、利害的斤斤计较，而是你内心的活动已到了太玄之上去了。"太玄"就是天外的宇宙，这就是与天地精神相往来的境界。

下面"嘉彼钓叟，得鱼忘筌"，"嘉"是赞美，"钓叟"指庄子。前面我在讲《答二郭》诗时说过"庄周悼灵龟"的典故，其中有"庄周钓于濮水"的话。不但如此，"得鱼忘筌"一句用的也是《庄子》上的话。庄子说："筌者，所以在鱼，得鱼而忘筌。"又说："言者，所以在意，得意而忘言。"（《外物》）意思是说，鱼篓是用来捕鱼的，在得到了鱼之后，这个竹篓就无关紧要了；言语本来是传达你的思想意图的，当你把这其中的思想意图都理解了，言语也变得不那么重要了。总之，这两句是要说明你无论做什么事，都要把握住那个最本质、最真实、最重要的目的，此外的一切包装都是不重要的。就人生而言，最重要的是能够永远保持一种逍遥自得的精神状态，而这一点却并不是每个人都能获得的。当你找到并享受到它之后，你去对别人说，可是那些尚未找到的人就无法体会、明白和理解你所说的那一番境界，所以下面就说："郢人逝矣，谁与尽言？"

这又是《庄子》上的典故，说有一次庄子送葬经过惠子的坟墓（惠子是庄子的好朋友），庄子很感慨，就讲了一个故事给他身边的人。他说，郢这个地方有一个给墙涂白灰的人不小心将一点白灰涂到了自己的鼻子上，这小点白灰很薄，其薄的程度有如苍蝇的翅膀一般，于是他就叫来匠石为他削掉，匠石果然就挥舞着巨斧呼呼作响，向那个人的鼻尖削去，这个人竟然面不改色。再看那匠石更是妙，他不用眼睛看，凭着风声就挥斧劈下去，最后居然斧过垩尽，白灰点被削得干干净净，而那个人的鼻子却一点没受到伤害。后来这个事情被宋国的宋元君听到了，就叫匠石来为他也表演一次，说"尝试为寡人为之"，你也为我削一削看。匠石说，过去我确实曾经擅长于这种技术，为人削过，但是现在却不能了，因为那个能够与我默契配合的对手（郢人）已经死了，我已经失去表演这一绝技的搭档了，所以再也不能表演了。说到这里，庄子叹息说，与那个匠石的感叹同样，自从我的朋友惠子死去之后，我也失去了谈话的对手，现在我心里有话，可是对谁来说呢？谁能像惠子那样理解我呢？以上是《庄子·徐无鬼》中的故事。那么嵇康引用了这么多《庄子》上的典故，他要说明什么呢？他是在感慨人生，悲叹知音之不存。当你对宇宙、自然、人生之中那些最本质、最重要的东西已经有所领悟、有所体会的时候，你是多么渴望能够找到一个知音、一个可与交谈的对手将自己内心的体悟传达出来，然而"郢人逝矣，谁与尽言"？那个真正能够懂得、体会出"目送归鸿，手挥五弦"之精神境界的人已经没有了，再没有人能够与你一起共同谈论那份"俯仰自得，游心太玄"的此中"真意"了。由此我们不难看出嵇康在他哥哥嵇喜出仕问题上所表现出的惋惜和悲哀。

（徐晓莉整理）

第五章

*

太康诗歌

第一节　潘　岳

前面我们几次讲过，魏晋之间正处于中国文学的觉醒时期。在这之前的文学作品，像《诗经》、《楚辞》等都不是为了文学的目的而作的，是因为有一种感情在作者内心之中涌动，不得已才自然而然地抒发表达出来的，所以后人说屈原是"忧愁幽思而作《离骚》"，就是说他是在欲挽救楚国命运的强烈愿望和真挚情感的驱动下，不知不觉地写出了诗，而不是为了要做一个诗人才写诗的。可是到了魏晋时期，前文我们讲过，曹丕在他的《典论·论文》中已开始对文学的意义和价值有了新的认识，他说："盖文章，经国之大业，不朽之盛事。年寿有时而尽，荣乐止乎其身，二者必至之常期，未若文章之无穷。"这说明他已经开始注意到文学的独立价值了，当认识到文学的这种独立价值之后，文人们便开始在词句、语汇上下功夫，像我们讲过的曹丕的弟弟曹植就开始经常用对偶，并且注重诗歌里面辞藻的修饰。他的诗不再是古代那种有诸中而形于外的自然而然的作品，而变成一种有心用意的安排与制作了。由此可见，魏晋时代的文学觉醒是可以上溯到建安时期的。这种情况发展到了太康时期就愈加强烈和普遍了，人们更加看重诗句的对偶、辞藻的修饰。这样做的结果是，就文字的作用安排及技巧的精心雕琢上说，好像是进步了，但可惜的是，古代诗歌中的那种自然而然、脱口而出的直接打动人的力量却相对减少了。天下的事情常常是如此的，中国古人常说"丰兹啬彼，理讵能双"。"兹"就是"此"。"丰"与"啬"是一对反义词，即多与少。如果此一方面增多了，那么彼一方面就相应地减少了。"讵"是岂的意思，是说彼此双方怎么能够都同时保有而不受减损呢？天下无论是天理还是人理，都是此消彼长，难以两全的。《庄子》上讲过一个故事，他说中央之帝叫作"浑沌"，没有耳、目、口、鼻这七窍的感知官能。南海之帝和北海之帝认为这模糊一团、没有七窍的浑沌是不完美的，就要给它把"七窍"凿出来，可结果呢，"日凿一窍，七日而浑沌死"。你给开凿出七窍，它倒是有了耳、目、口、鼻了，可那个作为浑沌而存在的生命却被你给消灭掉了。作诗也是如此，你人工的智力、有意的计划安排的功夫多了，结果那本有的、自然的直接感发的力量就相对地减少了。这就是"丰兹啬彼，理讵能双"的道理。

我们对待太康时代的诗歌特色，也应该采用这样一种眼光来看。太康是诗歌发展进程中的一个特别重要的阶段，词的进展也经历过这样一个阶段。唐五代的小词，像李后主的"林花谢了春红"、"春花秋月何时了"，那都是一种直接的、自然的感发。而到了周邦彦以后，特别是南宋时的词人们，他们就开始注重有心用意地安排制作了，结果也是使那种直接的、自然而然的感发力量大大减损了，所以王国维就总是不大欣赏南宋的词。其实无论是诗，还是词，总之诗歌中最重要的是应该有一种感发的力量，它是诗歌价值得以实现的生命。那种全凭技巧编排制作出来的诗与词，也不能说它绝对没有感发的力量，只不过它是通过另外一种形式来传达作者内心之中的感动的。我们前面曾经说过，对于不同类型的诗歌，要用不同的方式、从不同的途径去欣赏它。有一些诗人没有把自己的感发直接地写出来，而是用了一些安排、制作的技巧来创作的，这种制作需要思索的安排，也就是说他是通过思力来创作的。如果对于这一类诗，你总想从中找出那种直接感发的力量来，期望它能像"春花秋月何时了，往事知多少"那样一念就打动你，那你就会怎么看怎么不对劲。对于这类诗，你也应该采用作者创作时的方法，即运用思力，透过它安排制作的外表形式去发现它的好处，从而达到欣赏它的目的。这就是此一类诗歌的欣赏途径，下面我们来举几首诗作为例证。

说起太康时代的诗人，大家常常会提到"三张"、"二陆"、"两潘"、"一左"，这种称述最早见于《诗品》。有时我觉得，一般念书人普遍都有一种惰性，反正千古文章一大抄，开始的人还用了点思想来写，后来的人便跟在古人的后面人云亦云了。人家说晋朝有"三张"、"二陆"、"两潘"、"一左"，我们也就只看这"三张、二陆、两潘、一左"了，此外，晋朝诗人还有谁，我们就不大看了，文学史也不大讲了。其实这"三张、二陆、两潘、一左"里面也不见得每个人的诗都是好的。我以为这些人中，左思是比较有特色的，其他那些人都是用思力去安排制作的，都是透过思想的安排来写诗的，缺少直接感发的力量。只有左思与这些人的诗风不同，是比较富有直接的感发力量的，这个我们暂且将他放下，留待以后专门讲。关于"三张"，有一说是指张载、张协、张亢这三兄弟，但张亢的诗《诗品》里根本没选。《诗品》中所说的"三张"不应该包括张亢。因为《诗品》里所说的"三张"应该是配合他们的诗作一起入选的张载、张协与张华这三个人。另外还有一个人也很有名，就是潘岳。潘岳号安仁。我们中国常常说貌比潘安，就是说这个潘岳。中国这个国家很妙，它是一个文学性很强，而逻辑性较少的民族。文学性很强，所以讲究对偶，讲究文字美。司马迁，复姓司马，后人不称他"司马"，而称他"马迁"。因为中国喜欢用两个字的词，这样对偶起来比较方便。潘安仁不说潘安仁，而说"潘安"，因为要用他跟宋玉相对，说成"貌比潘安，颜如宋玉"，这样你看不就正好对偶了吗？你如果说"貌比潘安仁，颜如宋玉"就对不上了，因此就从他名中减去了一个"仁"字。潘安在当时的中国是很有名的，关于他有很多故事流传。因为他人长得很美，文章也很有词采，许多妇女都非常欣赏和崇拜他。传说他每次坐车上街，妇女们都把花果丢给他，他便可以满载花果而归。潘安仁之所以出名还因为他曾作了几首《悼亡》诗，是悼他的亡妻的。一般说，在中国的诗人中哀悼妻子的悼亡诗有很多佳作，像苏东坡的《江城子》"十年生死两茫茫"，像陆游的《菊枕》诗"采得黄花作枕囊"等。由于夫妻之间是最亲近的，所以对妻子的悼亡，感情一般说来是比较真切的。可是潘安仁的悼亡诗与苏东坡的"十年生死两茫茫"及陆放翁的"采得黄花作枕囊"是不一样的。苏东坡与陆放翁都是直接的感动，好像真是痛哭流涕地说出来的，潘安仁虽然也写得很感动，但是你需要透过他的思力的安排去欣赏他的感动。这一特点很能代表太康这一时期的诗歌风气，为此我们就选取潘岳和"三张"中的张华这两个诗人为代表来简单概述一下这一时代的诗坛风貌。

潘岳是荥阳中牟（今河南中牟东）人，他曾经被选举为秀才。

魏晋之间选拔官吏的方法不是用科举考试，而是由各地方的人推举的。潘岳被举为秀才，做了郎官，后来升迁到了河阳县的县令。据说他到河阳县做县令时，叫全县都种花，河阳的一县花，都是潘岳当时提倡种植的。后来他入了朝，做了尚书郎，以后又屡次升迁，官至黄门侍郎。他平时与朝中的另一个官员孙秀有嫌隙，两人彼此之间有些误会和矛盾。据说孙秀当年很卑贱的时候曾经在潘岳手下做过事情，而潘岳对他非常不好。后来孙秀小人得志，凭借逢迎、诌媚的手段为赵王伦所用，而赵王伦曾经一度废了晋惠帝，自己做了皇帝，所以孙秀后来也随之权势大起来，这时他就想报复当年冷遇过他的人。历史上记载说，当孙秀得意之后，有一次跟潘岳遇见了。潘岳问他是否还记得我们从前的事情，孙秀说："中心藏之，何日忘之。"意思是我深深地记在心中，没有一天曾经忘过。那么他耿耿不忘的是什么？正是当年与潘岳之间的怨恨。潘岳也预感到如今孙秀得势了，自己是难免于灾祸的。果然，不久灾祸就降临了，孙秀诬陷潘岳和另外一个人，也是很有名的石崇，这石崇还不只是因为有诗名，他更著名的缘故是因为他的富有，他是以有钱而出名的。他建造的"金谷园"是当时最美丽的花园，他还有个非常美丽的歌妓叫绿珠。孙秀既然逢迎赵王伦很得势，就向石崇提出把绿珠要过来，石崇不肯给，于是孙秀就诬陷石崇和潘岳两人谋反，把他们都杀死了。

在太康诗人中，不仅潘岳是被杀死的，等一下我们将要讲的张华也是这样被杀死的。史书上说张华"元康六年拜司空，为赵王伦、孙秀所害"；陆机、陆云这"二陆""因战败为司马颖所害"。

魏晋之间的文人可以说是少有全者，很多人都在政治斗争漩涡之中被杀死了。关于这段历史上有名的八王之乱前后的情况，我们以后涉及具体诗人的身世时再详细介绍，现在我们简单看一下潘岳的《悼亡》诗。悼亡是对于死亡之人表示哀悼。本来一切人，不管是亲戚朋友谁死了，都可以写悼亡诗来表示哀悼的，可是中国就因为是从潘岳开始把悼亡诗专用来哀悼自己的亡妻了，所以后人再说到悼亡诗就常常是专指丈夫哀悼妻子的诗了。潘岳的《悼亡》诗共有三首，形成一组，现在我们就来看他的第一首：

> 荏苒冬春谢，寒暑忽流易。之子归穷泉，重壤永幽隔。私怀谁克从，淹留亦何益。僶俛恭朝命，回心反初役。望庐思其人，入室想所历。帏屏无仿佛，翰墨有馀迹。流芳未及歇，遗挂犹在壁。怅恍如或存，回惶忡惊惕。如彼翰林鸟，双栖一朝只；如彼游川鱼，比目中路析。春风缘隙来，晨霤承檐滴。寝息何时忘，沉忧日盈积。庶几有时衰，庄缶犹可击。

这首诗你读了半天也没使你感动。不像陆游的诗"采得黄花作枕囊，曲屏深幌闷幽香。唤回四十三年梦，灯暗无人说断肠"，它带给你的是一种直接的感动；苏东坡的"十年生死两茫茫，不思量，自难忘。千里孤坟，无处话凄凉"，这些都是直接的感动。可是潘岳的诗不是这样，他是用思力安排的，这是太康时代的风气。这种诗你也要运用思力去想他的感情，而不能凭直觉去感受他的感情。这里所说的思力或思想，不是哲学上的那种思想，而是说要用脑筋去思索，想一想他的感情。因为作者的感情是用"想"来写成的，读者也就必须通过"想"去接受，这是一种不同的欣赏途径。

诗中首句的"荏苒"是说时间慢慢地移动，"谢"是辞谢的意思。这里写时间的变化，冬天辞谢了，春天也辞谢了，转眼之间他的妻子已经死去一年了。"寒暑忽流易"中既包含着大自然的变化，又包含着他生活中的巨大改变。"之子归穷泉"的"之"这里是起指代的作用，"之子"即指他的妻子。"归"是归宿，"穷"极言其深，"幽"是幽暗。妻子被埋葬在九泉之下的"重泉"里，那么深的层层土壤使她永远在幽暗之中与我隔绝。下面"私怀谁克从，淹留亦何益"。"私怀"是指自己的想法和愿望。"克"即能够。"从"，随、顺。"淹留"是滞留的意思。他说，按照我的意愿，我当然是愿意留在妻子的坟墓或家庭的附近来表示哀悼，可这是做不到的，因为现在他的假期已满，又要回去做官了。"私怀"，我这种个人的愿望又怎么能够得到满足呢？再说，我即使真的能够留下来又有什么作用呢？五代词人冯延巳有一首《浣溪沙》小词说："转烛飘蓬一梦归，欲寻陈迹怅人非，天教心愿与身违。"他是说，我就像风中闪动的烛光，空中飘荡的蓬草，我过去那么多年的生活，像一场梦一样。如今我回到这里来的目的是要寻找旧时生活的痕迹，然而物是人非，当年我所亲近的、爱慕的人都不在了，我只有无限的惆怅。为什么上天总叫我们内心的愿望与我们身体的实际相违背呢？从情事上看，潘岳与冯延巳词中所寄的感慨是很相似的，因为潘岳也是回到他原来住的地方，他的旧居的房屋建筑还在，可是他的妻子却不在了。也就是冯延巳的"欲寻陈迹怅人非"，这是人一种直觉的感发。我本来心里很想留住，可我身体的客观情事却身不由心，不许我留下，这就是"天教心愿与身违"，心和身的对举非常鲜明地表达了他的感情。现在潘岳"私怀谁克从"，是说我内心的愿望不能达到，滞留在此也没什么意义，所以他就要"俛俛恭朝命，回心反初役"。"俛俛"是努力的样子。"初役"是指我原来所从事的朝廷所给的政务。我只好努力、恭敬地接受命令，改变我自己耽溺于哀悼的心情，回我的住所干我的工作。当然潘岳还是很怀念他妻子的，因此他接着说："望庐思其人，入室想所历。""庐"是屋舍，指旧时同住的房子。"入室"的"室"是指内室、卧室。我一看到我们当年所住的房室，就想到在屋子里的同住之人，以及我们两人在内室之中的全部生活情形。"帏屏无仿佛，翰墨有馀迹。""仿佛"是一个恍惚的影子，"翰"是指毛笔。我看到帐幕还垂在那里，屏风也依然立在原地，可在那帐幕与屏风的旁边，却再也看不到妻子那熟悉的身影了，只有妻子当年写诗作文的笔墨和字迹还留在那里。"流芳未及歇，遗挂犹在壁。"你知道妇女常常喜欢一些香料，现在当然都是香水了，当年是一些香粉啦，香料啦，他说她当年留下的这种芬芳的香气还没有消散，"歇"是完全消失。"遗挂犹在壁"，她留下的挂在墙壁上的衣服、用具等等仍然还在。看到这些情形，他"怅怳如或存"，一方面很怅怳，怅是怅惘，怳是恍惚，睹物思人，我的心中又惆怅，又恍惚，我恍惚觉得她还在这里。"回惶忡惊惕"，于是我就四周去寻找，"惶"和"忡"都是内心很惊慌的样子，我的内心觉得非常惊讶和悲哀，她在哪里？她怎么又不在了呢？这正如李清照《声声慢》词所说的

"寻寻觅觅，冷冷清清，凄凄惨惨戚戚"的感情。"如彼翰林鸟，双栖一朝只。""翰"字从羽毛，这里指代鸟类的飞翔。他说，我跟我的妻子就如同是在林中飞翔的一对鸟，"双栖"是说这一对鸟本应是双宿双飞的，现在居然"一朝只"，"一朝"是一日之间，"只"是只身一个，那双飞、双栖的一对鸟，忽然一日之间竟只剩下一只了。"如彼游川鱼，比目中路析。"比目鱼的眼睛是长在一边的，另外一边没有眼睛，所以这类鱼要两条贴在一起游才可以。他说，我们就像比目鱼，本来要两条合成一对才是完美的，可是在游动的过程中"中路析"，"析"就是分开了。

以上是他与妻子的分离，下面是说他对妻子的思念，"春风缘隙来，晨霤承檐滴"，又一个春季到来了，春天的风"缘隙"来，"缘"是沿着，"隙"是窗户的缝隙。春风沿着窗隙吹进来，又唤起了我的思念之情。李商隐的"飒飒东风细雨来"（《无题》）一诗写春风唤起一个人对爱情的思念。李白也曾写过一首诗："燕草如碧丝，秦桑低绿枝。当君怀归日，是妾断肠时。春风不相识，何事入罗帏。"（《春思》）真是写得好。春天是万物萌生之季，暮春三月，草长花开，自然万物一派欣欣向荣的景象，自然也会引起你内心感情的萌发。所以当"燕草"（燕地的草）如碧丝，秦桑（秦地的桑树枝，秦与燕都指北方大地）新绿的时候，那正是你思念怀人之情也随着春天之良辰美景一同萌生的时候。所以下面就说："当君怀归日，是妾断肠时。"你思念家乡的时候，也正是我为思念你而心碎肠断的时候。李白诗的下面两句很妙，它忽然间从抒情跳到咏物，从怨别跳到怨春："春风不相识，何事入罗帏。"春风我也不认识你，你为什么却进入到我的窗帏罗帐里来？为什么给我这种撩动，增加我的相思之苦？！你看李太白人家写得多么生动，多么富于直接的感动。你再看潘岳所抒发的这种思念之情就都是思想的安排了："春风缘隙来，晨霤承檐滴。""霤"（liù）是屋檐下的滴水，叫檐溜。这句是说早晨屋檐下的露水沿着屋檐滴滴答答地流了下来。可是"晨霤"与你的相思怀人又有何干？这就又需要你用思力去想了。温庭筠的词中有"梧桐树，三更雨，不道离情正苦。一叶叶，一声声，空阶滴到明"（《更漏子》），另外宋代女词人聂胜琼也有词说"枕边泪共帘前雨，隔个窗儿滴到明"（《鹧鸪天》"寄李之问"）。想到这里，你就一下子明白"晨霤承檐滴"这句中的潜台词了。下面"寝息何时忘"，是说我什么时候能够忘记你呢？正因为我无时不在思念你，所以说"沉忧日盈积"，"盈"是满，"积"是堆积，我思念你的悲苦与忧伤就一天比一天更加深沉浓厚了。"庶几有时衰"，"庶几"是大概、或许的意思。他这两句写得实在是妙！他说，我想我这种悲苦哀伤或许有一天可以减少，如果将来果真我的悲哀减少了，说不定我也可以像庄子那样"庄缶犹可击"了。这里用的是《庄子》上的典故。据说庄子的妻子死了，惠子前来吊祭，发现庄子正在"箕踞鼓盆而歌"。"箕踞"是两腿分开来，随便地席地而坐，在古人看来，坐是应该把两腿压在下面的一种半跪半坐的姿势，有的叫它跪坐。而"箕踞"在古人眼里是非常随便、非常不礼貌的一种粗俗的坐法。庄子"箕踞"还不说，还敲着瓦盆在那里唱歌。惠子就对他说："与人居长子，老身死，不哭亦足矣，又鼓盆而歌，不亦甚乎！"（《庄子·至乐》）他说，你跟你的妻子生活了这么多年，给你生下的子女都长大了，现在她老了，死了，你不哭，这也就算了，居然还敲着盆唱歌，你这样做不是太过分了吗！庄子说："不然。是其始死也，我独何能无概然！察其始而本无生，非徒无生也，而本无形，非徒无形也，而本无气……人且偃然寝于巨室，而我噭噭然随而哭之，自以为不通乎命，故止也。"意思说，你的话不对，她刚刚死的时候，我怎么能不悲慨呢？可是我仔细地想一想，一个人当初本来就没有生命啊，不但没有生命，根本就没有形体，不但没有形体，根本也没有呼吸。后来在若有若无之间，变而成气，气变而成形体，体变而成生命，现在又变而为死，这样生来死往的变化就好像春夏秋冬四季的运行一样。如今人家静静地安息在天地之间，而我还在啼啼哭哭，我以为这样做是不通达生命的道理的，所以才不哭。这就是庄子置生死于度外的通观与达观。所以潘岳说"庶几有时衰，庄缶犹可击"，或许将来有一天，我的悲哀会减少，像庄子一样有了道家的这种哲理的觉悟，说不定我也会从悲哀中解脱出来，像庄子一样敲着瓦盆唱歌吧！

这就是当时的风气，你看他里面都是思力，都是安排，都是运用思想的力量，安排制作出来的。辞藻看上去也不错，也很美，什么"春风缘隙来，晨霤承檐滴"，什么"回惶忡惊惕"之类的。可是，他不给你直接的感动，这就是当时诗坛的面貌。当然只看这一首诗似乎还不够，下面我们再来看张华的一首诗来加深对这种时代特色的认识。

第二节　张　华

张华有几首《情诗》，我们也只看其中一首：

> 清风动帷帘，晨月照幽房。佳人处遐远，兰室无容光。襟怀拥虚景，轻衾覆空床。居欢惜夜促，在戚怨宵长。抚枕独啸叹，感慨心内伤。

"情诗"嘛，当然是写男女爱情的了，这首诗所写的是对一个女子的相思怀念。"清风动帷帘"，很清凉的风吹动了帷幕与窗帘。"晨月照幽房"，早晨将落的斜月就照在早晨黑暗的内室中。"佳人处遐远"，我所怀念的那个人她不在这里，她在很遥远的地方。因为"佳人"不在这里，所以这个芬芳温馨的，这位美人曾经住过的"兰室"（闺房）现在已没有了她的容颜和光彩。"襟怀拥虚景"，他说我怀念她，可是我的胸襟怀抱之中所拥抱的只有空虚的影子。"轻衾覆空床"，当时我们两个人睡过的床上，那温暖轻柔的衾被还覆盖在空床之上。"居欢惜夜促"，回想我们当时一起生活在欢乐之中的那些时光，我们总是可惜夜晚的短暂，而现在当我一个人处在戚苦悲哀之中时，我竟觉得每一夜都这样漫长，所以是"在戚怨宵长"。"抚枕独啸叹，感慨心内伤"，于是我就拍着枕头，一个人独自吟啸、长叹，以抒发我内心的哀伤之情。

你看这首诗也是一些用脑筋的说明，不带给你直接的感动。所以我一直说太康的诗人及作品没有什么特别好的，而且这些诗人和作品都没有自己鲜明、独特的个性，他们只是在文字、辞藻、对偶等方面下功夫，像"居欢惜夜促，在戚怨宵长"、"襟怀拥虚景，轻衾覆空床"等等。这里面真正的感发的生命力是很弱的。太康时期诗歌的一般风气都是如此的，这是时代特色的一个主要方面。除此之外，这个时期的人喜欢模仿，因为他们认识到了文学所具有的独立价值之后，要想作出好诗来，就得练习，就得向古人学习，于是许多人争相模仿古人的诗，有的模仿古诗，像陆机的《拟迢迢牵牛星》、《拟明月何皎皎》等都是模仿古诗的。还有的模仿乐府诗，如张华的《游侠篇》、傅玄的《豫章行》等等。张华模仿乐府诗也像他的其他诗一样，喜欢用典故，通过安排来写诗，而傅玄模仿乐府诗则大多是一种自然的感发。我们先来看张华的《游侠篇》：

　　翩翩四公子，浊世称贤名。龙虎相交争，七国并抗衡。食客三千馀，门下多豪英。游说朝夕至，辩士自纵横。孟尝东出关，济身由鸡鸣。信陵西反魏，秦人不窥兵。赵胜南诅楚，乃与毛遂行。黄歇北适秦，太子还入荆。美哉游侠士，何以尚四卿。我则异于是，好古师老彭。

　　以前我们讲过曹子建的乐府诗《白马篇》，它与张华这首《游侠篇》是很相近的。战国时代有一种游侠之士，一些有才情、有志意、有本领的年轻人周游各国，做一些侠义的事情。《白马篇》是写那些勇敢的年轻人，曹子建说"借问谁家子，幽并游侠儿"，现在张华所写的就正是这些"游侠儿"。两首诗所写的内容大致相似，可是写作的方法却大不一样。曹子建是对那些幽并游侠儿本领的直接描述，他们可以"控弦破左的，右发摧月支"，可以"仰手接飞猱，俯身散马蹄"……张华的《游侠篇》并不是直接地写这些游侠，而是写了许多有关游侠儿的典故。"翩翩四公子"是指春秋时著名的四位贵族公子，他们是魏国的信陵君魏无忌、齐国的孟尝君田文、赵国的平原君赵胜以及楚国的春申君黄歇。他们不但拥有财富和权势，而且风度和仪态也很美好，所以张华用了"翩翩"二字来形容他们的雍容潇洒。不但如此，他们还各自在自己的门下养了一大批很有才能的人，据说每人手下门客都有三千人之多。在春秋时代那种复杂混浊的尘世里，他们都以自己的才能和名望被众人所崇仰，司马迁的《史记》中就说"平原君，翩翩浊世之佳公子也"，所以张华这里说"翩翩四公子，浊世有贤名"。下面"龙虎相交争，七国并抗衡"，当时战国七雄在互相抗衡，互相打仗，好像是龙虎交争。"食客三千馀，门下多豪英"，他们门下都养着许多食客，有很多英雄豪杰，这些人各处去游说，靠自己的才能来取得地位，建立功业。"游说朝夕至，辩士自纵横。""说"这里读shuì，用语言和辩论去征服对方叫说。"纵"读zōng，"纵横"指合纵与连横，这是当时流行的两种外交策略。战国时的秦国在咸阳，比较靠西边，其他的六国比较靠东，所谓"合纵"是指东方这些国家包括齐、楚、燕、韩、赵、魏联合起来共同对付秦国的一种策略。而秦国呢，为了瓦解各国的联盟，以利于维护秦的霸主地位而提出了东西方大联合的"连横"之策。当时主张"合纵"的最有名的人是苏秦，他曾经身佩六国的相印。而代表"连横"主张的主要人物则是张仪。张华这两句诗的意思是说，各地的游侠之士到处游说，今天这个人来说服你用"合纵"之法，明天那个人又来动员你采取"连横"的主张，甚至早晚之间都会有不同的论点和主张出现。以上八句是叙说当时的总形势。

在这样的情形之下，"孟尝东出关，济身由鸡鸣"。这里又有一个典故。《史记》孟尝君的传记中记载，齐泯王派孟尝君到秦国去，秦昭王本来想任用他做秦国的宰相。可是有人劝他说，孟尝君是从齐国来的，你怎么能用他做宰相呢？他的政策肯定是对齐国有利的。于是"王乃止"，而且还"囚孟尝君，谋欲杀之"。孟尝君派人给秦昭王最宠爱的姬妾送去一份厚礼，这个姬妾为他在昭王面前求情，于是"王释孟尝君"。孟尝君从囚禁的地方出来后，立即骑着马就逃走了，不久秦昭王后悔了，又派兵从后面追赶他。孟尝君夜半逃至函谷关前，当时的关法规定，要等到早晨鸡叫时才可以开关放人，孟尝君害怕后边的追兵赶到，就在这危急的关头，他门客中居下座的有一个能学鸡鸣的人就提前学着鸡的声音鸣叫起来，于是附近所有鸡都跟着叫了起来，守关的人就以为天快亮了，便开了关门放走了他们。"济"这里是"救"的意思。这两句的意思是说。当孟尝君东出函谷关的危难之时，就是因为他门下有一会学鸡鸣的游说之士，才拯救了他的性命。

下面"信陵西返魏，秦人不窥兵"，说的是窃符救赵的故事。当时秦国派兵攻打赵国，赵国公子与魏国公子信陵君是好朋友，并且有婚姻的亲戚关系。他向魏公子求救，魏公子就窃走了用兵的兵符，并假传魏王的旨意，杀死了当时带兵的将军晋鄙，击退了秦兵，保全了赵国。然后他让手下的将军带着军队回到魏国，自己却与门客们留在了赵国，这一留就是十年。后来秦国听说信陵君不在魏国，就日夜出兵攻打魏国，魏王派人请信陵君回来挽救自己的国家，果然信陵君一回来，便"破秦军于河外，走蒙骜。遂乘胜逐秦军至函谷关，抑秦兵，秦兵不敢出"。这就是"信陵西返魏，秦人不窥兵"。"窥"这里是侵略的意思。诗的意思是说，由于魏公子信陵君返回了魏国，所以秦人就不敢出兵了。

"赵胜南诅楚，乃与毛遂行"，这又是一个典故。有一次秦国包围了赵国的都城邯郸，赵王派平原君去楚国寻求援救。当时他要挑选门客中有勇力、有才干的二十人同行，只得十九人。有一个叫毛遂的人没被选中，他就跑去对平原君说"愿君即以遂备员而行矣"，我愿意做一个后备人员与你一同走。后来他们一同到了楚国，楚王不肯出兵救赵，毛遂就"按剑历阶而上"，揪着楚王逼问，最后双方制定了一个"合纵"的条约。"诅"是用祸福之言来威胁的意思。这两句诗也是说明平原君联合楚国的成功，仍是仰仗了这些游侠之士的能力。

"黄歇北适秦，太子还入荆"，又是一个故事。《史记·春申君列传》说，楚国派遣春申君黄歇带着太子完到秦国做人质，秦国留他们好几年，楚王患病也不让他们回去，于是黄歇就去游说应侯，托应侯为他们在秦王面前说情。秦王仍不同意让楚太子完回去，只同意让太子完的老师，也就是春申君回楚国探望。黄歇就为楚太子制定了一个计策，使太子完换了衣服，假扮成使者乘着车偷偷地跑回楚国去，他自己就留在旅舍中托病不出，估计太子完已经至楚，才冒死回复了秦昭王。这就是"黄歇北适秦，太子还入荆"，"适"是往、到，"荆"即楚国的简称。

你看这中间八句，一句一个典故，这种表现方法当然不是直接的感发了。后边几句是他的总结。"美哉游侠士，何以尚四卿"是说，你看这些游侠之士的功业多么美好，什么人还能超出这四位公子之上呢？所以是"何以尚四卿"。"尚"是可以超乎其上的意思。看到这里，我们大家都会以为这本来是延续上面而来的赞美之词，是曲终奏雅。可是在结尾之处，作者笔锋一转，把前边的赞美一笔抹杀了，说他尽管有这样的功业，而"我则异于是，好古师老彭"。我与他们是不一样的，我是不追求功业的，我也不想做游侠，我的兴趣和志向在于师法古先贤"老彭"，"老"是老子，"彭"是彭祖，都是不慕外表的功业浮名，只注重修身养性的道家先祖。你看这首诗里几乎每一句都有典故，完全是透过意念思索写出来的。这就是太康诗的另外一种作风，并且这种作风对后来也有相当大的影响，不仅写《咏史》的左思受到这种影响，后边还有一个叫刘琨，他有一首《重赠卢谌》，其中也是一句一个典故，都是历史故事。

第三节　陆机之一

从这节开始我们就要正式讲陆机了，按照惯例我们还是要先看他究竟是怎么样的一个人。孟子说："颂其诗，读其书，不知其人可乎？是以论其世也。"（《孟子·万章下》）其实我们每讲一位诗人都是按照孟子的方法，从"知人论世"开始讲起的。西方上世纪五六十年代流行的新批评，像艾略特等人反对这种做法，他们认为作者的生平与作品的好坏之间没有什么必然的联系，不能用作者生平来评判诗歌作品的价值。这东、西两种方法和看法我认为都有一定的道理，但我们也必须承认在作品、作者、时代三者之间自有一种十分微妙的关系。首先，我们应该区别出诗人与非诗人来。一个人的好坏与他是诗人、非诗人没有必然的关联；与他能否作出好诗来也没有关系。我们中国有一位很有名的画家，美国一所大学请他去做画展和讲演，这原本是件好事。那位美国的大学教授写了几首诗连同邀请信一起寄来，可一直没有接到回信，他就托我回国时问一问原因。后来我在国内见到这位画家问起这件事，他说，信是收到了，可信里那几首诗完全不是诗，这样的人我不能同他来往。这种做法就未免太过分了，因为一个人的好坏与他诗的好坏完全是两码事。当然这都是艺术家的想法了。另外，诗人里边当然是有好人，也有坏人，他们每个人的品格都有高低上下的种种不同。即便如此，我们也不可断定好人写的诗就一定好，坏人写的诗就必然坏。诗人与诗作之间有许多复杂的关系，特别是中国的诗歌，它里边最重要的就是要有一种感发的力量与生命。那么这种感发的力量与生命由何而来的呢？王国维说了，诗人要"能感之"，也要"能写之"，作为诗人先要有感受到这份生命力量的能力，然后你还要有表达、写作的修养和技巧。假如有两个诗人，从品格上讲，一个好一点，另一个坏一些，在艺术修养上他们都一样，具有同样的艺

术价值观念、同样的修辞技巧、同样的表达功力，总而言之，在
"能写之"这一点上完全相同，那么在他们诗中所传达的感发的力
量和生命，就一定与这个作者的品德、心灵、感情有着密切的关
系。杜甫诗写得好，艺术表现技巧很高，李商隐也写得好，艺术表
达的境界也很高，可他们二人心灵、感情的品质是绝对不一样的，
不同的品质可以有不同的成就，也可以有不同的好处。此外，即使
都是好的诗人，在艺术表达能力诸方面也基本相同，他们之间也会
有大诗人、伟大的诗人与普通的诗人的区别。之所以会产生这种差
别，就在于他们每个人所具备的感发的生命和力量自有大小、高
低、广狭、深浅的种种不同。同样是写花，或者同样是写落花，北
宋晏几道写了两句"落花人独立，微雨燕双飞"，这的确写得很美，
春花零落，一个人独立在落红之中，承受着沾衣不湿的毛毛细雨，
一对燕子此时从春风微雨中飞过，这情景唤起了他对往事的回忆：
"记得小蘋初见，两重心字罗衣。"（《临江仙》"梦后楼台高锁"）我
记起曾经爱过的一个女子，她身上穿着两重罗衣，外衣上面绣着
"心"字形的花纹。篆书中"心"字的笔画是委曲蜿蜒的，而且加
上它的字面意义，就将诗人内心中那一份亲密、深厚、委婉、缠绵
的感情传达出来了。这种艺术表达的确很美，也很巧妙。然而，他
写的是什么？是他个人的、一己的狭窄的私情。同样杜甫也写花，
他怎么说的，他说："花近高楼伤客心，万方多难此登临。"（《登
楼》）"关塞三千里，烟花一万重。"（《伤春》）"国破山河在，城春
草木深。感时花溅泪，恨别鸟惊心。"（《春望》）都是写花，这样一
比较，你就会发现，杜甫诗中表现出的感情力量是何等博大、宽广

和深厚。相形之下，晏几道的词虽然很美好巧妙，但却是纤弱、狭窄的。这是我们从感发生命的内在本质上来比较的。另外，有时外在的环境影响也会起到重要的作用。南宋辛弃疾的词"楚天千里清秋，水随天去秋无际……落日楼头，断鸿声里，江南游子。把吴钩看了，栏杆拍遍，无人会，登临意"（《水龙吟》"登建康赏心亭"），如果我们不了解他的时代生平，不知道他所处的时代环境给他生活带来的影响，我们就无法理解他这首词所传达的真正感发是什么。辛弃疾生活在沦陷区，亲眼目睹了自己的同胞在金人铁蹄蹂躏之下的痛苦生活。他二十多岁就参加了义勇军，历经千辛万苦，由北方来到南宋朝廷的所在地，而且他果然是个名不虚传的英雄豪杰，他"早岁旌旗拥万夫"，曾带着义勇军出入敌人的千军万马之中无人能阻挡。他要去南方得到朝廷的支持，为国家的统一、北方的收复建立一番功业，从而把人民从水深火热之中拯救出来，可是他没有成功，非但没有成功，连试一试的机会都没有，所以他哀叹"落日楼头，断鸿声里，江南游子。把吴钩看了，栏杆拍遍，无人会，登临意"。眼看太阳快要落下去了，人的生命也像那欲尽的夕阳如此短暂，我能为收复国土做事的年月还有几天？就像那失群的孤雁，我离开故乡来到南方，却受到了那么多无端的猜忌和排挤，我也想做一番轰轰烈烈的事业，却没有人给我这样的机会，现在我登上楼来遥望北方，怀思故乡，我这种急切激动的心情，没有一个人能理解。读辛稼轩这样的词，如果你不了解他的生平经历，不了解他所处的时代环境，不了解他的理想志意，就无法真正领会它的好处。以上我们所说的这一切，都可证明诗歌中感发生命的大小、厚薄的种种品质，一定与这个人的内在品质和外在境界有着极为密切的关系，所以下面我们讲的陆机，也应从了解他的生平经历和时代背景入手。

陆机，字士衡，吴郡华亭（今属上海）人。生于魏主曹奂景元二年（261），死于晋惠帝太安二年（303），享年四十三岁。他是陆抗之子，他们家三代都在吴国为官，他祖父陆逊是东吴的丞相，他父亲陆抗是东吴的大司马，都是孙吴的高官。而陆机"少有奇才，领父兵为牙门将"，就在他二十岁的时候，晋军逼建业，孙皓被迫投降，吴国灭亡。此后，陆机回到家乡华亭闭门读书、写作。大约就在此时，陆机写了《文赋》。杜甫有诗说："陆机二十作《文赋》。"这种读书、写作的生活一直持续了十年，他写出讨论东吴灭亡原因的《辩亡论》等许多篇很有见地的文章。他的才能逐渐被人认识，名声愈来愈大。晋武帝太康十年，朝廷下诏书征陆机和他的弟弟陆云赴都城洛阳。到洛阳后，陆机被太傅杨骏辟为祭酒。杨骏本是晋武帝杨皇后的父亲，武帝临死时，杨骏与杨皇后控制了局面，不让外面的大臣与武帝见面，武帝本想把汝南王亮调回，由于杨骏等人的内外阻截，汝南王亮没能来。武帝死后，惠帝继位，杨骏做太傅，辅佐惠帝掌管国家的军政大权。晋惠帝虽然谥"惠"，实则不慧，他的智力水平近乎白痴，于是杨骏勾结一批人自己专起权来。惠帝的皇后贾南风不甘心让杨骏父女专权，就利用晋朝宗室的力量来反对杨骏等人。晋武帝司马炎夺得曹魏天下之后，将自己的二十几个子侄都分封到各地为王，以图保住司马氏的政权，这些王子中间，势力较大的有八个人，即楚王司马玮、汝南王司马亮、赵王司马伦、齐王司马冏、成都王司马颖、河间王司马颙、长沙王司马乂、东海王司马越。贾后先指使楚王玮带兵入朝杀了太傅杨骏和杨太后。杨骏死后，贾后请汝南王亮出来辅政。汝南王亮不甘心做贾后的傀儡，于是贾后就暗地里指使楚王玮杀了汝南王亮。随后贾后又乘机将楚王玮杀掉了，这之后贾后自己独揽了政权。这是八王之乱的开始阶段。贾后掌权后曾任命张华做了宰相，政权相对安定了几年。张华不但是个诗人，而且知识非常广博，他几乎无所不知，他曾著过一本书叫"博物志"。张华这个人虽然很有才华，学识也广博，但在真正大是大非、善恶、正邪的大节问题上却不能坚持真理，忠于职守。惠帝时曾立过一位太子，即愍怀太子，他是惠帝即位前与谢才人所生的儿子。贾后没有儿子，她害怕将来政权旁落，暗地里把她妹夫韩寿的儿子抱来以充己子，还改姓名贾谧，并且要废掉愍怀太子，另立贾谧为太子。就在贾后要废立太子时，曾有人出面劝张华带头反对这种做法，而张华没有答应。我以为，太康这一时期之所以出类拔萃的诗人极少，是与当时的这些诗人缺乏较强的性格与较高的品格不无关系的。他们大都被名利禄位所拘囿，很少有人能站出来坚持正义和品节，张华就是如此。贾后指使人把太子灌醉，并且让人假借太子之名拟了一个废帝篡位的假诏书，趁太子酒醉之时迫其抄写下来，随后贾后便以"谋反"的罪名废掉了愍怀太子。据历史上记载，这份诬陷太子的假诏书就是潘岳的手笔。当然我不是要以人的好坏来评价其诗的优劣，但晋朝太康时代的文人真的在品格上都有一些缺陷。潘岳也是很有才华的诗人，我们前面看过他的《悼亡》诗，他的对偶、文辞等等都写得很美，当时有人说"陆才如海，潘才如江"，也有人说潘岳的诗歌"烂若舒锦，无处不佳"，像一匹打开的锦缎，处处好看。可不管他的文采多么美，他的诗中缺乏一种飞扬的感发力量。元代诗人元遗山写过一首《论诗》绝句批评潘岳，他说："心画心声总失真，文章宁复见为人。高情千古《闲居赋》，争信安仁拜路尘。"人们写的文章中的一些言词，不一定与自己品格完全一致，只看文章写得美，我们怎么能认识他为人是怎样的呢？潘岳曾写过一篇文章《闲居赋》，表白他鄙薄名利，愿意闲居去过隐逸的生活等等。如果我们只看他这样的文章，你怎么能够相信他为了巴结奉承权贵，曾经在贾谧的车子走过的路上望尘而拜呢？所以尽管这些人诗文都写得"灿若舒锦"，但人品却并不怎么出色，他们的才华只是文字、词汇上的出色，但缺乏一种感发的生命。当然有些人的品格很好，道德人格都具有感发的力量，但由于没有写作表达的训练，因此，虽然有感发的生命却没能写出好诗来。所以我们说真正的、最高级的诗人是既有深厚、强烈的感发之生命，又有能够与这种感发生命相配合的表现能力，只有这样的诗人才能成为第一流的诗人和作者，二者缺一永远是第二流的。

张华与潘岳等人的诗之所以没有神采，就因为他们在大节上缺乏这种内在品质的力量，他们两人在愍怀太子被废、被杀的关键时刻，本来都是应该有能力阻止的，但由于他们患得患失，最终没能挽回大局。贾后废太子一事又引起了八王之乱的新一轮的混乱。赵王伦带兵入朝杀死了贾后，接着他又废掉了惠帝，自己夺权称帝。齐王冏听说此事很不服气，就向各地发送讨伐赵王伦的檄文。成都王司马颖、河间王司马颙也早有夺权的野心，于是此刻纷纷起兵，四个王子你打我杀地混战了两个多月，牺牲了十万多人的生命，齐王冏打进洛阳，杀死了赵王伦，操纵了政局。长沙王司马乂假装响应，河间王颙带兵打入洛阳又杀了齐王冏。在这种篡乱之世，随随便便地杀人、夺权，夺了权就称皇帝，这成了一种社会风气，每一个有权势的王子都幻想着夺权做皇帝。所以后来东海王司马越乘机杀了长沙王乂，成都王颖又打跑了东海王越，暂时操纵了朝政。

生活在这样混乱时局中的陆机又怎么样呢？陆机刚入洛阳时在太尉杨骏手下做事情。陆机本人是个非常有才华、有理想的人，可是他的遭遇却十分不幸。有的人是因为自己性格上的弱点而造成了悲剧，也有的人却真正是因为时代的原因注定了他的悲剧命运。以陆机的文才，倘若生在东吴的孙权时代，一定会有一番功业。可是他不幸地生在孙皓时代，孙皓亡国，陆机隐居十年写了不少好文章，因为文采出名而被胁迫到洛阳，当时正是杨骏当权，他就在杨骏手下做事，这是命运，由不得他自己来选择。后来杨骏下台，贾氏当政，陆机没有退下来，仍在朝中做官。一直到赵王伦消灭了贾氏，他又在赵王伦的手下做官。这在当时是没有办法的事情。是政局的变换，不一定他在里面真的做了些什么坏事，他一点坏事也没做，可却不由自主地被卷进了政治的漩涡之中，这就是中国古人说的"见机不早"。古代有个很有名的故事，主人公张翰，字季鹰，他也是江苏一带的人。每当秋风吹起的时候，在外宦游的他就怀念吴中的"菰菜"、"莼羹"和"鲈鱼脍"，也就是江苏一带的特产莼菜汤和鲈鱼片，为此他竟然辞官还乡。其实他并非真的因为怀念故乡好吃的食物就不做官了，只是因为他在洛阳看到在这种你死我活的厮杀混战之中没有一个有理想、有才干、有天下国家之责任感的人，他们所有的只是个人野心和私欲，所以他不愿意卷进去，才辞官归乡的。这就是与陆机同时代的张季鹰的明智选择，为此时人谓之"见机"。而陆机这个人也并非贪恋功名利禄，因为他出身于东吴的名门贵族，是将相之后，所以他自负有才，一个人"天生我材必有用"，他就感到有责任在乱世之中应特别做些事情。所以他始终没有离开政治斗争，他曾在赵王伦手下做官，赵王伦被消灭时，他被下狱。成都王颖很欣赏陆机的才能，将他从狱中救出来，他为此一直对成都王颖怀有一份知遇之感，所以后来他又在成都王颖的手下做事。不但如此，当时成都王颖与齐王冏联合消灭了赵王伦，之后齐王冏自己做了大司马，成都王颖做了大将军。不久齐王冏想独揽大权，成都王颖由于力量不足以与之抗衡，就主动退回到自己的封地，陆机根据这一点就以为成都王颖不像其他诸王那样争权夺势、野心勃勃，再加上成都王对他有救命之恩，他就真的甘心侍奉了成都王颖。后来长沙王乂讨伐齐王冏，把齐王杀了，长沙王乂又掌了权。这时成都王颖与河间王颙又联合起来攻打长沙王乂。在这种情况下，成都王颖任命陆机带兵，陆机本来不肯，就推辞说，中国的道家认为三代为将不祥，可是成都王颖一定要他去。你要知道陆机本来是以败亡之敌国的类似俘虏的身份羁旅洛阳的，现在让他带兵，军队里很多人都不服从他。《战国策·赵策》上讲廉颇后来因遭谗毁离开了赵国，后来到了别的国家，别的国家都不任用他，不让他带兵，所以他说"吾思赵将"，我怀念我原来所带的那批兵将。带兵一定要带子弟兵，危难之中才会团结一致地抵抗敌人。如果你带的不是你自己的兵，以南人而带北兵，这本来是不好的事情，陆机自己是知道的，而且本来他也不肯做的，但成都王颖坚持让他去，当时有许多人都劝他不要接受，可是他认为成都王这么信任他，而且当初又对自己有解救之恩，因此他不肯完全推辞，于是就真的去了。临带兵出发之际，他去见成都王司马颖，司马颖对他说，我希望你能成功。陆机说，我能否成功，不完全在我，而是在于你。战国时的乐毅，在燕昭王时候带兵与齐国打仗，屡次成功，等昭王死了，惠王就不信任乐毅了，所以乐毅在惠王时就很难成功了。陆机的话其实非常真诚，他以南人而带北方的军队，如果里面有人不信任他，他的战略战术就难以贯彻执行。陆机这种担心并非没有道理。他的才能与职位也曾遭到不少人的嫉妒。果然，他刚一上路，左长史卢志就跑去对成都王颖说，现在陆机带着这么大批的人马出去了，他自称为明臣，把你比作暗主，这样的人你怎么可以信赖呢？另外，成都王身边还有一个深得宠爱的宦官叫孟玖，孟玖本来想以他的宠幸地位安排他家里的许多人都出来做官，可他的家人没有才干，不能担负重任，所以陆机和陆云常常反对这件事，于是孟玖就心怀怨恨。这次陆机出去领兵，他的部下孟超恰好正是孟玖的弟弟。孟超依仗孟玖的势力，怂恿手下的兵士抢掠奸淫，无所不为。陆机为了整肃法纪，就将孟超手下这些作恶的士兵抓了起来。孟超带了百余名骑兵闯入陆机军营抢走这些士兵，并公开辱骂陆机。可见孟超也非常怨恨陆机。当时也有人劝陆机说，你既然不肯将他的部下放回去，就应该把孟超抓起来杀掉，但陆机不肯这样做。由于陆机不善决断，孟超反倒恶人先告状，写信给孟玖，诬陷陆机，并且还说了陆机许多坏话。就由于这其中的种种矛盾、纠纷，陆机的军队丧失了战斗力，这在交战中怎么能不失败呢！陆机失败以后，他们就进一步诋毁陆机，说陆机本来就不是真心侍奉司马颖的，司马颖信以为真，下令派人来抓陆机。历史上记载，在将要来人抓他的那个晚上，陆机做了一个梦，梦见他坐着一辆车在路上走，被一道黑色帷幔围住了车子，用手怎么都扯不开。第二天一大早，收捕他的人就到了，不仅抓走了他，还把他的两个儿子也抓了，不久又把他的两个弟弟都逮去了。晋朝流行族诛，这是极其残暴的一种刑罚，一人获罪，往往要连累一家一族几十口人同赴黄泉。陆机与其二子、二弟就这样死掉了。当时陆机手下有个叫孙拯的人，他们胁迫孙拯诬陷陆机谋反，孙拯坚决不肯，他们就把孙拯关进监狱，严刑拷打，孙拯被打得两踝都露出了骨头，但无论用什么酷刑，孙拯就是不肯说一句诬陷陆机的话。孙拯有两个弟子自愿入狱，一定要与他们的老师一同赴难。孙拯临死对他的这两个学生说，陆机是个很好的人，他很有才能，而且陆机能够赏识我，所以我愿意忠心于他，为他去死，你们两人何必陪着我去死呢？这两个学生说，你既然不肯诬陷你的旧交好友，我们也决不会违背你。结果陆机死的时候，孙拯和他的两个弟子也都为他殉身死去。

从上面的历史事实中，我们不难看出，像陆机这样一个有理想、有才华、非常想要有所作为、建立一番功业的人，就这样含冤负屈地死掉了，这实在是八王之乱所造成的一个大悲剧。然而在那样的历史环境中，像这种命运的悲剧，又岂止是陆机、陆云这个别的几个人遭遇到的呢！以上我只是介绍了陆机的身世和他所处的时代背景及政治环境，下面我们就用事实来证明他的才华。

第四节　陆机之二

陆机的《文赋》是一篇很长的赋，我们只讲其中的一小部分。其实我们只要看看其中的几小段骈赋，就能感受和领略到这个人的才华。"骈赋"这种文体是押韵，并且对偶的，讨论文章的作法，研究"文心"的存在与形成，这本来都是非常精微细致的理论问题，可是陆机居然将讨论文章之创作、构思这样精微细致的理论课题用对偶、押韵的赋体来完成，而且完成得极为出色，这确实是一件相当了不起的事情。这篇《文赋》在正文之前有一段《序》是用散文形式写的，后边的正文是用对仗、押韵的赋体写的。我们先看这段《序》文："余每观才士之所作，窃有以得其用心。夫其放言遣辞，良多变矣，妍蚩好恶，可得而言。"他说，我常常看这些有才华的人所作的文章，私下自认为能够体会到这些作者们的用心。"窃"是私下，私自。"放言"是写出来的话。"遣辞"，就是辞藻的安排。我看他们的表达方式和字句安排，每个人的作品都有许多不同。"妍"是美丽，"蚩"是丑陋。他的文章是好，还是不好，是美还是丑，我觉得我是有体会的，而且是可以将这些体会加以说明的："每自属文，尤见其情。恒患意不称物，文不逮意，盖非知之难，能之难也。""属"读作zhǔ，即做文章。他说，我常常自己也写文章，所以尤其能够体会到创作时的情思。"恒患"，常常烦恼。我们做文章常常感到烦恼的是什么呢？是你的意思不能很好地配合你所写的题目。"称"读chèn，是配合的意思。你的情意与你要写的题目内涵不能很好地相配合，这是我们做文章所碰到的第一个令人烦恼的问题。第二个困难是"文不逮意"。"逮"是"及"，赶得上。这是说你所写的文章赶不上、说明不了你原来想要说的意思。不是说你没有好的意思，是你有好的意思，可你的文章不能将之很好地表达出来。所以陆机接下来对这种情况做了一个总结："盖非知之难，能之难也。"他说，写文章这类创作的问题，不在于你了解的困难，而是你真正能否实践完成的困难。有时候，你读了许多写作方法、创作理论，可你却写不出好文章来，所以要能"感之"，更要能"写之"才行。正因为这些缘故，所以陆机才"作《文赋》以述先士之盛藻，因论作文之利害所由，他日殆可谓曲尽其妙"。我用《文赋》来叙述以往好的作者所创作出的那些具有美好辞藻的文章，并且还要讨论一下创作中好坏、优劣的标准及原因，经过这样一番讨论研究，说不定日后我的文章也会出现委婉美妙的大长进。"至于操斧伐柯，虽取则不远，若夫随手之变，良难以辞逮。盖所能言者，具于此云。"他说，我虽然希望自己能够写出美妙的好文章来，但这就像我手里拿着斧柄，再去砍削制作另一个斧柄一样，虽然模式范例就掌握在自己的手里，但你却未必能做得像你手里所拿的那么好。这里"操斧伐柯"是一个典故，《诗经·豳风·伐柯》有"伐柯伐柯，其则不远"的诗句，原意是说："砍斧柄呀砍斧柄，斧柄的样子就在你的手中。"陆机以此来比喻依照古人的样子来写文章。虽说古代之佳作我们都体会了，也领略到其中的好处了，同时我们也明白应该怎样写才好，但临到我们真正做起文章的时候，那写作过程中的种种思绪、感情的变化，实在是很难以言辞来叙说清楚的。能够说得出来的道理，在这篇《文赋》里，我大致都说出来了。

以上就是《文赋》的《序言》部分，是说明做此文章的动机和用意的，接下来我们就看对于做文章，陆机是怎么说的：

> 伫中区以玄览，颐情志于典坟；遵四时以叹逝，瞻万物而思纷；悲落叶于劲秋，喜柔条于芳春；心懔懔以怀霜，志眇眇而临云；咏世德之骏烈，诵先人之清芬；游文章之林府，嘉丽藻之彬彬；慨投篇而援笔，聊宣之乎斯文。

你看这全都是押韵的对句，"典坟"、"思纷"、"芳春"、"临云"、"清芬"、"彬彬"、"斯文"，写得非常漂亮。不仅写得漂亮，而且把文章的情思活动非常生动准确地描述出来了。"伫"是立。你立在宇宙之中，"中区"是说中心的地区，我以为这里的中区是指天下、地上整个宇宙的中心地区。"览"是观察感受，"玄"是幽远。"玄览"是说你深察万物的变化，而且观察得那么精致、细微。你一个人在宇宙天地之间有那么精微细致的感受，这属于外在生活的体验，仅仅有这种体验还不够，还要培养你的感情和思想。"典坟"是书籍。要多读书，通过书来丰富你的思想感情。"遵"，是循，顺着。你顺循四季时序的变化，感慨时光的消逝，可以看到宇宙万物有大自然的花开花落，有人世间的生离死别，你内心就会有情思纷纷地触发而来。当你看到强劲的秋风将树叶吹落，你就会不由得感到一阵凄凉和悲哀，这就是"悲落叶于劲秋"；而当那芬芳美好的春天将树木花草的嫩芽带来的时候，你就会欣喜欢愉，即"喜柔条于芳春"。这就是感受和感动，当这种种的感受和感动像水中的涟漪不断扩散开来，连成一片的时候，你就会忽然产生一种心灵的震颤，对此你似乎也说不太清楚。

其实这就是一种感发，使你心灵为之一震的感触和引发，就好像是"心懔懔以怀霜，志眇眇而临云"那样心志高远，超然缅邈。有时候，特别是在年轻时，人是非常敏感的，看到世间丑恶、悲惨的事情，心中就会有一种寒冷的感觉，即"心懔懔以怀霜"的感发，当然这种感触并非每个人都有。有一年我回国讲学，偶然的机会遇到了一位佛教界的人士，他约我到庙宇中去吃素斋。席间有一个二十来岁的青年人，他决志信佛、出家。我问他，你怎么会突然间对佛教有了兴趣，又为什么要决志出家呢？他说，我自己也感到很奇怪，我很小的时候就有一种感受，那是有一次我跑出去玩，在一个垃圾堆旁，我看到一群非常贫苦的小孩子，他们衣不蔽体，满身满脸灰尘，在捡垃圾堆里的脏东西吃。当时我也不知为什么，突然有了一种汗毛都立起来的感觉。后来长大了，读到佛教的经典之后才知道，这就是佛教所说的，你突然间发生了一种菩提之心。"菩提"是佛教"菩提萨埵"，我们常常说的"菩萨"就是"菩提萨埵"的简称，这是外来语的译音，它合起来的意思就是"觉有情"，这个"觉"是使之觉悟，使有情的人觉悟就是"菩萨"，由自己觉悟到引导别人觉悟，由自己渡脱到帮助别人渡脱。佛教中所说的"菩萨之心"，是要使天下所有的有情人觉悟。当然，无情的人就不会觉悟，因为他们根本就不会感受到宇宙之中的一切人世间的悲哀惨痛。他们内心原本就是铁石心肠，就是麻木不仁的，根本对什么都不予理会，都不去感受。那个青年人自己说，我那时突然觉得我应该帮助这些人脱离贫苦，我忽然间感觉到这些人的苦难仿佛一下子来到我的身上。这话很难解说，可至少那个年轻人他是有这种感受的。那个青年人也会作诗，而且诗写得很好。我现在是要说"心懔懔以怀霜"的感受确实是有的，不但有这种感受，你还会由此而产生"志眇眇而临云"这样一种高远超然的志向，我要使天下的有情人都觉悟。

　　这里所说的是佛教，其实还不只佛教如此。我们读古书，为什么王国维说他读了"昨夜西风凋碧树，独上高楼，望尽天涯路"就觉得那是成大事业、大学问的第一种境界？为什么这些诗可以让你从世俗的名利烦恼中超脱出来，让你有一种更高、更远的向往？你怎么会忽然间觉得你的眼界开阔了？这就是因你"咏世德之骏烈，诵先人之清芬"。台湾的同学曾来信问我说："你一个人在海外，离中国大陆和台湾地区都那么远，你是怎么跟中国古代传统接上信息的？"这个问题提得很好。中国文化有几千年的历史，学习、研究这个文化体系一方面需要师友的帮助，相互切磋，这样的研究、探讨形成了一种气氛，构成一个文化信息的"场"，这样一种"场"对我们感受、沟通中国传统文化的精神本质固然很重要；然而更重要的还是通过吟咏、诵读古人的诗文作品，那里面藏有真正的、鲜活的精神和品格，这是一种生生不息的生命，通过它们可以使我们与千古之上的人交流、攀谈，甚至相互往来。我当年在哈佛大学写作那本《王国维及其文学批评》一书时，经常去中文图书馆查阅资料，那里的管理人员就把钥匙给了我，这样在他们下班之后，我还可以留在那里。有的时候，当夜深人静，整个图书馆只有我一个人，我独自置身在那一排排高大的、摆满中国古人诗文的书架之间时，我不止一次地感到书中的王国维仿佛正从远远的书架之间向我走来，与我一起交谈。这就是"咏世德之骏烈，诵先人之清芬；游文章之林府，嘉丽藻之彬彬"。当你从诵咏中感受到了前代圣贤德行的宏大和清馨，欣赏到那些质美而又富有文采的语句辞藻，这时你会情不自禁地"慨投篇而援笔"，感慨地放下感动你的那些前人的佳作，拿起笔来"聊宣之乎斯文"，将你那些感慨、启发表达在文章之中。以上这一段是说作家先有了观察、修养与种种感受、体会和感发，然后才开始创作。总之陆机的意思是说，要重视前代的传统和已有的成就。所以后面有一段他说：

> 收百世之阙文，采千载之遗韵；谢朝华于已披，启夕秀于未振；观古今于须臾，抚四海于一瞬。

他要把百世的"阙文"与千载以来古人诗文中的"遗韵"、精华都收集到一起。"阙文"与"遗韵"分别指散文与韵文中前人尚未用到、未涉及的精粹部分。可是他后边又说"谢朝华于已披，启夕秀于未振"，你继承传统，又不能完全被传统所束缚，完全袭用古人传统里的陈词滥调。"朝华"是早晨的花，比喻前人留给我们的美好成果。前人是为我们展示、留下了那么灿烂美好的东西，但那已如朝花，随着时光消逝。他们开过的花到现在已经大势将去了，"谢朝华于已披"，我们就不要再死板地模仿，因为凋谢的花朵不会再度重开的。所以我们就应辞谢，与它告别，不要总留恋、重复古人的模式，要"启夕秀于未振"。"启"就是开启、开创，"未振"是还没有开放的花蕾。这是说，前人开过的花就让它凋谢而去，我们所要做的是开启、催放那些尚未开过的"夕秀"之蓓蕾！他说得非常好。记得我曾听过一支流行歌曲，其中有这样两句，也许我说的不对，因为我不熟悉那些流行歌曲，它好像是说："没有你哪有我，没有我哪有你。"我以为传统与现代的关系就是如此的，你中有我，我中有你，一个人完全放弃旧有的传统，你自己是无法独立开创的。任何事情都应有一个起点，无论做什么都有一个从什么地方开始的问题。一个人没有根本和根基的话，是不会凭空建设起什么来的，所以你一定要有所继承，你的继承越深，你的根基就越深。这就如同大树扎根，你的根扎得越深，你吸收养分的能力就越强。我一次回到台湾，碰到以前教过的同学，有些同学很聪明，也很有才智，读了很多书，可是他们说，他们读了很多的书都是支离破碎、零零散散的，不能把它们融会在一起。这是什么缘故，就因为他们原来的那个根扎得不够深。这是很难说的一件事情，有些非常好的同学，他们很有才能，也很用功，不但中国的书读了许多，外国的书也读了很多，结果他们发现是驳杂的一大堆，他们无法把它们拿到一起来，变成完整的、统一的东西，就因为这中间缺少一个源头、一个根本。读书是件好事，可是如果你只进去，不出来，这就不好了，因此你还要"启夕秀于未振"，传统已经那么多年了，你如果不能给它新的生命和创新，那么这传统就成了僵死的东西了。你一定要在继承当中再有开创。陆机不仅意思说得很好，尤其是他的形象用得很美，比如他说的"谢朝华于已披，启夕秀于未振"。他说，当他有美好的文辞出来，就如同"游鱼衔钩而出重渊之深"，"若翰鸟缨缴而坠曾云之峻"，形象非常美好。不仅如此，从声音感觉上面来说，音韵的错落、押韵的谐和都很好。

陆机这个人很奇怪，以他这样的才华，以他这种对文学的反省和深切的体会，特别是以他的身世遭遇，他经历了东吴的灭亡，后来招附到洛阳，中间经历了西晋那么多相互倾轧、争夺的政治斗争，他曾经身陷囹圄，后来被救了出来，有过如此不幸的生活劫难，本来真该写出很好的诗篇的，可十分可惜的是，陆机今天留下来的诗歌却不能与之相符合。因为以他那么丰富的人生经历，应该留下比这些更好的诗歌才对。我认为他之所以会这样，原因有两个，一个是由于时代的作风限制了他，当时的诗人都以对偶、排比、辞藻的堆砌雕琢为美。我曾经谈过，一个人很难超越他所处的时代，写起诗来，他不由得要用这种方式，他不可能像李后主那样，没有字句的安排、修饰，完全是从自己内心里流露出来的字句。王国维引用尼采的话："一切文学，余爱以血书者。"李后主就是这样的诗人。他说"故国梦重归，觉来双泪垂"、"不堪回首月明中"、"自是人生长恨水长东"等，都是直抒胸怀的句子，直接写出来就带着那么强大的感发力量，完全没有思索、修饰的意念。雕琢、修饰得太多了，常常会妨碍诗歌中真正的感发生命。诗歌是有生命的，当这种生命刚刚生长出来时，你给它这边来一刀，说这个不对，你得这样写才好；那边又来一刀，说那也不行，你得那样写才美，如此这般地一雕琢，它的生命就不能自自然然、很充沛地生长了。这是陆机诗所以未能更好的第一个原因。还有一个原因，在于陆机这个人对文学有那么深刻的反省，做批评他又那么好的《文赋》，一个人做了批评家之后，理性逻辑思维的方面发达了，直觉、感性的思维就相对地减少了。古人说的"丰兹啬彼，理钜能双"，你作为一个人哪能把所有的好处都给你呢？一个人不可能在各个方面的禀赋都是很好的。总之在这方面的禀赋多了，相对地另一方面的资质禀赋就自然而然地减少了。我常常认为，不仅每个人天生下来禀赋会有种种不同，而且在发展的阶段中，不同的发展方向也会影响到你禀赋的发展。我年轻的时候，没有写文学批评，也没写论文，也不教书，也不讲评诗的好坏，我只是自己读诗，就是纯粹的欣赏。那时我很喜欢写诗，现在我一天到晚，又批评，又赏析，又写论文，所以自己的创作就减少了。我常常说王国维也是在理性反省这边太多了，所以他的诗和词都没能达到一个最好的程度，当然他也有他自己与别人不同的成就，但不是最高的成就。陆机为什么写出那么好的反省、思索的《文赋》，而诗却不那么好，原因就在于这两个方面：一是时代风气对他的影响；另一个是他对文学理论的反省、思索、判断这方面太多了，反而使他把诗歌中那种感发的生命丢掉了许多。他的诗不是那种自然的、不假思索的、带着很强大的力量出来的。为了更充分地证明这一点，我们来看他的几首诗。首先我们看看他的《赴洛道中作》之一：

> 总辔登长路，呜咽辞密亲。借问子何之？世网婴我身。永
> 叹遵北渚，遗思结南津。行行遂已远，野途旷无人。山泽纷纡
> 馀，林薄杳阡眠。虎啸深谷底，鸡鸣高树巅。哀风中夜流，孤
> 兽更我前。悲情触物感，沉思郁缠绵。伫立望故乡，顾影凄
> 自怜。

前面我们讲过陆机是华亭人，华亭在山明水秀的江南，据说当
时这里自然环境很好，有许多白鹤聚居在这里的山林之中。后来陆
机与他的两个儿子一起被杀。他临死时说："华亭鹤唳，岂可复闻
乎？"以前家居华亭，那么悠闲自在，每天读书、写作，空中的仙
鹤飞过来，那种嘹唳的叫声我以后再也听不到了。来到朝廷，最后
竟落得这样的下场，实在是始料未及的。这首《赴洛道中作》就是
当年他与陆云被征招，离开自己的家园到洛阳去时所写。我曾经说
过，欣赏这一类的诗要换一条途径，作者是用思力、安排来写的，
我们不能从直接的感受来读它，而也要用脑筋来想，通过思力的思
索来体会这种诗的好处。当然这类诗也有高低上下的不同。有些人
的诗，像张华的情诗之类虽然都是同一个作用，可是张华的情诗，
你就是用了思力去思索也找不到很深刻的东西。陆机与他们不一
样，因为陆机果然有一些真正深刻的感情在里边。他的诗虽然不给
我们直接的感发力量，但是如果用思力去思索追寻的话，还是可以
体会到他的深意的。

换句话说，陆机与张华等人虽同属于一个时代风格之中，但陆机的诗还是要比张华等人的诗要深刻一些。他说："总辔登长路，呜咽辞密亲。借问子何之？世网婴我身。"这几句诗不给你直接的感动，但是，你想一想再读，就会发现这是写得很好的诗。"辔"是马的缰绳。"总"是指手里边握住的意思。"登"就是我们常说的上路了。他说，我手里握住马的缰辔踏上了长远的征途，从华亭到洛阳去，我要跟故乡所有的家人辞别，我们在一起哭泣、呜咽着告别了。历史上曾记载说，陆机到了洛阳之后常常怀念他的故乡，也怀念他的亲人。那时候也没有航空邮件，写信是很困难的。传说有一个故事，陆机家里养了一条狗，这只狗的两个耳朵是黄的，主人给它起了个名字叫"黄耳"。有一天陆机对他的狗说，我想跟我的家人通一封信，你能替我把信传回去吗？这狗听了就摇尾巴，叫了几声。于是陆机写了一封信，放到一个竹筒子里，将它套在狗的脖子上，这只狗就真的走了。过了很久以后，这只狗回来了，真的给陆机带来了回信。所以这段"黄耳传书"便成了历史上的一桩美谈。下面的"借问子何之？世网婴我身"，古人诗歌中常常用"借问"两个字，诗人要在诗里用一个设问的口气，如"停船暂借问，或恐是同乡"之类。"之"是往，"何之"即何往。假设有人问我："你到哪里去？你既然舍不得离开，如此伤感地与亲人告别，那你为什么还要走呢？"我就回答说是"世网婴我身"。"婴"是缠绕的意思。尘世之间有一个大网在缠绕着我，使我不得不如此。这就是说一个人有时候常常要身不由己地做一些违心的事。当然中国古人也很有一些特立独行的人，坚决不肯出仕。不管你怎么请求我，我就不出来做官。陶渊明辞了彭泽令以后就没有再出来。他的《饮酒》诗里曾表示"一往便当已，何为复狐疑"，你既然已经辞官了，那就应该跟这个尘世真的告别了，为什么还犹豫不决，左右动摇地想出仕呢？陶渊明还写过"行行停出门，还坐更自思"，他假设要出门，可又坐下犹豫起来，但转念一想"万一不合意，永为世笑嗤"，万一你一步路走错了，你这一生都要被后人嗤笑。所以陶渊明就真的再也没有出来。陆机就是因为当时不能决断，才导致了后来的悲惨结局。他出去为官，经过几次玷污，杨骏是皇亲国戚，杨当权时，他在杨骏手下做事；赵王伦废帝篡位后，他又在赵王伦的手下做事；成都王颖解救了他，他就又给成都王颖做事。最后的结果不仅他自身牺牲了，他的整个家族都被灭绝了。他临死之前做梦，梦到他在一个车上，四面都被黑色的帐幔围住了，无论怎样挣扎都出不来，所以他诗里说"世网"，果真是一面尘世的罗网将他网住了，使他不得脱身。"永叹遵北渚，遗思结南津"是对句，你读他的诗没有什么味道，想一想之后，会觉得实在说得不错。"遵"是沿着我这一路。"渚"是水边的沙洲。他说，在向北边走的这一路上，我从水边经过，始终在叹息，我心中对家乡、亲人的情思像一个永不散开的情结系在南方水边的码头上。陆机出来时是很不得已的。可尽管不情愿，最终还是出来了，所以他对故乡、亲人是那样依依不舍，要把所有的相思怀念留在家乡。"行行遂已远，野途旷无人"，我越走离家乡越远了，经过许多荒无人烟的旷野，正如李后主所说"离恨恰如春草，更行更远还生"（《清平乐》"别来春半"）。

陆机接着写途中的景色："山泽纷纡馀，林薄杳阡眠。"这又是一个对偶句，他的句子给人一种繁复的感觉，不像李后主的词"林花谢了春红"，事实上这句诗所说的客观存在只是花谢了，别的都很松散，他在中间加了许多，都是表现一种感受的字句。什么样的花？一朵花？不是。一树花？也不是，是满林的花，不仅是"谢"，而且是"谢了"，这个"谢了"不仅是个完成式，而且有哀悼的情意和口气，"林花谢了春红"，什么样的林花谢了？春天的林花谢了。什么颜色的花谢了？红色的花谢了。那么美好的季节，那么美好的颜色，可是匆匆之间这满林的红色的春花都凋谢了！其实只是花谢这一件事，可李后主用了那么多的字来渲染，这些字都是传达他的感受的。可是现在就有一派诗风，他写得不那么松散，既然不松散，就没有多少剩余空间来传达他的感受与口吻，所以就只剩下辞藻了。陆机的诗就属于这一派。"纡馀"是曲折的样子。"阡眠"是草木长得很茂盛。他说，我经过千山万水、曲折纡回的道路，经过高山深林、草木茂盛的地方。"虎啸深谷底，鸡鸣高树巅。"有时经过旷野，你甚至可以听到山谷中老虎的叫声；有时经过村庄乡野，你会听到鸡在树上鸣叫。"哀风中夜流，孤兽更我前。"我听到那悲哀的风在半夜里从我身边吹过去，我还看到孤独的野兽经过我的面前。"更"有时也念 jīng，是经过的意思。"悲情触物感，沉思郁缠绵。"无论我看到什么东西，都使我兴起哀伤的情感。我对故乡的思念那样深沉，那样缠绵不断。"郁"，深厚的意思。"伫立望故乡，顾影凄自怜。"我在半路上停下来，回过头来望一望那远离的故乡，我什么时候才能回到我的故乡？我一个人独行前往，到那么远、那么陌生的地方，我的内心不由得泛起悲凄的感伤。

以上是陆机《赴洛道中作》的第一首，下面我们再看一看他的第二首同题之作：

> 远游越山川，山川修且广。振策陟崇丘，按辔遵平莽。夕息抱影寐，朝徂衔思往。顿辔倚嵩岩，侧听悲风响。清露坠素辉，明月一何朗？抚枕不能寐，振衣独长想。

"远游越山川，山川修且广。振策陟崇丘，按辔遵平莽。""远游"就是远行的意思，远行经过了重重的山水，路程是那么长远，有时是高山大河的阻绝。"策"是马鞭。"振"是挥动。"陟"是登。"崇丘"是较高的山坡。"平莽"是长满丛草的平野。"按辔"是说安然地握住马缰，不用紧张，也不必鞭打。这后两句是说我上山时挥起马鞭使劲地鞭策我的坐骑，而在原野平原上我就可以信马由缰地沿着长满丛草的道路安闲地前行。你看陆机的诗句都是些很密集的句子，而且是对句。"夕息抱影寐，朝徂衔思往。"当晚上休息时，我就孤独地陪着自己的影子一同入睡；早上我又满怀着夜梦里对故乡的感情继续前进了。"徂"是向前进。"衔"是含着。他的意思本来都是很好的，可是却都变成了一种说明，都无法直接地使我们感动和感发。下面的"顿辔倚嵩岩，侧听悲风响"，"顿"是停住，有时我走在高坡上停住马鞭，勒住马缰，倚靠在山岩边，侧耳细听那一阵阵悲哀的风响。这是一种悲哀的感慨之情。"清露坠素辉，明月一何朗？"等到了晚上，可以看到草叶上的露水，有时候在一片草叶上本来有几点露水，风一吹，草叶一摇动，几点小露水凝成一个大的露水珠。分量一重，叶子一斜，露珠就滚落下来，在洁净透明之中含有一种凄清的感觉。我是怎样看到这一切的？因为有"素辉"，有那么皎洁的月光存在。侧耳听悲风是什么感受？看到清露坠素辉又是什么感受？他都没有写，只是把自己所看到的情景写出来，把读者带到他所经历的那个境界中去。他接下来发问，天上的月亮为何竟然如此明朗？苏东坡说："转朱阁，低绮户，照无眠。不应有恨，何事长向别时圆。人有悲欢离合，月有阴晴圆缺，此事古难全。"（《水调歌头》"明月几时有"）明月为什么偏偏要在我一个人孤单在外的时候那么圆、那么亮呢？所以陆机说："明月一何朗？"人有时会说出没有道理的话，其实，月亮的圆与不圆与你有何相干？当一个人离别家乡之后看到月亮，月亮还是从前的月亮，可是他孤独地离开家乡那么久了，于是正如李太白说的"举头望明月，低头思故乡"。接下来"抚枕不能寐，振衣独长想"，由于他内心不平静，抚枕久久不能成眠，于是就披上衣服坐起来，一个人引起那么深长的思念故乡、亲人的感慨。你看，陆机的作风虽然也是与时代的作风有相似之处，可是如果你用思力去思索和追求，我们还是可以体会到他确实是有很深沉的情感在里头的。

下边我们再来看陆机的一首乐府诗《猛虎行》。太康时代诗人们的乐府诗是应当引起我们注意的，我们看过张华的乐府诗，现在再来看陆机的乐府，通过比较通览，我们就会发现，这些人在写诗时很注意文藻与雕饰，可是写起乐府诗来，这方面相对地减少了许多。因为乐府本来就是民间的诗歌，后人写乐府诗是在模仿旧题，因此不必在文藻与雕饰方面过于用功。这样的结果使他们的乐府诗比别的诗更朴实、更真率、更能打动读者。好，下面我们就来讲陆机的《猛虎行》：

> 渴不饮盗泉水，热不息恶木阴。恶木岂无枝？志士多苦心。整驾肃时命，杖策将远寻。饥食猛虎窟，寒栖野雀林。日归功未建，时往岁载阴。崇云临岸骇，鸣条随风吟。静言幽谷底，长啸高山岑。急弦无懦响，亮节难为音。人生诚未易，曷云开此衿？眷我耿介怀，俯仰愧古今。

这首诗一读就会感到比较真率，诗的开头说："渴不饮盗泉水，热不息恶木阴。"这是一个典故，出于《尸子》：孔子到了一个地方叫胜母，虽然天很晚了，可孔子不在那里住宿，说这个名字不好。后来又经过一个地方有泉水叫"盗泉"，虽然他们很渴，但却不喝这里的水，因为这个名字也不好。陆机用这个典故是说，一个人如果想不被污秽的东西玷污，就要"慎独"，从一开始就不要走错路。所以他说，渴了你也不应该到盗泉去喝水，无论天气多么热，也不应该在坏的树木下休息。这不是迷信，它是一个象征，一个比喻。《赴洛道中作》是陆机在去洛阳的途中写的，而这首《猛虎行》应该是他已经到了洛阳，开始了仕晋生活之后所作的。从中可以看出他自己有些后悔，可是他已经没有办法抽身了，最初你就不应该到这里来，"渴不饮盗泉水，热不息恶木阴"，这其实是带着深切的感触和充满悲慨的人生哲理。他说:"恶木岂无枝?志士多苦心。"恶木难道没有枝叶?难道它的枝叶不能给你带来阴凉?你本可以在这棵树下歇息的,可你为什么不去?因为真正有高尚品节和理想的人有一种更辛苦的用心。我宁可忍受饥渴,宁可忍受炎热,也不贪图目前现实的安息。这完全是一种象征和比喻,陆机在这里用事典来做象喻。我们常常说的形象,并不只是青山、绿水、朱华、碧草才是形象,它包括物象和事象。草木鸟兽是物象。有时形象也可以是现实中的事象,可以是典故,也可以是神话故事。中国古代有许多历史故事可以用来做典故、做事象,这种事象跟自然的草木鸟兽一样都可以起到比兴的作用。陆机这前面的四句就完全是起兴。你纵然渴,纵然热,也不该在这里休息。

这是前四句所表达的观念,接下来他说自己:"整驾肃时命,杖策将远寻。"古人说:"非知之为难,是行之为艰。"道理上我也知道,我不该这样选择,可事实上,我没有能够把握住自己,竟然这样做了。前面四句是他的理想,后边这是他的现实。我居然出来了,整理好我的马车,带着我的手杖,到远方去找一找,看有没有机会。"肃"本来是恭敬的意思,是遵从一个命令。"时命"是当时朝廷的命令。"杖"是动词,是手中拿着。"策"是名词,是手杖。中国古人,特别是那些才志之士,他们不甘心自己的才志落空,所以陆机说"杖策将远寻"。

这首诗其实是写得很不错的,它把比兴与赋结合在一起,比兴是一些形象的比喻,赋则是一些直接的叙述。他一段用比喻,一段用叙述,把两者有机地结合起来,两种力量彼此增强。"整驾肃时命，杖策将远寻"，是在形象的比喻之后加上的两句叙述。接下来又是形象的比喻："饥食猛虎窟，寒栖野雀林。"本来猛虎的巢穴哪里是你寻找食物的地方？难道你想与猛兽寻食吗？而我杖策远寻的结果却正是在饥饿的时候于猛虎的窟穴中寻找食物！当寒冷需要休息的时候，我要在野雀林中栖息。你为什么不找一个高远的树枝，像陶渊明在《饮酒》诗中说的"栖栖失群鸟，日暮犹独飞。徘徊无定止，夜夜声转悲。厉响思清远，去来何依依。因值孤生松，敛翮遥来归"。陶渊明心中的这只鸟，飞了很久，疲倦了，找不到休息的地方，为什么不随便找个地方停下来，也许那里有一大堆野雀栖息，但陶渊明不肯，所以他只好付出"饥冻"的代价，寻找到"孤生松"才停下来休息。可是，陆机与陶渊明不同，他"饥食猛虎窟，寒栖野雀林"，在一般人都栖落的树林中，我也落了下来。这两句又是用形象的比喻，然后再接着叙述："日归功未建，时往岁载阴。"为了追求功业，我不惜与猛虎争食，不惜与野雀为伍，本以为这样一定会有所成就，可是结果呢？等到太阳落了，我的功业仍然没有建立，时间过去那么久，我仍一无所获。"归"是日落的意思。"岁阴"是岁暮的意思。"载"是语气词，相当于"则"。我们以前讲过，陆机离开家乡是被征召，不得已的事情，虽然如此，其中也未尝没有他自己内心渴望建一番功业，渴望在乱世之内以自己的才学"匡正天下"的那种志向与抱负。怎奈生不逢时，这种寻求、这种志向在乱世之中毫无结果，这其实也是古代所有仁人志士的共有的悲哀。下面又是形象，"崇云临岸骇，鸣条随风吟"，这是物象。表面上是写高岸上的浓云使人骇畏，而风过鸣条则万木都发出悲吟。若结合前两句的"日归功未建，时往岁载阴"的对于功业无成的悲慨来看，则这两句所写的景象，就也不免有着一种对于环境情势的悲慨。下面的"静言幽谷底，长啸高山岑"二句，则是透过幽谷中的悲吟与高山岑的长啸，用"吟"与"啸"来写内心中难以展抒的一份情意。再下面的"急弦无懦响，亮节难为音"二句，则是以音乐的声调来象喻品格刚正的人，本不应有怯懦的音声，而若要真正表现刚直的亮节之音，在弹奏上又有很多的困难，这当然也喻示着他自己在处世方面的许多不得已的困境。所以接下来，他就写了"人生诚未易，曷云开此衿？眷我耿介怀，俯仰愧古今"的悲慨，表现了虽自怀耿介之心，但人生实难，欲实践自己的理想之不易。陆机之怀才不遇，是值得众人为之同情悲慨的。

据说张华曾经批评陆机："人之作文，患于不才；至子为文，乃患太多也。"他说，别人写文章的烦恼是才少，而你呢，则是才太多了。其实，我认为"才"是一种表达的能力，我们常说要能感之，还要能写之，而才是一种能写之的能力。陆机读了许多书籍，他的知识、词汇都非常丰富。他运用文字的能力很强，还有很好的对偶、押韵的安排技巧，以此而论，是应当将他列为上品诗人的。可是清朝的一些文学批评家对陆机的评价就不同了。我前边早已讲到过，每个时代有每个时代的风气，每个时代有每个时代的批评标准，这种时代的风气和特色不但影响了作者，也会影响到批评者。清代的诗评家沈德潜有一本《说诗晬语》，他说陆机的诗"绚彩无力，遂开出排偶一家。降自齐梁，专工对仗，边幅复狭，令阅者白日欲卧"。其实陆机的诗还不见得如此，陆机内心的感情、感受是丰富深切的，只是他所处的那个时代的风气决定了他的感情只应用一种思力的人工安排来表现，即使是写感发也要透过理性的编排来抒发和表达。像潘岳的《悼亡》诗，他妻子死了，本来是很真挚深切的感情，可他也用思力来写，什么"春风缘隙来，晨霤承檐滴"，什么"望庐思其人，入室想所历"等等，都是用理性、思力来安排他的感情，这是这种特定时代中一类诗人的特色。正是由于他们用理性、用思力来安排，所以他们的诗缺少了那种靠感性直接产生的感发力量，这也是清人沈德潜所说后来的学陆机者其诗"令阅者白日欲卧"的缘故。事实上他的诗在内容上有许多是很有思想性的，其中有一种关于人生、关于哲学的反省与思索。他们的诗有时也是很有感情的，只是他们的感情是通过理性的思索和安排来表达的。像张华的《情诗》、潘岳的《悼亡》诗、陆机的《赴洛道中作》等本来都是具有很强烈、真挚、深厚的感情的，可由于他们的人工思索安排得太多了，那原本的感情受到了严重的损害，因此缺乏了感发的生命力量。而陶渊明却不同，他也有许多深刻的思索和反省，而且非常富于哲理性和思想性，但他却是透过感性来写的，因此具有非常强大的感发生命。总之，这是两类不同的诗歌风格。

第五节　左思之一

在太康的作者中，左思是和时代风气不同的一个诗人。我们可以先看一看前人对左思的评价。钟嵘《诗品》把左思列在上品，说他"其源出于公幹。文典以怨，颇为精切，得讽谕之致。虽野于陆机，而深于潘岳。谢康乐尝言：'左太冲诗，潘安仁诗，古今难比。'"陈祚明《采菽堂古诗选》则认为："太冲一代伟人……其雄在才而其高在志。有其才而无其志，语必虚侨（侨，通"矫"）；有其志而无其才，音难顿挫。钟嵘以为'野于陆机'，悲哉，彼安知太冲之陶乎汉、魏，化乎矩度哉？"还有清朝张玉縠的《古诗赏析》说："太冲《咏史》，初非呆衍史事，特借史事以咏己之怀抱也。或先述己意，而以史事证之；或先述史事，而以己意断之；或止述己意，而史事暗合；或止述史事，而己意默寓。"

这些，都是前人从不同角度对左思的批评。钟嵘说他"其源出于公幹"，"公幹"是建安诗人刘桢。《诗品》对刘桢的评价是"真骨凌霜，高风跨俗"，认为他是有风骨的。所以，这里说左思之源出于刘桢，显然认为左思也是一个有风骨的诗人。所谓风骨，我曾说过，那是指诗中富于一种感发的生命及语言结构有力。因此他下边说："文典以怨，颇为精切，得讽谕之致。"就是说，左思的文辞写得都很典雅，但里边包含有很多的感慨；而且他的诗写得精当贴切，暗中都是有寄托、有用意的。要知道，西晋是一个道德沦丧、骨肉相残的时代，左思的诗有自己的感慨，但他自己的感慨往往和当时的历史结合起来，就成了时代的感慨，这就是钟嵘所说的"讽谕之致"了。可是，钟嵘为什么说他"野于陆机"？我前文曾讲过，作者会受到时代的影响，批评者也会受到时代的影响。钟嵘生在齐梁之间，而齐梁时代是最注重诗的对偶、雕琢和修饰的。陆机、潘岳这些诗人，都很注重这些东西，左思却不在这些方面下力量。他的诗不像陆机、潘岳他们有那么多排比、对偶的句子，因此钟嵘就说他"野"。这是一种时代观念的局限。不过钟嵘也承认他"深于潘岳"。就是说，左思的诗在内容的情意上比潘岳要深刻得多。"谢康乐"是谢灵运，他的祖先被封为康乐县公，谢灵运曾继承此爵位，所以人们称他谢康乐。谢灵运曾说，左思和潘岳两个人的诗都好，好到"古今难比"。前文我说，一个人没有办法脱出时代对他的局限；现在我要说，一个人也没有办法脱出他自己性格、学养的局限。钟嵘对左思的批评反映了钟嵘那个时代对诗的见解，而谢灵运对左思的批评则反映了谢灵运本人在诗歌创作上的认识和成就。对谢灵运的诗，要从两个方面来看。一方面，谢诗在外表上也是讲究对偶的，也写得非常繁复，非常工整，非常美丽。这种作风和潘岳相合，所以他能够欣赏潘岳的诗。然而谢诗很妙，它在这种对偶和繁复之中却能够有感发的生命，能够时时流露出一种气骨，所以他也能欣赏左思的诗。

陈祚明说左思是"一代伟人"，因为，左思在西晋那种道德沦丧的政治斗争中能够洁身自保，没有被卷入政治斗争的漩涡，不被那些眼前的功名利禄所左右，这是很了不起的。陈祚明还说他"其雄在才而其高在志"，就是说，左思真正高出别人的地方，就在于他有理想，有志意。所谓"有其才而无其志，语必虚侨"是说，一个人倘若只有文学的才华而没有心志的修养，那么他说出话来一定是虚伪矫饰的。比如潘岳，他写过《闲居赋》，你怎么能够想到他曾谄事贾谧，望其路尘而拜？所以像潘岳这样的人，尽管有才华，可是他的作品不会含有很多感发的力量。至于所谓"有其志而无其才，音难顿挫"是说，一个人倘若只有心志的修养而没有文学的才华，那么他的诗在声调上也很难表现出这种激昂抑扬的姿态。因此陈祚明说，钟嵘竟认为左思"野于陆机"，这不是太可悲哀了吗？可是钟嵘他哪里懂得，像左思这样的诗岂止是不受太康风气的影响，他简直是陶冶、熔铸了汉魏风骨，根本就不在乎那些排偶、对仗之类外表的规矩！

张玉毅的《古诗赏析》分析了左思的《咏史》诗。他说，左太冲的《咏史》诗并不是死板地铺陈历史故事，他只是借历史故事来抒写他自己的志意理想。有的时候，他先写自己的意思，然后用史实来做证明；有的时候，他先写史实，然后用自己的意思对历史加以批评判断；有的时候，他只写自己的意思，而有史事与此暗暗相合；有的时候，他只写历史，而把自己的意思作为隐约的喻托。我们讲左思的《咏史》诗，就可以看到这些特点。

在讲左思的《咏史》诗之前，我先要对作者生平做一简单介绍。左思字太冲，齐国临淄地方的人。左思的祖先本来是战国时齐国的世族，可是到了左思的时候，已经家道中落，成为寒门了。左思之所以从齐国的临淄来到当时西晋的首都洛阳，实在是因为他妹妹左芬被选入宫的缘故。左芬这个人据说很有文才，也读过许多书，被晋武帝司马炎选入宫中，封为贵嫔。历史上很多女子被选入宫是因容貌美丽，而左芬被选入宫完全是因为她的文才。据历史记载，左思兄妹两人都容貌丑陋，但文才却很出众。他们不是家住临淄？临淄是齐国的都城，所以左思在少年时代就曾写过一篇《齐都赋》。后来他到了洛阳，就立志要写《三都赋》。所谓"三都"，就是指当时灭亡不久的魏、蜀、吴三国的都城。在左思以前，汉朝的班固写过《两都赋》，张衡写过《二京赋》，写的是汉代首都长安和洛阳。左思认为他们的描写都有虚夸不实的地方，而他的《三都赋》则要一切都符合这三个地方的真实情况。可是，左思是在北方长大的，蜀地和吴地他根本没有去过。为了写好《三都赋》，他就去访问那些到过蜀地和吴地的人物。例如，我们提到过的另一位太康诗人张载，年轻时曾经入蜀，左思就去访问过张载，请教蜀地的山川风物。此外，他还需要读很多书。在古代，书籍不像现在这样普遍印刷流传，只有豪贵世家有较多的藏书，一般家庭的藏书都不够丰富。所以左思就求得了一个秘书郎的官职，那并不是他对做官有兴趣，而是为了看书方便，因为秘书省是皇家藏书的地方。左思的《三都赋》写了十年。历史上记载说，他写这篇赋的时候"门庭藩溷皆著笔纸"。"藩"是篱笆，"溷"是厕所。他连墙边和厕所都放了纸笔，平时得到一点材料或一点灵感就随时记下来。为写《三都赋》，他确实下了很大功夫。当时陆机也想写《三都赋》，而且陆机很看不起左思，听说左思正在写《三都赋》，就对他弟弟陆云说，这里有一个北方的土包子居然也要写《三都赋》，等他写完了正好拿来盖我的酒坛！可是等左思把《三都赋》写完了，陆机一看，大为叹服，自己就搁笔不写了。左思本来没什么名气，很多人都看不起他。可是他的《三都赋》写得确实好，又请了名人皇甫谧作序，所以当时就广泛流传起来，左思也因此而名重一时。大家都买纸笔抄写他的《三都赋》，以致洛阳的纸都因此涨了价。

左思是一个什么样的人？这要和当时的人加以比较才能够看

得出来。我曾提到，和左思同时的潘岳就是萦心利禄的，当时潘岳这样的人很多。而且西晋那个时候不但骨肉相残，道德沦丧，还流行一种竞夸奢豪的坏风气。潘岳有个朋友叫石崇，也是贾谧门下二十四友之一。这个人住在洛阳，是有名的富翁。历史上就记载了他和王恺斗富的故事。王恺也很有钱，而且和晋朝王室有密切的关系。有一次皇帝赏赐给他一株二尺多高的珊瑚树，世上少见。他就拿去向石崇炫耀。石崇随手就用铁如意把这株珊瑚树敲碎了。王恺很不高兴。石崇说，这有什么可惜，我的珊瑚树随你挑。于是叫人从储藏室里搬出很多珊瑚树，大的有三四尺高。王恺只好认输。石崇后来是被杀的。早先他朋友潘岳的父亲手下有一个卑微的小吏叫孙秀，这个人后来依附了野心勃勃、企图篡位的赵王伦，孙秀看中了石崇的爱妾——美丽的歌女绿珠，向石崇求之不得，怀恨在心，就诬陷石崇和潘岳等人谋反，杀死了石崇和潘岳。绿珠也在石崇被捕的时候坠楼殉节而死。所以，竞夸奢豪，道德沦丧，危机四伏，这就是当时官场的一般状况。但当时也有另外一种人物，比如张翰就很典型。张翰是江南吴人，性格十分狂放，有人称他为江左阮籍。陆机和陆云兄弟二人被征召入洛阳之后，被征召的还有一位贺循。贺循在从江南出发到洛阳途中，有一天晚上坐在船里弹琴，被张翰听到了，张翰就上船和贺循相见。他问贺循到哪里去。贺循说我到洛阳去。张翰说，我也早就有心到北方去，咱们一起走吧，于是连家人都没有通知就跟贺循走了。到了北方，张翰曾在齐王冏的手下做官，可是很快就看出政治漩涡中的危险。他借口说想吃家乡菰菜、莼羹、鲈鱼脍，马上就辞官回江东去了。所以你看，在西晋那种政治局面下出现了各种各样的人物：潘岳跟陆机不同，潘岳、陆机又与左思不同，而在潘岳、陆机和左思之间，又有像石崇这样竞夸奢豪却不能自保性命的人，还有像张翰这样来去自如、洒脱无牵挂的人。

在中国古典诗歌里边有一个基本主题，倘用西方心理学的说法也可以叫"情意结"，那就是仕与隐的问题。有的人，根本就没有用世的志意；有的人，本来有用世的志意，可是发现时代和社会不容许他有所作为，就归隐了。陶渊明就属于后一种情形，所以他的诗里边有很多这方面的矛盾和思考。但也有的人"知其不可而为之"，这是孔老夫子所赞成的。诸葛亮说"鞠躬尽瘁，死而后已"（《后出师表》），杜甫说"盖棺事则已，此志常觊豁"（《自京赴奉先县咏怀五百字》），他们就都属于这一类。可是你要知道，为什么有的人能够潇洒自如地说来就来，说走就走？为什么有的人"知其不可而为之"？这里边实在还有一个外在环境和个人性格的问题。诸葛亮为什么"鞠躬尽瘁，死而后已"？因为他得到先主的知遇。屈原为什么自沉汨罗？因为他是楚之同姓，没有别的选择。冯延巳为什么"日日花前常病酒，不辞镜里朱颜瘦"（《鹊踏枝》"谁道闲情抛掷久"）？因为他家世代和南唐君主结合了密切的关系。而张翰为什么来去如此自如？因为他本来是东吴的人，并非西晋世臣，也没有必要为西晋朝廷效死。这些，都是外在环境的不同。除了外在环境之外，还有个人性格问题。《孟子·万章下》说，伯夷是"圣之清者"，因为他"治则进，乱则退"——国家安定，政治清明他就出来做官，否则他就退隐；伊尹是"圣之任者"，因为他

"治亦进，乱亦进"——无论是什么样的社会，无论是什么样的领导，他都肯出来做官，他的目的是拯救天下人民。孔子和他们都不同，孔子是"圣之时者"，他根据各种情况的不同来决定自己的选择。孔子曾到过齐国，齐国不能用他，当他离开齐国的时候"接淅而行"。就是说，他的门徒们把米都洗了，但他不肯等待把饭煮熟，捧着淘过的米说走就走了。而他在离开鲁国的时候却"迟迟"而行，因为鲁国是他的父母之邦。孔子对待仕隐出处的态度是"可以仕则仕，可以止则止，可以久则久，可以速则速"（《孟子·公孙丑上》）。其实不仅对仕隐出处，孔子对待门徒的态度也各有不同，他常常根据每个门徒不同的才质和性格而因人施教。比如冉求问孔子："闻斯行诸？"就是说，我听到一个道理是否应该马上就去实行？孔子回答说是的。子路也问孔子同一个问题，孔子却回答："有父兄在，如之何其闻斯行之？"意思是说，你应该去问一问父兄，不可以自己做主。为什么孔子对同一个问题回答不同呢？因为冉求这个人遇事退避，所以孔子鼓励他勇进；子路这个人什么事都敢干，容易闯祸，所以孔子要他多克制自己。那么，左思是什么样的性格呢？他是一个有大志而勇退的人。就是说，他虽有大志，却不固执，当"知其不可"时他就"勇退"了。在晋室的八王之乱中，潘岳贪图名利，结果被杀；陆机放不下自己的才智，结果也被杀。而左思呢，他一看到政治风头不对，马上就辞官不做。齐王冏打算用他做记室督，他也"辞疾，不就"，后来举家离开洛阳搬到冀州去了。左思的八首《咏史》诗里，就充分表现了他这种有大志而勇退的性格。现在我们就来看《咏史》的第一首：

弱冠弄柔翰，卓荦观群书。著论准过秦，作赋拟子虚。边城苦鸣镝，羽檄飞京都。虽非甲胄士，畴昔览穰苴。长啸激清风，志若无东吴。铅刀贵一割，梦想骋良图。左眄澄江湘，右盼定羌胡。功成不受爵，长揖归田庐。

　　诗歌当然可以有言外之意，可是那种使你感发联想到诗歌言外之意的力量，却一定在言内——在诗歌的文本（Text）中。所以当你读一首诗时，一定要注意它的"显微结构"（Microstructure）所产生的那种微妙的作用。"弱冠弄柔翰，卓荦观群书"两句就是如此，其中的每一个字都含有感发的力量。"弱冠"是二十岁左右，古代男子到二十岁就可以把头发束起来戴上帽子，举行一个加冠的礼节，表示他已经成人了。但刚成年的男孩子身体还不很壮，所以叫"弱冠"。"弄柔翰"的"柔翰"是柔软的笔，它结合了一个"弄"字就很妙。得心应手才叫"弄"，倘若你半天写不出一个大字来，拿一根笔比拿一根房梁还重，那是没有办法"弄"的。"弄"字跟"柔"字结合起来，你更可以想象出他手中的笔要怎么用就可以怎么用的那种宛转自如的样子。而且，这个"弄"字还有一层意思，那就是玩赏或观赏。宋代张先的词"云破月来花弄影"，是把花拟人化，说花在月下摆弄和欣赏着自己的身影。所以你看，"弱冠弄柔翰"——他还那么年轻就能够把文章写得那么好。那种得心应手、那种自命不凡，全都通过这几个字表现出来了。但还不止如此，他还"卓荦观群书"。"观群书"当然是阅读了许多书，可这"卓荦"两个字用得真好！每个人都可以读很多书，但每个人从书中所得的都不一样。注《昭明文选》的那个李善，书读得确实很多，注解中引证的材料很丰富。可是他只会引材料，在注解的时候一点儿过人的见解都没有，所以有人称他为"两脚书橱"。意思是，他只比书橱少了两只脚，肚子里装满了书，却没有一个灵魂，没有自己的感受和见解。你看人家陶渊明，"好读书而不求甚解"（《五柳先生传》），那就是陶渊明之所以妙了。有些人不喜欢念书，就常引陶渊明这一句，说我跟陶渊明一样，也是"好读书而不求甚解"。可是你要知道人家陶渊明接下来还有一句话——"每有会意，便欣然忘食"。这才是真正的陶渊明！他从来不进行字句雕琢和考证，可是他读了书真正有心得，真正能够受益。"卓荦观群书"的"卓荦"，是高超的样子。有的人读书观其大者，有的人读书观其小者。苏东坡之所以那样达观，就因为他读书的时候能"通古今而观之"。人家说，诸葛亮读书也是"但观其大略"。所以你看左思写得真是好，他说他读书的时候是处于一种超然的地位，有一种通观的、达观的见解和眼光。这真是气骨不凡！而这种气骨不凡的样子，他只用"弱冠弄柔翰，卓荦观群书"几个字就表现出来了。

下边他说："著论准过秦，作赋拟子虚。"《过秦论》是贾谊的一篇文章，这篇文章讨论了秦始皇的庞大帝国为什么在短短的时间里就会灭亡。"准"，是一个标准。他说，我写论文的标准是要达到贾谊的《过秦论》那种水平。当然，这一方面是夸自己文章写得好，另一方面也是夸自己的政治见解很高明，对古今政治的得失利弊都有自己的看法。"赋"，属于文学作品，西汉文学家司马相如的《子虚赋》是很有名的。左思说，他写的赋可以和司马相如的《子虚赋》媲美，这也不完全是自夸，他确实写过很好的《三都赋》嘛！

"边城苦鸣镝，羽檄飞京都。虽非甲胄士，畴昔览穰苴。"左思这个人，不只有文才而已，他还有大志，希望在武功方面也能有所建树。"鸣镝"是一种带有声音的响箭，不是用来射人，而是战争时用来发号施令的。所以"鸣镝"这个词往往用来代表战争。所谓"苦"者，下雨太多总不晴天，你就"苦雨"；天旱总不下雨，你就"苦旱"，总之是某种东西太多了，多得使你无可奈何，所以就"苦"。"苦鸣镝"呢？就是战争太多了。历史记载说，在西晋时，雍州和凉州一带地方常常有外族的边患。"羽檄"，是告急的文书，军队里的公文叫檄，如果是紧急的公文，就插上一根羽毛作为标志，叫作羽檄。"甲胄士"，是战场上的武士，他们穿着衣甲，戴着头盔，责任是和敌人作战。"穰苴"，是春秋时的齐国人，齐景公曾用他做将军，和燕国、晋国的军队打仗。后来齐威王叫齐国的大夫整理古代兵法，把穰苴的兵法也编在一起了，就叫作"司马穰苴兵法"。读书应该多方面涉猎，虽然你不去打仗，但看一看兵法是同样有好处的。因为书读得越多，你胸中的含蕴也就越多。左思的诗之所以有风骨，就因为他果然有过大志，而且他读书的范围也很广。他说，我虽然不是能够打仗的武士，但我也读过兵书战法。所以就"长啸激清风，志若无东吴"。我前文曾讲过，中国的古人要表现他内心之中的情意和感动，有时候就用"吟啸"的方法，就是放声长啸。在这里，左思是形容他自己心志的远大和感情上的激昂慷慨。西晋初年孙吴还没有被消灭，它是在太康时才灭亡的。"志若无东吴"，是表示对东吴的轻视。杜甫咏马的诗有一句"所向无空阔"，空阔就是遥远。"无空阔"是说，无论多么远的路在这匹马的眼里也不算一回事，它一下子就能跑到。"无"，就是表示一种很不在意、很轻视的样子。"志若无东吴"意思是说，假如能够让我带兵，我马上就可以扫平东吴！所以你看，这就是左思。他说得太轻易了，天下哪里有这么容易的事情！左思属于那种有大志但不能坚持力行的人。这类人的诗往往有盛气大言的特点，嵇康、左思、李白都是如此的。

"铅刀贵一割"说得很好，但有些悲哀。这句话出于《后汉书·班超传》，班超曾说："况臣奉大汉之威，而无铅刀一割之用乎！""铅刀"是很钝的刀，这是一种自谦的说法。左思说，我不是一把锋利的刀，只是一把很钝的铅刀。但我既然是刀，总要用来割东西呀！倘若一把刀一辈子都没割过一次东西，它凭什么叫作刀呢？人生一世，也总要给世间留下一些你自己的东西才对，否则不是白来了一次吗？所以就——"梦想骋良图"。"图"，是自己的志愿和理想；"骋"，是马跑得很远。就是说，他希望有一天能够有机会施展自己的理想和抱负。那是什么样的理想和抱负呢？是——"左眄澄江湘，右盼定羌胡"。"江湘"指长江、湘水，是东吴的所在；"羌胡"，指西北的羌族，就是刚才所说的雍、凉一带的边陲。他说，我向左边斜过眼去看一看，就把江、湘的东吴都平定了；我向右边斜过眼去看一看，就把雍、凉的边陲都平定了。你看他说得多么容易！"功成不受爵，长揖归田庐"，这真是左思！他说，一个人应该在人世间留下一些功业，我追求的是功业而不是富贵利禄。

所以，当我完成功业之后绝不接受禄位的赏赐。到那时我将向皇帝深深地作一个揖，然后就辞官归隐。你看，他是多么潇洒！古代有些人为什么既要隐居，又要用世？其实那并不矛盾。他们之所以要隐居，是因为其本来的志愿并不在求取功名利禄；他们之所以要用世，是希望通过用世实现自己生命的意义和价值。古代的帝王为什么总是请隐居的人出来做官？因为隐居的人不追求利禄，只追求完成事业，所以一般不会成为贪官污吏。左思就是这样一个有大志的人。这首诗，主要就是写他自己的志意。好，下边我们再看他的另外一首《咏史》诗：

> 吾希段干木，偃息藩魏君。吾慕鲁仲连，谈笑却秦军。当世贵不羁，遭难能解纷。功成耻受赏，高节卓不群。临组不肯绁，对珪宁肯分。连玺曜前庭，比之犹浮云。

这首诗也是讲志意的，是对前一首内容的进一步发挥。"吾希段干木，偃息藩魏君"是说，我希望要做的是段干木那样的人。段干木是什么人？那是战国时的魏国人，隐居不做官，但魏国的国君魏文侯很尊敬他，每当经过他所住的茅屋时都要"轼之"。"轼"，是车前的横木。古人坐在车上，如果遇到自己所尊敬的人，就双手抚轼以示敬意。魏文侯只是经过段干木门前，还没有见到他这个人，就在车上行这种礼节。跟随魏文侯的侍从很不理解，就问他："段干木不过是平民，而你是一国的君主，你对他如此恭敬，不是太过分了吗？"魏文侯就说："段干木和世俗之人不同，他内心所怀的是君子的理想，不为名利而趋走奔逐。他隐居在穷陋的小巷中，声名却传到千里之外。拿他的地位来换我的地位，恐怕他是绝对不干的。我的光彩是由于权势，而他所富有的乃是品德。权势是比不上品德的，我怎么敢对他失礼呢?"做国君的能说出这种话当然很难得，不过我们由此也可以看出，段干木确实是一个德业崇高的人。班固还说过一句话，他说段干木"偃息以藩魏"（班固《幽通赋》）。"偃息"就是偃卧，是睡在床上。"藩"是篱笆、屏障，引申为保护的意思。上一首诗中左思说"左眄澄江湘，右盼定羌胡"，他的澄江湘和定羌胡至少还需要左边看一下，右边看一下，可是人家段干木什么都不用做，只需在家里躺着休息就可以保证魏国的安全。因为，一个人的品德崇高也可以形成一种威慑的力量，敌国因尊敬他这个人而不敢来侵犯他的国家。

左思所仰慕的另一个对象是战国时的鲁仲连——"吾慕鲁仲连，谈笑却秦军"。这件事历史上也有记载，说鲁仲连"好奇伟俶傥之画策，而不肯仕宦任职"（《史记·鲁仲连邹阳列传》）。赵孝成王的时候，秦国派大将白起包围了赵国，赵国向魏国求救，魏王却派将军新垣衍到赵国劝赵尊秦为帝。可是当时正好鲁仲连在赵国，他用一席话责备得新垣衍哑口无言，使赵国放弃了尊秦为帝的打算，决心联合各国一起抗秦。秦将听到这个消息被迫退兵五十里。所以左思说，鲁仲连只通过一席话就化解了赵国的危险，使秦军不得不后退，这真是值得仰慕的。下边他说："当世贵不羁，遭难能解纷。"我的老师顾随先生曾经说，要以悲观的心情过乐观的生活，以出世的解脱做入世的事业。"不羁"，是不被功名利禄所羁束，超然于时代和政治斗争之外，这当然是出世了；可是"遭难能解纷"又是入世，当国家和人民真的有灾难时，你却又能入世做一番事业，尽你的力量来拯救国家和人民。不仅左思这样想，李白也是这样想的。李白就是一个不羁的天才，他个性的特点就是不受拘束。可是他曾屡次尝试仕宦，甚至加入永王璘的队伍，直到他临死的头一年还想去从军打仗。他们之所以这样，并不为求功名利禄，而是想要完成一番事业，实现人生的价值。所以左思说"功成耻受赏，高节卓不群"，强调他们这些人的理想和品德与一般追求功名利禄的人是完全不同的。

"临组不肯绁，对珪宁肯分。""组"，是一种丝织的绶带；"绁"是系。古人用丝织的绶带把官印系在腰间，所以绁组就是指的做官。"珪"是一种玉，古代王侯大臣朝见天子时手中执珪，所以分珪也是指接受朝廷的官爵。而不肯绁组，不肯分珪，则是不接受官爵封赏的意思。"连玺曜前庭"的"玺"，是玉刻的官印。他说，就算有很多这种玉刻的官印，一个一个排列在我的庭院之中，在日光下闪烁着光彩，在我看来，也不过像浮云一样而已。"浮云"，用的是《论语》上的意思。孔子说："不义而富且贵，于我如浮云。"（《论语·述而》）一个人最有价值、最可宝贵的东西是什么？是你自己的人格、感情和意愿。陶渊明说："所以贵我身，岂不在一生。"（《饮酒》）《圣经》上保罗的书信说，你赚得了全世界，却赔上了你自己。所以，人的立身和持守是重要的，所有一切钱财利禄都是身外之物，是和浮云一样轻的东西。左思生活的那个时代，正好赶上八王之乱，政坛上你砍我杀，毫无道义可言，不但很难保全自己的清白，甚至也很难保全自己的生命。左思虽然曾有大志，但却未能生活在一个可以有为的时代；而且他本来出身贫寒，与晋朝王室并没有很密切的关系，没有为皇帝尽忠的义务，所以他在急流中就勇退了。他这些鄙视富贵利禄的话是出自内心的，并不像"拜路尘"的潘岳写《闲居赋》那样心口不一。左思的妹妹左芬并不美丽，并不得宠，左思也并没有因为妹妹在宫里而夤缘利禄。他要求做秘书郎，是为了便于到皇家图书馆去查资料来写他的《三都赋》。所以我们说，左思这个人，他确实有"连玺曜前庭，比之犹浮云"的那种襟怀。

第六节　左思之二

左思《咏史》诗的好处就是他的盛气、大言、壮志和高怀。这些在前文讲过的两首《咏史》诗里都有充分表现。在太康时代，一般诗人都喜欢雕琢字句，只有左思在内容和气势上很有特色，这是他超过别人的所在。可是，左思也有他的缺点，这缺点和他的优点是互为因果的。那就是，由于他盛气大言，把一切都说得非常容易，所以就有些浮夸，他的内容就显得不够深厚。这话真的是很难说。比如，同样写归隐，有的人就写得深厚，有的人就写得浮浅。陶渊明也写归隐，他的内容就比左思深厚得多。陶渊明内心曾经有过很多矛盾、挣扎和思索，经过十分复杂的酝酿，他终于找到了一个足以自立的境界。也就是说，他通过对自身的超越，得到了一种泰然的、安恬的心境。这种心境得来不易，绝非凭空一说就能实现，而是经过无数次痛苦的、矛盾的挣扎得来的结果。因此他的体会是很丰富，也很深沉的。陶诗分析起来很困难，因为它表现的方面太多了，你很难把它们全面概括出来。左思的诗分析起来就比较容易，因为它没有陶诗那么丰富，很容易就可以归纳出几个方面的内容。比如前文讲过的两首，都是写他的壮志和高怀。现在我们再来看他的另外两首，这两首诗表现的是西晋社会贵贱贫富的悬殊，以及在下位的人那种沦落失意的感受。中国的取士，自唐宋以来实行的是科举制度。科举制度有它的弊端，也有它的好处。好处是，它比较公平，无论什么人，只要一旦考中就能名满天下。像三苏父子，像欧阳修，都是如此的。但魏晋时代还没有科举制度，而是九品中正的推举制度。那时候被列在上品的人物没有一个是出身寒门的，被列在下品的人物没有一个是出身世家的。针对这种不平的现象，左思写了下面的两首诗。我们先看第一首：

郁郁涧底松，离离山上苗。以彼径寸茎，荫此百尺条。世胄蹑高位，英俊沉下僚。地势使之然，由来非一朝。金张藉旧业，七叶珥汉貂。冯公岂不伟，白首不见招。

这首诗写得虽然不很深厚，但它在口吻之间显得很有气势，而且它的形象用得很好。一首诗的口吻显得有气势，往往是因为使用了对举的方法。对举能产生一种张力，而这张力就能够造成声势。诗歌中的这种技巧，杜甫用得最好。杜甫有一首《醉时歌》，写他的一个好朋友郑虔，开头几句是这样的："诸公衮衮登台省，广文先生官独冷。甲第纷纷厌粱肉，广文先生饭不足。先生有道出羲皇，先生有才过屈宋。德尊一代常坎坷，名垂万古知何用。""衮衮"，是盛多的样子；"台"是御史台；"省"是尚书省、中书省和门下省。杜甫说，那些达官贵人都纷纷登上了台省的高位，而郑虔却在广文馆做一个博士的冷官——自古以来，凡学术机关都是冷清的部门，在那里永远发不了财的。汉代曾把宅第分出甲乙等第，"甲第"是指最好的住宅。他说，住在甲第里的那些达官贵人膏粱美味吃得太多了，可是广文博士郑虔连饭都吃不饱。是因为他没有能力吗？不是，郑虔的道德比那些达官贵人好，郑虔的学问比那些达官贵人高。可是，郑虔的一生很不得意，纵然他的道德、学问能流传百世又有什么用呢？你看，他从一个极端说到另一个极端，在这一张一弛、一起一伏之间就造成了张力和气势。在太康时代，左思的诗是最富于张力的。与杜甫那首诗不同之处是，杜甫那首诗是直接表现，所以张力的力度更大一些；左思这首诗是用形象来写的，所以张力不如杜甫那一首大，但写得也很好。

"郁郁涧底松，离离山上苗"，这两个形象就是对举。"郁郁"和"离离"都是很茂盛的样子。山上的小苗虽然很小，它的地位却很高，涧底的松树虽然有百尺的枝条，它的地位却很低，你从远处去看，只能看见山上那离离的小苗，看不到山涧里那百尺高的松树。这两个形象说明了什么呢？说明的是，"世胄蹑高位，英俊沉下僚"。"世胄"，就是那些世族的后裔；"蹑"，是登上。他说，世族的后裔就都登上了很高的地位，而那些真正有才能的人却被埋没，只能做下位的属官。"僚"是属官，是受上官支配和控制的。在高位的人对你颐指气使，叫你做这样的事做那样的事，尽管你发现他的支配是不合理的，可是你只有服从，没有反对权和发言权。因此李商隐做县尉的时候曾写过两句诗说："却羡卞和双刖足，一生无复没阶趋。"（《任弘农尉献州刺史乞假还京》）他说，他宁可羡慕卞和的两只脚都被砍断，从此就再也不用在阶前奔走供人驱使了。为什么有才能的人只能做僚属，受人支配呢？因为"地势使之然，由来非一朝"。魏晋时把人分为九品，"上品无寒门，下品无世族"。倘若你出身寒门，那么纵然你有才能，也无法改变自己的地位。现在我们返回来看，这首诗的开头六句，每两句之间都是相对的，而且都是从一个极端说到另一个极端。你看，一边是"郁郁涧底松"，一边是"离离山上苗"；一边是"以彼径寸茎"，一边是"荫此百尺条"；一边是"世胄蹑高位"，一边是"英俊沉下僚"。因此，每两句之间都形成了产生气势的张力。但这首诗的最后四句，他是两句和两句相对的："金张藉旧业，七叶珥汉貂。冯公岂不伟，白首不见招。""金张"，指汉朝的金日磾、张汤。据《汉书》记载，金家七代为内侍，张家的子孙官至侍中、中常侍的有十多人。这个"藉"字从草字头，人们常说"藉草而卧"，是说把草放在下边，你睡在草的上边，草是你所凭靠的一个东西。所以"藉旧业"是说金家和张家的子孙可以有他们祖先的基业作为凭靠。"七叶"就是七代。"珥"是插，汉代的侍中、中常侍帽子上都有貂尾作为装饰。就是说，那些世家子弟靠祖先的功业可以世代在朝做高官。"冯公"是指汉代冯唐。《史记》记载，冯唐以孝著称，后来被推荐做了中郎署长。有一次汉文帝的车辇经过郎署，看见了冯唐，就问他："父老何自为郎？"意思是，你这么老了怎么还只是一个卑微的郎官呢？所以荀悦《汉纪》说："冯唐白首，屈于郎署。""冯公岂不伟，白首不见招"是说，冯唐难道不是一个有才能的人吗？但由于他不是世胄，终身得不到重用，头发白了仍然是一个卑微的郎官。你看，这两句和"金张藉旧业，七叶珥汉貂"也是一个对比，只不过这里是两句和两句相对的。这首诗，表现了作者对社会贵贱悬殊造成才能之士沦落失意的感慨。下边这一首"济济京城内"，基本上也是表现这种感慨，我们简单看一看：

> 济济京城内，赫赫王侯居。冠盖阴四术，朱轮竟长衢。朝集金张馆，暮宿许史庐。南邻击钟磬，北里吹笙竽。寂寂扬子宅，门无卿相舆。寥寥空宇中，所讲在玄虚。言论准宣尼，辞赋拟相如。悠悠百世后，英名擅八区。

这首诗也用了对举的方法，但不像刚才那首的两两相对。它的前半首都是写王侯贵族，后半首都是写不得意的人。与前一首不同的是，这首诗的最后几句对不得意之人还做了一些安慰："言论准宣尼，辞赋拟相如。悠悠百世后，英名擅八区。"他说，这些居住在寂寞穷巷中的人，他们的言论符合孔老夫子的道理，他们的文才可以媲美于司马相如，等到千百年之后，他们的名声将到处流传。"八区"，就是八方的区域。东、西、南、北是四方，再加上东北、西北、东南、西南四个角落，就是八方。他认为，贵贱贫富都是眼前的、短暂的，而一个人只要真正有才学、品德，最终就不会被埋没。

下边我要讲的，是左思特别出名的一首《咏史》诗"皓天舒白日"。这首诗是直接写他自己。左思曾经说自己"铅刀贵一割，梦想骋良图"，他希望得到一个机会，做出一番事业，然后"功成不受爵，长揖归田庐"。这个"归田庐"本来是要在"功成"之后的。可是在"皓天舒白日"这一首里我们可以看到，左思已经开始"勇退"，功不成他也要归隐了。现在我们看这一首：

> 皓天舒白日，灵景耀神州。列宅紫宫里，飞宇若云浮。峨峨高门内，蔼蔼皆王侯。自非攀龙客，何为欻来游？被褐出阊阖，高步追许由。振衣千仞冈，濯足万里流。

"皓天舒白日，灵景耀神州。""皓"，是光明的、皎洁的；"舒"是舒展、展开；"灵"是赞美的意思，有神灵之意；"景"是光影。他说，在那皎洁的天空上展露了光明的太阳，太阳那灵异的光彩照耀在神州之上。"列宅紫宫里，飞宇若云浮。""紫宫"，就是紫微宫，本来是天上的星座名，古人认为那是天帝所居的地方。不过古人也常常把人间和天上联系起来，因此，"紫宫"也用来指天子所居的皇宫。而在这里，"紫宫"指的是京城的所在。在京城的大街上，有很多达官贵人的住宅。"飞宇"是有飞檐的屋宇，中国有些大建筑的屋檐比较讲究，是翘上去的，好像鸟的翅膀，因此叫作飞檐。那些达官贵人的住宅都非常高大，它们的屋檐就好像飘浮在天上的云彩之中。"峨峨高门内，蔼蔼皆王侯。""峨峨"是高的样子；"蔼蔼"本指草木茂盛，这里是盛多的样子。在那些高大的门楼里，住着很多的王侯贵族。以上所写，都是都城的美盛和王侯宅第的豪华，下面他就开始写他自己了。

我们可以看到，左思章法的变化其实并不多。"济济京城内"那一首是前一部分写王侯贵族，后一部分写贫贱之士；这一首是前一部分写王侯第宅，后一部分写他自己，都是用对举的方法。"自非攀龙客，何为欻来游"，是他自己的一个反省。"攀龙"本来有一个典故，说是黄帝曾经铸了一个鼎，当鼎铸成的时候，天上就有一条龙降下来，接黄帝升天。而那些黄帝左右的侍奉小臣，抓住龙的胡须，也都希望攀附在龙的身上一起升天。后来人们就用"攀龙"来比喻依附权势。有时候还说"攀龙附凤"，龙指的是皇族，凤指的是后族，你不是宗室子孙，也不是外戚，但你要和他们拉关系，那就是攀龙附凤。左思的妹妹左芬是做了贵嫔的，可是左思说，他自己并没有攀龙附凤的意思，并不想借裙带关系飞黄腾达。"欻"就是忽，有突然的意思。他说，我为什么忽然之间就跑到都城来了呢？左思并不想追求富贵利禄，他到都城来，只是由于一个偶然的机会。他的妹妹被选入宫，所以他就陪他的妹妹离开家乡，来到洛阳。因此他觉得，现在就应该抽身隐退了："被褐出阊阖，高步追许由。""阊阖"本来是天上的宫门，可是晋朝时洛阳也有一个城门叫作阊阖门；"褐"，是粗布衣服。他说，我披上一件粗布衣服，就走出了洛阳的城门。去做什么呢？是"高步追许由"。"高步"，就是高蹈，你的脚踏向更高的地方。意思是说，你的精神、心灵达到了一种更崇高的境界。许由是一个隐士，尧曾经打算把天下让给许由，许由不肯接受，就遁耕于箕山之下。传说有这样一个故事，说尧让天下于许由，许由不但不肯接受，而且认为这话弄脏了耳朵，就到河边去洗耳朵。他的朋友巢父正好牵牛到河边饮水，问他为什么洗耳朵，他就把尧让天下的一番话告诉巢父。巢父说，你这么一洗把水也洗脏了，我的牛在这里饮水岂不要弄脏牛的嘴巴？于是就把牛牵到上游去饮水了。当然，这个故事讲得也有些过分，这样做未免太过于自命清高了。

下边两句是左思最有名的句子："振衣千仞冈，濯足万里流。"这两句真的是气象好。有些诗的好处不在情意而在气象。在这里，他把他内心的志意通过带有感发力量的形象表现出来了。所谓"千仞"，八尺为一仞，千仞是八千尺，也就是极言其高。"振"是振起的意思，他说我要站在高高的山上，让山风把我的衣服吹起来。"振衣千仞冈"——你可以想象，晋朝的人宽袍大袖，站在高高的山顶上衣袂翩跹，那是一种何等高傲的神气和姿态！"濯足万里流"是说，我要把我的脚洗干净。在什么地方洗？一小盆水吗？那有什么意思！他说，我要在滔滔滚滚的万里长河中洗我的脚。这里其实也是有典故的。古代有《孺子歌》，说是："沧浪之水清兮，可以濯我缨。沧浪之水浊兮，可以濯我足。""沧浪"，是水色青苍的样子；"缨"，是帽系，就是系帽子的带子。他说，如果沧浪之水是清的，我就可以把我的帽缨洗一洗；如果沧浪之水是浊的，我就可以把我的脚洗一洗。这话很妙，也很难讲，它是用形象来比喻的。就是说，你外在是什么样的情况，我就以什么样的态度来相应，你是清的，我就以我的这一面来相应；你是浊的，我就以我的那一面来相应。这"沧浪之水"其实也可以看作比喻当时的社会，你可以根据不同的环境采取不同的态度和不同的方法来应付，但都能够同样保持你的清白。所以，这"振衣千仞冈，濯足万里流"的"振衣"和"濯足"就已经表现有一种保持清白和不受尘世污染的境界，而"千仞冈"和"万里流"又使得这一境界显得既高远又博大，因此就产生了"气象"。当然，这里边难免有些浮夸，他果然在千仞冈上振衣吗？他果然在万里流中洗脚吗？没有这么回事！可是，他在说这番话的时候，他的精神上果然产生了这样一种境界。因此，这两句虽然并不是写实，也没有很深奥的思想，但却给读者一种振起的作用，一个人难道不应该有这样高远和博大的胸襟吗？这首诗，是左思表现他自己胸襟怀抱的很有名的一首诗。

下边这一首"荆轲饮燕市"，也是表现胸襟怀抱的，但同时也表现了他的识见，即他的认识和见解，他的判断和衡量：

　　荆轲饮燕市，酒酣气益震。哀歌和渐离，谓若旁无人。虽无壮士节，与世亦殊伦。高眄邈四海，豪右何足陈。贵者虽自贵，视之若埃尘。贱者虽自贱，重之若千钧。

这首诗，赞美了荆轲那种酣饮高歌、旁若无人的豪气，从而表现了对豪门贵族的藐视。当时的社会有贫富贵贱的悬殊，但富贵的人果然高贵吗？贫贱的人果然低下吗？左思说，富贵的人尽管富贵好了，可是在我看来，他们就像地上的尘土一样轻贱；贫贱的人虽然贫贱，但他们值得看重，值得尊敬，我觉得他们有千钧的分量。这是左思对贫富贵贱的判断衡量，这里边就表现了他的一份识见。南宋辛弃疾写过一首《鹧鸪天》赞美陶渊明，最后两句说："若教王谢诸郎在，未抵柴桑陌上尘。"王、谢都是东晋的高门世族；柴桑是陶渊明的老家。辛弃疾说，倘若把王、谢子弟和陶渊明相比的话，那些贵公子们连陶渊明家门前道路上的尘土都不如！这也是和左思同样的一种判断衡量。

最后还有两首完全是写他的感慨，我们先看第一首：

> 主父宦不达，骨肉还相薄。买臣困樵采，伉俪不安宅。陈平无产业，归来翳负郭。长卿还成都，壁立何寥廓。四贤岂不伟，遗烈光篇籍。当其未遇时，忧在填沟壑。英雄有迍邅，由来自古昔。何世无奇才，遗之在草泽。

左思在这首诗里举了主父偃、朱买臣、陈平、司马相如四个古人做例子，这四个人都很有才干，但都出身贫贱。当他们未遇之时，很有可能就会饿死而葬身沟壑。而事实上，哪个时代没有杰出的人才？但由于社会上贫富贵贱的不公平，很多人才都在草野之中被埋没了。可是，发达的人是否就真值得羡慕，被埋没的人是否就真很不幸呢？在最后一首《咏史》诗中，左思继续抒发了他的感慨，并以达观的态度做了自我安慰：

> 习习笼中鸟，举翮触四隅。落落穷巷士，抱影守空庐。出

门无通路，枳棘塞中涂。计策弃不收，块若枯池鱼。外望无寸禄，内顾无斗储。亲戚还相蔑，朋友日夜疏。苏秦北游说，李斯西上书。俯仰生荣华，咄嗟复凋枯。饮河期满腹，贵足不愿馀。巢林栖一枝，可为达士模。

"习习笼中鸟，举翮触四隅。""习习"是鸟张开翅膀要飞的样子。"隅"是笼子的角落。笼中的鸟想飞，可是它一张开翅膀就碰到了笼子四面的角落。"落落穷巷士，抱影守空庐。""落落"是疏阔之貌。什么叫疏阔？就是不拘小节的样子。要知道，一般眼光比较高远的人就不太注意小节，可是这样的人往往就很贫困孤独，住在穷巷空庐里边，陪伴他的只有他自己的影子。"出门无通路，枳棘塞中涂。计策弃不收，块若枯池鱼。"他说，他眼前找不到一条平坦的路，因为所有的路上都长满了荆棘；他把所有的计策谋划都抛弃了，因为没有人用他，不管是多么好的计策谋划都得不到实践的机会。"块"，是独处的意思。他说，他自己块然独处，像被困在枯池里的一条鱼，还能够维持多久呢？"外望无寸禄，内顾无斗储。亲戚还相蔑，朋友日夜疏。"他说，他现在外边没有一点点俸禄的收入，家里也没有一斗粮食的储藏，亲戚都看不起他，朋友也都跟他一天天疏远了。"苏秦北游说，李斯西上书。俯仰生荣华，咄嗟复凋枯。"苏秦曾经到各国去游说但没有成功，回到家里，妻子和嫂子都看不起他，于是他才锥刺股，发愤读书，最后终于六国封相。李斯是楚国上蔡人，到秦国去做客卿，一开始也很不得意，但后来终于受到重用，做了丞相。苏秦和李斯"北游说"、"西上书"

是为什么？为了追求富贵呀！因为贫贱的人被社会轻视，连自己的妻子、朋友都看不起。当然，如果你真有才能，富贵荣华也很容易得到，像苏秦和李斯，不是很快就发达了吗？可是他们结果怎样？苏秦是被刺死了，李斯是被腰斩，都落得一个不幸的下场。"俯仰"是一低头一扬头，"咄嗟"是叹一口气。就在这低头扬头或叹一口气的时间里，就会发生这么大的变化。那么，人们又何必像苏秦和李斯那样汲汲追求荣华富贵呢？"饮河期满腹，贵足不愿馀。巢林栖一枝，可为达士模。"结尾这几句用了《庄子》上的典故。《庄子·逍遥游》说，"鹪鹩"是一种小鸟，它在树林里做巢，所需要的不过是一根很小的树枝；"偃鼠"是一种小动物，它在河中饮水，至多也不过就是装满了肚子。那么一个人，只要自己能温饱也就够了，何必贪多无厌地去追求荣华富贵呢？"模"，就是榜样、模范的意思。鹪鹩占不了整个树林，偃鼠也不能把一河水都喝干，它们知足安分，不对身外的东西做无厌追求。人，不也是一样吗？

左思的《咏史》诗我们就讲到这里，它的内容大致就是如此，说起来是比较单纯的，并没有很复杂的思想性，只是以盛气、大言、壮志和高怀取胜。在中国古代诗歌中，咏史的内容很早就有了。比如《诗经·大雅》的《文王》就是写历史的事情，但那只是歌颂祖先的功业，不能算真正的咏史诗。东汉班固有一首《咏史》，写的是缇萦救父的故事，但它完全是写客观的史实，叙述很死板，以致后来钟嵘批评说他这首诗"质木无文"（钟嵘《诗品序》）。左思的《咏史》跟班固的《咏史》不同，他是借史抒怀，用别人的酒杯浇自己的块垒，借历史的故事发自己的牢骚。而且，他叙述的口吻很有气势，带着一种感发的力量，不像班固《咏史》那样质木无文。这是左思对咏史诗的一个突破。后来，就有了很多这一类的诗，把历史、时事和自己的怀抱结合起来，逐渐形成了咏史诗的作风。从左思开始一直到晚清王国维，他们的咏史诗都是走的这一条路子。从这一个方面来讲，我们虽然不能说左思开创了咏史诗，但他的咏史诗对后代的影响却是非常重要的。

第七节　左思之三

左思在文学发展史上的地位是非常重要的，这主要是因为他的《咏史》诗、《招隐》诗和《娇女诗》对后世都有影响。他的《咏史》诗我们已经读过了。我们说，左思虽然不是咏史诗的开创者，但他开创了把历史、时事和个人怀抱结合起来写咏史诗的这样一种作风。后世咏史诗基本上都是走的他这一条路子。而另外左思的《招隐》诗对后世的山水诗也有影响关系，他的《娇女诗》则与后世的白话诗有关系。

一个杰出的诗人，可以在很多方面对后世发生影响，但从文学发展的角度来看，他的有些影响是和大家一样的，但有些影响是比较特殊的。那么，他的这些特殊的影响就更值得注意。所以，从发展的角度看，左思《娇女诗》对白话诗的影响比他的《招隐》对山水诗的影响更值得我们注意。魏晋是一个战乱的时代，为了逃避现实，大家都向往神仙隐逸的生活。所以不仅左思写《招隐》诗，陆机、张载也都写过《招隐》诗。写招隐诗是一种时代现象，并不是左思个人的独创。然而魏晋时代的文学潮流是注重辞藻和雕饰的，左思却在这样的文学环境之中写了一首白话的《娇女诗》，这就是独创了。沈德潜《古诗源》说左思"陶冶汉魏，自制伟词"。我认为，左思的《娇女诗》就属于"自制伟词"的一类。

左思的这首《娇女诗》，历来很多选本都不选它。为什么不选？一方面可能是因为很多人选诗都喜欢选典雅的，而这首诗是白话的，他们不喜欢，所以不选。另一方面呢？你要知道，讲中国的古典诗文，典雅的其实反而容易讲。因为典雅的语言都是从前人作品中承袭下来的，你不懂的可以到经史里去找。它的每个典故都有一个出处。而且，文字一经写下来，变化就比较少了，你看那汉魏的古文和唐宋的古文，都是文言文，其实都差不多嘛！但白话就不同，口语变化很快，再加上中国一向只重视典雅的文字，对口语很少注意，既没有整理记载，也没有专门的注释，所以口语的文字有很多就失传了。我们现在所说的话，跟魏晋时候的人所说的话不一样。那个时候的口语，我们已经有很多不懂得了。曾有几个同学在我家讨论，有大陆来的，也有台湾地区来的，他们讨论"说"字和"讲"字哪个是文言，哪个是俗语。台湾地区同学认为"说"是文言，"讲"是俗语；大陆同学认为"讲"是文言，"说"是俗语。这是由于各地方言的不同。其实，台湾人说的闽南话里保存了很多古语的习惯和古语的语音。比如，台湾人说某某人胡说八道，叫作 ōu bēi gàng。这三个字写出来就是"黑白讲"，其实是非常古雅的话。又比如，台湾人说"走"，其实是"跑"，而大陆的北方人说"走"

就只是走，没有"跑"的意思。为什么会这样？因为西晋以后"五胡乱华"，一些外来民族占领了中原地区，于是中原的语音就和胡人的语音混合在一起，原来的古代语音系统就被破坏了。反倒是福建和广东一带保留了一部分古语的习惯和中国的古音。这个问题涉及语言学，我就不多讲了。总之，左思的这首《娇女诗》还不完全是白话，但里边已经有些字很难懂，你很难知道他真正说的是什么意思。

另外我还要说的是，左思的《娇女诗》，影响了唐代大诗人杜甫。杜甫是一位集大成的作者，他之所以能集大成，是因为他有集大成的容量。这是很重要的。唐代如李白、陈子昂等都鄙薄齐梁的诗，他们只看到齐梁诗的坏处，没有看到齐梁诗的好处，这种见解是狭隘的。而这也正是李白七言律诗一直写不好的原因。杜甫是一个能够兼容并蓄的诗人，从杜诗里你可以看到，上自《诗经》，下到齐梁，各类诗的好处他都接受了，都吸收了。而且，杜甫的接受和吸收不是像陆机《拟古》诗那样死板地模仿，他能够把前人的好处都消化掉，全都融会贯通在他的诗里边。有时候，他在同一首诗里既有汉魏，也有齐梁。杜甫有一首很有名的诗叫"北征"，写他从凤翔回到羌村去看他的妻子儿女。这首诗不但是受了汉魏的影响，甚至还用了经史的笔法。而在这首诗里的一些地方，就很明显地受到了左思的影响。现在我们就来看《娇女诗》：

吾家有娇女，皎皎颇白晳。小字为纨素，口齿自清历。鬓发覆广额，双耳似连璧。明朝弄梳台，黛眉类扫迹。浓朱衍丹唇，黄吻澜漫赤。娇语若连琐，忿速乃明恒。握笔利彤管，篆刻未期益。执书爱绨素，诵习矜所获。其姊字惠芳，面目璨如画。轻妆喜楼边，临镜忘纺绩。举觯拟京兆，立的成复易。玩弄眉颊间，剧兼机杼役。从容好赵舞，延袖像飞翮。上下弦柱际，文史辄卷襞。顾眄屏风画，如见已指摘。丹青日尘暗，明义为隐赜。驰骛翔园林，果下皆生摘。红葩缀紫蒂，萍实骤抵掷。贪华风雨中，眴忽数百适。务蹑霜雪戏，重綦常累积。并心注肴馔，端坐理盘槅。翰墨戬闲案，相与数离逖。动为垆钲屈，屣履任之适。止为茶荈据，吹嘘对鼎𬬻。脂腻漫白袖，烟熏染阿锡。衣被皆重地，难与沉水碧。任其孺子意，羞受长者责。瞥闻当与杖，掩泪俱向壁。

"吾家有娇女，皎皎颇白皙"——我家有非常娇惯的两个女儿，面貌长得光润、洁白。这开头两句，就使我们联想到杜甫《北征》的"平生所娇儿，颜色白胜雪"。杜甫写他的小孩子也用了"娇"和"白"，显然是承袭了左思的这两句。但杜甫并不止于承袭，他接下来的两句更好："见耶背面啼，垢腻脚不袜。"杜甫用的也是白话。他说，我在经过离乱之后终于回到家里来，可是我过去最娇惯的孩子已经不认得我了，把我当做生人，而且她身上穿得破破烂烂，脚上连一双袜子都没有。所以你看，杜甫既有对古典的继承，也有他自己真正生活的写实，他把二者结合得很好。《北征》里受左思影响的并不只这两句，等一下我们会看到更多。现在接着看《娇女诗》："小字为纨素，口齿自清历。"左思有两个女儿，大的叫惠芳，小的叫纨素。这个"历"，也是清楚的意思，比如我们常说，某某事情历历如在目前。纨素这个小女孩，她说话的时候一个字一个字都说得很清楚。也许有人说，这有什么好说的？可是你要知道，做父母的听到自己的小孩能够一个字一个字把话说清楚了，会觉得这是天底下最好的事情，一定会非常得意。下边他还说："鬓发覆广额，双耳似连璧。"这小女孩的额头很宽，但鬓发垂下来盖住了前额；她的耳朵长得特别白润，好像一对贵重的美玉。当然，这都是因为做父母的爱自己的孩子，所以怎么看怎么好看。接下来写得更妙："明朝弄梳台，黛眉类扫迹。"说天刚亮的时候，纨素就跑到梳妆台那里去玩，抓起笔就往眉毛上乱画，画出的眉毛就像扫把扫过去的一样。"弄"，就是玩弄，这个字用得很好。梳妆台也许是她母亲的，也许是她姐姐的，上边一定有些胭脂啦，粉啦什么的，她就在那里一件一件地玩弄。"黛"是一种青黑的颜色，是画眉毛用的。这两句，显然也影响了杜甫。杜甫《北征》写他女儿的淘气说："学母无不为，晓妆随手抹。移时施朱铅，狼藉画眉阔。"写得真是很好。杜甫经过战乱回到家里，看到他的孩子们穿得破破烂烂，他的妻子显然也很久不曾梳妆打扮了。现在一家人团聚了，他妻子就赶快整理被褥，把那些包起来很久不用的化妆品都打开准备化妆。而他的女儿很久没见过母亲化妆，觉得很新鲜，于是就"学母无不为，晓妆随手抹"。可是小女孩本来不知道该怎样化妆，拿起那些红的胭脂啦，白的粉啦，只知道往脸上乱抹。"狼藉"，是乱七八糟的样子。那女孩拿起眉笔就给自己画眉，把两道眉毛画得很粗很粗。你看，杜甫写他女儿的这种生动的、白话的笔法，完全是从左思那里来的！有的时候，一个人做了些什么事情，对后世可能发生什么样的影响，他自己并不大清楚。左思当年觉得自己这两个小女儿如此可爱，一高兴就写了这首白话诗。他大概不会想到数百年后会有一位大诗人受到他这首诗的影响。接下来两句写得也很好："浓朱衍丹唇，黄吻澜漫赤。""浓朱"，是深红色；"衍"是漫的意思，就是说漫延到范围之外。涂口红本来是很有讲究的，有的女孩子涂口红之前先要用红笔画个轮廓，口红一定要涂在轮廓里边，不能抹到外边，而且深浅也有讲究的。这小女孩不懂，把口红都涂到嘴唇外边来了。小孩子本来就唇红齿白，所以说是"丹唇"，可她还要抹上很深的红颜色，结果就"黄吻澜漫赤"。"澜漫"是说她把嘴抹得一片鲜红；"黄吻"，是"黄口"，就是"黄口小儿"的意思。汉乐府有一首《东门行》，写一个妻子嘱咐她的丈夫不要出去做坏事，说是"上用沧浪天故，下为黄口小儿"。就是说，看在苍天和我们孩子的份上，你千万不要做出违法的事来。为什么把小孩叫作"黄口"呢？因为小鸟的嘴巴都是黄色的。我家厨房窗前的树上就有一对鸟儿做了巢，每年孵出小鸟以后，常常看见大鸟叼一些小虫来喂小鸟。那些小鸟都从巢里伸出嘴巴来接着，它们的嘴巴真的都是黄颜色的。小孩子也像小鸟一样幼稚可爱，所以古人就把小孩子比作黄口的小鸟。

"娇语若连琐，忿速乃明悁。""连琐"，本来指花纹。比如说"琐窗"，指的是窗上雕刻的花纹图案一个花套着一个花。而"娇语若连琐"是一种很形象的比喻，说那女孩说起话来没完没了，就跟连琐的花纹一样，一圈套着一圈。这是父母对小女儿说话流利感到得意的表示。"忿速"，是恼了，急了；"㥋"，是一个俗字，《玉篇》说是"乖戾也，顽也"，就是脾气很不好、很不听话。"明㥋"，是明目张胆地跟你不讲理。小孩子是会这样，越是娇养的小孩子越会这样做，发起脾气来就一点儿理也不讲。"握笔利彤管，篆刻未期益"，说这小女孩也喜欢玩弄笔。"利"，是以什么为好。她抓笔的时候，专挑那最贵重的彤管的笔。"彤管"，是笔杆上涂着红颜色的笔，这种笔是史官用的，是一种很贵重的笔。可是你以为她专挑好笔就能写好字吗？她是"篆刻未期益"。"期"，是期望；"益"，是进步。他说，她就像写篆字那样拿着笔乱画，你根本就不能指望她在书写方面有所进步。这女孩有时候也读书——中国古代的女子一般是不读书的，但如果父母是读书人，常常就教自己的女儿读书。像蔡琰，就因为是蔡邕的女儿所以才有机会读书。左思也是读书人，他写《三都赋》时不是"藩溷皆著纸笔"吗？所以就怪不得他家的小孩子也喜欢书和纸笔了，她是"执书爱绨素，诵习矜所获"。"绨素"，是丝织品的绢，古时候纸张还不流行，古人把字写在白色的丝绢上，书也多是丝绢的。"矜"，是自夸。这女孩拿书喜欢拿那种最好的绢本书，她如果读懂一点儿会背两句了，就骄傲得不得了。

以上都是写他的小女儿纨素，下面就开始写他的大女儿惠芳："其姊字惠芳，面目灿如画。""灿"，是美好的样子。中国古代赞扬人长得美，常说是"眉目如画"。你看古代仕女图中的美女，眉目都很纤秀，跟西方那种涂了黑眼圈、蓝眼膏的美女不大一样。他说，这个惠芳，长得就跟仕女图上的美女一样。"轻妆喜楼边，临镜忘纺绩。"你看，这姐姐就比妹妹进步了。妹妹是"黛眉类扫迹"，是"黄吻澜漫赤"，而姐姐已经懂得化妆不能太浓，要恰到好处。因此她就常常坐在楼窗口淡淡地化妆。古代的女子都要纺绩呀，可是惠芳一化起妆来就把纺绩的事都忘了。下边一句"举觯拟京兆"的"觯"，是装酒的器具，放在这里讲不通。因此清代学者吴兆宜就认为，这个"觯"字是"觚"字之误。"觚"就是笔，应该是"举觚拟京兆"才对。为什么呢？因为这里是用了一个典故。汉朝的张敞曾经做过京兆尹，他和妻子的感情极好，曾经为妻子画眉。所以，"举觚拟京兆"就是指这个女孩子拿起笔来学张敞的画眉。"立的成复易"的"的"，是古代女子面部的装饰。你看现在印度的妇女，常常在额头点一个红点儿，就是这一类的装饰。"立的"，就是把那个红点儿点上去。而"成复易"，是刚点上去就又把它擦掉了，重新再点。这仍然是写女孩子化妆时慢吞吞描来描去的样子。左思说，她是"玩弄眉颊间，剧兼机杼役"。女子化妆的时候，常常是一边化妆，一边欣赏，所谓"弄妆梳洗迟"（温庭筠《菩萨蛮》）。这个女孩现在就是这样，把那些胭脂啦，粉啦，眉膏啦，对着镜子慢慢地描来描去。而且她不但把化妆当作游戏，有时候把女工的纺绩也当作游戏。"剧"，也是玩弄的意思。小孩子不知道人生的艰难困苦，也用不着靠工作来维持生计，所以她们不管对纺绩啦，还是化妆啦，都是采取一种游戏的态度。而且，这个女孩子还很喜欢跳舞："从容好赵舞，延袖像飞翮。""从容"，是不慌不忙的样子。为什么说"赵舞"？《古诗十九首》说"燕赵多佳人，美者颜如玉"；古人还常说"燕姬赵女"。古代燕国和赵国的女孩子都长得很美，而且善于歌舞，所以提到歌舞常常就说"赵舞"。"延袖"，是把袖子甩开。说她把袖子一甩开，就像鸟儿的翅膀一样在空中飞舞。"上下弦柱际，文史辄卷襞。""弦柱"，是琴瑟之类乐器上的装置。弦，是发声的弦。柱，是支弦的柱。"辄"是常常。"襞"是折叠。他说，这女孩还喜欢玩弄乐器，一会儿把这根弦弄紧一点儿，一会把那根弦弄松一点儿；可是对那些文史的经书，她读过以后就把它们卷起来丢到一边去了。"顾眄屏风画，如见已指摘。丹青日尘暗，明义为隐赜"，这四句是要连起来看的。他说，他的女儿有时候回头看见了屏风上的画，还没有看清楚，就开始指指点点，说这里画得好，那里画得不好。为什么屏风上的画看不清楚呢？因为它年深日久，已经被灰尘遮暗，看不出它的内容和线条来了。"赜"，是深隐难见的意思。小孩子喜欢发表意见，尽管看不清楚，也要对着屏风凭空议论一番。

"驰骛翔园林，果下皆生摘。红葩缀紫蒂，萍实骤抵掷。"他说，这两个女孩子在园子里像飞一样跑来跑去，园里的果子还没熟就都被她们摘下来了。她们不但摘果子，还摘花，把红色的花连着紫色的花托一起摘下来。"萍实"，是指很大的、很贵重的果实。这里边有一个典故，《孔子家语》说，楚王渡江的时候看到江里有一个红色的圆东西，像斗一样大，一直漂过来碰到楚王的船头。船上的人把这圆东西捞上来。楚王不知道是什么，问他的群臣，没有一个人认识。于是楚王就派人到鲁国去请教孔子。孔子说，这东西叫作"萍实"，可以剖开来吃，是一种吉祥之物，只有功业强大的人才能得到它。使者回来告诉楚王，楚王就把萍实剖开吃了，果然非常好吃。这个典故在这里并不重要，总而言之他是指一个很大的、很好看的果实，小孩子摘下来却不吃，拿着它抛来抛去地玩。"贪华风雨中，眴忽数百适。""眴忽"，是倏忽的意思。春天她们喜欢看花，哪怕外边在刮风下雨，她们也要往园子里跑，而且转眼工夫就跑了好多趟。"务蹑霜雪戏，重綦常累积"，冬天她们喜欢玩雪，越是不让她们去，她们越是一定要去。你要是带过小孩子你就会知道，有时带着出去，地上有积水的小水坑，你怕他把鞋踩湿不让他（她）从那里走，他（她）偏偏要跑过去踩上一脚。小孩子往往是如此的。"綦"是鞋带，"重綦"是好几层鞋带。大人怕她们把脚冻坏了，就在她们的鞋子外边再套上一双鞋子，绑上好几层鞋带。"并心注肴馔，端坐理盘槅。"女孩子毕竟是女孩子，她们也很注意做菜、做饭一类的事。男孩和女孩的游戏是不一样的，男孩喜欢拿根竹竿学打仗；女孩子则喜欢"过家家"。她们喜欢摆弄那些小盘子、小碗，你要是把真的器皿和食物给她们，她们更喜欢，可以老老实实地坐在那里玩上半天。"翰墨戢闲案，相与数离逖。""戢"，是收藏起来；"闲案"，是空的桌子；"离逖"，是远远地离开；"相与"，是指这两个小女孩一起。他说，她们姐妹不喜欢写字，经常把笔墨收起来放到空桌子上，两个人一起远远地离开。"数"读shuò，是很多次，就是常常的意思。"动为垆钲屈，屣履任之适。"余冠英《汉魏六朝诗选》认为，"垆"是缶，古人用为乐器；"钲"也是铙钹之类的乐器；"屈"字疑是"出"字之误。这两句是说，儿童听到门外有卖小食的人敲击垆、钲的声音，拖着鞋子就跑出去了。"屣履"，是拖着鞋子。"之"也是指的鞋子。"动"，有随时随地的意思。底下两句又有些问题:"止为荼荈据,吹嘘对鼎𬭤。""荼荈"的"荈"字读chuǎn,是一种晚采的茶。但另外一个本子这两个字作"荼菽",荼是苦菜,菽是豆类。"据"是安坐。"鼎𬭤"都是烹饪的器具,鼎可以用来煮,𬭤可以用来蒸。这两句是说,两个孩子总是跑来跑去,她们只为正在煮着的食物才肯停下来坐着,然后就对着火吹,希望食物快一点儿熟。"脂腻漫白袖,烟薰染阿锡。""脂"是食物的油脂。"阿锡",在司马相如的《子虚赋》里就有这两个字,是纺织得非常细的一种丝织品或细布。这两个孩子,因为她们喜欢弄吃的,所以把干净的白袖子沾上了很多油垢,身上穿的衣服也被烟薰黑了。"衣被皆重地,难与沉水碧。""衣被",就是指她们的衣服。"重地"的"地",指衣服的底色。由于她们的衣服上又是油又是烟,所以颜色变得很杂乱,都不是原来的底色了。"沉水碧",就是沉碧水,是说她们把衣服弄得这么脏,放在清水里也难以洗干净。"任其孺子意,羞受长者责"是说,小孩子非常任性地做她们自己所喜欢的游戏,而且很不愿意受到大人的责备。"瞥闻当与杖,掩泪俱向壁。""瞥",是用眼睛一看。当她们用眼睛一看,她们的父亲拿着一根棍子来打她们了,于是两个人都抹着眼泪躲到墙边去了。

这首诗,由于用了不少当时的口语白话,所以有些字句难以给它很恰当的解释,但我们可以感受到这是一首好诗,写小孩子写得非常生动、活泼、真切。我想,左思是真有这样两个女儿,而且很爱她们,所以才能写出这样生动的诗。这首诗确乎是超出了太康时代的风气,可以称得起是"自制伟词"的一首很有特色的诗。

第八节　左思之四

我们是从《古诗十九首》一直讲下来的，我们的目的是要了解诗歌历史的发展，所以有些诗虽然并不是最好的诗，但它在诗歌历史发展中的地位比较重要，我们就也选了。左思的《招隐》诗就属于这一类。

我们中国最早的诗歌总集是《诗经》，《诗大序》上就说过："诗者，志之所之也。在心为志，发言为诗。""诗言志"的"志"，就是这种需要表达的情意。可是这情意也有两种不同的分别，一种是写你心中的怀抱和志意，一种是写你内心的某种感情。或者也可以说，一种是言志，一种是抒情。

杜甫的诗最能代表言志的传统。他的《自京赴奉先县咏怀五百字》说："杜陵有布衣，老大意转拙。许身一何愚，窃比稷与契。"这个"意"字指什么？就是指他自己的志意，也就是"许身一何愚，窃比稷与契"的志意。因为一般人都追求功名利禄，追求一己的所得，而杜甫希望做什么？希望做出稷与契那样的事业。稷教人民稼穑，使大家都有饭吃；契做尧的司徒，使天下和平安乐。这是杜甫的志意。而抒情传统的代表，可以举晚唐李商隐为例。李商隐的《无题》诗说："昨夜星辰昨夜风，画堂西畔桂堂东。身无彩凤双飞翼，心有灵犀一点通。"他说，我们两个人不能生活在一起，不能像彩凤那样比翼双飞，可是我们的内心是彼此了解互相知赏的。这完全是抒情。诗歌就是要写你的志与情，这是中国的历史传统。

那么中国的诗写不写大自然的景物呢？孔老夫子曾经对他的弟子们讲过学诗的好处："《诗》可以兴，可以观，可以群，可以怨。迩之事父，远之事君，多识于鸟兽草木之名。"（《论语·阳货》）什么叫"《诗》可以兴"？兴就是兴发感动，使你的心活泼起来。古人说，哀莫大于心死，而身死次之。人没有死，心也会死吗？要知道，当你被眼前的声色享乐所迷惑，一心只追求眼前的那一点点金钱和利益，对其他任何事情都不感兴趣的时候，你的心就死了！人，要懂得欣赏宇宙之间的各种情态，对大自然的景物和人生的情事有敏锐的感觉，这样才能够有一颗活活泼泼的、有生命的心，而诗歌就正是训练你这一方面的能力。诗也可以"观"，就是带领你仔细地观察体会。人家欧阳修说了："雪云乍变春云簇，渐觉年华堪送目。北枝梅蕊犯寒开，南浦波纹如酒绿。"（《玉楼春》）你看他观察到了多么好的东西！人家苏东坡也说了："明月如霜，好风如水，清景无限。曲港跳鱼，圆荷泻露，寂寞无人见。"（《永遇乐》）这么好的景物为什么"寂寞无人见"？就因为大家都不懂得去欣赏。什么是诗"可以群"呢？"群"是指和大家相处，和大家同乐。你看苏东坡一生遭到多少次挫折，可是他到了黄州说："山中友，鸡豚社饮，相劝老东坡。"（《满庭芳》"归去来兮"）如果你有一颗善感的心，你对世间万物都有一种关怀，那么你无论到了哪里都可以和大家处得很好，永远也不会孤独。可是——就算你什么都不好，这诗最后还有一个好处，你就可以"怨"嘛！1979年我回国时曾经在北大教书，有一天和北大的一位老教授一同坐车出去。司机就问起那位教授的年纪——那位老教授年纪比司机大得多，头发还是黑的，而司机已经满头白发了。于是司机就说："你们读书人有一种好处，心里烦恼时，读一读书或者作一首诗就把烦恼消解了；而我们这样的人心里有了烦恼总是没有办法消解，所以我的头发就白得早。"这位司机师傅的高论其实很有道理。像陶渊明，像苏东坡，他们平生遭遇到很多挫折，可是不管生活上多么困苦，多么不幸，他们在精神上总是有一个立足的所在。陶渊明饥寒交迫，甚至写过乞食的诗，可是他精神是快乐的："何以慰吾怀，赖古多此贤。"（《咏贫士》）他说，我虽然穷苦孤独，可是我却有我自己的安慰和快乐，当我拿起书本来的时候，我马上就不孤独了，我跟古代很多人的心灵是相通的。杜甫说："摇落深知宋玉悲。"（《咏怀古迹》）他虽然生在千百年之后，可是他知道当年宋玉为什么见到草木摇落就感到深深的悲哀。而且，当一个人不幸的时候，把你的不幸用诗表达出来，那也是一种发泄和安慰。这就是孔老夫子说的诗"可以怨"。孔子还说，诗可以"迩之事父，远之事君"。从比较切近的关系来说，学了诗你就知道应该怎样侍奉你的父母；往远处推，学了诗你就知道该怎样侍奉君主。因为古人常说，温柔敦厚是《诗》教也。诗可以使你有一种内心宽厚、表达委婉的修养，有了这种修养，你的人际关系就比较容易相处了。而且，就算你这些全做不到，他说你学了诗还可以"多识于鸟兽草木之名"呢。比如《诗经》里边，就写了很多鸟兽草木。鸟兽草木，不就都是大自然的景物吗？

可是，《诗经》里尽管写了鸟兽草木，尽管写了大自然的景物，但那都不是真正描写山水自然的诗，它们的主旨都是写志与情的。

"关关雎鸠，在河之洲"，是写雎鸠吗？不是，它要写的是"窈窕淑女，君子好逑"。作者看到两只水鸟相应而鸣，由此就想到男女之间也应该有这种和美的感情。"桃之夭夭，灼灼其华"，是写桃花吗？不是，它要写的是"之子于归，宜其室家"。大自然景物的桃花红得像火在燃烧，那么年轻、那么美好，就使人联想到将要出嫁的女孩子，希望她嫁过去之后一家人和乐美好。所以，《诗经》里的诗虽然写大自然景物，但其主旨却不是为了写大自然景物。《诗经》里的鸟兽草木，都只起一种比和兴的作用。

那么《离骚》呢？《离骚》里边不是也写大自然景物吗？屈原说："余既滋兰之九畹兮，又树蕙之百亩。"又说："日月忽其不淹兮，春与秋其代序。惟草木之零落兮，恐美人之迟暮。"然而，屈原的目的也不是写大自然景物。也许他确实看到了秋天草木零落，但他要写的却是"美人之迟暮"。其实他也不是要写美人，他真正要写的是才能之士，是他自己的悲哀。至于屈原的兰之九畹和蕙之百亩在什么地方？你可以去打听打听，根本就没有那么一块地方。屈原的兰花和蕙草都是比喻一种美好的品德。由此可见，《离骚》里的大自然景物也是只起比兴的作用。《离骚》与《诗经》的不同在于，《诗经》里的鸟兽草木多半是实有的，而《离骚》里边的鸟兽草木常常是一种假想的比喻。

所以，中国诗歌虽然从很早就有写自然景物的内容，但由于它有言志和抒情的传统，目的不在于对山水景物做客观的雕琢刻画，因而真正的山水诗出现较晚。可是后来，山水诗就慢慢发展起来了。而在山水诗的历史发展中，最早出现的就是招隐诗。魏晋时期天下战乱不断，人民流离死丧。曹魏之篡汉、司马氏之篡魏，这还不说。晋武帝司马炎好不容易统一了天下，可是在他死了之后，晋惠帝时就发生了骨肉相残的八王之乱。我们讲过的那些诗人，好多都是被杀死的，士人的生命安全得不到保证。因此魏晋以来老庄思想就很流行。老庄思想是乱世的哲学，是一种比较消极的思想，但它有旷达的一面，可以使你的精神从灾难和不幸之中解脱出来。后世的文人，比如苏东坡，就把儒家的持守和老庄的旷达结合起来了。当苏东坡在朝廷中的时候，他坚持自己的政见，绝不苟且逢迎。新党在台上，他可以与新党政论不合；旧党上了台，他也可以与旧党政论不合。他坚持他自己的是非，就算他的是非不一定是真正的是非，但他起码是忠实于自己的，他坚持做自己认为对的事情。可是当他被贬到外边去的时候，他又能够用老庄和释家思想来解脱自己，从精神上不被外来的忧患和灾难所打倒。在他经过九死一生的灾难被贬到黄州的时候，他可以写出前后《赤壁赋》，写出"大江东去"那样的豪放词。当他被贬到海南岛去的时候，他可以写出"九死南荒吾不恨，兹游奇绝冠平生"（《六月二十日夜渡海》）的诗句来。这都是老庄思想旷达的一面起了作用。《庄子·逍遥游》里有一则有名的寓言，说是在遥远的藐姑射山上住着一个神人，这个人"肌肤若冰雪，绰约若处子"，当大旱的时候太阳把石头都晒化了，却伤不了她；发大水的时候水势滔天，也淹不着她。这是一个比喻。当"大旱金石流"的时候，别的东西都被烧化了，你却能够不被烧化；当"大浸稽天"的时候，所有的东西都被淹没了，你却能够不被淹没。这说的是什么？是说在乱世之中你能够保住自己不受损伤。因为庄子生活的战国时期也是一个乱世，所以才产生这种哲学思想。而魏晋时期同样是乱世，所以老庄思想才会盛行一时。这老庄思想盛行的结果，除了哲学之外，还发展出了"方士"一派。方士所讲的就不仅是精神上的修养，而且还要追求所谓"长生之术"。嵇康写过很有名的一篇文章叫"养生论"。他认为人的寿命本来应该更长，人之所以不能活那么长是因为在日常生活中不知养生而受到了损伤。比如说你饮食不加节制或者爱发脾气，都会使你的生命受到损伤。如果你在生活中注意避免这些损伤，就一定能使生命延长。嵇康所说的这种"养生"，还是比较现实的。还有的就讲究"服食"，他们搞出一种药叫"五石散"，说是吃了就可以长生不老。总之，在魏晋这样的乱世，很多人害怕被政治的漩涡吞没，所以就转向哲学、清谈、服食和追求神仙。于是，与追求神仙相应的隐遁思想也发达起来。因此魏晋之间有不少人都写了游仙的诗、招隐的诗。写诗的人自己是否真的去隐遁，那是另外的事情。比如陆机也写过招隐的诗，可是他并没有去隐遁，后来是被杀死了。左思也没有真的隐遁到山林之中去，他只不过是辞职不再做官了。不过总而言之，魏晋士人对隐遁和神仙生活有一种向往，从而形成了风气。而这种风气影响到诗坛就出现了招隐的诗和游仙的诗。虽然也有人说大隐隐于朝市，小隐才隐于山林，可是一般都认为隐士和神仙是住在山林之中的，不然李太白怎么会说"五岳寻仙不辞远，一生好入名山游"（《庐山谣寄卢侍御虚舟》）呢？不管是招隐还是游仙，它的背景都是山林，所以你自然而然就得用较多的笔墨来描写大自然的山水。于是，招隐诗和游仙诗就成了中国山水诗的一个源头。

中国写山水自然的诗一向有两种类型：一种是"刻画形貌，模范山水"的类型，就是把山水外貌的形象描写出来；另一种是"得山水自然之神致"，就是说你与山水自然有一种精神上的契合。这两种类型的代表，前者是谢灵运，后者是陶渊明。为了说明这两种类型的不同，下面我分别举谢灵运和陶渊明的几句诗为证。

谢灵运有一首《过始宁墅》，其中有一段说："岩峭岭稠叠，洲萦渚连绵。白云抱幽石，绿筱媚清涟。"他说，高起的山岩很陡峭，山岭一个接一个连绵不断；水很曲折地沿着沙洲流动，水里的小河滩一个接一个也是连绵不断。你看，一句写山，一句写水。底下两句还是一句写山，一句写水。"幽石"是人迹罕到的高山上的岩石；"绿筱"是刚长出来的细嫩的小竹子；"清涟"是清波荡漾的流水。他说，白云萦绕着高山上幽僻的岩石；嫩绿的竹枝竹叶把影子投在水面上，好像用自己美丽的姿态来讨流水的欢喜。而且还不止如此。你看，"岩峭"是一个名词加一个形容词，"洲萦"也是一个名词加一个形容词；"岭"和"渚"都是名词；"稠叠"和"连绵"都是形容词。"白"和"绿"都是形容词，而且都是颜色；"云"和"筱"都是名词；"抱"和"媚"都是动词；"幽石"是一个形容词加一个名词，"清涟"也是一个形容词加一个名词，都是两两相对。这就是从曹子建开始所形成的重视对偶和修辞的风气，谢灵运是继承了这种风气的。

那么陶渊明是怎样写山水自然的呢？陶渊明有一首《时运》说："迈迈时运，穆穆良朝。袭我春服，薄言东郊。山涤馀霭，宇暖微霄。有风自南，翼彼新苗。"这真是陶渊明！只有陶渊明才这样写诗。他说，一直前进不停的是什么？是时序的运行。时序，就是春夏秋冬四季时间的次序。"穆穆"，是和美安静的样子。春天的早晨，在一个很幽静的地方，你也许会听到远处有流水的声音，树枝上偶尔有一两声小鸟的叫声，多么安静，多么和美。这就是"穆穆"。他说，在这样一个美好的早晨，我就脱掉冬天穿的笨重的棉衣，换上春天轻快的服装，到东郊去游玩。陶渊明这首诗是四言诗，而《诗经》里四言诗最多，所以他有的句法是模仿《诗经》的，像"薄言"就是。"薄"是迫近的意思，就是到什么地方去；"言"是语助词。他到东郊去游春，看见了什么呢？"山涤馀霭，宇暖微霄。"你看那远山，到了黄昏的时候就烟雾迷蒙；可是早晨你再看，那么苍翠，那么新鲜，就好像把昨天的烟霭都洗刷掉了。"宇"，是天宇；"暖"，是日光昏暗的样子；"霄"，就是云。他说，那山像洗过一样，天空中有一些淡淡的云。"有风自南，翼彼新苗。"有一阵很和暖的风从南方吹过来，吹得田里那些刚刚插好的秧苗像长了翅膀一样舞动起来。陶渊明所写的不是外表的形貌，而是大自然之中那种安静和美的生命的精神。他的话里洋溢着对大自然风景的赏爱，他自己的生命精神已经与大自然的生命精神合而为一了。

左思的《招隐》诗也写了大自然的山水，而他在写山水的时候，同时表现出了大谢（指谢灵运；谢朓为小谢）和陶渊明的两种倾向。左思写大自然山水的诗当然没有大谢好，也没有陶渊明好，可是他比谢灵运和陶渊明时代更早，而且对山水既有外貌的刻画，也有精神的契合。所以我们说，他在山水诗的历史发展中起了一定的影响，占有一定的地位。下面我们就看他的一首《招隐》诗：

> 杖策招隐士，荒涂横古今。岩穴无结构，丘中有鸣琴。白云停阴冈，丹葩曜阳林。石泉漱琼瑶，纤鳞或浮沉。非必丝与竹，山水有清音。何事待啸歌，灌木自悲吟。秋菊兼糇粮，幽兰间重襟。踌躇足力烦，聊欲投吾簪。

"杖策招隐士"的"招隐士"，本来是《楚辞》篇名。作者是淮南小山。淮南小山不是一个人，是淮南王刘安手下的一批文学之士，有的称大山，有的称小山。《楚辞·招隐士》说："王孙游兮不归，春草生兮萋萋。""王孙"当然是贵家子弟啦。他说，王孙隐居到山林里就一直没有回来，现在春天的草又长起来了，长得非常茂盛。然后底下一段他就写那深山茂林之中有什么危险的山水，可怕的猛兽，最后说"王孙兮归来，山中兮不可久留"，说你还是赶快回来吧，山中生活那么危险，那么艰苦，没有什么可留恋的。所以，最初的那个《招隐士》，是招山中的隐士们出来。可是左思的这个《招隐》，招了半天不但没把隐士招来，他自己反而要去跟隐士认同了。"杖策招隐士"的"杖"不是名词而是动词，是拿着手杖；后边这个"策"，才是名词的手杖。但"策"也不是很讲究的手杖，而是普通的树枝，是代替手杖用的。当年我去泰山，泰山脚下的一个山神庙里有人卖手杖，那手杖是檀木的，涂着很漂亮的漆，还有银丝嵌在里边。我们每人买了一根，我就拿着这么好的一根手杖去爬了泰山。可是后来我到四川去爬卧龙山——那儿是出产熊猫的地方——山很高，很难爬，当地人都把路旁的树枝折下来当手杖，他们看我没有，也给了我一根。我就是拿着一根树枝代替手杖爬的卧龙山，这树枝就是"策"。

"荒涂横古今"的"横"是塞的意思。就是说，那荒僻的山路千百年来都没有人走过。隐士所住的山，都应该是比较荒僻的。当然，也有的隐士不住到荒僻的山里，像唐朝就有很多人跑到长安城外的终南山里去隐居。那不是真的要隐，而是先要得到隐居的高名，然后出来做官，这是所谓"终南捷径"嘛！你要是总考科举总考不上还是要考，人家一定会说你热衷名利，是不是？可是你到山里边当隐士有了高名，你不用考人家就会请你出来做官。为什么呢？因为追求名利的人只要做大官不要做大事，他们是为了个人的私利才出来做官的。中国后来封建制度越来越腐败，官爵可以出卖，那些花钱买官做的人除了把本钱捞回来之外能多捞就多捞，他们是为了贪污才做官的。而那些清高的、不谋私利的人根本就不想出来做官。可是，一定要请那些不想做官的人出来做官，国家才有点儿希望，不是吗？所以，古人认为隐居的人是清高的，请他们出来做官才可以真正为国家做些事情。可是古人没有想到，这天下最令人无可奈何的就是人心。隐居本来是清高之士所为，但有些人本不清高，却要隐居以示清高，其实走的是终南捷径。因为你倘若真要隐居，一定会找一个人迹罕至，谁也找不到你的地方；你住在京城附近的终南山里，怎么能算真正的隐士？宋代陆游写过一首诗说："志士山栖恨不深，人知已是负初心。不须先说严光辈，直自巢由错到今。"(《杂感》)他认为，真正要隐居的人入山只怕入得不够深，倘被别人知道了你的名字，那就已经辜负了你隐居的本心。还不要说后代的严光之类，自打巢父和许由那里就已经错了，一直错到现在。严光就是严子陵，是东汉光武帝刘秀的故人。刘秀做了皇帝，严光表示不肯出来做官，穿个老羊皮袄跑到富春江上钓鱼。刘秀就派人来请他，把他请到皇宫里和他同榻而眠。半夜时严光把一条腿压在皇帝身上，正赶上管天文的大臣观察天象，看到"客星犯帝座"，说不得了，皇帝有危险！皇帝说，没那么严重，不过是我和我的老朋友同榻而眠罢了。你看这样的隐士，天下人都知道他了，还算什么隐士？"巢由"是巢父和许由，他们都是尧时的隐士。尧要让位给他们，他们都不接受。可是你想，巢父和许由要是真的隐士，我们今天的人怎么会知道他们呢？既然千百年后的人都知道他们的名声，他们又怎么能算真正的隐士？所以，真正的隐士这一途实在是不太好走的。

"岩穴无结构，丘中有鸣琴。""岩"是高起来的山岩。"穴"是凹进去的山洞。"结构"是人工建造的房屋。"丘中"，就是山中。他说，这山中只有高的山岩、凹的山洞，没有一座房子，可奇怪的是，山中却有弹琴的声音。既然如此，这山中一定有隐士了。所以他就要进山来找寻。而当他在山中寻找的时候，自然就会注意到沿途的景色。下边他就开始描写沿途的景色了："白云停阴冈，丹葩曜阳林。""阴冈"，是背对太阳的山冈。山的南面都是朝着太阳的，叫作阳；山的北面都是背对太阳的，叫作阴。水就不同了，因为水是平的，所以北岸是阳，南岸是阴。"阳林"，当然就是山南边的树林。他说，白云一动不动地停在山的北面，而红色的花朵却在山的南面灼灼生辉。我不是说大谢受左思影响吗？你看，这两句和大谢的"白云抱幽石，绿筱媚清涟"句法完全一样。下边他说："石泉漱琼瑶，纤鳞或浮沉。""琼瑶"，本来是美丽的珠玉，但这里是指秀美的山石。他说，山石之间有泉水流过，小鱼在水里忽高忽低地游泳。"纤"，是细小的；"鳞"就是鱼。其实鳞本来是鱼身上的一部分，但这里是用部分来指代整体，就像我们常常用"帆"来指代整个的船一样。从"白云停阴冈"到"纤鳞或浮沉"，这就是我所说的刻画山水形貌。显然，这是大谢那一派的类型。可是你看下边就不是大谢了："非必丝与竹，山水有清音。""丝"，是弦乐，如瑟啦，琴啦；"竹"是管乐，如箫啊，笛啊。他说，你何必一定要听那些漂亮女子弹琴弹瑟吹箫吹笛呢？你听一听那山水之中的声音，你就会感到，一切喧哗和尘杂都没有了，那种声音胜过尘世间最美妙的音乐！这一句，就不是只写山水形貌，而是写他自己的感受了。他和山水之间真的有了一种精神上的契合："何事待啸歌，灌木自悲吟。"魏晋的名士们，他们歌哭吟啸，用这种恣纵的方式来发泄内心的感情。可是左思说，你不必歌哭吟啸，你只需听一听那丛生的灌木，一阵风吹过，它们就发出一种悲吟的声音。"吟"，不一定非得吟诗。凡是有一种声音发出来都可以叫作吟，草木被风吹的声音也是一种吟。有人一看见"悲"字就认为是悲哀，其实有的时候"悲"字表示一种感动。曹丕《与吴质书》说："清风夜起，悲笳微吟。"这都是写宴饮游乐，这里的"悲"，都是指乐器发出来那种感人的声音。

"秋菊兼糅粮，幽兰间重襟。"他说，秋天山里边到处开满了野菊花，你只要带点儿干粮，菊花也可以采来吃！而且山里还有美丽的兰花，你可以采来放在你的衣襟里边。这两句是由《楚辞·离骚》变化而来。《离骚》说"朝饮木兰之坠露兮，夕餐秋菊之落英"；又说"扈江离与辟芷兮，纫秋兰以为佩"，身上佩带着美丽的兰花，吃秋菊的花瓣，都是表示自己心志的高洁。他本是来招隐士的，可是来到山中之后觉得山中真是很好，所以就"踌躇足力烦，聊欲投吾簪"。"足力"就是脚力。"烦"是累了。他说，我现在已经走累了，我也想要把我头上的簪子拔下来做一个逍遥自在的山中隐士。古代男子把长发盘在头上，戴上一个簪，或者用簪把帽子别在头上。尤其是做官的，都要高冠博带。把簪丢掉，那就是散发了。散发是一种自由放旷的样子。也就是说，把人世间那些拘束礼法、那些高冠博带，都不要了，也到山中去当隐士。所以你看，左思的《招隐》招了半天不但没有把隐士招出来，他自己也要到山里去与隐士认同了。

（徐晓莉、安易、杨爱娣整理）

第六章

*

时代风气以外的两位诗人

第一节　傅玄之一

傅玄，字休奕。北地泥阳（今陕西耀县东南）人。生于建安二十二年，死于晋武帝司马炎咸宁四年，经历了太康时代，可他的作风却与这一时期的诗风不同，因此《诗品》称赞太康时代的诗人"三张、二陆、两潘、一左"，其中没有傅玄。为什么傅玄生于东汉末年的建安，死于晋武帝咸宁之间，却不包括在建安至太康的诗人群之中呢？我们可以从他的诗中寻求些答案。我们看他一首《豫章行·苦相篇》。《豫章行》是乐府古题，他是借一个乐府的诗题来作诗，作什么内容的诗呢？"苦相篇"才是他诗的主题。"苦相"就是苦命的意思，他是借一个乐府的旧题来写一个苦命的女子。这苦命的女子其实是封建社会中所有遭受悲惨命运和不幸待遇的女子们的缩影。傅玄写过很多首表现男女之间的情事的乐府诗，其中不少都是以女子的口吻来写的，因此傅玄的仿乐府诗与张华的模仿乐府之作有很大不同，张华是用典，傅玄则多半用女子的口吻，站在女子的立场之上直接抒情，这是傅玄乐府诗的一个特色。许多年前，我曾读过许地山（笔名落花生）的一篇文章。他说，一定要对女子有了解和同情的人，才可以称为好的哲学家。女人是人类的一半，如果对于这一半人的生活不了解，你永远不能成为了悟人生的哲学家。傅玄在写乐府诗时，往往是出于一种直接的感发，而不是典故、辞藻的堆砌和造作。这是仿乐府诗作的突出特色。这种特色当然会与太康时代的风气不一致了，我想或许是由于这个缘故，钟嵘在《诗品》中把傅玄列为下品。其实，被列为下品而诗写得好的人何止一个傅玄。建安时的曹操诗写得那么好，也被《诗品》列入下品，原因就在于他的诗与时代的风气不相合。今天我们读古人的书，看古人的文学批评，一定不能完全相信他们的话，还应有我们自己的眼光和标准才可以。明朝张溥在《汉魏六朝百三名家集》的傅玄诗题解中说："休奕天性峻急，正色白简，台阁生风。独为诗篇，辛婉温丽，善言儿女。强直之士怀情正深，赋好色者何必宋玉哉。"据《晋书·傅玄传》记载，他性情刚强正直，在朝中为官时常常给皇帝上奏章，提劝告的建议。有一段时间，他身任监察官的职务，每当他有话要对皇帝讲时，常常是傍晚的时候，就穿好朝服，手持白简（弹劾官员的奏章），一直坐着等到天亮。由于他的存在使台阁之上很有生气。现在张溥说他"独为诗篇，辛婉温丽，善言儿女"。"婉"是婉约、婉转之意。"婉"前加一"辛"字，真是说得非常好！在傅玄以女子口吻所写的诗篇中，于温柔、美丽、婉约之中常常带有一种酸辛悲苦的感情，他不像别人，一写男女之情就只是欢爱缠绵、相思怨别，他独能从中写出女子不幸命运中的种种酸辛与悲苦。这真正叫"善言儿女"之情。"强直之士怀情正深"，正是这种刚强正直的人，他内心才能有这样婉约、温柔、深挚、浓厚的感情。一个本性真挚的人，不管他是做官也好，谈恋爱也好，才会有真挚的情感。北宋的范仲淹有"先天下之忧而忧，后天下之乐而乐"（《岳阳楼记》）这样宽广博大的胸襟、怀抱，他在戍守边防与西夏人作战时，西夏人说他"小范老子腹中自有数万兵甲"（《续资治通鉴长编》），因此不敢轻易进犯。可是正是这位"一夫当关，万夫莫开"式的英雄将领，写起词来却极为温婉，像他的"碧云天，黄叶地。秋色连波，波上寒烟翠。山映斜阳天接水。芳草无情，更在斜阳外"（《苏幕遮》），你看多么温婉、缠绵。再看南宋陆放翁的诗，金戈铁马，气贯长虹，可他怀念妻子唐氏的《菊枕》诗却一反常调，表现了那么深沉、真挚的缠绵之情。这些性情刚直的人不虚伪、不造作，情感真诚、深挚，这是一个人的两面，这两方面表面看上去似乎不相合，一般人都以为一个刚强、正直的人往往不懂得儿女情长，其实却正是唯其如此，才能写出这样真诚深厚的情诗来，这就是哲学上相反相成的道理。

傅玄的《豫章行·苦相篇》虽然不是说他自己的话，是在替一个女子来说话，但诗里却写出了他的真感情和真感动。他说：

> 苦相身为女，卑陋难再陈。男儿当门户，堕地自生神。雄心志四海，万里望风尘。女育无欣爱，不为家所珍。长大逃深室，藏头羞见人。垂泪适他乡，忽如雨绝云。低头和颜色，素齿结朱唇。跪拜无复数，婢妾如严宾。情合同云汉，葵藿仰阳春。心乖甚水火，百恶集其身。玉颜随年变，丈夫多好新。昔为形与影，今为胡与秦。胡秦时相见，一绝逾参辰。

一个人命苦才生为女儿身，身为女子，这种卑微、鄙陋、低下的身份简直是无法诉说的。这就是头两句"苦相身为女，卑陋难再陈"的意思。你看，诗的开篇就使你感动。佛教上讲轮回，说一个女子要做十辈子的好事才能转生为男子，而男子呢，如果做了十辈子的坏事，他就会遭到惩罚，转生为女人。你看连慈悲的佛都这样看不起女人，可见过去中国妇女的地位是如何低下、卑贱了。"男儿当门户，堕地自生神。"男孩子生下来就是当家做主，支撑门户的，从他呱呱坠地的那一刻起，似乎就与生俱来地带着一股子威武骄纵的神气。中国古代认为只有男孩子才是家中祖业的继承人。其实这种情况不唯封建时代的旧中国如此，外国也是有的。六十年代末我刚到加拿大教书时，我要接我的先生和女儿来，加拿大移民局不允许我接，理由是他们不是我的眷属，我说即使我先生不能算我的眷属，可我女儿是我的眷属呀，我接她们总是可以的吧？可他们却说，你女儿也不是你的眷属，你与你女儿都应该是你先生的眷属。你看二十几年前的加拿大不也是"重男轻女"的吗！

中国古人还认为，男子汉大丈夫岂能株守家园，作儿女之态，他们应该"雄心志四海，万里望风尘"，去开拓一番轰轰烈烈的大功业。可生下了女儿又怎么样呢？"女育无欣爱，不为家所珍。"女子生下来没有人喜爱她们，没有人重视她们。她们小时候得不到珍爱抚慰，长大了呢，"长大逃深室，藏头羞见人"，女孩子是不能够抛头露面的，她们渐渐长大了，就要被藏在深闺之中，不得随便见人。李商隐的一首《无题》诗中有"十四藏六亲"句，是说女孩在十四岁之后，连远一些的亲戚都不可以见了。等到有一天家里给你安排定下了终身，你就只得"垂泪适他乡，忽如雨绝云"了。"适"是往的意思。中国古代女子在婚姻上是绝对没有自己选择余地的，她们只能靠父母之命、媒妁之言来决定自己的后半生。一旦把你嫁到很远的地方，远离了故乡和亲人，那就如同雨点离开云彩降到地面上一样，再也无法还原回去，因为它已与天上的云气断绝了联系。你们看《红楼梦》中的探春远嫁，不就是如此吗？

再说你被嫁到婆家之后，还要"低头和颜色，素齿结朱唇"，在婆家应该忍气吞声，保持温和的颜色。"结"是闭起来的意思，是说你要将嘴唇闭起来，不要乱讲话，人家让你做什么，你就要做什么，不允许你有半点的反抗，甚至连不高兴也不能表现出来。要永远保持温和、柔顺、谦卑的态度。不但如此，还要做到"跪拜无复数，婢妾如严宾"。每天要跪拜无数次，旧时北京有一首儿歌这样唱道："酸枣、酸枣、颗颗；树叶、树叶，多多；我娘嫁我，十个公公、十个婆婆。"旧时允许一夫多妻，一个公公，就不知道要有多少婆婆，何况你有十个公公、伯公、叔公等等，所以你每天要跪拜无数次。不用说是对长辈公婆，即使是大姑子、小姑子，甚至连他家中的姬妾、婢女、佣人，你都要客客气气地将她们作为尊贵的客人来对待，一不小心，不知得罪了哪个丫环，她回头到公婆面前说你几句坏话，就够你受的。

"情合同云汉，葵藿仰阳春。"如果赶上丈夫对你好，还算幸运，你们可以像天上云河（银河）上的牛郎织女那样经常相见、相爱。你呢，就要像葵花、藿草这些向阳的花木一样，永远仰承着他给你的恩惠。可是有一天丈夫不喜欢你了呢？"心乖甚水火，百恶集其身。""乖"是违背，不和谐的意思。一旦他认为你违背了他的意愿，不再与你和谐相处了，你就如同陷入了水深火热之中，这时他就会把所有的错误和怨气都发泄到你身上。这里的"心乖"与上句的"情合"相反，结果也相反，"情合"的结果是"同云汉"，"心乖"的结果是"甚水火"。一般我们形容人整天受煎熬，日子很不好过时常说："生活于水深火热之中。"这其中的意思有二层：一是说水火二者本来就是不能两相融合的物质，永远处于矛盾对立的状态中；其二是形容比喻饱受煎熬的悲惨程度。我们知道过去女子的婚姻完全不能够自主，因此她们对于未来的命运是一无所知的，两个从未谋面之人，经他人撮合而成婚，恐怕"心乖"的可能性，总是要远远大于"情合"的。更何况"玉颜随年变，丈夫多好新"，随着女子年龄的增长，她的容貌也渐渐憔悴、衰老了，即便是那些早先"情合"的丈夫，也会移情他恋，喜欢上了其他年轻美貌的"新"人。所以"昔为形与影，今为胡与秦"，过去夫妻"情合"时，像陶渊明《闲情赋》所说"愿在昼而为影，常依形而西东"，夫唱妇随，如胶似漆，形影不离。可现在二人之间的关系就像两个不通往来的敌国一样。"胡与秦"，当时西域人称中国为秦。"胡秦时相见，一绝逾参辰。"即使是两个敌国也会有相见会盟的时候，可我们的隔绝则好像天上参星与辰星一样永无会合之时。据说参星与辰星是两个相距遥远的星座，参星居西方，辰星居东方，两星出没互不相见。

从上面的讲解中，我们可以看出傅玄这首乐府诗真是在委婉与温柔之中写出了旧时身为女子的酸辛与悲苦，而且这种直抒胸臆的女性口吻极富直接感发的力量。

第二节　傅玄之二

傅玄的模仿乐府之作中还有一些是与后来的词在本质上很相

似的。其实关于词的起源，以及词与诗的联系及区别等，后来存在着许多不同的说法，关于这些说法和根据，许多书里都能看到。不过我们读书应有自己的看法，不能简单盲从，人云亦云。唐宋以后，很多推寻词的起源的人认为词就是诗余。这些人说，唐朝初年的诗原本也是可以配乐歌唱的，有一个"旗亭画壁"的故事，说的就是王之涣等几个著名诗人有一天聚在一家酒楼饮酒，边饮边争论谁的诗最好、最出名，此时恰巧隔壁房间有几个歌女在唱歌，而且所唱的正是当时诗坛上流行的名篇佳作。于是一位诗人就说，我们不用争了，只要听她们唱谁的诗最多，那就说明谁的诗写得最好。诗人们顿时安静下来，他们每听完一首，就在墙壁上画一道，半天过去了，还没有人唱王之涣的诗，王之涣有点坐不住了，他隔着板壁偷偷地向隔壁看了一会，然后说，你们看里面有个最年轻、最美丽的女孩子还没唱呢，她不唱则已，只要一开口，必定要唱我的诗无疑。果然那位歌女开始唱了，而且真的一张口就唱了王之涣的那首《凉州词》。这个故事说明唐代的诗本来是可以伴随着音乐来歌唱的。有一本书叫"唐声诗"，提到当人们在音乐的配合下，唱这些诗篇的时候，往往会带有一些"啊……啊……"的泛声，开始这种拖腔似的泛声是有声无字的，后来人们就在这其中填上了字，这就变成句式长短不齐的"词"了，所以一些人认为词就是从唐诗中演变过来的。此外还有一些人认为词起源于六朝的乐府诗，比如梁朝的许多皇帝都喜欢作诗，特别是乐府诗，而这些诗本来就是依声歌唱的，皇帝的诗写好之后，那些朝臣们就纷纷地唱和。既然是和作，就必须按照原作的格式音律来写，这种按照一定的音乐格律的要求来填写的方式就是后来填词的开始。所以那些认为词是起源于六朝乐府诗的看法是不无道理的。

总而言之，人们对于词之起源的看法是不尽相同的。那么对于以上几种不同说法我们该如何看待呢？我以为以上的两种说法都只是注意了词的表面形式，他们或者只看到词与音乐配合歌唱的性质，或者仅注意到词的句式长短不齐、依声调格律而填词的特点，对于这些我并不以为是错的，但我要说，这些有可能只是某一方面的原因，世界上任何事物的产生、发展与变化，都是有其因果关联的，绝对没有无缘无故、凭空而生的事情，不过有时起决定作用和影响的那个原因很细微，不容易引起大家的注意。所以我认为前边关于词之起源的一些说法都只是影响词之产生缘起的形式方面的原因，而词之所以为词，除了这些形式方面的原因之外，还应有一种属于其本质方面的原因，而这一点恰恰被大家忽视了。而傅玄的一些乐府诗却在本质上与词有某些非常近似的地方，究竟傅玄的诗在本质上与词有哪些近似之处呢，这就是我们接下来要讲的内容。

词本来是歌词，是配合音乐来唱的，作者写歌词不像作诗，他可以把自己推远一步。这样说可能不容易理解，你要知道中国古人有一个"诗言志"的传统，"志"是什么，"在心为志，发言为诗"，"诗言志"是用诗将你内心最真切、最直接的理想、志意、胸襟、抱负等非常郑重庄严地表现出来。由此可知，诗就是表现作者显意识活动（有明显目的性的一种意识活动）的形式，因此诗人作诗时一般都是认真严肃的。而写词就不同了，他写的是歌词，是替那些歌女、艺伎演唱而作的，所以就可以随便、大胆地把他们在诗里不能公开表现的男欢女爱、相思离别的浪漫情怀都倾泄出来。当然这些并非是作者写作时有意识要以这种形式来借题发挥的，而是他们实在没有办法隐藏自己，于是就在他们随意填写的歌词之中不知不觉地将自己内心深处那一份最真诚无饰、最细微隐蔽的潜在意识流露了出来。这样一来，他们的真情实感既得到了合理合法的宣泄，又可逃脱淫俗不正的秽名，于是借助填写歌词这种最巧妙的隐身之术，他们就可以被推远一步，把赤裸裸面对读者的位置留给了那些演唱的歌女们。然而即使如此，在那些同样表现男女爱情、相思离别的歌词中却有着品质、境界的高下区别，这恰恰是由于那些隐藏在幕后的词作者们在无拘无束、漫笔写来之际无形之中将自己做人与用情的态度与品格流露出来、融合进去的缘故，这就是后来王国维说"词之雅郑在神不在貌"（《人间词话》）的原因和道理。同时，这也才正是词在本质上区别于诗的最微妙，也是最重要的一个特点。

王国维先生所说的"词之雅郑在神不在貌"，可以说是深得词之奥妙的有识之言。"雅"是典雅之意，"郑"指《诗经》中的"郑卫之音"。当年孔子批评《诗经》中的郑、卫两国的国风时指责它们"淫"，因为它们喜欢写男女之间的思慕与爱恋之情，所以后来人们就用"郑卫之音"代指那些表现男女爱情的诗歌。王国维这句话是说，衡量一首词的内容是雅，还是俗的标准，是看它精神品质的高下与否，而不在于它表面上说的是什么情事。如果从外表来看，所有晚唐五代的词，都是写男女的爱情，都是写闺阁园亭、伤春怨别、相思与爱情的，可是它们的精神品质却有很大的不同，这与作者本人的精神品格、道德、修养、学识、志趣有着至关重要的联系。王国维对词的批评正是从这一点入手的。

如果按照这种本质的标准来衡量与评价诗歌的话，我以为傅玄的乐府诗，尤其是他的几首较短的乐府诗与后来的词是极为相近的。首先，傅玄之所以写了许多表现男女相思爱恋的诗，原因就在于他也是利用乐府旧题这一隐身之术将自己推远了一步，而乐府诗本来就有许多摹拟的诗篇，古人的《燕歌行》就是写征夫思妇的，虽然我既不是征夫，也不是思妇，可我也可以模仿旧题，也写《燕歌行》。况且原本乐府诗大都采自民歌，是民间的歌谣，其中有许多写男女爱情的，因此在仿乐府诗的作品里表现相思爱情绝无不雅之嫌。当然乐府与词还不一样，它在傅玄写诗的时候已经失去了配乐歌唱的性质，而词在初起之时是可以配合音乐歌唱。傅玄只是摹拟乐府诗的题目和做法而已。此外，唐朝以后兴起的词所配的音乐也跟汉魏以来的音乐完全不同了，隋唐之间引进了不少西域的外来音乐。我的意思是说，傅玄的诗并非完全相当于词，只是在说明他的诗在假借一个乐府歌辞的形式把自己推远一步，从而又将自己的真实品性流露了出来，这一点与词的本质是非常相似的。现在让我们先来看一首他的《车遥遥篇》：

车遥遥兮马洋洋，追思君兮不可忘。君安游兮西入秦，愿为影兮随君身。君在阴兮影不见，君依光兮妾所愿。

傅玄这首诗从句法上看是明显受了《楚辞》的影响。"车遥遥兮马洋洋"，中间加一"兮"字，两边都是三字句，这是典型的《楚辞·九歌》中的体式，而且内容上写男女的爱情也是《楚辞·九歌》的一大特色。《九歌》所写的都是假想中的人与神之间的爱慕之情。"人不言兮出不辞，乘回风兮载云旗。悲莫悲兮生别离，乐莫乐兮新相知"（《少司命》），风格完全是一样的。傅玄诗中的"遥遥"与"洋洋"都是极其遥远的样子。诗的前两句是说，我要坐着车来追赶你，但车要行的路途那么遥远，马要跑的路程也那么遥远。尽管如此，我还是无时无刻不在想念着你。在中国的古代，一般都是男子在外远游、求学、求宦，女子守在闺房之中。傅玄诗中的女子也是如此的，"君安游兮西入秦，愿为影兮随君身"。周邦彦也曾写过一首《阮郎归》，写一个女子在她心爱之人远行后，情感非常郁闷，其中有这样几句表现了她的心理活动："身如秋后蝇，若教随马逐郎行，不辞多少程。"她说，我愿意变成一只苍蝇，附在你骑的马尾巴上，不管路途多么遥远，我都跟随着你。这里用了《史记·伯夷列传》上"附骥尾而名益彰"的典故。它的本来意思是说，虽然你自己不出名，但你只要附在一个有名人的名誉之下，你也就出名了，于是你就要"附骥尾"，攀附在名马的尾巴上。那什么东西能依附在马尾上呢？只有"秋后蝇"。你看古人用的字句和比喻都是有来源、有出处的。有人说杜甫的诗无一字无来历，说的就是这个意思。这里傅玄所写的思妇不甘待守闺中，而"愿为影兮随君身"，那么她要"随君"到哪里去呢？"君安游兮西入秦"，你可能是已经到了秦了。古人常说的"入秦"也是有其特定的含义的。因为秦的国都在咸阳，西汉的首都在长安，也离咸阳很近，古代君子出游大多是为了追求名利仕宦而入朝进京寻找机会，因此"入秦"便成为求取功名的代名词了。这个女子说，我愿变成你的影子，你走到哪里，我就跟你到哪里。可是"君在阴兮影不见，君依光兮妾所愿"，你如果站在阴暗无光的地方，影子就消失了，我也就无法与你相随相伴了，所以我希望你能永远处于光明之中，那才是我的愿望。

从形式上来说，这种中间加一"兮"字的句式以及写这种男女之间爱情的相思，就是受了《楚辞·九歌》的影响，可傅玄的这类诗不但是受了前代诗人的诗歌形式的影响，而且还影响了后代的诗人。比如"愿为影兮随君身。君在阴兮影不见，君依光兮妾所愿"等句就影响了后来的陶渊明。陶渊明有一篇《闲情赋》，其中所用的拟喻就与傅玄这几句诗非常近似。他说："愿在昼而为影，常依形而西东；悲高树之多荫，慨有时而不同。愿在夜而为烛，照玉容于两楹；悲扶桑之舒光，奄灭景而藏明……"这是以一个男子的口吻表达对他所爱之人的依恋之情。我多么希望成为你白天里的身影，随着你的形体一道或向西，或向东，可我害怕高树下的浓荫，它会使我们分离，不能永远在一起同行。我多么希望化作你夜晚的蜡烛，把你那美丽的容貌照印在窗棂之上，可我害怕黎明的晨光，会突然覆盖了我的烛光和你的两楹之间的倩影……你看，这奇妙的比喻居然与傅玄诗里的句意一脉相承。

不但如此，傅玄还有更妙的地方。清代学者陈沆写了一部《诗比兴笺》，它所收录的都是作者认为有比兴寄托之含义的作品。因为古人认为《诗经》的"比"和"兴"都有美刺讽颂之意，如《周礼·春官·大师》郑注云："比，见今之失，不敢斥言，取比类以言之；兴，见今之美，嫌于媚谀，取善事以喻劝之。"他说的是否有理我们姑且不论，但这确实形成了中国文学批评史上的一种风气，就是向诗歌中去推寻言外之意，而这种言外之意又总是要与美刺朝政有关。陈沆的《诗比兴笺》，就是带着这样一种批评眼光选中了傅玄的这首诗。其实傅玄在写这首诗时未必就有赞美或讽刺朝政的意思，可是他为什么会引起陈沆这类读者有美刺的联想呢？我以为这其实是非常微妙的一件事情。首先是因为从屈原的《离骚》开始，诗歌中的"美人"、"香草"就有了政治上的喻托含义，由于有这样一个传统，所以读者自然就会产生这种欲寻言外之意的广泛联想。此外，按照西方文学理论的说法，诗里面有一种"显微结构"，它有时是一个字的形象、声音或者意思，也可能是几个字在这首诗的章法、句法排列组合中所产生的奇妙作用。总之它是一种很细微、不易被人们注意的微观元素，但却具有触发读者产生种种兴发联想的特殊作用。如"君在阴兮影不见，君依光兮妾所愿"中的"光"和"阴"就极易使人联想到朝政的明暗与君主的昭昏以及君臣之间的关系。如果你被小人蒙蔽，听信他们的谗毁，你当然就会跟我疏远分离了；如果你像白日那样光明，我怎么会离开你呢。当然这是我们的联想，至于傅玄写此诗时有没有这种意思，我们是不敢下断言的，我们所能肯定的只是他诗中使用的某些字词具有引发读者产生这种联想的作用而已。

还有一首《昔思君》，我们也来简单地看一看：

昔君与我兮形影潜结，今君与我兮云飞雨绝。昔君与我兮
音响相和，今君与我兮落叶去柯。昔君与我兮金石无亏，今君
与我兮星灭光离。

这首诗里傅玄把几个对比的形象写得很好。他说，从前我们两
人感情好的时候，就像影与形一样相依相随，"潜"是暗中的意思，
是说我们结合的程度是十分深厚牢固的；可现在你与我就好像飞走
的云、降下的雨一样永远脱离了，断绝了。过去我们俩只要有一方
发出声音，马上就会引起另一方的回应，总是那么和谐；现在我们
的关系却如同树叶从树枝上飘落下来，永远也没有希望回去了。过
去你与我就像金属，就像石头一样坚硬永无亏损与残缺；可现在我
们就如同一颗流星永远消失在空中。这首诗两两相对的形象与它声
音的节奏都很好。

总起来看，我以为《车遥遥篇》与《昔思君》这两首诗的好处
"犹可说也"，而他另外一首《吴楚歌》却是更加奇妙的神来之笔，
这其中的好处实在是难以解说的：

燕人美兮赵女佳，其室则迩兮限层崖。云为车兮风为马，
玉在山兮兰在野。云无期兮风有止，思多端兮谁能理？

《古诗十九首》中有"燕赵多佳人，美者颜如玉"的诗句。此
后中国文学史上就流传一种说法，即"燕赵多佳人"。傅玄这首诗
的开头就是沿用这种说法，并不是真的指实说燕地这里有一个美

人，赵国一带有一个佳女，他只是泛说这里有一个很美丽的佳人在。可是"其室则迩兮限层崖"。"迩"是近的意思，"限"是阻隔。

这句诗是有出处的，它出于《诗经·郑风》，其中有一篇《东门之墠》是这么说的："东门之墠，茹藘在阪。其室则迩，其人甚远。"我们都知道古人喜欢用比兴来解说《诗经》，他们总要从中讲出一些政治的、教化的道理来。可是《诗经》里有许多都是当时民间流行的歌谣，而这些歌谣很多是写男女之间的爱情的，这其中大部分也都被解经的人按照比兴的说法赋予了政治、教化的意义，但还有一些实在扯不上政教的关系的，他们就只好承认是写爱情内容的了，所以从孔子时就说"放郑声，远佞人"，又说"郑声淫"，"淫"是鄙俗淫靡的意思。由于郑国的"国风"里有许多写爱情的歌谣，所以都被传统指斥为"淫"。那么《东门之墠》当然也就不会例外了。那我们来看它说的是什么，"墠"是平坦的旷地，"茹藘"是一些生长着的野生植物，"阪"是山坡。"东门之墠，茹藘在阪"两句写的是眼前的景物。他是说，东方有那么一片土地，那是我所爱的人居住的地方，它的周围山坡上生长着许多茂密的野生植物。"其室则迩"，她所住的地方就近在我的眼前，我们相隔的空间距离并不遥远，可"其人甚远"，而我却不能自由地与她往来，到她的住地去与她相见，也就是说我们相见的机会很少，距离非常遥远。

现在傅玄的这首《吴楚歌》也说"其室则迩兮限层崖"，我们相距在咫尺，却相隔在天涯，我们之间好像被高山深谷所阻绝，无法相见，无法沟通。这开头两句写的都是现实中的情事，很容易懂，可下面的两句"云为车兮风为马，玉在山兮兰在野"，就无法用现实的逻辑来破译了。在中国的古乐府诗中常常会有这种情况，在它诗篇的现实情理与自然顺序的正常叙写中，突然会跑出两句好像是极其无理之语，就是说从外表上实在看不出它与前后形式逻辑上的关联，好像是完全背离理性的"空中之语"。然而你却不能不对它加以特别的注意，因为他精神的飞动就在这看似极其无理之语中。作为一个诗人，如果你一切都是理性的思索与逻辑的安排，就像前面讲到的太康的其他诗人那样，你挖空心思，理性地斟酌了许久之后才安排出来的诗，虽然看起来雕琢制造得很精美、别致，但它的生命没有了，像庄子说的，"浑沌"本来没有七窍，你把它的七窍凿开了，什么都清清楚楚了，而"浑沌"死了，它的那个本来的自然感发的生命也消失了。所以诗里边有一些好似无理之语，却真正是非常有神致的，它使你感到有一种精神上的飞动，这种神来之笔所生出的奇妙作用能使你一下子就把那看似无理、前后脱离的思路接通了——既然"其室则迩兮限层崖"，在现实中没有真正的车马做我们的交通工具，那么我就要到现实之外去寻找。终于，他在《楚辞·九歌》中找到超脱现实束缚的办法："入不言兮出不辞，乘回风兮载云旗。"《九歌》是楚地人民在祭祀鬼神时所唱的颂神之曲，这两句说的是人神之间的精神交往，是说那个神灵来的时候没有说一句话，她出去的时候也没有告别，那么我们怎么知道她曾经来过了呢？因为她所乘坐的是高天上一阵回旋的劲风，空中的彩云是风车上的旗帜……于是傅玄或许是由此得到启发，便在他诗中之人一筹莫展之际，忽然神灵飞动，写出了"云为车兮风为马，玉在山兮兰在野"，假如有可能的话，我也要以云为车，以风做马，穿越重重层崖的阻隔，去与我想念的人会面。

如果说"云为车兮风为马"一句还不难以跳接的方法说清楚的话，那下一句的"玉在山兮兰在野"就不是一般的跳接可以解释圆通的了。但我以为这实在是极妙的一句诗。陆机《文赋》有两句写得非常好："石蕴玉而山晖，水怀珠而川媚。"我曾几次讲过，中国的文学批评没有西方那种逻辑性的理论，因为中国把文学批评的论文也当作文学创作的美文来写。陆机就是用赋的文体来写批评文章的论文的，他的《文赋》写得真是美好，其中最为难得的是他能够把一些创作过程中作者最微妙地存在于内心之中的心思、意念的活动都用那么美好的形象表现出来了，这可谓是一种不可无一、不可有二的文章。总之《文赋》是了不起的，我前文引的这两句就是我们古人说的"有诸中而形于外"，最早的《毛诗》上就说了，"情动于中而形于言，言之不足故嗟叹之"，你为什么要作诗，主要是你内心有一份真感动，它就像"石蕴玉而山晖"，石头里边都藏有玉，那山就有光彩；如果水里边的蚌壳里含有珍珠，那水也是美的，即"水怀珠而川媚"。当然，在现实中，这不一定就是真的自然现象。他的意思是说，如果你内心深处，"情动于中"的那份感情的生命是博大、深厚、精微、优美的，那么你用言辞表现出来的诗篇的本质就是美的，就是带着强烈的兴发感动的生命活力的。如果没有这种蕴玉怀珠的内在感动，只有美丽的言辞和外表的形式，这样的诗就不会有生命的感发。太康时一般的诗风都是如此的，因此陆机谈到创作时就要说，"石蕴玉而山晖，水怀珠而川媚"。傅玄的诗说：

"玉在山兮兰在野。""兰"是兰花,我们中国认为它是最芬芳的一种花,而且在《楚辞》中"兰花"与"兰草"都是比喻君子、贤人的。那么美好的生命生在山野之间,古人还说"兰生空谷,不为无人而不芳",这种花的芳香乃是它的本质所决定的。杜甫《赴奉先县咏怀五百字》诗中有两句说"葵藿倾太阳,物性固莫夺",他说我就如同葵花与藿草那样,不管你是阴也好,晴也好,也不管太阳对我好或坏,我天生就是倾向太阳的,这是我与生俱来之"物性"(事物的本质属性)所决定的。"固"是一定,非常坚定,没有人能够用强力来改变它。"夺"是指用强力来改变内心的意志。古人说:"三军可夺帅也,匹夫不可夺志也。"(《论语·子罕》)作为三军的统帅,可以俘获他,也可杀掉他;可是作为一个人你却没有办法改变他的本性,没有办法动摇他内心之中所固有的意志。现在,这兰花的芬芳之气就是来自于它的"物性"和本质,因此无论它生在什么地方,也不管是不是有人欣赏,它的香气都不会改变。"玉在山兮兰在野",这句诗并不像其他诗句那样能为读者指明些什么,它只是用美好的形象为我们提供了种种联想的可能。

对此我们可以从几个方面来解说它。一种是说我所怀念的人,她像玉一样美好,可是她那么遥远,不能与我往来沟通,所以她是"玉在山";而我对她的感情是永远也不会改变的,因此是"兰在野",我不计较任何酬答与回报。这里我们将"玉"和"兰"解释为一个是对方,一个是主人公自己。另一种也可将其解释为,我的感情就像是"玉在山兮兰在野"一般真诚、执着,永远也不改变。同时还可以将这句诗理解成是那位被阻隔在高山层岩之外的"燕赵佳人"所具有的美好本质。总之，他这突如其来的无理之语中所用的形象为人们提供了这种种联想的可能，而这正是乐府诗的一大特色。乐府诗最初本来就是民间的歌谣，民谣中也时常跑出一些好像是在有理无理之间的句子，它完全是出于一种感性的联想。有一首无名氏的《饮马长城窟行》说的是在外边打仗的征夫离开自己家中的妻子，牵着他的战马，经过长城边一个积存着雪水的洞穴时饮马这一过程中的感情活动。我们不是正式讲这首诗，只是想以此说明乐府诗中时常有突如其来的无理之语。他说："青青河边草，绵绵思远道。远道不可思，宿昔梦见之。梦见在我傍，忽觉在他乡。他乡各异县，展转不相见。"以上八句是抒发思乡之情的，这跟"行行重行行，与君生别离"的章法一样，是按照思绪发展的逻辑关系一步步写下来的。可下边突然跑出两句"枯桑知天风，海水知天寒"这表面看来与前边毫无相干的无理之语来。若就前后的叙写顺序而言，它完全没有道理可讲，因为前边都是写相思怀念的：那青青河边的草一片连着一片，直到天涯，正如我那缠绵不绝的相思之情一样无边无际，可是我们相距的道路那么遥远，我虽然思念她，却无法见到她，我只有每天晚上在梦中与她相见。在梦中我明明看见她就在我的身旁，可忽然醒来之后才发觉她依然在那遥远的地方。这正如唐人边塞诗中所写的"可怜无定河边骨，犹是深闺梦里人"（陈陶《陇西行》），也许那征夫早已变成无定河边的一堆白骨了，而那可怜的深闺中的妻子却依然夜夜与他在梦中相见。直到梦醒之后，他才发现所思念的人是"他乡各异县，展转不相见"。到此为止，诗中所表现的征夫思妇的感情心理活动都是自然的，有条理的，可是下边突然冒出的"枯桑知天风，海水知天寒"两句就完全脱离了诗篇内容的理性发展轨道，可是恰恰是这不知所云的无理之句反而倒给诗篇增加了一种活泼跳跃的气氛，给读者留下了许多自由想象的空间。什么叫"枯桑知天风，海水知天寒"？我想，他是在极言自己内心相思之苦的深痛难耐，无法排解，无所倾泄，就像冬天的枯桑失去了枝叶的遮蔽与保护，那毫无掩护、赤裸在外的枝干就特别体会到了天外来风的强烈摧残。海水也如此，如果是一个小院子里的池水，四周有高墙花木环绕，那么它对外界的寒冷是体会不深的，可现在是一片天水相接的大海，天连水，水接天，这之间竟然没有一点可以缓冲、遮蔽寒冷的凭借，所以它也只有直接承受高天寒风的侵袭了。这就是征夫思妇的悲哀，一种完全裸露在外的、无法解脱、无处宣泄的痛苦和悲哀。

我们看完乐府诗里的这类情况之后，再来看傅玄《吴楚歌》中的"云为车兮风为马，玉在山兮兰在野"两句，理解起来就容易多了。说到这里，我顺便还要补充一点，就是这"云为车兮风为马"一类的相思怀念之情也曾影响到唐朝后期的李商隐。李商隐有四首我认为是很不错的诗，即《燕台四首》，分别题作"春、夏、秋、冬"，在他最后写"冬"的那一篇里有这样两句："风车雨马不持去，蜡烛啼红怨天曙。"在这之前的"春"、"夏"、"秋"中他写的都是相思怀念，从春天草木萌生，爱情觉醒写起，经过夏天的热烈追寻，苦苦期待，以至高秋苦寒，碧海青天的凄然神往，最终还是无可奈何的绝望与哀怨，所以这组诗的最后两句他说，我愿风能变成车，雨能变成马，把我带到我所怀念的人那里去，可是"风车雨马不持去"，就算有风的车、雨的马，也不能持我而去，"持"是携带。而现在整整一个长夜又将过去，眼前只剩得"蜡烛啼红怨天曙"了。如果把一支燃烧的红烛作为生命的象喻或一份美好的感情的话，那么长宵欲曙，烛泪啼红，诗人以其心血所煎熬出的最后一缕思念也将随着泪尽天明而情消念绝。可见，用"风车雨马"一类形象来表达这种真挚深切的相思怀念之情的诗例不仅在《诗经》、《楚辞》、乐府诗里有，它对后世还有很大的影响。这就是我们常常说的传统的影响。我们接着往下看："云无期兮风有止，思多端兮谁能理?"前边他不是说要乘着云车风马去见自己所思念的人吗?可是云什么时候能来，谁也不知道。风也总归是吹一阵，停一阵，来去无定。我们究竟能不能在一起，没有一点把握，因而我内心思念的情怀是这样纷纭无端。李后主词说："无言独上西楼，月如钩，寂寞梧桐深院锁清秋。剪不断，理还乱，是离愁。"(《相见欢》)这里傅玄所写的就是这种"剪不断，理还乱"的别样滋味，是一种无人可托、无人可解的无端思绪。

　　总而言之，傅玄的小诗是非常微妙的，而且他不但前边有对《楚辞》的继承，后边还影响了许多著名的诗人。我想以前的人，就因为看他写的都是这种短小的、表现男女爱情的作品，所以不大看重他，即使有些人喜欢他的诗，但为了表示自己有道德，因此也不肯选他的诗。陈沆的《诗比兴笺》选了他的诗，是因为要把傅玄的诗都解释成有忠君爱国之比兴深义的。我想，不管他傅玄是不是有忠君爱国的比兴，但是陈沆批评傅玄诗时说的一些话却非常好。他说傅玄"值不讳之朝，蒙特达之顾，生司喉舌，没谥刚侯，人臣遭遇，如傅休奕亦仅矣"。傅玄生在东汉献帝的建安时代，死在晋武帝的时候。以前我们讲过，魏晋之间各种势力之间你争我夺，篡逆的事情时常发生，很多很有名的诗人都死于非命，而他曾经得到晋武帝司马炎的特别欣赏，他活着的时候身为谏官，死了以后谥号"刚侯"。像傅玄这样正派、刚直的人能够在乱世之中得以保全，这种情况恐怕在当时仅有他一人而已。

史书上记载，傅玄在朝期间也曾多次被罢免，可他"再仕再已"，能屈能伸，无论他得意，还是失意，始终不改变那种正直、刚毅的脾气，计其在朝时日，总共没有几天，可他只要在朝为官，总是"白简正色"，不断给皇帝上疏奏本，正因为朝中有这样的人在，所以致使"台阁生风"，"权贵侧目"，一些达官显宦，有权势的人都对他侧目而视，一方面虽然不喜欢他，另一方面又不得不惧怕他几分。因此陈沆说他是"横孤根于疾飚，捍危石于惊浪，忧讥畏谗，其能已乎"？他就像是横在狂风疾飚中的一棵大树，凛然独存；他仿佛是矗立在惊涛骇浪中的中流砥柱，岿然不动。像他这样的人，处于魏晋之际的乱世之中，怎么能避免这种忧谗畏讥的恐惧呢？谈到人与诗的关系，陈沆又说："昔人称休奕刚正疾恶，而善言儿女之情。岂知求有娀之佚女，托鸩鸟以媒劳，言文声哀，情长语短。剑去已久，而刻舟是求，不亦远乎？"他说，大家都认为傅玄刚强正直，嫉恶如仇，可是他的诗却善于写儿女之情，这似乎于常理不通，可是他们哪里知道，正是这样的刚正之士，才会写出这样的儿女之情来。你看即使像屈原这样忠直刚正的人，不还在《离骚》中写了"见有娀之佚女（见到有娀之地的美女），吾令鸩为媒兮（拜托一种有毒的鸟去为我说媒牵合）"的浪漫故事吗？而且他们在写这种感情时是"言文声哀"，语言是这么美丽有文采，而声音却是那样辛酸、哀怨；"情长语短"，他们的语言虽说都是短小的句子，但带给我们感情上的联想却是这么悠长。对于傅玄的这类小诗，如果你仅仅从表面上去探寻他的含义，以为就只是儿女之情，那无异于是"剑去已久，而刻舟是求"。陈沆这里用了古代的一个寓言故事，他的意思是说，傅玄的诗到底说的是什么，就如同这把掉在水中的剑一样，船在走，水在流，你知道剑到哪里去了？如果你从他诗歌外表的这一点文字来探求，那是很难求到的，所以说"不亦远乎"，岂不是离剑越来越远了吗？陈沆的言外之意是说，他能够找到那把流走的剑，他倒不靠"刻舟是求"，而是靠他的"比兴笺"，所以他后边有许多比兴、讽喻的解释。其实对陈沆的解释，我们也未必都能同意，但有一点是肯定的，即傅玄的诗确实具有引发陈沆做此联想的可能。

第三节　陶渊明之一

在讲陶渊明之前，我先介绍一位西方人本主义的哲学家马斯洛（Abraham Maslow）。这位哲学家在1970年去世，他的"自我实现"哲学在西方曾经很流行。

世界上每一个人都有自己的追求，但每个人的追求在层次上有所不同。有的人眼光比较高远，也有的人眼光十分短浅。王国维曾举过一个例子，他说苍蝇有千百双眼睛，咫尺之内视力要比人敏锐得多，可是更远的距离就看不清楚了，因为它的视力就只在这一点点的地方。其实这也就是庄子所说的小知与大知、小年与大年的区别。西方哲学家马斯洛所提出的"自我实现"之说，也曾把人生的需求和对人生的理解，分别为几个不同的层次，他的说法颇有可供我们参考之处。马氏曾把人的需求分别为以下几个不同的层次：第一个层次当然是生存的需求。因为在这个世界上不管你要做什么事情首先必须穿衣吃饭，维持你自己的生存。这是一个人生而有之的最基本的需求。当你有饭吃了，有衣穿了，你还需要什么？你还需要安全，需要保证不受外来的危害。当这两项需求都满足了之后呢？你还会产生一种归属的需求。就是说，在这个社会之中，你是归属于哪一个群体的，你要找到你自己的一个位置。近年来国外产生了所谓"寻根热"，那就是来源于人类这种归属的需求。此外呢？你还会产生自尊的需求、爱的需求……一直到最高层次的"自我实现"的需求。任何人都不是生下来就有"自我实现"之需求的，从维持生存到自我实现，这里边有一个渐进和提升的过程，过程快慢因人而异。并且，对"自我实现"需求的强烈程度也因人而异，有的人这一需求十分强烈，强烈到盖过了其他一切需求；有的人则并不十分强烈，因为他已经被那些低层次的需求拖累住了，"自我实现"对他来说始终只是一个隐约的、朦胧的感觉而已。马斯洛在谈到"自我实现"时还特别提到一种现象，叫作"约拿情结"（Jonah Complex）。约拿是《圣经》上的一个人名。《圣经》的《旧约》中有一篇就叫作"约拿记"。"complex"的意思是"情结"，这是一个心理学的名词。什么叫作"约拿情结"呢？"约拿情结"的意思是，你已经看到了那个最高的境界，可是你没有勇气，不敢去追求。你作茧自缚，被那些低层次的需求限制住了，所以你就无法达到那个"自我实现"的最高境界。其实，关于"自我实现"这种境界，中国古代的儒家也有类似的说法。他们说"仁者不忧"；又说"朝闻道，夕死可矣"；宋代理学家甚至说"我虽不识一个字，也要堂堂做个人"。这些，实际上都相当于西方所说的那种"自我实现"的境界。

为什么我要讲这么多题外的话？因为我以为，在中国诗歌史上，只有陶渊明是真正达到了"自我实现"境界的一个诗人。陶渊明的诗从表面上看起来很简单，很朴实，实际上却很复杂，很难讲。我前文说过，一个人从低层次的需求发展到高层次的需求，有一个渐进的过程。陶渊明的诗，就正好反映了他达到"自我实现"之境界所经历过的那一个复杂的、艰难的、曲折的过程。北宋诗人苏东坡曾经说陶渊明的诗"质而实绮，癯而实腴"（《与苏辙书》）。质，是质朴；绮，是华美。癯，本来是瘦，引申为单薄、简单；腴，本来是肥胖，引申为丰富。这句话的意思是，陶诗外表上很质朴，实际上很华美；外表上很简单，实际上很丰富。元代有一位诗人元遗山写过很多首《论诗绝句》，其中有一首写到陶渊明，称赞他说："一语天然万古新，豪华落尽见真淳。"元遗山认为，一个人写诗时是否真诚是很重要的事情，而陶渊明就是最自然、最真诚的。太康诗人中有个潘岳写过一篇《闲居赋》，给人一种很清高澹泊的印象。可是他本人却热衷于追逐功名利禄，为逢迎权贵贾谄，竟到了望尘而拜的地步。这个人虽然在诗坛享有一定的名气，但他的诗始终达不到更高境界。因为《易经》上说"修辞立其诚"，潘岳所写的既然不是自己的真心话，怎么能写出好作品来呢？在潘岳之后还有个郭璞。郭璞并不见得是一个很完美的人，然而"悲来恻丹心，零泪缘缨流"（《游仙》诗），写出了他内心真正的矛盾和痛苦，所以对读者就产生一种感动的力量。还有一个更典型的作者是南北朝的庾信。庾信羁留异国，不得不替异族做事，而且他对自己国家的灭亡是应该负一部分责任的。因为他曾得到朝廷信任，为国家带兵打仗，可是当侯景大军来到面前时，他就望而生畏，弃军而逃。这个人，在品行上是有缺欠的，然而他的诗却写得很好。为什么呢？因为他终生都在为自己的过错而痛苦。他能够面对自己的过错，不逃避，不掩饰，更不像潘岳那样自鸣清高。所以，一个诗人，如果你自己的感情里边先有了一段空虚，那么无论你的技巧多么高明，文字的外表多么华美，遇到真正有识见的人，他把你的诗一读，就能够知道你是实的还是虚的，是真的还是假的。

陶渊明的诗就从来没有过一点儿虚假的感情。苏东坡称赞他"欲仕则仕，不以求之为嫌；欲隐则隐，不以去之为高。饥则扣门而乞食，饱则鸡黍以迎客，古今贤之，贵其真也"（《东坡题跋·书李简夫诗集后》）。这种作风，就叫作"任真"。就是说，不管做什么事情，全都任凭自己的真心去表现。陶渊明为什么去做彭泽县的县令？他自己曾坦率地对人说："聊欲弦歌，以为三径之资。"（《宋书·隐逸传》）"弦歌"出于《论语·阳货》的"子之武城，闻弦歌之声"，在这里指的是做县官。他说自己想找一个小小的县做个县官，为的是存点儿钱置些房地产来度日谋生。他还说打算在公田里种些秫米将来酿些酒喝。你看，这就是他的"欲仕则仕，不以求之为嫌"。然而他这彭泽县令只做了八十几天，还没等到公田收获就辞官不做了。这又是为了什么？要知道，做官并不容易，如果你不肯贪赃枉法，不会苟且逢迎，那么你在官场里混实在就是受罪了。陶渊明在《归去来兮辞》的序中说自己"质性自然，非矫励所得，饥冻虽切，违己交病"。他说，勉强改变自己的本性去适应官场生活实在比挨冻受饿还要痛苦，两相比较起来，我宁可去挨冻受饿。你看，他在辞官退隐的时候也没有标榜自己如何清高，只说这是为了适应自己的本性，这就是他的"欲隐则隐，不以去之为高"。正由于他如此真诚坦率，所以才得到古今不少人的赞美。

事实上，陶诗之所以能够形成"质而实绮，癯而实腴"的风格，也与他这种任真自得的本性有直接的关系。因为一般人作诗，都难免有一个"为人"之心。所谓"为人"，还不是说要讲仁义道德或治国安邦，而是说考虑到别人对诗之好坏的评价。如果心中不能够排除这样的念头，那就是庄子所说的"有待"。很多大诗人作诗也难免如此，例如杜甫就曾说过"语不惊人死不休"（《江上值水如海势聊短述》）这样的话。有了这种念头，总想与人争胜，总想让自己的诗在千百年之后仍然受到人们的赞美，在写诗的时候就不免逞才使气，雕琢矫饰，有时就失去了自然真率之美。有的诗人故意把诗写得很难，让大家都不懂，像李贺、韩愈即是；也有的诗人故意把诗写得很容易，让不识字的老太婆都能听懂，像白居易即是。但不管写得难还是容易，那都是一种"为人"之心。而陶渊明与他们都不同，宋代诗人陈师道称赞他说："渊明不为诗，写其胸中之妙耳。"(《后山诗话》)陶渊明并不是为了作诗而作诗，并不想和别人争个高低，也不想借作诗而留名千古，他只是内心有这么一种感受，就写出来了。既不怕写得太深让人家不懂，也不怕写得太浅让人家笑话。"知音苟不存，已矣何所悲"(《咏贫士》之一)——我就是我，绝不为寻求别人的理解而改变自己的面目。所以还不只是苏东坡、陈师道、元遗山他们赞美陶渊明，南宋有一位英雄豪杰的词人辛弃疾也最佩服陶渊明。他曾评价陶诗说："千载后，百篇存，更无一字不清真。"(《鹧鸪天》"晚出躬耕不怨贫")陶诗流传下来的只有一百二十多篇，其中有很易懂的，也有很难理解的；有条理分明的，也有思路跳跃的；有内容比较单纯的，也有内容相当复杂的。尽管有这种种不同，但有一点是相同的，那就是所有的诗都是诗人情思意念的真实活动，没有任何虚伪和雕饰造作。

于是有人就说了："我知道了，只要说真话就是好诗。"这话对，但又不全对。因为"真"也有很多种不同的类型，比如我手中拿着的黑板擦，它沾了这么多粉笔灰，这是一种"真"；而如果有一块水晶石放在这里，净洁得里外透明，这也是一种"真"。既然都是"真"，那就有个比较了。写诗也是如此，你做到"修辞立其诚"已经很不错了，但如果你还要向上追求的话，那就看你的"真"在哪一个层次了。陶渊明的"真"，不是那种简单的、肤浅的"真"，而是一种复杂的、丰富多彩的"真"。有一种西方现代文学批评叫作Criticism of Consciousness（意识批评）。他们认为，凡是伟大的作者都有一个Pattern of Consciousness（意识形态），而小的诗人是没有的。小诗人只能够看山说山，看水说水，今天看到花开就说花开，明天看到花落就说花落。从佛法来说，这叫作"心随物转"，因为他的内心之中缺乏自我。真正伟大的诗人则不然，他是用他的生命去写他的诗篇，用他的生活去实践他的诗篇，所以他有一个Pattern of Consciousness，一个类型在那里。古人说："学苟知道，'六经'皆我注脚。"（《宋史·儒林传》）陶渊明的诗，还不要说拿"六经"做注脚，他自己所有的诗就都可以互为注脚。因为这些诗所表现的是他整个生命的各个层次和各个方面，是真正博大而且丰富多彩的。那么怎样来体会他的这种博大和丰富多彩呢？我有一个化繁为简的办法，那就是我们主要只讲他的两首诗，而在讲这两首诗的时候，我们用他另外的那些诗来做这两首诗的注脚，以此来说明陶诗"质而实绮，癯而实腴"的特点，并由此看到陶渊明是怎样用他的生命去写他的诗篇，用他的生活去实践他的诗篇的。现在，我们就来看陶渊明《饮酒》诗中的一首：

> 栖栖失群鸟，日暮犹独飞。徘徊无定止，夜夜声转悲。厉响思清远，来去何依依。因值孤生松，敛翮遥来归。劲风无荣木，此荫独不衰。托身已得所，千载不相违。

太康时的诗人是用思力的安排来写感受和感情的，现在陶渊明则和他们相反，他是"以感写思"，即通过感觉和感情来写人生哲理，表现出他的一种思致。另外我还说过，从正始的嵇、阮开始，诗人们就喜欢清谈和玄言；到永嘉时代就有了玄言诗，玄言诗谈的都是黄老的道家学说，写得"理过其辞，淡乎寡味"（钟嵘《诗品序》）。不过，说到玄言诗，你也不可没有一个宏观的立场，不可不注意到诗在历史演进中的大背景、大结构。写哲理的玄言诗确实很乏味，可是天下任何一件事情的出现都不会没有它的原因，正是经过玄言诗的历史演进阶段，才能够产生陶渊明这种"质而实绮，癯而实腴"的诗。同样，我们都说齐梁诗不好，然而如果没有齐梁诗的阶段，也就不会有唐诗的繁荣，这里边实在都有着一个因果的关系。中国古代的诗，像《诗经》的"关关雎鸠"、"桃之夭夭"，比较起来都是以感觉和感情取胜的，不甚重视思想和哲理。正是由于有了玄言诗的这个演进阶段，思想和哲理才开始在诗歌里形成了一个重要的因素。当然，那些玄言诗由于都是纯粹的说理，所以就"淡乎寡味"，作为诗来说，它们是失败的。陶渊明的诗就不同了，陶诗有很深刻的思想性，又是"以感写思"，里边既有哲理，也有诗情。他不是空谈哲理，不像有些诗人那样，从《易经》上抄一句，从《庄子》上抄一句，东抄一句西抄一句就凑成了哲理诗。陶渊明的诗有他自己对生活的体验，有一份"感"在里边。同时，他不但能感之，而且也能写之，能够把他自己那一份复杂的、对生活的体验表达得很巧妙。在"栖栖失群鸟"这首诗里，陶渊明就是用一只鸟的形象来表达他所感受到的这些东西。"栖栖"两个字出于《论语·宪问》的"丘何为是栖栖者与"，意思是，孔丘这个人为什么如此惶惶不定呢？"栖栖"，形容一种来往追寻、不能安定下来的样子。

我们如果想要了解"栖栖失群鸟"这个形象，首先必须了解陶渊明为什么要写这一组《饮酒》诗。在写这一组诗的时候，陶渊明已经归田躬耕，可是忽然有一天人家送酒来给他喝，并且劝他再次出去做官——这是他在《饮酒》诗的"清晨闻叩门"一首中所提到的。正是由于这件事情引起了他的许多反思，所以才写了这一组二十首《饮酒》诗。在这组诗的最后一首诗中，他还曾直接提到孔子："羲农去我久，举世少复真。汲汲鲁中叟，弥缝使其淳。""鲁中叟"，指的就是孔子。"汲汲"，是匆忙营求的样子，事实上也正是前边那个"栖栖"。孔子总是那样来往奔波，总是那样惶惶不定，他在营求什么？原来，社会有那么多缺点和弊病，就好像裂了许多口子一样，他是想把它们弥补缝合起来。这就是孔子之所以"汲汲"、"栖栖"的缘故。他要挽救人间的堕落和败坏，恢复整个社会的淳朴自然。你们看，光是"栖栖"这两个字就给了我们如此丰富的联想。这只鸟如此奔波不安，如此往来不定，它所追求的是什么？我们前文引过的西方哲学家马斯洛说人都有一个归属的需求，在社会上要有自己所属的一个群体。可是如果有一天，这个世界变得举世皆浊，众人皆醉，而只有你是清醒的，那时候会怎样？那时候你就"失群"了。陶渊明从什么时候失群的？他所追求的到底是什么？我们下一节再讲。

第四节　陶渊明之二

　　陶渊明的《饮酒》诗一共二十首，"栖栖失群鸟"只是其中一首。我们一定要了解作者在写这一组诗的时候有什么样的心情和背景，才能够比较深入地理解这首诗。《饮酒》诗的开头有一篇序文：

> 余闲居寡欢，兼比夜已长，偶有名酒，无夕不饮，顾影独尽。忽焉复醉。既醉之后，辄题数句自娱，纸墨遂多。辞无诠次，聊命故人书之，以为欢笑尔。

有人认为，陶渊明写这一组诗的时候距离他辞去彭泽县令的时候已有十年以上之久。不过陶渊明的年谱中存在很多问题，我们现在还不能确切地判断这一组诗的具体写作时间，但总之这时候他已经归隐有年了。他在这篇序言中说自己"闲居寡欢"，现在我们就要对他的这句话做一个分析：他在归田之后所过的生活，真的只有"闲居"，只有"寡欢"吗？上一节曾说，有些小作家看山说山，看水说水，所写的都是偶然的一点点感动；而对于一个真正的大作家来说，他的作品里边有他意识的基本形态，或者说，他的作品所表现的乃是他自己的整个生命，所以往往不是很单纯的。现在人们一提到田园诗人，就认为他们都很悠闲舒适，其实并不是这样。陶渊明的生活很辛勤，很劳苦，他在另一首诗中曾写道："晨兴理荒秽，戴月荷锄归。"（《归园田居》）从早晨下地干活，一直要到月亮上来时才扛着锄头回家。那么，他在这里所说的"闲居"，而且"兼比夜已长"，应该是农村冬闲而夜已渐长的时候。这时候地里已经收割干净，所以他才能够有一段"闲居"的时间。至于这个"寡欢"，也很值得研究。因为陶渊明有不少诗写的是他在田园生活中所得到的乐趣，是他欢喜的一面。我们不妨先简单地介绍一下他的这一面，先看他的组诗《读〈山海经〉》中的一首：

孟夏草木长，绕屋树扶疏。众鸟欣有托，吾亦爱吾庐。既耕亦已种，时还读我书。穷巷隔深辙，颇回故人车。欢言酌春酒，摘我园中蔬。微雨从东来，好风与之俱。泛览周王传，流观山海图。俯仰终宇宙，不乐复何如？

你看，他在这首诗里所表现的是多么欢快的情绪。他说，在我的屋子周围树木十分繁茂，鸟儿们是那么爱它们的巢，就如同我也热爱我自己的茅屋一样。当田里的事情都做完之后，有了空闲时间，我就读我所喜欢的书。而且，还不只读书可以得到乐趣，陶渊明还说："欢言酌春酒，摘我园中蔬。"这也是田园生活中的一种乐趣。古人在秋天粮食收获之后自己酿酒，到春夏之时酒就酿好了。据说有一次陶渊明自己漉酒——就是把酒中的渣滓过滤掉——一时找不到过滤的用具，就把头巾摘下来用，用过之后依然戴在头上。享受自己的劳动成果，实在是一件愉快的事，你看这首诗中连着用了好几个"我"字，里边透露着诗人的一种欢欣喜悦之情。《圣经》中说："该走的路我已经走过了，该守的道我已经守住了。"在这里，"既耕亦已种，时还读我书"、"欢言酌春酒，摘我园中蔬"等所表现的，也是与此类似的心情。而且，不但人的心情好，天气也很舒适。凉爽的风从东南吹来，还带着湿润的小雨。在这个时候，诗人便在自己的茅屋里"泛览周王传，流观山海图"。"周王传"，就是《穆天子传》；"山海图"，就是附有图画的《山海经》。《山海经》里记载了许多奇禽怪兽，鲁迅小的时候，不是就很喜欢看《山海经》里边的插图吗？所以你看，这真的是"俯仰终宇宙，不乐复何如"了！陶渊明写归田之乐的诗还有不少，我们可以再看《饮酒》诗中另外一首，这是陶诗中很有名的一首：

> 结庐在人境，而无车马喧。问君何能尔？心远地自偏。采菊东篱下，悠然见南山。山气日夕佳，飞鸟相与还。此中有真意，欲辨已忘言。

在左思的《招隐》、郭璞的《游仙》中，那些隐士和仙人都居住在什么地方？都是在深山无人之处。可是陶渊明不是。他"结庐在人境"，和农夫野老结邻，生活在人间世界。"而无车马喧"有两层意思：一层是说，在现实之中，他的门前真的没有车马喧哗；另一层是说，他已经脱离了原来所归属的那个官场集团，已经跟那些人没有什么来往了。在《读〈山海经〉》中，"穷巷隔深辙，颇回故人车"两句也提到车马。他说，我现在住在一个小小的巷子里，与外边大道上的车辙远远隔离，车马根本就进不来。所以，就算是有老朋友坐着车来看我，到了这里车马无法进来，他也就回去了。你看，陶渊明说得多么婉转！他不说因为我们走的不是一条路，你们不理解我，所以就不来了；而是说，也许你们来了，但由于车子进不来所以才没来看我。相比之下，杜甫的"同学少年多不贱，五陵衣马自轻肥"（《秋兴》）两句，对朋友们的势利就颇有微词了。实际上，陶渊明是用"车马"两个字来代表名利场上的竞逐。因此，接下来"问君何能尔，心远地自偏"两句，就说明了一个哲理：如果你的心离名利场上的竞逐遥远了，那么你住的地方哪怕就在车马路旁，也一定会像偏地深山中一样清静；如果你像潘岳那样一心逢迎权贵，那么就算你住在深山，门前没有车马，可是你心中想的都是名利场上的事情，耳边怎能不充满了"车马"的喧哗呢？陶渊明的这首诗大家都说好，但为什么好？确实很难讲。他就像画图一样，开头四句先给你一个"底色"："结庐在人境，而无车马喧。问君何能尔？心远地自偏。"这是他写这首诗的时候整个心情的一个基调。而接下来的"采菊东篱下，悠然见南山"就在意境上更深入了一层。清人有诗赞美陶渊明说："陶潜酷似卧龙豪，万古浔阳松菊高。"（龚自珍《己亥杂诗》）意思是，陶渊明所写的松树和菊花，就像他本人一样品格崇高。陶诗中的确经常写松和菊，例如他曾写道："芳菊开林耀，青松冠岩列。怀此贞秀姿，卓为霜下杰。"（《和郭主簿二首》之二）要知道，世界上有的东西很坚强却不秀美，有的东西很秀美却不坚强。可是你看陶渊明笔下的松和菊：在严霜打击之下，菊开得既芳香又有光彩；松树长得既挺拔茂盛又青翠碧绿。陆机《文赋》中的"石蕴玉而山晖，水怀珠而川媚"，那是一种"有诸中而形于外"的美。而这里的"芳"的香气、"耀"的光彩，也都蕴涵着这样一种美的姿质，由此可以使人联想到那坚贞秀美的品格。所以你看，这里的"采菊东篱下"，就不仅仅是写采菊的一个行动，而是同样带有一种象喻的含义在里边。而且，在我国文化史上，菊花本身也有象喻的传统。屈原《离骚》说"朝饮木兰之坠露兮，夕餐秋菊之落英"——我早晨喝的是木兰花上滴下的露水，晚上吃的是秋菊刚刚落下的花瓣。"秋菊之落英"在这里代表的是一种品格的修养。而且陶渊明仅仅是"采菊东篱下"吗？不是，他还"悠然见南山"。东篱虽然悠闲，菊花虽然高雅，但他并没有被东篱和菊花所拘限，而是忽然之间就跳出去了。有的人说："我今后可要好好做人了，我背下来一些做人的规矩和格言，整天就按照这些规矩和格言去做。"当然，你能够这么做是很好的。可是孔子说："言必信，行必果，硁硁然小人哉！"（《论语·子路》）为什么"言必信，行必果"还是小人呢？这话真有点儿难讲。孔子的意思是，你能够按照人家教给你的道德标准去做，告诉你一你就学会了一，告诉你二你就学会了二，这当然也不错，却还不算是第一等的人物。那第一等的人物，还有一个更高的标准在那里。这儿也是如此，你知道菊花的光彩，你知道松树的不凋落，那当然很好，可是你还要能够跳出去。"采菊东篱下，悠然见南山"两句之间就存在着这样一个层次。所谓"悠然"，有一种从容自得、不受限制的感觉。"采菊东篱下"是持守；"悠然见南山"则是超越，是一种精神上的飞跃。而且还不只如此，下面他还说："山气日夕佳，飞鸟相与还。""山气"，指山上的烟岚。在傍晚太阳快要落下时，山上那些烟岚在斜阳照耀下几乎每分每秒都在变化，真是极尽黄昏之美丽。而在这美丽的黄昏景色之中，飞鸟们结成一队队地都回来了。"回来"意味着什么？这话又很难说了。鸟回到林中，那是一个归宿。就如同我们讲的《饮酒》诗中所说的"因值孤生松，敛翮遥来归"，意味着你终于在人世之间找到了一个立足点。当然，我所说的这个"立足点"主要是指精神方面的一个归宿，有的人，总是盲目地追求一些时髦的东西，在精神上却没有一个立足的根基；有的人，虽然一辈子锦衣玉食，穷奢极欲，可是却一辈子也不知道自己生命的意义和价值到底在哪里。鸟儿也是一样，到了日暮黄昏之时，它必须飞回树林中，寻找一棵树作为自己的托身之所。陶渊明说："此中有真意，欲辨已忘言。"什么叫"真意"？那是诗人在这一片美丽的黄昏景色之中体会到的一份宇宙和人生的真谛。所谓"辨"是分辨。他说，我虽然很想把我自己的这一份体会弄清楚，说明白，但那实在并不是语言所能够传达的。为什么不能传达？因为，并不是所有的人都能够达到人生的这一层境界。

所以你们看，这就是陶渊明！他仅仅在写归田之乐吗？显然并非如此简单。现在，让我们还回到《饮酒》诗序文中的"闲居寡欢"。既然陶渊明写了田园生活中的那么多乐趣，为什么他在"闲居"时反而"寡欢"？那就是因为，诗人在精神上是孤独的，他所达到的那种人生境界别人都没有达到。他曾经说"欲言无予和，挥杯劝孤影"（《杂诗》）——没有人理解我，我只能对着自己的影子自斟自饮。而且，不但别人不能理解他，连他自己家里的人都不理解他。他在给儿子的一封书信中说："但恨邻靡二仲，室无莱妇，抱兹苦心，良独罔罔。"（《与子俨等疏》）"二仲"，是古代两位隐居的贤人求仲和羊仲；"莱妇"，是老莱子的妻子，她支持老莱子隐居不仕。陶渊明在邻居中找不到求仲、羊仲那样的知心朋友，家中也没有老莱子夫人那样理解丈夫的妻子。他的妻儿埋怨他，不明白他为什么不肯出去做官，以致让家里人和他一起过这种劳苦饥寒的日子。在这种情况下，他怎能不产生孤独寂寞的感情？在农忙时，劳累的工作可以使他忘掉烦恼。但到了冬闲的时候夜就长了，在那漫长的夜晚如何排遣这些孤独忧伤呢？他说是"偶有名酒，无夕不饮"。这真是妙得很，他恰好在这时候得到了一些名酒，于是就每天晚上喝酒。可是要知道，陶渊明归田以后生活很穷苦，甚至写过一首题为"乞食"的诗。饭都没得吃怎会有酒喝，而且还是"名酒"？哪里来的？原来，是别人送给他的。这也正是他写这二十首《饮酒》诗的缘故。在这二十首《饮酒》诗之中，有一首就讲了这件事：

> 清晨闻叩门，倒裳往自开。问子为谁欤？田父有好怀。壶浆远见候，疑我与时乖。褴缕茅檐下，未足为高栖。一世皆尚同，愿君汨其泥。深感父老言，禀气寡所谐。纡辔诚可学，违己讵非迷！且共欢此饮，吾驾不可回。

这首诗在开头用了一个典故"倒裳"，它出于《诗经·齐风·东方未明》。诗中说："东方未明，颠倒衣裳。颠之倒之，自公召之。"意思是，天还没亮就有人来了，我匆匆忙忙地穿上衣裳，把外边的都穿到里边，把里边的都穿到外边了。为什么这么慌乱？因为上边传来命令，国君召我马上去见他。陶渊明这个典故用得很妙，它暗示着这不是一般的探访，而是有人从很远的地方带着上边的命令来请他出去做官。"问子为谁欤？田父有好怀。""田父"当然是农夫，但真的是普普通通的农夫吗？显然不是，普普通通的农夫怎么会跟他说出下面那些话来？那农夫对他说："隐居田园实在是不合时宜的，你穿得这么破破烂烂，住在这样一个破茅屋里，也算不上什么清高的隐士。你看现在这个社会，谁不走做官的那一条路？最好你也和大家一样随波逐流，不要再隐居下去了。""汩其泥"，用的是《楚辞·渔父》里面的意思："世人皆浊，何不汩其泥而扬其波？"如果大家都是龌龊的，为什么你一个人要清白？为什么你不和大家一样也跳到泥水里边去玩弄那些泥巴？下边陶渊明就回答这个人说："深感父老言，禀气寡所谐。纡辔诚可学，违己讵非迷！"你看陶渊明一点儿也不像嵇康，山涛想要嵇康做官，嵇康写了一封信把山涛骂了一顿。你看陶渊明把话说得多么朴实，多么诚恳。他说，我非常感谢你的好意，对我说了这一番劝告的话，可是我生来的气质就和别人很少相同，我是无可奈何的。"纡辔"，是说把马的缰绳一拉，使马拐到另一条路上。陶渊明说，你让我和大家一起走那另外的一条路，我也不是不能，但走那条路并不是我的愿望，如果我走那一条路，就违背了自己的志意，岂不是人生最大的迷失吗？最后陶渊明对那个人表明态度："且共欢此饮，吾驾不可回。"你既远道来看我，我们且高高兴兴地一起喝酒，但我的志意是不可改变的！你看，他前一句说得多么温厚和平，而后两句说得多么坚决强硬。由此我们也可以看到，陶渊明在性格和感情上真的是很复杂的。现在既然他有了人家送的酒，当"闲居寡欢"的时候，他就"顾影独尽。忽焉复醉"——对着自己的影子一个人干杯，于是很快就喝醉了。其实"醉"也有很多种：有的人醉得人事不知，那是一种醉法；有的人醉得躺在地上撒酒疯，那也是一种醉法。而陶渊明呢，醉了之后还能够写诗，这又是一种醉法。他说是"既醉之后，辄题数句自娱，纸墨遂多。辞无诠次，聊命故人书之，以为欢笑尔"。

第五节　陶渊明之三

以前我们讲过，陶渊明是能够做到"自我实现"的一个人。然而我们说他的诗好，却不仅仅因为这个。作为诗歌艺术，陶渊明的诗能够写出一种境界。"境界"，是王国维喜欢用的一个词，很难做出确切的解释。境界的第一层意思是兼指景物与情事，即外界的山青水秀、感情的悲欢离合等等。但境界还有第二层的意思，那就是你的精神或你的心灵的境界，它是透过现实中的景物情事来传达的。如何判断诗的好坏高低？《易经》上说"修辞立其诚"，真诚是创作的第一个根本。所谓"真诚"是指你的感受和体验必须是真诚的，而不是虚伪的。但还不止于此，因为每个人都会有自己的感受和体验，看见山就说是山，看见水就说是水，这就算是诗了吗？不是的。当你的口、耳、鼻、舌、身这些感官接触了外界事物之后，一定要在内心之中有一种感发，才能够形成诗。就如钟嵘《诗品序》所说的，"气之动物，物之感人，故摇荡性情，形诸舞咏"。一般的人对外物都有感受的能力，可是一般的人都能够"摇荡性情"吗？有的人能，有的人不能。就算是都能够"摇荡性情"了，在摇荡性情之后所产生的那种感动，还有着品质和分量的不同。比如，同样写爱情，这爱情就有品质高下的不同；同样写感慨，杜甫对国计民生的那种博大的关怀，和有些人对一己得失利害的关怀，就有着范围广狭和数量大小的不同。那么，我也"立其诚"了，我也真正感动了，我感动的质量也很高，范围也很广了，是不是就一定能够写出好诗了？还是不行。因为王国维说了，作为一个诗人，你不但要"能感之"，而且还要"能写之"。就是说，把你内心之中那个"感发的生命"传达出来，让读者也产生感发。陶渊明的诗之所以好，是因为他能够用诗歌的语言和艺术的表达方法把他对生活和人生哲理的体验传达得很成功，他是"以感写思"的。怎样以感写思？往往是借用形象。陶渊明所喜欢使用的形象，一个是鸟，一个是松，一个是菊。在使用松和菊两个形象时，他的取义往往比较单纯，松总是象征着坚贞，菊总是象征着贞秀；但在写鸟的时候，他的取义就往往比较复杂。比如，在我们讲的这首《饮酒》诗中，他写的是一只失群的鸟；在《归园田居》里他还写过"羁鸟"，就是被人抓去养在笼子里的鸟，他说那鸟永远怀念它旧日所居的山林。这些鸟的形象所表现的是什么意思呢？这就要联系到陶渊明的身世经历了。

　　陶渊明的曾祖是东晋大司马陶侃，曾平定过苏峻等军阀的叛乱，被封为长沙郡公。所以说，陶渊明是出身于一个仕宦的家庭。但古人一般是由嫡长子继承爵位，而陶渊明虽然是陶侃的后人，却是旁支的子孙，他的这个支系到了他这一代就没落下来。他的父亲很早就死去，所以他少年的时候生活十分贫苦。中国古人有一个观念，认为百工各有自己的专职，而"士"的专职是以天下为己任。

读书人做官是为了完成自己治国平天下的理想，并不是为了赚钱。但孟子却提出了新的说法，他说："仕非为贫也，而有时乎为贫。"（《孟子·万章下》）他说得很好，做官本来应该是实现理想的手段而不是挣钱的职业，但有的时候却也可以把它当作一个挣钱的职业。什么时候允许你这样做呢？那就是在你"亲老家贫"的时候，可以允许你为了得到一些俸禄孝养年老的父母而出来做官。陶渊明的第一次出仕就是为此缘故。史书上说他"以亲老家贫，起为州祭酒"。可是过了不久，他就"不堪吏职，少日自解归"。不少人都认为做官好，其实做官有时候是很不自由的，陶渊明忍受不了官场的虚伪，所以就辞官不干了。史书上记载，说他此后又出来做过镇军参军和建威参军。"参军"，是将军手下参谋军务的官职。这镇军将军和建威将军都是谁呢？《魏晋南北朝文学史参考资料》中有陶渊明的一首诗《始作镇军参军经曲阿》，在这首诗的注解里有一些考证，说有的人认为镇军将军是刘裕，有的人认为是刘牢之。这两个人都是当时的军阀。我比较赞成前一个说法，因为从历史上看，刘牢之从来没做过镇军将军，而刘裕是做过的。刘裕这个人本来是晋朝的大臣，后来却篡夺了晋室天下，所以有些人认为，像陶渊明这么高尚的人，怎么能给刘裕这种叛逆之臣做事情？于是就不肯承认这个镇军将军是刘裕。至于建威将军，则指的是刘牢之的儿子刘敬宣。当时还有一个后来发动叛乱的人做过江州刺史，叫作桓玄。有些人考证，在桓玄做江州刺史时，陶渊明曾经为桓玄出使到东晋的首都建康。因为他的诗中有两首题为"庚子岁五月中从都还阻风于规林"的诗，说的就是这次出使的事。由此可见，陶渊明也给桓玄做过事情。

我以为，陶渊明的第一次"起为州祭酒"固然是为了"亲老家贫"，但他后来的这几次出仕就不仅仅是为贫了，他很可能有过他的政治理想。我这样说并非完全没有根据，我们可以看他的一组《杂诗》之中的两首：

> 白日沦西阿，素月出东岭。遥遥万里辉，荡荡空中景。风来入房户，夜中枕席冷。气变悟时易，不眠知夕永。欲言无予和，挥杯劝孤影。日月掷人去，有志不获骋。念此怀悲凄，终晓不能静。

> 忆我少壮时，无乐自欣豫。猛志逸四海，骞翮思远翥。荏苒岁月颓，此心稍已去。值欢无复娱，每每多忧虑。气力渐衰损，转觉日不如。壑舟无须臾，引我不得住。前途当几许？未知止泊处。古人惜寸阴，念此使人惧。

在前一首中他说，太阳向西边的山头沉没了，月亮从东边的山头升起来了。那月亮一升上来，光辉就普照整个大千世界。月光在闪烁，云影在流移，一阵风吹入房内，半夜里我觉得如此寒冷。气候的改变，使我想起来现在已经是秋冬之际了。我心里有这么多感慨，又睡不着觉，所以就更加体会到白天已变得这么短，夜已变得这么长。我很想和一个人谈一谈，但是没有人了解我，所以只能自己起来饮一杯酒。我是如此寂寞孤独，陪着我喝这杯酒的只有我自己的影子。日月不断地交替，寒暑也不断地交替，日复一日，月复一月，年复一年，时光抛弃人是毫不留情的。我当年难道没有一番理想和志意吗？可是它们从来没有得到过一个实现的机会。想到这些，我内心是多么悲哀，一直到天明，我的心都没有平静下来。你看，陶渊明何尝没有理想和志意？只不过他生不逢时，所以才"有志不获骋"。

在后边的一首里他说，想当初我年轻的时候，根本就不知道什么是烦恼。我曾经有过那么高远的志向，可是现在呢？岁月一天一天地过去，我已经逐渐衰老了。光阴的流逝实在是很可怕的一件事情啊！陶渊明的这一组《杂诗》共有十二首。从这一组诗里，我们可以充分看到诗人老年以后回想生平的感慨，以及对人生短暂无常的悲哀。关于陶渊明年轻时的理想、志意，我们还可以看他的一首《拟古》诗：

> 少时壮且厉，抚剑独行游。谁言行游近？张掖至幽州。饥食首阳薇，渴饮易水流。不见相知人，惟见古时丘。路边两高坟，伯牙与庄周。此士难再得，吾行欲何求。

他说，我少年的时候有强壮的身体和刚强的意志，曾经带着宝剑到处旅行。谁说我去的地方不远？我曾经到过张掖，也到过幽州。张掖和幽州在哪里？一个在今甘肃，一个在今河北。陶渊明实际上从来就没有去过那些地方。这也是陶诗的一个妙处所在，他在这里写的是事象而不是事实。东晋的时候，北方都被胡人占领，可是他却说自己提着宝剑到这些地方周游过，这里边便有了一种精神境界的象征，说明他当年确实有着一份相当远大的志意。然而由于时代条件的限制，他的这一理想最终是落空了。当他的志意落空之后，他说什么？他说，我"饥食首阳薇，渴饮易水流。不见相知人，惟见古时丘"。这真是陶渊明很了不起的地方，他能够把深挚的感情、对人生哲理的思考和艺术的形象结合起来，写得真是很好。"首阳薇"代表的是谁？是伯夷和叔齐。"易水流"代表的是谁？是刺客荆轲。他难道真的到过首阳山，吃了那里的薇蕨？难道真的到过易水，喝了那里的流水？没有这么一回事。我们一般说，今天早晨你吃的面包，还是喝的咖啡？这都是指我们肉体上所需要的饮食，但陶渊明所说的，乃是精神上的饮食。他还写过一首《咏荆轲》的诗，赞美荆轲说："其人虽已没，千载有馀情。"可见，陶渊明也不反对在被压迫而不得已的时候采取刺客的手段。他说，荆轲虽然死了，但他在强大的敌人面前的那种反抗精神是永存的。由此，我们又可以看到陶渊明的另一面。如果命运真的给他一个机会，他又何尝不想有所作为！桓玄做荆州和江州刺史时，东海沿岸发生了孙恩的叛乱，桓玄曾经上表朝廷，请求讨伐孙恩。陶渊明出使建康，也许就是去送请求讨逆的表文，这当然是一件有利于国家的事情。可是桓玄这个人很有野心，后来也背叛了朝廷，还废掉了晋安帝。于是，另一个军阀刘裕就起兵讨伐桓玄。当时刘裕是镇军将军，曾有一度到过曲阿，即现在的镇江附近。很可能陶渊明就是在这一段时间做镇军参军的，因为当时的刘裕也是为国家起兵讨逆。所以，陶渊明后来的这几次出仕可能都不只是"为贫"，他未尝不想为国家扫平叛乱，建立一番功业。甚至不止于平定南方变乱，而是连北方的失地也想要收复回来。

可是，陶渊明逐渐就发现了，桓玄是不可依靠的，刘裕也是不可依靠的，他们都是一些野心勃勃的军阀，跟随他们根本就不能实现自己的理想和志意。而且你要知道，一个读书人如果一步走错，有时候会遗恨终生。我们所讲过的陆机和潘岳，都是因为一步走错，结果就身死族灭，为天下所笑。陶渊明在一首《拟古》诗中说"行行停出门，还坐更自思"，又说"万一不合意，永为世笑嗤"。在这"出处"之间，他是非常慎重的。在乱世之中，尽管他怀抱着"饥食首阳薇，渴饮易水流"的理想、志意，可是有谁能够理解他？有谁能够帮助他实现那些理想和志意？"不见相知人，惟见古时丘。路边两高坟，伯牙与庄周"——我碰不到一个真正了解我的人，所看到的只有古人伯牙与庄周的坟墓。为什么偏偏提出这两位古人？他们的坟墓又代表着什么意思呢？前文曾提到，俞伯牙善于弹琴，和钟子期曾有过一段美好的遇合。庄子说，他和惠子也是一样，自从惠子死后，再也没有一个人能够像惠子那样和他针锋相对地谈话了，他从此失去了谈话的对手。这真是一种很深刻的体验和感慨。要知道，世界上有一个人能够了解你，你能够把自己心灵深处的真正感情、心意谈给他听，那是很难得的一件事情。古人常说"人生得一知己死而无憾"，就是这个意思。陶渊明不但找不到一个人可以帮助他实现理想，而且连一个可以谈一谈的知音都没有，所以他才慨叹古人的遇合，并且说："此士难再得，吾行欲何求。"他几次出来做官，未必不是试图寻求实现他的理想，可是他每次出来都是过了不久就回去了。因为不管是桓玄还是刘裕，不管是刘牢之还是刘敬宣，都不是他理想中的知音之人。总之，他一踏入官场马上就觉得不对，不但看不到实现理想的道路，而且看到的都是贪赃枉法和以权谋私。所以他才要退出这肮脏的官场，才写了"羁鸟恋旧林，池鱼思故渊"，写了"栖栖失群鸟，日暮犹独飞"。陶渊明还有几首四言诗写的也是归鸟，这些鸟的形象，也都包含有一种象喻的可能性。

我们已经对陶渊明的身世、经历和思想做了一些介绍，在简单了解了这些情况的基础上，现在我们就回过头来接着看《饮酒》诗的"栖栖失群鸟，日暮犹独飞"。"日暮"，本来应该是鸟儿归林的时候了，然而这只失群之鸟却还没有找到一个栖身之处。这使我们联想到，没有一个人是生下来就能够达到"自我实现"的，这其中必然要经历一个过程，而这个过程之中可能会有很多的徘徊、彷徨、悲哀和失望。"徘徊无定止，夜夜声转悲。""徘徊"与"彷徨"的意思是相近的。他说，这只失群鸟还不只是徘徊了一夜而已，它是夜夜都在徘徊，而且叫声一夜比一夜更悲哀。到底应该怎样去实现自己的理想？是依附于桓玄，还是刘裕，还是刘牢之？他们都不是与我志同道合的人！古人说，言为心声。一个人说什么话，他的心里就有着什么样的感情和思想，这是绝对不错的。不但人如此，鸟也如此，有时候我们可以从它的声音中听出它的欢喜或恐惧来。我家院子里有一棵树，树上有个鸟巢。有一天晚上我听到鸟的叫声一反常态，叫得十分可怕，我赶快跑出去一看，原来有一只猫蹲在树下盯着那个鸟巢！所以我们可以想象，"厉响思清远，来去何依依"的"厉响"，那是一种带着多么激烈感情的高亢的叫声。从鸟的声音可以听出来，它是在向往一个理想的地方，一个真正清白的所在。而且，它是怀着一种很强烈的归向依恋的感情去寻求这个所在的。接下来诗人说："因值孤生松，敛翮遥来归。""松树"，代表能够忍耐严寒风雪打击的一种力量；而"孤生松"，则更代表着非同一般的胆气。这只鸟，它经过如此疲劳艰难的飞翔之后，终于选定了这松树作为托身之所。它从高高的空中敛起翅膀径直向这棵松树落下来，愿意把自己的整个生命交托给这棵松树，今后无论需要付出多么高的代价也不会再离开它——

托身已得所，千载不相违。

陶渊明所选择的是什么？这棵松树所代表的是什么？当然我们可以说它代表田园躬耕归隐的生活。但这是一个太现实的说法，并不能准确地概括陶渊明的选择。事实上，这是他在精神上所找到的一个能够安身立命的所在，有了这个所在之后，他就再也不徘徊，再也不彷徨了。不同的诗人，有不同的个性。南唐词人冯正中对人生苦难悲哀的态度是执着的、不能放弃的。而宋代诗人欧阳修和苏东坡，对人生则分别保持着一种遣玩的意兴和旷达的襟抱。然而他们都没有找到一个解决的办法，欧阳修和苏东坡也只是把人生的苦难悲哀推远了一步，不像冯正中那样沉溺于其中而已。在古今诗人之中，能够直接面对人生的悲哀苦难，而且真正找到了一个解决办法的，只有陶渊明。当然，他也不得不为自己所选择的这条道路付出了劳苦饥寒的代价。

第六节　陶渊明之四

我们前文讲到陶渊明的几次出仕。第一次是起为州祭酒，那是因为母老家贫而出仕的。但后来他又曾做过镇军参军和建威参军，还有一度曾经为桓玄出使建康。我以为，这几次出仕他都是怀有某种理想的。刘裕和桓玄虽然最终都做了叛逆的事，但从当时的情况看，桓玄要平定孙恩的叛乱，刘裕要讨平桓玄的叛乱，毕竟还是一种忠义的表现。所以陶渊明当时为他们做事，也许是希望借此机会为国家的安定太平尽上自己的一份力量。可是，桓玄和刘裕的所作所为很快就让他失望了。他一接触到那个黑暗腐败的官场环境，马上就意识到他个人对此是无能为力的，所以他有一度就躬耕归田了。可是他最后又有一次出仕，大家都知道，那就是他做了彭泽县的县令。这一次，他又是为贫而仕。关于这一次出仕的原因，我们可以看他的《归去来兮辞》的序文："余家贫，耕植不足以自给。幼稚盈室，瓶无储粟。"陶渊明的小孩子很多，他曾写过一首《责子》："虽有五男儿，总不好纸笔。"说这五个儿子都不喜欢念书，使他心里很烦闷，只好以酒解忧。既然家里有这么多人口，又没有粮食吃，所以亲友们就劝他出来做官。他说："于时风波未静，心惮远役，彭泽去家百里，公田之秋，足以为酒，故便求之。"因为当时有很多战事，他不愿意到太远的地方去做官。彭泽县离他的家很近，县里边有公田，公田的收获还可以酿点儿酒喝，所以他就要求做了彭泽县令。你看，陶渊明说得多么坦白！他对官场早已失望，知道那不是可以实现理想的地方，所以这一次出仕，只是想做上一年的官，存一点儿钱，秋天粮食收获的时候再酿一点儿酒，就辞官不做了。可是事实上他并没有做满一年，只做了八十多天就辞官而去。为了什么原因呢？他自己的解释是："寻程氏妹丧于武昌，情在骏奔，自免去职。"因为他的妹妹在武昌死去了，他要去为她料理丧事，所以才辞官的。但事实上却并非如此。《宋书·陶潜传》上说，是因为"郡遣督邮至县"——上边派了一个督邮到县里来视察。在中国官场中，上边派人下来视察，有的人并不检查你真正的政绩，只要你请他吃饭喝酒，送给他红包，他就在上司面前说你的好话；如果你没有把他打点好，他到上边就不知会给你打出什么小报告，让你倒霉。这种小人本来是君子所不齿的，可是按规矩，县令应该"束带见之"，就是说，必须穿上官服，很恭敬地去拜见他。于是陶渊明就说了他那句很有名的话："我不能为五斗米折腰向乡里小儿！"即日就"解印绶去职"。所谓"五斗米"，并不是说当时县官的俸禄只有五斗米。他的意思是，我不能为了吃一碗饭而向贪赃枉法的小人卑躬屈膝！试想，如果你明明知道这个人品质卑下，劣迹昭彰，但在官场中他是你的上级，你必须事事服从他的指挥，这是一种什么滋味？陶渊明认为这种事情是无法忍受的，所以他马上就辞官不做了。

讲到这里我想起来，有人曾问我，像陶渊明这样的做法是否过分消极了？我以为，有些事情不能够一概而论。我曾提到马斯洛的"自我实现"的理论，这位西方哲学家还曾经把"自我实现"分成两种类型：一种是"超越型"的自我实现，另一种是"健康型"的自我实现。"超越型"的自我实现是脱离社会的，而"健康型"的自我实现是不脱离社会的。这本是一种西方近代哲学的理论，可是如果你能够脱离外表的局限，认真进行思索反省的话，你就会发现，其实我国古人对这两种"自我实现"境界也早已有所认识，只不过他们没有发明"自我实现"这个名词而已。在中国古代有所谓"圣者"，可以说，"圣者"就是达到了"自我实现"境界的人。孟子曾经说，商周之际的伯夷是"圣之清者"，夏商之际的伊尹是"圣之任者"。因为，伊尹不管君主是商汤还是夏桀，只要对老百姓有好处，谁用他，就为谁做事，他是把完成自己与完成社会结合在一起的。而伯夷宁可饿死首阳，也不肯为周武王做事，他的自我完成是脱离了社会的。如果说伊尹属于"健康型"的自我实现，那么伯夷就属于"超越型"的自我实现了。佛教讲究"证果"，那实际上也是一种自我实现。佛教的证果也有两种，有的人证"阿罗汉果"，有的人证"菩提果"。"阿罗汉果"属于"超越型"的自我实现，因为证果之后就完成了自己，不再转入"轮回"了。"诸佛菩提果"则属于"健康型"的自我实现，因为证诸佛菩提果的人，他的志愿是"觉有情"，就是使有情之人都能得到觉悟。为什么是"有情之人"？因为，只有有情之人才更深刻地认识人生的痛苦，才迫切地需要得到觉悟和解脱，也只有有情之人才有敏锐的心灵和感受，才有觉悟的灵性。由此可见，证"诸佛菩提果"的人，他自己的完成总是和社会、众生联系在一起的。所以地藏王菩萨说"我不入地狱谁入地狱"，又说"我不度众生誓不成佛"。

以上我是通过儒家和佛教的例子来说明"自我实现"的不同类型，也许说得还不是很明白。现在我再举一个更通俗一些的例子来说明这个问题。杜甫说："顾惟蝼蚁辈，但自求其穴。"（《自京赴奉先县咏怀五百字》）你看那地上的蚂蚁，一天到晚只知道往自己的洞穴里拖食物。记得我很小的时候，喜欢蹲在地上看蚂蚁打架，它们分成两队，像在真的战场上一样，打得死伤狼藉，打架的原因可能是为了争夺一些食物。一般人的生活也与此相似，他们只知道物利的争逐，就像那些在地上爬行的蚂蚁一样。当然了，在前面我也说过，穿衣吃饭是一个人最基本的需求。陶渊明也说过"人生归有道，衣食固其端"（《庚戌岁九月中于西田获早稻》），如果你没有饭吃，没有衣穿，饿都饿死了，还讲什么"道"？这本来是不错的。可是，人家陶渊明不是还说过"倾身营一饱，少许便有馀"（《饮酒》）吗？你一天能吃几碗饭？何必贪心无厌，甚至出卖自己的身体和灵魂去换取那些你实际上并不需要的东西？好，现在就有那么一些有觉悟的人明白了这一层道理，因此他们不再像大多数人那样在地上爬行，而是展翅飞起来了。其实，庄子在《逍遥游》里所写的鲲鹏就是这样一个比喻。他说，北海有一条大鱼，其名为鲲，化而为鸟，其名为鹏。鲲化为鹏之后，就离开它原来所在的北海，飞向更远的南海。那么，这少数有觉悟的人飞起来之后呢？我以为，飞起来之后他们还可以再分为三种类型：第一种是自命清高——你们看我多么不凡，你们都在我的脚下，都是肮脏龌龊的；第二种是所谓"和而不流"——我仍然跟大家一样生活，只不过我有我自己的操守，绝不会随波逐流或同流合污；第三种人是最高尚的——我自己虽然飞起来了，可是怎么能看着大多数人依然过那种爬行的生活？我要回到地面上尽自己的努力，让更多的人也飞起来。这最后一种也就是佛家所说的"菩提果"，或者是西方所说的"健康型"的、不脱离社会的自我实现。话虽然如此说，但做起来很难，因为人是没有办法脱离自己所处的时代的。尽管你不自命清高，也不只顾洁身自好，尽管你也想落下地来教会大家一起飞，可是时代允许你吗？很可能你刚刚落下来，还没有教别人飞呢，自己就先被踩死了。所以说，发愿由人，而这愿望能否完成就不尽由人。在不如意的情况下你怎么办？由此就有了勇于进和勇于退的两类人，而陶渊明在本性上就属于勇于退者。由于时代的限制，他断然选择了退隐的道路。然而当他做出了这样的选择之后，那没有完成的志意毕竟是一种遗憾，所以他才说"气变悟时易，不眠知夕永"（《杂诗》），才说"日月掷人去，有志不获骋"（同上）。因此我以为，我们了解陶渊明，必须从这样几个层次来全面地了解，而不是片面地只看他消极的一面。

我在讲陶渊明的时候，大多是在讲他的为人。那么讲诗是否可以用这么多的篇幅来讲人呢？这就涉及文学批评上的争论。当西方现代派的文学批评流行的时候，他们认为诗是独立存在的，讲诗就应该讲诗的本身，至于作者的身世经历、思想意识等，那都是无关紧要的东西。可是后来西方又有了一种更新的文学批评叫作Criticism of Consciousness（意识批评）。这种文学批评非常强调consciousness（意识）在作品中的重要性。其实所谓重要，并不是consciousness本身重要，而是因为它包含了诗歌中那种感发的生命。我说过，诗要传达出一种感发的力量，而这种感发力量的大小一定与作者那感发生命的质量有密切的关系。对于陶渊明这个作者就是如此，如果我们不了解他的人，也就难以欣赏他的诗。但是我还说过，诗人与一般人的不同就在于，他不但"能感之"，而且还"能写之"——能够把自己的感发传达给读者，使读者在读了作品之后也产生感发。这就要从诗的艺术方面来讲了。西方现代派的文学批评所重视的，是作品中的形象，此外还有作品的结构、章法和句法等等。那么陶诗在这些方面表现如何呢？我们已经讲过《饮酒》诗的"栖栖失群鸟"。那一只鸟的形象，不是写得很真切感人吗？在那首诗里，作者把他自己的感情和生命都赋予了这只鸟的形象。那首诗采取了平叙的结构，从鸟的日暮独飞写到它的徘徊、它的来去依依，写到它终于找到一棵松树作为自己的托身之所，写到它决心永远不再离开，顺序推展，写得很有次序。可是陶渊明只会用这种平叙的方法吗？不是的。所谓"质而实绮，癯而实腴"，其实不但包括了思想内容的丰富复杂，也包括了艺术方法的丰富复杂。有的人学了很多诗歌写作方法，总结了一大堆写作程式，但心中却毫无感发，那是一点儿用处也没有的。陶渊明写诗从来没有一个固定的文学程式，他内心的情思意念怎样活动，就按照怎样的层次把这种情思意念的活动传达出来。这就如同苏东坡所说的，"大略如行云流水，初无定质，但常行于所当行，常止于所不可不止"（《答谢民师书》）。那么，我们现在就来看陶渊明另外一首诗，看他的情思意念是怎样活动的。这首诗就是《咏贫士》中的第一首（《咏贫士》是陶渊明的一组诗，一共有七首）：

万族各有托，孤云独无依。暧暧空中灭，何时见馀晖。朝霞开宿雾，众鸟相与飞。迟迟出林翮，未夕复来归。量力守故辙，岂不寒与饥？知音苟不存，已矣何所悲。

我先要补充说明一下，在中国诗歌里有的诗是组诗，因此存在着一个有没有固定排列次序的问题。有一类组诗本身排列有固定的次序，不能随意颠倒或删选，因为这一组诗形成了一个感发的生命，如果你任意选其中的几首或删掉其中的几首，那就如同砍掉了人的一条胳膊或一条腿，感发的生命就不完整了。这一类组诗的典型代表是杜甫的《秋兴八首》。但还有一类组诗与此不同，例如阮籍的八十多首《咏怀》诗，我曾经说过，其中只有第一首的位置是固定的，其他那些首的次序不必固定。还有前边讲过的陶渊明的《饮酒》诗，除了第一首和最末一首的位置是固定的之外，中间那些首的次序也不一定不能颠倒。现在要讲的这一组《咏贫士》与此类似，其中只有这第一首的位置不可改变，其他六首的次序也不是不可以颠倒的。

陶渊明为什么要咏贫士？探讨起来那就很微妙了。我们说，陶渊明是人生之中的强者。因为，按照西方哲学家马斯洛的说法，每个人都有生存的需求和归属的需求。但陶渊明却脱离了自己原来所归属的阶层，而且要忍受饥寒和劳苦，为的是走自己所选择的路。他把生存的需求和归属的需求都放在一边，而去追求那最高层次的"自我实现"的需求，如此行为，说明他当然是一个强者。可是话又说回来，他难道真的就没有生存的需求和归属的需求了？我曾提到他在《与子俨等疏》中说"但恨邻靡二仲，室无莱妇，抱兹苦心，良独罔罔"，这难道不是出于归属的需求？鲁迅能够"躲进小楼成一统"（《自嘲》），那毕竟是一种幸福，因为尽管别人都不理解他，却还有他的妻子能够理解他。而陶渊明就连邻居和妻子都不理解他，当然比鲁迅更寂寞，更痛苦。不管是如何伟大的强者，也不可避免有他软弱的一面。当一个人饥寒交迫而且孤立无援时，他不会不渴望寻求一种支持自己坚持下去的力量。陶渊明归隐之后，"夏日长抱饥，寒夜无被眠"（《怨诗楚调示庞主簿邓治中》），春夏之交旧谷已尽新谷未登的时候常常没有饭吃，冬天寒冷的夜晚没有被子盖。连他的妻子儿女都埋怨他，说你为什么要让我们过这样苦的生活？在这种时候，他到哪里去寻找支持自己的力量？只有到古人之中去寻求。这也就是他写《咏贫士》的原因所在。要知道，为保持人格、完成自我，而不惜付出饥寒交迫的代价的，在我们民族的历史上并不乏其人。在《咏贫士》这一组诗中，第一首是总起，后边的几首所写的都是我国历史上甘居贫困的亮节修身之士。从这个角度来看，陶渊明并不孤独，他是归属于这一群人的，他在他们那里找到了精神上的理解和安慰。

我在前边讲过的"栖栖失群鸟"那首诗，有一个鸟的形象作为主线，诗人的感发是沿着这条主线一步一步顺序进行的。而这首"万族各有托"就不同了，它的形象不是一个，而是三个，诗人的感发是跳跃进行的。你看，"万族各有托，孤云独无依。暧暧空中灭，何时见馀晖"写的是云；"朝霞开宿雾，众鸟相与飞。迟迟出林翮，未夕复来归"写的是鸟；"量力守故辙，岂不寒与饥？知音苟不存，已矣何所悲"写的是贫士。从孤云到贫士，他有三层的转折跳跃。陶渊明是故意这样写吗？不是。因为他心中的情思意念显然也在沿着这样的轨道跳跃流动。他此时所写的，正是心中流动着的那种寂寞孤独的感觉。这正如陈师道在《后山诗话》中所说的——"渊明不为诗，写其胸中之妙耳"！

第七节　陶渊明之五

到现在为止，我们已经讲了陶渊明的《饮酒》诗，也看了他的《杂诗》、《拟古》诗和《咏贫士》。这些都是组诗，每一组诗都有自己的主题。《饮酒》诗所考虑的都是仕与隐的问题；《杂诗》讲的是人生的短暂无常；《拟古》诗则涉及对人世沧桑、兴亡易代的悲慨。三十年前我在台湾曾写过一篇论陶诗的文章，题目叫作"从'豪华落尽见真淳'论陶渊明之'任真'与'固穷'"。在那篇文章里我提到陶渊明安身立命的两个重点：一个是"任真"的品质；一个是"固穷"的持守。一个人能够永远保持本性的真淳是很不容易的，还不要说忠实真诚地对待别人，有的人连对待自己都不忠实、不真诚，他们为了种种现实的利害关系，往往一再降低自己的标准，改变自己的理想。但陶渊明不是，他宁可为坚持自己的理想与标准而付出饥寒交迫的代价。那么，陶渊明之所以能够脱出人生的种种困惑与矛盾，而在精神与生活两方面都找到可以托身不移的止泊之所，他所依赖的基础是什么？我以为，他在精神方面的支柱就是那种"任真"的品质，在生活方面的支柱就是那种"固穷"的持守。在前文我也讲到了，人毕竟是软弱的，当你用你的肉体和精神忍受着饥寒劳苦和寂寞孤独的时候，不但天下没有一个人理解你，甚至你身旁的亲人也跟着别人埋怨你、反对你，你怎样保持你的勇气？你当然渴望寻求一个支持你的力量。《咏贫士》就是陶渊明向古人之中去寻求这种力量的一个尝试。在古人之中，他找到了那些"固穷"的知音。

上一节我们还说过，在"万族各有托"这首诗中，诗人的感发是跳跃进行的，不像"栖栖失群鸟"那样一步一步有次序地进行。那么跳跃进行是不是就乱了章法呢？不是的。诗人在跳跃之中仍然有他的章法，在表面的不连贯之中存在着精神上的连贯。首先，"万族各有托"和"孤云独无依"两句，是在对比之中写出了一个"孤云"的形象；"暧暧空中灭，何时见馀晖"两句，是进一步描写这个孤云的形象。下面"朝霞开宿雾"四句，又是在与"众鸟"的对比之中写出了一个"孤鸟"的形象。从表面看起来，后四句好像是离开前四句的内容跳出去了，其实，"朝霞"、"宿雾"仍然是从云的系统承接下来的。诗人感发的轨迹是从"万族"到"孤云"，从"孤云"到"众鸟"，然后又从"众鸟"到迟迟出林的"孤鸟"。这只孤鸟与众鸟不同，它不贪求食，很晚才从林子里飞出来打食，天还没有黑就又飞回了林子。于是，这个"未夕复来归"的孤鸟就又与"量力守故辙"的贫士有了相似之处。所以你们看，孤云、孤鸟和贫士虽然是三个不同的形象，但在品质上是相近的，当它们集中到一起时，自然就能够产生一种感发的力量，而这种感发的力量就在结尾的"知音苟不存，已矣何所悲"两句中突出地表现出来。它不是空洞的说理，而是诗人的精神、人格通过艺术形象的再现。说到利用感发过程中品质相近的形象来形成章法上的连贯，我还可以举晚唐词人温庭筠的一首《菩萨蛮》中的句子为例。温庭筠说："小山重叠金明灭，鬓云欲度香腮雪。""小山"，其实就是指的屏风。那么为什么不直接说"屏风"却说"小山"呢？因为，"小山"这个词所取的重点，并不在现实之中具体的屏风，而在那个重叠曲折的美丽形象。接下来的"鬓云"和"香腮雪"也是如此，他不说"乌云般的鬓发"或"雪一样的香腮"，而说"鬓发的乌云"、"香腮上的白雪"，那是因为，云、雪、山都不是室内的东西，而是天地间的大自然景象，所以这种品质上的相近就使得一个个看起来好像没有什么关联的美丽形象在章法和精神上连贯起来，并且与现实拉开了一段审美距离，给读者留下想象的余地。这种写法，也是在形象的跳跃之中保持着感发的连贯性。

陶渊明的七首《咏贫士》，除了这第一首是总写他心灵、思想上的这个根基之外，后边几首所写的都是古代有名的那些贫士及他们的作为。总之，他赞美这些贫士说"何以慰吾怀，赖古多此贤"，还说"谁云固穷难？邈哉此前修"。这说明他在古人之中终于找到了自己的知音。从眼前看，尽管人们都在使用种种卑鄙手段争逐物利，但人类真的就如此堕落败坏，毫无希望了吗？并非如此的。回顾历史的长河之中，毕竟还有那么多光点在闪烁，还有那么多人毕生追求美好的品格和理想。想到这些，饥寒劳苦算得了什么？别人不理解又算得了什么？所谓"贫富常交战，道胜无戚颜"，古人的榜样给了诗人在寂寞孤独和贫寒困苦之中坚持下去的巨大力量，使他在精神上成了一个真正的强者。

陶渊明的《读〈山海经〉》又是一组诗，共有十三首，其中的第一首"孟夏草木长"我在前面已经讲过，但那时我所着重的乃是以这首诗为例来介绍陶渊明在归田之后所得到的田园生活的乐趣。而现在，我要就这一组诗对陶诗的复杂性和丰富性做进一步的分析。陶诗看起来简单，其实并不简单。打个比方来说，你所看到的太阳光是很简单的白色的光，但实际上那是由红、橙、黄、绿、青、蓝、紫七种颜色的光结合而成的。"日光七色，融为一白"，这恰好用来形容陶诗的风格。在这首"孟夏草木长"中，诗人说"欢言酌春酒，摘我园中蔬"，说"俯仰终宇宙，不乐复何如"，他真的仅仅是"欢言"，仅仅是"乐"吗？并非如此而已，他的"乐"中带有一种悲哀，"欢言"中带有一种愤慨，他自己在另一首诗的序中也说过"偶景独游，欣慨交心"（《时运》序）的话足以为证。所谓"泛览周王传，流观山海图"，"周王传"指《穆天子传》，"山海图"就是《山海经》。这并不是很偏僻的书，不少人都读过。可是你读这两部书时所感所得的是什么？晚唐诗人李商隐写过一首《瑶池》，就取材于《穆天子传》中周穆王西游昆仑遇西王母的故事，我们来看一看他通过这个神话故事产生了什么样的悲哀感慨：

瑶池阿母绮窗开，黄竹歌声动地哀。八骏日行三万里，穆王何事不重来？

第一句写得真是很美，"瑶池阿母绮窗开"——在那遥远的神仙世界，西王母打开了美丽的绮窗，她在等待尘世间的周穆王，希望他能够到她的神仙世界中去。可是你看接下来的第二句是什么——"黄竹歌声动地哀"。当周穆王驾着八匹骏马的车到西方去的路上经过黄竹，这里到处都是冻饿而死的尸体，到处都是老百姓悲苦的呻吟。你想到天堂去当然很好，可是你把人间都安排好了吗？这真是诗人悲天悯人的心肠。他说，穆天子你空有日行三万里的骏马，可是无法带上那些水深火热的生灵，所以你自己也就永远不能回到遥远的神仙世界中去了。天下的文章，有时候你可以把它们打成一片。大家都看过陶渊明的《桃花源记》，说的是武陵有一个打鱼人，驾着小船找到一个山洞，那里边有良田、美池、屋舍和桑竹，没有战争，也没有饥饿和痛苦，从黄发的老人到垂髫的童子，全都"怡然自乐"。渔人在那里住了几天，离开时一路上处处做了记号，希望将来再回到这个美好的地方。可是等到他下次再来的时候，他做的记号都没有了，再也找不到那条去桃花源的路了。南阳有一个名叫刘子骥的人，知道此事后也想去寻找这个地方，但不久就病死了，终于没有去成。写到这里，陶渊明说了最悲哀的一句话——"后遂无问津者"。一个美丽的理想，不管实现起来如何艰难，但只要还有人在努力追寻，就存在着实现的希望。但如果连做这种尝试的人都没有了，那么人类就真的没有希望了。所以你看，"后遂无问津者"与"穆王何事不重来"，那种感慨是多么相似！

读书，要看你怎样读。同样的一本书，不同的人读起来深者见其深，浅者见其浅，仁者见其仁，智者见其智。一般人读《山海经》也许只看到那些奇禽异兽，觉得很好玩。可是你看陶渊明读《山海经》所见到的是什么？他说："精卫衔微木，将以填沧海。刑天舞干戚，猛志故常在!""精卫"是一种鸟的名字。《山海经》里说，当初炎帝的小女儿游于东海，溺死在海中，就变成了精卫鸟。它每天都叼着陆地上的小树枝、小石子丢到海里，想要把大海填平。这意味着什么？李商隐《寄远》说："何日桑田俱变了，不教伊水向东流。"水向东流，本来是不可挽回的事情。可是，什么时候能够挽回那不可挽回的灾难？什么时候能够填平那人世间的不平？这种看起来不可能做到的事情，却代表着人类的意志和愿望，代表着一种不可被征服的信念。"刑天"也是《山海经》里的故事，说是它得罪了天帝，被天帝斩首，因此就没有了头。但它不肯死去，把胸部的乳房变成了眼睛，把肚脐变成了嘴，两手舞着盾和斧，还要继续和天帝斗争。这也是一个坚持自己的意愿，死也不肯罢休的形象。在《读〈山海经〉》的最后一首里，陶渊明从神话写到了历史。他说，当帝王的必须慎于使用人才，所以，舜帝才废掉了共和鲧。"共"，是共工，就是那个头触不周山，使天柱折、地维缺的共工；"鲧"，相传是大禹的父亲，曾盗了天帝的息壤来治水，但终于失败了，被舜所杀。这当然还是神话，可接下来他就写到了历史——"仲父献诚言，姜公乃见猜"。"仲父"，指管仲；"姜公"，指齐桓公。管仲辅佐齐桓公成为春秋霸主，他在临死时对齐桓公说："有三个人你是绝对不能用他们的，那就是易牙、开方和竖刁。"但管仲一死，齐桓公就忘了他的话。这三个小人最会逢迎拍马，所以齐桓公就宠信和任用他们，结果使得齐国大乱。大家都在外边争夺王位，病重的齐桓公被关在宫里，想喝一口水都没人给他拿，死后也没有人给他收葬尸体，以致长满了蛆，一直爬到门外。所以陶渊明说，"临没告饥渴，当复何及哉"——你自己不小心用错了人，等到临死时才明白，那就太晚了！因此你们看，陶诗真的是很难讲。你不能断章取义只讲他的"俯仰终宇宙，不乐复何如"，因为在这同一组诗里他还有结尾的"临没告饥渴，当复何及哉"。他的"乐"里边不无愤慨，他的超脱里边也不无关怀。我曾说过，有的人勇于进，有的人勇于退。但决定你进还是退，除了本人性格的因素之外，还有外在环境的因素。陶渊明的身份、地位决定了他不是那种有权有势有力量左右政治的人物，只能依附那些有实力的人士来实现自己的理想，因此他曾给桓玄做过事，也给刘裕做过事，但桓玄和刘裕这些野心家们没有一个真正以国家和百姓为念，这实在是很令人寒心的事情。陶渊明是在做过了进的尝试之后才选择了退的。所以，他那种对时事、对政治的愤懑之情有的时候就从诗里边流露出来。

关于陶渊明的作品，不少人认为《归去来兮辞》是最好的一篇。可是我实在要说，在中国所有的作家之中，只有陶渊明一个人可以说是没有一篇作品不好。其他那些作者，不管名声多么大，作品多么高明，你总能在他的集子里发现有一两篇或者一两句中有虚浮的、不够真诚的地方。包括大诗人李白、杜甫都不免于此。但只有陶渊明的诗和文，你找不到他一点儿虚浮的所在。所以辛弃疾才说他"千载后，百篇存，更无一字不清真"（《鹧鸪天》"晚岁躬耕不怨贫"）。然而，都好并不等于都一样。陶渊明作品的内容是十分复杂的，在不同的作品里他往往表现了他自己各个不同的方面。因此，如果拿《归去来兮辞》和《饮酒》诗相比较，我觉得，《归去来兮辞》虽然也很好，但它所表现的只是对田园生活的向往，内容比较单纯；《饮酒》诗则写了他归田之后有人请他复出，由此而产生的种种矛盾以及对人生的思考，所以内容更为丰富复杂。当然，这只是我个人的看法，提出来供大家参考。

第八节　陶渊明之六

到现在为止，我们基本上已经把陶渊明讲完了。我们已经知道，恬静和消极并不是全部的陶渊明。陶渊明有他的快乐和自得，也有他的悲哀和愤慨，甚至他也有过用世的志意，做过积极的尝试。可是总的来说，我们前面所讲的，还是比较偏重于精神道德的这个方面，其实陶渊明在其他方面也是很丰富的。为了更全面地了解这位复杂的诗人，我们再讲一首他的四言诗《时运》。在《诗经》之后，汉魏两晋之间虽然也有一些作者写四言诗，但其中写得最好的只有曹操和陶渊明。陶渊明一方面继承了前人的艺术成就，一方面又有自己的开拓。四言诗《时运》在形式上就是模仿《诗经》的，但在内容和风格上却与《诗经》完全不同：

　　　　时运，游暮春也。春服既成，景物斯和，偶景独游，欣慨交心。

迈迈时运，穆穆良朝。袭我春服，薄言东郊。山涤馀霭，宇暧微霄。有风自南，翼彼新苗。

洋洋平泽，乃漱乃濯。邈邈退景，载欣载瞩。称心而言，人亦易足。挥兹一觞，陶然自乐。

延目中流，悠想清沂。童冠齐业，闲咏以归。我爱其静，寤寐交挥。但恨殊世，邈不可追。

斯晨斯夕，言息其庐。花药分列，林竹翳如。清琴横床，浊酒半壶。黄唐莫逮，慨独在余。

这首诗的前边有个小序，模仿的是《毛诗》。因为《毛诗》的每篇诗前边都有一个小序，是注释者对这首诗的简单说明，例如第一首《关雎》的小序："关雎，后妃之德也……"另外，这首诗的题目取首句的两个字"时运"，也是模仿《诗经》的形式，例如《关雎》的首句是"关关雎鸠"，《桃夭》的首句是"桃之夭夭"等。陶渊明这个短短的小序写得很好。当暮春三月的时候，天气渐渐暖和了，厚重的冬衣也该换下去了，这正是春游的好时候。"春服既成"出于《论语》，孔子有一次让他的学生们各言其志，别人都说了一大堆治国安邦的志愿，只有曾皙很潇洒地说，他的志愿是"莫春者，春服既成，冠者五六人，童子六七人，浴乎沂，风乎舞雩，咏而归"（《先进》）。所谓"春服"，应该是很轻软而且颜色很鲜明的衣裳，换上春服，就同时把寒冬那种深暗厚重的感觉也卸下来了，从而产生一种春意萌发的快乐心情。用这样的心情去看外边的景物，景物也变得那么谐调、那么美好。陶渊明和曾皙他们不同的是，他没有冠者和童子陪伴，而是"偶景独游"——跟随他的只有影子。所以，此时他的心中既有对美好景物的愉悦，也有孤独的悲慨。陶渊明的这首四言诗主要是写景的，我们欣赏这首诗，一方面是为了更全面地了解陶渊明，另一方面也是为了过渡到大谢。因为我在下一节就要开始讲谢灵运了。我们可以看到，都是写大自然景物，而且都是生活在同一个时代，但由于诗人的性格和修养不同，他们的诗也大不相同。前人评论说，陶渊明所写的景物，是雅人心中的胜概。什么叫作"雅人心中的胜概"？就是说，他所写的并不只是对景物外表的刻画，而是看到景物之后他自己内心的所得。那是一个具有美好修养的高雅之士对美好景物的反应，是美好心灵之中的一种美好境界。现在我们就来看他是怎样写出心中"胜概"的。

"迈迈时运，穆穆良朝"，两句话用了四个叠字，这也是受《诗经》的影响。"迈迈"有迈步而行的意思，如果就现在而言当然是前进，但如果对过去而言那就是消逝了。所以"迈迈时运"的意思是，春夏秋冬四时光阴永远处在前进和消逝的变换之中，永远不会停留下来。"穆穆"是和美而恬静。他说，在四时的运行之中，美好的春天又来到了，在和美而恬静的春日清晨，我披上春天的衣服，到东郊去游春。"薄言东郊"的"薄"，有迫近的意思；"言"，也是《诗经》里常用的一个语助词。"山涤馀霭"是说，太阳一出来，笼罩山峦的雾气就都散开了，青山像刚刚用水洗过一样鲜明。"宇暖微霄"是说，天空中光影迷蒙，流动着薄薄的一层云彩。"有风自南，翼彼新苗"的"翼"字，本来是翅膀的意思，是名词，但现在诗人把它用作动词，表现柔嫩的秧苗在和风吹拂下好像长了翅膀在飞动的样子，真是传神极了。

这首诗的第二段说："洋洋平泽，乃漱乃濯。邈邈遐景，载欣载瞩。"水流有不同的形式，有从高山冲泻而下的瀑布，有从峡谷奔腾而出的激流，而"洋洋平泽"则是一片平缓而流动着的湖泽之水。所以，你可以捧起水来漱一漱口，踏进水去洗一洗脚。欧阳修有一首小词说"雪云乍变春云簇，渐觉年华堪送目"（《玉楼春》），春天来时天上的云都不像冬天那样低沉阴暗了，变成了一簇簇、一朵朵、一团团的。在这种时候你放眼望去，从天上到地下，从山顶到水中，只觉得什么都是美的。陶渊明有他的失意感慨，也有他的快乐自得。在前面我说过，他在寂寞孤独中能够坚持固穷的操守，是由于他在古人之中找到了志同道合的知音。但这只是一个方面，另一个方面就是，他在大自然的美丽景物之中找到了心灵上的安慰。苏东坡曾说，宇宙之间的万物"自其变者而观之，则天地曾不能以一瞬"，然而"自其不变者而观之，则物与我皆无尽也"（《赤壁赋》）。这话讲得很有哲理。对大自然的景物，如果你怀着悲伤的心情去看，那么到处都是可悲之物；但如果你以欣喜的眼光去欣赏，那么天地万物毕竟也不乏可喜之处。所以陶渊明说"称心而言，人亦易足。挥兹一觞，陶然自乐"——如果你所求的只是保持自己的兴趣、理想，那么这种要求也很容易满足，当我举起酒杯的时候，觉得这人生真的是十分可爱。

"延目中流"这一段用了《论语》的典故，就是前面我所说的

"莫春者，春服既成"的那一段。"沂"，是山东的沂水。陶渊明生活在浔阳柴桑，没有到山东去过，所以他说，我看一看这平缓的流水，就想起了曾晳所说的沂水，当年孔子也许就带着学生在那里游览过。曾晳说"冠者五六人，童子六七人，浴乎沂，风乎舞雩，咏而归"，为什么有冠者，还有童子？你一定要懂得，不仅观赏大自然景物是赏心乐事，人与人之间的和谐友爱也是一件赏心乐事；而且，不但和成年人的友好交往是一种乐事，和小孩子的友好交往也是一种乐事。如果你能够对比你年长、比你年幼的人都怀有一种爱心，那么你自己也就能享受到一种人伦之乐。曾晳说，我们五六个成年人、六七个小孩子到郊外去游春，在沂水里洗个澡，在舞雩台上吹吹风（舞雩是求雨的高台）。到傍晚，我们大家唱着歌，吟着诗就回来了。孔子听了就说："吾与点也。"意思是，我最喜欢曾晳的这个理想。这就出了一个问题，别的学生所说的理想都是关于治国平天下的，难道就都不如曾晳的理想好？我以为，孔子在这里所赞成的乃是一个人在一生中最基本的一面，那就是，你对人世间的万物都要有一种关怀和爱心，这才是成大事业的根本。如果你根本就没有这种关怀和爱心，那么你在建立功业或得到权势之后还有什么追求呢？恐怕就只有得意忘形和作威作福了！所以陶渊明说，我也喜欢曾晳所说的那种清静平和的生活，不管在醒着的时候还是睡梦之中，我都好像跟孔子师生有一种精神上的往来，但遗憾的是我没能生在他们那个时代，我只能向往他们而不能见到他们。其实在中国古代，有很多诗人也怀有类似的感情，但由于他们的性格不同，修养不同，说出话来也自不同。杜甫过宋玉故宅就悲慨叹息说:"摇落深知宋玉悲,风流儒雅亦吾师。怅望千秋一洒泪,萧条异代不同时。"(《咏怀古迹五首》之一)辛弃疾在悲慨时也透着一股英豪之气:"不恨古人吾不见,恨古人不见吾狂耳。"(《贺新郎》"甚矣吾衰矣")而陶渊明则说"但恨殊世,邈不可追"——虽然也很悲慨,但口气却十分平和。

最后一段他说:"斯晨斯夕,言息其庐。""庐",是一个安身的所在。诗人曾经说"众鸟欣有托,吾亦爱吾庐"(《读〈山海经〉》),又说"敝庐何必广,取足蔽床席"(《移居》),房子虽然不好,但那是我早晨、晚上都可以回来休息的地方。有了这样一个安身所在,我已经很满足,更何况房子外边还种有花木药草和茂密的竹林,房子里边有琴也有酒。虽然酒并不是很名贵的酒,只是普通的浊酒,而且数量不多,但诗人觉得那也足够了。"清琴横床"写得也很妙。陶渊明曾弹琴吗?史书上说他并不会弹琴,却置了一张没有弦的琴,经常抚弄,以寄其意。所以你们看,这是一个多么有生活情趣的人!然则,他在安于隐居生活的同时,对时代,对政治却抱着深深的遗憾——"黄唐莫逮,慨独在余"。要知道,陶渊明生在晋宋之间,北方五胡乱华,东南沿海也是战乱不断,桓玄叛乱就是从江州起兵,被废掉的晋安帝也曾被迁往浔阳。诗人就生活在这样一个战乱的漩涡之中,那和古代传说中的黄帝、唐尧之世真有天壤的区别。眼看着这样时代的灾难却又无可奈何,他的心中怎么会没有深深的悲慨呢?在这里,"慨独在余"又一次呼应了诗前小序中的"偶景独游,欣慨交心",所以我们在读陶诗的时候不可只注意他的恬静悠闲,也应该注意到他内心深处的这些遗憾和悲慨。而作为诗人的陶渊明，更值得注意的则是他的"融七彩为一白"、"质而实绮，癯而实腴"的"诗"与"人"完全合一的艺术成就。

（徐晓莉、安易整理）

第七章

*

永嘉诗歌

第一节　刘　琨

我们已经讲过了建安的诗人、正始的诗人、太康的诗人，现在要开始讲永嘉的诗人了。从太康到永嘉，国家的情况是每况愈下。我们前边讲到的八王之乱，还只是皇室宗族之间的争权夺利，到了永嘉时代，就有北方的胡人侵入了。太康，是晋武帝的年号。武帝之后是惠帝，惠帝不慧，但他的太子司马遹很聪明，因此遭到贾后的忌恨，终于为其所害，后被追谥为愍怀太子。惠帝死后，就由他的弟弟司马炽继承了皇位，是为怀帝。晋怀帝的年号就是永嘉。永嘉一共有七年，但怀帝实际上只做了五年皇帝。因为在永嘉五年洛阳被攻破，怀帝做了俘虏，后来被杀死了。那么攻破洛阳的是谁呢？就是五胡十六国的汉。这个汉，不是刘邦的汉，而是刘渊的汉。刘渊本是匈奴人，因为在中原生活了很久，就用了汉族的姓，并且自称"汉王"。刘渊死了以后，继承他的是他儿子刘聪。永嘉五年，刘聪派刘曜攻陷洛阳，俘虏了晋怀帝，把他带到平阳。刘聪故意侮辱晋怀帝，在宴会的时候让怀帝穿上仆人的青衣，给大家斟酒。怀帝本人并不是一个坏皇帝，可是他生不逢时。在惠帝之后，西晋的国势已经无可挽回，怀帝没有办法实行他治国安邦的计划，也没有办法保全他自己。当他被迫"青衣行酒"的时候，跟随他的大臣不忍看到皇帝被人家这样侮辱，当着刘聪的面就恸哭流涕。刘聪很生气，就杀死了怀帝。怀帝死的时候只有三十岁。怀帝死后，愍帝在长安即位，愍帝的年号是建兴。愍帝做皇帝只做了四年，建兴四年刘曜攻破长安，又俘虏了愍帝，把他也带到平阳。刘聪对愍帝的侮辱更厉害，不但让他"行酒洗爵"，而且更衣的时候让他"执盖"，就是叫他拿着马桶的盖子。跟随愍帝的大臣们忍受不了这种侮辱，抱着愍帝恸哭，结果后来愍帝也被杀死。愍帝死的时候只有十八岁。愍帝死后，晋元帝司马睿在南方的建康继承了帝位，那就是东晋了。西晋自从武帝司马炎篡魏，到愍帝司马邺被杀，一共只有五十二年。中国历史上常说"兴周八百年之姜子牙，旺汉四百年之张子房"，一个朝代寿命的长短，往往和这个朝代开创之初建立起来的政治制度有关。王国维写过一篇《殷周制度考》，就是讨论这个问题的。大家都以为王国维后来是专门去考古了，可是事实上，王国维之所以写这篇文章是因为看到了当时民国政治的混乱。殷周之间有一个政治制度的大改革，那就是周武王的革命。周武王那才是真正的革命！周朝的制度放到数千年后的今天，也许已经不适合我们所用，可是就当时而言，那真是为了子子孙孙的百年大计而制定的一套完美的制度。《殷周制度考》是很短的一篇文章，我们现在并不打算讨论王国维在考古上的成就，我要说的是王国维的用心，那实在是表达了他的一种理想。一个国家是不怕革命的，但你一定要有好的制度去配合，还要能够严格执行这个制度。周朝就因为有了这个制度，才能传世八百年之久。西晋这个朝代为什么会这么短命？西晋政治漩涡中的这些个人物，连革命也说不上，只是互相争权夺利而已。古人说："天作孽，犹可违；自作孽，不可活。"西晋在这么短的时间里灭亡，本来就是不可避免的。八王之乱是皇室间的争权夺利，而现在的永嘉之乱就真正到了亡国的时候了。

我已经讲过，自太康以来很多诗人都不得善终，现在我们要看的永嘉诗人刘琨和郭璞，也都是被杀死的。当然，他们两人被杀的原因并不相同。在正始时代，像阮籍、嵇康那些诗人还可以佯狂诗酒，还可以服药求仙；可是到了永嘉这种时候，你还有佯狂诗酒的自由吗？你还有求仙隐居的自由吗？都没有了。每一个人的生活经历，每一个人的心灵面貌，都和这亡国的时代结合了密切的关系。而且，阮籍、嵇康那些人都是文士，而我们现在要讲的刘琨，却是一位兵权在握的英雄。因此他的悲剧结局更令人感动。他写的诗，正如陈祚明《采菽堂古诗选》所说，是"英雄失路，满衷悲愤，即是佳诗"。我曾说过，诗的感发生命有深浅、厚薄、大小和广狭的不同。一个人如果只关心自己的利害得失，那么他的诗纵然真切，诗中的生命也是浅薄狭小的。而使诗中那种感发的生命真正博大起来的，是诗人胸中的关怀之博大。刘琨不见得是一个很完美的人，但在永嘉之时，在外族胡人的侵略之下，各地方军政长官中只有刘琨一个人是以国家的利益为前提的。他不像其他那些人只想割据一方，只关心自己的利益。由于他关怀的范围很大，所以他的诗中那种感发的生命就与别人大不相同。我们先看他的《扶风歌》。

　　《扶风歌》作于永嘉元年。这一年九月，刘琨出任并州刺史。并州的州治在晋阳，就是现在的山西太原。当时北方游牧民族的侵略势力已经到达黄河流域，北方到处都是战乱。刘琨招募了一千人的军队，一路转战才来到晋阳。而晋阳经过战乱和饥荒，人民都逃亡了，田地没有人耕种，到处都是死尸。刘琨来到晋阳以后，招抚百姓，让他们到地里去耕种。耕田的老百姓都必须随身带着武器，因为随时会有寇盗来抢掠。在刘琨的治理下，并州渐渐安定下来。《扶风歌》写的就是刘琨从洛阳到并州赴任途中的经历和感受。

刘琨字越石，是西晋末年在北方坚持战斗的重要军事首领。元遗山的三十首《论诗绝句》中，有一首写的就是刘琨。他说："曹刘坐啸虎生风，四海无人角两雄。可惜并州刘越石，不教横槊建安中。"《三国演义》上有一段"青梅煮酒论英雄"，说曹操有一次和刘备谈论天下的英雄，曹操说："今天下英雄，惟使君与操耳。"这话并不是自吹，在建安时代，曹操确实算得上一位英雄。而刘琨，也是一位在乱世之中希望建功立业的英雄。何以见得？历史上记载了一个故事，刘琨和他的好朋友祖逖立志要收复失地，安定国家，每天半夜就"闻鸡起舞"——这个"舞"不是跳舞，是舞剑习武。他们相约要为国家建立功业，刘琨曾经给亲故写信说："吾枕戈待旦，志枭逆虏，常恐祖生先吾著鞭。"（《晋书》本传）刘琨不但有这样的志意，而且也有领兵的才能，倘若生在建安时代，他是能够成功的。可是他却不幸生在这样一个乱亡的时代，壮志未酬，就被一个鲜卑人杀死了。这真是"英雄失路"。刘琨的诗，都是直言其事的赋体，不像我们以前讲过的那些比兴的诗有深远的余韵供读者联想。刘琨诗的感发力量不在比兴的联想，而在直接的叙述之中。现在我们就看他的这首《扶风歌》：

朝发广莫门，暮宿丹水山。左手弯繁弱，右手挥龙渊。顾瞻望宫阙，俯仰御飞轩。据鞍长叹息，泪下如流泉。系马长松下，发鞍高岳头。烈烈悲风起，泠泠涧水流。挥手长相谢，哽咽不能言。浮云为我结，归鸟为我旋。去家日已远，安知存与亡？慷慨穷林中，抱膝独摧藏。麋鹿游我前，猿猴戏我侧。资粮既乏尽，薇蕨安可食？揽辔命徒侣，吟啸绝岩中。君子道微矣，夫子故有穷。惟昔李骞期，寄在匈奴庭。忠言反获罪，汉武不见明。我欲竟此曲，此曲悲且长。弃置勿重陈，重陈令心伤。

"广莫门"，是晋朝首都洛阳城的北门；"丹水山"，在今山西高平的北边。他说，他早晨从洛阳出发，晚上就到了山西的丹水山。事实上当然不见得有这么快，他只是极言自己这一行人行动的迅速就是了。"繁弱"是有名的弓，"龙渊"是有名的剑。嵇康《赠秀才入军》也曾写过"左揽繁弱，右接忘归"，那多半是想象之辞，而刘琨的"左手弯繁弱，右手挥龙渊"则是真的，因为他确实是带着他的一千人马一路转战才到了晋阳。底下"顾瞻望宫阙，俯仰御飞轩。据鞍长叹息，泪下如流泉"，是说离开洛阳的时候回头远望，还可以望见洛阳城里那些高高矮矮的宫殿建筑。可是现在天下这么乱，这一去未卜前途如何，所以在马上就不觉长叹一声，落下泪来。"系马长松下，发鞍高岳头。烈烈悲风起，泠泠涧水流"是说，现在我停下来休息，把我的马系在一棵松树下面，在这高山之上卸下马鞍。这时候，我就听到那烈烈的悲风和泠泠的流水之声。下边"挥手长相谢，哽咽不能言。浮云为我结，归鸟为我旋"是说，我举起手来向京城洛阳辞别，悲伤得说不出一句话来；天上的云都受到这种悲哀的感染而停止不动，归来的鸟也因为感受到我的悲哀而盘旋不去。为什么这么悲伤呢？因为"去家日已远，安知存与亡？慷慨穷林中，抱膝独摧藏"。刘琨的父母这时候还在，可是不久以后他们果然就都死在战乱之中了。"摧藏"是内心十分悲痛的样子。他说，我在这一片荒凉的树林里席地而坐，心中无论如何也平静不下来，想起国破家亡的前景，我的心中痛苦极了。朝廷派刘琨做并州刺史，但什么都没有给他，连那一千人也是他自己招募的。现在他们在这荒山之中歇宿，只有那些猿猴和麋鹿为伴。已经没有粮食吃了，只能采些野菜。可是吃野菜怎能吃得饱！但尽管如此，他还是要带领他的人马前进——"揽辔命徒侣，吟啸绝岩中"。他说，我就拉起马的缰绳命令大家继续前进，而且在这深山之中高声吟啸。我们前面不是说过晋人多善啸吗？刘琨就很善啸。据说有一次晋阳被胡骑包围，没有办法解围，他就在一个有月光的夜晚登上城楼放声长啸、吹胡笳。天刚亮，刘琨又奏胡笳。结果敌人都被他的长啸与笳声所感动，弃围而走。"君子道微矣，夫子故有穷。"刘琨这个人是忠于晋室的，他一方面要坚持斗争，光复晋室；一方面又对前途感到十分惶惑，心中并没有成功的把握。因为在这种乱世已经没有正义和道德可言了，纵然是孔夫子，遇到乱世，也有走投无路的时候。当然带兵的人都希望为国家建功立业，但并非每个人都能成功。下边他举了西汉的李陵为例，李陵带兵去和匈奴打仗，没有能够按时回来。汉武帝不能原谅他，杀了他的老母、兄弟、儿女和妻子，于是李陵就只能永远留在匈奴了。一个人本来是真心爱自己的国家，但却受到冤屈和诽谤，这样的事情历史上还少吗？他说："我欲竟此曲，此曲悲且长。弃置勿重陈，重陈令心伤。"这和

《古诗十九首》里边的"弃捐勿复道，努力加餐饭"是同样的意思。他说，还是把这件事情放下不要再提了，事实已经如此，提起只能让人心里更加悲伤。这是刘琨的《扶风歌》。下边我们再看他一首《重赠卢谌》。

刘琨是个有勇武才略的人，而且是真正忠于晋室的。朝廷也未尝不想重用他，所以在怀帝被杀，愍帝即位的时候，就拜刘琨为大将军、都督并州诸军事；愍帝建兴三年，又给他司空的官位。可是在建兴四年，当刘琨带兵出去打仗的时候，他部下的长史叛变，把并州献给了石勒。刘琨只好去投奔幽州刺史段匹磾。段匹磾是鲜卑人，刘琨跟他结成儿女亲家，并且约为兄弟。两人结盟共同平定战乱，效忠晋室。他们有一篇盟文，写得非常感人，说是要"尽忠竭节，以剪夷二寇"，"有渝此盟，亡其宗族，俾坠军旅，无其遗育"。可是你要知道，社会风气的败坏是一件非常可怕的事情，《论语》上说："信如君不君，臣不臣，父不父，子不子，虽有粟，吾得而食诸？"魏晋时期纲常伦理败坏，大家信义扫地，不仅汉人如此，胡人也是一样。段匹磾有个堂弟叫末波，末波与刘琨的儿子刘群密谋袭击段匹磾，说是如果你帮助我消灭了段匹磾，我就把段的军队全都交给你父亲刘琨指挥。于是刘群就给刘琨写了一封信请刘琨为内应。但这封信在中途落到段匹磾的手里，段匹磾就请刘琨来见，给他看这封信。刘琨说，我不知道这件事，即使我收到了这封信，我也绝不会做出这种背叛盟约的事。段匹磾本来很敬重刘琨，相信他确实不会做这种事，就打算放他回去。可是段匹磾的部下说，你不可以放虎归山，因为我们是鲜卑人，以刘琨的名望和才智，倘若汉人都跟随他来反对我们，我们迟早会被他消灭的。段匹磾听了手下这些人的话，就把刘琨拘禁起来。而刘琨的儿子和部将就真的起兵反抗段匹磾，于是段匹磾就杀死了刘琨。刘琨的这首《重赠卢谌》，就是在他被段匹磾拘禁的时候写的。

我曾说过左思的《咏史》是借史咏怀。可是你一定要注意，左思的借史咏怀比较来说属于泛言的性质，除了第一首的"弱冠弄柔翰"、"作赋拟子虚"、"志若无东吴"等是写自己的大志，其他各首多是泛泛地写贵贱贫富的不平。在那些诗里，"史"的分量比较重，"怀"的分量相对来说就比较轻。而现在刘琨的这首《重赠卢谌》则是以咏怀为主了。他虽然也写了很多历史的事件，但这些事情都是作为咏怀的陪衬。而且，这首诗在叙写上也有特点。我们中国的诗歌都是要传达一种感发，但传达的方法很多种。有的诗在开端就把感发写出来了，而刘琨这首不是。刘琨这首诗从一开始就叙述一件一件的史实、一个一个的典故，读起来没有感发，觉得很枯燥。这首诗，你要一直读到结尾才会感受到他的感发，所谓"千里蟠龙，到此结穴"。就是说，它好像一条龙，你沿着它曲曲折折走了很远很远，一直到结尾才找到它洞穴的所在。前人评柳永的词，说是"如画龙点睛，神观飞越，只在一二笔，便尔破壁飞去"（郑文焯《与人论词遗札》）。柳永的词前边也往往是铺陈的写景和叙述，到最后一两句话才写出他的感发，就像画龙点睛一样，因为眼睛可以传达内心的信息。古人说张僧繇画佛寺的壁画，画了龙先不画眼睛，因为他一点睛那龙就活了，就会破壁飞去。刘琨这首诗也是如此，前边大部分读起来很死板，很枯燥，可是到最后几句他一下子就把强大的感发力量传达出来了：

> 握中有悬璧，本自荆山璆。惟彼太公望，昔在渭滨叟。邓
> 生何感激，千里来相求。白登幸曲逆，鸿门赖留侯。重耳任五
> 贤，小白相射钩。苟能隆二伯，安问党与仇？中夜抚枕叹，想
> 与数子游。吾衰久矣夫，何其不梦周？谁云圣达节，知命故不
> 忧。宣尼悲获麟，西狩涕孔丘。功业未及建，夕阳忽西流。时
> 哉不我与，去乎若云浮。朱实陨劲风，繁英落素秋。狭路倾华
> 盖，骇驷摧双辀。何意百炼钢，化为绕指柔。

"握中有悬璧，本自荆山璆"，是这首诗的总起。"悬璧"，是
一种美玉。"璆"也是玉。"荆山"在湖北，就是楚国的卞和得到和
氏璧的地方，卞和当初曾为这块玉被楚王砍断了两只脚。美玉代
表什么？美玉代表良才。《论语·子罕》说，子贡问孔子："有美玉
于斯，韫椟而藏诸？求善贾而沽诸？""韫"是藏。"椟"是一个盒
子。他说，现在有一块美玉，你是把它藏在一个盒子里呢？还是等
个好价钱卖掉？孔子就说了："沽之哉！沽之哉！我待贾者也。"他
说，卖掉它，卖掉它，我就是在等一个好价钱呀。美玉是不能永远
藏在山里的，必须找机会实现它的价值，良才也是一样。这是中国
儒家传统的看法。所以，"握中有悬璧，本自荆山璆"，是用美玉来
自比，希望能够有人认识他的价值。可是，美玉出山之后命运如何
呢？底下他就举了好多历史上的故事。

他说："惟彼太公望，昔在渭滨叟。"太公望是周朝的姜尚，他

曾经为人赘婿，就是过门的女婿。古代封建社会都是女子嫁到男子家里去，但有的人没有儿子，就要招赘一个女婿。一般来说，男子如果不是家里特别贫寒，是不肯给人当赘婿的。姜尚给人家当过赘婿，而且他还当过杀牛的屠夫，可见他的出身很卑贱。他有才能，有志意，却没有得到过知遇。后来他听说西伯——就是周文王——是一个贤能的君主，他就来到渭水，在渭水边钓鱼，其实是等待一个与西伯相见的机会。果然有一天西伯从那里经过，看见了他，通过谈话发现了他的才能，于是和他同载而归，说："吾太公望子久矣！"所以后人就称姜尚为太公望。后来文王死了，姜尚辅佐武王灭殷，得了天下，建立了"兴周八百年"的功业。"邓生何感激，千里来相求"，是说东汉开国功臣邓禹，他曾从南阳北渡黄河到邺城投奔汉光武帝刘秀。邓禹为什么这样做？因为他发现光武帝是一个能够用他的人。古人常说，人生得一知己死而无憾。遇到一个真正的知己很不容易，一旦你遇到了，就是不远千里去追随也是值得的。下面"白登幸曲逆，鸿门赖留侯"是两个典故。"曲逆"是西汉曲逆侯陈平。汉高祖刘邦亲自带兵去打匈奴，被匈奴的三十万精兵包围在平城附近的白登山，七天没有粮食吃，幸亏用了陈平的计谋，才得以解围。高祖脱出重围之后来到曲逆，就诏御史封陈平为曲逆侯。鸿门宴的故事大家都很熟悉。项羽约刘邦到鸿门赴宴，项羽手下的谋士范增打算在宴席上杀死刘邦以绝后患。可是张良事先做了准备，才使刘邦侥幸脱险。张良后来被封为留侯。

以上四个典故是有层次的：姜尚和邓禹的故事说明，作为臣子有待于君主的知遇；陈平和张良的故事则说明，作为君主也必须依赖臣子的辅佐。下面他接着又用了两个典故："重耳任五贤，小白相射钩。""重耳"是晋文公。重耳的父亲晋献公宠爱骊姬，杀死了他的哥哥太子申生，于是重耳就逃走了。当他出逃在外的时候，有五个贤臣跟随他，这五个人是狐偃、赵衰、颠颉、魏武子、司空季子。由于有这五个人的辅佐，重耳后来终于回到晋国，而且成就了霸业。"小白"是齐桓公。齐襄公死后，他的弟弟小白和公子纠争位。管仲本来在公子纠手下，他射了小白一箭，不巧没有把小白射死，只射中他的带钩。后来小白做了齐国的君主，不但没有杀死管仲，反而用他为相。在管仲的辅佐下，齐桓公也成就了他的霸业。这两个故事说明，英明的君主都善于用人——"苟能隆二伯，安问党与仇"？"伯"同"霸"，"二伯"就是指晋文公和齐桓公，他们都是春秋五霸之一。对于这些英明的君主来说，只要你有才能，可以辅佐他们成其霸业，那么不管你是他的同党还是他的仇人，他都肯任用你。所以你看，这一层意思又深了一步。他说，你如果要想成事，就不能计较个人的恩怨，就要相信和任用真正有才能的人。可能这也正是刘琨肯和鲜卑人段匹磾结盟的原因。刘琨是想要复兴晋室的，他在给卢谌的书信中曾说："夫才生于世，世实须才……天下之宝当与天下共之。"他认为，乱世之中最需要人才，只要有人能够和他联合起来实现他复兴晋室的志意，他个人什么都不计较。可是，和段匹磾结盟的结果如何呢？他现在居然被段匹磾拘禁，而且生死不保了。所以他说："中夜抚枕叹，想与数子游。""数子"，指的就是从姜尚到管仲这些人。所谓"游"，乃是"神交"之游。他的意思是，为什么我就不能像姜尚他们那么幸运，遇到那样英明的君主呢？"吾衰久矣夫，何其不梦周"——我难道已经很衰老了吗？为什么好久都没有梦见周公了呢？"何其不梦周"是用典。《论语·述而》说："子曰：'甚矣吾衰也，久矣吾不复梦见周公。'"周公制礼作乐，为周朝的长治久安打下了一个很好的基础。春秋时期礼崩乐坏，孔子希望恢复周朝的制度，使天下走上安定的轨道，但是这一理想很难实现，所以才说这样的话。刘琨也希望经国济世，但他也无力实现这个理想，因此也产生同样的悲伤。所以接下来他说："谁云圣达节，知命故不忧。""圣达节"，又是用典。《左传》上说："圣达节，次守节，下失节。"大家知道，树木都有枝节，凡是结节的地方，都是树枝要发生变化的地方。人生也是如此，当一个变化到来的时候，你做什么样的选择？所谓"品节"，所谓"节操"，往往都表现在这个时候。我在前边讲过孟子所说的"圣之清者"、"圣之任者"和"圣之时者"，那都是一种选择。最上等的人可以在不同的场合做出不同的选择，对宇宙间的得失利害、生死祸福都有一种通达的、超然的看法，这是"圣达节"。第二等的人需要有一个法则的规范，他能够自觉地坚守而不改变，这是"次守节"。最下等的人不受法则的约束，为了个人的私利他可以为非作歹，为所欲为，这就是"下失节"了。孔子说"乐天知命故不忧"（《易经·系辞》），又说"五十而知天命"（《论语·为政》）。这话有时很难讲清楚，"知天命"就是把一切都归之于"天命"吗？那为什么《易经》上还说"天行健，君子以自强不息"？儒家主张，尽管外界环境的因素不都是你自己的能力可以左右的，但是你要尽到自己的努力，在任何环境中都应该能够完成你自己。孔子不是还说过"仁者不忧，知者不惑，勇者不惧"（《论语·宪问》）吗？孔子还说过"内省不疚，夫何忧何惧"（《论语·颜渊》）。该说的你都说了，该做的你都做了，你仰不愧于天，俯不怍于人，你有什么可忧惧的？可是——难道孔子真的就不忧了吗？如果他不忧，为什么还要栖栖惶惶地周游列国？孔子有时候不是也悲伤流泪吗——"宣尼悲获麟，西狩涕孔丘"。这两句其实重复，"宣尼"就是"孔丘"。《公羊传》记载，鲁哀公西狩获麟，孔子听到之后就"反袂拭面，涕沾袍"，并且感叹说："吾道穷矣！"古人认为麒麟是一种祥瑞之兽，一定要在天下太平、海晏河清的时候才可以出现。可是当时天下大乱，麒麟出非其时，出非其地，所以就被当作猎物杀死了。而像刘琨这样一个英雄人物，也是因为生非其时，所以才落到这样一个下场，难道不值得悲哀吗？

　　前边说了这么一大堆历史典故，下面他就要说他自己了："功业未及建，夕阳忽西流。时哉不我与，去乎若云浮。"他说，我这一生什么事情都还没有完成，生命就已经像夕阳一样向西沉没了；时间不给我一个建立功业的机会，就像浮云一样离开了我。接着他一连用好几个比喻："朱实陨劲风，繁英落素秋。狭路倾华盖，骇驷摧双辀。"就像鲜红的果实被狂风吹落，就像繁茂的花朵在秋天凋零，就像美丽的车盖翻倒在狭窄的道路上，就像受惊的马折断了车辕。他说，我就遇到了这样一个惊涛骇浪般的时代，把我本该完成的一切都毁掉了。"何意百炼钢，化为绕指柔"——千里蟠龙，到此结穴。他说，你怎能够想到，经受了千锤百炼的钢，本来应该何等坚强，何等锋利，可是现在竟然柔软得可以绕到手指头上！一个有才能、有意志的人，落到这种地步，又怎能不悲伤，怎能不灰心呢？

刘琨的诗留下来很少，但这是一首很不错的诗，很有感发力量，只不过他传达的方式不同。你要用心读下去才会发现，他的感发都在慢慢积蓄，直到最后才集中在一起传达出来。所以我们读诗不要贪图容易，不要只读那些直接感发的作品，一定要学会读这些以思力取胜的作品，才算是真正了解了诗。刘琨就讲到这里。

第二节　郭璞之一

郭璞给人们的印象是一个精于卜筮、术数的方术之士。卜筮，是两种占卜的方法：卜是用龟甲来占卜，筮是用筮草来占卜。术数，是一种推算的方术，就像现在的算命之类。可是清朝人却把郭璞的作品编入一本《乾坤正气集》，这个集子所收的，都是忠义之士的作品。这又说明，在一些人的眼里，郭璞并不仅仅是一个方术之士。因此，在介绍郭璞的诗之前，我还要对郭璞这个人做些简单的介绍。

郭璞是一个博学多才的人，《晋书》本传上有这样几句话："璞既好卜筮，缙绅多笑之。又自以才高位卑，乃著《客傲》。"《客傲》是郭璞的一篇文章。说是有客人问他，你这么有才学，为什么地位却如此卑微呢？于是他就作了一大篇回答来解嘲。不过，从郭璞一生的经历看，他的"才高位卑"确实和他的"好卜筮"有关系。郭璞是河东闻喜人，河东闻喜在今山西绛县附近。他的学问好，文章辞赋也写得好。中国古代有些玄妙难懂的书，像《尔雅》、《方言》、《山海经》，他都给它们作过注。他曾遇见过一个异人，传授了他卜筮之术。当西晋末年惠帝和怀帝的时候，北方马上就要大乱了，郭璞决定离开家乡迁居到南方去。可是离开家乡之后何以为生？他就把卜筮和术数当作了谋生的方法。你一定要了解这个情况，才能够深入理解郭璞这个人。史书上说，郭璞南行途中经过庐江，劝说庐江太守胡孟康和他一起到南方去，胡孟康不信他的占卜，不肯南渡。后来郭璞临走时施展撒豆成兵的幻术，把主人家的一个婢女给骗走了。他还经过一个达官显宦的家，人家不肯接待他，正好那人最心爱的一匹马死了，郭璞说："我能使死马复生。"于是主人马上就出来见他。他对主人说："你派一些健壮的男子拿着长竹竿出城向东走三十里地，见有丘林社庙，便可用长竿拍打，会有一个东西跑出来。你叫他们一定要把那东西抓住带回来，你的马就可以活了。"主人按他的话去做，果然捉回来一个像猴子又不是猴子的动物。那动物见到死马，就对着马的鼻子嘘吸，过了一会儿死马就活了。主人感谢他，送给他很多路费资助。

后来郭璞到了江南，由于他懂得术数，东晋朝廷里很多达官显宦就都跟他来往。为什么呢？因为在那种乱世，人们不知道眼前将要发生什么事情，不能够按正常的轨道生活，所以占卜的迷信就很盛行。东晋渡江以后最倚重的大臣王导，做官做到丞相，辅佐了东晋元帝、明帝和成帝三个皇帝，他和郭璞就是好朋友。还有一个很受朝廷倚重的皇亲国戚叫庾亮，跟郭璞也有来往。东晋朝廷曾经把很多大权交给王导和庾亮，而郭璞的才学并不在王导和庾亮之下，却从来没有得到过这种机会。那就是因为史书上说的"璞既好卜筮，缙绅多笑之"了。朝廷的公卿大臣虽然也迷信，也和方术之士来往，但朝廷从来不会给方术之士一个重要的地位。无论方术之士多么有才学，但他们向来是被轻视的。这在中国是一个传统的习惯。《晋书·郭璞传》的传论说，郭璞"笃志绨缃，洽闻强记，在异书而毕综，瞻往滞而咸释"，可称"为中兴才学之宗矣"。什么叫"笃志绨缃"？中国古代印刷还不流行，许多书籍都抄在丝帛上，所以绨缃就是指书籍。郭璞读过许多书籍，见闻广博，而且记忆力特别强，不管是多么少见的书他都研究，前人讲不通的地方他都能解释，可以算是东晋建国以来最有才学的人。可是传论接着说："夫语怪征神，伎成则贱，前修贻训，鄙乎兹道。"又说："宦微于世，礼薄于时，区区然寄《客傲》以申怀，斯亦伎成之累也。"你要知道，我们中国儒家传统看轻一切技能的东西，这里边也包括术数之学。"子不语怪、力、乱、神"（《论语·述而》），为什么？因为怪异的事情蛊惑人心，所以不能够提倡。像郭璞那些撒豆成兵、死马复活之类的方技，不是就很近于歪门邪道吗？你一天到晚玩这些歪门邪道，你的等级层次自然就低下了。你再有学问，人家也不会让你去掌握军政大权。史书上记载了一些郭璞的事情确实很神奇。据说他有一个朋友叫桓彝，常常到他家里去，有时候直接就走进他的内室。郭璞对桓彝说："你到我家来，哪一个房间都可以进，只是当我在厕所里的时候你不可以来找我，否则会有灾祸。"可是有一天桓彝喝醉了，四处找不到郭璞，一下子就冲进厕所，看见郭璞正在"裸身披发，衔刀设醮"。郭璞见他进来大吃一惊，叹息道："你和我都会遭到不幸，这是天命啊！"后来果然郭璞死在王敦的手中，桓彝死于苏峻之乱。

王敦是王导本家的堂兄弟，又是晋武帝的女婿，曾任江州牧，掌握着兵权。他准备举兵造反，请郭璞为他占卜，郭璞占了一个凶卦——就是说，造反不会成功。王敦又让他测算寿命，郭璞说："你要是安分守己就能长寿，若要起兵造反，马上就有灾祸临头。"王敦大怒，说："算一算你自己还能活多久？"郭璞说："我命尽今日日中。"于是王敦就下令把他推出去斩首了。郭璞对自己的死是早已前知的。数年之前，郭璞从北方向南方逃难的时候遇到一个人，就把自己的衣服脱下来送给这个人，这个人不接受，郭璞对他说："你只管收下，以后自会明白。"而到了郭璞被杀的这一天，这个人正好是行刑的人。郭璞被推出去时，问行刑者到哪里去斩首，行刑者回答："到南冈头。"郭璞就说："那一定是在一对柏树之下，树上有一个鹊巢。"大家都不相信，到了那里一看，果然有一对柏树，却不见有鹊巢。但仔细找时，真的有一个大鹊巢被覆盖在茂密的枝叶底下。这些事情确实是神奇得很。而且史书上还记载，温峤和庾亮打算讨伐王敦，也请郭璞占卜，郭璞给他们占的卦大吉，就是说此事准能成功。所以温峤和庾亮才下了决心。这些事说明，郭璞虽然以占卜为名，但他是忠于晋室的，行事不失忠义之气。这也就是清人把他的作品收入《乾坤正气集》的原因。可是尽管郭璞有忠义之气——这话真的很难说——他却是"语怪征神，伎成则贱"。以前我讲词的时候提到过柳永，柳永这个人也未始没有儒家的高远理想，他之所以被人看低就是因为他给歌妓酒女们写了歌词。就是说，你一开始就把路走错，那么社会上对你就不承认了。儒家对于方术向来是看轻的，所以郭璞虽然有这么好的才学，但做官并不显达，当时的人对他也不尊敬，这完全是受他自己的技艺所累。因此你看，人生真是很难走的一条路，你简直不能有一步走错！我们上一节讲过的刘琨，立志匡扶晋室，收复北方失地，是一个英雄豪杰之士，可是他之失败，也一样有他必败的原因。因为刘琨是贵家子弟，性情任纵，不加节制，有时候做事不够理性。比如他在晋阳招抚流人，许多人都来归附他。可是他虽善招抚，却不善管理，"一日之中，虽归者数千，去者亦以相继"（《晋书·刘琨传》）。而且他喜欢声色和奢豪，虽也努力控制自己，却不能坚持到底。刘琨宠信一个叫徐润的人，只因为这个人懂得音律就让他做了晋阳令。刘琨手下有一个人向刘琨揭露徐润在外边为非作歹，他不但不信，反而听了徐润的谗言把手下这个人杀了，以致这个人的儿子逃到敌军那里报告了晋军的虚实，使刘琨打了败仗。刘琨的母亲早就警告过刘琨："你这样任纵，将来一定会失败，难免要连累到父母。"结果这次刘琨打了败仗，他的父母也在乱军中被杀。刘琨和郭璞，在东晋都是杰出的人才，但他们本身都存在某些难以改变的因素，因而招致失败和杀身之祸。

以上我们了解了郭璞这个人，现在我们还要简单了解一下永嘉时期诗歌演变的历史。钟嵘《诗品序》里边有一段对此做过概括叙述：

永嘉时，贵黄、老，稍尚虚谈，于时篇什，理过其辞，淡乎寡味。爰及江表，微波尚传，孙绰、许询、桓、庾诸公诗，皆平典似《道德论》，建安风力尽矣。先是郭景纯用俊上之才，变创其体；刘越石仗清刚之气，赞成厥美。然彼众我寡，未能动俗。

在讲阮籍、嵇康的时候我就说过，魏晋文人喜欢讲老庄的玄理，有清谈的社会风气。这种社会风气，后来渐渐就影响了诗人。他们不但清谈玄理，而且把玄理也写进诗歌里边，这就是玄言诗。像孙绰、许询这些人，就都是玄言诗人。玄言诗是什么样子？我们不妨看看孙绰的一首诗，这首诗的题目是《答许询》：

仰观大造，俯览时物。机过患生，吉凶相拂。智以利昏，识由情屈。野有寒枯，朝有炎郁。失则震惊，得必充诎。

所谓"大造"就是宇宙大自然之间乾坤阴阳化生万物的造化运行。他说，你抬起头来看一看宇宙造化的运行，你低下头来看一看草木禽兽的世间万物，一切事情都是有机遇的。如果你把好机会错过，就必然会出现灾祸。想当初楚汉相争的时候，有人给韩信相面，说"相君之面不过封侯，相君之背贵不可言"，劝韩信背叛汉高祖刘邦。韩信没有听那个人的话，结果就错过了机会，后来被吕后斩首在未央宫。这就叫"机过患生"。老子说过："祸兮福之所倚，福兮祸之所伏。"塞翁失马，焉知非福，而塞翁得马，又焉知非祸？所谓吉和凶，往往是擦身而过，相距不过在毫厘之间而已。有的人本来很聪明，但因为贪图一些物质利益，就出现了判断失误；有的人本来有见识，但由于受感情影响，一时之间就做出了糊涂事。可是人们总是闹不明白这个道理，所以他们总是在失落的时候就震惊，在获得的时候又得意忘形。你看，这首诗只是用韵文来说明一些哲理而已。这就是钟嵘所说的"于时篇什，理过其辞，淡乎寡味"。玄言诗既无文采，也不具有我们讲过的风骨、风力那种感发的力量。所以说，诗歌到了这个时候就"建安风力尽矣"。然而，这时却有刘琨、郭璞明显地与众不同。钟嵘说，郭璞是凭着"俊上之才"，刘琨是凭着"清刚之气"，改变了这种平淡说理的风气。就是说，他们的诗里边都能够传达出一种感发的生命，所以他们就成了这个时代转移风气的作者。刘琨的诗我们已经欣赏过，确实带有一种很刚直、很强烈的感发。那么郭璞的诗呢？刘勰曾给过郭璞很高的评价，他在《文心雕龙·才略》里说："景纯艳逸，足冠中兴。"钟嵘在《诗品》中也说："郭璞……始变永嘉平淡之体，故称中兴第一。"郭璞擅长方术，本来近于道家，然而他的诗却不像玄言诗那样单调，这和他内心感情的复杂是有关系的。郭璞最有名的诗是《游仙》诗，我们现在能看到的有十四首。但可以肯定地说，他的《游仙》诗并不止十四首，因为钟嵘《诗品》里所引用郭璞《游仙》诗的句子，就不在这十四首里边。他的诗可能有很多已经在当时的离乱之中亡佚了。

说到游仙诗，有一点需要特别注意，那就是我在讲左思时曾经说过，招隐诗和游仙诗对后来的山水诗有影响。隐士和仙人其实是有关联的，你先要到山中去隐居学道，然后才过渡到求仙。我曾说过，左思的《招隐》诗是从《楚辞·招隐士》演变出来的。那么游仙诗呢？应该说从屈原就开始了。屈原《离骚》说："朝吾将济于白水兮，登阆风而绁马。忽反顾以流涕兮，哀高丘之无女。"接下来还写了对宓妃等女仙的追求。不过屈原《离骚》的求女只是一个象喻，他所追求的神仙美女其实代表了他心目中的圣君贤臣。而屈原的另一篇作品《远游》就真的是求仙了，那是他在极端的悲哀痛苦之中希望得到精神上的解脱。在战国时就已经有方士存在，方士讲究炼丹，追求长生不老。后来这种风气就流传开来，不但像屈原那些不得志的人向往神仙，连秦皇、汉武那些成功的、得意的人也追求神仙。我们可以回头去看一看建安诗人，曹操、曹植都写过求仙的诗。尤其是曹操，他并不是一个迷信的人。他知道人都是要死的，所以曾说："神龟虽寿，犹有竟时。腾蛇乘雾，终为土灰。"（《步出夏门行·龟虽寿》）然而尽管在理智上不相信长生不老，但在精神和感情上他却有这种追求向往。因为越是有大志的英雄才士，越是害怕人生的短暂和无常的到来。"老骥伏枥，志在千里。烈士暮年，壮心不已"嘛！因此，在中国诗歌的历史上就有了对神仙追求向往的这一派诗。然而郭璞的游仙诗却不单纯是对神仙的追求向往。钟嵘《诗品》在称赞了郭璞是"中兴第一"之后还有几句话说："但《游仙》之作，词多慷慨，乖远玄宗。而云'奈何虎豹姿'，又云'戢翼栖榛梗'，乃是坎壈咏怀，非列仙之趣也。"求仙学道的人，本应该把人世间一切得失利害的感情都撇开才对，可是郭璞的《游仙》诗里充满了一种愤慨不平的感情，实在违背了玄学的道理。这里所谓"奈何虎豹姿"是说，我白白具备了英雄的禀赋；所谓"戢翼栖榛梗"是说，一只大鸟本来可以张开翅膀飞到天上去，可是现在却只能把翅膀收下来，栖息在荆棘丛生的草木之中。你看，这明明是愤慨，是写他自己的不得志。它们应该属于咏怀，而不是游仙。那么现在你就可以发现，郭璞的《游仙》和左思的《招隐》虽然表面有些相近，其实并不一样。与太康时代其他诗人相比，左思诗有他独立的风格，有他感发的生命，可是我也说过，左思的诗是比较单纯的。左思《招隐》诗写了一大堆美丽的山水，最后说山中这么美，我也想去归隐就完了。而郭璞《游仙》诗的内容比左思复杂得多，因为郭璞这个人本身就是矛盾和复杂的。《汉魏六朝百三名家集》里边有郭璞的集子，大家可以自己去看。看过之后你们就会知道，郭璞除了写诗赋之外，他还给朝廷上过那么多表疏，那些表疏的字里行间都透出他对国计民生的关怀。

　　郭璞精于方术，这对他本人来说是幸，也是不幸。他懂得术数，可以先知，可是当他知道北方将要大乱的时候，他能够改变这个历史的事实吗？当他知道自己将被杀死的时候，他能够改变这种命运的结局吗？倘若对未来浑浑噩噩，倒也没什么可怕；可怕的是已经知道未来的灾难，却没有办法挽回这灾难的命运！郭璞并没有利用他的方术做过坏事。虽然他有一次在做客的时候用幻术骗走了主人家的使女，但那件事无伤大雅。因为达官显宦家中使女成群，那女孩子在主人家里不被重视，被他带走了也许更好。其实郭璞更希望的，是利用自己的先见之明为国家挽回一些不幸的事情，所以当王敦要他占卜吉凶的时候，他警告王敦反叛一定不会长寿。他不肯为保全性命而迎合王敦的意思，这是他对自己占卜之术的忠实，也是对自己道德伦理的忠实。可是，他这样做的结果不但不能挽回那些不幸，而且连自己的生命也赔上了。

清代学者陈祚明也有同样看法，他在《采菽堂古诗选》中说："景纯本以仙姿游于方内，其超越恒情，乃在造语奇杰，非关命意。《游仙》之作，明属寄托之词。如以'列仙之趣'求之，非其本旨矣。"他说，郭璞这个人是以神仙的姿态生活在尘世之间，其诗之所以超越一般人，是因为造语修辞好，而不是因为内心真的超凡脱俗达到了神仙境界。郭璞其实没有脱离人世间的政治斗争，所以他的《游仙》诗实在是假托神仙来抒写人世间那些悲愤感慨。你要想在郭璞的《游仙》诗里寻找神仙的志趣，那是绝对找不到的。

好，下面我们就要看一看郭璞的《游仙》诗是不是真的如此。

第三节　郭璞之二

在郭璞的《游仙》诗里，有一首我认为是很重要的，可是一般选本都不选。现在我就要讲这一首诗，它表现了郭璞最基本的感情之所在：

> 逸翮思拂霄，迅足羡远游。清源无增澜，安得运吞舟。珪璋虽特达，明月难暗投。潜颖怨青阳，陵苕哀素秋。悲来恻丹心，零泪缘缨流。

左思的《咏史》诗曾说："铅刀贵一割，梦想骋良图。"刘琨的《答卢谌书》曾说："夫才生于世，世实须才。"那都是一种有才智者无用武之地的感慨悲哀，这"逸翮思拂霄，迅足羡远游"也有同样的意思。"逸翮"代表能够飞得很远的鸟——如果你生来就有一对强大的翅膀，那你就应该得到飞起来的机会。"迅足"代表能够跑得很快的马——如果你生来就有日行千里的本领，那你就应该得到跑出去的机会。一个人有过人的天赋却得不到施展才能的机会，才真正值得悲哀。"清源无增澜，安得运吞舟"——一条清浅的水流，根本就掀不起大一点儿的波浪，你叫那吞舟的大鱼在里边怎样游动！开头这四句，先说的是鸟，然后是马，然后是鱼。好，下边他就要说人了："珪璋虽特达，明月难暗投。""珪璋"，是古代大臣朝见天子时手中所执的玉器。"明月"，是明月之珠，就是明珠。他说，但是你纵然得到了一个做官的机会，你能够随随便便就把自己交付出去吗？《圣经》上说，如果把一粒珍珠丢在猪的眼前，猪不但不认识它的价值，还要把它践踏在脚下。同样，一个才智之士生活在乱世，对自己的出处问题不是也应该慎重吗？王敦要造反，请郭璞出来做官，可是郭璞却想以卜筮使王敦打消造反的念头，所以遭到了杀身之祸。那么，他如果不答应到王敦手下做官呢？同样会有生命的危险。在那个时候，他真是出来也不对，不出来也不对，他的噩运是早已注定了。打个比方，那就像"潜颖怨青阳，陵苕哀素秋"。"潜颖"，是指那些生长在幽潜之处的禾穗，它需要阳光，可是太阳却照不到它。因为，你既然自己隐藏在幽潜之处，那么你当然就没有出头的机会。好，既然希望出头，那么你就出头吧。可是出头之后又怎么样呢？你的花开得高高的，一点儿遮蔽都没有，秋天的雨雪风霜打来，马上就把你摧毁了！有才能的人总是希望有一个施展才能的机会，可是在这样的乱世，纵然你得到一个机会，也未必就能实现你的理想，你的"明珠"很可能就"暗投"了。更何况，郭璞他还不仅仅是为了自己的才能。他是看到国家灾难将至，希望挽回这可怕的局面。可是，却没有人肯听他的。"悲来恻丹心，零泪缘缨流"的这个"恻"，是一种仁者之心的悲伤，那不是只为自己，而是为了大众而悲伤。他说，我空有为国为民的这一片忠心，可是我无能为力，因此我的眼泪就不由自主地沿着帽缨流了下来。

　　你们看，这就是郭璞！他因为有卜筮术数的技能而受到儒家传统的轻视，可是他的行为却继承了儒家传统的风貌。儒家讲"知其不可而为之"，就是说我明明知道这件事成功的可能性极小，而且需要我付出牺牲的代价，可是我觉得这是我应该做的，所以我仍要去做。这是一种儒家的精神。郭璞虽然被人们看作方术之士，但他是有这种儒家精神的。如果他仅仅是方士，那么当王敦要他占卜的时候，他完全可以说一些谄媚逢迎的话去迎合王敦，那样王敦不但不会杀他，还可以给他富贵显达。他为什么警告王敦造反就不会有好下场？一方面当然是他忠实于自己的卜筮之术，另一方面也未必没有希望王敦因迷信卜筮而改变主意的意思。他是想为挽救国家灾难尽自己的一份心。可是，谁能理解他的这一份忠诚呢？通过这首诗，我们可以看到郭璞的内心是如此抑郁，如此矛盾。所以我说，郭璞的《游仙》诗实在比左思的《招隐》诗更复杂，更有深度。选郭璞的诗而不选这一首，是没有真正理解这位诗人。

当然，选诗的人也不是完全没有道理。他们所选的诗，往往更能够体现所谓"游仙诗"的本质，就是山水描写方面的特色。下面我们再看郭璞的另外三首《游仙》诗，我们先看第一首：

> 京华游侠窟，山林隐遁栖。朱门何足荣，未若托蓬莱。临源挹清波，陵冈掇丹荑。灵谿可潜盘，安事登云梯。漆园有傲吏，莱氏有逸妻。进则保龙见，退为触藩羝。高蹈风尘外，长揖谢夷齐。

这首诗的写作方法基本上是两两对比，开头"京华游侠窟，山林隐遁栖"两句就是对比。一般说起来，到京城去的人是为追求功业，所谓"游侠"就是那些希望建功立业的人。"窟"，是一个聚居的所在。追求功业的人都聚集在京城，而隐遁的人则栖居在山林。那么，哪一种人值得赞许？接下来他就做了一个判断："朱门何足荣，未若托蓬莱。""朱门"，代表富贵者的宅第，而富贵本身就是虚幻的，它不能代表你真正的人生价值和意义。"蓬莱"，是古代传说中海外三座仙山之一。"托蓬莱"，就是求隐和游仙了。那么，求隐和游仙有什么好处呢？下边他就开始描述那种种的好处："临源挹清波，陵冈掇丹荑。"读到这里，我们就可以看出选这首诗的目的了。所谓"游仙诗"的本质，其实就是对山水草木等大自然景物的描写。在讲左思的时候我也曾提到过，游仙诗和招隐诗发展到后来就成了山水诗。我们讲诗，不但要讲个别作者的风格特色，还要看它在整体演进中所处的地位，也就是结构主义所说的那个大结构。永嘉时的风气贵黄老，尚虚谈。玄言诗理过其辞，淡乎寡味。但讲老庄哲理的人一般都比较喜欢山林的隐逸生活，于是后来才有了向山水诗的转变，而这转变有一个从量变到质变的过程。开始的时候，在诗中讲老庄哲理的多，讲隐逸和神仙的多，描写山水风景的少；到后来，描写山水风景的分量就越来越多，讲哲理的分量就越来越少了，即如刘勰《文心雕龙·明诗》所说，"宋初文咏，体有因革，庄老告退，而山水方滋"。到大谢的时候，就达到了质变。而永嘉时代的郭璞，钟嵘说他"用俊上之才，变创其体"，又说他"始变永嘉平淡之体"，这说明，他是较早开创向山水诗过渡之风气的一个人。在这里，"临源挹清波，陵冈掇丹荑。灵谿可潜盘，安事登云梯"四句，就是非常好的山水风景描写。他说，在山里，你可以到水流的源头捧取那最干净、最清澈的水。古人说："沧浪之水清兮，可以濯我缨！"（《孺子歌》）你还可以登上山冈去拾取丹荑来食用。这个"荑"字读tí，泛指初生的草。初生草木的嫩芽往往带有一点点红色，所以叫"丹荑"。也有人说丹荑是赤芝，那是一种吃了可以延年的芝草。山中不但有这些好东西供你服食，山中还有极好的风景供你游玩盘桓——"灵谿可潜盘"。《文选》李善注说，"灵谿"是一条溪水的名字，并引了庾仲雍《荆州记》"大城西九里有灵谿"。那么你要注意到，灵谿是在荆州。王敦当时控制了荆州，所以郭璞在写这首诗的时候，已经是在王敦的手下了。不过，我们其实也不必拘指灵谿究竟在什么地方，因为仅仅这个名字，就可以给人很美丽的联想。闻一多写过一首诗题目叫"死水"，死水是不流动的水，是积聚了许多脏东西的又臭又黑的水。而这"灵谿"恰恰相反，是有生命的、活泼的、会流动的水。下面我们接着讲"安事登云梯"。李善认为，云梯是"言仙人升天，因云而上，故曰云梯"（《文选》注）。那么这一句就是说，你在这里隐居就已经很快乐了，至于能不能升天做神仙就不必去考虑。但我以为，这样讲与这首诗的主线是有矛盾的。前文我说过，这首诗一开头就是"京华游侠窟"和"山林隐遁栖"的对比；然后"朱门何足荣，未若托蓬莱"是呼应开头对比的判断，本身仍是一个仕与隐的对比。那么现在"灵谿可潜盘，安事登云梯"仍然应该是呼应开头两句的仕与隐的对比。一般我们说"青云直上"，那是指仕途得意。现在他的意思应该是，山中风景如此美丽，隐居生活如此惬意，你何必还要去爬那仕途的青云梯，追求什么高官厚禄呢？所以接下来，他举了古代不求仕而求隐的两个人："漆园有傲吏，莱氏有逸妻。""漆园吏"指的是庄子，庄子曾做过管理漆树的漆园吏。"莱氏"指的是老莱子。老莱子也是一个隐士，楚王请他出去做官，他倒是无可无不可的，可是他的妻子不赞成，说："我宁可过贫穷的日子，也不愿意被人家约束挟制！"把手中的簸箕向地下一丢，回头就走。于是老莱子就也跟着她去隐居了。这老莱子的妻子高风隐逸，倒真是很难得的。

底下两句又有点儿问题——"进则保龙见，退为触藩羝"。按李善的注解，"进"是求仙，"退"是处俗。他说，如果你在求仙的路上努力进取，那么你一定会有"龙见"的一天。什么叫"龙见"呢？《易经》的《乾》卦九二的爻辞说："见龙在田。"这龙最初是潜藏在地底下没有人看见的，现在它已经出现在地面上。所以这是以此来比喻，只要你坚持不懈地求仙，那么你早晚一定能功行圆满，飞升天上。可是如果你不求进取，退回到尘世之中呢？你就成了触藩之羝。"触藩羝"也是《易经》里的话。《易经》的《大壮》的爻辞说："羝羊触藩，不能退，不能遂，无攸利。"他说，就像公羊用犄角去顶一个篱笆，不但伤了角，而且被篱笆挂住了角，不能前进，也不能后退，结果没有一点儿好处。可是我以为，这两句诗也可以做另外一种解释。因为《易经》中的这个"龙见"一般是指用世，而不是指遁世。所以这两句也可以解释为，你如果用世为官，在顺利的时候当然是"龙见"了；可是你一旦失意，就会变成触藩之羝，进也进不得，退也退不得。

"高蹈风尘外，长揖谢夷齐。""高蹈"就是高步，是你的脚踏上了一个更高的境界。"风尘外"是尘世之外，或者说远离尘世的地方。"夷齐"，是伯夷和叔齐两位隐士。而这个"谢"字又可以做两种解释：一个是拜见、问候的意思，那就是说，要和夷、齐一起去做隐士了；另一个是辞别的意思，那就是说，夷、齐隐居首阳仍被世人所知，算不得真正的隐士，所以我要离开他们隐居得更深，远远离开这龌龊的尘世。

这一首《游仙》诗就讲到这里，下边我们再简单看另外的一首：

青溪千馀仞，中有一道士。云生梁栋间，风出窗户里。借问此何谁，云是鬼谷子。翘迹企颍阳，临河思洗耳。阊阖西南

来，潜波涣鳞起。灵妃顾我笑，粲然启玉齿。蹇修时不存，要
之将谁使。

这首诗里边出现了一个女仙"灵妃"。前文我已经讲过，从
《楚辞》的《离骚》、《远游》、《招隐士》，到左思的《招隐》诗、
郭璞的《游仙》诗，这是一个发展系统。郭璞的《游仙》诗里边
包含坎壈咏怀的悲慨，是继承了《楚辞》的传统。现在灵妃也出现
了，她不仅是个神仙，而且是个女仙。作者是用爱情的口吻来写
这位女仙的，这仍然是《楚辞》的传统。屈原《离骚》说："吾令
丰隆乘云兮，求宓妃之所在。解佩纕以结言兮，吾令蹇修以为理。"
《离骚》里的美女，可以代表圣君，也可以代表贤臣。而这里的女
仙灵妃，就只是代表神仙，或者也可以代表对一种隐逸境界的追
求。"灵妃顾我笑，粲然启玉齿"——那美丽的女仙对我回眸一笑，
露出了她那洁白如玉的牙齿。可是"蹇修时不存，要之将谁使"？
"蹇修"就是《离骚》里那个蹇修，是媒人。他说，我虽然想去追
求她，可是没有一个合适的人做我的媒人。这仍然是象喻，对女仙
的追求代表着对一种高远不可得之境界的追求。可以说，郭璞还没
有远离《楚辞》的传统。可是后来到唐朝的时候就不得了了，唐朝
的皇帝姓李，自己说是老子的后代，于是就崇信道教，要大家读老
子的《道德经》，在全国各处设立道观，许多公主和王公贵族的女
儿都出家去做女冠——就是道姑。这些人做了道姑怎么样呢？一
方面她们仍然保持着富贵和权势，一方面又脱离了世俗的、伦理
的和社会的约束，可以为所欲为，甚至天天和情人幽会。所谓"碧

城十二曲阑干，犀辟尘埃玉辟寒。阆苑有书多附鹤，女床无树不栖
鸾"（李商隐《碧城三首》之一）。唐人也就往往假托女仙来写这
些爱情的幽会，像李商隐就写过不少这样的诗。还有一个作者曹唐
以写游仙诗出名，写过九十多首游仙诗。总之，借女仙来写爱情故
事，这也是游仙诗后来的一种发展。我讲郭璞的这首诗，就是因为
这首诗所写的女仙、媒人、爱情的事件，与后来那种风气不能说没
有一点点关系。当然，郭璞这首诗仍然是象喻的，与唐人那些写爱
情的游仙诗有本质的不同。我们再看下边的一首：

> 翡翠戏兰苕，容色更相鲜。绿萝结高林，蒙笼盖一山。中
> 有冥寂士，静啸抚清弦。放情凌霄外，嚼蕊挹飞泉。赤松临上
> 游，驾鸿乘紫烟。左挹浮丘袖，右拍洪崖肩。借问蜉蝣辈，宁
> 知龟鹤年。

前文我曾引过刘勰对郭璞的评价，他在《文心雕龙·才略》中
说："景纯艳逸，足冠中兴。"这一首诗，就最能代表郭璞"艳逸"
的风格。所谓"艳逸"是说，一方面他所用的辞藻是美艳的，一方
面他所表现的精神是超逸的。你看这"翡翠戏兰苕，容色更相鲜"
写得多么美！"翡翠"是翡翠鸟，那是羽毛最美的一种鸟，古人常
用翠羽来装饰衣物，翠羽就是翡翠鸟的羽毛。"苕"是草木的花，
"兰苕"就是兰花。美丽的翠鸟在美丽的兰花上边飞来飞去。翠鸟
的颜色衬托着兰花，使兰花显得更美；而兰花的美丽也衬托着翠
鸟，使翠鸟显得更可爱。"绿萝结高林，蒙笼盖一山。"他说，那绿

色的藤萝盘结在高大的林木之上，好像伞盖一样笼罩着整个山林。而且不但你眼睛看到的颜色美，你耳朵里听到的声音也美："中有冥寂士，静啸抚清弦。""冥"是隐藏的。"寂"是沉默的。在那幽静的山谷之中，有一位高隐之士偶然就发出长啸的声音或者抚弄他的琴弦。深山之中有这些耳闻之美和目见之美还不说，你还可以"放情凌霄外，嚼蕊挹飞泉"。山里没有社会上的那些虚伪和欺骗，没有邪恶，你可以使你的精神遨游在天地之外——就是嵇康所说"目送归鸿，手挥五弦。俯仰自得，游心太玄"（《赠兄秀才入军》）的那种境界。而且，你口中嚼的是花蕊和灵芝仙草；你手中捧起来喝的，是高山瀑布飞溅下来的清泉。这一大段诗，辞藻美丽，精神超脱，确实可谓"艳逸"。

下边他说："赤松临上游，驾鸿乘紫烟。""赤松子"是古代传说中的神仙。他说，赤松子骑着鸿鸟，乘着紫色的云彩，就来到了你的身边。而且不只是赤松子，还有别的神仙也来了："左挹浮丘袖，右拍洪崖肩。"他说，你的左手一拉，就拉到浮丘公的袖子；你的右手一拍，就拍到洪崖的肩膀——浮丘公和洪崖也是传说中的神仙。所以你看，山里边就有这么多好处：你耳目的享受这么美，你的精神这么超脱，你吃的是仙草，饮的是飞泉，和你遨游的都是神仙。所以——"借问蜉蝣辈，宁知龟鹤年"？他说，你们这些沉迷在种种物欲拘限之中的世俗之人，你们就像朝生暮死的蜉蝣一样，怎么能体会得到有千百年寿命的龟鹤所能体会的那种境界呢？《庄子·逍遥游》里说，大鹏鸟凌空而上九万里，然后飞向南溟。小麻雀就嘲笑大鹏鸟说："我在蓬蒿之间飞翔就觉得很好，你飞那么高有什么用处?"小麻雀是不能理解大鹏鸟之志向的,因为它没有大鹏鸟那种能力。同样,求仙之人与世俗之人的差别,也就像蜉蝣与龟鹤、麻雀与大鹏之间的那种差别一样。

（安易、杨爱娣整理）

第八章

*

元嘉诗歌

第一节　谢灵运之一

中国传统的文学批评是主张"知人论世"的，但西方文学理论中"新批评"的一派对此不以为然，他们坚决主张诗歌批评应当以作品本身为依据，而不应当以作者的人格为依据。这种观点很有道理。因为一个人尽管知识渊博、品格高尚，但如果他没有文学艺术方面的修养，根本就成不了诗人，偶尔写出诗来也不一定就是好诗。也就是说，一个人品格的高低与他作品艺术价值的高低并不成正比。然而有一点我们却不能忽略，那就是作品既然是由作者本人写出来的，那么作品中所表现出来的思想感情，以及思想感情活动的方式，甚至知识的背景、用字的习惯，就都必然与作者本人结合有密切的关系；而且，作品的风格与作者的性格以及他生活的经历也往往结合有密切的关系。更何况我还曾说过，好诗里边都具有一种感发的生命，而这种感发生命的大小、深浅与厚薄，是与作者所关怀的范围之广狭有关的。因此，当我们分析一个有特色的诗人时，就必须先分析他这个特色是怎样形成的，而这就往往涉及他的身世经历、他所处社会的历史背景以及诗歌发展的历史背景。

我们前文讲过的建安诗人曹植，他的诗就与他个人的身世及时代的背景有密切的关系。曹植才华横溢，而且有志于"建永世之业，流金石之功"（《与杨德祖书》），但他的行为过于任纵，以至他的父亲曹操虽然很欣赏他的才华，却终于没有选择他做继承人。而且，后来因此而受到他的哥哥魏文帝曹丕和侄子魏明帝曹叡对他的猜忌和压制，使他终生不得意，无法实现报国的理想。所以，曹植一方面写了《白马篇》那样的诗表现他建功立业的志意；另一方面也写了很多以女子为托喻的诗，表现他得不到任用的抑郁悲哀。这是曹植这个诗人的两个方面。不过，和后来的诗人相比，你就会发现，曹植的这两个方面还是比较单纯的。因为，他的遭遇也不过就是遭到他哥哥和侄子的猜忌，得不到任用而已。而这一节我们要讲的诗人谢灵运，他的遭遇比曹植要复杂得多了，因此他的诗在形式和内容上也就比曹植的诗繁复得多了。

谢灵运生于东晋后期，他的祖父是谢玄，谢玄的叔叔就是东晋有名的宰相谢安。对于东晋的世家大族，我在这里只能做一些简单的介绍。西晋灭亡之后，东晋迁都建康。由于北方已经沦陷，所以王室和贵族也都渡江南迁。于是，北来的贵族和南方当地的贵族之间就产生了矛盾和隔阂。当时，打通这些隔阂，使刚刚建立起来的东晋政权逐渐巩固起来的，是东晋开国的宰相王导。而在王导之后，继续调和南方人与北方人的矛盾、中央政府与地方军阀的矛盾，使朝廷稳定和睦的就是谢安了。王导和谢安都出身于北方贵族，而且都对东晋政权的巩固有大功，后来这两个家族就成了南朝的望族。所以后代诗人经常以"王谢"来指代六朝的高门贵族，如唐代诗人刘禹锡就曾说，"旧时王谢堂前燕，飞入寻常百姓家"（《乌衣巷》）。

谢安字安石，早年曾隐居在会稽的东山。由于他很有才干和名望，当时人们都说："安石不出，如苍生何？"于是他后来就出山了。淝水之战时，谢安以宰相任最高统帅，他的侄子谢玄等带兵以少胜众，打败了前秦的苻坚。

谢玄曾经在京口募兵，得勇士刘牢之。刘牢之经常领精锐当前锋，战无不胜，这支军队就叫作北府兵。后来的宋武帝刘裕，当时就曾是北府兵的一员将领。桓玄篡晋，刘裕与刘毅等结盟，一起灭了桓玄。而后来刘裕的势力越来越大，终于灭晋自立，就是宋武帝。

诗人谢灵运，就生活在这样一个时代背景之下。他父亲叫谢瑍，生而不慧，但谢灵运却从小聪明过人。他的祖父谢玄觉得很奇怪，曾经对人说："我乃生瑍，瑍哪得生灵运！"谢灵运生下来不久，他的父亲谢瑍就去世了，家里人因子孙难得，唯恐他养不大，所以把他送到别人家去寄养，直到十几岁才回来，因此谢灵运有个小名叫作"客儿"。客儿博览群书，写的文章特别好，几乎没有人赶得上他。而且他出身名门，从小就继承了康乐公的爵位，因而也就养成了偏激、豪奢的性格。史书上说他"车服鲜丽，衣裳器物，多改旧制"，于是"世共宗之，咸称谢康乐也"。他穿衣服要穿最讲究的，坐车也要坐最豪华的。据说，他特别喜欢登山，为此还发明了一种登山的木屐，上山的时候去掉屐的前齿，下山的时候去掉屐的后齿。后世的人就把这种屐称作"谢公屐"。

应该注意的是，谢灵运曾经在刘毅手下做过事，而刘毅当初虽曾与宋武帝刘裕一同灭过桓玄，但后来与刘裕不和，被刘裕攻灭。同时，谢灵运的从叔谢混也因刘毅的缘故被刘裕杀掉。谢灵运在刘裕手下任过官职，刘裕北伐的时候，谢灵运奉晋安帝的命令到军中慰劳，还曾为刘裕写过一篇《征赋》，因而与刘裕也保持着很好的关系。

刘裕北伐果然取得了胜利。然而他北伐的目的并不是为东晋统一中国，而是要借此建立一番功业，当作篡夺晋室天下的本钱。所以他在攻破长安灭了后秦之后赶快就回去篡夺政权，杀死了晋安帝，然后又逼迫晋恭帝禅位，建立了南朝的宋。新朝没有取消谢灵运的封爵，只是把公爵降为侯爵，并减少了他的食邑，后来又让他担任过散骑常侍和太子左卫率等官职。

说到宋武帝和谢灵运之间的关系，那是很微妙的。刘裕在刚刚取得政权之后要笼络人心，尤其对像谢灵运这样的世家贵族代表人物更要进行拉拢，而谢灵运在东晋灭亡之后也想办法要继续保持自己豪门贵族的权力和地位。从这个角度来看，他们是一种互相利用的关系。但我以为从另一个角度来看，刘裕确实看重谢灵运的文采，谢灵运也真心赞颂刘裕的武功。这种彼此的欣赏，也很难说其中就没有一点点的真诚。不管怎么说，刘裕活着的时候，与谢灵运的关系始终还是不坏的。

刘裕的次子庐陵王刘义真是个很喜欢文学的人，与谢灵运、颜延之等人来往比较密切。有一次他对谢、颜说："我将来要是做了皇帝，一定用你们两人做我的宰相。"当时刘义真只是个十几岁的孩子，也许只是开玩笑随便说说而已。但这种话是不可以随便说的。中国封建社会的传统是立长子，刘裕的长子叫刘义符，就是后来只做了两年皇帝的宋少帝。刘裕为了防止自己死后儿子们争夺帝位，就把庐陵王调离了京城。刘义符即位时只有十七岁，政权却掌握在大臣徐羡之等人的手上。史书上记载，谢灵运这时候就在朝中"构扇异同，非毁执政"。就是说，他毫无顾忌地煽动朝廷里的斗争，批评那些执政者这个也不对，那个也不对。这当然就激怒了执掌朝政的徐羡之等人，于是就把他外放到永嘉去做太守。永嘉在现在的温州附近，山水风景很好。谢灵运怀着满腔的不平、满腹的牢骚到了永嘉，不肯管理政事，恣意游山玩水，常常一出去就是超过十天一个月。他在那里只做了一年太守，就辞官不做，回到他会稽的家中。

　　不久，庐陵王义真和少帝义符先后被徐羡之等所杀。文帝刘义隆即位，杀掉了徐羡之等，把谢灵运又召回朝廷，让他撰写《晋书》。但谢灵运认为自己的才干是足以执掌朝政的，现在让他一天到晚整理史书，当然一肚子的不高兴，所以根本就不好好干。文帝拿他也没办法。后来他终于请假东归，不久又被人弹劾，坐此免官。谢灵运这个人出身豪门贵族，从来不知检点，在行为上比曹子建还要任纵。他家里有钱，养了一大堆门客，免官家居后经常成群结队地出去游山玩水，而且他总是要爬最高的山，走最危险的路。有一次他带着好几百人，从始宁的南山开山伐木，一直到了临海，把临海的地方官吓坏了，以为是来了山贼。还有一次他和朋友喝醉了酒，把衣服脱光大喊大叫。他这样闹来闹去，就得罪了会稽太守孟𫖮，人家就向朝廷告他谋反。宋文帝知道他是文人，造不起反来的，因此没有怪罪他，还给他换了个地方，让他去做临川内史。但他在那里也不肯收敛，又"为有司所纠"，派人来捉拿他。于是他就把派来的人扣押，真的造起反来。谢灵运最后的下场是在广州被杀死的，死时只有四十九岁。

　　前文我曾讲过，魏晋之间政治斗争非常复杂，很多诗人都没有好下场。正始诗人嵇康是被杀死的，太康诗人"三张、二陆、两潘、一左"之中，多半是被杀死的。所以，当时的文人们为了保全身家性命，就只有远离政治去谈玄学。这种思想反映到诗坛，就出现了山林隐逸的诗和游仙诗。玄学与隐逸诗、游仙诗的结合，已经孕育出山水诗的萌芽，而谢灵运写山水诗最多，也最好，因此就成了山水诗派的开山作者。后来唐代山水田园诗派的王维、孟浩然、柳宗元等虽然作风各不相同，但都是在谢诗影响下演变出来的。

我们已经欣赏过了陶渊明的田园诗，现在再看一看谢灵运的诗就会发现，他们两人的作风完全不同。这两位诗人虽然生活在同一个时代，但身份地位与性情的不同导致了诗风的不同：陶渊明的诗纯朴任真、不假雕饰，而谢灵运的诗非常注重人工的安排和雕饰。那么谢灵运的诗是怎样安排和雕饰的？现在我们就来看他的一首代表作《登池上楼》：

> 潜虬媚幽姿，飞鸿响远音。薄霄愧云浮，栖川怍渊沉。进德智所拙，退耕力不任。徇禄及穷海，卧疴对空林。衾枕昧节候，褰开暂窥临。倾耳聆波澜，举目眺岖嵚。初景革绪风，新阳改故阴。池塘生春草，园柳变鸣禽。祁祁伤豳歌，萋萋感楚吟。索居易永久，离群难处心。持操岂独古，无闷征在今。

少帝即位之后，谢灵运被执政的徐羡之等人排挤，外放到永嘉（今温州）做太守。到了永嘉他就病了，直到第二年春天病才好。这首诗就是初春登楼时所写。这里的"池"，在永嘉西北三里，积谷山的东面,现在叫"谢公池"。这首诗,先不要说内容,光是从形式上就比我们以前欣赏过的诗都复杂。在我们以前欣赏过的诗中,《古诗十九首》里偶尔出现过对偶的句式,曹子建的诗对偶比较多了,但一首诗中也不过三四联而已。可是谢灵运这首诗,几乎每一句都对起来了。陶渊明的"栖栖失群鸟,日暮犹独飞",所用词语是朴实的,句法结构也很平顺。可谢灵运这首诗,不但用了很多笔画很繁复的字,用了大量的辞藻,而且他的句法也很错综复杂。什么是"潜虬"?"虬"是一种龙,就是传说中的那种有两只犄角的小龙,那么"潜虬"就是藏在深渊之中还没有飞升出来的龙了。"幽姿",是一种幽隐的姿态。"媚"字有美好的意思,本是形容词,在这里用做动词。"飞鸿",是天上高飞的鸿雁。"响"与"媚"一样,也是把形容词用做动词。这两句是说,潜虬的可爱在于它那幽隐的姿态,飞鸿的好处在于它那嘹亮的声音。现在你看,这两句在词性上是对仗的:"潜虬"对"飞鸿";"幽姿"对"远音";"媚"对"响"。进一步来看,则这两句的意思也是对仗的:能藏有能藏的美丽和好处,能飞也有能飞的美丽和好处。这话是什么意思?其实,这正反映了诗人内心的矛盾:隐有隐的好处,仕也有仕的好处,我到底应该走哪条路?我前文讲过,写诗有赋、比、兴三种方法。显然,这里用的是比的方法。曹植的《白马篇》,其中对偶的句式有"仰手接飞猱,俯身散马蹄"、"长驱蹈匈奴,左顾凌鲜卑"等。应该注意到,以发展的眼光来看,曹植的对偶与谢灵运的对偶有层次的不同。曹植是直接叙述,句法很简单,谢灵运的句法就相当复杂了。"接飞猱"、"散马蹄"、"蹈匈奴"、"凌鲜卑",虽然意思上比较夸张，但动词与受事的名词之间的关系是很直接，很通顺的。谢灵运这个则不然，他说潜龙以幽姿为美，飞鸿以远音为响，在句法上是颠倒的，这种颠倒的句法后来形成了近体诗语言中的一个特色。我们可以接着看下边的"薄霄愧云浮，栖川怍渊沉"，这两句在句法变化上的自由更为明显。"薄霄"是靠近云霄，"栖川"是栖止在川谷之中，"愧"和"怍"都是惭愧的意思。他的意思是说，要是想靠近云霄，你就该高高地飞起来，要是想栖止在川谷之中，你就该深深地沉下去；可是惭愧得很，我既不能够做到高高地飞起来，也不能够做到深深地沉下去。你看，诗人只需把握住几个重点词语，就能够表现出这么复杂的意思。这是诗歌语言的一种进步。杜甫的《秋兴八首》说："香稻啄余鹦鹉粒，碧梧栖老凤凰枝。"香稻没有嘴怎么会"啄"？碧梧没有腿怎么会"栖"？那也是句法的颠倒。社会在不断地发展，诗歌所要反映的内容也在不断增加，因此，诗歌的形式也必须不断地演进。而且，这种演进总是从简单到复杂，从古朴到雕饰的。没有这个过程，也就不能产生向更高层次的飞跃。也就是说，没有魏晋南北朝这一阶段在诗歌形式上的演进，就不会有盛唐诗歌的高度繁荣，而谢灵运，则正是这一转折过程之中的一个很重要的诗人。

其实还不只句法繁复，这首诗的前四句在结构上也费了一番人工安排：潜虬住在水里，所以第四句"栖川怍渊沉"承接的是第一句"潜虬媚幽姿"；飞鸿飞在天上，所以第三句"薄霄愧云浮"承接的是第二句"飞鸿响远音"。但"潜虬"两句说的是物；"薄霄"两句中却由于用了"愧"和"怍"两个动词而出现了隐藏在背后的一种属于人的感情，从物到人，这是一个生发的过程。所以你看，谢灵运这个诗人，他从用字、用词，一直到句式、结构，都有这么复杂的思索安排。

接下来，诗人自己就直接出面了，他说："进德智所拙，退耕力不任。""进德"，指的是在道德、文章、事业上有所建树，但实际上这里的意思还是指的做官。他说，追求做官，我的聪明才智是不够的；但退隐归农呢？我又不是一个种田的材料，这真是无可奈何了！你到底选择哪里作为你的安身之处呢？结果，他还是"徇禄及穷海，卧痾对空林"。所谓"徇"，有以身相求的意思。司马迁《伯夷列传》说"贪夫徇财，烈士徇名"，就是说，那种追求之心特别强烈，以致宁可牺牲自己的生命。那么谢灵运追求的是什么？因为他来永嘉是做太守的，所以他自己说是"徇禄"。永嘉靠近东海，那时候还很荒凉。而你要知道，不久以前曾有一次孙恩的变乱，孙恩就是在东海沿岸起兵的。陶渊明不愿和那些贪官污吏同流合污，宁可回家去种地；但谢灵运下不了这种决心，为追求那一点点的官禄，他只好来到永嘉这荒凉的海边。来了之后他就生病了，每天躺在床上，周围都是寂寞的空林。"衾枕昧节候，褰开暂窥临"是说，我卧病在床，糊里糊涂的连季节气候的变化都不知道了；今天我的病稍微好了一点儿，我就用手拉开窗帘偶然向外看一看。看什么呢？"倾耳聆波澜，举目眺岖嵚"，我就侧着耳朵听一听海水的波涛声，抬起头来看一看高山的起伏。而这样一看一听，诗人就发现，"初景革绪风，新阳改故阴"——在不知不觉之间，初春温暖的阳光已经完全改变了残冬的寒冷。在这里，"初景"和"新阳"都代表了春天阳光的温暖；而"绪风"、"故阴"，是指冬天残留下来的寒风和阴冷。对偶的意思可以相反，也可以相近。这两句就是意思相近的对偶。

下边两句"池塘生春草，园柳变鸣禽"，是谢灵运的名句。作为对句来说，"池塘"对"园柳"，"春草"对"鸣禽"都不十分整齐，但正是由于不十分整齐，所以显得很自然，很放松。"薄霄愧云浮"等句子都是把握住几个重点的词语，错综颠倒，表现出很复杂的意思，是一种浓缩的语言，因此读者读起来也未免有些吃力。这两句却完全是直接的感发：池塘之中生出了一片碧绿的春草，园中的柳阴里每天都有不同的鸟在啼叫。和前边那些经过安排思索的浓缩的句子比起来，这两句在形式和内容上都显得很轻松，很自然。所以后来元遗山《论诗绝句》评论谢灵运的这两句诗说："池塘春草谢家春，万古千秋五字新。"其实，这两句之所以成为名句，还有一个故事。谢灵运有个族弟叫谢惠连，诗写得很好，但他的父亲不喜欢他。谢灵运和这个弟弟很谈得来，说是"每对惠连，辄得佳语"。后来谢灵运写这首《登池上楼》的时候，一整天也想不出好句子，但刚一睡觉，就梦见了谢惠连，醒来就写出了这两句。他自己说："此语有神助，非吾语也。"这两句诗在全诗中确实别有神致。

在本诗中，只有这两句是自然的感发。下边接下来他就又用典故了——"祁祁伤豳歌，萋萋感楚吟"。前一句，见于《诗经·豳风·七月》的"春日迟迟，采蘩祁祁。女心伤悲，殆及公子同归"。意思是，春天的白天那么长，采蘩也采了那么多，但采蘩的女子心里很悲伤，因为她快要出嫁了，不久就要跟着丈夫远离父母而去。所以你看，谢灵运的这个"伤"，伤的是什么？伤的是离别。后一句，见于《楚辞·招隐士》的"王孙游兮不归，春草生兮萋萋"。意思是，所招的那位隐士到山里边去了就再没回来，眼看又是一年的春天了。而谢灵运自己，就是被迫离开了首都，来到如此遥远的海边。所以他从眼前的春日景色就联想到《诗经》和《楚辞》里所写的离别，因而产生一种感伤之情。接下来他说："索居易永久，离群难处心。"如果你孤独地生活，就会觉得日子很长很长，总是过不完；如果你离开了自己的伙伴，就总是感到内心的感情无处安排，也就是说，他的内心之中总是有一种找不到归属的感觉。

谢灵运的山水诗还有一个习惯的作风，就是他在写山水的时候常常要点缀上几句谈名理的句子。这首《登池上楼》结尾的"持操岂独古，无闷征在今"两句就是如此。有的选本把"持操"的"操"解释为乐曲，说就是指前面所说的"幽歌"和"楚吟"。我以为这样解释不够准确。因为最后这两句是连下来的，意思是，难道能够坚持操守的只有古人？可以避开尘世而不怀有忧愁的这种操守，在我这里就可以得到证明！为什么说这是谈名理呢？因为"无闷"这个词出于《易经·乾卦·文言》的"龙德而隐者也，不易乎世，不成乎名，遁世无闷"。意思是，有才德而隐居的人不为世俗所移，不求成名于世，甘心退隐而没有烦闷。这是古代儒家的一种修养。谢灵运真的有这种操守吗？不是的。魏晋尚清谈，他只不过是把古人的话套过来清谈一番而已。

第二节　谢灵运之二

上一节我们看完了谢灵运的《登池上楼》，我所着重讲的，是谢灵运在形式方面所表现出来的特点。实际上，这首诗在内容和感情上也很有代表性，它真实地反映了谢灵运内心之中的矛盾，而且这种矛盾在他来说是异常痛苦而又无法解决的。

中国自东汉魏晋以来一直非常注重门第，魏文帝施行九品官人法，结果是从此"上品无寒门，下品无世族"。谢灵运出身豪门世族，谢家在东晋朝廷炙手可热，而那时候宋武帝刘裕不过是谢玄部下刘牢之军队里的一个小军官。刘裕后来做了皇帝，谢灵运要想保全自己家族的地位就只能屈身侍奉他。以谢灵运的门第和身份来说，这是一种屈辱，他在内心深处是不能甘心的。而且，谢灵运还在刘裕的对头刘毅手下做过参军，后来刘毅被刘裕消灭，因此在谢灵运心中除了那种屈辱的感觉之外，又加上了一份猜忌的心理。何况，事情还不仅仅如此。我还说过，谢灵运还和刘裕的次子庐陵王刘义真关系很好，但刘义真在争夺帝位之中也是一个失败者，在刘裕还活着的时候就被遣出京都，后来终于被杀。对此，谢灵运心中又有许多牢骚和不平。他处在这么多矛盾与猜忌之中，本来已经很危险，不幸的是，他的性格又如此任纵、骄奢。因此，他终生都不能"得其所"：把他放在朝廷里不对，派他出外做个行政长官也不对，让他回到故乡去闲居也不对。他不肯，也不能安心地稳定在任何一个位置上，究其根源，还是出于他内心那些无法解决的矛盾。陶渊明选择了归隐作为自己人生立足的所在，说"托身已得所，千载不相违"。但谢灵运不行，他始终找不到一个能够安身和安心的所在。这种不安定的感觉反映到诗里边就是"薄霄愧云浮，栖川怍渊沉。进德智所拙，退耕力不任"，而这些矛盾，也就必然造成他最终那个悲剧的结局。

《登池上楼》是谢灵运做永嘉太守时所写的作品。实际上，他只做了一年太守就"称疾去职"，回到会稽营建他的山居别业了。就在这个时候，朝廷之中起了变乱。执掌朝政的徐羡之、傅亮和谢晦废掉了少帝刘义符并将其杀掉，罪名是少帝游戏无度。但那多半只是个借口，说不定是少帝对他们的专权不满意，他们就先下手为强了。在这之前，他们已经杀死了武帝的次子庐陵王刘义真，按照顺序，下一个继承人就是武帝的第三个儿子宜都王刘义隆了。宋文帝刘义隆是一个很有能力的人，即位之后他慢慢培养起自己的势力，相继杀死了徐羡之、傅亮和谢晦，夺回了旁落的大权。在刘宋的几个皇帝之中，宋文帝要算是比较英明的一个。宋文帝记起谢灵运的才学，就请他回到朝廷来做官，让他整理秘阁图书，补足阙文，并让他撰写《晋书》。但谢灵运不是一个可以安下心来做事的人，史书上说他对撰写《晋书》的任务仅"粗立条流，书竟不就"。因为他觉得自己是参政的材料，但皇帝又不用他，所以他心中不平，经常称疾不朝，去游山玩水，超过十天一个月都不回来，又差遣公差给他私人修建庭园，引起了不少人的不满。文帝不想过于伤害他，就暗示他自己告退，于是他就称病辞职，又回到会稽。这第二次回乡，他心里更不得意，所以行为也就更加放纵。会稽太守孟颛信佛，谢灵运就嘲笑、挖苦他说："得道应须慧业，丈人升天当在灵运前，成佛必在灵运后。"孟𫖮因此恨透了他。后来他又要求把一个湖的湖水放光，作为他的田产，孟𫖮不答应，两人的仇隙越来越大，于是孟𫖮就以谢灵运在家乡那些放纵的行为为借口，向皇帝告了一状，说他有叛逆之心。文帝是个明白人，并没有怪罪谢灵运，但觉得他和本郡太守搞成这个样子，实在也没法在家乡待下去，就派他去做临川内史。可是这谢灵运真是江山易改，本性难移，到了临川还是那样放纵，又被人告了，上面派了一个叫郑望生的官员来逮捕他。结果这一次谢灵运就真的反了，他扣押了郑望生，率部众反叛，并且写了反诗。下面我们就来看看他所写的这几句诗："韩亡子房奋，秦帝鲁连耻。本自江海人，忠义思君子。""子房"是汉朝的张良，他的祖先五世相韩。秦始皇灭了六国，张良发誓为韩国报仇。当秦始皇出游的时候，张良和一个力士埋伏在博浪沙，用大铁椎袭击秦始皇，只是误中副车，没有成功。但后来张良学了黄石公的兵法，辅佐汉高祖刘邦，终于推翻秦朝，为韩国报了仇。鲁仲连是战国时的齐国人，主张六国联合起来抗秦，不应该为求一时苟安而尊奉秦王为帝。他说，秦是个不讲礼义的国家，假使暴秦得了天下，我宁可赴东海而死，也绝不做它的臣民。谢灵运用这两个典故，是对他自己造反行为的一个解释。因为他的父祖都曾在晋朝做过将军或宰相，刘裕灭掉东晋是一种篡逆行为，是不义的。谢灵运说，我本来就是个不受拘束的江海之人，我要推翻刘宋这强暴的政权，为东晋报仇。

当然，谢灵运的造反马上就失败了，他本人也被抓起来治罪。宋文帝是个很宽厚的人，本不想杀他，只是把他送到广州去，让他离大家都远一点儿，免得再生是非。但紧跟着又发生一件事，有一个官员在去广州的路上遇到一群形迹可疑的人，捉起来一审问，其中有一个人说是谢灵运的人给他们钱，要他们在去广州的路上劫取谢灵运，但他们来晚了，没有赶上。这件事情一出来，谢灵运就非死不可了，宋文帝只有下令把他斩首。这位天才的诗人，死的时候只有四十九岁。

那么，谢灵运真的忠于东晋旧朝廷吗？真的是张良或鲁仲连那样的人物吗？我以为不是的。因为如果他真的忠于东晋朝廷，那么在刘裕篡晋的时候，他纵然不能殉节死义，至少也要辞职归田，但他当时并没有下这种决心。既然如此，你就在刘裕手下苟且求生好了，可是他还要在新朝里跟人家争权夺势。固然，有些胸怀大志的人并不把忠君观念看得那么拘泥死板，比如伊尹，他认为自己的才能足以给天下老百姓带来太平安乐，所以并不在乎君主是商汤还是夏桀，谁肯任用他，给他施展才能的机会，他就给谁做事，因此孟子说他是"圣之任者"。但谢灵运是伊尹那样的人吗？也不是。他只是一个从小被惯坏了的贵族子弟，一向骄奢任纵，既不可能安于贫贱，也不可能安于寂寞。时代的巨变造成世族地位的下降，但他却不肯甘心，不能适应。所以，他最后的悲剧结局也就不是偶然的了。

我曾经说，作品是由作者写出来的，所以作品中所表现出来的一切必然与作者有密切的关系。我们已经讲过的陶渊明，他在乱世之中始终保持着自己的操守，并且在精神上找到自己的一个立足之地，因此他的心是宁静的。当他写外界景物时，其中很自然地就融会了他心中那一份境界。所以前人说："渊明不为诗，写其胸中之妙耳。"（陈师道《后山诗话》）从谢灵运的山水诗中我们看到，他也谈哲理，也写感情；但山水是山水，哲理归哲理，感情归感情，他不能把它们融会起来，不能够做到情景相生。为什么会这样？就因为他的心中还充满了矛盾和挣扎，远远没有达到陶渊明那种融会贯通的境界。为了把握谢诗的特色，下面我们再看他的一首诗，题目是《石门新营所住四面高山回溪石濑茂林修竹》：

　　跻险筑幽居，披云卧石门。苔滑谁能步，葛弱岂可扪？袅袅秋风过，萋萋春草繁。美人游不还，佳期何由敦。芳尘凝瑶席，清醑满金尊。洞庭空波澜，桂枝徒攀翻。结念属霄汉，孤景莫与谖！俯濯石下潭，仰看条上猿。早闻夕飙急，晚见朝日暾。崖倾光难留，林深响易奔。感往虑有复，理来情无存。庶持乘日车，得以慰营魂。匪为众人说，冀与智者论。

　　石门山，在现在的浙江嵊县，谢灵运在那里营建了山居别墅。他说，那个别墅建在最危险的、云烟缭绕的山峰上，山石上的青苔很滑，走起路来都不方便，爬山要抓住葛藤，但葛藤也不安全。这开头四句是极言其高与险。但那么高、那么险的地方为什么要去？这就是谢灵运！他就是喜欢爬那种最高的山，喜欢走那种最危险的路。他说，我在这山里住了很长时间，看到了山里从秋天到春天的景色——"袅袅秋风过，萋萋春草繁"。这两句写山中景色写得很美，但同时它们又有出处。在中国的诗歌里，出处的本身就是一个

"语码"，它可以给你很多表面以外的联想，这样的诗读起来就很有味道。《楚辞·九歌·湘夫人》里说："帝子降兮北渚，目眇眇兮愁予。袅袅兮秋风，洞庭波兮木叶下。"前文我讲过这几句，那是楚地祭祀时男巫所唱的。他说，美丽的女神已经降落在水中的沙洲上，但那里很远，怎么也看不清楚，我的眼睛所能看到的，只有秋风吹起洞庭湖的波浪，树上落下的秋叶正在飘零。这首诗，是期待一位女神的降临。"萋萋春草繁"出于《楚辞·招隐士》的"王孙游兮不归，春草生兮萋萋"，是期待一位出游的王孙早日归来。所以你看，"袅袅秋风过，萋萋春草繁"两句，虽然是写景，但同时也给人一种期待和盼望的联想。因此，接下来诗人说，"美人游不还，佳期何由敦"——我所盼望的人一去不回，当年所定的约会如何实现呢？然后诗人写自己的寂寞孤独。他说，你的坐席上已经落满了尘土，我在金杯中斟满了好酒等待着你。可是，洞庭湖上虽然有了波澜却没有帝子降于北渚，我白白地折下一枝桂花却没有人可以赠送。因为，我心中长久期待的那个人远在霄汉之间，所以我的忧愁没有人能够排遣，永远只有一个孤独的影子陪伴着我。那么，我一个人怎样度过山中岁月呢——"俯濯石下潭，仰看条上猿。早闻夕飙急，晚见朝日暾。崖倾光难留，林深响易奔"。他说，有的时候我俯身到石下的潭中洗一洗身上的尘土，有的时候我抬起头来观赏那些攀着树枝跳来跳去的猿猴；每天还不到傍晚山里就听到狂风吹起的声音，但由于高山遮挡，早晨要到很晚的时候才能见到太阳；山崖这么高，因此白天很短，太阳一下子就过去了；树林这么深，刮起风来那声音就像千军万马在奔跑。他所有的句子几乎全是对句，而且用了许多辞藻和典故。这一段很能体现谢灵运写景的特点。杜甫《秋兴八首》中也有不少写景的地方，如"玉露凋伤枫树林，巫山巫峡气萧森。江间波浪兼天涌，塞上风云接地阴"，但那景物并不完全是客观的，其中带有诗人的很多感发在里边。谢灵运写景完全是写他耳目的见闻，像这一段，写的都是山中的潭水、猴子、狂风和日影。那么难道他就没有感情了？不是的，他是在客观的描写之中制造一种繁难的感受，其实那也就是他心中真正的感觉。这种繁难的感受，他是通过一些错综复杂的句式、笔画繁复的用字以及精心雕琢的辞藻等传达出来的。这是一种很特殊的表现方法。

　　但是接着他就开始说理了——他的说理往往都在一首诗的最后几句。他说，当你想到以前那些伤感的事情时，你就担心它们还会再来，可是假如某一天你在哲理上突然觉悟了，你就能一下子摆脱所有这些忧虑了。"乘日车"，出于《庄子·徐无鬼》"有长者教予曰：'若乘日之车，而游于襄城之野。'"庄子的意思是，日出而游，日入而息，一切都要随其自然。"营魂"，出于《老子》"载营魄抱一，能无离乎"。"魂"和"魄"是可以相通的，这里为了押韵，把"魄"改为"魂"。"营魂"就是魂魄，是指一个人的精神之所在。谢灵运的意思是，假如你能够用哲理来战胜自己内心的各种矛盾和杂念，那么你的精神就可以得到平衡，就能够一切都随其自然，不至于一天到晚总是那么矛盾，那么痛苦了。可是他接着又说，这种修养的境界，并不是每个人都能做到的，所以我不能够和一般人讨论这种事情，我只是希望能够遇到一个"智者"，也许他可以成为我的知音。

既然讲哲理，就会有一个比较。我在讲陶渊明的时候曾说，陶诗就经常写出一种人生的哲理，如"结庐在人境，而无车马喧"、"此中有真意，欲辨已忘言"（《饮酒》之五）等。陶诗与谢诗的不同在哪里？我以为，陶诗的哲理是作者由生活悟出而且融会在实践之中的；谢诗的哲理之所以和山水脱节，是因为它们与作者本身的修养并没有很密切的关系。事实上，谢灵运只是引用了老子和庄子一些现成的话，而他的内心则始终没有从那些矛盾和不安之中挣扎解脱出来。那么这是否要算谢诗的缺点呢？其实也不尽然。谢诗在形式上用了那么多繁复的思索安排；在内容上对山水形貌的客观刻画与所谈的哲理总是难以融合，这一切所反映出来的，恰好是他真实的心境。欣赏谢诗不能采取与欣赏陶诗相同的方法，因为谢诗中很少有直接的感发。然而从谢诗中，我们却能深刻体会到作者内心的烦乱，和他渴望解脱出来的那种徒劳的追求。

然而，谢灵运的诗也并非都如此，下面我们再来看他的一首《石门岩上宿》，这首诗没有写那些哲理的空言，而是比较直接地写出了他心中的孤独寂寞：

朝搴苑中兰，畏彼霜下歇。暝还云际宿，弄此石上月。鸟鸣识夜栖，木落知风发。异音同至听，殊响俱清越。妙物莫为赏，芳醑谁与伐？美人竟不来，阳阿徒晞发。

这首诗的开头就写得非常好。他不是像通常那样第一句与第二句对仗，第三句与第四句对仗；而是一、二两句与三、四两句对仗。而且，这一组对偶的句子分别是以"朝"和"暝"开头的。这叫作对举的方法。在中国的诗词中，凡对举的地方，常常有一种象喻的性质。如李后主《相见欢》说"无奈朝来寒雨晚来风"，其中"朝"和"晚"与"雨"和"风"，就象征了人生中所遭受的许多无时无刻的挫伤。那么，在谢诗这里的对举象征着什么呢？屈原《离骚》说"朝搴阰之木兰兮，夕揽洲之宿莽"，"搴"有用手摘取的意思。"朝搴苑中兰"，显然是从"朝搴阰之木兰"脱胎而来，它一方面可能是写实，一方面也象征着自身品德的修养。谢诗说"朝搴苑中兰，畏彼霜下歇"，表现了他虽然对美好的事物不断追求但却同时恐惧于美丽的兰在严霜打击之下摧伤凋零，那就也带有象征的含义了。下联他说，晚上我回到最高的山峰上住宿，而且我还赏玩山石之上的月光。白云的高远，月光的皎洁，写得真是美极了，而且同时也可以象征一种高远光明的境界。他这上、下两联既可以是客观的写实，同时也表现出一种对美好事物珍重爱惜的感情。下面"鸟鸣识夜栖，木落知风发"是说，在这个时候，一听到鸟叫的声音，就知道鸟儿们已经回到树林里栖宿了；一见到有树叶飘落，就知道山里起风了。这两句是写实，但在写实之中却包含有一种纤细锐敏的感觉。《易经》说："知几其神乎。"意思是，看得出事情变化之初的那一点点苗头，就能够懂得事情的吉凶变化。这两句的口吻，就使人联想到那种"知几其神"的境界。接下来两句"异音同至听，殊响俱清越"所写的感受更加幽微。他说，那些鸟鸣、风发、木落，虽然声音各不相同，但它们同时传到了我的耳朵里，而所有这些声音传到我的耳朵里都给我一种清亮悠扬的感觉。然而，"妙物莫为赏"，这么美好的景色，这么美妙的声音，竟然没有人懂得欣赏，只有我一个人在这高山之上、静夜之中得到这样的享受。"芳醑"，是美酒。"伐"，有赞美的意思。"芳醑谁与伐"一方面可能是写实，一方面也可能是用美酒来比喻深山静夜中的那些醉人的景物。他说，没有人跟我一样体会到这些东西的美好，从而和我一同赞赏它们。"美人竟不来，阳阿徒晞发"，用的是《楚辞》里的典故。《九歌·少司命》里说："与女沐兮咸池，晞女发兮阳之阿。望美人兮未来，临风怳兮浩歌。"意思是，我在咸池沐浴，然后在向阳的山坡上晒干我的头发，但是我所等待的那个美人却没有来，我只有失意地临风而歌。谢灵运在这里说，我所追求的美人对我失约了，我白白地为她保持了自己的清洁美好！这首诗把情、景、理融合在一起，写出了一种比较高远的境界，是谢诗中很好的一首。

对于谢灵运，明代张溥在《汉魏六朝百三名家集》中《谢康乐集》的题词里有一段很中肯的评论说：

> 盖酷祸造于虚声，怨毒生于异代，以衣冠世族，公侯才子，欲偃强新朝，送龄丘壑，势诚难之。予所惜者，涕泣非徐广，隐遁非陶潜，而徘徊去就，自残形骸，孙登所谓抱叹于嵇生也。《山居赋》云："废张左，寻台皓，致在取饰去素。"宅心若此，何异秋水齐物？诗冠江左，世推富艳，以予观之，吐言天拔，政繇素心独绝耳！

这段话，比较公允地分析了谢灵运悲剧结局的必然性，同时也指出，在谢灵运的心中确实有着一份不同于凡俗的孤独寂寞，否则只凭那些富艳的辞藻，他是不会写出那么好的山水诗来的。

在结束谢灵运之前，我还要补充说明一个问题，那就是后代的人们对陶渊明的评价高于谢灵运，可是在钟嵘《诗品》中，陶渊明被列为"中品"，而谢灵运却被列为"上品"，这是为什么呢？我以为，一般来说，作者会受到时代风气的影响，而评论者也会受到时代风气的影响。只有个别有杰出天才的作者和评论者才能够超出于时代风气之外。宋代诗人陈师道称赞陶渊明说："渊明不为诗，写其胸中之妙耳。"（《后山诗话》）我们已经看了陶渊明的不少诗，我们看到，他既有"栖栖失群鸟"那样直叙的、平易的诗，也有《述酒》那样难懂的诗。也就是说，陶渊明并没有被时代的风气限制在一个小小的圈子里，他有他独立的思想和创作。然而，陶渊明是否完全脱离了他的时代？也不能这样说。因为，没有一个人能够完全不受时代影响，诗人更是如此。唐代诗人杜甫经历了天宝的乱离，写出了"路有冻死骨"（《自京赴奉先县咏怀五百字》）和"群胡归来血洗箭"（《悲陈陶》）那种不避丑拙、面对现实的诗，于是有人就批评陶渊明了，说陶渊明生活在晋宋之间，那是一个政治更为黑暗，人民更加饱受流离痛苦的时代，他的诗里怎么竟全无反映呢？其实，他并不是全无反映。如果说杜甫是一种直接的反射，那么陶渊明就是一种曲折的折射。陆机《文赋》中有一句"收视反听"，陶渊明就是如此，他不是向外去寻求，而是向内去寻求的。例如他说"苍苍谷中树，冬夏常如兹。年年见霜雪，谁谓不知时"

（《拟古》）。谁说他没有看见时代的灾难？他不但看见了，而且自身就经历了那些霜雪的打击，只不过他没有被摧毁，而是从中跳了出来，站到了一个更高的角度。在陶渊明和谢灵运那个时代的诗坛上，流行着两种风气：一个是玄理的风气，一个是词采的风气。陶诗富于思致与哲理，然而却不是直接的；陶诗"质而实绮，癯而实腴"，这也是他自己的一种独特的表达方式。所以说，陶渊明是一位杰出的天才作者，但他的诗从表面上看不符合当时时代的潮流和风气，因此就不被当时的人们所赏识，所以钟嵘把他列为"中品"。

然而，诗歌的发展是一定要从古朴转入繁复与修饰的。《古诗十九首》说"行行重行行，与君生别离"，句法平铺直叙，虽然另有一种令人无法模仿的古朴之美，但诗歌不会永远停留在这个阶段。魏晋南北朝是中国古诗格律化的一个形成阶段，而谢灵运正是这个阶段中一个重要的人物。他成功地领导了文坛的风气，他的诗对中国诗史上的这一转折做出了重要贡献。对这一点，我们心中必须有一个正确的认识和评价。

（杨爱娣整理）